HEYNE <

CONN IGGULDEN

Thron des Blutes

Historischer Roman

Aus dem Englischen übersetzt
von Christine Naegele

WILHELM HEYNE VERLAG
MÜNCHEN

Die Originalausgabe DUNSTAN
erschien 2017 bei Michael Joseph, London.

MIX
Papier aus verantwortungsvollen Quellen
FSC® C014496
FSC
www.fsc.org

Penguin Random House Verlagsgruppe FSC® N001967

2. Auflage
Deutsche Erstausgabe 04/2021

Redaktion: Stefanie Wewetzer
Printed in Germany
Umschlaggestaltung: Nele Schütz Design, München,
unter Verwendung von Motiven von © AdobeStock (Manuel) und
© shutterstock (Dm_Cherry, Evannovostro, Stephen Barnes)
Satz: Schaber Datentechnik, Austria
Druck und Bindung: GGP Media GmbH, Pößneck

ISBN: 978-3-453-47165-8

www.heyne.de

Für Louise Moore

Æthelstan, Edmund, Eadred

Edwy und Edgar

Edward und Ethelred

Drei Brüder

Zwei Söhne

Zwei Enkel

N
Nordsee
STRATHCLYDE
NORTHUMBRIA
DURHAM
YORK
Irische See
IRLAND
WALES
MERCIA
Severn
EAST ANGLIA
Themse
LONDON
CANTERBURY
WESSEX
GLASTONBURY
WINCHESTER
EXETER
WESTFRANKENREICH
0
50 Meilen
0
100 km

Offensichtlich sollte dieses Manuskript nie von jemandem gelesen werden. Es enthält Hinweise, dass es eigentlich vernichtet werden sollte, und wir können nur darüber spekulieren, warum dies nicht geschehen ist. Obwohl die Erinnerung an die Ereignisse ganz außergewöhnlich klar, fast fotografisch ist, weist es Lücken auf, ebenso wie es Begriffe enthält, die nahezu unübersetzbar sind. Einige Passagen waren nach Jahrhunderten unsachgemäßer Lagerung zu stark beschädigt oder verblichen, um sie lesen zu können. Diese Lücken habe ich gefüllt, so gut ich konnte.

Übersetzung ist immer zu gleichen Teilen Kunst und Handwerk, und ich habe versucht, den Fluss der Handlung in Gang zu halten, wenn er unklar wurde. Der Autor gliederte den Text in Absätze, abgesehen davon gab es keine weitere Zeichensetzung. Dies machte es mitunter zu einer Herausforderung, den Sinn zu erfassen.

Die Kapitelüberschriften und die Aufgliederung in mehrere Teile ist mein Beitrag. Ich hoffe, das Ergebnis ist unterhaltsam und wirft ein Licht auf ein Ausnahmetalent des zehnten Jahrhunderts. Trotz seiner Fehler und Selbstzweifel war Dunstan ein großer Mann, der die Regierungszeit von sieben Königen erlebt hat.

Conn Iggulden

PROLOG

Was ist der erste Satz anderes als eine Tür, die von einer unsichtbaren Hand aufgestoßen wird?

Also bitte, ich habe einen Anfang gemacht, endlich. Ähnlich wie ein Krähenfuß, der in Tinte getaucht und über die Seite gezerrt wird, so zittert meine Hand. Soll ich dieses schwarze Gekritzel von dem feinen Pergament wieder absanden? Dies sind keine grauen, mehrmals verwendeten Bögen. Vor mir liegen jungfräuliche Flächen, die auf den Pflug warten. Meine beste Tinte breitet sich aus wie eine Todsünde, die sich eingenistet hat. Hier bin ich. Falls du Dunstan suchst, ich werde mich nicht verleugnen.

Meine erste Erinnerung ist wie süßer Honig, stibitzt aus einem Topf vom Bord meiner Mutter, als ich drei oder vier Jahre alt war. Mit klebrig verschmiertem Gesicht schlief ich in der Sonne ein, und ich glaube, ich bin niemals wieder so glücklich gewesen. Doch ich wachte auf, als ein ahnungsloses Tier auf mir landete, eine Fliege oder ein Falter, der sich von der klebrigen Fläche zu befreien suchte. Ich sprang auf und wischte mir panikartig übers Gesicht, als ich die flatternden Flügel auf meinen Lippen spürte.

Ich rief, und meine Mutter kam, ihr Schatten fiel auf mich. Diese Empfindung habe ich niemals vergessen, dieses merkwürdige Gefühl von Furcht und Abscheu – und jetzt empfinde ich es wieder. Die Erinnerung an meine frühesten Geheimnisse regt sich, sie steigen empor wie jene geflügelten

Tiere und wollen ausgesprochen werden. Sie wollen mir entrissen werden wie Gebete, wie nackte Neugeborene.

Meine Gelübde habe ich gebrochen. Ich habe die verraten, die ich geliebt habe, ebenso wie die, die mich liebten. Ich habe Unschuldige umgebracht. Hier steht es, in unmissverständlichem Englisch für alle, die lesen können. Zu viele beherrschen jetzt die englische Sprache. Ich sehe, was ich geschrieben habe, und ich fürchte mich, obwohl ich meine siebzig Jahre gelebt habe. Ich sollte mich vor nichts fürchten. Zwar zittert meine Hand, doch mein Herz schlägt, und mir ist leicht zumute, ganz leicht.

Vielleicht werde ich diese kostbaren Bögen dem Feuer übergeben. Niemand wird mich nun mehr stören, das habe ich auch verdient. Diese Hände, die die Feder halten, bestehen ja selbst nur noch aus papierener Haut und aus Knochen, die rascheln wie Pergament, wenn sie flüsternd aneinanderreiben. Bruder Talbot sagte einst, es seien die Fäuste eines Arbeiters, grob und vernarbt. Nun, er hat seine Zeit gut genutzt, nicht wahr, mit seinen zarten Schreiberhänden? Mit bloßen Füßen habe ich die Erde über seinem toten Gesicht festgetreten, und nur der Mond war Zeuge.

Ich habe mein ganzes Leben lang gearbeitet, seit ich sechs Jahre alt war. Damals habe ich Ziegel für die Arbeiter auf dem Land meines Vaters aufgestapelt, ein paar Brotrinden und ein Schluck Most waren mein Lohn. Ich habe gebetet, und mein Schweiß ist in die Esse getropft. Schwerter habe ich geschmiedet und sie auch benutzt. Ich habe im Leben auch das ein oder andere Fass Wein gekeltert, mit Trauben von verschiedenen Reben. Ich habe auch ein- oder zweimal in eine Flasche gepisst, wenn ich jemanden nicht leiden konnte – und ich habe zugesehen, wie er genießerisch geschmatzt und behauptet hat, es schmecke mild und ganz ausgezeichnet. Dies hat mich fast dazu verleitet, meinen eigenen Jahrgang ebenfalls zu probieren. Ich habe eine Frau geliebt, die mich ruiniert hat. Ich habe einen König geliebt und ihn dennoch ruiniert. Und alles, was mir mein Leben voller Mühe und Arbeit eingebracht hat, sind Ruhm, Macht, Bedienstete und eine Abtei.

Doch die Insekten kreisen um mich herum, die Worte drängen aus mir heraus. Ich werde meine Geschichte dem Kalbsleder anvertrauen, mit Tinte und Feder, auf einem Schemel aus englischer Eiche sitzend, gekleidet in schwarzen Wollstoff und glattes, kühles Leinen. Ich bin ein Mann dieser Welt und der nächsten, aber du wirst mich keiner Unehrlichkeit bezichtigen können. Lug und Trug liegen hinter mir.

Ich glaube, ich erblickte im Jahre des Herrn 920 das Licht der Welt. Meine Eltern waren kein ideales Paar, und es war ihnen wichtiger, sich in Sicherheit zu bringen, als meine Geburt eintragen zu lassen. Sie flohen vor den älteren Söhnen meines Vaters, wie meine Mutter mir später anvertraute, das dumme alte Huhn. Vier von ihnen waren gegen diese Verbindung und drohten, den Alten umzubringen.

Geboren wurde ich, als König Edward der Ältere noch auf dem Thron war, der Sohn Alfreds des Großen und der Vater König Æthelstans. Diese drei Männer eigneten sich unser kleines Königreich Wessex an der Südküste an – und mit Kriegen, Gerissenheit und Klugheit formten sie England daraus. Das ist das Entscheidende. Als ich aufwuchs, regierte Edward der Ältere, und ich dachte damals, er würde immer da sein, wie eine große Eiche im Wald. Nun ja, damit lag ich falsch. Seine Söhne und Enkel sollten mir wichtiger werden.

Von allen Ständen, zu denen ein Mensch auf der Welt gehören kann, ist es am besten, als nobler, brüllender Sohn eines Königs geboren zu werden. Ich habe gesehen, wie mächtige Lords vor einem Säugling auf die Knie gefallen sind, nur weil die Wiege mit einer Krone verziert war. Doch es gibt mehr Menschen als Throne, deshalb ist nur wenigen dieses Glück vergönnt. Und wenn du nicht als König geboren werden kannst, kannst du zum König *gemacht* werden, doch dieser Weg ist dornig. Wenn gewalttätige Menschen dir die Krone sichern, werden sie dir immer auch ein Messer an die Kehle halten. Es gibt aber noch eine Möglichkeit, und sie ist keineswegs unwesentlich: Wenn du weder als König geboren wirst noch zum König gemacht werden kannst, kannst du immerhin noch einen anderen zum König salben.

In mancher Hinsicht übertrifft diese dritte Möglichkeit alle anderen. Ich wählte die Kirche. Einfacher gesagt, mein Vater hatte mit seiner Frau eine schlechte Wahl getroffen und um den Preis ihrer Jugend und ihres unbekümmerten Lachens seine nachgeborenen Kinder um ihr Erbe gebracht. Aber ein Mensch kann sich noch so sehr anstrengen bei dem Versuch, sein Leben zurückzuspulen, es ist nie ein glatter Faden, er wird immer verworrener. Es gibt niemals nur eine Wahrheit, nur eine Liebe oder nur einen Feind. Ich wünschte, es wäre so einfach gewesen.

Das Kalbsleder unter meiner Hand fühlt sich glatt an. Die Tür steht offen, und doch, aus irgendeinem Grund, zögere ich noch. Ganz ruhig, Dunstan! Diese Hallen sind der richtige Ort für die Wahrheit, viel geeigneter als der Beichtstuhl. Nein, der nicht, obwohl ich in meinem Leben dort so manchen Priester gelangweilt habe. Ein Mensch muss beichten, sonst gilt er als reuloser Sünder, aber nur ein Narr hält das Beichtgeheimnis für unverbrüchlich. Diese Worte würde ich einem Priester im Beichtstuhl allerdings nicht anvertrauen, viel weniger noch einer ganzen Gemeinde. Soll ich einem Mann, der mich eines Tages für ein höheres Amt vorschlagen könnte, etwa erzählen, dass ich bei einer Frau gelegen habe und mit einer unbekannten Krankheit geschlagen wurde?

Gelübde können gebrochen werden, und weiß Gott, ich habe sie alle gebrochen.

Es gab keine Sünde, die ich nicht bereitwillig begangen hätte. Und doch sitze ich hier, mit einer Feder und einem Fläschchen schwarzer Eichengallustinte, und kratze drauflos. Die Tinte heißt encaustum, oder »die Bissige«, weil ihre Säure sich in das Pergament frisst und ewig hält. Wörter können beißen – und Erinnerungen können dich plagen wie ein Hund. Die Flammen flackern lustig hin und her, während ich schreibe. Wenn ich fertig bin, müssen sie alles verzehren. Sie können auch mich verzehren, ganz zum Schluss, aber erst werden sie mich wärmen. Vielleicht wird man mich finden, wie den armen Bruder Severus, dessen Körper zu Asche verbrannte, bis auf die Füße und eine Hand, die noch auf dem Stuhl lag! Welcher Teufel hat ihn geholt, dass er verbrannte, noch ehe er in die Hölle kam?

Fürchte ich mich vor diesem anderen Ort? Welcher Narr täte das nicht? Doch ich habe große Kirchen gebaut, die meine Sünden aufwiegen. Es ist mein sehnlichster Wunsch, dass mich jetzt keine ewige Verdammnis erwarten möge. Wie würden sie feixen, die Toten, wenn sie sehen würden, wie tief der alte Dunstan gefallen ist! Vielleicht erst wieder verjüngt, um dann zu ihrer Belustigung erneut zerrissen und zerbrochen zu werden. Ich weiß, wenn ich jünger wäre, würde es mir weniger ausmachen. Wie würden diese Heiligen lachen und ihre fetten Köpfe schütteln. Manchmal frage ich mich, ob ich es fühle, wie sie um mich geschart sind, all jene, die vor mir gegangen sind. Ihre Seelen beobachten mich, wie Bienen, die sich an einer Glasscheibe drängen. Aber vielleicht ist es auch nur der Wind und das Knacken des Holzwurms im Gebälk.

Ganz ruhig jetzt, Dunstan. Erzähl deine Geschichte.

ERSTER TEIL

SEHT DEN KNABEN

A.D. 934

Gedenke weder der Sünden meiner Jugend
noch meiner Übertretungen.

PSALM 25:7

1

Ich hätte den ganzen Tag an dieser Klippe hängen können, wenn sie mir nicht die Finger gebrochen hätten. Meine Hände waren immer kräftig, aber mit gebrochenen Knochen sind sie kein verlässlicher Anker mehr, nicht einmal in einem Meer von Wut. Dennoch klammerte ich mich noch eine Weile fest. Als ich sie schließlich anstarrte, allerdings weder Mitleid heischend noch bittend, erstarb ihr Gelächter und ihr Spott, was mir eine gewisse Befriedigung war. Die kleine Gruppe von Männern und Frauen stand am Rand und wartete darauf, dass ich abstürzte. Sie sahen zu, wie ich mich mit geschundenen und geschwollenen Händen an die brüchige Erde klammerte und ihnen trotzte.

Ich sah, dass Encarius beschämt war, er, der einst mein Freund gewesen war. Ich suchte nach Worten, um ihm zu sagen, dass ich ihm verzieh, denn ich hatte keine andere Möglichkeit, mich zu rächen, und ich wollte, dass er später jedes Mal zusammenzuckte, wenn er an mich dachte. Rache ist süß, aber Verzeihen kann genauso grausam sein.

Ich fürchtete den Tod nicht. In meiner Jugend, glaube ich, vermochte ich ihn mir nicht vorzustellen. Ich knirschte mit den Zähnen, während meine Fingernägel an den Steinen abbrachen, und ich erinnere mich, dass ich versuchte, zwischen meinen ausgestreckten Armen nach unten zu spähen, und gleichzeitig merkte, dass mein Griff sich lockerte. Knochen splitterten, aber ich war immer noch da und dachte daran, was ich ihnen antun würde, falls ich überlebte. Ich war fünfzehn Jahre alt, aber ich hatte breite Schultern, und meine Arme waren schwarz behaart. Ich wirkte männlicher als einige von denen, die doppelt so alt waren und jetzt dort standen und ihre priesterlichen Hände falteten wie Bettler. Oh, diese scheinheiligen Gesichter! Ich sehe sie heute noch vor mir.

Als ich merkte, dass ich mich nicht länger würde festhalten können, rief ich Encarius und bat ihn, das Kreuzzeichen auf meine Stirn zu machen, sodass ich das Fegefeuer schneller hinter mir lassen würde und in den Himmel käme. Er trat vor, um mir diesen kleinen Dienst zu erweisen, der mir so viel bedeutete. Ich sah, wie er sich herunterbeugte, und unsere Blicke trafen sich, obwohl er es zu vermeiden suchte. Er war der Urheber meines Unglücks, mein Ankläger, doch er schüttelte traurig den Kopf, als sei alles nur meine Schuld.

»Ich würde dir dieses Schicksal ersparen, wenn ich könnte, Dunstan«, sagte er. Er befeuchtete seinen Finger mit der Zunge und nahm damit etwas Staub auf, den er mit Spucke vermischte, ehe er meine Stirn mit seiner kalten Hand berührte.

»Du bist ein guter Mensch, Encarius«, flüsterte ich. »Würdest du mir die Beichte abnehmen?«

Er sah, wie meine Arme zitterten, doch immer noch sah er mich zweifelnd an, als ob er mir selbst jetzt nicht traute. Ich schwieg und sah ihn nur flehend an, bis er sich herabbeugte. Als er mir ganz nahe war, stieß seine Frau oder irgendeine der anderen Schlampen einen Warnschrei aus, aber es war zu spät. Ich packte sein Gewand und riss ihn mit in die Tiefe, oh, ich stürzte hinab wie Luzifer lange vor mir.

Das erste Mal brachte mein Vater mich zur alten Glastonbury, meiner geliebten Insel, zu der wir durch den Nebel gelangten. Hier hatte König Arthur sein Leben beendet, als

Excalibur in die Salzmarschen der Umgebung geschleudert wurde. Mein Vater hoffte auf ein Wunder für mich, für seinen Sohn, der von Teufeln besessen oder aufgefressen wurde. Ich litt damals unter Anfällen und Krämpfen.

Manchmal denke ich, der Alte war ebenso sehr Heide wie glühender Anhänger Christi. Er trug einige merkwürdige Amulette an seinem Mantel und an seinem Kettenpanzer. Glastonbury gab es schon, lange bevor der wahre Glaube auf unserer Insel ankam. Der feuchte Boden hier ist getränkt mit Hexenwerk und Zauberkult aus Tausenden von Jahren, so sagt man. Ich bin einige Male in der Mittsommernacht hinausgegangen, fiebernd vor Aufregung, um die nackten Frauen zu sehen. Ich habe sie nie gefunden, kein noch so kurzer Blick auf eine Brust oder ein Bein. So erging es mir immer.

Ich erinnere mich, wie das Wasser im Kielraum des Bootes hin und her schwappte. Ich war dreizehn Jahre alt, und ich zupfte meinen Vater am Ärmel, um ihn darauf aufmerksam zu machen. Ich konnte nicht verstehen, wie ein Boot schwimmen und gleichzeitig Wasser aufnehmen konnte. Ich hatte Angst, das Wasser könnte steigen und über uns zusammenschlagen, samt dem Bootsmann, der uns stakte. Er hatte ein rotes Gesicht und schien nicht ganz richtig im Kopf.

Mein Vater entzog mir seinen Ärmel, und ich ließ ihn los. Es heißt, Heorstan sei vor dreißig Jahren ein starker Mann mit breiter Brust gewesen, als er damals ein Lehnsmann König Edwards von Wessex geworden war. In seiner Jugend, die für mich so weit zurücklag wie die Zeit König Arthurs, hatte mein Vater Alfred Magnus, den Großen, gekannt. Er war der Mann, der Wessex zu dem Königreich machte, das eines Tages ganz England regieren würde. Damals gab es längere Regierungszeiten. Heutzutage scheint es, dass man sich nur umzudrehen braucht, und schon sitzt die Krone auf einem neuen Gesicht.

Mein jüngerer Bruder Wulfric stand im Bug, während der Bootsmann uns stakte.

»Pass auf, Junge!«, fuhr mein Vater ihn an.

Wulfric versuchte, ein schuldbewusstes Gesicht zu machen, aber er war viel zu fasziniert von der Fremdartigkeit der Insel und dem Nebel, der über allem lag. Kriechende Kreaturen fielen ins stille Wasser, als wir durch das Schilf glitten. Das dunkle Marschland erstreckte sich bis dorthin, wo das Meer sich in seinen Rand fraß, ein Dutzend Meilen weit entfernt. Es hob und senkte sich mit den Gezeiten und war so dick von Salz verkrustet, dass kaum etwas darauf gedeihen konnte.

Hin und wieder schreckte ein schlafender Vogel auf und stieg wild flatternd in die Luft. Die Wasserwege umgaben uns wie unsichtbare Adern, sie veränderten jedes Geräusch und sorgten für gespenstische Echos.

Ich sah, wie Wulfric nach den weißen Nebelfetzen griff, er konnte nicht verstehen, wie etwas so greifbar wirken und doch vor den Augen verschwinden konnte. Ich will bekennen, dass ich ihn liebte, aber sein Kopf hätte genauso gut ein polierter Knochen sein können, so nutzlos war er. Wenn Wulfric sprach, konnte er sich gut ausdrücken, aber das Schreiben meisterte er noch nicht. Als sein älterer Bruder pflegte ich ihn damit zu ärgern.

In vieler Hinsicht bin ich nicht mehr der Junge, der ich war, mit meinen Bosheiten und schnellen Urteilen. Ich war mir damals so sicher, dass ich von Feinden umgeben war! Es hat Generationen gedauert, bis ich einsah, dass ich sie mir selbst gemacht hatte. Doch wenn ich zurückdenke, mit welcher Grausamkeit ich Wulfric quälte, muss ich immer noch lachen.

Mein Bruder versuchte, vom Bug aus auf den Anlegesteg zu springen, und ich sah, wie mein Vater ihn zurückhielt. Er sorgte sich mehr, dass Wulfric ins Wasser fallen und ertrinken könnte, als er sich je um meinetwegen gesorgt hätte. Der Alte muss damals ungefähr siebzig gewesen sein, seine beiden Jungen waren von einer Frau geboren worden, die vierzig Jahre jünger war als er. Heorstan bot meiner Mutter ein schönes Heim auf fast 500 Hektar Land, eine angemessene Entschädigung für das Geschenk ihrer Jugend. Vielleicht brauchte er eine Pflegerin, und ich war das erfreuliche Ergebnis. Vielleicht hatte sie ihn auch ins Leben zurückgestreichelt.

Nach Glastonbury kamen damals nicht viele Besucher, längst nicht so viele wie heute. An der Anlegestelle wurden wir von zwei Jungen begrüßt, die unsere Taschen trugen, außerdem von zwei irischen Mönchen, die nur Gälisch sprachen, was ich nicht verstand. In dem Nebel, der um uns waberte, erschien mir der Fluss ihrer Sprache merkwürdig, fast wie ein Zauber, als brauchte ich nur aufmerksam genug zuzuhören, damit es nicht mehr klang, als würde jemand erwürgt.

Ehrerbietig beugte mein Vater den Kopf, dabei war er ein Lehnsmann, der Könige gekannt hatte. Ich sagte nichts, aber Wulfric sprang mit begeisterten Ausrufen neben ihnen her, während ich mich vor Verlegenheit wand und wünschte, er würde den Mund halten.

Ich sah, dass die Jungen, die unser Gepäck trugen, sich amüsierten. Sie stießen sich an und grinsten, und natürlich grinste der einfältige Wulfric zurück, als seien sie seinesgleichen.

Energisch zog ich ihn an mich und beugte mich hinab, um ihm zuzuflüstern, dass dies keine Freunde seien, als ich merkte, dass ein schrecklicher Gestank von ihm ausging. Angewidert schob ich ihn fort. Die Bootsfahrt hatte lange gedauert, und Wulfric hatte sich beschmutzt. Doch er hüpfte fröhlich den Weg zu der kleinen Abtei entlang, wo damals so viele Wunder geschahen, dass es fast alltägliche Begebenheiten waren.

Unsere Gruppe stapfte dahin, und der Nebel begann sich aufzulösen, als wir höheres Gelände erreichten. Niemand sprach, unsere Schritte waren das einzige Geräusch.

Ich flüsterte: »Du hast dich eingeschissen, Wulfric.«

Ich hatte es wütend gezischt, denn er war so fröhlich, aber selbst damals merkte ich, dass es seine Art war, auf mich und besonders auch auf unseren Vater zu reagieren. Heorstan schien in seinen späteren Jahren derartige Dinge nicht mehr zu bemerken, doch ich fühlte mich verpflichtet, auf seine Würde zu achten.

Wulfric wirkte beleidigt, als sei ich im Unrecht und nicht er. Er wurde tiefrot und blickte auf die beiden Jungen, die unsere Taschen trugen. Sie hatten noch nichts bemerkt, würden es aber sicher bald tun.

»Geh nach vorn, Wulfric«, sagte ich. »Der Wind kommt von hinten. Geh vor uns, damit wir dich nicht riechen müssen.«

Er schien den Tränen nahe, als er meinem Rat folgte. Ich glaube, ich hasste ihn in dem Moment wegen seiner Schwäche. Einer der irischen Mönche rief ihm etwas zu, aber niemand verstand ihre seltsame Sprache, und mein Vater war so erschöpft, dass er kaum aufblickte. Es war schwierig genug für den Alten, mit den anderen Schritt zu halten, seine Pelze und sein Kettenpanzer mussten für ihn schwer wie ein Mühlstein gewesen sein.

Im Nachhinein weiß ich, dass ich mich schämen sollte, weil Wulfric vom Wege abkam. Plötzlich verschwand er. Er war über einen Vorsprung gefallen und hart auf einem Stein gelandet, wobei er sich die Ferse brach. Obwohl wir müde und hungrig waren, mussten wir warten, während die beiden Mönche hinabkletterten und ihn wieder nach oben brachten. Sie murmelten etwas, als sie ihn humpeln sahen, aber wir erfuhren erst später, dass in seinem Fuß etwas gebrochen war. Er weinte und sah mich anklagend an. Ich schämte mich für ihn. Wenn er in die Marsch gefallen und ertrunken wäre, wäre das ein Grund zur Trauer gewesen, aber ich hätte ihn bereits vergessen. Ich versuchte immer, Wulfric zu beschützen, aber manche Menschenleben stehen unter einem dunklen Stern.

Die Sonne stieg über meine rechte Schulter, während wir auf einem hölzernen Steg weitergingen, der sicher noch aus der Zeit Cäsars stammte. Ich ging neben meinem Vater und blickte unwillig auf Wulfric, der stark humpelte und seine Verletzung schlimmer erscheinen ließ, als sie war. Mein Vater atmete schwer und schwitzte wie ein Ackergaul. Erleichtert nickte er mir zu, als wir die Außenmauer des verwahrlosten Anwesens erreichten, das man wagte, ein Kloster zu nennen. Doch selbst nach dem Frieden Alfreds und König Edwards wussten die Mönche eine gute Schutzmauer immer noch zu schätzen. Sie war keine dieser hölzernen Palisaden, sondern aus schönem, honiggelbem Wessex-Stein gebaut. Doch das Tor, das man für uns aufwuchtete, war aus Holz, und die zwei Iren mussten es anheben, damit es den aufgeweichten Boden nicht zerpflügte.

Damals war es nirgendwo wirklich sauber, wo Menschen arbeiteten und schliefen. Unter unseren Füßen wurde das Gras zu Morast, doch das ist der Lauf der Welt und hat nichts weiter zu bedeuten. Schließlich nutzen wir den Morast, um daraus Ziegel und Dachpfannen herzustellen. Dann kannst du ruhig weiter in deiner feuchten Hütte frösteln, ich aber sitze im Trockenen und wärme mir die Hände.

Wulfric wurde einer fürsorglichen Hausmutter übergeben. Ich sah, wie die Frau ihren starken, rosigen Arm um ihn legte, um ihn zu stützen. Als er sich umwandte, bedachte ich ihn mit einem finsteren Blick und machte eine ruckartige Kopfbewegung, die ihn daran erinnern sollte, nicht zu viel zu reden, wachsam zu sein und sich an seinen Namen und seine Manieren zu erinnern. Heorstan wurde von einem Mann in schwarzem Wollzeug begrüßt, dessen Kopfhaut mit ihren Beulen und Leberflecken mich an ein braun gebranntes Knie erinnerte. Geduldig stand ich da, während die beiden sprachen, und betrachtete neugierig den Innenhof der Abtei. Ich blickte nach oben, wo ein paar Männer arbeiteten, und dieser Blick sollte mein weiteres Leben gänzlich verändern.

Im Hof stand ein Wagen, hoch beladen mit Getreidesäcken, und darauf standen vier junge Mönche. Über ihnen gestikulierten zwei weitere am Fenster, das wohl zu einem Kornspeicher gehörte, aber genau konnte ich es nicht sagen. Was mich jedoch faszinierte, war ein doppelter Flaschenzug mit Seilen, die in glatt polierten hölzernen Rillen liefen. Ungelogen, ich merkte, wie sich mir die Haare im Nacken sträubten.

Ich habe diese Geschichte schon ein Dutzend Mal erzählt, und immer gibt es jemanden, der lacht und spöttelt und meint, ganz so dramatisch wird es wohl nicht gewesen sein, aber es ist die reine Wahrheit. Ich sah diese Seilrollen und erfasste sofort, dass, wenn man ein Seil über diese Rollen laufen lässt, das Gewicht dessen, was daran hängt, halbiert wird. Für mich war diese Vorrichtung eine so wunderbare Erfindung, dass es mir wie das Werk von Engeln erschien. Damals wusste ich noch nichts von der Mathematik Euklids oder von den Prinzipien eines Archimedes. Ich war wie ein leeres Blatt, das darauf wartete, beschrieben zu werden.

Gebannt stand ich da, während mein Vater mich am Ärmel zupfte, um mich aus meiner Versunkenheit zu wecken und mich Abt Clement vorzustellen. Was ich begriffen hatte, war, dass vier Seilrollen noch besser wären, das Verhältnis wäre dann vier zu eins, während das Seil die vierfache Strecke zurücklegen müsste. Es war eine regelrechte Erleuchtung, und wenn du noch nie ein derartiges Erlebnis hattest, nun, dann tust du mir leid. Es gibt so viele Wunder auf der Welt, man muss sich nur umschauen.

Jetzt kenne ich sie alle. Auch heute noch könnten diese alten Hände die sechs großen Maschinen der Griechen nachbauen, die die moderne Welt geschaffen haben und noch weitere tausend Jahre ihre Wunder vollbringen werden, falls nicht der Jüngste Tag unseren Anstrengungen ein Ende bereitet. Der Hebel, das Rad und die Achse, die schiefe Ebene, die Schraube, der Keil – und das Wunder des Flaschenzugs, das für Seeleute unersetzlich ist. Ohne ihn könnte man kein Großsegel hochziehen. Mit diesen sechs einfachen Geräten beherrschen wir die gesamte natürliche Welt. Ich sah das erste davon in der Abtei von Glastonbury, und es wies mir einen neuen Weg.

»Dunstan! Ich schwöre, der Junge hat den Kopf in den Wolken. Dunstan!«

»Ja, Vater, es tut mir leid. Ich habe … die Seilrollen beobachtet, wie sie die Säcke hochziehen.«

Natürlich verstand er meine Faszination nicht.

»Also, jetzt pass mal gut auf, Junge! Beuge endlich das Knie vor Vater Clement, oder du bekommst eine Ohrfeige.«

Ich kniete nieder, obwohl ich wie berauscht war. Ich beugte den Kopf, versuchte aber immer noch, nach den Seilrollen zu schielen, selbst als ich die Hand des Abts auf der Schulter spürte.

»Jungen, Heorstan, nicht wahr? Immer woanders mit ihren Gedanken in diesem Alter. Doch es gibt schlimmere Dinge als Flaschenzüge, um sie in Versuchung zu führen, habe ich recht?«

Mein Vater lächelte, als stimme er zu. Sein Gesicht war rot, und ich merkte, dass er sich über mich ärgerte.

»Es tut mir leid, Herr Abt«, sagte ich und sah auf. Ich wagte nicht, ohne Erlaubnis meines Vaters aufzustehen. »Ich heiße Dunstan von Baltonsborough. Ich erweise Euch Ehre und freue mich, Euch kennenzulernen. Ich habe noch nie eine solche … Vorrichtung gesehen. Bitte verzeiht mir, wenn ich Euch beleidigt haben sollte.«

Der Abt zog die Augenbrauen in die Höhe, dann grinste er mich an, wobei drei braune Zähne von ungewöhnlicher Länge zum Vorschein kamen.

»Für dich bin ich Vater Clement, Junge. Dein Vater und ich sind schon seit so langer Zeit befreundet, dass es mir fast wie ein anderes Zeitalter vorkommt. Es ist eine Überraschung für mich, ihn wiederzusehen, noch dazu mit so jungen Söhnen – und natürlich bist du hier willkommen –, ein Junge aus unserer Gegend, der Christus folgen wird.«

»Danke, Vater Clement«, sagte ich und neigte abermals den Kopf. Wie ich später merkte, war er tatsächlich einer der wahren alten Gläubigen, der Gott auf seinen Schultern trug und überzeugt war, dass das Böse aus einem Jungen herausgeprügelt werden konnte. Er sollte nur noch ein Jahr leben, und nahezu alle meine Erinnerungen an ihn sind bitter. Doch jetzt lächelte er, gesund und braun gebrannt von seiner Arbeit an der Sonne.

»Vielleicht solltest du nachsehen, wie es Wulfric geht, Dunstan«, sagte mein Vater, »damit ich mit Vater Clement über unseren Aufenthalt hier sprechen kann.«

»Ich würde mich lieber mit den Männern beim Wagen dort unterhalten, Vater, wenn ich darf«, sagte ich. Meine Antwort war unbedacht und naiv, aber ich sah am Gesicht meines Vaters, dass ich wieder einen Fehler gemacht hatte. Das Gesicht des Abts verhieß ebenfalls nichts Gutes, doch bei ihm erkannte ich die Gefahr noch nicht so deutlich wie bei meinem Vater. Heorstan war zu alt und zu langsam, um hinter mir herzurennen, aber gleichzeitig wagte ich nicht, ihm auszuweichen. Also blieb ich stehen, und er ohrfeigte mich, dass ich in den Dreck flog.

»Sieh nach deinem Bruder«, fauchte er mich an.

Ich rappelte mich auf, und meine Wange brannte, als ich mich vor den beiden verbeugte. Ich wagte erst zu gehen, als mein Vater mich mit einer abrupten Geste entließ. Er hatte dem anderen gezeigt, dass er immer noch Macht über seinen Sohn hatte, das war ihm wichtig. Und ich akzeptierte es aus Liebe zu ihm, falls das Sinn macht. Ich hätte mich tatsächlich tausendmal lieber von ihm verprügeln lassen, als ihn vor einem Fremden gedemütigt zu sehen. Und wenn ich jetzt zurückdenke, empfinde ich es immer noch so. Wäre er noch am Leben, ich würde auch heute auf seiner Seite stehen. Aufseiten des Abts jedoch nicht. Dieses alte Ekel würde ich erwürgen und in den Abtritt werfen.

2

Wulfric saß auf einer kleinen harten Pritsche im Spital und plauderte mit der mütterlichen Frau, die seinen Fuß verband und die er »Mutter Afra« nannte. Ich bemerkte, dass sie kleine geweihte Gedenkmünzen zwischen die Schichten des Verbands legte, damit mein Bruder doppelt so schnell gesund würde wie jemand, der diese Hilfe nicht hatte. Sie hätten große Heilkraft, erklärte sie mir, als ich misstrauisch fragte, was sie da tue.

Die Abtei war damals eine seltsam zwanglose Einrichtung, in der sich ledige und verheiratete Frauen um die Mönche kümmerten, von denen die Hälfte weder ordiniert noch echte Benediktiner waren. Dem Kellermeister zahlte man sogar einen Lohn, stell dir das vor! Sie besaßen ein kleines Stück Land, aber es war kaum groß genug, um das Nötigste zum Essen anzubauen. Sie lebten hauptsächlich von den Zuwendungen reicher Familien. Ich glaube, das Kloster wäre innerhalb einer Generation zugrunde gegangen, wenn ich nicht an der Fallsucht erkrankt und zu ihnen gebracht worden wäre, um geheilt zu werden.

Ich trat näher an meinen Bruder heran. Um ehrlich zu sein, ich wollte nur wissen, ob er es in der Zwischenzeit irgendwie geschafft hatte, sich zu säubern. Über meine eigene Krankheit spreche ich nicht gern. Damals war sie einfach ein Ärgernis. Ich fiel manchmal hin, zuckte und zitterte. Es hieß, meist stotterte ich vorher auch. Es ist merkwürdig, aber dieser wichtige Teil von mir ist etwas, von dem ich nichts weiß und woran ich mich nicht erinnere. Es passiert nicht oft, Gott sei Dank, aber es macht mich hilflos wie ein Kind, also ist jedes Mal ein Mal zu viel. Dennoch fühlte ich mich nie als der schwächere Bruder. Jetzt saß ich hier in einem Raum mit kühlen Bänken aus Buchenholz und Stapeln frisch gefalteter Wäsche und sah zu, wie Afra Wulfric wie einen Invaliden behandelte, der einfältig grinste und so tat, als bemerke er mein finsteres Gesicht nicht.

»Vater sagt, mein Bruder Dunstan könnte hier mit den Reliquien des Klosters geheilt werden. Er sagt, die Abtei hat Gebeine von St. David und St. Patrick – und einen geweihten Saphir.«

Afra schien erfreut, dass der Junge so viel wusste. Sie tätschelte sein Bein, dann riss sie die Binde ein und verknotete die Enden.

»Bewege mal die Zehen, mein Kleiner. Na also, in ein paar Tagen ist alles wieder in Ordnung, vielleicht schon früher, wenn du am Reliquienschrein betest. Jetzt besorge ich dir noch eine Krücke.«

»Das ist nicht nötig, Madam. Ich kann ganz gut laufen«, sagte er. Er wollte zeigen, wie tapfer er war, stieß aber doch einen Schmerzenslaut aus, als er den Fuß belastete. Ich sah, wie sie ihm einen Apfel gab, und merkte mir, wo er ihn hinsteckte. Er dachte vermutlich, ich hätte es nicht gesehen.

»Unten im Kreuzgang sind Dutzende von Stöcken und Krücken von Menschen, die wir hier geheilt haben.« Sie rief einen der Jungen von der Anlegestelle herbei, vollgerotzt und mager, mit spitzen Ellbogen. »Hol eine von den Krücken, James, eine von den brauchbaren, für diesen netten kleinen Burschen hier.«

Er rannte los, und die sanfte, behäbige Frau wandte sich wieder an uns.

»Wir könnten Geld damit verdienen, wenn wir sie verkauften, aber Abt Clement sagt, sie sollen bleiben, wo sie sind – als Zeugnis dessen, was wir hier tun, damit noch mehr Menschen kommen. Es sind Zeugnisse unseres Glaubens, sagt er. Weiß Gott, wir brauchen das Geld, das die Pilger mitbringen, aber das reicht gerade, um Leib und Seele zusammenzuhalten. Nach Canterbury kommen sie natürlich alle, sogar aus Rom. Wenn der Glaube zuerst nach Wessex gekommen wäre statt nach Kent, müssten wir im Winter nicht so kämpfen, um satt zu werden, das könnt ihr mir glauben!«

Sie quasselte weiter, und ich nickte und grinste, sie nervte mich ziemlich. Der Junge, der James hieß, kam zurück mit einer grob geschnitzten Krücke, die ein wenig zu lang für meinen Bruder war, deshalb stand Wulfric etwas schief, während er seinen verletzten Fuß anhob. Ich sah die Augen des Bengels bösartig aufblitzen, als er ihn ansah, und fasste es als Beleidigung auf. Ich bedeutete James, er solle verschwinden, und half mit meinem Stiefel nach. Er rieb sich den Steiß und funkelte mich böse an, aber er verstand, dass er sich vor mir in Acht nehmen müsse – und dass ich es nicht dulden würde, wenn man sich über Wulfric lustig machte. Wulfric konnte weiß Gott eine Plage sein, aber er war trotzdem mein Bruder.

Wir wurden durch offene Kreuzgänge geführt, wo ein kalter Wind an uns zerrte. Weiter ging es durch ein großes Refektorium, wo mehrere Mönche saßen, die Köpfe über ihre Teller gebeugt. Einer von ihnen stand an einem Lesepult und las aus Augustinus' Predigten vor. Ich nahm alles in mir auf, so gut ich konnte, aber ich glaube, mein Entschluss stand bereits jetzt fest. Mein Vater war ein Lehnsmann des Königs. Mein Onkel war Bischof. Wir waren zwar nicht königlicher Abstammung, standen aber dennoch so weit über den gemeinen Bauern und Leibeigenen, dass sie eine andere

Zucht hätten sein können. Unser Wessex ist bevölkert von Earls, Bauern und Leibeigenen. Oder Lehnsleuten, gemeinen Bürgern und Sklaven – und darüber steht ein König, wie Gott es bestimmt hat. Doch Heorstan hatte sich schon lange zur Ruhe gesetzt, zu unbedeutend und zu alt, um mich bei Hofe unterzubringen oder einen solchen auf mich aufmerksam zu machen. Er hatte keine Titel, die er seinen Söhnen aus zweiter Ehe verleihen konnte, und mir stand ein Leben harter Arbeit bevor, auf Grund und Boden, der mir nicht gehörte. Das Kloster hingegen war ein Ort der Gelehrsamkeit – von Flaschenzügen über Latein bis zur geheimen Alchemie. Irgendwo in der Nähe hörte ich den Klang eines Schmiedehammers. Es klang wie eine Glocke, und sie läutete für mich.

Ich dachte über meine Zukunft nach, als wir zu Abend aßen. Uns wurde die Ehre der langen Tafel zuteil, an der auch der Abt saß, der mit meinem Vater ins Gespräch vertieft war. Alle anderen Plätze waren natürlich auch belegt. Die Mönche wollten so viel wie möglich von der Welt draußen hören, Neuigkeiten, die Besucher wie wir mitbrachten. Ich hatte gedacht, das Kloster sei durch die Marsch von der Welt abgeschnitten, aber Abt Clement sprach lebhaft und voll Interesse über König Æthelstan und alles, was er unternahm, um das Reich zu schützen und die Dänen fernzuhalten. Mir gegenüber saß Wulfric, der mit weit offenem Mund kaute, sodass ich genau sehen konnte, wie jeder Bissen zu Brei wurde. Ich versuchte, unter dem Tisch nach ihm zu treten, aber er saß zu weit weg.

Ich hätte sicher eine Gelegenheit gefunden, das Thema anzuschneiden, dass ich am Unterricht im Kloster teilnehmen wollte, aber es war gar nicht nötig. Ich ahnte nicht, dass es in dem Gespräch zum Teil auch um meine Zukunft ging.

Vermutlich hatte mein Vater mich bereits verkauft, noch ehe wir an diesem Abend das Brot gebrochen hatten.

Clement sprach über die Dutzend Jungen, die hier unterrichtet wurden. Sie hielten den Tagesablauf des Klosters ein und lernten ihre Gebete, außerdem Pflanzenkunde und verschiedenes Handwerk. Ich sog seine Worte förmlich in mich auf, und als ich mich meinem Vater zuwandte, lag ein Lächeln auf seinem Gesicht, und die Sorgenfalten um seine Augen waren verschwunden. So erinnere ich mich am liebsten an ihn, an diesen fürsorglichen Blick.

»Hättet Ihr Platz für einen weiteren Schüler, Vater Clement?«, fragte Heorstan.

Ich hielt den Atem an. Der Abt neigte den Kopf, als müsse er nachdenken, der alte Heuchler.

»Vielleicht sogar für beide Jungen, Herr, wenn es Euch recht wäre?«

Dass ich die Wunder dieser Klosterwelt mit Wulfric würde teilen müssen, hatte ich nicht bedacht. Ich schüttelte vorsichtig den Kopf, aber meine Meinung interessierte niemanden, und die beiden Männer fuhren in ihrer Unterhaltung fort, als seien sie ganz unter sich.

Abt Clement errötete vor Freude. Er räusperte sich und fuhr mit dem Finger durch eine Bierlache auf dem Tisch.

»Mylord Heorstan, wenn es Euer Wunsch ist, werde ich Eure Jungen in unsere Schule aufnehmen. Ich werde sie unterrichten und erziehen, um sie Euch danach als junge Männer zurückzugeben. Jedoch … ich erinnere mich, dass der heilige Augustinus in Rom eine Zeit lang Latein unterrichtete. Seine Klassen waren immer überfüllt, und damals war es üblich, dass erst am letzten Tag des Trimesters bezahlt wurde. Doch an diesem Tag blieben die Bänke auf wundersame Weise immer leer. Seitdem hat man die praktische Sitte eingeführt, das Schulgeld immer am ersten Tag zu kassieren statt am letzten – obwohl ich Euch damit absolut nicht beleidigen will, Euer Ehren.«

Das Gesicht meines Vaters verdunkelte sich. Ich wusste, dass Clement sich auf dünnem Eis bewegte, doch es war die Armut des Klosters, die ihn dazu zwang. Allein die Möglichkeit, dass wir nicht bezahlen könnten, war ein zu großes Risiko. Ich sah den Abt verächtlich an, so wie ich es von meinem Vater vermutete. Als er plötzlich eine heftige Bewegung machte, zuckte ich zusammen, doch es war nur der Beutel, den er mit Schwung über den Tisch gleiten ließ.

Abt Clement öffnete ihn nicht, er berührte kaum die Münzen, als er ihn verschwinden ließ. Vermutlich konnte er den Inhalt bereits am Gewicht abschätzen. Der Stolz meines Vaters hätte geboten, ihm das Doppelte dessen zu geben, was er verlangt haben mochte. Vielleicht hatte Clement darauf spekuliert, denn er war ein kluger Mann – und ein gerissener Kerl zudem. Er und mein Vater nickten sich zu, und damit war das Thema erledigt.

Wulfric riss die Augen so weit auf, dass man das Weiße darin sah, während er ohne jeglichen Anstand erst Vater, dann mich, dann Abt Clement anstarrte. Mich störte es nicht. Glücklich schob ich meinen Holzteller fort, auf dem ich das Essen kaum angerührt hatte.

Mein Vater reiste am nächsten Morgen ab. Wulfric und ich wachten im Morgengrauen auf, die Mönche allerdings waren schon längst bei der Arbeit. Nach einer kurzen Katzenwäsche pinkelten wir in ein halbiertes Fass, das die Mönche zum Bleichen von Wolle benutzten. Bei Wulfric ging es natürlich daneben. Ich wischte es mit einem Lappen auf, deshalb war er der Erste, der in die Sonne hinaustrat.

Draußen standen Abt Clement und mein Vater, der in seinen Pelzen immer noch eine stattliche Erscheinung war, trotz seines Alters. Beide lächelten gerade über etwas, als Wulfric und ich auf den Hof traten.

»Wir werden uns zu Weihnachten wiedersehen«, sagte Heorstan ernst. »Bis dahin seid fleißig. Benehmt euch. Betet täglich und vernachlässigt eure Seelen nicht, auch wenn der Leib vergeht. Seid wahrhaftig, meine Jungen. Und seid folgsam.«

Wulfric und ich standen nebeneinander, starrten auf unsere Sandalen im Dreck und warteten darauf, entlassen zu werden. Ich ahnte nicht, dass ich den Alten nie wiedersehen würde.

Ich wünschte, ich könnte den Jungen, der ich damals war, ein letztes Mal aufblicken lassen, um jeden Moment dieses Morgens festzuhalten wie eine Kostbarkeit – aber das kann ich nicht. Dieser Lümmel, dieser dreizehnjährige Dickkopf dachte nur daran, was er hier im Kloster lernen würde. Unser Anwesen lag weniger als ein Dutzend Meilen von Glastonbury entfernt, was nicht sehr weit schien. Ich glaube, Jungen fühlen sich nie wirklich weit weg von zu Hause, solange sie es zu Fuß erreichen können.

Mein Vater umarmte keinen von uns. Ich glaube, das hat er nie getan, und das ist auch richtig, wenn man seine Söhne auf die Welt vorbereiten will. Meine Mutter umarmte mich ständig, und ich vermisse sie auch schmerzlicher, aber in diesem Jammertal wird uns nun mal unsere Rolle zugewiesen, die wir spielen müssen. Daran können wir nichts ändern. Ein Vater vermittelt Kraft und macht einen Mann aus uns. Eine Mutter härtet das Eisen mit ihren Tränen und ihrer Liebe. Aber zu viel von beidem erzeugt Schwäche.

Heorstan war zu alt, um einen weiteren Winter zu überstehen, das war die einfache Tatsache. Er erlebte das nächste Christfest nicht mehr. Aber er hatte bei mir für einen guten Start gesorgt, und mehr kann man nicht verlangen.

Abt Clement gab mich in die Obhut von Bruder Caspar, ein hagerer Mann und noch größer als ich. Er führte mich in ein kleines leeres Klassenzimmer, wo er Platz nahm und unter viel Räuspern anfing, mit Feder und Papier zu hantieren, während ich vor ihm stand.

Es brach mir fast das Herz, als ich zum Fenster hinausblickte und Wulfric sah, der sich nervös auf den Weg zur Prim machte. Ich musste hier stehen und zuhören, wie dieses Klappergestell, um die dreißig Jahre alt, an einer stumpfen Feder herumschabte und sie ungeschickt zu schärfen versuchte, während er leise schnaufend durch die Nase atmete.

Er forderte mich auf, meine Krankheit ausführlicher zu beschreiben, als ich es je vorher getan hatte. Ich machte den Fehler zu sagen, dass es mich manchmal traf, wenn ich müde und hungrig war. Ich hätte sagen sollen, es sei schlimmer, wenn ich gut schlief und wie ein König speiste.

Bruder Caspar wollte einen meiner Anfälle sehen, aber natürlich konnte ich auf Wunsch keinen herbeizaubern. Meine Hände blieben ruhig und mein Geist völlig klar, während er mich wartend anstarrte, vor sich hin murmelte und die Schreibfeder immer wieder durch seine Hand gleiten ließ.

»Dein Vater befürchtet, dass es sich um einen Fluch handelt«, sagte er, »oder dass du vielleicht von einem Dämon besessen bist. Wenn das der Fall wäre, würde dieses Geschöpf sich vor uns verstecken, und genau das scheint es jetzt zu tun. Oh, ich sehe deine Unverschämtheit, Junge – und ich frage mich, woher sie kommt. Ich frage mich, ob er mich jetzt hört, dieser Freund.«

»Ich habe keinen Freund, Bruder Caspar«, sagte ich und überlegte, ob ich ihm ausweichen könnte, falls er sich auf mich stürzen sollte. Bei Caspar hatte man immer das Gefühl, dass der Wahnsinn in ihm lauerte, dass er einem ohne Warnung an die Gurgel gehen könnte. Seine Augen glänzten zu hell, als dass man in seiner Gegenwart ruhig bleiben konnte.

»Ich kann doch nicht Tage und Wochen mit dir verschwenden!«, bellte er. »Wir müssen ihn hervorlocken. Auf, Junge, nach diesem vergeudeten Morgen. Renne um den Hof, ich werde solange lesen.«

Es ist mir nie schwergefallen, jemanden zu hassen, den ich für dumm halte. In meiner Unschuld verstand ich seine Worte als Herausforderung. Mein Körper hatte mich noch nie im Stich gelassen, und ich konnte mir nicht vorstellen, dass er es jetzt tun würde. Ich glaube, ich lächelte sogar, als ich zu laufen anfing. Es sollte für lange Zeit das letzte Mal sein.

Ich lief los, als die Mönche noch bei der Prim waren. Ich schwitzte stark, als die Brüder aus der Kirche kamen und zum Frühstück gingen, neugierig blickten sie mich an, sagten aber nichts. Es schien nicht viel Zeit zu vergehen, ehe sie wieder herausströmten, um in die Werkstätten und Gärten zu gehen. Die Regel des heiligen Benedikt heißt, zu beten und zu arbeiten. Sie sorgt für gesunde Männer, die lange leben, auch wenn sie dazu neigen, schlecht gelaunt zu sein.

Ich rannte weiter, angetrieben von meinem Stolz. Der Morgen verging, aber Bruder Caspar schien nicht zu bemerken, dass ich anfing zu taumeln. Immer und immer wieder bot ich meinen ganzen Willen auf, ich zählte erst Dutzende, dann Hunderte Runden um den Hof, schließlich hörte ich bei sechshundert auf zu zählen. Der Schweiß strömte an mir herab und brannte mir in den Augen, dass ich kaum sehen konnte.

Ich rannte, bis es um neun Uhr zur Terz läutete, drei Stunden nach der Prim. Ich hatte auf dieses Läuten gewartet und mir vorgenommen, bis dahin auszuhalten, auch wenn ich mit blutigen Füßen rennen müsste. Als es endlich ertönte, erfasste mich eine Woge der Erleichterung, ich war fast in Ekstase. Ich blieb stehen, und ohne Warnung stand Bruder Caspar in seiner schwarzen Kutte vor mir. Er sprach kein Wort. Mit seinem kalten Daumen schob er mein Augenlid in die Höhe und betrachtete mich, wie man ein Pferd prüft, das man kaufen will. Angewidert schüttelte er den Kopf, und als ich nach Atem rang, trat er mir gegen die Beine, sodass ich fiel.

»Zeige dich, Geschöpf«, sagte er leise und blickte auf mich herunter.

Ich versuchte, mich aufzurappeln, weil ich einen Stock in seiner Hand sah, aber jetzt fing er an, mich mit der Kraft und Ausdauer eines Wahnsinnigen zu bearbeiten. Schließlich splitterte der Stock und zerbrach in spitze Teile, aber immer noch holte er aus und prügelte wie besessen auf mich ein. Er stöhnte vor Anstrengung, und in seinen Mundwinkeln hatte sich Speichel gesammelt. Es sah aus wie der weiße Schaum, den man im Frühjahr oft an Grashalmen sieht und unter dem sich kleine grüne Tiere vor der Sonne schützen.

»Zeige dich«, sagte er wieder, wobei er fast so stark keuchte wie ich. Ich weiß noch, dass ich seinen Speichel sah, dann wurde es um mich herum immer heller, und ich fiel ins Bodenlose. Ich glaube, dass ich mich ihm in dem Anfall, der jetzt folgte, sehr deutlich gezeigt habe. Der Anfall war so heftig, dass es sich anfühlte wie ein kleiner Tod.

Im Spital aß ich weich gekochte Eier und grüne Kohlsuppe, bis ich dachte, meine Eingeweide würden platzen von den übel riechenden Blähungen, die sie mir verursachten. Ich weiß noch, dass ich Angst hatte, man könnte den Gestank als einen weiteren Beweis dafür ansehen, dass ich entweder vom Teufel besessen war oder andere Dämonen mein Inneres zersetzten. Ich wollte nicht wieder Bruder Caspars Aufmerksamkeit auf mich ziehen. Als die Luft immer schlechter wurde, kniff ich meinen Hintern fest zusammen und humpelte ans offene Fenster. Vorsichtig zog ich meine Pobacken auseinander und ließ die schlechte Luft so leise wie möglich entweichen. Afra hatte viel zu tun und eilte geschäftig hin und her, doch wenn ich sie kommen hörte, war ich immer brav im Bett.

Ich musste dies im Laufe dieses Nachmittags wohl ein Dutzend Mal gemacht haben. Mein linkes Auge war zugeschwollen, und ich sah alles verschwommen. Ich sah nur das helle Fenster, aber ich wusste nicht, dass auf der anderen Seite des Hofes ein Klassenzimmer war. Die Jungen, die dort unterrichtet wurden, konnten beobachten, wie ich vorsichtig ans Fenster schlich und mich umdrehte, um meinen Hintern in die frische Luft zu halten.

Es war Bruder Encarius, der die Klasse unterrichtete. Er fühlte sich gestört, weil ich seine Schüler immer wieder zu hilflosem Gelächter veranlasste. Vermutlich musste er jeden Einzelnen verprügeln, und diese Anstrengung verlieh ihm die frische Farbe, die ich an ihm bemerkte, als er versuchte, den dauernden Störungen auf den Grund zu gehen. Vielleicht dachte er, ich sei ein böswilliger, ordinärer Junge, der es aus Schabernack tat. Als er an mein Bett trat, zuckte er sichtlich zusammen.

»Oh«, sagte er. »Davon habe ich natürlich gehört, wir sind ein so kleines Kloster. Bruder Caspar ist … ein leidenschaftlicher Sucher der Wahrheit.« Es klang fast wie eine Entschuldigung, aber ich erwiderte nichts, ich hatte gelernt, vorsichtig zu sein. Encarius wartete einen Moment, ehe er fortfuhr.

»Die Fallsucht ist eine faszinierende Krankheit, nicht wahr? Mein Bruder war auch davon besessen. Er wurde bewusstlos von seinen Anfällen, ganz ähnlich wie du, vermute ich. Er war noch jung, als er bei einem Überfall auf unser Dorf niedergeschlagen wurde und man ihn für tot hielt. Sein Kopf war danach merkwürdig eingedrückt. Er pflegte beim Lesen immer seinen Daumen in die Delle zu legen. Ungefähr hier.« Er zeigte auf die Stelle, während ich ihn finster ansah und schwieg. »Wenn er einen Anfall hatte, war er danach den ganzen Tag schwach und wie benebelt.«

Ich starrte ihn nur an. Ich würde ihnen keinen Vorwand mehr geben. Er schien die Wut in meinem Blick zu spüren und errötete noch stärker.

»Du heißt Dunstan, nicht wahr? Der Heilkunde gehört mein ganz besonderes Interesse. Falls du irgendwann eine ähnliche Verletzung hattest wie mein Bruder, könnte ich Abt Clement bitten, dass ich dich stattdessen untersuchen darf.«

Er wollte damit keineswegs andeuten, dass ich lügen solle. Er überließ es mir, seine Worte zu interpretieren. Jetzt war Encarius mir sympathisch. Schwer zu glauben, dass er erst zwanzig Jahre alt war. Ich war sieben Jahre jünger und betrachtete ihn als Erwachsenen, nicht wie jemand, der wie ein Mädchen errötete und sich noch nicht einmal überall rasieren musste, außer an der Oberlippe und an der Spitze des Kinns.

»Meine Mutter sagte, ich sei als kleines Kind mal gestürzt«, sagte ich. »Sie erzählte, ich sei mit dem Kopf so hart auf die Kaminplatte aufgeschlagen, dass ich zwei Tage bewusstlos war. Sie sagte immer, sie habe damals gedacht, ich würde nie mehr aufwachen.«

Encarius schien hocherfreut. Er tastete meinen Kopf ab und untersuchte meine Stirn, als suche er nach einer Narbe. Ich glaube, er war enttäuscht. Dann tätschelte er mein Bein, aber ich zog es schnell zurück, falls er einer von diesen Männern war, die Jungen statt Mädchen lieben. Doch das war nicht der Fall, Gott sei Dank. Er liebte keine Jungen, und Mädchen liebte er auch nicht.

»Was wurde aus deinem Bruder?«, fragte ich. Mein Gesichtsausdruck war immer noch düster, aber ich hatte noch von keinem Menschen gehört, der ebensolche Anfälle bekam wie ich, und ich wollte es wissen. Encarius senkte den Kopf, und ich hatte es erraten, noch ehe er sprach.

»Er starb jung … er war nur ein Jahr älter, als du jetzt bist. Er verrenkte seine Glieder so sehr, wenn er einen Anfall hatte, dass wir ihn festbinden mussten …« Seine Stimme erstarb, zweifellos dachte er an seinen Zuhörer. »Doch trotz all seines Gebrülls und seiner Schmerzen habe ich niemals den Teufel in ihm gesehen. Ich weiß, ein unbedachter Mensch kann ihn anlocken, aber mein Bruder war so jung – er war ein unschuldiges Kind. Hast du jemals deine Seele aufgegeben, Dunstan? Ich spüre heute einen großen Zorn in dir – statt Buße und Vergebung. Hast du jemals getobt und deinen Feinden den Tod gewünscht, egal, um welchen Preis? Wenn das der Fall wäre, könnte deine Krankheit sündhaft sein, ein Vergehen vor Gott. Dann könnte ich dir nicht helfen, ohne meine eigene Seele in Gefahr zu bringen.«

Ich war das Heucheln so gewohnt, dass ich ihn überrascht ansehen konnte, obwohl er den Nagel auf den Kopf getroffen hatte. »Niemals«, sagte ich und blickte ihm ins Gesicht. »Ich gestehe zwar, dass ich ein Sünder bin, aber meine Seele gehört mir.« Das ist der Schlüssel zum Umgang mit Mönchen. Wenn du behauptest, du seist unschuldig, bezichtigen sie dich der Sünde des Stolzes. Behaupte stattdessen, du seist ein elendes, sündhaftes Geschöpf – und sie werden dich lieben und als einen von ihnen anerkennen.

»Dann werde ich im Namen des heiligen Lukas, des Schutzheiligen der Ärzte, und des Engels Raphael, dessen Name bedeutet ›Gott heilt‹, versuchen, dir zu helfen. Ich werde es mit Gebeten und pflanzlicher Medizin und heilsamen Erden tun, so wie es Gott gefällt.«

Diese Aussage gefiel mir nicht. Wenn ich an diesen Morgen zurückdenke, als ich die Wahl hatte zwischen Caspars Prügel und Encarius' Medizin, ich wünschte ehrlich, ich hätte mich für die Prügel entschieden.

»Ich werde jetzt mit dir beten, Dunstan, dann sollst du ausruhen und dich erholen. Wenn ich weg bin, geh bitte nicht mehr ans Fenster. Die Jungen finden es sehr lustig.«

Entsetzt und schockiert blickte ich ihn an, mein Gesicht brannte vor Scham. In seiner Stimme lag nicht der leiseste Spott, nur ernste Fürsorge. Er war ein äußerst humorloser Mensch.

Bruder Encarius legte die Hand auf meinen Kopf, und ich starrte hinunter auf die raue Decke, ich war wütend und schämte mich. Er betete eine Weile, während ich mir schwor, mich an Caspar zu rächen. Ich wusste noch nicht wie, aber die Rache würde furchtbar sein.

3

Nach meiner Tracht Prügel lag ich drei Tage im Spital, deshalb bemerkte ich nicht, wie Wulfrics Schwierigkeiten anfingen. Ich war noch nicht wieder völlig gesund, aber wenigstens brauchte ich keine Krücken. Ich konnte mir gut vorstellen, wie man uns verspottet hätte, wenn beide Söhne Heorstans als Krüppel herumgehinkt wären. Wenn ich in diesen ersten Tagen schon mit im Schulzimmer gewesen wäre, hätte ich verhindern können, was später passierte. Aber so kam ich erst dazu, als alle Jungen sich bereits gegen Wulfric verschworen hatten – und damit, unfreiwillig, auch gegen mich.

Wenn ich nicht überall grüne und blaue Flecken gehabt hätte, hätte ich vielleicht sogar jetzt noch meinen Platz behauptet und ihnen klargemacht, dass es klüger wäre, uns nicht zu quälen. Ich weiß es nicht. Auch eine weiße Amsel wird vom restlichen Schwarm getötet – jeder Fremdling verursacht zunächst Unsicherheit und Abwehr bei denen, die ihn nicht kennen. Es wäre wohl in jedem Fall schwer gewesen, von diesem kleinen Wolfsrudel akzeptiert zu werden.

In der Klosterschule herrschten, was Alter und Stand betraf, große Unterschiede. Der Jüngste, James, war neun Jahre alt. Ich hatte ihn bereits einmal mit einem Fußtritt aus der Tür befördert. Hätte ich gewusst, dass er der Sohn eines Earls war, wäre ich vorsichtiger gewesen. Schließlich verfügte sein Vater über eine ganze Armee Soldaten.

Der Älteste war Godwin, fünfzehn Jahre damals und kräftiger, als zu erwarten, wenn man bedenkt, was wir zu essen bekamen. Hätte Bruder Caspar auch nur den Verstand eines Säuglings gehabt, hätte er in Godwin den Teufel gesehen, nicht in mir. *Zeige dich, Geschöpf* – also wirklich! Der Mann war ein Idiot.

An meinem ersten Tag im Klassenzimmer ließ die Sonne die Schreibpulte golden glänzen, kleine Staubkörner tanzten durch die Luft. Ich verbeugte mich vor Meister Florian, der uns in Latein unterrichten sollte, eine Sprache, in der die Jungen aus Irland und Wales sich mit denen aus Wessex verständigen konnten – und uns mit Virgil, Livius, Cato und den Kommentaren von Plinius und Cäsar bekannt machen würde. Oh, der alte Florian hielt den Schlüssel zu großen Wundern für uns in Händen. Ich erinnere mich immer noch an seine ersten Worte, als ich noch nichts verstand.

Er sprach langsam, wie zu einem Schwachsinnigen – doch auch das half nicht viel.

»Dunstan! *Italia … paeninsula est. Britannia insula est!*

Dunstan: *Estne Britannia aut … insula … aut peninsula?*«

Genauso wenig, wie ich Aramäisch sprechen konnte, wusste ich nicht, ob Britannien eine Halbinsel oder eine Insel war. Ich hatte verstanden, dass er mich etwas gefragt hatte. Alle sahen mich an, also wiederholte ich grinsend einen völlig unsinnigen Wortschwall.

»Britannia … insula paeninsula est … aut Italia?«

Es folgte lautes Gelächter, und Meister Florian zog mir seine Rute übers Ohr. Ein scharfer Schmerz durchzuckte mich. Natürlich schrie ich auf, und sofort wurde der Schrei von Godwin nachgeäfft, nur höher und länger, wie ein Lamm, das geschlachtet wird. Meister Florian schien es nicht zu bemerken. Er kehrte zurück zu seinem erhöhten Pult und murmelte bereits eine Berichtigung für einen anderen Jungen. Ich sah ein Glitzern in Godwins Augen. Ich sollte erst später erfahren, dass er der Sohn des Priors Simeon war –

des Zweithöchsten unserer Klostergemeinschaft nach Abt Clement. Mit einem fast freudigen Gefühl stellte ich fest, dass ich meinen Feind gefunden hatte, und er den seinen.

In jenen fernen Tagen waren Feinde mir willkommen. Wenn heutzutage jemand mein Feind werden will, müsste er sich so anstrengen, dass ihm wohl vorher die Kraft ausgehen würde.

Wulfric drehte sich mitfühlend zu mir um und bekam prompt einen Hieb auf die Hand dafür. Meister Florian schien es keine besondere Befriedigung zu sein, uns zu schlagen, aber trotzdem benutzte er seine Ruten, von denen er immer einen kleinen Korb voll in verschiedenen Stärken neben seinem Pult hatte, ziemlich großzügig. Die dünnen schmerzten am meisten, aber die dicken hinterließen blaue Striemen, die länger brauchten, ehe sie heilten. Ich glaube, Florian war ein guter Mensch. Ich mochte ihn.

Während mein Ohr immer noch schmerzte und pochte, bekam ich eine dreiteilige Wachstafel und einen hölzernen Griffel. Wir rezitierten im Chor, und die Rute pfiff über Pulte, Hände und Hinterköpfe. So verging der Morgen, bis schließlich das Knurren unserer leeren Mägen die Stille durchbrach. Sonderbare Geräusche, produziert von einem Dutzend hungriger Jungen. Selbst Godwins träges Grinsen verschwand, während er die Glocke zur Sext herbeisehnte. Es roch nach Hammeleintopf mit Knödeln und Steckrüben, so lecker und nahrhaft, dass uns das Wasser im Mund zusammenlief. Wir waren ständig hungrig.

Als es läutete, erhoben wir uns und blieben schweigend stehen. Meister Florian war genauso hungrig wie wir, deshalb zögerte er nicht lange und entließ uns, um zur Kapelle zu gehen. Wir gingen an ihm vorbei und legten unsere Tafeln in einen Kasten, aus dem wir sie am nächsten Morgen wieder herausnehmen würden.

Für Menschen, die das Klosterleben nie kennengelernt haben, mag es lästig erscheinen, dass man Tag und Nacht alle paar Stunden zu den Gebeten eilen muss. Nun ja, das war es auch. Aber ich gebe zu, dass es mir zur zweiten Natur geworden ist, sodass ich selbst jetzt nie länger als ein paar Stunden schlafen kann. Dann fahre ich hoch, bereit, die Matutin zu singen, obwohl meine Stimme eine Krähe noch beschämt hätte.

Wir lernten die Gebete genauso schnell wie unsere anderen Lektionen, nur unter den scharfen Augen und den noch schärferen Strafen der Mönche. Jetzt verstehe ich besser, dass sie an arbeitsreichen Tagen Momente der Ruhe für uns bedeuteten. Unsere Gebete waren wie Bienengesumm; es wurde ganz still um uns. Jeden Morgen zur Prim unterdrückten wir unser Gähnen, wenn die aufgehende Sonne durchs Fenster fiel und Farbflecke auf den Steinboden warf. Doch es gibt schlimmere Arten, einen Tag zu beginnen.

Nach dem kurzen Gebet zur Sext wurden wir endlich in den Speisesaal entlassen. Ich weiß noch, wie ich durch den Kreuzgang lief, die Aussicht auf das Mittagessen hatte mich meine Schmerzen vergessen lassen. Wulfric war dicht hinter mir, als jemand gegen seine Krücke trat. Mit einem Schrei fiel er zu Boden und schlug sich die Knie an den Steinen auf. Ich blieb stehen, obwohl mir der Magen knurrte.

Godwin stand da und grinste mich herausfordernd an.

Ich blickte auf Wulfric herab, sah seine Wunden und seine Demütigung. Obwohl mich meine Verletzungen noch schmerzten, warf ich mich auf Godwin, meine Wut als einzige Waffe. Der Kreuzgang war leer, und niemand sah, wie der Ältere anfing, mich mit seinen Fäusten und knochigen Knien zu bearbeiten, wobei er grunzte wie ein Schwein am Futtertrog. Ich dachte, er würde mich umbringen. Ich wusste nicht, ob absichtlich oder versehentlich, aber ich sah es kommen.

Wulfric sprang auf und versuchte, Godwin am Arm festzuhalten, aber er war zu leicht, und seine Einmischung endete mit einem Faustschlag gegen den Unterkiefer. Wulfric fiel benommen oder bewusstlos zu Boden, und ich rang nach Atem, wobei mir Blut aus der Nase quoll, aber ich heulte nicht. Ich war erschöpft, ich konnte kaum noch die Hände heben, und trotzdem brachte Godwin sich wieder in Position, legte den Kopf auf die Seite und holte aus, er wollte mich mit einem gewaltigen Schlag erledigen. Später erfuhr ich, dass Godwin eine Reihe kleinerer Jungen bewusstlos geschlagen hatte, eine Fähigkeit, auf die er nicht wenig stolz war. Mit blauen Flecken war er nicht zufrieden. Sein Ziel war es immer, seinen Gegner in diese Art »kleinen Tod« zu prügeln. Es hieß, dann würde er dastehen und krähen wie ein Hahn auf dem Mist.

Hätte er das bei mir geschafft, wären unsere Schicksale vielleicht anders verlaufen. Doch ich wich zurück und schwang die Fäuste. Godwin traf ein Hieb, der ihm das Nasenbein brach, sodass das Blut nur so strömte. Ich stutzte einen Moment, mehr aus Angst davor, was er nun tun würde, als aus einem Gefühl des Triumphs. Doch Godwin stand wie benommen – ein Moment völliger Ruhe in dem leeren Korridor. Seine Augen glänzten. Erst dachte ich, er weinte, aber es war nur die Reaktion. Wenn ich diesen Moment noch einmal erleben könnte, würde ich ihn in diesen wenigen kostbaren Minuten, als er vor Tränen nichts sehen konnte, niederstrecken.

Entsetzt sah ich, wie Godwin sein Gesicht berührte und dann seine blutigen Finger anstarrte. Eine Träne lief über seine Wange, wütend wischte er sie weg. Seine Augen glitzerten böse, als ich Wulfric hinter mir sagen hörte:

»Na los, Dun! Du hast ihn schon verletzt! Gib ihm noch eine!«

Mein Herz rutschte tiefer bei diesen Worten. Godwin stieß ein Knurren aus, das weitaus gefährlicher klang als sein spöttisches Gejohle. Mit gespreizten Fingern kam er auf mich zu. Ich versuchte, seinem Griff auszuweichen, doch dann erstarrten wir alle, als eine Männerstimme uns anfuhr.

»He, ihr Jungen! Was ist da los? Aufstehen!«

Ich glaube, eine Horde Dorfjungen wäre auseinandergestoben, aber hier konnten wir nirgendwo hinrennen, wo man uns nicht gefunden hätte, außerdem konnte Wulfric nur humpeln. Wir stellten uns auf, damit er uns ansehen konnte, mit Wulfric und mir zu beiden Seiten Godwins, und starrten alle an einen unbestimmten Punkt an der Wand. Unser Gehorsam schien ganz natürlich, obwohl aus Godwins Nase immer noch Blut tropfte und mein Auge langsam anschwoll. Das Weiße in diesem Auge war noch eine Zeit lang rot, was mir ein leicht dämonisches Aussehen verlieh. Ich bedauerte es, als das Blut sich schließlich aufgelöst hatte.

Bruder Encarius schnalzte mit der Zunge, als er uns betrachtete.

»Tja, Jungs. Ihr hattet die Wahl, essen oder raufen – und ihr habt euch fürs Raufen entschieden. Mir scheint, ihr seid quitt. Also möchte ich jetzt, dass ihr euch die Hand gebt und einander um Entschuldigung bittet.«

Murmelnd gehorchten wir. Encarius nickte ernst.

»Gut gemacht, Jungs. Ich hoffe, ihr könnt das jetzt hinter euch lassen. Ihr seid keine Heiligen – das erwartet auch niemand, aber wir werden auch nicht dulden, dass ihr euch wie Straßenbengel prügelt. Also, das Essen habt ihr verpasst, aber es wird euch auch nicht schaden, eine Mahlzeit auszulassen. Wie ich sehe, habt ihr ohnehin noch zu viel Fleisch auf den Rippen.« Dies war eine Lüge. Wulfric und ich wuchsen wie Stangenbohnen, und man konnte jeden unserer Knochen zählen.

Encarius ließ uns noch eine Weile schwitzen, während er uns grimmig ansah, dann seufzte er müde.

»Dunstan, Wulfric. Ich muss sagen, ich hatte etwas anderes von euch erwartet, wenn auch nicht von Master Godwin hier. Ihr zwei geht jetzt und helft Bruder Thomas im Garten. Er sagte gerade, dass er jemanden braucht, der Kürbisse in Kisten packt und ihm dann hilft, das Boot hinüberzurudern.«

Ich neigte den Kopf, mir war schlecht bei dem Gedanken, hungrig bleiben zu müssen, da mein Magen so knurrte, aber ich war froh, dass wir gehen konnten. Trotzdem beeilte ich mich nicht, ich wollte hören, was er zu Godwin sagen würde. Doch Encarius war nicht dumm.

»Ihr seid entlassen, Jungs. Ab mit euch«, sagte er. »Und wenn ihr euch wieder prügelt, schicke ich euch zum Abt.«

Ich hatte keine Ahnung, was das bedeuten würde, aber es klang so, als hielte Encarius das allein schon als Drohung für ausreichend, also hinterfragte ich es nicht weiter. Wulfric und ich rannten los und verloren den herrlichen Duft von Fleischsoße und Steckrüben aus der Nase, entgingen aber auch Godwins mürrischem Blick. Natürlich grinsten wir ihn an, denn uns blieb die Strafe erspart, ihm nicht.

»Danke, Dun«, sagte Wulfric, als wir um die Ecke bogen und stehen blieben, um zu Atem zu kommen. »Er quält immer die Kleineren. Aber ich hatte ihm gesagt, du würdest mich verteidigen, wenn du erst da wärst.«

Ich verdrehte die Augen. Offensichtlich hatte Wulfrics Geschwätzigkeit mir meine neuen Verletzungen und den Geschmack von Blut im Mund eingebracht. Wieder einmal hasste ich ihn.

»Nun, da hast du dich geirrt. Du hast mich mein Mittagessen gekostet, und ich bin am Verhungern. Und außerdem habe ich mich selbst verteidigt, nicht dich, du großes Baby.«

Er schien schmerzlich getroffen, aber ich wusste, er würde es überleben. Mein Bruder war immer ein Strahlemann. Egal, was passierte, er konnte seine Probleme immer verdrängen und lachen. Er erinnerte an einen Hund, der selbst nach einer Züchtigung schwanzwedelnd zu seinem Herrn zurückgekrochen kommt.

»Die Gärten liegen hinter diesem Torbogen«, sagte Wulfric, als ich daran vorbeiging.

Ich funkelte ihn wütend an, und er verstummte. Ich sprach kein Wort mehr mit ihm, als wir in unseren Schlafsaal zurückkamen. Es gab drei Schlafräume, in denen gerade genug Platz für jeweils sechs Betten war. Wulfrics Bett war im letzten Raum links, ich hatte eine Pritsche mit einem schmalen Bord darüber im zweiten Raum.

In der Ecke meines kleinen Schlafsaals waren Säcke mit Zwiebeln und Lauch aufgestapelt, was auf seinen ursprünglichen Zweck hinwies, ehe der Abt entdeckt hatte, dass der Unterricht im Kloster sich in barer Münze auszahlte. Mein Bett war aus grobem Eichenholz, in den honiggelben Brettern waren so breite Risse, dass meine Hand hineinpasste. Darauf lag ein Strohsack, nicht dicker als eine Daumenlänge, und eine Decke, die aus einer tückischen Mischung von Nesseln und Dornengestrüpp zu bestehen schien. Seit ich angekommen war, hatte ich noch keine Nacht darin geschlafen, für mich war es ein fremdes Bett. Vielleicht war das der Grund, weshalb ich mein Taschenmesser herauszog und anfing, ein D in den Bettpfosten zu schnitzen, ziemlich weit unten, wo es nicht so leicht zu entdecken war.

»Mir gefällt es hier nicht«, sagte Wulfric von der Tür her.

Ich glaube, wir beide merkten bereits, dass die Freizeit im Kloster knapp bemessen war. Immer mussten wir irgendwo sein, bei einem Gottesdienst, beim Holzstapeln oder Kochen helfen, oder mit den Mönchen und anderen Jungen zusammen im Garten arbeiten. Nur nachts, im Dunkeln, waren wir allein, doch auch das war nicht immer ein Trost. Während der ersten Zeit hörte ich nachts oft Jungen weinen. Wenn ich weinte, dann nur dort, wo niemand mich sehen konnte. Meine Tränen flossen, mein Schmerz ließ nach, und wenn ich mich ausgeheult hatte, wusch ich mir das Gesicht mit kaltem Wasser, und mein Tag ging weiter. Doch nie schluchzte oder jammerte ich in der Hoffnung, dass jemand mich hören und bemitleiden würde. Ich brauchte kein Mitleid.

»Versuche dich daran zu gewöhnen«, sagte ich zu Wulfric. »Vater hat dafür bezahlt, dass man aus dir jämmerlichem Baby einen Mann macht. Deine verheulten Augen, dein Katzbuckeln, dein Gestank und dein Gejammer sind eine Schande für uns alle.«

Er verzog weinerlich das Gesicht, und ich stand bereit, ihn am Arm zu packen, wobei mir nicht bewusst war, dass ich immer noch das Messer in der Hand hielt. Er wich vor der Klinge zurück, und ich glaube, das machte mich noch wütender. Ich schüttelte ihn, wie ein Hund eine Ratte schüttelt, und ließ meine schlechte Laune an ihm aus, während er heulte und versuchte, sich loszureißen. Seine Beine gaben nach, und er hing mit seinem ganzen Gewicht an mir, deshalb ließ ich ihn mit einem angewiderten Ausruf los.

»Geh in deinen Schlafsaal, Wulfric. Ich kann deinen Anblick nicht mehr ertragen.«

»Dunstan, bitte! Wir müssen hier zusammenhalten. Die anderen sind auf Godwins Seite. Ich habe keine Freunde. Komm schon, Dun. Wir sind doch Brüder! Bitte!«

Ich griff nach der Tür und schlug sie ihm mit einem Knall vor der Nase zu, der durch den ganzen Gang hallte. Als mir eine weitere grobe Beleidigung einfiel, öffnete ich sie wieder, aber er war schon weg, und ich hörte, wie meine Mitschüler vom Essen zurückkamen. Mir fiel ein, dass ich ja im Garten sein sollte. Die Verspätung würde mir wieder ein paar Striemen einbringen, aber wenn ich gar nicht hinging, wäre die Strafe noch härter.

Ich fing an zu rennen, dann kam ich fluchend zurück und steckte den Kopf in Wulfrics Schlafsaal, als sich im Korridor hinter mir Lärm erhob.

»Komm jetzt. Im Garten wartet Arbeit auf uns, die wir bis zur Non machen müssen.«

Er wischte sich mit der Hand über das verheulte Gesicht, und ich verdrehte die Augen, weil er wieder in seinen Strohsack geheult hatte, um nicht gehört zu werden.

Er stand auf, und ich spuckte in die Hände und wischte über seine Augen.

»Lass bloß die anderen nicht sehen, dass du geheult hast, du Weichling«, sagte ich leise. Ich glaube, ich ging immer zu sanft mit ihm um. Dabei floss mein Herz eigentlich über vor Liebe zu ihm.

Ich glaube, Godwin gefiel es ganz und gar nicht, dass ich ihn von nun an beobachtete. In der Klasse saß er vor mir, und mein Blick auf seinen Nacken mochte ihm wie kalte Zugluft vorkommen. Wenn Florian ihn aufforderte, ein lateinisches Wort zu deklinieren, oder Bruder Encarius ihn nach dem Namen einer Pflanze fragte, konnte er oft nicht antworten oder sagte etwas Falsches. Dann prustete ich leise los. Es war immer dasselbe Geräusch und immer gerade so laut, dass nur er es hören konnte, wenn der Lehrer sich abwandte. Ich konnte dann immer beobachten, wie die Zornesröte seinen Nacken färbte. Ich spielte mit dem Feuer und begriff noch nicht, was ich da tat. Für mich war es wirklich nur ein Spiel.

Es ging mir manchmal so schlecht, dass ich mich kaum auf den Beinen halten konnte und ich den halben Tag stöhnend und schwitzend auf dem Abtritt saß. Die Latrine war klug durchdacht; ein Bach wurde durch einen mit Blei ausgekleideten Trog aus Ton gelenkt, der die ganze Länge des Gebäudes entlanglief und alles mitnahm, was von oben hineinfiel. Es gab ein Dutzend Sitze, und normalerweise fand man immer ein paar trübsinnige Mönche in die hölzernen Sitzlöcher geklemmt, die ins Nichts starrten und darauf warteten, dass die Natur ihr Werk vollendete. Es galt als unfein, sich hier zu unterhalten. Es war ein stiller Ort, aber während der ersten Monate war ich zu oft hier.

Jeden Mittwoch- und Sonntagabend rief Bruder Encarius mich in seine kleine Apotheke, und ich sah, wie er irgendwelche Wirksubstanzen zerrieb, während er mir jede einzelne Zutat nannte und erklärte, welche Wirkung sie auf die Körpersäfte hatte. Er schrieb alles in sein schwarzes Buch, neben meine Initialen. Ich sah die Namen der Pflanzen, mit denen er zauberte, vom unschuldigen Maiglöckchen bis zum Knoblauch für die Lunge und Eisenkraut für die Knochen. Ich bin nie wieder jemandem begegnet, der in der Kräuterkunde so bewandert war, aber auch niemandem, der so sorglos damit umging, besonders was meine Verdauung anbetraf.

Ein kräuterkundiger Mann war damals äußerst gefragt. Trotz unserer Latrine aus gebranntem Ton und Blei, auf die wir so stolz waren, war der Gestank von vierzig Männern, acht Frauen und einem Dutzend Jungen alles andere als angenehm. Außer Händen und Gesicht wusch ich mich von einem Frühjahr bis zum nächsten nicht, und auch dann nur, weil mein Hals grau aussah oder weil mein Schweißgeruch einen der Mönche störte. Encarius baute Kräuter an, die auf den Boden gestreut oder in Sträußen aufgehängt wurden. Selbst wenn ich heute mein Gesicht in einen Strauß Lavendel oder Beifuß stecke, bin ich wieder bei diesem stillen jungen Mann mit seinem Mörser.

Wenn er mit dem Mörsern und Mischen fertig war, reichte er mir eins seiner schrecklichen Gebräue. Er beabsichtigte entweder einen Anfall auszulösen, indem er mein Blut erhitzte, oder die Häufigkeit und Wirkung der Anfälle zu mildern. Er war immer auf der Suche nach der Wahrheit, aber das Ergebnis war, dass ich zahllose Unterrichtsstunden verpasste, weil ich oft ratlos und voller Zweifel auf den hölzernen Sitzen des Abtritts hockte. Es war immer ein ganz besonderer Schreck, wenn die Tür von irgendeinem Ahnungslosen aufgestoßen wurde und man dann seinen Gesichtsausdruck sah, wenn er sich eilig winkend wieder zurückzog. Ich kann nicht behaupten, dass diese Mixturen mir dauerhaften Schaden zufügten, aber geholfen haben sie auch nicht.

Allerdings lernte ich von Encarius viel über Heilkräuter. Er schickte mich regelmäßig hinaus, um die Pflanzen zu sammeln, die in der schwefelhaltigen Marsch rund um die Abtei wuchsen. Dort sammelte ich wilden Knoblauch, den ich zwischen den Händen zerrieb, um sicher zu sein, dass es die richtige Pflanze war. Leider blieb der Geruch an den Händen hängen, und als ich einmal einen Salat aus Maiglöckchen zubereitete, verbrachte ich einen ganzen Tag mit Brechen. Doch all das ist nützliches Wissen, und der Unterricht machte mich zu einem eifrigen Schüler. Zum Beispiel, als er mir eine Prise zerstoßenen Fingerhut gab, dachte ich, mein Herz würde in der Brust zerplatzen.

Damals vertraute Encarius mir weder Bücher noch Papier an. Doch ich beobachtete und spitzte die Ohren, während er auflöste und kochte und schnitt und röstete, Kristalle in einer eisernen Zange hielt und mir zeigte, was für seltsame Farben und Düfte sie entwickelten. Von ihm lernte ich Nitrat und *aqua fortis* kennen, über ein Dutzend wunderbare Vitriolen und das interessante *sal volatile*.

Allein diese Namen auszusprechen bereitet mir Freude. Wir ergriffen die Vielfalt unserer Pflanzenwelt mit beiden Händen und konservierten sie zu Pulver. Völlig unschuldig beschrieb Encarius Gifte, die stark genug waren, eine ganze Armee auszulöschen. Ich schrieb nichts auf, aber mein Gedächtnis war eine wahre Schatzkammer.

4

Dieser erste Sommer schien ewig zu dauern, bis plötzlich Regen einsetzte, der aus unserem kleinen Kloster fast eine Arche werden ließ. Ich achte gewöhnlich nicht auf die Jahreszeiten, besonders jetzt, wo ich schon so viele erlebt habe. Aber ich erinnere mich noch gut an meine Schmerzen und wie ich mich innerlich wie in einen Kokon hüllte, in dem niemand mich verletzen konnte. Für sich allein hätten weder Bruder Caspar noch Godwin mir etwas anhaben können. Aber die beiden vereint gaben mir das Gefühl, als hätte ich überall nur Feinde. Godwin zumindest verhielt sich vorsichtig, solange seine Nase noch nicht geheilt war. Afra und Encarius mussten sie noch einmal brechen, damit er wieder frei atmen konnte. Zwei Monate lang war es eine Schwachstelle für ihn, und er fürchtete sich vor mir. Ich machte wohl ab und zu eine Bewegung, als wollte ich sie ihm umdrehen, nur um ihn daran zu erinnern. Er ließ mich in Frieden, und ich dachte schon, es herrsche Waffenstillstand, doch das war ein Irrtum.

Während der Sturm um die Mauern der Abtei heulte, nahmen Godwin und einige seiner Kumpane wieder Wulfric aufs Korn und verprügelten ihn, bis er in Tränen ausbrach. Ich fand ihn später, in einen Schrank gequetscht, wo er sich in eine edle Altardecke schnäuzte, was ihm eine weitere Tracht Prügel eingebracht hätte, wenn es entdeckt worden wäre.

»Hat Godwin dich hier eingesperrt?«, fragte ich wütend.

»Nein, dies ist mein Versteck, wenn ich mich fürchte oder Heimweh habe.«

Ich streckte die Hand aus und drehte sein Gesicht zu mir. Seine Lippe war stark angeschwollen, und auf der Wange hatte er einen Bluterguss. Ich merkte, dass er die Hand schützend über seine Rippen hielt. Vermutlich hatten Stiefeltritte dort ihre Spuren hinterlassen.

»War das Godwin?«, fragte ich und deutete auf seine Verletzungen. Ich merkte, wie mich eine eiskalte Wut packte, die ich regelrecht genoss.

»Nein! Warum musst du immer fragen? Lass mich in Ruhe, Dun. Du machst alles nur noch schlimmer.«

Er war ein schlechter Lügner, aber später erfuhr ich die Wahrheit von einem anderen Jungen. Nachts konnte Godwin mir nicht zu nahe kommen, denn er wusste, dass ich ein Messer hatte. Ich war auch nicht hier, um Freundschaften zu schließen, also konnte er niemanden gegen mich aufhetzen. Mein einziger Schwachpunkt war Wulfric – und ihn verachtete ich fast so sehr, wie Godwin es tat.

»Hör auf zu jammern!«, sagte ich zu meinem Bruder und packte ihn an der Tunika. »Es geht ihm nicht um dich. Er tut das nur, weil du gesagt hast, dass ich dich beschützen würde! Weiß Gott, Wulfric, du hast ihn mir zum Feind gemacht.«

»Ihr wärt sowieso Feinde gewesen«, sagte er, was völlig richtig war. Er kannte mich. Ich will kein Anführer sein, aber noch weniger will ich mich von jemandem anführen lassen. So bin ich nun mal.

Du brauchst aber nicht zu denken, dass ich gegen das Gespött und das verächtliche Gelächter immun war. Godwin äffte mich nach, wie ich mich am ersten Tag im Spital von meinen Blähungen befreit hatte. Er machte es gut, und die Klasse brüllte vor Lachen. Diese Dinge belasten einen, wenn man ihnen nicht entkommen kann. Das Kloster war eine kleine Welt, und manchmal war es, als gebe es nichts anderes außer dem brackigen Wasser, das unsere Felder umspülte, und den hohen Hügel, der im Nebel über uns aufragte.

Wahrscheinlich war Godwin ein geborener Anführer. Auch wenn er uns alle misshandelte, die Jungen der Klasse bewunderten ihn und folgten ihm bedingungslos. Wenn ich dem einen oder anderen privat begegnete und sie sich entschuldigten, dann waren sie stets allein oder höchstens zu zweit. Zusammen waren sie so scharfäugig und grausam wie ein Rudel Ratten. In vieler Hinsicht lehrte Godwin mich mehr über die wahre Natur des Menschen und seines Machtgebarens, als König Æthelstan es jemals konnte.

Kurz vor Weihnachten rief Abt Clement Wulfric und mich in sein kleines Amtszimmer und hieß uns Platz zu nehmen, was mir sofort verdächtig vorkam. Als Clement mir einen dicken weißen Brief reichte, der mit blauem Wachs versiegelt war, wusste ich, dass es sich nicht um gute Nachrichten handelte.

Mein Vater hatte immer einen Siegelring mit einer Gemme getragen, die einen geflügelten Lindwurm darstellte. Er liebte Worte, der alte Heorstan. Die meisten Menschen hätten nichts Besonderes in dem Wappen gesehen, ein zweibeiniger Drache. Doch es hieß, er habe einen giftigen Biss – und der Name stammte vom lateinischen Wort *vipera*, die Giftschlange. In meiner Familie galt dieser Ring als Warnung.

Ich erbrach das Siegel wie eine Hostie, das Knacken wirkte laut in der Stille. Ich wusste, die Nachricht würde Verrat oder Tod bedeuten, aber niemand ahnte, um wen es sich handelte. Das Alter eines Menschen war damals kein Hinweis, genauso wenig wie heute. Alte und Junge können dem Tod trotzen, andere wiederum müssen viel zu früh gehen, wobei es keine Rolle spielt, ob sie gute oder schlechte Menschen sind. Dieses Leben ist kurz und bitter, es ist lediglich eine

Vorbereitung, die Prüfung für das, was danach kommt. Nur so kann man ihm Bedeutung zumessen, oder ich müsste mit dem Himmel hadern.

Natürlich handelte es sich um meinen Vater. Ich wusste es, sowie ich die wenigen Zeilen sah, von der unbeholfenen Hand meiner Mutter verfasst.

Wulfric und ich wurden schweigend entlassen, den Brief durften wir mitnehmen. Wir lasen ihn wohl zwanzig Mal, konnten den Worten aber nichts weiter entnehmen. Die wenigen Habseligkeiten, die wir mitgebracht oder im Kloster bekommen hatten, passten in einen Leinensack.

Ich erinnere mich kaum an die Bootsfahrt durch die Marsch oder den Fußweg von einem Dutzend Meilen. Wulfric, der neben mir schluchzte, konnte seine tiefe Trauer nicht unterdrücken. Ich sagte, er solle damit aufhören, aber dadurch weinte er nur noch lauter.

Wir kamen zu Hause an, und durch das Tor aus weißem Buchenholz betraten wir Heorstans Land. Über dem Torpfosten erhob sich eine Eberesche, die noch rote Beeren trug, obwohl der Winter schon angebrochen war.

Ich hörte ein lautes Heulen, und in der Ferne sah ich die Hunde meines Vaters, die uns anstarrten und aufgeregt bellten. Sie rasten in einem solchen Tempo auf uns zu, dass jeder Wolf oder Dieb sofort vor ihnen die Flucht ergriffen hätte. Wulfric und ich wurden fast umgerannt. Begeistert sprangen die Hunde mit allen vieren gleichzeitig in die Luft, sie hüpften wie Hasen und zitterten vor Aufregung, sie konnten es kaum fassen, dass wir zurückgekommen waren.

Das Haus war lang und hoch, aus Eichenholz und mit Reet gedeckt. Das Haus meines Vaters war kein steinerner Wohnturm, aber es war stabil und anheimelnd. Ein Dutzend Leibeigene und Diener schliefen entweder hier oder in kleinen Hütten auf unserem Land. In der Umgegend lagen noch weitere Höfe, und es stand immer etwas zu essen auf dem Tisch. Wir mussten nie Hunger leiden, pflegte mein Vater zu sagen. Ich weiß noch, wie stolz er darauf war.

Ich dachte, alles sei noch genauso wie immer, als Dreifinger und John von Ower beim Hundegebell aus der Scheune kamen. Die Männer trugen riesige Bündel von getrocknetem Mädesüß, die Königin aller Kräuter. Sie legten sie nieder und kamen mir entgegen. Die Knechte meines Vaters waren keine jungen Männer mehr. Sie hatten ihm dreißig Jahre oder noch länger gedient und blieben auch im Alter bei ihm. Sie bekamen weiterhin ihr Essen und einen kleinen Lohn und waren nicht allein. Sie waren freie Männer, und beide hatten Familien, die hier lebten. In gewisser Weise war der Hof meines Vaters wie ein kleines Dorf.

Dreifinger ließ sich leise stöhnend auf die Knie nieder. John von Ower warf ihm einen Blick zu, dann tat er dasselbe, und beide beugten den Kopf. Ich war etwas verwirrt und überlegte, ob sie mich wohl zum Besten halten wollten, doch dann verstand ich. Ich war zwar erst knapp vierzehn Jahre, aber jetzt war ich für sie das Familienoberhaupt. Das war nicht weiter verwunderlich, außer dass mein Vater ja auch noch vier ältere Söhne hatte. Wenn die davon hörten, würden sie wahrscheinlich in Kürze über den Hof stolzieren, achtlos gegen Eimer treten und jeden Balken und jeden Eisennagel auf seinen Wert hin überprüfen.

Ich war noch zu jung und wusste nicht, wie ich darauf reagieren sollte, dass zwei alte Diener meines Vaters im Hof vor mir knieten. Ich räusperte mich, und Wulfric riss die Augen auf.

»Ist … ist meine Mutter im Haus?«, fragte ich errötend und zeigte auf die Tür, als hätte ich sie noch nie gesehen. Beide nickten. Die Hunde drängten sich immer noch um uns und bettelten um einen Blick oder eine freundliche Hand.

»Willkommen daheim, Jungs«, sagte Dreifinger. »Es tut mir leid, dass es ein so trauriger Anlass ist. Euer Vater war ein guter Mensch, ein großartiger Lehnsmann.«

»Wir alle waren von ihm abhängig«, fügte John von Ower hinzu, wobei ich merkte, wie Dreifinger zusammenzuckte. Natürlich sorgten sie sich um ihr Zuhause und ihre Zukunft. Sie hatten zufrieden und in Sicherheit hier gelebt, und jetzt war plötzlich alles ungewiss.

Ich blieb an der Küchentür stehen, denn in diesem Augenblick überfiel mich das ganze Ausmaß der Situation, und eine tiefe Trauer über die Veränderung, die der Tod meines Vaters bedeutete, überkam mich. Wulfric konnte sich nicht beherrschen, er rannte hinein und rief nach seiner Mama. Er war noch sehr jung, aber trotzdem ärgerte ich mich über ihn, weil er meinen Auftritt verdorben hatte.

Meiner Mutter war das Gebell der Hunde nicht entgangen. Diese Tiere waren zum größten Teil für die Jagd abgerichtet. Sie konnten ein Wildschwein verfolgen, bis es vor Erschöpfung zusammenbrach, sodass ein Jäger es mit seinem Jagdmesser erledigen konnte. Doch sie heulten. Ich weiß nicht, wie die Rasse hieß, aber es waren lärmende Hunde, die durch ihren eigenen Dreck liefen und ihn überall verbreiteten. Ich habe seitdem nie wieder einen Hund besessen.

Wulfric hatte sich in Mutters Röcken verkrochen, als ich eintrat. Der kleine Jammerlappen steckte so tief in den Falten, dass er fast darin verschwand. Meine Mutter trug einen weißen Schleier über dem Haar; ihr rotes Kleid wirkte freundlich, die Farbe von frischem Färberkrapp, mit gesiedetem Moos gebeizt. Eine merkwürdige Farbe bei einem Trauerfall.

Sie schloss mich in die Arme, und ich ließ es geschehen, es tat gut, umarmt zu werden. Als ich zurücktrat, sah ich, wie sie Wulfrics Hände von ihren Röcken löste, sie tat es sanfter, als ich mit ihm umgegangen wäre.

»Ich bin froh, dass du nach Hause gekommen bist, Dunstan. Dein Halbbruder Aldan hat mir eine Nachricht geschickt, dass er morgen oder übermorgen ankommt. Ich fürchte, es wird nicht gut gehen.«

»Wie steht es um dich, nach dem Gesetz?«, fragte ich in aller Unschuld. Heute weiß ich, dass die Gesetze der Menschen immer nur das bedeuten, was wir möchten. Damals hielt ich sie für ein hartes, unbeugsames Werkzeug. Ich war noch sehr jung.

Meine Mutter seufzte. Cyneryth musste damals um die dreißig gewesen sein. Ihre Haut war faltenlos, und sie hatte klare Augen, allerdings sah ich auch keine Tränen darin.

»Ich habe eine Magd zur königlichen Ratsversammlung geschickt, um dort ein Urteil zu erbitten, aber Dreifinger sagt, ich werde vielleicht das Haus verlassen müssen und solle mich darauf vorbereiten. Wenn du oder Wulfric jünger als zehn Jahre alt wärt, wäre ich in einer stärkeren Position.«

Ich wurde ärgerlich. Mein Vater hatte meine Mutter verehrt, das wusste ich. Er hätte niemals zugelassen, dass man sie heimatlos machte.

»Ihr müsst doch darüber gesprochen haben, du und … Dad«, sagte ich. Von ihm zu sprechen fühlte sich an, als kratze man an einer noch nicht verheilten Wunde. Im Geist sah ich ihn immer noch in seinem Stuhl am Feuer sitzen. Ich wagte gar nicht, dort hinzusehen.

»Ja, natürlich. Ich werde nicht verhungern, Dunstan. Der letzte Wille deines Vaters vermacht mir genug, um ruhig und friedlich leben zu können, wenn auch vielleicht nicht hier. Hab keine Sorge um mich oder um eure Plätze im Kloster. Falls du weiterhin dort studieren möchtest, so ist genug Geld dafür da.«

»Ich möchte nach Hause kommen!«, weinte Wulfric plötzlich.

Ich fuhr wütend herum, aber mein Ärger verflog, als meine Mutter mein Gesicht berührte und mit dem Daumen darüberstrich, als könne sie die Zornesröte damit wegwischen.

»Ein bisschen behutsamer, Dunstan. Wulfric ist dein Bruder und wird dich jetzt mehr brauchen denn je. Ich wünschte nur, ich hätte auch Töchter geboren, damit du etwas sanfter geworden wärst. Du warst immer wie Gusseisen, nie wie Schmiedeeisen. Doch ich möchte nicht, dass du zerbrichst.«

Ich glaube nicht, dass Cyneryth je eine Schmiede von innen gesehen hatte, aber ich verstand, was sie meinte, und nickte. Allerdings konnte ich mit ihrem Urteil nicht viel anfangen. Gusseisen zerbricht eher, als dass es sich verbiegt, das stimmt. Aber warum auch nicht? Das macht Eisen ja aus!

In dieser Nacht schlief ich in meiner alten Kammer unter den Dachsparren, fest in die Decke eingewickelt, denn es lag Frost in der Luft. Als ich aufwachte, war es ganz still im Haus. Ich zerschlug das Eis auf dem Wasserkrug, goss etwas Wasser in die Schüssel und sorgte mit beiden Händen dafür, dass ich vollends wach wurde. Ich verfluchte die Kälte, schüttelte mich und lachte laut, erst dann erinnerte ich mich, dass mein Vater tot war.

Als ich die Fensterläden aufstieß, sah ich einen Wagen, der sich in einer Staubwolke langsam näherte. Er kam durchs Tor, und die Hunde bellten wieder ohrenbetäubend.

Mich erfasste etwas wie Furcht beim Gedanken an meinen älteren Bruder. Aldan war bereits seit Langem ein Mann. Ich kannte ihn kaum, und wenn er beschrieb, wie Heorstan in jenen Tagen gewesen war, dann kam es mir vor, als kennte ich ihn kaum. Der Vater, den ich geliebt hatte, der geduldige Mann mit dem trockenen Humor, der jetzt weniger als eine Meile entfernt auf dem Friedhof der St.-Johann-Kapelle lag, war nicht mehr.

Das Haus kam mir merkwürdig klein vor nach den großen Räumen im Kloster, doch auch das ist in meiner Erinnerung stark geschrumpft. Vielleicht wird auch das größte Wunder im Laufe der Zeit zu etwas Gewöhnlichem. Vielleicht wachsen wir auch aus unseren alten Wohnstätten heraus, wie Einsiedlerkrebse, die sich immer wieder ein neues Zuhause suchen müssen.

Aldan sah sich um, als ich herauskam, um ihn zu begrüßen. Ich strich mir mein feuchtes Haar mit den Fingern glatt. Wulfric stand hinter mir, ernster als gewöhnlich. Ich verspürte eine Art Widerwillen, wie ein Hund, in dessen Revier ein Rivale eingedrungen ist. Doch als ich näher trat, bemerkte ich, dass Aldans Augen genauso rot waren wie meine. Er streckte die Hand aus, und ich ergriff sie. Es war ein fester, trockener Handschlag.

»Ich kann nicht glauben, dass der Alte tot ist«, sagte er. »Meine Güte, Dunstan, wie bist du gewachsen – und du auch, Wulfric, ihr alle beide. Ich weiß noch, Dad war stolz darauf, so groß zu sein. Er muss sich gefreut haben über euch. Er sprach stets mit großem Stolz von euren Fortschritten.«

Ich erinnere mich an seine Worte, denn damals wurde mir zum ersten Mal bewusst, dass mein älterer Bruder ein Mann war – und ich ein Junge. Mir wäre es nicht in den Sinn gekommen, dass man zwei traurige Kinder dadurch trösten konnte, dass man liebevoll über den Mann sprach, den wir alle verehrten.

»Willst du nicht hereinkommen?«, fragte ich. »Du bist uns willkommen, Aldan. Dreifinger und John von Ower sind hier, bei … Mutter.«

Ich zögerte beim letzten Wort, ich war mir nicht sicher, wie ich die zweite Frau meines Vaters nennen sollte. Es war meine Mutter, aber nicht seine. Aldan nickte, und ich glaubte Tränen in seinen Augen zu sehen, was mich überraschte.

»Ich werde das Brot mit euch brechen, natürlich. Vielleicht gehe ich später hinüber zum Grab und setze mich eine Weile zu ihm, wenn es euch nichts ausmacht.«

»Natürlich nicht. Wulfric, bring seine Taschen herein und sieh zu, dass einer der Jungen sich um das Pferd kümmert. Wulfric! Beweg dich endlich!«

Wulfric wollte nicht weggeschickt werden, das merkte ich. Ich gab ihm einen Schubs, und sofort fing er an zu heulen und sich zu beklagen. Ich fürchte, daraufhin gab ich ihm einen noch stärkeren Stoß, weil ich schlecht gelaunt war. Es war ein ernster, würdevoller Moment der Trauer zwischen zwei Brüdern – den er mit seiner Kinderstimme gestört hatte. Ich gab ihm eine Kopfnuss, und als er wegrannte, heulte er so laut, dass es fast wehtat und ich vor Schmerz die Kiefer zusammenbiss.

Aldan lachte leise und schüttelte den Kopf.

»Ach, Dunstan. Ich sehe meine Brüder ja gar nicht mehr, ist dir das überhaupt bewusst?«

»Das klingt … eigentlich ganz erträglich«, sagte ich.

»Nein, ist es nicht. Es ist schwer, einen solchen Bund zu zerbrechen, aber wenn er erst zerbrochen ist, führt kein Weg mehr zurück. Darf ich jetzt eintreten?«

Als Antwort neigte ich den Kopf. Es war merkwürdig, aber ich akzeptierte seine Autorität, weil er mein älterer Bruder war und weil er meinem Vater ähnlich sah. Doch es fiel mir nicht ganz leicht.

Als Aldan sich duckte, um durch die Tür zu kommen, bemerkte ich ein Schwert an seiner Seite, das in einer abgewetzten Scheide aus Metall und Leder steckte. Einen Moment überlief es mich kalt, und mir fiel ein, dass ich ihn eigentlich gar nicht kannte. Doch er war allein gekommen, und wir waren viele. So war die Welt, in der ich damals lebte. Ich verdächtigte meinen eigenen Bruder, uns ermorden zu wollen. Ich schäme mich dafür.

5

Etwas ungeschickt umarmte Aldan meine Mutter, vielleicht wegen des geringen Altersunterschieds. Wäre sie sechzig Jahre alt gewesen, hätte er ihr vielleicht das Haus und das Land noch gelassen, bis sie gestorben wäre. Ich fand ihn nicht grausam. Und dennoch, er war schließlich der älteste Sohn seines Vaters, also zeigte er auch keine Schwäche.

Er schnitt das Thema an, nachdem wir gegessen hatten und beim heißen Wein saßen, der mit italienischen Lorbeerblättern gewürzt war, die von den Märkten in Turin kamen. Wulfric und ich hatten auch jeder einen Becher. Wir fühlten uns wie erwachsene Männer und bemühten uns, recht ernste Gesichter zu machen. Die Knechte kamen nach dem Essen herein, sie saßen ums Feuer herum und unterhielten sich über den Alten. Sie hatten mit ihren Familien gegessen. Wäre die Situation nicht so ernst gewesen, hätte meine Mutter sicherlich einen Eintopf für alle gekocht. Sie war immer mitfühlend, das war auch einer der Gründe, warum wir so viele Hunde hatten.

Aldan stimmte zu, dass es schon zu spät und zu dunkel sei, um sich mit Pony und Wagen wieder auf den Weg zu machen. Er entspannte sich am Feuer, sprach von unserem Vater und hörte den Erinnerungen von Dreifinger und John von Ower zu. Heorstan sei bei allen, die ihn kannten, beliebt gewesen, von einigen gefürchtet und von seinen Feinden respektiert, so erzählten sie. Im Laufe des folgenden Monats kamen etwa dreißig Männer und Frauen, um Geschichten zu erzählen, Schulden zurückzuzahlen oder meine Mutter mit einer besonderen Erinnerung an ihn zu trösten. Es waren nicht alles Freunde von uns, aber sie wurden bewirtet, und viele blieben über Nacht. Ich sog jedes Wort in mir auf, und ich lernte viel über meinen Vater. Ich glaube, es war kein schlechter Abschied. Der Alte wäre damit zufrieden gewesen, wie er betrauert wurde.

Aldan allerdings hatte nicht nur einen rechtmäßigen Anspruch auf die Erinnerungen an einen alten königlichen Lehnsmann, sondern auch auf unser Land. Der Tisch und alles, was an Brot und Fisch und Fleisch darauf stand, demonstrierte unseren Wohlstand – die Erträge von Wald, Feld und Fluss reichten aus, um zwölf Familien zu ernähren. Wir hatten Gänsebraten und Dinkelbrot gegessen, gewürzt mit frischem Salbei und Rosmarin, mit Dill und Minze, die trotz des Frosts in unserem geschützten Kräutergarten noch gediehen. Meine Mutter hatte eine seltene Gabe, der kalten Erde Leben abzuringen. Vielleicht hatte sie diese Kunst auch mit dem Alten im Bett geübt.

»Mylady«, sagte Aldan leise. »Man könnte vielleicht der Meinung sein, dass es zu früh ist, von meinem Erbe zu sprechen, obwohl mein Vater unter der Erde liegt. Doch ich muss morgen früh nach Winchester abreisen. Wir sollten deshalb darüber sprechen, was mein Vater mir als seinem ältesten Sohn hinterlassen hat – und ob er ein schriftliches Testament aufgesetzt hat.«

»Das hat er«, sagte meine Mutter. »Eine Kopie davon liegt im Archiv in Winchester, oder wenn du willst, kannst du auch lesen, was ich hier habe.«

Aldan nickte nachdenklich. Sie holte eine Ledermappe, öffnete die Riemen und holte einen Bogen feinstes Pergament heraus. Darauf war die Unterschrift meines Vaters, außerdem war das Blatt mit winzigen Buchstaben beschrieben, ohne

Abstände zwischen den Wörtern – die Arbeit eines geizigen Schreibers, der sich die Kosten für einen zweiten Bogen ersparen wollte.

Meine Mutter sah zu, wie Aldan eine Zeit lang las. Das Küchenmädchen ging mit einem Krug herum und füllte unsere Becher wieder. Ich merkte, wie Wulfric einen etwas glasigen Blick bekam, und versuchte, sie wegzuschicken, aber er sah mich nur böse an und hielt ihr seinen Becher hin, der dreiste Kerl.

Nach einer gefühlten Ewigkeit faltete Aldan den Bogen wieder zusammen und starrte in die Finsternis vor dem Feuer. Meine Mutter war eigentlich kein ungeduldiger Mensch, aber jetzt ertrug sie die Stille nicht länger.

»Ich habe keinen Anspruch auf dieses Land, Aldan«, sagte sie. »Dein Vater, möge er in Frieden ruhen, hat mich auch so ausreichend versorgt. Ich könnte mir in der Stadt eine Bleibe suchen oder bei meiner Schwester in London etwas mieten. Ich werde nicht verhungern, Gott segne ihn. Doch … ich hatte gehofft, hierbleiben zu können, bis die Jungen erwachsen sind. Vielleicht als deine Pächterin. Wäre das … was du wolltest? Könntest du damit leben?« Ihre Bewegungen waren hastig, ihr Lächeln wirkte unsicher. Sie war wie ein Vogel, der zusieht, wie ein Fuchs sich seinem Gelege nähert, hilflos und ängstlich.

Aldan schloss für einen Moment die Augen, als sei er am Feuer eingedöst. Im Halbdunkel war er jetzt das Abbild meines Vaters.

»Cyneryth, ich weiß, der Alte würde toben vor Zorn, wenn ich dich hier wegschickte. Doch dies ist das einzige Haus, das er hinterlässt, möge er in Frieden ruhen. Er hat das Haus, in dem ich aufwuchs, verkauft, und ich habe nicht viel von ihm bekommen. Ich habe mich nie beklagt oder mehr verlangt. Sein Geld gehörte ihm, und wir müssen alle unseren

Weg im Leben finden. Ich wusste, er hat zwei kleine Söhne und eine Frau, die er liebt und die ihn glücklich macht.« Er unterbrach sich, hob den Becher und trank meiner Mutter zu. Erfreut neigte sie den Kopf und dankte ihm. »Ich habe meinen eigenen Weg gefunden, teils mit Handel, mit Landbesitz und Fischerei an der Küste. Ich kann es mir jetzt leisten, zu heiraten und mich selbst zu versorgen. Ich erzähle dir das nicht aus Stolz, sondern um dir zu zeigen, dass ich keine Boshaftigkeit im Sinn habe, bei meinem Eid.«

Doch er war schon stolz, Eidschwur hin oder her. Ich sah, wie zufrieden er mit sich selbst war. Er wusste nur zu gut, dass wir alle seine Entscheidung erwarteten – und dass diese das Einzige war, worauf es jetzt ankam. Damals lernte ich etwas von ihm.

Aldan wartete und trank einen Schluck Wein. Selbst in diesem Moment lenkte Wulfric mich ab, indem er seinen Becher zum dritten Mal hochhielt, während unser Bruder weitersprach.

»Aber ich erlebte meinen Vater, als er in der Blüte seines Lebens stand – und ich sah diesen Mann nachlassen, sah, wie er ein sanfterer Mensch wurde, der immer seltener zu Zornesausbrüchen neigte, wenn jemand ihn unverschämt behandelte. Ich glaube, ihr kanntet ihn als einen anderen, liebenswürdigeren Menschen, vielleicht besser, als er vorher war. Wenn das stimmt, dann hast du ihn dazu gemacht, Cyneryth. Doch derjenige, der mich großgezogen hat, würde wollen, dass sein Sohn das Land erbt. Du weißt, dass das die Wahrheit ist.«

Er sah hoch, und ihre Blicke trafen sich. Schließlich nickte meine Mutter. Er schien sich etwas zu entspannen und streckte die Beine aus.

»Du bist noch jung, Mutter. Ich habe keinen Zweifel, dass du wieder heiraten wirst, vielleicht sogar mit einem anderen

Mann noch Söhne und Töchter haben wirst. Wenn ich dir dieses Haus und dieses Land überließe, würde dann nicht vielleicht dein neuer Mann in einigen Jahren hier vor dem Feuer sitzen? Würde er das Schwert gegen mich ziehen, wenn ich käme und mein Erbe beanspruchte? Wir wissen nicht, was passieren kann, deshalb müssen wir jetzt klug sein – und nicht auf Jahre hinaus Schwierigkeiten riskieren.«

»Dann willst du, dass ich ausziehe«, sagte meine Mutter kaum hörbar.

Er wandte den Blick nicht vom Feuer.

»Das Testament meines Vaters spricht dir das Silbergeschirr zu, die Tische, die Pferde – und das Ehebett. Das könnte ich dir abkaufen, wenn du möchtest – oder du kannst es anderweitig verkaufen. Das Haus, die Felder und das Weideland gehören mir, mit allem, was darauf wächst oder lebt.«

»Den Leibeigenen hat dein Vater die Freiheit geschenkt«, sagte sie. »Du wirst ihnen einen Lohn zahlen müssen, wenn du sie behalten willst.«

»Wie gesagt, er war gütiger geworden, als er es früher war.«

Aldan klang unwillig, ich sah, dass ihm diese Nachricht nicht gefiel. Trotzdem, er hätte in das Haus einfallen können wie ein Sommergewitter und uns alle hinauswerfen können. Stattdessen erwies er meiner Mutter alle Ehre, denn sie war eigentlich eine Fremde für ihn. Ich konnte es dem Mann nicht verübeln. Er war im Recht, und mein Vater würde gewusst haben, was sein Testament bedeutete, als er es aufsetzte und beglaubigen ließ. Es war kein Missverständnis – Heorstan wollte, dass sein Erstgeborener das Land mit allen Rechtsansprüchen erbte.

Nachdem Aldan wieder abgereist war, feierten wir unser letztes Christfest im alten Haus. Die ganze Einfahrt entlang brannten Kerzen, und auf dem alten Hügel loderte ein großes

Feuer. Ich stellte mir vor, dass die aufstiebenden Funken Seelen waren, und ich wusste, dass mein Vater seinen Frieden gefunden hatte.

Auf der Straße, die an unserem Tor aus weißem Buchenholz vorbeiführte, sagte ich meiner Mutter Lebewohl. Dreifinger hatte einen Wagen mit ihren Habseligkeiten beladen und starrte ins Leere, als wir uns alle umarmten. Die Hunde schlichen kläglich um uns herum, den Schwanz zwischen die Beine geklemmt. Wulfric und ich sollten zur Klosterschule Glastonbury zurücklaufen. Es war ein seltsamer Gedanke, dass wir nie mehr zu diesem Haus zurückkehren würden, dass es nur noch ein Ort der Erinnerung für uns sein würde. Ich weiß noch, dass ich sehr traurig darüber war – mir hat dieses Stück Land immer mehr bedeutet als irgendwelche Menschen, die hier lebten.

Dreifinger trug sein altes Schwert am Gürtel und hatte ein Messer mit Horngriff, ein Geschenk meines Vaters, unter seinen Sitz gelegt. Er versprach, Cyneryth zu ihrer Schwester nach London zu bringen, obwohl die Straßen damals schon ziemlich sicher waren, denn wegen der Bedrohung durch feindliche Schiffe stand ganz Wessex unter bewaffnetem Schutz.

Wulfric und ich sahen dem Wagen hinterher, bis er hinter der Hügellinie im Osten verschwunden war. Wir hatten Brot, Käse und einen Topf mit Marmelade aus schwarzen Johannisbeeren. Wir teilten uns alles, während wir über die Felder liefen, bis wir schließlich die Marsch rund um die Insel Avalon erreicht hatten. Es war ein kalter, klarer Tag, und der Himmel hinter dem Hügel war blau. Ich konnte meilenweit sehen, und zu meiner eigenen Überraschung spürte ich etwas wie freudige Erregung. Ich hatte nicht mein Zuhause verlassen, um hierherzukommen, sondern ich war nach Hause gekommen. Hier gehörte ich hin.

Wir warteten einen halben Tag an diesem schlammigen Ufer, bis Bruder Guido kam, um uns hinüberzustaken. Ich mochte ihn nicht besonders, denn ich verdächtigte ihn der Päderastie. Seine Augen glänzten immer so merkwürdig, wenn er nackte Knabenhaut sah. Ich erinnere mich noch an ein Fußballspiel an einem regnerischen Wintertag, als Wulfric keine große Lust zeigte, sich unter die schreienden, kämpfenden Jungen zu mischen. Bruder Guido kam aus dem Kreuzgang und nahm eine Handvoll Schlamm vom Boden. Damit rieb er über Wulfrics Knie und sagte: »So, jetzt bist du auch dreckig, Junge, jetzt los!«

Er saß im Heck und ruhte sich aus, während wir ruderten. Mit lüsternen Augen sah er uns an, als wir stöhnten und vor Anstrengung rot wurden. Das Wasser glitt unter uns hinweg. Das Kloster von Glastonbury hinter uns wurde immer größer – es war noch immer die größte Ansammlung von Gebäuden, die ich jemals gesehen hatte, mit Rundbogenfenstern wie die Bögen eines römischen Aquädukts. Es war wie ein steinerner Schwur in einer Welt aus moderndem Holz, Reet und Gipsputz. Ein hochwillkommener Anblick für mich, genau wie das neue Baugerüst und die Seile daran. Seit Monaten hatte es Gerüchte über einen neuen Glockenturm gegeben. Allein schon dieser Gedanke, die Mathematik dahinter, die Maße und die Flaschenzüge – ach, ich erinnere mich so gut daran! Für mich war es ein freudiger Ausblick in die Zukunft, während ich hier meinen Rücken anspannte. Nachdem wir das Boot festgemacht hatten, flog ich förmlich die Wege entlang vor Begeisterung.

Wulfric war auf dem letzten Teil unserer Reise still gewesen. Vermutlich dachte er daran, dass er jetzt Godwin wiedersehen würde, genauso wie die Lehrer, die er nicht mochte. Während meine Stimmung immer besser wurde, hüllte seine Beklemmung ihn ein wie ein Mantel, der schwer auf seinen

Schultern lastete. Ich verstand es nicht. Das Kloster war doch ein Ort, wo man leere Behältnisse mit kristallklarem Wasser füllte, mit Goldmünzen, oder wie man es auch immer sehen wollte. Hier pflanzte man im Garten frische, grüne Pflanzen und in den Zöglingen einen neuen Glauben.

Ich persönlich sehnte mich nach Pythagoras und Euklid. Mich verlangte es nach Archimedes und am meisten nach Thales von Milet. Ich würde seine Worte lesen, diese Gottesgabe, und wissen, dass, wenn zwei Linien sich kreuzen, die sich gegenüberliegenden Winkel immer gleich sind – oder dass die Winkel an der Grundlinie eines gleichschenkligen Dreiecks immer gleich groß sind, immer! Dies war mein größtes Entzücken – allerdings hatte ich damals die Versuchungen des Fleisches noch nicht kennengelernt.

Auf dem Weg begegneten wir den Mönchen und den Laienbrüdern und beugten grüßend unsere Köpfe, wie ernste Erwachsene. Wulfric und ich verbeugten uns auch vor Afra und zum ersten Mal auch vor ihrer Tochter. Ich erfuhr, dass Alice zu uns gekommen war, um im kommenden Frühjahr die Krankenpflege zu erlernen. Ach, lieber Leser, wie unerfahren war ich damals. Selbst wenn sie wie ein grinsender Sack Steckrüben ausgesehen hätte, ich hätte trotzdem mit fieberhaften Fantasien reagiert. Auch, wenn sie wie ihre Mutter ausgesehen hätte. Aber Alice war ein schönes, kräftiges Mädchen, mit breiten Schultern und einem Schwanenhals, der auf äußerst verführerische Weise in ihren Schlüsselbeinen endete. Nun ja, ich war nie ein Dichter. Ich kann nicht beschreiben, wie mein Herz schlug und wie eine unbekannte Hitze in mir aufwallte. Ich weiß nur eins: Ich blickte sie an, und es war um mich geschehen.

Ich ließ Wulfric zurück, um unsere Sachen auszupacken, dann rannte ich um den Hügel herum zum neuen Turm. Eine Zeit lang starrte ich die Maurer an und versuchte, ihre

Geheimnisse zu ergründen. Wie sie Seile auf Spulen wickelten und ihre ausgestreckten Daumen hochhielten, während sie mit einem zugekniffenen Auge daran vorbeischielten. Mauern erhoben sich aus tiefen Fundamenten, schnurgerade und mit präzisen Ecken, und überall hingen Schnurlote mit Bleigewichten.

Voller Bewunderung strahlte ich die Handwerker an, und der eine oder andere fuhr mir im Vorbeigehen durchs Haar, sie merkten, wie mich ihre Arbeit faszinierte. Es dauerte auch gar nicht lange, da schleppte ich Steine, folgte ihren Anweisungen und machte mich ziemlich schmutzig, bis um sechs Uhr die Glocke zur Vesper ertönte und die Lampen angezündet wurden. Die Schatten waren lang geworden, und der Tag war förmlich verflogen. Jetzt wusste ich, dass ich ein Baumeister, ein Schöpfer werden wollte, ich wollte Gottes Echo sein. Wenn ich nackt vor dem Jüngsten Gericht stehe und gefragt werde, womit ich mein Leben verbracht habe, dann werde ich sagen: Ich habe gebaut. Ich habe geschaffen. Ich mag nur ein armer Schatten sein, aber ich bin stolz auf meine Mauern.

Bei der Vesper sah Bruder Caspar hellen Staub auf meinem Haar und meinen Händen. Hinterher nahm er mich beiseite, und Wulfric blieb in der Nähe, um zu sehen, welche Strafe ich wieder verdient hätte.

»Was ist das?«, wollte Caspar wissen, als er ein Körnchen Sand von meiner Tunika klopfte.

Ich verabscheute ihn, und irgendwie wusste ich, dass er die tiefe Befriedigung, die ich an diesem Tag empfunden hatte, zunichtemachen wollte. Deshalb antwortete ich nicht, aber wie immer lag sein Zorn dicht unter der Oberfläche. Er gab mir eine Ohrfeige, dass mein Kopf herumflog. Empört funkelte ich ihn an. Meine Wut kochte hoch, und ich war bereit, mich auf ihn zu stürzen. Lediglich der Gedanke, dass ich damit alles verlieren würde, hielt mich davon ab zurückzuschlagen. Ich wollte nicht aus dem Kloster geworfen werden, deshalb biss ich mir auf die Zunge.

Ich sah, wie Godwin neben Wulfric auftauchte. Er stand da und genoss die Situation.

»Du wirst mir antworten, Master Dunstan, oder ich bringe dir in meinem Studierzimmer die nötige Disziplin bei.«

Ich war trotzig, aber nicht ganz dumm. Meine blauen Flecken waren über Weihnachten gerade verblasst, und ich hatte keine Lust, mir neue einzuhandeln.

»Ich habe den Maurern geholfen, Bruder Caspar«, sagte ich.

»Auf wessen Befehl? Encarius? Den scheinst du mit deiner Gerissenheit und deinen Lügen ganz schön hinters Licht geführt zu haben. Hat er dir gesagt, du sollst ›den Maurern helfen‹?«

Ich war verblüfft darüber, dass ich jemanden hinters Licht geführt haben sollte.

»Nein, Bruder Caspar, mich hat die Arbeit interessiert.«

»Arbeit, die dich verletzen oder zerquetschen könnte, du dummer Junge. Ja, genau das bist du. Deine Anfälle kommen doch völlig unerwartet, ist es nicht so? Was wäre gewesen, wenn unter dir jemand gestanden hätte, während du einen Stein schlepptest und deine Teufelei losgegangen wäre? Willst du riskieren, dass ein unschuldiger Mensch wegen deiner egoistischen Wünsche verletzt oder getötet wird? Nein! Ich verbiete es, egal, was Encarius dir erlaubt hat.«

Empört öffnete ich den Mund und schloss ihn wieder.

»Bruder Encarius hat überhaupt nichts gesagt! Ich bin aufs Baugerüst gegangen, weil mich die Arbeit der Handwerker interessiert.« Ich merkte, dass ich rot vor Zorn geworden war, und in meinen Augen sammelten sich die Tränen. Ich spürte die Bosheit dieses Mannes, aber ich konnte ihr nicht entkommen.

»Ich verbiete es! Du wirst diese Baustelle nicht wieder betreten, hast du verstanden? Ich werde nicht zulassen, dass du die Handwerker oder sonst irgendjemanden in Gefahr bringst, womöglich noch andere Jungen.«

Er bemerkte meine Abneigung und beugte sich vor, sodass ich seinen Geruch wahrnahm.

»Wenn ich erfahre, dass du zuwidergehandelt hast, Kind, werde ich dafür sorgen, dass du aus dem Kloster geworfen wirst.«

»Nun, du musst tun, was du für richtig hältst«, sagte ich mit zusammengebissenen Zähnen. Es war das Äußerste an Widerstand, was ich wagte. »Kann ich jetzt gehen, Bruder Caspar?«

Er trat zurück, und seine Augen blitzten. Ich glaube, es überraschte ihn, wie wütend ich war.

»In Ordnung. Geh jetzt. Aber denke daran, was ich dir gesagt habe.«

Ich nickte, aber ich war so außer mir, dass ich nach Luft schnappte.

Vielleicht ist es nicht weiter verwunderlich, dass ich in dieser ersten Nacht im Kloster höchst lebhafte und qualvolle Träume hatte. Es fing damit an, dass mir mein Vater erschien, dann Afra und Alice, was mich ziemlich verstörte. Ich merkte, wie ich tiefer in Schlaf sank, dann sah ich den Turm der Abtei vor mir – vollendet, als sei ein Jahr vergangen. Ich blickte auf alles herab, als schwebte ich auf Engelsflügeln immer höher hinauf, sodass ich das Land unter mir sah. Oh, und dann sah ich nicht etwa eine bescheidene kleine Kirche auf einem Hügel, sondern das mächtige Gebäude, das heute dort steht, die große Abtei von Glastonbury, mit Türmen und Giebeln und großen Hallen, und über allem ertönte Glockengeläut. Ich sah Hunderte von Mönchen – nicht nur die zwei Dutzend, die ich kannte, sondern ganze Scharen in schwarzen Kutten, die zum Morgengebet gingen. Ich sah eine Stadt auf dem Hügel, und ich wusste, ich hatte sie gebaut.

Ich erwachte, oder vielleicht war ich auch nur halb wach, ich bin mir dessen nie ganz sicher gewesen, und ich war so erfüllt und erregt von meiner Vision, dass ich aufstehen musste, um nachzusehen. Mit bloßen Füßen rannte ich los, mit nichts weiter als meinem Hemd bekleidet, aber die Kälte machte mir nichts aus.

Es herrschte dichter Nebel, aber ich kannte den Weg und konnte zudem meinem hellen Traumbild folgen. Nur einmal zögerte ich, denn ich hatte eine breite Straße erwartet, wo keine war. Ich stolperte weiter, meine Füße bluteten von den scharfen Steinen, aber es war mir egal, ich spürte nichts.

Ich fand mich am Baugerüst des Turmes wieder, dessen Holzbalken in den Nebel ragten. Ich ergriff mit jeder Hand ein Seil, dann stand ich lange da und blickte nach oben. Ich weiß nicht, warum ich schließlich hochkletterte, nur dass es wie ein innerer Zwang war, dem ich folgen musste, ein drängendes Verlangen, dem ich mich nicht widersetzen konnte. Ich kletterte hoch wie ein Affe, hangelte mich von einem Balken zum anderen, ohne Furcht vor dem Abgrund unter mir. Dichter Nebel umgab mich, und mir war, als kletterte ich die Jakobsleiter hinauf, oder den Turm zu Babel – bis in den Himmel hinauf.

Als ich am höchsten Punkt angekommen war, griffen meine Hände ins Nichts, und zum ersten Mal wäre ich beinahe gestürzt. Panikartig klammerte ich mich fest und hing dort, ich keuchte und stöhnte und fragte mich plötzlich, wie ich jemals wieder herunterkommen sollte, ohne mir das Genick zu brechen. Meine Benommenheit ließ nach, die Farben und Visionen verblassten. Ich hatte ein riesiges Bauwerk gesehen, eine Kathedrale Gottes. Die Marsch ringsum war trockengelegt und in goldene Kornfelder verwandelt. Ich war geklettert und hatte es überlebt, aber plötzlich fror ich, und alles tat mir weh.

Ich habe nie wieder so helle Farben und lebhafte Erscheinungen gehabt wie damals mit vierzehn Jahren. Ich glaube, es würde mich verrückt machen, wenn ich das jetzt erleben müsste. Vielleicht war ich auch eine Zeit lang verrückt.

Unten hörte ich Stimmen, die meinen Namen riefen. Ich blickte hinunter und sah den schwachen Laternenschein, als sie mich suchten. Man hatte mein Bett leer vorgefunden, und ich wurde vermisst. Jetzt verwünschte ich meine Dummheit. Ich wusste, dass mir wieder eine Tracht Prügel bevorstand. Ich wagte nicht, daran zu denken, dass man mich nach Hause schicken könnte. Mein Zuhause gehörte jetzt meinem Bruder Aldan. Die Füchse haben Gruben, und die Vögel unter dem Himmel haben Nester, aber des Menschen Sohn hat nichts, da er sein Haupt hinlege. Und Dunstan heute ebenfalls nicht. Ich war einsam und hatte Angst, ich lehnte an einem Holzpfahl, und meine Beine baumelten über dem Abgrund.

6

Das Kloster war eine kleine Welt in jenen Tagen. Als sich die Nachricht von dem »vermissten« Schüler verbreitet hatte, durfte niemand im Bett bleiben. Abt Clement eilte draußen umher und rief nach Laternen. Selbst Prior Simeon kam heraus und kniff benommen die Augen zusammen, weil man ihn aus seinem Leben, das der Meditation oder der Buße gewidmet sein mochte, herausgerissen hatte. Vom Abt bis zum Straßenjungen mussten alle beim Suchen helfen.

Ich sah, wie sich die Laternen und Fackeln wie Glühwürmchen durch den Nebel bewegten. Noch schlimmer, ich hörte, wie sie meinen Namen riefen, immer wieder, die hohen Stimmen der Knaben und Frauen oder die tiefen Stimmen der Mönche, die bereits wütend klangen. Und als es immer kälter wurde, klangen sie regelrecht rachedurstig. Ich hatte keine Ahnung, wie spät es war, aber ich wusste, es konnte nicht mehr lange bis zur Frühmette sein. Irgendwo unter den Suchenden würde mit wütendem Gesicht auch Bruder Caspar herumirren, vielleicht hoffte er, dass mir irgendein schreckliches Unglück zugestoßen sei. Zweifellos würde man auch jemanden zum Anlegesteg schicken, aber dort würden sie alle Boote vollzählig vorfinden. Niemand zweifelte daran, dass man mich auf dieser kleinen Insel mitten in der Marsch finden würde.

Verzweifelt legte ich mich auf die Holzplanken. Meine Hand ruhte auf einer großen Seilwinde aus Eichenholz, die Finger in die Rillen gedrückt. Die Winde muss im Durchmesser so breit wie meine Brust gewesen sein, es war eine große, schwere

Scheibe mit vier Rillen, die durch Bienenwachs und häufigen Gebrauch auf Hochglanz poliert waren. Als meine Hand zitternd über diese Scheibe wanderte, kam mir ein rettender Gedanke. Ich fasste einen Plan, es gab einen Ausweg.

Man durfte mich nicht sehen, also erhob ich mich vorsichtig, bis ich aufrecht stand. Bei jedem Knacken des Baugerüsts zuckte ich zusammen. Die Bausteine für den Turm wurden mit jeweils zwei dieser Seilwinden hochgezogen. Jede war an einem Balken mit einem eisernen Ring befestigt, und ich fing an, die Winde, die mir am nächsten war, loszubinden. Es dauerte nicht lange, bis ich einen Balken freibekommen hatte und ihn hinausschwingen konnte, etwa hundert Fuß über den Köpfen der murrenden Suchtrupps. Der Nebel verbarg mich, doch ich wagte kaum zu atmen. Ich war überzeugt, man würde mich hören.

Ich hob die Winde an, und es klirrte. Ich erstarrte. Von unten war nichts zu hören, also hakte ich sie ein und fing an, das lange, nasse Seil Hand über Hand hochzuziehen.

Es war schwer und ziemlich frustrierend, denn ich musste mich ganz auf meinen Tastsinn verlassen. Als sich das Seil endlich spannte, atmete ich auf. Ich merkte, wie sich weit unten das eiserne Gegengewicht bewegte. Ich war erleichtert, dass ich nun ohne Angst den Schritt ins Leere wagen konnte.

Genau genommen stimmte das nicht ganz. Ich glaube, ich hatte noch nie solches Herzklopfen wie in diesem Augenblick. Die Seilwinden lagen aufeinander, die Seile sahen aus wie Eisenstangen. Das große Gegengewicht schwebte unten knapp über dem Gras. Ich betete um einen lautlosen Abstieg und wartete auf einen günstigen Moment, wenn gerade kein Licht aufleuchtete. Eigentlich hätte ich bis zur Frühmette warten sollen, dann wären sie alle weg. Ich stand da und flehte den heiligen Judas und den heiligen Christophorus um Hilfe an.

Zu meinem Entsetzen hörte ich jetzt, wie Abt Clement verkündete, er würde nur eine kurze Morgenandacht hier im Freien halten, damit die Suche nicht unterbrochen werden müsste. Ich beugte mich vor, um besser hören zu können, und konzentrierte mich darauf, etwas durch den Nebel zu erkennen, der sich im Morgenlicht sicher bald auflösen würde. Ohne Vorwarnung rutschte mein Fuß ab, und plötzlich pausierte mein Leben in diesen pochenden Herzschlägen. Unter mir schoss das Gegengewicht in die Höhe, und die Seile zischten über die Rollen. Ich fiel, zwar langsam, aber schon vernahm ich einen Ruf des Erstaunens, weil hier ein Junge durch den weißen Nebel hinabgeschwebt kam. Stimmen riefen sich Fragen und Anweisungen zu, aber mehr als einer sah, wie ich fiel, langsam, wie Distelwolle.

Ich landete auf weichem Rasen und sicherte das Seil. Hier fanden sie mich, schwer atmend und bleich, was nicht weiter verwunderlich war. Abt Clement hatte gerade von einer kleinen Erhebung aus zu den Brüdern gesprochen. Er gehörte zu denen, die mich hatten herabschweben sehen. Geschockt und ungläubig sah er mich an. Sein Blick wanderte zum Baugerüst, das sich etwa hundert Fuß über uns erhob, dann wieder zu mir, der hier unverletzt vor ihm stand.

Mein ursprünglicher Plan war gewesen, mich ungesehen abzuseilen und dann aus dem Staub zu machen, damit Bruder Caspar nicht sagen könne, ich sei ungehorsam gewesen. Mir war es egal, wo man mich auf dem Klostergelände finden würde, solange es nur nicht hier war. Aber jetzt hatten sie gesehen, wie ich herabgeschwebt war. Sie standen um mich herum, und da hinter mir das Gerüst war, gab es kein Entrinnen.

Bruder Caspar drängte sich durch die flüsternde Menge wie ein Racheengel und packte mich so hart am Arm, dass ich aufschrie.

»Siehst du, was du angerichtet hast! Was habe ich dir gesagt? Erst vor wenigen Stunden habe ich dir verboten, in die Nähe dieser Baustelle zu gehen, und jetzt bist du schon wieder hier! Aber ich werde diese Unverschämtheit schon aus dir herausprügeln, zusammen mit deinem teuflischen Geschöpf! Komm jetzt …«

»Einen Moment, Bruder Caspar«, sagte Abt Clement. »Lass den Jungen los, ich möchte mit ihm sprechen.«

Mir fiel ein, dass Caspar nicht gesehen hatte, wie ich vom Baugerüst heruntergekommen war. Mir kam eine Idee.

Vielleicht hätte ich nicht daran gedacht, wenn sie mir einfach eine Ohrfeige gegeben und mich zurück zu Bett geschickt hätten oder wenn sie mir für später eine Tracht Prügel angedroht hätten, sodass ich den ganzen Morgen deswegen geschwitzt hätte. Stattdessen trat Abt Clement mit fast ehrfürchtigem Gesicht auf mich zu. Die Brüder, die um uns standen, runzelten verwirrt die Stirn, als sie seine leuchtenden Augen sahen, aber er war ihr Vorbild, und niemand behandelte mich, wie er es getan hatte.

»Was ist hier geschehen, mein Sohn?«, fragte Clement. Seine Augen hatten einen sehnsuchtsvollen Ausdruck, fast wie Hunger.

»Ich hatte eine Vision, Vater«, sagte ich. Vielleicht hätte ich jetzt noch gezögert, wenn Caspar nicht verächtlich geschnaubt hätte.

»Ich hatte ihm ausdrücklich verboten, in die Nähe des Turmes zu gehen …«, fing er erneut an.

Clement hob seine bleiche Hand und gebot ihm zu schweigen, und der Mönch rollte mit den Augen wie ein schmollendes Kind.

»Ich sah eine große Abtei, die sich über dem Land von Glastonbury erhob, mit Kirchtürmen, die dreimal so hoch waren wie dieser hier! Und ich flog wie ein Vogel und konnte alles sehen. Es war, als würde ich vom Wind getragen.«

Ich hatte die Augen geschlossen und sprach lauter, als sei ich völlig überwältigt. Ich hatte schon Visionäre erlebt, und ich hatte die Lebensgeschichte vieler Heiliger gelesen. Das Wichtigste war, dass man nicht übertrieb. Es ist gut, leidenschaftlich und mit geschlossenen Augen zu sprechen; aber dabei zu sabbern und sich die Lippen blutig zu beißen ging entschieden zu weit. Ich hielt einen Moment inne und versuchte, die Situation einzuschätzen.

»Ich könnte es noch aufzeichnen, ehe ich vergesse, wie es ausgesehen hat. Bringt mir Papier, und ich skizziere Euch die Umrisse.«

»Clement, der Junge lügt, um seiner Tracht Prügel zu entkommen, weiter nichts«, sagte Caspar.

Ich beachtete ihn nicht und sprach lauter.

»Als ich wieder zu mir kam, war ich hoch auf dem Turm. Es war nebelig, und ich hatte schreckliche Angst, ich könnte herunterfallen und auf den Steinen hier unten zerschmettern. Ich hing dort oben und sah eure Fackeln, aber mir war, als läge eine Hand auf meinem Mund, deshalb konnte ich nicht rufen.«

Ich blickte um mich und sah, dass sich ein Kreis um mich gebildet hatte, alle waren jetzt da, um zu hören, was ich sagte. Sie sprachen kein Wort, sie starrten mich nur an, und einige bekreuzigten sich. Diese stumme Zuhörerschaft machte mir Mut.

»Ich hörte eine Stimme, die mir ins Ohr flüsterte«, erzählte ich weiter, »sie sagte, ich solle keine Angst haben. ›Fürchte dich nicht, Dunstan!‹ Ich wagte nicht, um mich zu blicken, aber ich merkte, wie ich ganz ruhig wurde – und ich hörte das Rauschen großer, weißer Flügel …«

Ich verstummte, überwältigt von der Erinnerung, ergriffen von meiner eigenen Erzählung. Nun ja, ich erwähnte die Seilwinden nicht, aber da ich insgesamt von Gott geschaffen war, war ja auch meine Auffassungsgabe eine Schöpfung

Gottes. Und in gewisser Weise *wurde* ich ja auch nach unten getragen. Mit meiner Geschichte stärkte ich an diesem Morgen Hoffnung und Glauben in fünfzig Seelen. Ich mag die ein oder andere Tatsache ausgelassen haben, aber der gute Hefeteig ging auch so auf.

»Ich wurde nach unten getragen und landete sanft wie eine fallende Feder. Ich hörte noch mal kurz die Flügel rauschen, dann war der Engel weg.«

Ich starrte ins Nichts, überwältigt von meiner eigenen Fantasie, bis ich die Szene, die sie sich vorstellten, fast selbst sehen konnte: ein Junge, der, von weißen Flügeln umhüllt, zur Erde getragen wird.

Mir kam die Idee, dass eine Ohnmacht jetzt wirkungsvoll wäre, aber ich wusste nicht, wie ich das bewerkstelligen sollte. Ich überlegte noch, als Bruder Caspar schnaubte und den Zauber brach.

»Erst ganz kurz zuvor hatte ich ihm verboten, sich dem Turm zu nähern! Mit dieser … Fantasie will er sich doch nur vor der Strafe retten.«

Mir fiel ein, dass ich mir beim Abseilen die Haut am Arm verbrannt hatte. Ich hielt meinen Arm hoch, und alle zogen scharf den Atem ein, als sie die roten Stellen sahen. Es sah ein bisschen aus wie der feste Griff einer großen Hand. Oder von zwei Seilen, die an meinem Unterarm entlanggescheuert hatten.

»Das passierte, als er mich davor bewahrte zu fallen, er strahlte so hell, dass es mir die Haut verbrannte, aber es tat nicht weh.«

»Lasset uns beten!«, rief Abt Clement ekstatisch.

Wir fielen auf die Knie, und ich sah, dass nur Caspar und Abt Clement stehen blieben, wobei der Ältere den Jüngeren mit kaltem Blick anstarrte. Widerwillig bequemte dieser sich schließlich, ebenfalls zu knien, Seite an Seite mit Encarius. Ich sah, dass Afra ebenfalls da war, zusammen mit ihrer Tochter

Alice. Das Mädchen starrte mich an, dann neigte sie den Kopf, um den Segen des Abts zu empfangen. Ich spürte ihren Blick wie eine Hand auf meiner Wange, aber ich wusste, dass ich ihn besser nicht erwidern sollte. Ich sah Wulfric, der mich ehrfürchtig und staunend ansah, und das freute mich. Ich war stolz, wie du sicher merkst. Eine unserer widerlichsten kleinen Sünden.

Abt Clement segnete meine Erlösung aus großer Gefahr und dankte Gott für das Eingreifen seines heiligen Engels zugunsten dieses wertlosen Sünders. Ich fand das ein bisschen übertrieben, aber ich hielt den Kopf gesenkt und betete, so inbrünstig ich nur konnte, dass sie jetzt alle wieder zu Bett gehen und diese Geschichte so schnell wie möglich vergessen würden.

Nun ja, ich habe mich im Leben schon oft geirrt, aber niemals so gründlich wie an diesem Tage. Was jetzt folgte, war wie ein Jahrmarkt, ein endloser Besucherstrom, Predigten und kratzende Federn auf Pergament, als die Großen und Guten nach Glastonbury gerufen wurden. Ich wurde immer wieder untersucht und befragt, sodass ich in den folgenden Wochen und Monaten meine Geschichte wohl hundertmal erzählen musste. Mein Unterricht mit Encarius und den anderen Lehrern wurde fortgesetzt, aber es konnte jeden Moment passieren, dass ich zum Abt beordert wurde, wo ich vor einem Würdenträger Platz nehmen und alles wieder erzählen sollte. Nach einer Weile konnte ich alles auswendig, sodass ich es wiederholen konnte, ohne nachzudenken. Deshalb fällt es mir auch so schwer, es jetzt etwas anders niederzuschreiben.

Ich zögerte nie, ich änderte auch nie etwas. Ich wusste, wenn sie mich dabei erwischten, wären alle Prügel, die ich bisher bezogen hatte, nichts gegen die zu erwartende Strafe.

Ich war sicher, sie würden mich umbringen, wenn sie von den Seilwinden erfuhren.

An diesem ersten Morgen kroch ich zurück ins Bett, nachdem die Mönche und die anderen Jungen sich beruhigt hatten und endlich wieder schliefen. Obwohl ich todmüde war, fand ich keine Ruhe beim Gedanken an das Seil, an dem das Gegengewicht jetzt hoch oben hing. Wenn die Maurer mit der Arbeit anfingen, würden sie meine Geschichte hören. Ich wusste nicht, wie spät es war, aber als ich da lag und vor Angst schwitzte, wusste ich, es würde nicht mehr lange dauern, bis sie aus ihrem Lager im Dorf herüberkamen. Sie würden einen Blick auf die Seilwinden werfen, dann würden sie lachend erklären, wie ich es gemacht hatte.

Ich geriet in Panik, während es draußen heller wurde, überzeugt, dass ich nur noch Stunden zu leben hätte. Es war Wahnsinn, noch einmal nach draußen zu schleichen, aber es wurde immer heller, und ich hatte keine Wahl. Der Fußboden knarrte, und ich erstarrte jedes Mal, bis ich die Tür erreicht hatte und stehen blieb, mein Herz klopfte zum Zerspringen. Ich wartete und horchte auf jedes kleinste Geräusch.

Zum zweiten Mal in dieser Nacht raste ich über den Hof und kümmerte mich nicht darum, wie meine Fußsohlen schmerzten. Ich erreichte das Baugerüst und brach mir an einem Balken beinahe meine ausgestreckten Finger, aber ich durfte nicht laut fluchen. Es dauerte nur einen Moment, bis ich das Seil gelöst hatte und durch meine schmerzenden Hände laufen ließ, bis der eiserne Klotz wieder am Boden lag.

Ein paar Augenblicke später war ich wieder im Bett, und alle Türen hinter mir waren geschlossen. Ich war außer Atem, und mir war kalt von der Feuchtigkeit draußen, aber ich war überglücklich. Niemand hatte nach mir gerufen, niemand hatte einen Verdacht. Ich wusste, dass meine Füße schmutzig und ramponiert waren und ich viele blaue Flecke hatte, aber ich war in Sicherheit, und man konnte mir nichts mehr anhaben. Ich lächelte zufrieden in die Dunkelheit. Lange Zeit sollte ich nicht ahnen, dass ich beobachtet worden war.

Ich kann nicht behaupten, dass mir meine Berühmtheit lästig gewesen wäre, als das Jahr voranschritt. Obwohl ich von zwei Bischöfen und einem Earl befragt wurde, spürte ich bei ihnen doch dieselbe Hoffnung und Ehrfurcht wie bei Abt Clement. Glaube ist Schwerarbeit. Und in mir sahen sie eine Möglichkeit, ihre Bürde des Nichtwissens abzuwerfen – und endlich zu wissen. Sie bebten, als sie meine Hand ergriffen und glauben wollten, dass Engelsflügel sie berührt hatten. Mit meiner Bestätigung, dass es so war, machte ich ihnen ein wertvolles Geschenk. Ich kann es nicht bedauern.

Meine Tage und mein Unterricht gingen weiter. Encarius untersuchte immer wieder die Brandmale an meinem Arm, aber auch er konnte nicht sicher behaupten, dass es sich *nicht* um die Abdrücke einer Engelshand handelte. Ich glaube, er hatte seine Zweifel, aber vielleicht verstand er, genau wie ich, dass die Welt nach Glauben lechzte. Denn ohne Glauben ist sie ein verdorbener, grausamer Ort.

Und tatsächlich tat Bruder Caspar alles, um sie zu einem solchen Ort zu machen. Im Laufe der nächsten Monate verging kaum ein Tag, an dem ich nicht einem Kirchenmann oder sonstigen Wohltäter vorgestellt wurde und vor ihm stehen musste, weil ich vor lauter Schmerzen, die die Striemen auf meinem Hinterteil mir bereiteten, nicht sitzen konnte. Dieser bösartige Mönch wagte nicht, mich erneut einen Lügner zu nennen, seit ich den Abt und den Prior auf meiner Seite hatte, und erst recht nicht jetzt, seitdem all diese wichtigen Männer und Frauen nach Glastonbury kamen, um das Kind zu sehen, das von einem Engel getragen worden war! Doch sein Unglaube schlug sich in seiner Wut nieder.

Er versuchte gar nicht, seine Bestrafungen zu verheimlichen. Hätte er es getan, hätte ich mich vielleicht an einen der freundlicheren Mönche um Hilfe gewandt. Nein, ich wurde vor den Augen des Abts Clement, vor Encarius und den Lehrern Florian und Gregory, vor Bruder Johannes im Garten, vor Guido bei seinen Booten, vor meinem Bruder, den anderen Jungen und vor allem vor dem ewig grinsenden Godwin windelweich geprügelt. Der Sohn des Priors sorgte immer dafür, dass er den besten Platz hatte, wenn Caspar mich mit seinem Rohrstock bearbeitete, damit ich sehen konnte, dass er da war.

Caspar fügte meinen halb geheilten Striemen neue Striemen hinzu, bis ich wie ein Flickenteppich aussah. Er prügelte, als wolle er mich umbringen. Leider hatte er nichts weiter als einen Stock dazu. Zweimal verursachte er mir einen Anfall, und beim zweiten Mal biss ich mir so auf die Zunge, dass mir das Blut übers Kinn lief.

Encarius bereitete eine lindernde Salbe für meine Wunden, davon ließ der Schmerz nach, und sie heilten. Er trug sie selbst auf, wobei er vor sich hin murmelte und gelegentlich leise pfiff. Er flüsterte mir zu, er habe sich bei Prior Simeon beschwert, der für die Disziplin der Mönche und Laienbrüder verantwortlich war. Aber nichts änderte sich. Verprügelt zu werden gehörte zum Alltag, allerdings nicht so oft und so unbarmherzig wie bei mir. Die anderen Mönche gingen einfach davon aus, dass ich Bruder Caspar gegenüber frech gewesen sei oder sonst mit einem Bubenstreich seinen Zorn auf mich geladen hatte.

Ich weiß noch, dass wir ständig angeklagt wurden, »böse Gelüste« zu haben. Ich muss zugeben, die hatte ich auch ab und zu. Über der Tür zum Spital hing ein Leinensack mit Gänsefett, womit die üblichen kleinen Verletzungen und blauen Flecken behandelt wurden. Ich hörte jedoch das Gerücht, dass Afra, wenn man bestimmte Qualen litt, ihre ganze Hand eintauchte, mit der sie einen dann zwischen den Oberschenkeln rieb, bis man Erleichterung fand. Sie war eine große Frau mit bleichem Gesicht, einem riesigen Busen und Unterarmen wie Schinken. Nachdem ich diese Geschichte gehört hatte, waren meine Träume erst recht fiebrig.

Das Merkwürdigste jedoch, was mir in jenem Jahr passierte, war, dass ich mich daran gewöhnte, verprügelt zu werden – und immer entschlossener wurde, Caspar nicht zu zeigen, wie er mich gequält oder gedemütigt hatte. Wenn er mich aufforderte, meine Hände flach an die Wand zu legen, sagte ich keinen Ton, solange er mich mit seinem Stock bearbeitete, für welche Missetat auch immer. Zum Schluss lächelte ich, bedankte mich bei ihm und machte weiter. Ich merkte, wie ihn das frustrierte, und das war mir eine Genugtuung und machte die ganze Sache fast erträglich. Mein höflicher Dank häufte mehr als heiße Kohlen auf sein Haupt, so schien es zumindest, wenn man seine Gesichtsfarbe beobachtete. Wie gesagt, ich lernte sehr viel in meinen Klosterjahren. Diejenigen, die Christus folgen, haben schon immer das Ertragen von Schmerzen für eine große Errungenschaft gehalten, den Sieg des Willens über das schwache Fleisch. Manche Mönche sind so besessen von diesem Gedanken, dass sie sich ständig selbst geißeln. Ich habe festgestellt, dass es schwer ist, solche Menschen zu bestrafen.

Meine Schwachstelle war mein Bruder, wie immer. Als mein Hinterteil und mein Rücken so vernarbt waren, dass sie wie Leder wirkten, als ich gerade den richtigen sanften und leicht amüsierten Ton gefunden hatte, um Bruder Caspar zur Weißglut zu bringen, wandte er seine Aufmerksamkeit Wulfric zu.

Im Unterricht beschimpfte und verhöhnte er uns beide. Die Jungen, die sich bei ihm einschmeicheln wollten, hatten das schnell verstanden. Sie fingen ihrerseits an, uns Streiche zu spielen: Sie zerbrachen meine Tafel oder stahlen Wulfrics Kleider, sodass er in seinem Nachthemd zum Unterricht erscheinen musste. Jeder Tag brachte eine neue Kränkung, die meine Wut am Kochen hielt. Sie trieben mich weiter, als ich normalerweise gegangen wäre.

Als der Ring eines Lehrers aus seiner Zelle verschwand und dann in Wulfrics Bett gefunden wurde, hätte auch der Niederträchtigste sehen müssen, dass er ehrlich schockiert war. Doch Caspar trat vor und nahm meinen laut heulenden Bruder mit. Wulfric verbrachte die beiden nächsten Tage auf dem Bauch liegend im Spital. Ich weiß nicht, ob Mutter Afra seine Striemen mit Gänsefett behandelte.

Es war ein Feldzug gegen mich. Ich merkte sehr bald, dass sie nicht aufgeben würden, wenn ich sie nicht dazu zwang, also spielte ich mit. Bruder Caspar tobte und wütete, als er seine Mappe voller Hundedreck fand, der über seine kostbaren Papiere geschmiert war. Ich machte ein genauso schockiertes Gesicht wie die anderen und ließ mir nicht anmerken, wie zufrieden ich war.

Ein besonderer Spaß war es, das silberne Tintenfass des Abts zu stehlen und es ganz offen in Caspars Arbeitszimmer zu stellen. Ich hatte gehofft, dafür würde man ihn hinauswerfen, aber es verschwand, noch ehe der Abt es überhaupt vermisste, und eine unbekannte Hand stellte es wieder auf seinen Schreibtisch. Meine Feinde waren jetzt auf der Hut, und das gesamte Kloster schien im Kriegszustand, zumindest kam es mir so vor. So konnte es nicht weitergehen. Wenn der Druck zu groß wird, können selbst Eichenbohlen brechen und Hanfseile reißen.

7

Im Laufe dieses Frühjahrs und Sommers lernte ich Metall zu bearbeiten. Es gab nur zwei Schmieden im Kloster, mit einem großen und einem kleinen Rennofen, Letztere eine so perfekte kleine Werkstatt, dass ich sie insgeheim als »meine« betrachtete. Encarius brachte mir die Grundlagen bei, er ging mit mir in den Wald, um Holz zu schlagen, zeigte mir, wie man es in der Scheune aufstapelte, um es zu trocknen, und wie man Holzkohle daraus macht, die wir für nötigen hohen Temperaturen brauchten. Zur Zeit Alexanders des Großen hatte man noch keine Ahnung von den enormen Temperaturen, die wir mit unserem kleinen gemauerten Brennofen erzeugen konnten. Wir konnten Eisen schmelzen, bis es goldgelb war, und mit dem Blasebalg Luft hineinpressen. Verbrannt, zerkratzt und schweißüberströmt lernte ich, Schlag auf Schlag Hunderte vierkantiger Zimmermannsnägel herzustellen, eine Arbeit, die mich mit Hammer und Amboss vertraut machte. Die Klosterkatze fühlte sich in der Wärme der Schmiede heimisch und leistete mir schnurrend Gesellschaft, während ich arbeitete. Sie gehörte weder mir noch sonst jemandem, aber ich war freundlich zu ihr und brachte ihr Essensreste, bis sie sich von mir streicheln ließ.

Während einer meiner Unterrichtsstunden kam mir der Gedanke, der Handwerker, Master Gregory, müsse ein Freund von Caspar sein, als er mir eine dicke, kalte Eisenstange und eine Feile in die Hand drückte und sagte: »Mach mir eine

Nadel daraus.« Doch dasselbe verlangte er auch von ein paar weiteren Jungen. Und obwohl es einen Monat dauerte und meine Hände grau wurden vom Metallstaub, lernte ich, wie man eine Feile gebraucht. Das war keine Kleinigkeit. Ich mochte den Alten mit seinen Töpfen voll Hufkleber, der erhitzt werden musste, ehe man ihn anwenden konnte. Er sagte immer, man hätte nicht wirklich gelernt, mit Holz zu arbeiten, solange man nicht etwas verpatzt hatte, was korrigiert werden musste. Holz verzieh Fehler, sagte er, und ich merkte bald, dass er recht hatte. Eisen hingegen verzieh keine Fehler. Schmiedeeisen wurde so heiß, dass es einen bis auf die Knochen verbrennen konnte. Das Metall kam aus dem Eisenerz, das im Rennofen getrennt wurde und Kalksteinschlacke und geschmolzenes Eisen ergab. Die Esse musste man fürchten und mit Respekt behandeln. Sie begeisterte mich von Anfang an.

Nach den großen, heiligen Messen zur Passionszeit und zu Ostern begann das neue Trimester und war fast ebenso schnell wieder vorbei. Ich ging in meinem Studium auf, ich paukte Kirchenlieder, pharmazeutisches Wissen und die Destillation von Vitriolen, bis ich schon beim Aufwachen Listen seltener Erden, die Schmelztemperaturen von Messing und Eisen oder *hic, haec, hoc* vor mich hin murmelte. Die Lehrer wussten, dass sie bei mir auf einen Schatz gestoßen waren. Das sah ich an ihrer Überraschung und an ihrer Freude, wenn sie mein Interesse bemerkten. Es war eine Entdeckung, die in gewisser Weise genauso wichtig war wie jede andere – dass Fachleute ihr Wissensgebiet lieben. Zeige ihnen, dass du dich dafür interessierst, dass es dich fasziniert, und sie erkennen darin ihr Ebenbild – und werden Himmel und Hölle für dich in Bewegung setzen.

Das Jahr ging in den Herbst über. Das sage ich jetzt so, obwohl ich damals wenig darauf achtete, wie die Zeit verging.

Die Tage verflogen nur so, und zu meiner Schande muss ich gestehen, dass ich Wulfrics Probleme aus den Augen verlor. Doch während ich förmlich aufblühte, erging es ihm schlecht. Oft sah ich Tränenspuren in seinem Gesicht, manchmal auch Anzeichen, dass er verprügelt worden war. Ich dachte, er würde es aushalten und dadurch weniger empfindlich werden oder dass es seinen Feinden irgendwann zu langweilig werden würde, ihn zu quälen.

Um ehrlich zu sein, es war mir nicht besonders wichtig, solange ich nur neues Wissen förmlich in mich aufsog wie ein Schwamm. Es war eine Zeit reinster Freude für mich, und ich war jung. Ich wünschte mir, dass auch Wulfric das Klosterleben liebte, und wenn er es nicht konnte, dann sollte er wenigstens mich in Ruhe lassen.

Im Oktober wurde Vater Clement krank, das typische Fieber eines alten Mannes, das ihn sehr schwächte. Encarius behandelte ihn, und ich sah, wie sein Gesicht mit jedem Tag ernster wurde. Er schickte mich mindestens ein Dutzend Mal ins Spital, um einen Tee aus verschiedenen Kräutern für den Abt zuzubereiten.

Rosmarin, Senf und Lavendel waren die mildesten der Kräuter, die ich zerrieb und vermischte, worauf Clement, von Kissen gestützt und mit einem Tuch über dem Kopf, sich darüberbeugte und sich in dem Dampf die Lunge aus der Brust hustete. Die ersten paar Male wurde ich von Encarius sorgfältig überwacht, aber er sah, dass ich mich geschickt anstellte und er nichts zweimal erklären musste. Es dauerte nicht lange, da schickte er mich allein los, um eine neue Schüssel mit dampfendem Kräutersud herzustellen, die ich dann wie ein stolzer Koch durch die Korridore trug.

Als der Zustand des Abts sich verschlechterte, erließ man mir die Gebetszeiten, damit ich Encarius helfen konnte.

Das bedeutete, dass ich mich im ganzen Kloster frei bewegen konnte, solange alle anderen in der Kapelle saßen und beteten. Wir waren damals so wenige, dass niemand sich ungesehen davonstehlen konnte, aber Wulfric gelang es trotzdem. Er riskierte jede Strafe, um sich mit Afras Tochter Alice zu treffen.

Ich gab mir nie besondere Mühe, leise zu sein, deshalb waren sie immer gewarnt. Doch ich sah es an ihren roten Köpfen und daran, dass Alice nicht wagte, mich anzusehen, dass sie sich umarmt hatten. Die Komplet würde gleich zu Ende sein, also musste es etwa neun Uhr abends gewesen sein. Ich stellte meinen Bruder vor dem Mädchen zur Rede. Mein Ärger war noch größer, weil ich selbst sie auch mochte und kaum glauben konnte, dass sie diesen Jammerlappen mir vorzog.

Wulfric stand da, ließ den Kopf hängen und schüttelte ihn immer wieder, als stimme er mir nicht zu. Über sein Gesicht strömten Tränen. Ich sagte, er habe Schande über den Namen unseres Vaters und die Ehre unserer Mutter gebracht. Ich sagte, er habe das Vertrauen von Abt Clement missbraucht, dieses guten Mannes, der auf seinem Sterbebett lag. Während ich so schimpfte und tobte, fielen mir immer neue Vergleiche ein, bis ich so ziemlich jeden Menschen erwähnt hatte, dem Wulfric je begegnet war. Eine Anzahl Heiliger, die über seine schmutzigen, fleischlichen Gelüste entsetzt gewesen wären, führte ich auch noch an.

Schließlich rannte Alice weg, obwohl sich mein Zorn nicht gegen sie gerichtet hatte. Aber vermutlich fasste sie es trotzdem als Rüge auf und floh heulend in den Korridor. Es war so schnell still, dass ich meine Standpauke unterbrach und hinauseilte, um zu sehen, ob sie vielleicht hingefallen sei.

Vor ihr stand Godwin, schwer atmend und mit wildem Blick.

»Was ist das hier, Dunstan? Quälst du jetzt auch schon die Bediensteten?«, fragte er.

Ich wollte auf der Stelle über ihn herfallen. Alice heulte und versuchte, sich an ihm vorbeizustehlen, aber er hielt sie fest, wie ein Rattenfänger, der junge Hunde ertränkt, die er nicht will, bis sie nass und reglos an die Oberfläche kommen. Mit einem solchen Griff hatte er sie gepackt, dabei starrte er nur mich an.

»Dunstan! Wo ist Alice?«, fragte Wulfric, der jetzt ebenfalls im Korridor erschien. Er blieb stehen, und Godwin sah den Blickwechsel zwischen den beiden. Sein Gesichtsausdruck war jetzt kalt und gefährlich geworden.

»Ach so, du und Alice also?«, sagte Godwin. »Hast sie wohl schon begrapscht?«

Wulfric zitterte einen Moment, sein Mund ging auf und wieder zu vor Empörung, ehe er sich mit wütendem Gebrüll auf den Älteren stürzte.

Godwin versetzte ihm einen Faustschlag, und da er dazu Alice loslassen musste, nutzte sie die Gelegenheit zu entkommen. Sie stolperte, fing sich aber wieder und rannte los, wobei sie verzweifelt nach ihrer Mutter rief. Ich ging dazwischen, gerade als Godwin Wulfrics rasenden Angriff abwehren wollte, und versetzte ihm einen solchen Schlag gegen den Unterkiefer, dass sein Kopf zur Seite flog. Bestimmt hatte ich ihm einige Zähne gelockert und die Lust auf eine weitere Schlägerei genommen. Benommen hob Godwin die Ellbogen, um uns abzuwehren, dabei schüttelte er immer wieder den Kopf und stieß dumpfe Laute aus. Ich trat ihm gegen die Beine, und als er zu Boden ging, warfen wir uns erst recht auf ihn. Ich muss gestehen, es war eins der schönsten Erlebnisse meiner Jungend.

Das Ende kam zu schnell. Encarius erschien, um zu sehen, wo meine Schüssel mit heißem Kräutersud blieb, und natürlich wurden wir an diesem Abend alle nacheinander verprügelt. Godwin wurde zu Bruder Caspar geschickt, was ich verdächtig fand. Ich beobachtete ihn hinterher, ob sein Gang steif wirkte, aber er grinste mich nur an. Ich bin überzeugt, der Mönch hat sich bei ihm zurückgehalten, aus Rücksicht auf seinen Vater.

Wir drei mussten uns im Beisein ihrer Mutter bei Alice entschuldigen, die rot vor Scham und Argwohn war. Ich muss sagen, Wulfric war sehr diskret über das, was zwischen ihm und Alice vorgefallen war. Auch Alice war ein Bild der Unschuld, und falls sie ebenfalls bestraft wurde, dann geschah es privat, in den Räumen ihrer Mutter.

In dieser Nacht starb Abt Clement. Jetzt war Prior Simeon der Vorsteher unserer kleinen Ordensgemeinschaft, bis der König einen neuen Abt einsetzte. Ein Abt ist zwar meist auch ein Priester, doch er untersteht keinem Bischof. Das kann eine große Freiheit, aber auch eine große Beschränkung sein, je nachdem, wer gerade Bischof und wer König ist. Schließlich gibt es kein »Tränenzimmer« wie beim Papst, der dort Gelegenheit hat, über seine neue Würde nachzudenken und wahrscheinlich auch seine Robe auf etwaige Soßenflecke hin zu überprüfen, ehe er sich der Öffentlichkeit zeigt. Bei den Benediktinern kommt der neue Abt mit der vom König versiegelten Ernennungsurkunde im Kloster an, legt öffentlich seinen Eid ab und macht sich an die Arbeit. Eigentlich ist das ein sehr gutes Verfahren. Allerdings wusste ich auch, dass Godwins Vater von diesem Tag an die Macht über mich hatte. Man sagte, Prior Simeon sei ein entfernter Verwandter des Königshauses und würde sich von keinem Neuling vertreiben lassen. Das bedeutete auch, dass niemand ihm widersprechen würde, falls er mich hinauswerfen wollte. Ich warnte Wulfric und nahm mir vor, möglichst unsichtbar zu bleiben und Ärger zu vermeiden, damit unsere Striemen und Blutergüsse heilen konnten.

Alice hatte braune Augen und eine helle Haut. Daran erinnere ich mich am besten. Als der Winter kam und ich mit meinen Studien beschäftigt war, konnte ich es in unserem kleinen Kloster nicht immer vermeiden, ihr zu begegnen. Manchmal sahen wir uns im Kreuzgang, oder ich sah sie neben ihrer Mutter auf der anderen Seite des Refektoriums sitzen. Ich glaubte damals, sie würde mich bemerken, selbst auf diese Entfernung. Auf jeden Fall bemerkte ich sie.

Es war ganz merkwürdig, wie oft ich an sie denken musste. Ich war ärgerlich, dass sie Wulfric gewählt hatte, andererseits hatte ich ihr mein Interesse auch nicht signalisiert. Und doch hatte ich das Gefühl, als habe sie irgendwie einen Fehler begangen, indem sie den Jüngeren von uns beiden bevorzugte. Ich warf ihr finstere Blicke zu, wenn ich an ihr vorbeiging, und sie sah mich verwirrt an.

Hätte man mich gefragt, dann hätte ich behauptet, ein Mädchen, das sich mit Wulfric einlässt, sei für mich erledigt. Die Wahrheit aber war komplizierter. Ich fühlte mich merkwürdig leicht, wenn ich an sie dachte, manchmal wurde mir auch heiß dabei, oder beides gleichzeitig. Ich schenkte ihr einen Beutel Lavendel und wurde rot dabei, als hätte ich ihn gestohlen. Ich träumte auch nicht mehr von dem Beutel Gänsefett, den ihre Mutter an der Tür aufgehängt hatte.

Ich glaube, ich maß unseren heimlich ausgetauschten Blicken zu viel Bedeutung zu. Inzwischen ist mir klar geworden, dass sie und mein Bruder immer noch den Zorn Afras, Encarius' und des Priors riskierten, indem sie verstohlene Blicke, Küsse und wer weiß was sonst noch tauschten. Wulfric war seit unserer Ankunft in Glastonbury etwas kräftiger geworden, aber für mich war er immer noch der Junge, der mit vollgeschissener Hose den Weg von der Anlegestelle entlanggelaufen war. Ich glaube, irgendwie schaffte er es, Alice nicht zu zeigen, was für ein Kind er noch war. Wenn ich es ihr gegenüber erwähnte, runzelte sie nur die Stirn und sah weg, als sei ich derjenige, der etwas falsch gemacht hätte! Ich gebe zu, ich wollte sie für mich. Ich vermutete, Wulfric wüsste gar nicht, was er mit ihr anfangen sollte. Ich sagte ihm immer, seine Meinung zähle nicht, er habe ja noch keine Haare am Sack. Doch dieses Jahr fuhr er wütend herum und schrie mich an, es sei nicht wahr, denn tatsächlich habe er schon zwölf Stück! Von nun an machte ich mir einen Spaß daraus, ihm »zwölf« zuzuflüstern, wenn wir uns begegneten. Kinder können grausam sein, aber darüber muss ich heute noch lachen.

Zu diesem Christfest war der Turm fertig geworden, und zum ersten Mal läuteten die Glocken darin und ertönten meilenweit, sodass es bis zum Dorf zu hören war. Abt Simeon war eine besondere Bußübung für uns eingefallen, zu der er uns alle in die bittere Kälte hinaustreten ließ. Unter seiner Führung trotteten wir alle, Mönche, Schüler und Bedienstete, zur Hügelkuppe hinauf, wo der eisige Wind so stark blies, dass die Kleineren sich kaum auf den Beinen halten konnten. Wir liefen den Serpentinenweg hoch bis zur Spitze, hier knieten wir nieder und beteten, und während die Sonne aufging, hießen wir Christus in der Welt willkommen. Von diesem höchsten Punkt aus konnten wir meilenweit sehen, die Wellen und Täler der Landschaft lagen um uns wie drapierter Stoff. Wegen des eiskalten Windes hielten wir alle die Köpfe gebeugt und die Augen geschlossen. Ich wusste, dass ich ganz in Alices Nähe kniete, weil der Wind mir ihren Lavendelduft zutrug. Ich verstand es als Aufforderung, und mein junges Blut geriet derart in Wallung, dass ich fast verrückt wurde. Es war mir egal, dass ihre Mutter gleich hinter uns kniete und uns sehen konnte. Ich tastete nach ihrer Hand, doch dann sah ich, dass sie auf der anderen Seite schon den Daumen meines Bruders in der Hand hielt. Wulfric hatte in seiner stillen Ekstase nicht einmal die Augen geöffnet. Ich starrte die beiden an, sie waren wie zwei bleiche Engel auf dem Dach der Welt.

Dieser kleine Beweis der Zuneigung schürte starke Emotionen in mir. Es war eine geringfügige Sache, aber ich stellte mir vor, wie ich sie vor allen verraten und ihnen dann großmütig verzeihen würde. Dann würde ich weise meinen Kopf schütteln und Alice in die Wälder entführen. Ich habe oft mit der Fleischeslust gekämpft, aber auch das habe ich hinter mir gelassen. Ich habe sie so lange unterdrückt, bis sie verstummte. Doch die Erinnerung an diesen Morgen, als ich mit einer enormen Erektion auf dem Hügel von Glastonbury kniete, schmerzt immer noch.

Ich weiß nicht genau, ob Godwin sich ebenfalls umdrehte und Wulfrics sehnsuchtsvolle Geste bemerkte. Ich glaube, ja, aber ich muss die Geschichte so erzählen, wie ich sie erlebt habe. Mein Weihnachtsmorgen endete mit einer ruhigen Wanderung bergab, ich zitterte im kalten Wind und duckte mich, um ihm eine möglichst kleine Angriffsfläche zu bieten. Wulfric und Alice gingen verschiedene Wege und sahen einander nicht an.

Ich merkte, dass die Augen der Hausmutter auf mir ruhten, während ich zu Boden blickte, um nicht zu stolpern und möglicherweise den Abhang hinabzustürzen. Der Hügel ist stellenweise sehr steil, deshalb hielt ich den Kopf gesenkt und klemmte meine Hände in die Achselhöhlen, um sie zu wärmen. Ich blickte auf, als Afra neben mir erschien, dachte mir aber nichts weiter dabei, als sie meine Hand ergriff und die Abschürfung darauf betrachtete. Ich war ja immer irgendwo zerkratzt oder blau geschlagen oder hatte eine frische Brandblase. Deshalb war ich überrascht, als Afra meine Hand drückte und näher kam.

»Komm zu mir ins Spital, ja? Ich habe etwas, das dagegen hilft.«

Ich dachte kaum noch an ihre Worte, weder im Lateinunterricht noch beim Mischen von Kräuterauszügen, die auf dem Markt verkauft werden sollten. Schon gar nicht in den wenigen kostbaren Augenblicken zwischen Unterricht und Gebetszeiten, während ich zusah, wie die Arbeiter das zerlegte Baugerüst auf Wagen verluden. Die Maurer hatten einen großartigen, stabilen Turm gebaut, eine Arbeit ausschließlich zur Ehre Gottes. Es inspirierte mich allein schon, sie nur zu beobachten, und sie lächelten mir zu, denn inzwischen kannten sie mich alle als den Jungen, der von einem Engel getragen worden war. Der eine oder andere grüßte ehrerbietig im Vorbeigehen. Sie waren gläubig, diese Männer, sie hatten ihre feste Vorstellung von Gut und Böse – und kannten auch meist den Unterschied. Ich habe sagen hören, diese Arbeiter seien zur Sünde kaum fähig, genau wie wilde Tiere oder kleine Kinder. Aber ich glaube, sie verfügen über genug Wissen. Sie besitzen einen Mut, den manche Mönche nicht nachvollziehen können.

Gegen Abend schickte Encarius mich ins Spital, wo ich Afra helfen sollte, Bandagen aufzurollen. Er sagte, sie wolle mich sehen. Jetzt erinnerte ich mich wieder, dass ich ihr versprochen hatte vorbeizukommen. Eilig lief ich den Korridor entlang.

Ich entdeckte keine Spur von Alice oder meinem Bruder. Verwirrt sah ich, wie Afra die einzige Tür mit dem Balken verriegelte, dann nahm sie den Sack Gänsefett vom Haken. Fassungslos starrte ich sie an. Also musste an dem Gerücht etwas Wahres sein. Doch damit war ich im Irrtum.

»Ich habe bemerkt, wie du heute Morgen meine Tochter angesehen hast, Dunstan. Meine Alice ist noch Jungfrau und ganz unschuldig, das liebe kleine Ding. Und du lässt sie in Ruhe, verstanden?«

Ich wurde tiefrot und stotterte herum, ich schwor, dass ich sie niemals … obwohl ich schon daran gedacht hatte … aber ich würde wirklich niemals …

»Ich weiß, dass es einen jungen Mann schrecklich quälen kann, wenn er keine Erleichterung findet. Vielleicht solltest du deine Leidenschaft ausleben, ohne Schaden anzurichten. Dabei kann ich dir helfen.«

Ich will nicht erzählen, was jetzt passierte. Ich kann es nicht. Unser ungeschicktes Gefummel und die folgende Befreiung entsetzten mich ebenso, wie sie mich erregten. Als ich ging, war ich nicht mehr der Mann, der ich vorher war, im wahrsten Sinne des Wortes. Ich hatte sie erklommen wie den Hügel, aber die Aussicht war nicht ganz so schön gewesen.

Viel mehr Sorge machte mir der Juckreiz, der sich einige Wochen später einstellte und so schlimm war, dass ich mich auf nichts anderes mehr konzentrieren konnte. Überall zeigten sich Schwellungen, aus denen Lymphflüssigkeit tropfte, sodass ich mich vor mir selbst ekelte. Es war eine grausame Folter, nicht zuletzt, weil ich die Zähne zusammenbeißen und fast weinen musste, um die nötige Willenskraft aufzubringen, mich vor den anderen nicht zu kratzen. Die schnelle, unauffällige Bewegung, die ich machte, wenn ich es gar nicht mehr aushalten konnte, hatte ich auch schon bei anderen gesehen. Sowohl bei Encarius als auch bei Caspar hatte ich es bemerkt, aber die Bedeutung hatte ich damals noch nicht gekannt.

In der Agora von Athen hatten die Weisen einst darüber diskutiert, ob der Mensch ein gefallener Engel sei oder einfach nur Staub, der durch den göttlichen Willen zu etwas Höherem wurde. Ich glaube, ich weiß jetzt die Antwort.

Als das Jucken anfing, eröffnete sich mir damit ein neues Forschungsgebiet in den Schriftrollen der römischen und griechischen Medizin. Jede freie Stunde stöberte ich in den Archiven. Wenn ich in alten griechischen Wälzern über die Krankheiten des Fleisches nachlas, bemerkte ich, dass die Bücher sich oft genau an den Stellen öffneten, wo es um diese intimen Probleme ging. In diesen einsamen Augenblicken, mit nichts als meiner Lampe gegen die Dunkelheit, fragte ich mich, wie viele außer mir schon Afras dicken, einladenden Armen und ihrem mächtigen Busen erlegen waren. Mich schauderte bei dem Gedanken.

Im neuen Jahr fühlte ich mich wie neugeboren, so geht es mir immer. Eines Tages stand Abt Simeon beim Mittagessen nach dem Gebet auf und hielt eine makellose weiße Schriftrolle hoch, die von königlichen Schreibern angefertigt war und ihn als Nachfolger des Abts bestätigte. Es schien ihn sehr zu befriedigen, als er es laut vorlas. Bruder Caspar gratulierte ihm, nachdem er sich wieder gesetzt hatte, aber Simeon schnaubte nur und wandte sich wieder seinem Essen zu.

Ich bin im Dezember geboren, also war ich jetzt fünfzehn Jahre alt. Von der Arbeit in der Schmiede und im Garten hatte ich starke Muskeln bekommen, und selbst Godwin war keine Gefahr mehr für mich und ging misstrauisch an mir vorbei, wenn wir uns begegneten. Godwin stellte sich jeden Morgen mit den Mönchen an, um sich rasieren zu lassen, sein Gesicht war immer ziemlich rot und wund von Bruder Johannes' Rasiermesser. Ich hatte mir selbst eins gemacht und achtete darauf, dass es immer scharf war. Ich rasierte mich mit heißem Wasser und Öl, wie die Römer.

Weitaus erstaunlicher aber war, dass Godwin plötzlich angefangen hatte zu arbeiten, und er machte mit jedem Tag Fortschritte. Vielleicht hatte er wirklich beschlossen, einen anderen Weg einzuschlagen. Stattdessen verhärtete sich unsere Feindschaft. Wir müssen alle unsere Entscheidungen treffen: Manche führen zum Guten, andere zur Vernichtung.

Die ersten Monate des neuen Jahres brachten einen starken Sturm nach dem anderen, sodass die Scharniere der Klappläden aus den Mauern gerissen wurden. Im Inneren drängten sich die Jungen gegen die Kälte zusammen, wenn sie nicht, wie ich, dauernd etwas zu holen hatten, um kaputte Dachziegel und undichte Dächer zu reparieren. Im Februar, am Abend vor Mariae Lichtmess, wurde ich herausgerufen. Stundenlang musste ich auf einer knarrenden Leiter stehen. Ich stand vierzig Fuß über dem Boden, den Mund voller Nägel, die ich selbst hergestellt hatte und die ich jetzt dem betagten Bruder Johannes über mir reichte, wobei ich versuchte, nicht zu oft nach oben zu blicken, wenn der Wind seine Kutte aufblähte.

Es regnete, ein sanftes, unablässiges Nieseln, das einen bis ins Mark frieren ließ. Ich hatte die Leiter mit beiden Händen gepackt, und meine Knie zitterten vor Kälte und Nässe. Obwohl es Vormittag war, ließen die dicken Wolken es dunkel erscheinen. Ich war wie erstarrt, und meine Lippen und Fingerspitzen waren ganz taub vor Kälte.

Irgendwo in der Nähe hörte ich einen gedämpften Schrei, es war ganz deutlich ein Schmerzensschrei. Ich wusste sofort, was er zu bedeuten hatte. Fast starr vor Kälte kletterte ich nach unten, obwohl Bruder Johannes ärgerlich protestierte.

Unten angekommen, konnte ich mich nur suchend um die eigene Achse drehen, da ich nicht wusste, aus welcher Richtung der Schrei gekommen war. Ich spuckte die schwarzen

Eisennägel in meine Hand und steckte sie in die Tasche. Nichts macht einen Gegenstand wertvoller, als wenn man ihn selbst angefertigt hat.

Als ich den Schrei abermals hörte, rannte ich los über den Hof. Vor mir erhob sich der neue Turm, und ich musste mir Regen und nasse Haare aus dem Gesicht wischen, bis ich ein Bündel erkennen konnte, das ganz oben im Wind hin und her schaukelte.

Es war Wulfric, der hoch über dem Boden an einem knarrenden Seil hing. Einen Augenblick lang dachte ich, er habe sich das Genick gebrochen. Er wirkte schlaff, und sein Kopf war blutüberströmt. Also konnte er nicht tot sein! Eine Hitzewelle schoss mir vom Scheitel bis in die Füße, als ich nach oben blickte. Irgendwie schien er sich verheddert zu haben. Ich musste ihn herunterholen, koste es, was es wolle.

Gut zehn Meter von mir entfernt schrie Alice erneut auf. Auch sie starrte mit entsetzt aufgerissenen Augen nach oben. Encarius kam angerannt, zögerte aber, als mein Blick ihn traf. Schockiert blickte er hoch, und ihm blieb der Mund offen stehen. Er zog sein Messer mit dem Horngriff hervor, um das Seil durchzuschneiden. Ich fiel ihm in den Arm.

»Halt«, sagte ich. »Wenn du das Gewicht abschneidest, machst du alles noch schlimmer.«

Encarius sah nach oben und schützte sich die Augen vor dem Regen. Ich sah, wie er sich verwirrt auf die Unterlippe biss, offenbar hatte er keine Ahnung, wie er den Jungen herunterbringen sollte.

»Ich mache es«, sagte ich und zog mein eigenes Messer heraus.

Er nickte und bedachte mich mit einem merkwürdigen Blick.

Ich hatte das schwere Gegengewicht gesehen, von dem Wulfric sechzig Fuß hoch in die Luft gezogen worden war.

Es bestand aus drei Zentner Eisen und war das größte, über das wir damals verfügten. Ich wusste, man hatte Wulfric drangebunden, ehe man das Eisengewicht irgendwie vom Turm gewuchtet hatte. Vielleicht hatte man erwartet, er würde einfach in der Luft hängen bleiben und um Hilfe rufen. Vielleicht hatten sie nicht gewusst, dass das Gewicht gegen seinen Kopf stoßen würde, wenn er daran vorbeischwebte, oder dass es ihn in die Seilrolle ziehen und seinen Arm zerquetschen würde. Andererseits – vielleicht wussten sie auch sehr genau, was sie taten.

Ich rannte die innere Treppe des Turmes hinauf, ohne anzuhalten. Ich flog förmlich, bis ich ganz oben stand und meinen reglosen Bruder unter mir pendeln sah. Ich zog eins der Seile an mich heran und wickelte es um einen der Stützpfeiler, dann schnitt ich das Gegengewicht ab, sodass ein langes, nasses Seil sich nach unten schlängelte.

Der Regen wurde stärker und verdünnte das Blut, das aus Wulfrics Kopfwunde über sein Gesicht lief. Ich konnte ihn kaum ansehen. Ich musste an Christus am Kreuz denken, aus dessen Wunden Wasser getreten war. Ich streckte mich, so weit ich konnte, bis ich ihn an seiner Robe erwischte und in die Arme nehmen konnte. In diesem Moment wäre ich beinahe abgestürzt. Aber ich hielt ihn fest.

Das schwere Gewicht hatte seinen Arm der Länge nach durch die Seilrolle gezerrt, er war völlig zerquetscht und die Knochen gebrochen. Ich versuchte, die Seile durchzuschneiden, aber mit meinem kleinen Messer konnte ich ihn nicht befreien. Stattdessen hob ich ihn auf meine Schulter und trug ihn nach unten.

8

Als ich mit meiner schweren Last in den Regen hinauswankte, stieß Alice einen Klageschrei aus, als sei sie diejenige, die verletzt worden sei. Ich war seltsam berührt davon, was ich nur mit meiner Unreife erklären kann. Ich empfand Trauer und hilflose Wut, meine Arme schmerzten, und trotzdem wusste ich, dass es ein großartiger Anblick sein musste, wie ich da mit meinem Bruder auf den Armen im Regen stand.

Ihre Mutter war aus dem Spital gerufen worden, und sie schickte Alice mit energischer Stimme los, um Verbandszeug zu holen. Ich sah, wie Encarius die beiden beobachtete und heimlich seufzte. Wenn Männer gewaltsam aufeinander losgehen, ist fast immer eine Frau im Spiel. Wir sind alle Narren, aber das weißt du sicher.

Inzwischen hatten sich viele der Mönche und Jungen draußen versammelt, fröstelnd und flüsternd standen sie im Regen. Ich keuchte wie ein Blasebalg vor lauter Anstrengung, als ich Wulfric heruntertrug, und sie nahmen ihn mir ab. Ich wartete auf ein Zeichen der Hoffnung von Encarius, aber der war fast so bleich wie Wulfric. Sie legten ihn auf den Boden, und Encarius hielt sein Ohr an seine Lippen, um nach einem Lebenszeichen zu horchen. In Wulfrics Schädel war ein langer Spalt, so tief wie eine Axtwunde. Encarius untersuchte ihn mit seinen langen Fingern, und ich hörte, wie er scharf die Luft einzog, als die Knochen sich unter seiner Hand bewegten.

»Hol eine Säge, Dunstan«, sagte er. Entsetzt sah ich ihn an. »Eine Säge! Wir müssen seinen Arm aus der Seilrolle befreien. Bring auch Hammer und Meißel mit. Nun geh schon!«

Ich wollte nicht weggehen. Langsam stand ich auf. Ich blickte auf Wulfrics bleiches Gesicht und seine Wunden, alles mit Blut und Regen überströmt. Alice hatte sich wieder herangeschlichen und stand da, beide Hände auf den Mund gedrückt, die Augen aufgerissen in stummem Entsetzen. Neben ihr war Godwin zusammen mit ein paar anderen Jungen aufgetaucht. Der kleine James war auch dabei, ich erinnere mich, dass er dicht neben Godwin stand. Jetzt wusste ich, die beiden gehörten zusammen. Godwin sah auf, als mein Blick ihn traf, und ich merkte, dass er Angst hatte. Zweifellos befürchtete er, ich würde ihn bei den Brüdern anklagen und eine angemessene Bestrafung fordern.

»Was ist passiert?«, fragte Godwin. »Ist er abgestürzt?«

»Ich glaube, er wollte die Seilwinde ausprobieren«, sagte ich, stolz darauf, wie beherrscht meine Stimme klang. Die Männer in unserer Nähe wandten sich um, als sie mich hörten. »Sieht so aus, als habe er sich im Seil verfangen und sei dann nach oben gezogen worden.«

Doch als ich allein auf dem Turm war, hatte ich das Seil gesehen, mit dem Wulfrics Handgelenke zusammengebunden waren. Ich vermute, Godwin hatte ihn bewusstlos geschlagen und dann gefesselt. Er wollte meinen Bruder demütigen, er sollte, wenn er wieder zu Bewusstsein kam, hilflos in der Luft baumeln und um Hilfe rufen. Es hätte ein guter Streich sein können.

Sie entschieden sich für die Seilwinde mit dem schweren Gegengewicht, nicht etwa, weil sie gut damit umgehen konnten, sondern weil sie wussten, dass ich diese Konstruktion liebte. Vielleicht hatten sie wirklich nicht damit gerechnet, dass sein Arm dort hineingeraten und zerquetscht werden würde. Aber es war mir auch egal, was sie dachten. Ebenso egal war mir, was sie beabsichtigt hatten.

Ich spürte, wie mich eine kalte Wut packte, mein Körper schien starr und taub, als hätte ich Schierling getrunken. Um nichts in der Welt hätte ich jetzt auf Godwin deuten können. Mein ist die Rache, spricht der Herr. Doch das Fleisch ist schwach, und wir sind alle Sünder. Ich sah Godwin an und schüttelte nur bedauernd den Kopf, worauf die Spannung von ihm abfiel. Die Erleichterung, die er jetzt empfand, konnte er allerdings nicht ganz verbergen. Zumindest vor mir nicht, der darauf gewartet hatte.

Encarius hatte wiederholt die Fäuste geballt und wieder geöffnet, hin und her gerissen zwischen Respekt vor meiner Trauer und Ärger darüber, dass ich nicht sofort losgerannt war. Plötzlich war seine Geduld zu Ende. Er gab dem finster dreinblickenden Caspar und Bruder Johannes ein Zeichen, Wulfric aufzuheben, samt Seilrolle und allem, was daran hing. Sie trugen ihn ins Spital, und endlich lief ich in meine kleine Schmiede, um das Werkzeug zu holen, mit dem wir Wulfric befreien konnten.

Als ich zurückkam, hatte man Master Gregory aus seinem Bett geholt, sein weißes Haar stand wirr vom Kopf ab. Er griff nach dem Werkzeug, aber als ich an Wulfrics Lager stand, bedeutete ich ihm, es wieder hinzulegen. Ich wusste zwar, dass seine großen, schwieligen Hände geschickter waren als meine, aber dies hier war meine Aufgabe. Encarius aber konnte auf mich keine Rücksicht nehmen.

»Nehmt das Werkzeug, Master Gregory, schnell! Ich binde den Arm an der Schulter ab.«

»Soll der Junge das ruhig für seinen Bruder machen«, erwiderte der Ältere. »Wenn er es unbedingt will. Jetzt kommt es sowieso nicht mehr drauf an.«

Er und Encarius schienen sich stumm zu einigen. Ich wusste, dieser Blick bedeutete, es sei egal, wer ihn freisägte, weil Wulfric ohnehin so gut wie tot war. Ich biss die Zähne zusammen und weigerte mich, dies zu akzeptieren. Encarius spannte einen Gürtel um Wulfrics Oberarm, und sofort hörte es auf zu bluten. Ich holte tief Luft und legte die Säge an die Spindel aus Eichenholz, die man durchtrennen und vom Rest lösen musste. Gregory klopfte mir auf die Schulter, und fast hätte ich ihm die Säge gereicht. Er schien zu verstehen und nickte mir zu. Ich fing an zu sägen. Nach einiger Zeit tauschten wir die Werkzeuge aus und wechselten uns ab.

Wulfric gab keinen Ton von sich, als ich die Teile der Seilrolle auseinandernahm, obwohl es grausam wehgetan haben musste. Encarius und Afra hielten ihn fest, wie zwei Engel des Jüngsten Gerichts standen sie über ihm. Wenigstens hatte man Alice nicht ins Zimmer gelassen. Ich glaube, ich hätte ihren Blick nicht ertragen, es wäre zu viel für mich gewesen.

Ich blickte nicht auf, bis die Rolle in ein Dutzend Splitter und Eisenteile zerlegt war, die alle in einen Eimer neben dem Bett geworfen wurden. Ich war über und über mit Wulfrics Blut bespritzt. Ich hatte schnell und ungeduldig gearbeitet. Es war keine angenehme Aufgabe.

Als ich endlich fertig war, konnte ich nur die zerquetschte Hand anstarren, die in zwei Teile gespalten war. Mitten hindurch lief ein tiefer Riss, und der Mittelfinger fehlte ganz. Die Rolle der Seilwinde hatte alle Knochen in seinem Handgelenk zertrümmert. Durch die Geschwindigkeit und das Gewicht war sein Arm bis zum Ellbogen hineingezogen worden, ehe er stecken blieb. Knochen, Sehnen und Muskeln waren auf einen Schlag zerquetscht worden.

Afra hatte Wulfric das Blut vom Gesicht gewischt und auch die klaffende Wunde auf seiner Stirn genäht, was sie sehr gut konnte. Er atmete noch, und allein darauf kam es an. Seine Haut war feucht von kaltem Schweiß und bleich wie Wachs. Ich glaubte, er würde sterben. Zum ersten Mal akzeptierte ich, was ich bisher für unmöglich gehalten hatte.

»Der Arm wird ihn vergiften, wenn ich ihn dranlasse, Dunstan«, sagte Encarius.

Er sah mich an, sein Blick bat mich um Erlaubnis, aber schon während er es aussprach, wusste ich, dass er recht hatte. Natürlich hatte er recht. Ich hatte ja selbst gefühlt, wie sich Wulfrics zersplitterte Knochen unter der Haut bewegten. Metall und Holz hatten den Arm völlig durchdrungen, und jetzt würde Schmutz aus der Luft in die Wunde eindringen. Es gab nur diese eine Möglichkeit, sein Leben zu retten.

»Er wird doch sowieso nicht überleben«, sagte ich leise. »Warum also noch mehr an ihm herumschneiden?«

Ich war betroffen, als Encarius mir die Hand auf die Schulter legte, offenbar merkte er gar nicht, wie unangenehm mir das war.

»Nur Gott allein weiß, wann seine Zeit gekommen ist, Dunstan. Doch mit einem verwesenden Arm kann er nicht wieder gesund werden. Wenn ich ihn amputiere, muss zwar sein Kopf noch heilen – aber dann hat er nur eine weitere saubere Wunde. Menschen haben so etwas überlebt. Er hat eine Chance, auch wenn es nur eine kleine ist.«

Ich blickte auf Wulfrics bleiche Gestalt, nackt bis auf ein Lendentuch. Er sah schon jetzt aus wie ein Toter, und doch konnte ich nicht glauben, dass er nie wieder die Augen öffnen würde. Ich merkte, dass Encarius und Afra auf meine Antwort warteten. Ich war sein älterer Bruder und der Einzige, der die Erlaubnis dazu geben konnte.

»Also gut, Vater. Ich werde dir dabei helfen.«

Encarius gab seine Anordnungen. In kürzester Zeit war das kleine Spital mit Mönchen und Schülern vollgepackt. Eine

Amputation war ein interessantes Ereignis, das alle sehen wollten. Godwin war auch da, mit großen Augen blickte er um sich. Encarius hatte vier Lampen um einen massiven Tisch stellen lassen, auf den er Wulfric jetzt hob, sodass er gut beleuchtet war. Mit schnellen Bewegungen schärfte ich die Messer am Wetzstein und rieb die Ölspuren mit einem Lappen ab. Geweihtes Wasser wurde gebracht und der Tisch samt dem Jungen damit besprengt. In einer kleinen Schale stand Schierlingssaft bereit, aber Wulfric war von seinen Verletzungen ohnehin bewusstlos und spürte keinen Schmerz.

Das Kohlebecken wurde geschürt, und die Eisen zum Versengen der Wunde wurden geprüft und wieder hineingesteckt. Man sprach Gebete gegen Infektion und Krankheit, dann wurde es still, bis auf das Atmen der Mönche und das Flackern der Lampen. Encarius machte den ersten Einschnitt, aber es war zu viel für mich. Ich konnte vor Tränen nichts mehr sehen.

In dieser Nacht schlief ich nicht. Im Morgengrauen ging ich, um meinen toten Bruder zu sehen. Ich erwartete, dass er kalt daliegen würde, aber er atmete noch. Wulfric sah irgendwie fremd aus, wie er dort lag, sein loses Haar über das Tuch gebreitet. Sein rechter Unterarm fehlte, sein Gesicht war angeschwollen. Alice tupfte den Schweiß von seinem Gesicht, das Zimmer roch nach Krankheit, Urin und starken Kräutern. Encarius hielt seine Kohlebecken in Gang, in denen er heilsame Kräuter verbrannte, die böse Geister und Fäulnis bannen sollten. Meine Augen tränten vom Rauch, und ich gab Alice ein Zeichen, sie solle gehen. Ich hörte, wie sie hinter vorgehaltener Hand schluchzte, als sie ging. Irgendwie gab ich auch ihr die Schuld, obwohl ich nicht hätte sagen können, warum.

Als ich meine Hand an Wulfrics Wange legte, fühlte sie sich sehr heiß an. Das Fieber hatte an diesem Morgen eingesetzt und stieg im Laufe der nächsten Tage immer weiter an. Er verschluckte sich, wenn Alice und ich ihn aufsetzten, um ihm Suppe einzuflößen, er verdrehte die Augen, und der Tod schien nie weit entfernt. Er nahm nur sehr wenig zu sich, aber es hielt ihn einigermaßen bei Kräften. Das meiste landete auf seinem Kittel oder auf mir, oft geriet auch etwas in seine Lunge, und er musste es unter Qualen aushusten. Doch er hielt durch. Das Fieber nahm zu, bis ich glaubte, seine feuchten Kleider müssten auf seinem heißen Körper dampfend wieder trocknen. Er stöhnte und schlug manchmal wild um sich, kam aber nicht zu Bewusstsein.

Als ich am dritten Tag zu ihm ging, sah ich Encarius und Caspar an seinem Bett stehen. Ich ging schneller, denn ich wollte meinem hilflosen Bruder beistehen.

»… nicht mehr lange, glaube ich«, hörte ich Encarius sagen, ehe er sich umwandte und mich sah.

»Vater Encarius, Vater Caspar«, sagte ich und zwang mich zu einer Verbeugung. »Meint ihr damit, dass mein Bruder stirbt?«

Encarius hatte den Anstand, rot zu werden, deshalb antwortete Caspar. Es ging immer noch eine gewisse Gehässigkeit von ihm aus, aber wahrscheinlich war ich der Einzige, der das wahrnahm.

»Sein Schädel brach bei dem Unfall, Junge. Das ist immer eine tödliche Verletzung.«

»Caspar«, warnte Encarius ihn. Er seufzte.

»Dunstan, es gibt ein Stück Knochen, genau … hier.« Er tippte gegen seine Stirn. »Bei deinem Bruder ist das eingedrückt worden und sitzt jetzt unter dem Rand der gebrochenen Stelle. Ich kann es nicht hervorholen. Wenn ich einen Nagel hineinhämmern könnte, könnte ich das Stück anheben, aber schon der erste Schlag würde ihn töten. Es tut mir leid. Es drückt auf sein Gehirn, und das wird er nicht überleben.«

Ich drehte mich ohne ein Wort um und rannte den Kreuzgang entlang zu meiner kleinen Schmiedewerkstatt. Meine Gedanken rasten. Es war kalt, und mir zitterten die Hände, als ich Eisen und Feuerstein aneinanderschlug und einen Funken entfachte, um die Lampe anzuzünden.

Die Katze kam und rieb den Kopf an meinem Handrücken, sie schnurrte, als ich auf den Zunder blies, als täte ich es nur ihr zuliebe. Langsam öffnete ich den Werkzeugkasten aus Eichenholz, den ich mir gezimmert hatte. Die Katze sah zu, wie meine Meißel und schwarzen Zangen zum Vorschein kamen, meine Sägen und meine Hobel. Ich legte alles zur Seite und nahm einen Holzbohrer heraus, den ich gemacht hatte und dessen Gewinde auf den Erkenntnissen von Archimedes und Archytas von Tarent basierte.

Meine Hände zitterten immer noch, als ich ein Stück Fichtenholz nahm und die Spitze des Bohrers hineindrehte, bis sie so weit eingedrungen war, dass sie griff. Ich sah die Schale mit Eisennägeln, die zum Schutz gegen Rost mit Öl bedeckt waren. Geschwind spannte ich einen davon in meinen Schraubstock. Dann nahm ich die feinste Feile, die ich hatte, und fing an, ein Gewinde hineinzufeilen. Dieses Gewinde sollte kein Wasser nach oben befördern wie bei Archimedes, und in Holz würde es sich auch nicht bohren. Dieses Gewinde sollte ein Stück Knochen anheben.

Ich brauchte die ganze Nacht und den folgenden Tag, dann hatte ich vier solcher Nägel mit einem Gewinde versehen. Wulfric lebte noch immer, aber die Stimmung bei seinen Pflegern wurde immer gedrückter. Er war eine Kämpfernatur, doch das verstanden sie nicht. Sie sahen nur den abgemagerten Jungen, einarmig und bewusstlos. Ich wusste, er würde nicht nachgeben. Er würde erst sterben, wenn der Tod persönlich kam und den Griff löste, mit dem Wulfric sich ans Leben klammerte.

An diesem Abend füllte sich das Spital wieder mit Zuschauern, die gehört hatten, dass wir etwas bisher noch nie Dagewesenes probieren wollten. Wir zündeten die Lampen an und warteten, bis sich der Weihrauch im Raum verteilt hatte. Ich sah zu, wie Afra die Fäden aufschnitt, mit denen sie Wulfrics Schädeldecke vernäht hatte. Das geronnene Blut war dunkel, und ihre Hände zitterten, als sie meine kleinste Zange nahm, die ich im Feuer ausgeglüht und poliert hatte, bis sie glänzte. Sie öffnete sie und schob die Kopfhaut zurück, bis wir den Schädelknochen sahen, aus dem Feuchtigkeit drang. Blut tropfte auf das Kopfkissen.

Encarius beugte sich über die Wunde, fasziniert, dass er jetzt sehen konnte, was seine Finger bisher nur ertastet hatten. Ich sah das Knochenfragment. Es war kleiner als erwartet und lag tiefer als der restliche Schädelknochen. Ich schluckte schwer, plötzlich hatte ich Angst, es könne alles vergeblich sein.

Ich nahm einen der Nägel mit Gewinde und berührte damit das Knochenstück, es bewegte sich, und ich zuckte zusammen. Langsam fing ich an, den Nagelkopf zu drehen, wobei ich laut betete. Ich bin überzeugt, dass mein Glaube und meine Hoffnung nie wieder so stark gewesen sind wie in diesem Augenblick.

Die Spitze fand im Knochen Halt. Ich merkte, wie das Drehen schwerer wurde, ich arbeitete langsam und ohne Druck, damit das Gewinde sich ganz sanft hineinschrauben konnte. Ich zitterte vor Aufregung, ich wusste, wenn ich zu weit eindrang, würde ich Wulfric töten.

»Wie dick ist der Knochen?«, fragte ich Encarius, der alles genau beobachtete.

»Nicht viel mehr«, murmelte er. »Wird einer genügen?«

»Wenn ich vorsichtig bin, kann ein zweiter nicht schaden«, sagte ich. Wir flüsterten, als könne er aufwachen und empört sein über die vielen Zuschauer. Bei dem Gedanken musste ich grinsen.

Die zweite Schraube brauchte lange, ehe sie Halt fand. Ich drehte und drehte, ich wollte das Gehirn nicht verletzen, es hätte meinen Bruder ausgelöscht wie eine Kerze. Ich atmete erleichtert auf, als es leise quietschte, und ich merkte, dass es sich fester drehte. Ein Schweißtropfen fiel in die Wunde und vermischte sich mit Wulfrics Blut.

Als die beiden Schrauben festsaßen, trat ich zurück. Meine Hände zitterten so stark, dass ich nicht weitermachen konnte. Jetzt war es Encarius, der die schwarzen Schrauben packte und das Knochenfragment vorsichtig anhob, wobei er es ganz leicht hin und her schob, bis er es auf die Höhe des restlichen Schädelknochens gebracht hatte. Es war auch Encarius, der zwei Löcher in die Kopfhaut schnitt und sie über die Nägel zog, damit sie an Ort und Stelle bleiben konnten. Er fixierte alles mit gutem Leinengarn und festen Knoten, sodass es nicht verrutschen konnte.

Jetzt übernahm Afra, die die Kopfhaut ein zweites Mal vernähte und Wulfrics Kopf frisch bandagierte. Als sie fertig war, hätte ich schwören können, dass Wulfrics Gesicht etwas mehr Farbe hatte. Völlig überwältigt sahen Encarius und ich uns an, und Abt Simeon rief uns alle zusammen, um ein Gebet zur Ehre Gottes zu sprechen.

Nach dieser Aufregung ging der Alltag im Kloster weiter: Matutin, Laudes, Prim, Terz, Sext, Non, Vesper, Komplet und Schlaf. Wulfric war immer noch nicht zu Bewusstsein gekommen, aber gestorben war er auch nicht. Wie ich schon sagte, er kämpfte.

In dem kleinen Raum im Spital sah man jeden Tag die gleiche Szene. Alice und Afra, Encarius und ich wechselten uns tagsüber ab. Wir wechselten Verbände und Laken und badeten Wulfric, wenn er übel roch. Wir schnupperten an seinem Armstumpf. Encarius zog seine Messerklinge durch die Flamme und stach damit in Wulfrics Wunde, worauf grüner Eiter herausquoll. Ich musste hinausgehen, der Gestank war furchtbar.

Danach schien die Wunde sauberer zu sein. Die Schwellung ging mit jedem Tag weiter zurück, bis mein Bruder fast wieder normal aussah, wenn man von den schwarzen Nägeln und der roten Narbe, die wie ein großes T über Stirn und Kopfhaut lief, einmal absah. Ich ließ keinen Gottesdienst aus und verdoppelte meine Gebete und Gelübde. Ich machte meine Versprechungen, wie Menschen es eben tun. Herr, wenn es Dir gefällt, ihn gesund zu machen, dann werde ich ein großes Haus zu Deiner Ehre errichten. Ich werde Dir eine Kathedrale bauen. Manche Menschen versprechen die Welt und können es dann nicht halten. Doch ich glaube, mein Wort galt. Ich habe einige Schwüre gebrochen, aber diesen nicht.

Die Tage wurden zu Wochen, dann zu Monaten. Ich entfernte die Schraubennägel, und aus den Wunden trat sauberes Blut. Wulfrics Haut war gelb geworden und lag straff wie Pergament über seinen Knochen. Sein Schädel war so mager, dass jede Einbuchtung zu erkennen war, aber noch immer war er nicht aufgewacht. Einer der Jungen brach sich etwa zur gleichen Zeit ein Bein. Er blieb mit dem Fuß in einem Kaninchenloch stecken und fiel so unglücklich, dass der Knochen sich verdrehte und brach. Zwei Monate später sprang er wieder umher – und Wulfric lag immer noch schlaff und reglos da und wurde mit jeder Woche schwächer.

Alice und ich fütterten ihn jeden Morgen. Wir waren recht geschickt geworden, nachdem ich einen Trichter hergestellt hatte, der die Brühe bis hinter die Abzweigung zur Lunge leitete. Ich hatte dazu ein Kuhhorn ausgekocht und poliert, bis es wie Gold glänzte. Alice nannte es ein Wunder, und tatsächlich bekam Wulfric langsam eine gesündere Farbe.

Ich hatte nichts dagegen, wie Alice mich ansah. Seit sie wusste, was ich getan hatte, um meinen Bruder zu retten, war ihr Blick sanfter geworden. Ich war überrascht, als sie ihre Hand auf meine legte und dann errötete. Wir saßen an Wulfrics Bett, und als Antwort schüttelte ich nur den Kopf, als sei ich nicht damit einverstanden, dabei packte mich ein derartiges Verlangen, dass ich nur vor mich hin starren konnte.

Jener Sommer war einer der schönsten, an die ich mich erinnere, doch für mich war er unbarmherzig. Der ewig blaue Himmel und die Hitze brachten viele Fliegen, und wir schwitzten, dass die Tagesstunden zur Qual wurden. Encarius und ich nahmen unsere normale Arbeit wieder auf. Wie früher half ich ihm, Kräuter und Mineralien zu zerstoßen, sowohl für medizinische Zwecke als auch für die Küche. Wenn ich nicht gebraucht wurde, verbrachte ich meine Zeit in der Schmiede, oder ich arbeitete mit Hobel, Meißeln und Feilen und baute eine Harfe. Ich schnitt mit Master Gregory Balken zu, machte Steigbügel und gerbte Leder. Ich war immer unter dem Auge irgendeines Klosterbruders und fast niemals allein in unserer kleinen Gemeinschaft.

Als die ersten Blätter braun wurden, erschien eines Tages Godwin in der Schmiede. Ich hatte seit Monaten kaum ein Wort mit ihm gesprochen und mich verhalten, als interessiere er mich gar nicht. Er grüßte auch an diesem Tag nicht, sondern stand nur im Türrahmen und beobachtete mich. Als ich ihn endlich bemerkte, fuhr ich zusammen und hätte fast das glühende Eisen in meiner Zange fallen gelassen.

»Mein Vater wünscht dich zu sprechen«, sagte Godwin.

Ich merkte, dass er es genoss, mir Unbehagen zu bereiten. In den ersten Tagen und Wochen nach Wulfrics Verletzung hatte Godwin den Eindruck eines Verfolgten gemacht, weil er meine Rache fürchtete. Doch allmählich kam er zu der Überzeugung, dass ich wirklich nichts wusste. Sein Selbstvertrauen war zurückgekehrt, aber ich fragte mich, ob er Angst hätte, Wulfric würde ihn anklagen, wenn er zu Bewusstsein käme. Wenn er überhaupt jemals wieder aufwachen würde.

»Warum will Abt Simeon mich sehen?«, fragte ich. Ich nannte den Mann immer bei seinem offiziellen Namen. Mir gefiel es nicht, wie Godwin uns immer an sein Verwandtschaftsverhältnis erinnerte.

»Da ist irgendeine wichtige Frau aus Winchester«, sagte er. »Die will den Lügner sehen, der behauptet, er sei von Engeln getragen worden.«

Ich trat auf ihn zu, doch er wich nicht zurück. Er war kein Feigling, das muss ich ihm lassen.

»Ich wurde heruntergetragen, Godwin«, flüsterte ich. »Und ich wurde von der Berührung dieses Engels verbrannt. Es war genau so …«

Er hatte nicht daran gedacht, dass ich meine dicken Schmiedehandschuhe und meine Lederschürze trug. Als ich jetzt seine Hand ergriff, hielt ich immer noch das glühend heiße Stück Eisen, aus dem ich das Gebiss für ein Zaumzeug machen wollte.

Für einen kurzen Augenblick vergaß ich mich. Ich vergaß, dass ich mir fest vorgenommen hatte, niemanden anzuklagen, mir nicht anmerken zu lassen, dass ich ihn für den Verantwortlichen hielt, damit niemand mich verdächtigen würde, wenn ich es ihm eines Tages heimzahlte.

Er kreischte auf wie ein Weib und schleuderte das heiße Eisen fort, während die Katze in Panik an ihm vorbeischoss.

Es rutschte über den Boden, wo es Strohhalme und Blätter zum Qualmen brachte. Ich hob es auf und warf es in den Löscheimer. Als ich mich wieder umwandte, war Godwin verschwunden, genau wie die Katze. Zweifellos kühlte er seine verbrannte Hand und hegte neuen Groll gegen mich.

Ich tauchte meine Hand in den Wassereimer und glättete mein Haar, zog die Handschuhe und die Schürze aus, unter der mein schäbigstes Hemd und eine uralte Hose zum Vorschein kamen, deren Schritt mir fast zwischen den Knien hing. Nein, besonders elegant sah ich nicht aus, aber ich wusste auch nicht, wie lange der Abt und sein Gast schon auf mich warteten.

9

Abt Simeon hatte an dem kleinen Zimmer, das seinem Vorgänger als Arbeits- und Gebetsraum gedient hatte, einige Veränderungen vorgenommen. Vor einem der kleinen Fenster hing ein Bündel getrockneter Kräuter, und der Wind trug den Duft von Hopfen und Lavendel herein.

Eine Frau wandte sich auf ihrem Stuhl nach mir um, als ich mich vor dem Abt verbeugte. Nein, man konnte sie unmöglich auf eine Stufe mit Afra stellen. Elflaed war eine der größten Damen, die mir je begegnet ist – und ich bin so vielen Königinnen begegnet, dass ich diesen Typ zur Genüge kenne.

Die Witwe Elflaed war keine schöne Frau. Du brauchst nicht zu glauben, ich sei beim ersten Blick zum liebeskranken Verehrer geworden. Stirn und Unterkiefer waren breit, außerdem hatte sie eine Stupsnase. Ihre Augen mit den schweren Lidern waren dicht bewimpert, was sie dunkler und größer aussehen ließ, als sie tatsächlich waren. Ein kräftiges Gesicht, das Ruhe ausstrahlte, aber schön war es nicht.

»Dunstan ist einer unserer vielversprechendsten jungen Männer hier«, sagte Simeon. »Wir hoffen, dass er eines Tages zum Priester geweiht wird oder vielleicht in unseren Orden eintritt. Wie ich höre, zeigt er großes Talent in der Schmiede. Und beim Kräuteranbau. Er kann alles, was er sich vornimmt, sagen seine Lehrer. Nun ja, Mylady, und Erzbischof Athelm ist sein Onkel. Wer kann sagen, wie weit er mit diesen Veranlagungen im Dienste des Herrn kommen wird?«

Erstaunt blickte ich Abt Simeon an. Ich konnte mich nicht erinnern, ihm gegenüber meinen Onkel jemals erwähnt zu haben. Aber vielleicht hatte Heorstan den Mönchen mehr über meine Familie erzählt als mir. Ich wusste nur, dass es in der Familie meines Vaters von einflussreichen Männern und Geistlichen nur so wimmelte. Doch es wäre meinem Vater nie eingefallen, sie zu uns einzuladen.

Männer wie Abt Clement und mein Vater hielten es nicht für angebracht, mit Jungen wie uns über ihre Angelegenheiten zu sprechen. Ich glaube, wir existierten für sie noch nicht wirklich. Wie oft habe ich seitdem etwas über meine Kindheit gehört, das mir vielleicht nützlich gewesen wäre, wenn ich es früher erfahren hätte.

Lady Elflaed sah mich an. »Vater Simeon sagt mir, dein Bruder sei schwer verletzt«, sagte sie. »Ich werde ihn gleich heute Abend in meine Gebete einschließen.«

Ich hatte den Eindruck, dass sie mich beobachtete. Ich machte eine tiefe Verbeugung, wobei ich versuchte, mich zu sammeln. Nachdem ich mich wieder aufgerichtet hatte, fühlte ich mich ruhiger.

»Ihr seid sehr liebenswürdig, Mylady. Ich fürchte, mein Bruder ist schon seit Monaten bewusstlos. Wir haben nicht mehr viel Hoffnung, es sei denn, es geschieht ein Wunder.«

»Dann werde ich um ein Wunder beten«, sagte sie. »Für den Bruder von jemandem, der von Engeln getragen wurde, ist es nicht zu viel verlangt.«

Ich verbeugte mich abermals, etwas überwältigt von ihrem durchdringenden Blick. Sie wirkte sehr ruhig und bewegte beim Sprechen kaum die Hände. Ich hatte den Eindruck, dass es schwer sein müsste, sie anzulügen.

»Lady Elflaed hat gefragt, ob du so freundlich sein würdest, ihr unsere Gärten zu zeigen, Dunstan. Hättest du jetzt Zeit dafür?«

Der Abt sah mich mit einem kühlen Lächeln an, er wusste genau, dass ich Zeit haben würde, wenn er es befahl.

»Es wäre mir eine große Ehre, Mylady«, erwiderte ich. »Ich würde Euch meinen Arm anbieten, aber ich komme gerade aus der Schmiede und fürchte, ich bin zu schmutzig.«

Zu meiner Überraschung erhob sie sich und streckte trotzdem die Hand aus, um die sie ein feines weißes Tüchlein geschlungen hatte, das ich kaum zu berühren wagte.

»Für mich ist der Kohlestaub der Schmiede genauso rein wie eine Blume, Dunstan. Das einzig Unreine ist die Sünde. Verstehst du das?«

»Ich glaube schon, Mylady. Und ich stimme Euch zu.«

Ich bot ihr meinen Arm, sie nahm ihn und drückte dankbar meinen Ellbogen. Ich mochte sie, auch wenn ihr Gesicht mich an ein Schweinchen erinnerte. Sie steuerte auf die Tür zu, wo sie stehen blieb, als ein fremder Mann erschien.

Er trug die schwarze Kutte der Benediktiner. Der Strick war um eine so hagere Gestalt geknotet, dass ich mich fragte, wie viel Körpermasse in einer so engen Schlinge noch vorhanden sein könne. Durchdringend sah ich den Fremden an, der mich seinerseits geringschätzig musterte. Er hielt den gebratenen Schenkel eines Kapauns in der Hand, und seine Lippen waren fettig. Ich runzelte die Stirn, als hätte ich ihn beim Diebstahl erwischt. Das war natürlich unhöflich, aber bei der ersten Begegnung haben wir uns nicht immer in der Gewalt.

Ich hörte, wie die Lady neben mir leise lachte.

»Dunstan, dies ist mein lieber Begleiter und Berater, Vater Keats. Keats, dies ist der junge Mann, von dem ich dir erzählte, der vor den Augen aller Anwesenden von einem Engel zur Erde getragen wurde.«

Dieser Keats hob kurz den Kopf und sah mich an, aber sein Blick war voll Missgunst.

»Und wo geht Ihr jetzt mit ihm hin? Ich hatte doch gesagt, ich wollte die Reliquien sehen.«

»Seid Ihr immer so unhöflich zu Eurer Herrin?«, fragte ich.

Ich war beim Sprechen einen Schritt vorgetreten und stand zwischen den beiden. Ehe der Alte reagieren konnte, hatte ich ihm den Hühnerschenkel aus der Hand gerissen. Wütend wollte ich ihn zum Fenster hinauswerfen, aber er blieb in dem Kräuterbündel hängen und baumelte dort wie eine Verzierung. Der alte Priester sah mich finster an und wischte sich mit dem Handrücken über den Mund.

»Es geht dich gar nichts an, wie ich mit jemandem rede, du Grünschnabel! Dagegen geht es mich sehr wohl etwas an, wie du mit *mir* zu reden wagst!«

Er war zornrot geworden. Ohne große Umstände schob ich ihn beiseite, um den Weg für Lady Elflaed frei zu machen. Der Alte versuchte sich zu wehren, doch er war vernünftig genug, seine Herrin vorbeizulassen.

Im Korridor nahm ich wieder Lady Elflaeds Arm, reagierte aber nicht auf ihren erstaunten Blick. Ich sah mich auch nicht um, deshalb entging mir, wie der Alte sich sein Hühnerbein zurückholte. Stattdessen führte ich die Lady hinaus, am Spital vorbei, wo Afra und Alice tief knicksten und verwundert hinter mir herstarrten, dann in die Klostergärten, wo die Luft vom Duft der Kräuter und vom Gesumm der Bienen im Lavendel erfüllt war.

Wir waren noch keine zehn Schritte gegangen, als Lady Elflaed stehen blieb.

»Warum warst du so … barsch, so streng zu Vater Keats?«, fragte sie.

»Mir gefiel es nicht, wie er sich Euch gegenüber benahm, Mylady. Ich finde, ein Mönch sollte etwas mehr Demut und Respekt zeigen. Wie er da angeschlendert kam, mit dem Hühnerschenkel in der Hand … ich fand es ungehobelt.

Und er hatte auch kein Recht, Euch zu fragen, wo Ihr hinwollt.«

Ich unterbrach mich, denn plötzlich hatte ich den Eindruck, ich könnte jetzt tatsächlich wie ein liebeskranker Verehrer klingen. Ich muss zugeben, ich bewunderte sie. Doch ich möchte gleichzeitig daran erinnern, dass es noch viele andere Arten der Liebe gibt außer der körperlichen. Zum Beispiel die Liebe eines Mannes zu Gott oder zu seiner Mutter oder seiner Schwester. Plato hat es perfekt beschrieben. Eine Liebe kann sehr rein sein, besonders, wenn ein Gesicht kein Begehren weckt.

»Ich verstehe«, sagte sie. Sie war leicht errötet und schwieg, als ich sie durch die Gärten führte und ihr all die seltenen Pflanzen erklärte, die hier wuchsen. Erstaunt blieb sie stehen, als ich sie vor den Gefahren der Giftpflanzen warnte.

»Zum Beispiel dieser Efeu, Mylady, wenn der Eure Haut berührte, könnte er eine Blase verursachen, die ein Jahr braucht, um zu heilen, und selbst danach würde die Stelle noch ein weiteres Jahr jucken, sobald Sonnenlicht darauf fällt.«

»Aber warum baut man ihn dann überhaupt an?«, fragte sie.

Ich fühlte mich geschmeichelt, dass eine so reiche, hochgeborene Lady mich als eine Art Lehrer betrachtete.

»Fast alle Gifte haben in der Medizin ihren Nutzen, Mylady. In niedriger Dosierung kann etwas so Tödliches wie Eisenhut, der auch Aconitum heißt, nützlich sein. Bei Kindern wirkt er beruhigend und einschläfernd, aber die Dosis ist mehr als tausendmal geringer als der tödliche Tropfen. Oder hier, der Schierling, der schon so manchen römischen Kaiser umgebracht hat. Der bewirkt eine solche Benommenheit, dass man wenig Schmerzen empfindet und sich an nichts erinnert.«

Sie hielt die Hand vor den Mund, als sie um sich blickte, dann nahm sie wieder meinen Arm, und wir gingen weiter, den gepflasterten Weg entlang, wo Reihe um Reihe von Stangenbohnen wuchsen, die im September geerntet werden sollten. Jetzt hatten sie dicke rote Blüten, in denen die Bienen summten. Sie bat mich, über mein Leben im Kloster zu erzählen, und ehe ich mich's versah, war ich bei meiner Geschichte von dem Engel, der mich heruntergetragen hatte. Dann erzählte ich von Wulfrics Verletzungen und allem, was ich seitdem getan hatte. Es strömte nur so aus mir heraus, und sie schien fasziniert. Ich frage mich, wie vielen anderen Männern Elflaed im Laufe ihres Lebens zugehört und was sie alles dabei gelernt hatte. Und ich empfinde immer noch eine kleine Spur von Eifersucht bei dem Gedanken, dass auch andere diese Vertrautheit genossen! Doch jetzt war es für mich ein gänzlich neues Erlebnis. Eine Frau in der Blüte ihrer Jahre, die mir so aufmerksam zuhörte und auf jedes meiner Worte reagierte. Es war ein ganz ungewohnter Reiz, und ich verfiel ihrem Zauber. Ich nahm auch ihre Berührung wahr, und zwar immer an dem Arm, an dem ich ihr gezeigt hatte, wo der Engel mich berührt hatte.

Schließlich kamen wir zu dem Teil des Klostergrundstücks mit den Holzkreuzen, wo die Brüder begraben wurden. Er lag fernab von den Gebäuden und war ein Ort des Friedens, wo ich gern hinging, wenn ich erschöpft war. Das Gras war frisch geschnitten, und die Gräber wirkten gepflegt. Ich erzählte Lady Elflaed von Abt Clement und zeigte ihr seinen Grabstein. Äbte bekommen ein aufwendigeres Grab, aber das Loch ist das gleiche. Hier betete sie eine Weile mit gesenktem Kopf. Auch ich schloss die Augen einen Moment und hielt mein Gesicht in die Brise.

»Fühlst du dich nicht wohl, Dunstan?«, fragte sie.

Ich öffnete die Augen und schüttelte den Kopf.

»Entschuldigung, Mylady, ich war nur etwas überwältigt. Mir fiel gerade mein Traum von letzter Nacht ein, der keinen Sinn zu haben schien, bis jetzt, wo ich mit Euch hier stehe.«

»Träume können uns geschickt werden, Dunstan. Wusstest du das? Es können Botschaften von Gott sein.«

»Ich habe schon oft Visionen gehabt, Mylady. Sie überfallen mich, dann zittere ich und werde blind. Es ist eine Last, wenn man von Engeln berührt wird.«

Sie machte große Augen, und ich sah, dass sie nicht wagte weiterzufragen. Aber ich beschrieb es ihr.

»Ich sah diesen Friedhof, aber hinter mir war eine große Abtei, so groß und mächtig, wie es nur eine in England geben kann. Diese Vision hatte ich schon einmal, aber letzte Nacht schrie ich auf und fragte, wie es denn wahr sein kann. Dann sah ich wieder den Friedhof, und jemand sagte mir, dass es hier ein frisches Grab gebe, das innerhalb von drei Tagen gefüllt sein werde, von jemandem, der keine Anzeichen von Krankheit trägt. Das sei der Beweis, dass meine Vision wahr und von Gott gesandt sei.«

Ich blickte sie an, sie war den Tränen nahe.

»Wer wird es sein, Dunstan?«

Ich versuchte, sie zu beruhigen. Ich wollte um jeden Preis vermeiden, dass sie vor Angst die Flucht ergriff.

»Ein Mann, Mylady. Die Stimme sprach von einem ›Er‹. Mehr weiß ich nicht.«

Sie schien erleichtert und stützte sich wieder auf meinen Arm.

»Ich würde jetzt gern zu Abt Simeon zurückgehen«, sagte sie leise. »Du hast mir so vieles gezeigt und erzählt. Mir schwirrt der Kopf.«

Ich hatte Angst, sie könne womöglich ohnmächtig werden, denn dann würde ich erklären müssen, warum ihre Kleider zerknittert waren. Bruder Caspar würde mich sofort verdächtigen. Ich brachte sie zum Abt zurück, so schnell ich konnte. Der blickte von ihr zu mir und schien hocherfreut über das, was er sah. Vater Keats stand auf, als seine Herrin eintrat, obwohl er tief in Gedanken zu sein schien. Vielleicht war es die Hitze.

Der Abt ließ kühle Getränke für Elflaed und Keats bringen. Ich war entlassen, aber sehr überrascht, als Simeon mit mir in den Korridor hinaustrat. Er klopfte mir auf die Schulter.

»Gut gemacht, Junge«, murmelte er lächelnd.

Verständnislos blickte ich ihn an.

»Dunstan, Lady Elflaed ist eine Nichte des Königs. Es kann uns nicht schaden, wenn wir Freunde am Hof haben. Und unserem Geldbeutel wird es auch nicht schaden.«

Ich fand seine Begierde nach Spenden und Mäzenen etwas vulgär. Ich runzelte die Stirn.

»Jesus hat keinen Reichtum gesucht, Abt Simeon. Ich glaube, seine Meinung zu den Münzen mit dem Porträt des Kaisers Tiberius war: ›Gebt dem Kaiser, was des Kaisers ist.‹«

Abt Simeons Gesicht wurde säuerlich, wie du dir sicher vorstellen kannst.

»Ja«, sagte er. »Ich glaube, das hat er gesagt. Stoff zum Nachdenken, Junge, Stoff zum Nachdenken. Nun ja, deine Rolle wäre hiermit zu Ende. Du kannst gehen, Dunstan, ich danke dir.«

Seine Stimmung war wieder völlig hergestellt, als er zu seinen Gästen zurückging, was mich sehr erleichterte. Allerdings sollte er noch erleben, dass meine Rolle erst angefangen hatte.

Vater Keats starb in der Stunde nach der Matutin, also kurz nach Mitternacht. Er ging zu Bett, nachdem er sich durch das Nachtgebet gegähnt hatte, und als er zum Laudes nicht erschienen war, fand man ihn, kalt und steif. Encarius untersuchte die Leiche, aber sie wies keine verdächtigen Spuren auf. Wie es schien, hatte er sich wohl erkältet. In seinem Alter war so etwas ein ständiges Risiko. Wir alle haben nur eine kurze Zeitspanne auf Erden. Ich kann nicht behaupten, dass ich ihn mochte, aber er hatte sicher auch seine guten Seiten. Immerhin, sein Tod kam meinen Plänen sehr entgegen.

Abt Simeon stimmte zu, Keats in unserem bescheidenen Friedhof zu begraben. Da er ein Benediktiner war, sprach nichts dagegen, und es war weitaus besser, als eine verwesende Leiche auf die Reise mitzunehmen. Einige Städte erhoben immer noch Zoll auf Leichen, was zu grotesken Geschichten führte, wonach Tote hoch oben auf Wagen gesetzt und angebunden wurden, manchen wurde sogar die Hand gehoben, als winkten sie beim Vorbeifahren.

Lady Elflaed hatte rot geweinte Augen, wie es bei ihr auch nicht anders zu erwarten war. Ich sprach nicht zu ihr, als wir Keats mit seiner Kiste ins Grab hinabließen und die lateinische Totenmesse sangen. Ich würde sie zu gegebener Zeit an meine Vision erinnern, was mehr Wirkung haben würde als jeder Versuch, den ich jetzt unternahm.

Und richtig, als ich an ihr vorbeikam, wandte sie den Blick von dem psalmodierenden Abt ab und sah mich an, dann ergriff sie meinen Arm, als wollte sie von mir Besitz ergreifen. Ich wandte mich ab, als sie sich zierlich in ein feines Tüchlein schnäuzte. Ich spürte die Überraschung und das Misstrauen um uns, war aber unfähig, mich von ihr zu lösen, ohne sie zu beleidigen. Ich stand da wie ein Holzpfahl, während sie schluchzte und ihre Tränen trocknete.

»Er war ein guter Mensch«, sagte sie. »Wenn du ihn gekannt hättest, hättest du erlebt, wie liebenswürdig und gelehrt er war. Er wusste so viel von der Welt. Zwar konnte er bitter werden, aber schließlich hatte er auch viel an Grausamkeit gesehen. Eigentlich ist es ein Wunder, dass er einen so starken Glauben hatte. Ich zweifle keinen Moment daran, dass er bereits im Himmel ist.«

Bei diesem Gedanken bekreuzigten wir uns, wobei ich durch ihren Arm etwas behindert war, sodass ich meinen Kopf weit herunterbeugen musste, um es zu Ende zu bringen. Es galt als Unglück, wenn das Kreuzzeichen unvollständig blieb.

»Und du warst es, Dunstan, der mir von der Vision erzählte, dass jemand in diesem Grab liegen würde. Jetzt ist es eingetreten, genau wie du es vorausgesagt hast! Du hast die Gabe eines wahren Propheten.«

Ich wusste nicht genau, wie ich darauf reagieren sollte, besonders vor Bruder Caspar in seiner besten schwarzen Robe, dem schon allein bei meinem Anblick die Hände juckten. Ich sah ihn anklagend an, ich wusste, das würde ihn wild machen. Und richtig, er wollte gerade auf mich zukommen, als Abt Simeon seine Schulter berührte, eine Geste, die zur Zurückhaltung mahnte.

»Ich zweifle nicht daran, dass Bruder Keats jetzt vom Himmel aus auf uns herabblickt«, sagte Abt Simeon. »Sein Leben war von Studium und ehrlicher Arbeit erfüllt, und er hat keinen Tag die Messe versäumt. Er dürfte nicht lange im Fegefeuer bleiben, wenn Gottes Herrlichkeit auf ihn wartet. Seht das als Trost, Mylady. Wir bleiben in diesem Tal der Tränen zurück, aber er sieht jetzt das Angesicht Gottes. Wir sollten ihn nicht betrauern, sondern sein Hinscheiden feiern.«

Lady Elflaed nickte dankbar, aber ich sah den Mann misstrauisch an und fragte mich, was er im Schilde führte. Es war ganz klar, er hatte die Aufmerksamkeit dieser Dame, die sich jetzt nicht mehr ganz so ängstlich an meinen Arm klammerte.

»Ich glaube, Dunstan wird jetzt im Spital erwartet, Mylady, um bei seinem armen Bruder zu beten. Ich würde gern unsere gestrige Unterhaltung in meinem Amtszimmer fortsetzen, wenn es Euch recht ist.«

Mit sanftem Druck schob sie meinen Arm von sich.

»Natürlich, Vater. Ich weiß, die Arbeit hört nie auf. Dunstan erzählte mir von einer großen Abtei, die in Zukunft hier stehen wird, mit weitaus höheren Türmen als jetzt. Vielleicht kann ich meinen Teil dazu beitragen, dass es wahr wird.«

Abt Simeon nickte. Er lächelte noch immer, aber er hatte offenbar keine große Lust, mich in das Gespräch einzubeziehen. Ich beschloss, zu gehen und sie allein verhandeln zu lassen.

»Mylady, es war mir eine große Ehre. Ich sollte jetzt wirklich die Gebete für meinen Bruder sprechen, wie Abt Simeon schon sagte.«

Merkst du es? Ich zeigte ihr, dass ich nichts von ihr erwartete. Eine reiche Frau ist immer von Schmeichlern umgeben, die mehr oder weniger ehrliche Absichten haben. Ich stellte keinerlei Ansprüche – und genau deshalb ergriff sie erneut meine Hand.

»Ich möchte noch einmal mit dir sprechen, ehe ich an den Hof meines Onkels zurückkehre«, sagte sie. Ihr Gesicht war völlig ausdruckslos, sie beobachtete nur meine Reaktion. Ich fand es immer schwer, ihr nicht die Wahrheit zu sagen.

»Natürlich, Mylady«, sagte ich und verbeugte mich tief wie ein Höfling. Ich hatte heute auch große Sorgfalt auf mein Äußeres verwandt und allen Schmutz und Ruß abgewaschen, sodass ich sauber aussah.

Schließlich ließ sie mich los und wandte sich ab. Ich glaubte, die Blicke der Mönche hinter mir zu spüren, die sich zweifellos fragten, wie ich zu diesem plötzlichen Ansehen gekommen war. Ich fürchte, der Gedanke an ihren Neid machte mich ziemlich stolz. Davor hätte ich mich besser hüten sollen.

Trotz des Verlustes des alten Keats blieb Lady Elflaed länger bei uns, als sie beabsichtigt hatte. Den Morgen verbrachte sie damit, Briefe zu schreiben, aber jeden Tag fand sie irgendwann auch Gelegenheit, mich aufzusuchen. Sie spielte mit der Katze in der Schmiede, während ich Eisen oder Holz bearbeitete, und abends betete sie mit mir an Wulfrics Bett. Manchmal strich sie ihm über die Stirn, wie eine Mutter es getan hätte. Ihre eigenen Söhne waren erwachsen und in anderen Häusern untergebracht. Diese Geste gegenüber meinem Bruder rührte mich.

Das Klosterleben nahm wieder seinen gewohnten Gang. Mir entging es nicht, dass Alice mir bei meiner Arbeit immer öfter begegnete, aber ich beachtete sie nicht, auch wenn sie oft verweint aussah. Ich verfolgte meine eigenen Pläne, die ich mithilfe einer großen Dame am Hofe zu verwirklichen gedachte. Es war eine glückliche Zeit für mich, erfüllt von der Vorfreude darauf, diese feuchte Insel zu verlassen und etwas von der Welt zu sehen. Ich habe Momente erlebt, wo ich mich wahrhaftig von Gott erwählt glaubte. Auch wenn ich unwürdig sein mag, aber Gott liebt die Sünder. Er hat sie immer geliebt. Jesus hat selbst gesagt, dass Gott sich über ein verlorenes Schaf, das er wiedergefunden hat, mehr freut als über die fröhlich blökende Herde, die das offene Tor gar nicht gesehen hatte.

Ich war sein verlorenes Schaf – und er wachte über mich.

Wulfric erwachte, als ich ihn mit einem nassen Lappen wusch. Ich hatte seinen schlaffen Arm über meine Schulter gelegt und wusch ihm Schweiß und Schmutz ab, als er die Augen öffnete und mich ansah. Ich schrie auf und wich stolpernd zurück, wobei ich einen Tisch voller Töpfe umstieß, was ein endloses Scheppern und Klirren auslöste. Ich starrte meinen Bruder an und dachte, mir würde das Herz zerspringen.

Afra erschien zuerst, kurz darauf Encarius. Sprachlos vor Überraschung, blieben sie stehen, als sie sahen, wie Wulfric seinen Kopf nach ihnen umwandte.

»Wulfric, ich bin …«

Ich versuchte, etwas zu sagen, aber jetzt löste sich die Anspannung der letzten Monate, und ich konnte einfach nur schluchzen. Er war am Leben, und er war aufgewacht.

»Ich habe Hunger«, sagte er, dann wurden seine Augen groß, als er versuchte, sich aufzusetzen. Er bewegte seinen Armstumpf und fiel wieder zurück. »Wo ist mein Arm, Dun?«

»Er ist zerquetscht worden«, sagte Encarius, der sah, wie fassungslos ich war. »Wir mussten ihn amputieren, sonst hättest du nicht überlebt. Selbst danach waren wir noch nicht sicher, ob du wieder gesund werden würdest. Es ist Monate her, mein Junge, seit du den Unfall hattest.«

»Mein Arm!«, sagte er und umklammerte den Stumpf mit der anderen Hand. Seine Verwirrung war herzzerreißend.

Encarius hatte den Schock und das Wunder, dass Wulfric dem Tod ein Schnippchen geschlagen hatte, bereits verarbeitet und war zu seiner üblichen Sachlichkeit zurückgekehrt.

»Afra, bitte hole dem Jungen etwas Nahrhafteres als Brühe. Er braucht jetzt Geflügel und Fisch, mit Meerfenchel, damit er sich schnell erholt. Ja, ich werde die Jungen hinausschicken, sie sollen ein ganzes Scheffel davon pflücken! Ich werde dir eine Liste von Speisen aufschreiben, die sein Blut stärken werden. Meine Güte, was für ein Sieg! Das muss

Abt Simeon wissen. Dunstan, du hast deinen Teil dazu beigetragen.«

Vielleicht war Wulfric zum Teil gesundet, während er schlief, ich weiß es nicht. Aber jetzt, wo er wach war, schien er mit jeder Stunde kräftiger zu werden.

Wir fragten Wulfric, ob er sich an die Nacht seines Unfalls erinnerte, aber es war zwecklos. Er wusste weder, wie es zu seiner Verletzung gekommen war, noch konnte er sich an die Tage davor erinnern. Er wusste nichts vom Turm und hatte nur höchst undeutliche Erinnerungen an das letzte Christfest. Ich überlegte, ob der Schlag gegen den Kopf vielleicht einen Teil seiner Erinnerungen ausgelöscht haben könnte, ein merkwürdiger Gedanke.

Er sprach jetzt langsamer, aber nicht etwa undeutlich. Er brauchte nur etwas länger, um nachzudenken, ehe er antwortete. Es brach mir fast das Herz, ihn so zu sehen, und ich fragte mich, ob er jemals wieder der lebhafte, lachende junge Mann sein würde, der er früher war. Es war schwer genug für ihn, jetzt alles mit der linken Hand lernen zu müssen, essen, sich anziehen und schreiben. Ich merkte, wie entschlossen er es anging, aber ich hörte ihn auch weinen, wenn er dachte, er sei allein.

Alice war ihm eine große Hilfe. Allein durch sein Erwachen hatte er sie zurückgewonnen, aber ich konnte nicht eifersüchtig sein. Ich wusste, dass mein Leben sich bald verändern würde, nämlich in dem Augenblick, wo Lady Elflaed den alten Keats durch mich ersetzen und mit mir an den Hof des Königs zurückkehren würde. Wulfric war die letzte Verbindung zum Kloster gewesen. Aber jetzt, wo er aufgewacht war und sich zusehends erholte, konnte ich ihn zurücklassen. Ich konnte sie alle zurücklassen wie einen Kokon, der leer und vertrocknet am Zweig klebt. Ich wartete darauf, dass Elflaed mich fragte, und musste mir oft auf die Zunge beißen, um das Thema nicht selbst anzuschneiden. Doch es musste von ihr kommen. Meine Zukunft hing davon ab.

Der Monat ging zu Ende, und unter den Mönchen und Klosterschülern verbreitete sich die Nachricht, dass die Nichte des Königs uns verlassen würde. Sie würde nach London oder Winchester zurückkehren, je nachdem, wo der König gerade residierte. Mehr als einmal wurde ich von einem Mönch gefragt, ob ich mit ihr gehen würde, und erntete erstaunte Blicke, wenn ich sagte, das wisse ich nicht. Doch wenn die Brüder sich der Sache so sicher waren, dann musste sie selbst doch auch endlich darauf zu sprechen kommen.

Am letzten Tag kam sie in mein Zimmer, wo ich auf dem Bett lag und die Reden Catos des Älteren las. Jede davon endete mit den Worten: »*Carthaginem esse delendam*« – Carthago ist zu zerstören! Es war egal, ob er von der Sklaverei oder dem Abwassersystem sprach, diesen letzten Hieb konnte er nicht unterdrücken, es war sein Lieblingsthema. Mich beeindruckte seine Entschlossenheit – und schließlich wurde Carthago von Rom auch so gründlich zerstört, dass selbst von den Ruinen kaum noch etwas übrig blieb.

Ich sprang vom Bett, als sie erschien, und machte eine tiefe Verbeugung, während Elflaed unser kleines Dormitorium in Augenschein nahm. Ich merkte, sie war erstaunt darüber, wie beengt wir schliefen.

»Dunstan, ich bin gekommen, um Gott zu bitten, dass er dich beschützt … und dich zu bitten, dass du deine Arbeit hier vollendest. Ich wünschte nur … nein.« Überrascht sah ich, wie sie ein Tüchlein an ihre Augen führte. »Es war mir eine große Ehre, dich kennenzulernen, und ich werde dich dem König gegenüber lobend erwähnen.«

Es schien ihr Ernst zu sein, und mir gefiel es gar nicht, was ich da hörte. Ich wartete, dass sie mich bitten würde mitzukommen, aber sie schien nichts davon zu ahnen und sprach weiter.

»Du warst so aufmerksam zu mir, als ich um den armen Keats trauerte. In ein paar Jahren wirst du mir vielleicht die Ehre erweisen und mich am Hofe besuchen. Ich würde mich freuen, dich zu Gast zu haben, den Mann, der von Engelsflügeln getragen wurde.«

Ich sah sie an. Sie wollte mich zurücklassen. Und ich hatte schon gepackt! Wulfric lief bereits im Spital umher und streckte seine dünnen Beine jeden Tag etwas weiter. Ich war mir so sicher gewesen, dass sie mich fragen würde. Mir kam ein schrecklicher Verdacht. Jemand hatte diesen kleinen rosa Öhrchen etwas eingeflüstert. Ich fragte mich, ob Caspar oder Abt Simeon dahintersteckten. Der Abt betrachtete mich als Lockvogel für Glastonbury, durch mich kamen Pilger und das brachte Geld ein. Caspar wollte mich nur leiden sehen, und wenn ich etwas wollte, würde er alles tun, um es zu verhindern.

»Mylady, ich habe lange und gründlich über meine Visionen nachgedacht, von der großen Abtei, die hier entstehen soll.«

»Ja! Oh ja, Dunstan. Und du könntest ihr Erbauer sein!«

»Mylady, es würde länger als ein Menschenleben dauern, wenn ich es mit meinen Händen täte. Ich glaube, mein Weg führt mich fort von hier, das spüre ich ganz deutlich. Ein Mensch allein kann meine Vision nicht nachbauen, Mylady. Ich muss den Weg finden, selbst wenn er mich von meiner geliebten Schmiedewerkstatt und meinen Ämtern hier wegführt, selbst wenn er mich von Wulfric und meinen besten Freunden trennt. Gottes Wille darf nicht missachtet werden.«

Ich sah sie an, wollte sie mit meinem Blick zwingen, ich starrte in ihre Augen, als müsse ich darin etwas Verlorenes wiederfinden.

»Oh, Dunstan, Vater Simeon sagte, es würde dich unglücklich machen, wenn ich dich bitten würde, mit mir zu kommen. Als ich ihn um seine Meinung bat, sagte er, du habest dein Leben der Abtei vermacht und würdest verkümmern, wenn du woanders leben müsstest.«

Der gerissene Hund, dachte ich. Also war es nur zu meinem Besten, wenn sie mich zurückließe. Ich nickte, als stimmte ich zu, aber innerlich kochte ich vor Wut.

»Das mag einst so gewesen sein, Mylady, ehe ich die großen Visionen hatte. Jetzt aber weiß ich, dass ich einen anderen Weg gehen muss. Glastonbury ist meine Heimat – und wird es immer sein –, aber ich muss fort, so wie ein Knabe das Elternhaus verlassen muss, um ein Mann zu werden. Und eines Tages werde ich zurückkommen, um mit Gottes Hilfe meinen Traum zu bauen.«

Sie legte entzückt die Hände zusammen, fast wie im Gebet.

»Und mit meiner, Dunstan! Auch mit meiner Hilfe! Oh, wie bin ich erleichtert, dies zu hören. Ich fühlte mich ganz elend bei dem Gedanken, dich zurückzulassen. Aber wird der Abt dir nicht zürnen?«

»Ich bin nicht ordiniert, Mylady, ich gehöre auch nicht zu seinen Mönchen, obwohl ich glaube, dass dies der Weg ist, der vor mir liegt. Er wird einen schlechten Schüler verlieren, aber vielleicht noch mehr gewinnen, wenn ich zurückkomme.« Ich überlegte einen Moment und versuchte mir vorzustellen, wie der Abt und Bruder Caspar wohl tatsächlich reagieren würden. »Aber vielleicht wäre es besser, wenn Ihr eine Meile entfernt auf der Straße warten würdet, wenn Ihr morgen abreist. Ich werde nachkommen.«

Sie nahm meine Hände in ihre und küsste sie, dann drückte sie sie an ihre Wange. Ich mochte Elflaed, ich mochte sie wirklich. Als sie mein Dormitorium verließ, hatte sie Freudentränen in den Augen. Ich legte meine römischen Reden zur Seite und blieb eine Weile tief in Gedanken liegen. Endlich stand ich auf und ging ins Spital. Wenn dies tatsächlich mein letzter Abend in Glastonbury war, würde ich Wulfric nicht den Wölfen überlassen.

10

Mitten in der Nacht wurde ich wachgerüttelt, und zwar ausgerechnet von Bruder Caspar. Auf dem Bord über meinem Bett stand eine brennende Kerze, die er dort hingestellt hatte. Sein Gesicht war gerötet, und sein Haar rund um die Tonsur stand ab wie ein wilder Heiligenschein. Erschrocken und verwirrt blinzelte ich ihn an.

»Ist etwas mit Wulfric? Ist mit meinem Bruder alles in Ordnung?«, fragte ich. Ich fürchtete die Antwort.

»Was? Woher soll ich das wissen? Nein, der Sohn des Abts ist tot, Junge! Godwin!«

Mit einem Schlag war ich hellwach und setzte mich auf.

»Ich hatte gestern den Eindruck, dass er etwas fiebrig aussah«, sagte ich. »Hattest du ihn untersucht?«

Caspar sah mich an und kniff die Augen zusammen, als er versuchte, meine Antwort zu deuten. Ich wusste, er suchte nach einem Anzeichen von Schuldgefühl bei mir, deshalb runzelte ich die Stirn, als sei ich ärgerlich, weil er meine Frage ignorierte. Ich durfte mir nicht anmerken lassen, dass ich seinen Verdacht erriet. Ein Unschuldiger käme nicht darauf, dass man ihn verdächtigt. Ich verriet nichts.

»Wir dürfen keine Zeit verlieren, Bruder Caspar. Wie gut, dass du mich geweckt hast.«

Er war gekommen, um mich anzuklagen, aber jetzt war er sich nicht mehr sicher. Er schwieg, während ich weitersprach.

»Encarius wird natürlich meine Hilfe brauchen. Abt Simeon muss außer sich sein vor Schmerz. Bestimmt wird er ein Beruhigungsmittel brauchen.«

Bruder Caspars Gesicht bekam seine normale Farbe zurück, aber er kaute noch immer auf seiner Unterlippe und beobachtete mich, als erwartete er, dass ich mein Theaterspielen aufgeben und die Nerven verlieren würde. Ich merkte, dass er starke Zweifel hatte, aber so war es schließlich, der Tod war nie sehr weit weg, auch wenn wir das hier im Kloster weniger spürten als die Bewohner der Städte und Dörfer. Doch selbst in unserer kleinen Gemeinschaft konnte man sich jederzeit erkälten oder zu viel essen oder trinken und dann nie mehr aufwachen.

»Bruder Caspar?«, sagte ich, als er immer noch nicht antwortete. »Soll ich ins Spital gehen, oder ist der arme Godwin noch in seinem Zimmer?« Ich sprach sanft, wie man zu einem Trauernden oder einem sehr alten Menschen spricht. »Bruder Caspar? Ist Encarius schon bei ihm?«

»Das ist er«, erwiderte er endlich mit erstickter Stimme. »Das ganze Kloster ist inzwischen wach. Ich verstehe nicht, wie du noch schlafen konntest.«

Während er sprach, standen die anderen Schüler auf und hörten alles, was er sagte. Doch Caspar konnte niemanden anklagen. Er hatte nichts weiter als seinen Verdacht – und das reichte nicht aus. Dass Caspar mich hasste, war allgemein bekannt, und niemand würde ihm glauben, selbst wenn er seine Anklage zum Himmel schreien würde. Ich versuchte nicht zu grinsen, als ich meinen Werkzeuggürtel anlegte. Mein letzter Morgen im Kloster würde anstrengend werden, das war mir klar. Doch noch ehe die Sonne aufging, würde ich alles hinter mir gelassen haben.

Wie Caspar schließlich zugab, hatten sie Godwin ins Spital gebracht. Dort war es jetzt fast so überfüllt wie bei Wulfrics

Amputation. Ich nahm mir vor, wenn ich jemals die Chance bekäme, das Kloster neu zu erbauen, würde ich mehr Betten für Kranke und Sterbende planen. Die Welt ist grausam genug, wenn wir gesund sind. Aber sie muss nicht auch noch grausam sein, wenn wir uns aus ihr verabschieden.

Wie Wulfric damals, so lag auch Godwin jetzt nackt da, nur ein schmales Lendentuch schützte ihn vor neugierigen Blicken. Doch seine Brust hob und senkte sich nicht, und auch an Hals und Handgelenken war kein Puls festzustellen. Noch auffälliger war seine gelbliche Farbe – kein dunkles, leuchtendes Goldgelb wie bei einer Osterglocke oder einem Vogelbein, sondern ein ganz blasses Gelb, etwa wie bei Lindenblüten. Er zeigte keinerlei Verletzungen, und doch hatte man nicht den Eindruck, als schlafe er nur. Er hatte die Farbe des Todes angenommen. Wer sie einmal gesehen hat, vergisst sie nicht.

Ich war selbst überrascht, als ich Tränen in den Augen spürte. War er nicht mein Feind gewesen? Mein Joch, meine Prüfung? Das alles war er gewesen, und doch bedrückte es einen, wenn ein so junges Lebenslicht erlischt.

Als ich eintrat, winkte Encarius mich zu sich heran. Die dicht gedrängten Männer und Jungen ließen mich durch. Ich hielt den Blick auf die Leiche gerichtet und machte ein ernstes Gesicht. Ich dachte daran, wie lange Encarius damit verbracht hatte, jede Falte und jede Höhlung von Vater Keats' Leiche zu untersuchen, und ich schluckte bei dem Gedanken, dass sich das nun wiederholen würde. Unser heilkundiger Bruder war gründlich, das musste man zugeben. Die Kirche verbot das Öffnen von Leichen, aber man konnte noch immer viel ertasten und beobachten. Er würde enttäuscht werden. Manchmal starb man einfach.

Ich holte tief Luft und nickte Encarius zu, der seine Instrumente schon bereitgelegt hatte.

Noch ehe ich etwas zu tun bekam, ertönte draußen ein lautes Wehklagen, das alle zusammenzucken ließ. Es war Abt Simeon, der seinen einzigen Sohn verloren hatte. Er kam herein, ging zur Leiche und drückte seine Hand auf das kalte Gesicht. Ich musste daran denken, was für ein schlechter Vater er gewesen war. Godwin war aufgewachsen wie ein Unkraut, wild und völlig sich selbst überlassen. Wäre er ab und zu zurückgeschnitten worden, läge er jetzt vielleicht nicht hier.

Hinter dem Abt sah ich Lady Elflaed eintreten. Schockiert hielt sie ihre Hand vor den Mund, aber schnell schob sich jemand vor sie, um ihr den Blick zu versperren, ehe sie wieder hinausgeführt wurde. Mancher Anblick ist nichts für zarte Gemüter, und es war nur ihre Neugier und die Unaufmerksamkeit der Mönche, die zuließ, dass sie überhaupt hereingekommen war. Ich habe mich nie gewundert, dass es Eva war, die den Apfel pflückte. Frauen sind neugieriger als Katzen, das schwöre ich.

Zu meinem Entsetzen weigerte Abt Simeon sich, den Raum zu verlassen. Stattdessen ließ er sich einen Stuhl bringen und starrte uns an, während Encarius und ich so ungeschickt arbeiteten, wie wir es normalerweise nie getan hätten. Es ist schwer, gründlich zu sein, wenn man auf einen trauernden Vater Rücksicht nehmen muss, der alles beobachtet. Es war schrecklich für alle, als wir ein paar Tropfen Urin herausdrücken mussten, um die Farbe zu prüfen.

Trotz des weinenden Zuschauers taten wir unser Möglichstes. Encarius fand keinerlei Verletzung, die den plötzlichen Tod des kräftigen jungen Mannes hätte erklären können. Als er mich nach meiner Meinung fragte, wiederholte ich, ich hätte den Eindruck gehabt, Godwin habe am Abend zuvor etwas fiebrig ausgesehen, mir aber weiter nichts dabei gedacht. Niemand hatte irgendein Anzeichen von Krankheit an Godwin festgestellt, und er hatte auch kein Medikament verlangt. Schließlich trat Encarius seufzend einen Schritt zurück. Der Herr hat gegeben, der Herr hat genommen.

Einige der älteren Männer gingen mit Abt Simeon hinaus, vielleicht um ein Fass Wein oder etwas Stärkeres anzustechen. Encarius stand draußen, das Gesicht mit geschlossenen Augen zum Himmel erhoben, während er sich die Hände an einem Lappen abwischte. Er war unaufgefordert mitgekommen. Wir wechselten einen Blick.

»Ich weiß, er war nicht dein Freund, Dunstan, aber vielleicht siehst du jetzt ein, wie unwichtig das alles war. Unsere Zeit auf Erden ist so kurz bemessen, und hier müssen wir alle Entscheidungen für die Ewigkeit treffen. Wäre er am Leben geblieben, bin ich sicher, ihr wärt noch Freunde geworden.«

»Ich wäre es gern geworden«, sagte ich.

Es klang genauso verlogen, wie es war, aber er akzeptierte, dass ich wenigstens versuchte, nett zu sein. Wir waren jetzt allein, und er trat näher zu mir heran.

»Hast du daran gedacht, mit Lady Elflaed wegzugehen? Ich habe gehört, sie soll nach dir gefragt haben.«

Ich zwang mich, ruhig zu bleiben, aber mein Misstrauen lief auf Hochtouren. Ich bewunderte Encarius wegen seines Wissens und seiner Geschicklichkeit – er war oft freundlich zu mir gewesen. Doch ich wusste, ich durfte ihm nicht trauen. Freundschaft war immer eine seltene Gabe für mich gewesen. Ein- oder zweimal kam sie überraschend, aber eins habe ich gelernt: Wenn man von Feinden umgeben ist, darf man nicht leichtgläubig werden.

»Ich habe um Führung gebetet, um ein Zeichen, ob ich hierbleiben und mich ordinieren lassen soll oder ob mein Weg zum Hof führt.«

»Ach so. Nun, du bist noch jung. Ich kann mir vorstellen, dass dir der Königshof glanzvoll und verlockend scheint. Ich erwarte nicht, dass du großen Wert auf meinen Rat legst, Dunstan, aber meiner Meinung nach trügt der Schein oft. In dieser Welt gibt es wenig, was wirklich zählt. Und Erfolg, Wohlstand und Macht gehören nicht dazu.«

Er selbst besaß nichts davon, also werden ihn seine Worte getröstet haben. Er runzelte die Stirn und nahm meinen Arm. »Und Liebe ganz bestimmt auch nicht, obwohl einige Menschen dies behaupten würden.«

Ich hatte seine Frau auch kennengelernt, also nickte ich, doch er sprach schon weiter.

»Und ein voller Bauch auch nicht – denn siehe, die Spatzen und die Krähen essen doch auch gut genug! Nein – weder die Arbeit in der Schmiede noch alles handwerkliche Geschick, das ein Mann sich aneignen kann. Das Einzige, was zählt, Dunstan, worauf es allein ankommt – ist deine Seele. Du lebst ein paar Jahre in dieser traurigen Welt, und dann sitzt man darüber zu Gericht – du wirst entweder weitergeschickt in Gottes Herrlichkeit oder in die ewige Verdammnis.«

»Gibt es denn gar keine Barmherzigkeit?«, fragte ich beklommen.

»Du kannst darauf hoffen oder darum beten, Dunstan. Aber darauf verlassen kannst du dich nicht.«

»Danke, Vater. Ich werde daran denken, was du gesagt hast.«

Er klopfte mir auf die Schulter und schien erfreut. Er wäre sicher zum Königshof mitgegangen, wenn Elflaed ihn darum gebeten hätte. Encarius entschied sich zu bleiben, aufrichtig und rein, weil niemand ihm etwas anderes vorgeschlagen hatte.

Zusammen gingen wir in die Kapelle und sangen die Responsorien. Ich überlegte, ob ich zur Beerdigung noch bleiben sollte. Das würde natürlich von meiner neuen Herrin abhängen. Wenn Lady Elflaed blieb, hätte ich keine Wahl.

Nach dem Gottesdienst kam Wulfric zu mir. Wir verstanden uns mit einem Blick, und ich wusste, er war froh, dass Godwin tot war, obwohl er nicht gewagt hätte, es hier auch nur zu flüstern.

»Stimmt es, wovon geredet wird, Dun? Gehst du fort von hier? James sagt, er hat den Abt und Caspar davon sprechen hören.«

»Er sollte nicht umherschleichen und auf Sachen hören, die ihn nichts angehen, nicht wahr?«, sagte ich. Wirklich, es war schwer, in diesem Kloster ein Geheimnis zu bewahren. Mönche sind schlimmere Klatschweiber als Nonnen, besonders die, die nachts mit ihren Frauen flüstern.

»Ich bete um die richtige Führung«, sagte ich wieder.

»Du solltest gehen«, sagte er zu meiner Überraschung. »Jetzt, wo ich wieder gesund bin.«

Unwillkürlich musste ich seinen Arm ansehen, oder besser das, was davon geblieben war. Er lächelte und hielt die Hand über den Stumpf, um ihn vor mir zu verstecken. Wir hatten eine Lederhülle dafür gemacht, die von einem Band um seinen Hals hing und durch Schweiß und Öl die Form des Stumpfes angenommen hatte. Trotzdem verbarg er ihn vor mir.

»Ich meine, ich bin so gesund wie nur möglich«, fuhr er fort. Zu meinem Entsetzen klopfte er mit dem Knöchel gegen die Narben auf seiner Stirn, sodass ich zusammenzuckte. »Siehst du, Dun? Tut gar nicht mehr weh. Ich weiß, was ich dir und Encarius verdanke. Ich kann es euch nicht zurückzahlen, es ist eine zu große Schuld. Aber es wird euch im Himmel vergolten werden.«

Ich schnalzte leise mit der Zunge, ich fand, er mache sich das Ganze ein wenig zu bequem.

»Das Wichtigste ist, dass du lebst.«

Ich sah ihn etwas kritischer an, vorbei an der wulstigen Narbe, die in seinem Haar verschwand, und vorbei an seinem fehlenden Arm. Er war vierzehn Jahre alt und sah gesund aus wie ein junger Jagdhund. Ich grinste ihn an.

»Mutter wird erwarten, dass du sie zu Weihnachten besuchst«, sagte ich. »Wirst du hierbleiben und in den Orden eintreten?«

Das fragte ich, weil er kaum auf dem Feld arbeiten konnte, genauso wie ein Dutzend weiterer Handwerksberufe, die er mit einem Arm nicht würde ausüben können. Mir schien, egal welches Leben Wulfric sich gewünscht hätte, das Klosterleben hatte ihn erwählt. Zu meiner Überraschung errötete er und sah zu Boden.

»Ich habe unserer Mutter geschrieben, Dunstan. Sie hat einen Anteil an einem kleinen Geschäft in London, wo man wollene Mäntel und feines Leinen verkauft. Das kann ich sehr gut für sie führen, auch mit einem Arm.«

»Du hast mich gar nicht gefragt, wie ich darüber denke«, sagte ich etwas verletzt. Er sah mich nicht an und starrte über meine Schulter ins Leere.

»Du bist mit anderen Dingen beschäftigt gewesen, Dun. Zum Beispiel mit Lady Elflaed. Und du hast mir das Leben gerettet. Du brauchst dich nicht länger um mich zu sorgen. Ich werde meinen Weg allein finden.«

»Alice wird dich vermissen«, sagte ich. Ich wollte die freudige kleine Blase platzen lassen, die so voller Pläne war. Zu meiner Überraschung errötete er noch mehr.

»Ich habe bei Afra um ihre Hand angehalten, Dun. Sie wird im Sommer mitkommen, wenn ich fünfzehn bin.«

»Da seid ihr ja auch nicht müßig gewesen«, sagte ich. »Habt euch wie Mäuse in den Ecken getroffen, die Köpfe zusammengesteckt und Pläne geschmiedet. Hast du eigentlich eine Ahnung, was ich für dich getan habe, Wulfric? Was für eine Mühe ich mir gegeben habe?« Er sah mich an, und ich dachte, ja, er weiß es. Doch ich war jung und eitel, ich konnte einfach nicht von meinem hohen Ross herabsteigen.

»Dann geht halt alle zum Teufel«, sagte ich, und er riss erschrocken die Augen auf. »Geh mit Alice und Mutter. Ich werde am Hof sein und den König sehen. Ich werde London kennenlernen, Wulfric.«

»Und dabei wünsche ich dir viel Erfolg, Dunstan. Du hast mich beschützt und mir das Leben gerettet. Ich stehe in deiner Schuld. Lass mich nur in der Stadt erst mal Fuß fassen, dann werde ich dir schreiben, egal wo du bist.«

Seine Anständigkeit und dieses ernste Versprechen irritierten mich. Ich hatte meine Gefühle nicht genügend im Griff, um etwas sagen zu können, deshalb ging ich einfach, obwohl er versuchte, mich zurückzurufen. Im Korridor begegnete ich einigen Dienern der Lady, die alle schwer beladen waren. Es sah aus, als hätte Lady Elflaed eine ganze Armee ausrüsten können mit all dem Hab und Gut, das sie mitgebracht hatte.

Vielleicht hatte mich Wulfrics bevorstehendes Glück getroffen. Ich hatte mir oft vorgestellt, wie Alice weinen würde, wenn ich mich verabschiedete, um an den Hof zu gehen. Doch jetzt verstand ich, dass sie sich tatsächlich für den falschen Bruder entschieden hatte. Ich hätte nie gedacht, dass sie ohne einen Blick zurück mit Wulfric auf und davon gehen könnte. Darüber war ich ziemlich sauer.

Ich gähnte. Ich lag auf meinem Bett, die gepackte Tasche unter dem Kopf, und ging in Gedanken alles noch einmal durch. Die Diener der Lady häuften immer noch Gepäckstücke auf, die hinunter zur Anlegestelle getragen werden mussten. Solange konnte ich hier liegen bleiben. Ich schwitzte und war so müde, als hätte ich selbst eine meiner einschläfernden Tinkturen getrunken. Mir fielen die Augen zu.

Als ich aufwachte, stand ein halbes Dutzend Menschen um mein Bett. Mir am nächsten stand Encarius, mit wütendem Gesicht. Verwirrt starrte ich ihn an. Caspar packte mich, noch während ich überlegte, welchen Tag wir hatten und ob ich überhaupt wach war. In meiner Verwirrung hielt ich es für möglich, dass alles nur ein Traum war. Doch ein Schlag gegen den Kopf, der mich Sterne sehen ließ, bewies mir, dass ich wach war und gefesselt wurde.

Ich wehrte mich mit aller Kraft, genauso wie Josef aus Kanaan sich gewehrt haben mochte, als seine Brüder ihn in die Löwengrube stießen. Ich brüllte sie an und wollte wissen, was hier vor sich gehe und warum sie mich angriffen. Als ich gefesselt war und ihm nicht mehr gefährlich werden konnte, trat Abt Simeon näher und zerkratzte mir mit seinen Fingernägeln das Gesicht wie ein altes Weib. Ich fuhr zurück und schrie wie am Spieß, doch sie knebelten mich, indem sie mir ein Tuch über den Mund banden. Jetzt war ich nicht mehr fähig, laut zu protestieren, also verstummte ich und wartete ab.

Encarius griff in einen Beutel, der an seinem Gürtel hing, und zog die Katze heraus. Sie war tot, und er bebte vor Wut. Erstaunt sah ich das Tier an, doch gleichzeitig rutschte mir das Herz in die Hose.

»Das hier fand ich auf dem Misthaufen«, sagte Encarius und schüttelte traurig den Kopf. »Wo du es hingeworfen hattest.«

Ich versuchte, den Knebel auszuspucken, aber er saß zu fest. Ich gab Laute von mir, so gut ich konnte, während sie darüber berieten, ob sie mich sprechen lassen sollten. Schließlich entfernte Encarius den Knebel. Mit trockenem Mund stammelte ich: »Ihr habt mich wegen einer toten Katze gefesselt?«

»Du warst es, der sie auf den Misthaufen geworfen hat. Du bist gesehen worden.«

»Und wenn schon! Es sterben doch viele Katzen!«

Encarius verzog das Gesicht zu einem traurigen Lächeln. »Du hast sie vergiftet, Dunstan. Du hast das an ihr ausprobiert, was du für Godwin gebraut hattest. Was war es denn, Aconitum? Oder Knollenblätterpilz?«

Sprachlos sah ich ihn an.

»Das ist eine Lüge! Wie kannst du es wagen, das zu behaupten! Ich bin von Engeln berührt worden.«

»Jetzt nicht mehr, Dunstan«, sagte Encarius. »Du bist ein Stachel in unserem Fleisch, und wir haben beschlossen, dich herauszuschneiden.«

Er nickte den anderen zu. Und obwohl ich kämpfte und heulte und bettelte und Versprechungen machte, knebelten sie mich erneut und stülpten mir einen Sack über den Kopf. Einer der Feiglinge versetzte mir einen Schlag mit dem Knüppel, der mich benommen machte. Die Sonne war bereits aufgegangen, und ich dachte an Lady Elflaed, die auf der Straße sicher ungeduldig auf mich wartete. Zweifellos hatten sie gewartet, bis sie abgereist war, ehe sie sich ihren Günstling vornahmen.

Sie würde annehmen, ich hätte mich anders entschieden, und das Traurige daran war, dass sie vielleicht in gewisser Weise froh darüber sein würde. Für sie wäre es der Beweis, dass ich meine Arbeit Gott und der Abtei widmen wollte und nicht dem Königshof und ihrem Onkel. Sie würde es als die richtige Entscheidung ansehen. Mit diesen Überlegungen war ich beschäftigt, als sie mir einen weiteren Schlag versetzten, der mich bewusstlos machte.

Ich kam zu mir, als sie mich mit Wasser begossen, dann zerrten sie mich zum Rand eines Felsvorsprungs, und ich hörte, wie unter meinen Füßen Steine abrutschten und hinunterfielen. Master Gregory aus der Werkstatt gehörte zu denen, die mich hinabließen, bis ich den bröckelnden Rand mit den Händen packen konnte. Ich fand etwas Halt und flehte ihn an, aber er spitzte nur die Lippen und murmelte: »Tut mir leid, Junge.« Natürlich hatte Encarius sie alle gegen mich aufgehetzt.

Master Gregory säbelte den Strick durch, mit dem sie mich gefesselt hatten, und ließ mich an meinen ausgestreckten Armen hängen. Er nahm mir den Knebel ab, und ich versuchte, meinen trockenen Mund zu bewegen.

Ich wagte kaum, nach unten zu blicken, und als ich es schließlich tat, musste ich schlucken. Sie waren, während ich bewusstlos war, zwei Meilen weit mit mir gegangen, zu einem Kamm, den ich gut kannte. Man sah ihn von der Spitze des Hügels, felsig und grün, wo nur Schafe grasten. Dennoch konnte ich jetzt, wo der kalte Wind um uns heulte, nicht glauben, dass meine Klosterbrüder zusehen würden, wie ich mir hier das Genick brach.

Afra war ebenfalls mitgekommen, mit grimmig entschlossenem Gesicht stand sie inmitten einer Gruppe missbilligend dreinblickender Weiber. Ich hielt Ausschau nach Wulfric und war froh, dass sie wenigstens ihn nicht gezwungen hatten, an dieser Sache teilzunehmen. Keiner der Schüler war anwesend, das erleichterte mich und bewies mir, dass die, die mich hierhergebracht hatten, doch nicht ganz ohne Schuldgefühle waren. Ich stellte fest, dass auch der eine oder andere Lehrer fehlte – zum Beispiel Florian und auch Vater Johannes aus der Gärtnerei. Vielleicht hielten sie Unterricht, während die anderen mich hierhergebracht hatten. Trotzdem mussten es noch etwa dreißig Männer und Frauen sein, die sehen wollten, wie ich umgebracht wurde, und keiner hatte den geringsten Beweis gegen mich – außer einer toten Katze. Wenn ich einen davon meinen Freund genannt hätte, dann noch am ehesten Encarius – und ausgerechnet er hatte sie gefunden und die anderen gegen mich aufgehetzt.

Ich sah sie alle an, wie sie dort in der Sonne standen. Wie sie mich beobachteten und darauf warteten, dass die Schwerkraft meinem sündhaften Leben ein Ende bereitete. Du hast noch nie etwas so Grausames gesehen wie diese unbeteiligt wirkenden Gesichter. Keiner von ihnen wäre auch nur würdig gewesen, mir mein Handwerkszeug zu reichen, und doch hatten sie das Urteil über mich gefällt, ohne jeglichen Prozess. Ich weiß, wie Hass sich anfühlt, denn bei Gott, damals habe ich es gelernt.

Ich hätte den ganzen Tag dort hängen und meine Unschuld beteuern können. Als Antwort schickten sie erneut Master Gregory vor. Er beugte sich herab, und ich blickte ihn voller Hoffnung an, bis er einen Hammer hervorzog und mir damit die Finger brach.

Trotzdem hielt ich fest. Tränen liefen mir übers Gesicht, was von den Umstehenden als Schuldgeständnis verstanden wurde, dabei war es nichts als Schmerz und Wut. Ich gab die Hoffnung auf, dass sie sich besinnen würden. Jetzt wusste ich, dass ich wirklich abstürzen würde. Ich rief Encarius, um meine letzte Beichte abzulegen.

Er konnte nicht widerstehen. Er kniete neben mir und zeichnete ein Kreuz aus Spucke und Dreck auf meine Stirn.

»Würdest du mit mir beten, Vater?«, fragte ich.

Er nickte mit anklagenden, schmerzlich aufgerissenen Augen.

»Ich weiß, du hast ihn umgebracht, Dunstan. Und Vater Keats vielleicht auch. Die Katze ist der Beweis. Und … ich sah auch, wie du das Gegengewicht vom Baugerüst am Turm losgebunden hast. Dich hat kein Engel zur Erde getragen.«

»Ich möchte beichten«, flüsterte ich. Er bückte sich weiter herunter, um besser hören zu können. »Ich hatte unkeusche Gedanken über eine Frau.«

»Das passiert oft genug, Dunstan, aber deine Todsünden! Willst du mit denen vor das Jüngste Gericht treten? Dann wirst du ewig in der Hölle brennen.«

Ich fing an zu weinen und murmelte etwas. Er beugte sich noch weiter herab, sodass meine Lippen dicht an seinem Ohr waren. Ich hörte, wie seine Frau hinter ihm etwas rief, aber er war ganz auf meine Beichte konzentriert. Ich packte seine Kutte mit meinen gebrochenen Fingern.

»Dann komm mit und sieh selbst«, sagte ich und zog uns beide hinunter in den Abgrund.

Es ist ein merkwürdiger Gedanke, aber meine Rachegelüste retteten mir das Leben. Wie es scheint, kann ein Mensch selbst einen Sturz aus großer Höhe überleben, vorausgesetzt, er landet auf einem Priester.

11

Aneinandergeklammert taumelten wir ins Leere, unsere Augen tränten vom Wind. Es war ein unwirkliches Gefühl, bis wir durch die Baumwipfel brachen und hart aufschlugen. Es war nicht meine Absicht gewesen, auf Encarius zu landen, aber es fügte sich so. Ich glaube, der Aufprall meiner Schulter und Hüfte hatte ihn ebenso tödlich verletzt wie die Steine, auf die er aufschlug.

Ich würde gern sagen, er sei sofort tot gewesen. Doch in Wahrheit rollte ich von ihm herunter und knirschte vor Schmerz mit den Zähnen, völlig fassungslos über die Situation, in der ich mich befand. Wenn man etwas gebrochen hat, bemüht man sich instinktiv, diesen Körperteil zu schützen, statt sich aus großer Höhe auf die gnadenlos harte Erde zu stürzen. Mir tat alles weh, aber dennoch erfasste mich plötzlich eine Hochstimmung. Ich brach in ein unkontrolliertes Gelächter aus, bis mir die Luft wegblieb. Sie hatten mich verurteilt und mir die Hände gebrochen. Und trotzdem lebte ich.

Ich drehte den Kopf, nicht zuletzt, um auszuprobieren, ob ich es überhaupt konnte. Und ich sah, wie Encarius mich beobachtete, sein Gesicht war kreideweiß. Ich blickte ihn an, er lag auf dem Waldboden und hustete Blut, das über seine Wange lief. Seine Augen waren weit aufgerissen, und er zitterte. Sein Tod war nah, und der Wind blies kalt auf dieser Lichtung.

»Es tut mir leid«, sagte ich, aber das war gelogen. Wieder musste ich vor Erleichterung lachen, was bald in ein

Schluchzen überging. Es war ein Ausdruck der Schwäche, und ich schämte mich. Als ich aufblickte, sah ich, dass Encarius mich noch immer ansah. Ich hob mein Gesicht zum Himmel.

»Wusstest du, dass es Godwin war, der Wulfrics Unfall verursacht hatte? Ich glaube, du wusstest es. Aber bei ihm kam niemand, um ihn anzuklagen! An sein Bett kamen keine Mönche, um ihn zu fesseln! Und doch wäre es Mord gewesen. Nur du und ich sorgten dafür, dass es keiner wurde. Wir haben Wulfric gerettet, das war weder Glück noch Schicksal … noch Gott. Nein, und auch du warst es nicht. Es waren diese Hände hier. Nur diese Hände!«

Ich streckte ihm eine gebrochene Hand entgegen, die sich lila verfärbt hatte und stark angeschwollen war. Der Schmerz ließ mich zusammenzucken, und ich hielt sie wieder still.

Encarius atmete noch immer, aus seiner Nase kamen blutige Blasen. Ich konnte seinen Blick nicht länger ertragen.

Ich war benommen vor Angst, vom Sturz, von der Verletzung und vor Erschöpfung. Vielleicht hatte ich Fieber. Ich weiß, dass ich viel unzusammenhängendes Zeug schwatzte, ich weinte und schluchzte und beichtete ihm alle meine Sünden.

Es dauerte etwas, bis ich merkte, dass Encarius schon eine ganze Weile tot war. Als ich mich auf die Ellbogen stützte, sah ich, dass er den Kopf merkwürdig schief hielt. Obwohl seine Augen offen waren, nahm er nichts mehr wahr. Meine rasenden Gedanken beruhigten sich, und langsam gewann ich meine Fassung wieder. Ich wusste, er war tot, aber trotzdem fuhr ich fort, mit ihm zu sprechen. Vielleicht hoffte ich, dass seine Seele es hören würde, vielleicht tat ich es auch nur, weil ich auf dieser Lichtung am Fuße der großen Eichen mutterseelenallein war.

»Godwin hat sein Schicksal selbst besiegelt, Vater, genau wie ein Mann, der freiwillig in den Krieg zieht und seine Feinde herausfordert. Godwin hat mich herausgefordert, als er Wulfric tödlich verletzte. Jetzt ist er tot – und ich sitze hier, ausgestoßen und mit gebrochenen Händen, weil ich Gerechtigkeit wollte.«

In meiner Wut überstürzten sich meine Gedanken. Würden die dort oben sich auf den Weg nach unten machen, um uns zu finden? Ich wollte nicht mehr hier sein, wenn sie ankämen.

Als ich mich aufsetzte, entfuhr mir ein Schmerzensschrei, mein ganzer Körper schmerzte.

Ich bemerkte, dass überall um uns herum verblichene Knochen lagen. Im ersten Moment erschrak ich, dann erkannte ich, worum es sich handelte. Es waren Schädel und Rippen von Hunden, die da im trockenen Laub lagen. Sie waren weit verstreut, sicherlich von hungrigen Tieren hin und her gezerrt und abgenagt. Mir wurde klar, dass diese Schlucht dazu genutzt wurde, um tote Hunde zu entsorgen. Wahrscheinlich war es ein Bauer aus der Nachbarschaft, der hier seine toten Jagdhunde loswurde. Auch ich hatte erlebt, wie mein Vater mit einem Lieblingshund im Arm zum Rand einer Klippe wanderte und allein zurückkam. In mancher Hinsicht konnte er ziemlich sentimental sein.

Es dauerte eine Ewigkeit, bis ich es schaffte, ohne Hände aufzustehen. An einen glatten Buchenstamm gelehnt, schob ich mich in die Höhe, bis ich keuchend und nass geschwitzt auf den Beinen stand. Sie würden mich hier suchen, davon war ich plötzlich überzeugt. Encarius' Frau würde darauf bestehen. Sie würden Encarius allein vorfinden und es mit der Angst bekommen. Dieser Gedanke gab mir Auftrieb in all meinem Elend.

Ich war zerkratzt und verdreckt von Matsch, Schweiß, Blut und vermodertem Laub. Ich konnte nicht aufrecht gehen, sondern nur mühsam humpeln. Ein Auge tat so weh, dass ich es geschlossen hielt. Ich wagte nicht, es mit meinen geschwollenen Händen zu berühren, obwohl es stark tränte und ich vor Schmerzen hätte heulen können. Doch ich konnte gehen. Ich würde mich ihnen nicht ausliefern. Ich warf einen letzten Blick auf Encarius und sprach ein Paternoster für seine Seele. Er konnte nicht Amen sagen, als ich zwischen den Bäumen nach Osten davonhumpelte, die untergehende Sonne in meinem Rücken.

Ich weinte vor Erleichterung, als ich sah, dass der Wagen noch immer auf mich wartete. Die Diener saßen auf Pferden, die gelangweilt die Köpfe hängen ließen. Als sie mich hörten, griffen sie nach ihren Schwertern und Dolchen, dann starrten sie die Jammergestalt an, die dort aus dem Gebüsch erschien wie Jona aus dem Bauch des Wals. Ich hörte, wie Lady Elflaed einen Befehl murmelte, worauf eine ihrer Dienerinnen das Sonnensegel zurückschlug.

»Dunstan! Mein armer Junge. Was ist mit dir passiert?«

»Mylady, ich habe Feinde, die nicht wollten, dass ich weggehe. Aber ich bin ihnen entkommen und habe Euch gefunden. Gott segne Euch, dass Ihr so lange auf mich gewartet habt. Ich weiß nicht, was ich gemacht hätte, wenn Ihr fort gewesen wärt …« Zu meinem Entsetzen brach ich in Tränen aus. Aber ich war noch keine sechzehn Jahre und hatte Schlimmes erlebt.

Sie zeigte sich bestürzt über meine geschundenen Hände. Mit energischem Gesicht gab sie ihre Befehle. Die Peitsche knallte, und die ganze Reisegesellschaft setzte sich in Bewegung.

»Du bist schwer misshandelt worden, Dunstan. Ich weiß, dass ich dafür verantwortlich bin, weil ich dich aus reinem Egoismus aus dem Kloster mitnehmen wollte.« Ich runzelte etwas die Stirn und überlegte, welch seltsame Gedankengänge Frauen doch haben.

»Ich werde es ihnen vergelten, Dunstan. Ich werde meinen Onkel bitten, seine Leute in das Kloster zu schicken und ihnen zu zeigen, was königliche Gerechtigkeit ist …«

»Mylady, nein, bitte!«, sagte ich erschrocken. »Ich werde nach Glastonbury zurückkehren, wenn ich in der Lage bin, eine größere Abtei zu bauen. Bis dahin vergebe ich denen, die mir wehgetan haben. Sie wissen nicht, was sie tun.«

Ihr traten Tränen in die Augen über meine Tapferkeit, was auch nur recht und billig war. Sie nickte und drückte mich an ihre Brust. Und nach allem, was ich durchgemacht hatte, und trotz meiner schmerzenden Hände war ich in der Wärme der schaukelnden Kutsche bald fest eingeschlafen. Weiter kann ich mich an nichts erinnern.

ZWEITER TEIL

SEHT DEN MANN

A.D. 936

Da ich ein Kind war, da redete ich wie ein
Kind und war klug wie ein Kind
und hatte kindische Anschläge;
da ich aber ein Mann ward, tat ich ab,
was kindisch war.

1. KORINTHER 13:11

12

Winchester war eine Stadt voller Wunder. Genau wie London war Winchester jahrhundertelang verlassen gewesen, nachdem die Römer ihre Schiffe abgezogen hatten und in die Heimat zurückgekehrt waren. Man kann sich kein Weltreich leisten, wenn das eigene Haus in Flammen steht. Das war eine Lektion, die sie hier gelernt hatten.

Noch immer lagen viele andere Städte zerstört da, die Ruinen überwuchert, sodass man nur ahnen konnte, wie sie einst ausgesehen hatten. Nicht jedoch Winchester, die Hauptstadt König Ǣthelstans. Solide Mauern säumten gepflasterte Straßen, die drei- und vierstöckigen Häuser verkündeten Wohlstand und Macht, wie es königliche Herolde nicht besser hätten tun können. Die alte Stadt war verfallen und heruntergekommen gewesen, als König Alfred sich hier niederließ. Es waren seine Handwerker, die die Türme und Stadttore wieder aufgebaut hatten, genau wie auch sie es waren, die die alte römische Innenstadt mit ihren Bädern wieder zum Leben erweckt hatten. Wahrhaftig, er war ein großer König – und Ǣthelstan war sein Enkel. Damals gab es noch solche gigantischen Herrscher.

Als Mylady Elflaed und ich das große Nordtor passierten, erfuhren wir, dass der König nicht in der Stadt weilte. Er war nach London gereist, wo er sich um ein Problem bei den Docks an der Themse kümmern musste. Doch Elflaed stampfte energisch mit ihrem eleganten Fuß auf und sorgte dafür, dass der königliche Leibarzt gleich am Morgen unserer Ankunft an mein Bett kam und mich die nächsten drei Tage regelmäßig besuchte. Meine Verletzungen und wahrscheinlich auch mein seelischer Zustand hatten noch in der Kutsche einen Anfall ausgelöst. Ich kann mir vorstellen, wie schrecklich es für sie gewesen sein muss, auf so engem Raum mit mir gefangen zu sein, während ich in Zuckungen verfiel und die Augen verdrehte. Ich kann von Glück sagen, dass die edle Frau mich nicht einfach auf das Straßenpflaster kippte. Doch mir scheint, als sei ihre Zuneigung zu mir gerade durch diese Hilflosigkeit noch verstärkt worden, mehr als durch alles andere, was ich getan haben mochte. Wenn man es recht betrachtet, haben meine Feinde im Kloster mir wirklich einen Gefallen getan, denn von nun an war Lady Elflaed meine treueste Unterstützerin.

Nach vier Tagen ritten Boten durch die Straßen und verkündeten, dass der König zurückkomme. Elflaed war aufgeregt, während sie und ihre Dienerinnen sich auf eine Audienz vorbereiteten.

Noch immer etwas fiebrig, die Finger geschient und mit sauberen Leinenbinden umwickelt, wankte ich hinaus in die Sonne. Es sah aus, als halte ich weiße Mäuse in den Händen. Es bringt einige Schwierigkeiten mit sich, wenn man seine Finger nicht gebrauchen kann, manches ist lebenswichtig, anderes einfach nur irritierend. Wie einem Kind hatte man mir ein kratziges neues Hemd mit einem Gürtel angezogen, dazu eine Hose aus feiner Wolle und weiche Lederstiefel. Am liebsten hätte ich meine schwarze Kutte getragen, denn ich finde, allein schon die Farbe verleiht einem eine gewisse Würde. Ich nahm mir fest vor, mir wieder eine zu beschaffen, war aber noch zu schwach dazu, als der König aus London zurückkam und die Hauptstadt zum Leben erwachte.

Æthelstan reiste stets mit einem Gefolge von Hunderten von Männern und Frauen: Berater und Vögte, Richter und

Schreiber. Die Grafschaftsvorsteher seines reisenden Gerichts führten die Gesetze aus; sie verfolgten, bestraften und kämpften für ihn, sie vollstreckten in seinem Namen sogar das Todesurteil. Der König war damals der Mittelpunkt eines endlosen Volksfests.

Ich machte mich auf den Weg zur großen Halle von Winchester, beschützt von etwa einem Dutzend Bediensteten aus Elflaeds Haushalt. Freie Bürger und Leibeigene unterbrachen ihre Arbeit, um zu sehen, welch wichtige Persönlichkeit es sein mochte, die über ein solches Geleit verfügte. Ich spürte ihren Spott, aber ich hielt meinen Blick geradeaus auf die Mauern des königlichen Schlosses gerichtet, die den Rest der Stadt überragten. Ich war froh, dass Kloster Glastonbury mir vertraut war, sonst wäre ich von seiner Größe völlig überwältigt gewesen.

Elflaed hatte bereits bei den richtigen Leuten vorgesprochen und sie auf meine Anwesenheit vorbereitet. Es ist mir peinlich, wenn ich daran denke. Mein erster Auftritt am Hof war eine Katastrophe.

Es war nicht gerade hilfreich, dass ich schwitzte, als sei ich gerade von Glastonbury hierhergerannt. Für Master Gregory war es nichts Besonderes gewesen, mir die Finger zu brechen. Wahrscheinlich ging es ihm ebenso mühelos von der Hand, wie er sich ein Huhn zum Abendessen rupfte. Und er war so geschickt und gründlich vorgegangen, wie er alle seine Aufgaben erledigte. Es war mir fast unmöglich, auch nur eine Bewegung zu machen, ohne dass meine zersplitterten Knochen schmerzten.

Das war ein weiterer Punkt auf meiner Liste. In gewisser Hinsicht war es ein beruhigender Gedanke für mich, dass ich nur ein Ziel hatte – nämlich mir so viel Unterstützung wie möglich zu sichern und dann nach Glastonbury zurückzukehren, mit der Macht über meine Feinde im Rücken. Während ich jetzt völlig verschwitzt neben anderen Männern und Frauen in einer Reihe stand und darauf wartete, den König zu sehen, nahm ich mir vor, dieses Ziel entschlossener zu verfolgen denn je. Ich würde zurückkehren. Ich würde alles niederreißen, Stein für Stein. Die Abtei würde mein Karthago werden, und ich würde ihre Felder mit Salz verwüsten.

Es war ein beglückender Gedanke, obwohl ich mir in der Menge, deren Gemurmel jetzt anschwoll, etwas verloren vorkam. Mit allen anderen schritt ich vorwärts zur Königshalle und sah zum ersten Mal König Æthelstan.

Er stand etwas seitlich erhöht auf einem Podium, als ich eintrat und zu ihm aufblickte. Ich muss gestehen, mein erster Eindruck war enttäuschend. Er trug nicht die gezackte Krone, die man mir nach seiner Krönung beschrieben hatte, sondern einen einfachen eisernen Reif, der mit roten Steinen besetzt war. Er hatte einen blonden Bart und trug sein langes Haar offen, was ihn wie eine der Wildkatzen aussehen ließ, die ich auf einem Wandteppich gesehen hatte. Und er war kleiner, als ich erwartet hatte. Ich hatte mir den Mann, vor dem Prinzen und Könige knien, als Riesen vorgestellt.

Der Mann neben ihm entsprach schon eher meinen Erwartungen. Egill Skiallgrimmson war damals sein Leibwächter, ein Berserker aus den Ländern hoch im Norden. Auch er war blond, doch verglichen mit dem König war sein Haar fast weiß. Ich hatte solche Kämpfer schon gesehen und erinnerte mich an einen Boxkampf über neunzig Runden, zu dem mich mein Vater einst nach Bath mitgenommen hatte. Doch selbst diese Männer hatten keinen solchen Schädel wie Egill. Der sah aus wie der knochige Schädel eines Riesen aus den alten Sagen. Er saß auf einem Körper, der an einen Ackergaul erinnerte. Egill war kein Mann, dem man gern auf dem Schlachtfeld begegnet wäre. Er war zwar nur eins achtzig groß, aber es ist nicht die Größe allein, die einen Krieger ausmacht. Die kurze Keule, die Egill in der Hand hielt, war der Garant dafür, dass Ǣthelstan eine friedliche Regierungszeit hatte. Kein einziger der kleineren Könige, die vor ihm das Knie beugten, hätte gewagt, seine Macht anzufechten. Zumindest nicht im Moment. Nein, die Herausforderung sollte erst im folgenden Frühjahr kommen.

Als ich mich dem Podium näherte, lauschten die Ältesten des Königs auf die Klagen der Besucher, eine nach der anderen. Manche leiteten sie an einen Beauftragten oder Schreiber weiter, anderen schlugen sie ihr Anliegen gleich ab, oder, aber sehr viel seltener, sie wandten sich direkt an den König, um ihn über eine Petition entscheiden zu lassen. Ǣthelstan stand neben einem kostbaren, geschnitzten Stuhl, umgeben von seinen Earls, seinem Leibwächter und vielleicht noch hundert weiteren Bediensteten. Sie alle trugen bunte Gewänder und waren heiterer Stimmung, wie sie da miteinander redeten und lachten. Ich war völlig gefangen genommen von diesen Wundern, mir war, als stünde ich vor der Richterbank der Seraphim, und konnte nur staunen über so viel Herrlichkeit.

Ich sah meine Gönnerin Elflaed auf dem Podium, eine der wenigen Frauen dort oben. Sie lächelte mir zu, als ich mich langsam nach vorn schob, geduldig und ruhig.

Der Mann vor mir war ein Bauer, der seiner Tochter bei der Heirat die Mitgift verweigert hatte. Er hatte die Zahlung so lange herausgezögert, dass sein Schwiegersohn jetzt Anklage gegen ihn erhoben hatte. Natürlich gab es ein Gremium für solche Fälle, den Witan, wo Urteile gefällt und schriftlich festgehalten wurden. Aber manche Leute hatten kein Vertrauen in die Earls und Gefolgsmänner des Königs. Sie zogen es vor, den König selbst urteilen zu lassen. Das konnte riskant sein, aber ich konnte es auch verstehen.

Alle Menschen sind gleich in ihrem Bedürfnis, sich jemandem unterzuordnen. Es mag zu einfach klingen, aber Menschen sind entweder Könige oder Sklaven. Manche Sklaven sind Könige, und manche Könige sind Sklaven, aber das kommt nur daher, weil die Welt korrupt ist und immer wieder zerstört wird, egal wie wir uns entwickeln. Frauen sind natürlich alle Sklaven. Das würde ich allerdings keiner Frau sagen, wenn ich ein ruhiges Leben haben wollte.

Der Bauer roch stark nach Pferdestall, als er sein Argument vorbrachte. Er gestikulierte heftig und warf seinen Arm hoch, mit dem er mich traf, weil ich hinter ihm stand. Der Schlag traf meine Finger, und ich schrie vor Schmerz laut auf.

In der Halle wurde es auf einen Schlag still. In einigen Monaten würde ich sechzehn sein, und ich hatte vor diesen Lords und Ladys und dem Bischof geschrien wie ein Weib. Am liebsten wäre ich im Erdboden versunken, aber das konnte ich nicht. Der Mistbauer entschuldigte sich, aber über uns brach spöttisches Gelächter herein, als man meine verbundenen Hände und mein rotes, verschwitztes Gesicht bemerkte. Ich sah, wie der König grinste und etwas zu seiner Nichte sagte, worauf Elflaed nun ihrerseits ihr Gesicht hinter den Händen verbarg. Ich kannte sie gut und wusste, dass sie nicht lachen würde, aber ich hatte sie sehr in Verlegenheit gebracht.

»Euer Hoheit, Mylords und Ladys«, sagte ich, obwohl mich wahrscheinlich niemand hörte. Ich verbeugte mich, so tief ich konnte. Der Bauer sagte mir etwas ins Ohr, wurde dann aber zu den Schreibern weitergeschickt. Er wollte protestieren, aber das waren die Leute des Königs gewohnt und schoben ihn daraufhin noch schneller weiter, bis ich ihn nicht mehr sah.

Jetzt war ich es, der vor dem König stand.

»Meine Nichte sagt, du bist das Kind von Glastonbury, das auf Engelsflügeln getragen wurde. Sie hat dich mir anempfohlen«, sagte er. Seine Stimme klang königlich, auch wenn seine Gestalt es nicht war. Sie erinnerte mich an meinen Vater, und unwillkürlich kniete ich nieder.

»Es ist mir eine Ehre, Euer Gnaden«, murmelte ich mit immer noch sehr rotem Kopf.

»Ich sehe, du bist verletzt. Es wäre höchst unschicklich, dich deswegen zu verspotten.«

Mit einem Schlag wich das Lachen von den Gesichtern in der Halle, was ich interessant fand. Selbst das Grinsen des riesengroßen Egill verschwand. Es schien, dass Æthelstan hier wirklich regierte. Es war das erste Mal, dass ich einen König sah, und ich hielt Könige für eine andere Menschenrasse, die eine Stufe über uns anderen stand. Wie sehr wünschte ich, es wäre so!

»Ich danke Euch, Mylord!«, sagte ich.

Zu meiner Überraschung spürte ich eine starke Hand auf meiner Schulter, und auch ich wurde weitergeschoben. Du kannst mir glauben, ich wehrte mich nicht. Vorbei an dem unglücklichen Bauern, der gerade Münzen abzählte, um sie wiegen zu lassen, bis ich schließlich vor einem Schreiber stand, in braunes Wollzeug gekleidet, mit einem Tropfen an der Nase.

»Name?«

»Dunstan, Sohn des Heorstan«, sagte ich, immer noch ungewiss, was jetzt passieren würde.

»Und Neffe von Erzbischof Athelm«, sagte eine Stimme hinter mir.

Ich wandte mich um und erblickte einen Mann, der meinem Vater so ähnlich sah, dass ich einen Moment in Panik geriet. Dann verstand ich. Ich wusste nicht, dass ich mit ihm verwandt war, aber er erhob jetzt Anspruch darauf.

Onkel Athelm war so groß wie mein Vater und trug keine Waffe. Er hatte einen dicken Bauch, wie eine Frau, die ein Kind erwartet. Das verlieh ihm etwas Großmächtiges, als er mich anstrahlte und seine gepflegten rosa Hände über seinem enormen Wanst faltete. Ich war einfach nur froh, jemanden zu sehen, mit dem ich verwandt war. Ich machte den Mund auf und wollte ihn in aller Form begrüßen, aber Athelm schlug mir auf die Schulter, und wieder durchzuckte ein scharfer Schmerz meine gebrochene rechte Hand.

»Du bist wirklich verletzt? Was ist mit deinen Händen passiert?«

»Es war … ein Unfall in der Schmiede, weiter nichts. Sie werden bald wieder geheilt sein, aber es ist erst vor ein paar Tagen passiert.«

»In der Schmiede? Nun, dann wirst du von den königlichen Schmiedewerkstätten hier begeistert sein. Dort werden Dinge hergestellt … na, du wirst schon sehen. Ich habe viel von dir gehört, Junge, durch meinen armen Bruder und natürlich auch durch deine Mutter, aber auch von Lady Elflaed. Sie hat mich extra aufgesucht, damit ich dich unterstütze. Als ob ich nicht von allein gekommen wäre.«

Nach der Demütigung, die ich soeben erfahren hatte, durfte ich mir keine weitere Schwäche mehr leisten. Ich glaube, er spürte diese Kälte in mir, deshalb streckte er die Hand aus und tätschelte meine Wange.

»Ich weiß, Junge, du hast eine schwere Zeit hinter dir. Erst dein Vater, dann der Unfall deines Bruders und schließlich der Tod deines Freundes. Es sind zwei dunkle Jahre für dich gewesen, aber die sind jetzt vorbei. Ich denke, wir werden hier am Königshof schon einen Platz für meinen Neffen finden. Wenn auch nur die Hälfte von dem stimmt, was ich über dich höre, könntest du in einem Jahr die rechte Hand des Königs sein.«

Ich lächelte ihn an und wischte mir wütend die Tränen aus den Augen. Natürlich klärte ich ihn nicht darüber auf, dass Godwin alles andere als mein Freund gewesen war. Dennoch musste ich unwillkürlich den Kopf schütteln.

»Nach dem, was gerade passiert ist, Onkel? Als ich vor allen geschrien habe wie ein Kind?«

Er machte eine Handbewegung, als sei das alles unwichtig. Doch inzwischen weiß ich ganz sicher, was ich damals bereits ahnte, nämlich dass König Ǣthelstan Krieger verehrte. Körperkraft war für ihn noch wichtiger als Musik, als Verstand, selbst wichtiger als Frömmigkeit. Ich hatte mich mit meinem lauten Schrei an seinem Hof unmöglich gemacht – und das wusste mein Onkel so gut wie jeder andere. Er hatte Ǣthelstan die Krone aufs Haupt gesetzt. Er hatte ihn gesalbt wie einen römischen Kaiser und ihm viele schwere Jahre hindurch beigestanden.

Erzbischof Athelm hatte keine eigenen Söhne, und seinen jüngeren Bruder hatte er geliebt. Er nahm sich meiner an, ich war wie ein Stück Holz, das er formen wollte. Ich war am Königshof, und hier waren Hände, die bereit waren, mich zu fördern. Also lächelte ich, auch wenn meine Finger mich schmerzten und ich nach Schweiß stank.

»Ich würde diese Schmieden gern sehen, Onkel, wenn Ihr sie mir zeigen würdet.«

»Es wäre mir ein Vergnügen. Heute Abend speisen wir an der Tafel des Königs, aber vorher werde ich dich herumführen.«

Mit geschienten Händen Schmiedewerkstätten zu besichtigen ist eine Qual, fast schon grausam. Ich merkte, dass die Handwerker des Königs mich nicht ernst nahmen. Sie hielten mich für den privilegierten Sohn einer wichtigen Familie, womit sie nicht ganz unrecht hatten. Aber sie wussten nicht, dass meine Abstammung und Erziehung ein Nichts waren im Verhältnis zu meinem Ehrgeiz. Oh ja, sie waren schon höflich und senkten den Kopf, sobald mein Onkel auftauchte. Er klopfte ihnen lachend auf die Schulter und sah aus wie ein jovialer, rotwangiger Landvogt, dem man eine Reihe braver Kinder präsentiert. Sie grinsten, wenn er ihnen versicherte, sie seien das Rückgrat des königlichen Haushalts, da es ohne sie keine eisernen Halter für Lampen gäbe, keine Schlösser an den Türen, keine Messer und keine Nägel, um andere Dinge damit anzufertigen! Einer der Männer drehte vor Verlegenheit seine Mütze in den Händen zu einem Strick und war vor Freude rot wie am Weihnachtsmorgen.

Ich blickte meinen Onkel von der Seite an, ich entdeckte kein Arg in ihm. Doch ein dummer Mann wird kein Erzbischof. Er wird es, wenn andere mächtige Männer so viel Vertrauen in ihn haben, dass sie ihn in diesen Rang erheben.

Ich bemerkte, dass man leiser sprach, wenn Onkel Athelm durch den königlichen Besitz schritt. Barsche Worte verstummten, und wichtige Männer verbeugten sich vor dem Kirchenfürsten. Ich passte gut auf und lernte dazu.

Diese ersten Wochen waren frustrierend für mich. Ich konnte weder schreiben noch etwas vergolden, ich konnte fast gar nichts machen. Ich lief ringsum die Stadtmauer ab, stieg hinab und schlenderte an den Ufern des Itchen entlang, wo ich den Booten zusah, die mit Ballen und Menschen beladen waren. Im königlichen Wessex herrschte damals eifriges Treiben. Schiffe und Schleppkähne beförderten Kohle und Eisenerz – und mithilfe dieser schwarzen Steine und dem Mörtel wuchs Winchester rings um mich her.

Eine Zeit lang beschäftigte ich mich mit Zahlen und mathematischen Formeln und machte Pläne, was ich alles damit anfangen würde, sobald meine Hände geheilt waren. Doch das würde noch lange dauern, und Mylady Elflaed hatte mir einen diskreten jungen Mann namens Mannon geschickt, der mir half, wenn ich zum Abtritt musste. Ich weiß nicht, wem von uns beiden es peinlicher war, aber wir ertrugen es.

Ich hatte bereits entschieden, dass mir Winchester gefiel. Wenn ich hier Erfolg haben wollte, müsste ich lernen, mit wem ich mich gut stellen und wen ich verachten müsste. Die Wahl fiel mir nicht schwer, als ich den jüngeren Bruder des Königs kennenlernte. Æthelstan hatte keine eigenen Kinder. Es wird zwar immer wieder behauptet, sein Sperma sei zu schwach, aber das glaube ich nicht. Er hatte sich gleich zu Beginn seiner Regierungszeit bereit erklärt, als Gegenleistung für die Krone die anderen Söhne seines Vaters zu begünstigen, weiter war nichts dahinter. Und Æthelstan hielt sein Wort, als sei es in Stein gemeißelt. Ich wünschte, ich hätte ihn früher kennengelernt, vielleicht hätte es mir auch genügt, wenn er mich nicht für einen Schwächling gehalten hätte.

Den Thronerben lernte ich kennen, als mein Onkel mir die königlichen Stallungen zeigte. Ich habe Pferde nie gemocht, deshalb war mein Interesse nur geheuchelt, als Athelm durch die Reihen der Pferdeboxen schritt, mit ihrem überwältigenden Gestank von Pferd und Schweiß.

Diese Pferdeställe hatten Säulen aus honiggelbem Wessex-Stein, die sich auch gut für eine Kathedrale geeignet hätten. Das restliche Mauerwerk war aus gebrannten Ziegeln und Feuerstein, es war die Arbeit von Hunderten von Handwerkern, bei der nicht an den Kosten gespart worden war. Rennbahnen waren angelegt und mit Holzschnitzeln bestreut, sodass zu jeder beliebigen Tageszeit ein Dutzend Pferde in der Sonne bewegt werden konnte, sei es um wieder fit zu werden oder zur Ausbildung als Schlachtrosse. Es war fast wie ein eigenes kleines Dorf mitten in der Stadt. In vieler Hinsicht war es das eiserne Herz von Winchester, wo das Feuer der Essen noch leuchtete, wenn die Sonne untergegangen war und es dunkel wurde.

Ins Gespräch mit meinem Onkel vertieft, bog ich um eine Hausecke und wurde fast umgerannt von einem langen Kerl, der uns entgegeneilte. Eine Gestalt in dunklem Wollzeug und Leder, vor der ich erschrocken zurückwich. Zum Glück gab ich trotz meiner Überraschung keinen Ton von mir, aber ich zuckte zurück, um meine Hände vor einem weiteren Zusammenprall zu schützen. Doch der junge Mann hatte eine gute Körperbeherrschung. Er kam zum Stehen, ohne uns auch nur zu berühren, dabei hatte er ein ziemliches Tempo angeschlagen.

»Mylord Edmund«, sagte Onkel Athelm mit warmer Stimme und neigte den Kopf.

Der junge Mann blickte auf und kniete nieder, als er den Erzbischof erkannte. Athelm antwortete mit einem leisen, kehligen Lachen. Seine Stimme klang immer, als habe er einen Löffel Pudding im Mund.

»Bitte, Mylord, du meine Güte, bitte, erhebt Euch.«

Beide lachten, als Edmund aufsprang, voll jugendlicher Energie und Lebensfreude.

Später, als Edmund erwachsen war, sollte man ihn »den Gerechten« oder »den Tatkräftigen« nennen, manchmal auch »den Glorreichen«. Edmund hätte ein wirklich großer König dieses Zeitalters sein können, noch größer als Æthelstan. Es fällt mir nicht leicht, seine Geschichte zu erzählen.

Als ich ihn kennenlernte, war er sechzehn und erinnerte mich an einen jungen Adler. Eine Saatkrähe kann einen Rotmilan verjagen, auch wenn dessen Flügelspanne doppelt so groß und er zweimal so schnell ist. Doch entscheidend ist der Kampfgeist, und den hatte Edmund. Er war hochgewachsen und schlank, mit perfekter Körperbeherrschung. Verglichen mit ihm, war mein dicker Onkel ein uralter Mann, aber trotzdem konnten sie gemeinsam scherzen und lachen. Der Prinz war ähnlich veranlagt, er konnte mit jedem reden. Dazu kam, dass er sein Schwert gebrauchen konnte wie eine Katze die Krallen, nämlich so, als sei es ein Körperteil von ihm. Außerdem hatte er ein großes Herz. Er war ein geborener Herrscher. Warum auch nicht? Denn wie sein Bruder Æthelstan war auch er ein Enkel König Alfreds und der Sohn König Edwards des Älteren. Wenn ich an einen König denke, dann habe ich immer ihn vor Augen.

»Darf ich Euch Dunstan vorstellen, den Sohn meines Bruders«, sagte Athelm.

Ich verbeugte mich, obwohl ich ebenso groß war wie Edmund und ihn noch nicht kannte.

»Was ist mit deinen Händen passiert?«, fragte Edmund.

Ich blickte in zwei freundliche braune Augen und wollte nicht lügen. Andererseits wollte ich aber auch nicht über die Ereignisse ausgefragt werden.

»Ich habe versucht, sie feuerfest zu machen«, sagte ich. »Hat leider nicht funktioniert.«

Sein Blick war eine Mischung aus Amüsiertheit und Zweifel.

»Ach nein, hast du nicht! Das kann nicht wahr sein«, sagte Edmund, obwohl er offenbar hoffte, es sei wahr.

»Nein, sie wurden mir von einem Wolf abgebissen«, sagte ich. »Sie wachsen gerade wieder nach.«

Jetzt grinste er. Er hatte verstanden, dass es ein Spiel war.

»Du hast sie zu Krallen geschärft«, sagte er.

»Das ist richtig«, erwiderte ich. »Aber dabei habe ich Hunger bekommen, deshalb habe ich sie abgeschnitten und gebraten.«

»Und wie haben sie geschmeckt?«, wollte er wissen.

»Ich konnte sie ja nicht aufheben, um das herauszufinden.«

Er lachte schallend, und seine gute Laune steckte mich an, ich konnte auch nicht länger ernst bleiben. Einen Augenblick brüllten und prusteten wir vor Lachen, berauscht von unserer Albernheit. Wahrscheinlich wirkt es niedergeschrieben viel weniger lustig. Doch damals fanden wir es furchtbar komisch – und ich hatte Ǣthelstans Bruder und somit den Thronerben kennengelernt. Nach dieser Begegnung war ich für Edmund mehr als nur ein Gesicht in der Menge.

»Reitest du, Dunstan?«, fragte Edmund, der immer noch lachte.

Als Antwort hielt ich ihm meine Hände mit den verbundenen Fingern hin.

»Ach ja, natürlich, du spielst lieber mit Marionetten«, sagte er.

Ich muss gestehen, dass ich wieder einen Lachanfall bekam, genau wie Edmund, bis wir nur noch hilflos kichern konnten. Ich mochte ihn, er war mir wirklich sympathisch. Später verursachte er mir den größten Schmerz meines Lebens, aber Gott verzeihe mir, jetzt war ich jung. Damals dachte ich noch, wir seien alle unsterblich.

13

Im Schein der Kerzen stand ich da, der Arm meines Onkels umfasste mich wie der mütterliche Flügel ein Entenküken. Die letzte Schiene hatte man mir an diesem Morgen abgenommen, und ich versuchte vorsichtig, meine Finger zu bewegen.

Die Ratsversammlung des Witan war an diesem bitterkalten Abend die erste, die ich miterlebte. Ich hatte Hochachtung vor diesen Männern, die zu Pferde oder per Schiff aus dem ganzen Land nach Winchester gekommen waren. Unter ihnen waren große Lords aus dem Norden; sie saßen neben Männern aus Kent und Essex, aus Mercia und Wessex, und alle waren Ǣthelstans Ruf gefolgt. Für eine Tafelrunde wie bei König Arthur wären es viel zu viele gewesen. Hier in der Witanhalle saßen Gefolgsmänner, Vögte, Earls und Mitglieder des Königshauses in langen Reihen, alle zur Mitte hin ausgerichtet.

Ǣthelstan stand da und hieß jeden Eintretenden persönlich willkommen. Ich sah, wie die Diener die Männer an ihre Plätze zu beiden Seiten des Mittelgangs führten. Die Platzverteilung war komplizierter als früher, wo man entweder zur Rechten des Königs saß oder anders eingeteilt wurde, denn jetzt gab es hierarchische Abstufungen, wobei einige weiter entfernt an der Außenseite saßen und andere wieder so nahe beim König, dass sie ihn hätten attackieren können, wenn sie gewollt hätten. Ich nahm an, dass dies die Männer waren, die das größte Vertrauen des Königs genossen, und ich freute mich, dass Edmund unter ihnen war, der zusammen mit seinem Bruder Eadred ganz vorn saß.

Bei Eadred hatte ich noch nicht viel gefunden, was ihn mir sympathisch gemacht hätte. Er war ein kränklicher Bursche, und ich erwartete nicht, dass er lange genug leben würde, um für mich von Interesse zu sein. Darin sollte ich mich geirrt haben, aber das werde ich zu gegebener Zeit erzählen.

Egill, der weißhaarige Isländer, saß zur Linken des Königs, wo er alle, die nahe bei Æthelstan saßen, gut beobachten konnte. Dieser Berserker schien immer gut gelaunt, aber seine Augen waren hell und wässrig, und man konnte nie genau feststellen, was unter ihrer eisigen Oberfläche vor sich ging. Selbstverständlich war der Leibwächter des Königs gut bewaffnet. Alle Anwesenden trugen wie üblich ein Messer oder eine kurze Axt, aber neben Egill lag außerdem eine Art gezahnter Speer auf der Bank, der ohne Weiteres den Männern hinter ihm ein Auge hätte kosten können. Niemand trug seine Waffe als offene Warnung. Ich verstand aber, dass Egill Æthelstans Wachhund war, der Garant, der dafür sorgte, dass die königlichen Befehle ausgeführt wurden. Ich war fasziniert und blickte mich nach allen Seiten um, damit mir nichts entging.

Æthelstan selbst trug einen weißen Mantel über einem dunkleren Kleidungsstück, vermutlich war es blau. Normalerweise würde ich über die Farbwahl eines Mannes keine Worte verlieren, aber an diesem Abend sah ich auch die Krone von England zum ersten Mal. Vor Æthelstan hatten die Könige über Hunderte von Jahren hinweg lediglich Helme getragen. Es war seine Idee gewesen, noch weiter in der Geschichte zurückzugehen, zu den vergoldeten Lorbeerkränzen, wie die Cäsaren sie getragen hatten. Das Licht spiegelte sich in den goldenen Zacken, und alle Augen waren auf ihn gerichtet, während sich die letzten Plätze füllten. Ich musste lächeln, denn was ihn hier als König auswies, war ein großartiges Stück Schmiedekunst. Meine Hände waren noch schwach, aber es juckte mich bereits, sie wieder zu gebrauchen.

Als Erzbischof von Canterbury hatte Onkel Athelm seinen Platz an der rechten Seite des Königs. Ich hatte gehofft, dass er mich mit nach vorn nehmen würde, wie bei einer Familie, die ihr Kind bei Hofe vorstellt, damit es anerkannt wird. Stattdessen klopfte Athelm mir nur leicht auf die Schulter. Als ich mich an seine Fersen heften und mit ihm gehen wollte, blieb er stehen und beugte sich näher an mein Ohr.

»Such dir ein Kissen, Dunstan, ehe sie alle weg sind. Bezahle einen Penny dafür, wenn nötig. Ich weiß noch, wie mir der Hintern wehtat, als ich bei meiner ersten Ratsversammlung auf den kalten Steinen saß. Der König ist ziemlich schlecht gelaunt, und diese Witan-Versammlungen können tagelang dauern. Mach es dir bequem.«

Ich starrte ihn an, aber er war schon weg. Zwei Diener lösten sich aus der Menge und traten an seine Seite, um ihn vor den Ellbogen der anderen zu schützen, die ebenfalls noch ihre Plätze suchten.

Ich stand im Schatten, und draußen wurde es dunkel. Ich war mir meines niedrigen Ranges, meines Alters und meiner Unwichtigkeit wieder bewusst. Doch ich wechselte keinen Blick mit den anderen, die ebenso weit von der Macht entfernt saßen. Ich wollte nichts mit ihnen zu tun haben. Statt mich irgendwo an der Seite hinzusetzen, wo ich nichts sehen würde, blieb ich lieber stehen. Ich war mir sicher, dass ich stundenlang stehen konnte, wenn nötig.

In dieser ersten Sitzung des königlichen Witan verbrachte ich viel Zeit mit Nachdenken, ich hörte nicht sehr aufmerksam zu, sondern schmiedete Pläne für meine eigene Zukunft. Das erzähle ich, weil es manchmal aussehen könnte, als hätte ich außergewöhnliches Glück gehabt, als hätte mein Name mit extrahellen Sternen am Himmel gestanden. Das war nicht der Fall, oder wenn es so gewesen wäre, dann war es mir nicht bewusst. Stattdessen arbeitete ich fleißig, stets auf der Hut vor Hindernissen und Stolpersteinen. Und denen ging ich aus dem Weg, ehe sie mich zu Fall brachten. Denn wer nicht ausweichen kann, der wird zermalmt.

Den einen oder anderen Stolperstein habe ich mir selbst geschaffen. Wenn Himmel oder Hölle vor uns liegen, wen kümmert es dann noch, wann wir diese Welt verlassen? Es kann in einem Wimpernschlag passieren. Sollte ich einem Mann etwa die Gelegenheit versagt haben, seine Sünden zu bereuen und Vergebung zu erlangen, sodass er die Ewigkeit im Feuer verbringen müsste, ja, dann hätte er das Recht, meinen Namen zu verfluchen. Abgesehen davon jedoch habe ich lediglich einigen Menschen etwas schneller zu ihrer ewigen Seligkeit verholfen, genau wie sie es verdienten. Vielleicht danken sie mir jetzt und segnen meinen Namen. Wenn wir wirklich wüssten, wie es im Himmel aussieht und was da vor uns liegt, würden wir uns vielleicht wünschen, bereits als unschuldige Kinder sterben zu dürfen.

Während die Letzten ihre Plätze einnahmen, herrschte ein unglaublicher Lärm: zweihundertvierzig einflussreiche Männer, die sich alle kannten, trampelten mit ihren Stiefeln über den Holzfußboden, stießen gegen Stühle und redeten dabei laut und lachten. Vielleicht weitere zweihundert standen dicht gedrängt am Rande, um zuzusehen. In diesem Raum gab es so viele Abstufungen der Macht wie Seelen. Und doch waren sie alle Untertanen des Königs. Als Æthelstan den Kopf hob, ebbte der Lärm zu einem Flüstern ab, dann verstummte er ganz.

»Ihr genießt alle die Sicherheit unter dem Siegel des Königs, solange ihr an dieser Versammlung teilnehmt. Auf jegliches

Blutvergießen während des Witan steht das Todesurteil für die, die für schuldig befunden werden. Hier herrscht Frieden, Mylords. Wer ihn bricht, setzt sein Leben aufs Spiel. Erhebt eure Stimme, wenn es nötig ist, aber nicht eure Schwerter.«

Wenn du den ersten König von England gesehen hättest, wie er dort im Schein der Kerzen stand, würden sich dir die Nackenhaare sträuben, genauso wie es mir erging. Er war damals vierundvierzig Jahre alt. Als Antwort senkten alle die Köpfe, denn er meinte es ernst. Sein Blick schweifte prüfend in die Runde und suchte nach jedem noch so kleinen Anzeichen von Widerstand. Æthelstan wusste sehr wohl, dass unter den Männern einige waren, die ihm von Geburt, aber nicht vom Titel her, ebenbürtig waren. Er war der Einzige, der auf dem Herzstein von Winchester stand, und sie alle blickten zu ihrem Hochkönig auf wie zu einer Lichtquelle.

»Ihr werdet in dieser Halle zwei leere Plätze bemerkt haben. Plätze dicht an meiner rechten Seite. Ich nenne euch die Namen derer, die nicht hier sind: Constantin von Alba aus den Highlands. Er war der Erste von euch allen, den ich rief. Er hatte den weitesten Weg. Ich gab ihm viel Zeit, doch sein Platz ist leer. Ich nenne euch auch Owen von Cumbria. Keiner von beiden hat mir geantwortet.«

Æthelstan beugte einen Moment den Kopf, vielleicht in Trauer oder im Gebet. Immer noch waren alle Augen auf ihn gerichtet. Ich glaube, ich war der Einzige, der den Blick im Raum umherschweifen ließ. Als der König weitersprach, klang seine Stimme harsch, wie aus unterdrücktem Ärger.

»Ich bin *Rex totius Britanniae* – der König von ganz Britannien. Diese Männer haben mir den Treueeid geleistet. Sie schworen ihn auf meine Reliquie, die Lanze, mit der Christi Seite durchbohrt wurde. Und doch sind sie nicht hier, in dieser Ratsversammlung. Stattdessen ist mir zu Ohren gekommen, dass sie sich mit Wicingas eingelassen haben, mit den »Wikingern«, diesen Räubern früherer Zeiten, die Feuer und Blut über die englischen Dörfer gebracht haben! Sie haben ihren Schwur gebrochen, sind vom rechten Glauben abgefallen und zu Krähenzeichen und Wolfspelz zurückgekehrt, zu schändlichem Aberglauben und dunkler Zauberei. Sie haben ihren christlichen Glauben mit Füßen getreten und die Waffen gegen mich gerichtet!«

Diese Nachricht löste ein lautes Gemurmel aus, als die Männer ihre überraschten und ärgerlichen Kommentare austauschten. Eisen und Leder knarrten, als sie sich einander zuwandten. Einige räusperten sich oder husteten, aber niemand stritt es ab, niemand stand auf, um den Raum zu verlassen. Ich sah, wie Æthelstan die geballte rechte Faust hochreckte, eine große, narbige Faust, die an einen Hammer erinnerte.

»Der Lord der Highlands und der Lord von Cumbria haben sich mit unseren Feinden verbündet, um uns zu vernichten: mit Anlaf Godfreyson, der sich König von Dublin nennt. Einige von euch werden seine Linie kennen, sein Vetter hielt eine Zeit lang meine Stadt York in seiner Macht. Dieser Anlaf reckt schon lange den Hals übers Meer, er schickt dauernd Boten und lauert auf eine Chance, das Danelag wieder auferstehen zu lassen, mit dem wir in unserem eigenen Land von anderen regiert wurden. Nie wieder, meine Lords, mein Witan! Als ihr mich zum König gewählt habt, gelobte ich, mich niemandem zu beugen, außer Gott. Britannien ist mein Land. England ist mein Land. Ich werde kämpfen – und ich werde ins Heer einberufen.«

Jetzt brach ein brüllender Jubel aus, die Männer sprangen auf und warfen begeistert die Arme hoch. Ich weiß nicht, ob sich eine Stimme gegen diese übereilte Entscheidung erhob. Ich konnte es in dem Tumult nicht erkennen, es waren auch zu viele, die hier schrien und jubelten, als dass man einen Widerspruch hätte wahrnehmen können. Und das sollte ein Witan sein, eine ernsthafte Ratsversammlung? Das war das Herz von Ǣthelstans Regierung? Ich hatte sachliche Gespräche erwartet, über die Ernennung neuer Vögte, über Grund-und-Boden-Streitigkeiten, oder eine Abstimmung darüber, ob man Geldverleiher besteuern solle – aber niemals hatte ich mit einem Ruf aufs Schlachtfeld gerechnet. In England herrschte doch Frieden!

Mit offenem Mund gaffte ich sie an, völlig überwältigt von dem Lärm, umso mehr, als ich sah, wie auch mein Onkel Athelm mit rotem Gesicht neben ein paar bärtigen Kriegern mitbrüllte. Er und Egill, der Leibwächter des Königs, hielten sich umklammert und heulten wie Wölfe, während ich nur sprachlos diesem Wahnsinn zusehen konnte. Es schien, als hätten sie alle nur auf die Worte des Königs gewartet, um den äußeren Anschein einer zivilisierten Versammlung abwerfen zu können.

Ich spürte es rings um mich, als ich in der Menge hin und her geschoben wurde. Jetzt standen alle, und mitten unter ihnen Ǣthelstan, der lächelte wie eine Christusstatue, als berührte ihn dieses Feuer gar nicht, das er da angefacht hatte.

Die Leibwächter des Königs mussten mit Speeren in den Raum kommen, um die Ruhe wiederherzustellen. Klirrend traten sie ein, was im ersten Moment sehr bedrohlich wirkte. Fast jeder griff nach seiner Waffe, und der begeisterte Tumult war vorüber. Der Himmel bewahre uns vor großen Männern. Sie halten sich für unbesiegbar.

Als alle sich beruhigt hatten, unterbrach Ǣthelstan das Gespräch mit einigen seiner Lords, um erneut das Wort vor der Versammlung zu ergreifen. Plötzlich erschien ein fast spitzbübisches Grinsen auf seinem Gesicht, als er im Raum umherblickte.

»Ich sehe viele unter euch, die meinen Vater noch kannten. Ihr wart euch meiner nicht immer ganz sicher – einige von euch waren der Meinung, dass mein Bruder Edmund ein Recht auf den Thron habe, obwohl ich schon volljährig war und die Wikinger unsere Leute und unser Land verwüsteten. Ich bin der Sohn meines Vaters, der Erstgeborene König Edwards des Älteren. Und er war der Erstgeborene König Alfreds des Großen. Doch ich verbrachte meine Jugend in Mercia, nicht in Wessex. Meine Mutter war nicht aus königlichem Geblüt. Ich war für die meisten von euch ein Fremder, als ich mich um die Königswürde bemühte. An diesem Tag tat ich einen Schwur vor dem Witan, dass ich nicht heiraten würde, dass ich mein Leben England weihen und keine eigenen Söhne haben würde. Im Namen Christi, diesen Schwur habe ich gehalten.«

Ich schluckte, als ich das hörte. Er hatte sich krönen lassen, um an die Macht zu kommen, aber sie hatte ihn nicht korrumpiert. Ich versichere dir, seit die Welt besteht, hat es kein halbes Dutzend Herrscher wie Æthelstan gegeben.

Viele graue Köpfe nickten, und einige murmelten zustimmend. Ich begann zu begreifen, dass sie ihn liebten, diese Earls des Witan. Ich hatte über die näheren Umstände, wie er König wurde, bisher noch nichts gewusst. Wie es schien, hatten sie eine gute Wahl getroffen – und seine Ehre war unangetastet geblieben.

»Ich habe England gedient und es für meinen Bruder Edmund bewahrt.«

Der König zeigte auf den jungen Mann, den ich mit meinem Onkel kennengelernt hatte. Durch die Halle lief ein Gemurmel von »Hört, hört!«.

»Nun, ich kann nicht verleugnen, dass ich mein Alter spüre und dass meine alten Wunden mir zusetzen. Aber ich kann dieses Königreich nicht an den Sohn meines Vaters weitergeben, solange diese Bedrohung über uns hängt wie ein Damoklesschwert. Deshalb fordere ich alle loyalen Männer auf, mir beizustehen. Bringt eure Truppen nach Winchester. Ich werde im Frühjahr gen Norden marschieren. Ich werde diejenigen herausfordern, die mein Reich und meinen Frieden bedrohen. Gott wird über mein Schicksal entscheiden – Gott und mein rechter Arm.«

Natürlich jubelten sie wieder. Ich dachte an meinen Bruder Wulfric, der keinen rechten Arm mehr hatte, und nahm mir vor, ihm vom Vorhaben des Königs zu erzählen, wenn ich ihn das nächste Mal sah.

Meine Blase war zum Platzen voll, und ich schlüpfte durch eine Seitentür nach draußen, während sie mit Stühlen herumpolterten und nach Essen und Bier riefen. Es würde eine lange Nacht werden, gefolgt von einem weiteren langen Tag.

Normalerweise erwähne ich es nicht, wenn ich meine Blase entleere, aber an diesem Abend war es wichtig. Ich ging in der Dämmerung durch die Hallen und Kreuzgänge des Palastes und suchte nach einem der Gefäße, die die Gerber aufgestellt hatten. Sie befanden sich in Nischen hinter einem Vorhang und waren für Männer gedacht, die zu viel getrunken hatten. Die Gefäße hatten lange Hälse, genau die richtige Form für ihren Zweck. Ehrlich gesagt, ich weiß nicht, was die Frauen machten. Ich vermute, sie mussten einfach aushalten und leiden, aber vielleicht genossen sie es auch, sich später darüber zu beklagen.

Nur fand ich an diesem Abend weder eine der Nischen, noch sah ich jemanden, den ich hätte fragen können. Æthelstan wäre außer sich gewesen, wenn er gewusst hätte, dass mindestens die Hälfte der Bediensteten und Wachen, die die Stadt vor Überfällen schützen sollten, gedrängt in den Türen der Witanhalle standen, nachdem Freunde ihnen mitgeteilt hatten, es werde Krieg geben.

Ich entschloss mich, wie viele junge Männer und auch Hunde, draußen an einem verschwiegenen Plätzchen einen Baum zu bewässern. Ich ging auf eine offene Tür zu, durch die das Mondlicht fiel. Meine Not war jetzt wirklich groß, aber wieder wurde meine Hoffnung durchkreuzt, als zwei Frauen genau durch diese Tür auf mich zukamen.

Ich stieß einen leisen Überraschungsschrei aus, als ich sah, dass es Elflaed war, meine Gönnerin und Retterin. Inzwischen waren wir eng befreundet, obwohl sie immer wieder davon anfing, ich solle mich zum Priester weihen lassen, wozu ich aber noch nicht bereit war.

»Dunstan!«, sagte Lady Elflaed. »Ich glaube, ich habe dich hergezaubert. Du wirst es nicht glauben, aber ich habe meiner Nichte gerade von dir erzählt. Hier, Beatrice, ist er nicht genauso, wie ich ihn dir beschrieben habe?«

Als ich ihre Begleiterin sah, hatte es mir augenblicklich die Sprache verschlagen.

»Beatrice. Euer Name bedeutet im Lateinischen ›Freudenbringerin‹«, platzte ich heraus und riss die Augen auf.

Sie war wesentlich kleiner als ich, obwohl sie schon siebzehn Jahre alt war. Sie hatte mit ihrer Tante über etwas gelacht, ehe ich ihnen begegnete, und ihre Wangen hatten eine gesunde, rosige Farbe. Ich merkte, wie ich ebenfalls rot wurde, als ich sie anstarrte.

»Mein Name …«, fuhr ich ziemlich ungeschickt fort, aber ich konnte nicht aufhören. »Dunstan bedeutet ›brauner Stein‹. Beatrice starb, glaube ich, als Märtyrerin in Rom.«

Elflaed nutzte diesen Moment, um mich zu unterbrechen. »Nun ja, wie ich sehe, bist du mit deinen Gedanken und Gebeten beschäftigt, Dunstan. Bea und ich wollen dich nicht länger aufhalten. Vielleicht besuchst du mich morgen früh einmal? Ich möchte wissen, ob man dich am Hofe gut behandelt, nachdem ich mir solche Mühe gegeben habe, dich hierherzubringen.«

Ich verbeugte mich vor den beiden, wobei ich merkte, dass Beatrices Augen amüsiert blitzten.

»Die Bienen haben auch eine Königin, müsst Ihr wissen«, sagte ich zu ihr, als ich mich aufrichtete.

»Tatsächlich? Das habe ich noch nicht gehört«, sagte sie. Ganz ehrlich, ihre Stimme entzückte mich. Verglichen damit waren Afra und Alice Krähen.

»Oh ja, wir hatten Bienenstöcke im Kloster«, sagte ich. Es war ein Thema, für das ich mich begeistern konnte. »Im Frühjahr schwärmten sie aus, und ich musste sie über die Felder verfolgen, dann den ganzen Schwarm einfangen und sie in einen neuen Bienenstock bringen. Alle männlichen Bienen folgen der jungen Königin. Wo sie hinflog, da flogen sie auch hin. Einige flogen, bis sie tot zu Boden fielen, sie konnten einfach nicht anders.«

»Das klingt … bewundernswert, finde ich. Loyalität ist etwas so Wichtiges.«

»Nun, Dunstan, wie ich schon sagte, wir dürfen dich wirklich nicht länger aufhalten!« Elflaeds Stimme klang etwas angespannt, und sie schien nicht mehr so begeistert, als ihr Blick zwischen ihrer Nichte und mir hin und her wanderte. »Bis morgen, Dunstan! Ganz früh!«

Ich sah die beiden verschwinden, sie ließen eine Duftmischung aus Blumen und Schweiß zurück. Ich wusste nicht genau, was mit mir passiert war, nur, dass ich Beatrice folgen wollte. Plötzlich drehte sich die ganze Welt nur noch um sie. Ich war eine gefangene Biene.

Der Mond stand schon hoch, als ich in mein Zimmer zurückkam. Im Schlaf sah ich ihr Gesicht vor mir, und ich hatte unruhige Träume, bis ich gegen Morgen aufwachte und zur

Matutin in die Kapelle ging. Danach träumte ich von meinem Vater, was weniger angenehm war.

Als die Sonne aufging, wusch ich mich weitaus gründlicher als sonst. Vielleicht könnte man ihn einen Palast nennen, aber eigentlich hatte der Königshof mehr Ähnlichkeit mit der Villa eines reichen Römers als mit einem großen Schloss oder einer Burg. Seine Verteidigung bestand hauptsächlich aus den Wachen und der Stadtmauer von Winchester. Die Anlage war an vielen Stellen offen und großzügig, was mir gefiel. Die Gärten und Stallungen hatte ich bereits erwähnt, ebenso den Witan und die Petitionshalle. In einem Teil waren große Küchen, wo man fast alle erdenklichen Backwaren herstellte. Es gab Säle voller Schreiber, es gab Waffenlager, in denen man tausend Männer mit allem hätte ausrüsten können, was sie nur brauchten. Die Waffen interessierten mich jedoch nur vom handwerklichen Standpunkt her. Damit umzugehen hatte ich nie gelernt, und ich hatte auch keinen besonderen Wunsch, mich damit zu beschäftigen. Wenn ich auf dem Schlachtfeld mit Männern wie Egill zu rechnen hatte, würde man mich mit Gewalt dorthin zerren müssen. Nicht lange nachdem ich angekommen war, hatte ich erlebt, wie er einem Pferd einen Faustschlag versetzte, weil das Tier schnaubte und vor ihm zurückscheute. Er versetzte ihm einen Schlag, um es ruhigzustellen. Stattdessen knickten ihm die Beine ein, es verdrehte die Augen und sank zu Boden. Egill war so überrascht, dass es in einem anderen Zusammenhang komisch gewesen wäre. Doch ich hatte noch nie etwas gesehen, was mit dieser unerwarteten Kraft zu vergleichen gewesen wäre. Ich konnte nur ungläubig zusehen, wie er und ein weiterer Mann dem Tier leichte Schläge versetzten und es mit Wasser bespritzten, bis es wieder zu sich kam.

An diesem Morgen verließ ich den Palast und begab mich in die eigentliche Stadt. Das war nicht ganz ungefährlich, und ich wusste, dass ich weder unbewaffnet gehen noch meinen Geldbeutel so an mir tragen sollte, dass man ihn sehen konnte. Winchester ist eine anständige Stadt, aber Heilige werden nicht zuletzt wegen ihrer Seltenheit geschätzt. Die meisten Menschen sind Sünder. Ich hatte eine schwarze Kutte mit einem geknoteten Gürtel aufgetrieben, dazu einfache Ledersandalen, die ein Legionär sofort erkannt hätte.

Die Straßen waren belebt und der Himmel grau, als ich durch die Stadt eilte, es regnete, und ich wollte nicht zu nass werden. Ich kannte den Weg zu Elflaeds Haus, nur wenige gut gepflasterte Straßen vom Königshof entfernt. Unter einigen Straßen gurgelten Abwasserkanäle, der frische Regen sammelte sich in Rinnen aus gebranntem Ton als Trinkwasser für die Armen.

Lady Elflaeds Diener wussten nicht recht, was sie mit einem Besucher anfangen sollten, dem sie keinen Mantel abnehmen konnten. Einer trocknete meine Füße ab, ein weiterer tupfte meine Stirn trocken, bis ich sie bat, mich in Ruhe zu lassen und mich lieber ihrer Herrin zu melden. Immerhin war das Haus der Lady übersichtlich gebaut, zwei Zimmer unten und zwei darüber. Ein schönes Feuer brannte im Kamin, der mich an eine Esse erinnerte. Ich wollte ihn mir näher ansehen, doch schon wurde ich in ein Zimmer geführt, in dem Lady Elflaed und mein Onkel Athelm mit ernsten Gesichtern an einem großen Tisch standen.

»Mylady«, begrüßte ich sie mit leicht gerunzelter Stirn. »Onkel.«

Der Erzbischof neigte den Kopf zum Gruß.

»Ich hatte nicht erwartet, Euch heute morgen hier zu sehen, Onkel«, sagte ich.

»Lady Elflaed bat mich hierher, nachdem sie merkte, wie du gestern Abend ihre Nichte angeschmachtet hast.«

»Angeschmachtet?«, sagte ich, und mir wurde kalt. Ich wurde nicht aufgefordert, mich zu setzen, ich stand vor ihnen wie ein Kind, das gefragt wird, wo die gestohlenen Äpfel sind.

»Tu nicht so, als wüsstest du nicht, wovon ich rede, Dunstan!«, sagte Elflaed. »Du bist jetzt … wie lange bist du jetzt hier?«

»Drei Monate, vielleicht etwas länger …«, fing ich an. Einer meiner Finger würde zwar nie mehr gerade sein, aber plötzlich spürte ich die Kraft eines Samson in mir.

»Ich brachte dich an den Hof als einen jungen Mann, der es in der Kirche zu etwas bringen wird, Dunstan. Ein Mann mit Fähigkeiten, der vielleicht einmal in die Fußstapfen seines Onkels tritt! Was sein Vater sich auch gewünscht hätte, wie ich annehme.«

»Ich verstehe nicht, was ich falsch gemacht haben soll«, sagte ich.

»Wirklich nicht?«, sagte sie. »Dann will ich es dir mit ganz einfachen Worten sagen. Dunstan, die Robe, die du trägst, ist die eines Benediktiners. Ich schöpfte Hoffnung, als ich sah, dass du dir eine neue besorgt hast, nachdem deine alte zerrissen war. Doch es ist mehr als nur ein Kleidungsstück. Diese Roben sind für Männer gedacht, die in einen Mönchsorden eintreten wollen. Du bist von Engeln getragen worden, Dunstan! Du hattest Visionen von großen Abteien, die vor dir entstehen. Aber du hast weder einen Antrag gestellt, dem Orden in Winchester, London oder Canterbury beizutreten, noch hast du dich bemüht, zum Priester geweiht zu werden, obwohl dein Weg doch ganz deutlich vorgezeichnet ist.«

»Ich bin erst sechzehn, Lady Elflaed«, stotterte ich mühsam. »Ich möchte erst etwas von der Welt sehen, ehe ich mein Leben der Kirche widme!«

»Du Unschuldiger, du stehst da und erzählst mir, du möchtest die Verderbtheit der Welt sehen? Nein, nein, es bricht mir das Herz, das zu hören. Vielleicht ist es meine Schuld! Nein, ich könnte es nicht ertragen, wenn es meine Schuld wäre, dass du dich von der Kirche abwendest.«

Ich war überrascht, weil ihr die Tränen kamen. Jetzt staune ich nur darüber, wie leicht sie weinen konnte, aber damals war ich von ihrer Tränenflut tief berührt.

»Und nun erlebe ich gestern Abend, wie du beim Anblick eines Mädchens errötest und herumstotterst. Und verliebtes Zeug redest, über Bienen und Königinnen und Honig. Oh, Dunstan, du kannst deine Berufung nicht verleugnen. Du darfst es nicht.«

Ich konnte sie nur anstarren, ich fragte mich, wie lange sie diesen Ausbruch zurückgehalten hatte. Es ist immer schwer, die Gedanken eines anderen Menschen zu erraten, und wie es schien, hatte Lady Elflaed Entscheidungen für mich getroffen, von denen ich noch gar nichts ahnte. Und es überraschte mich, dass auch Onkel Athelm mit seinem mächtigen Kopf nickte.

»Ich will nur noch hinzufügen, Dunstan, dass ich meine Hingabe nicht einen Tag bereut habe. Ich wurde mit fünfzehn ordiniert und stehe seit fast fünfzig Jahren im Dienste der heiligen Kirche. Wenn ich über dieses halbe Jahrhundert noch einmal zu entscheiden hätte, würde ich es wieder tun. Ich würde, ohne zu zögern, noch einmal dasselbe machen!«

»Ich verstehe, Onkel«, erwiderte ich. Ich hätte weitergesprochen, aber er wandte sich an Lady Elflaed, legte seine Hand auf ihren Arm und senkte die Stimme.

»Meine Liebe, es gibt da ein paar Dinge, die nicht für zarte Ohren geeignet sind, die müssen von Mann zu Mann gesagt werden. Würdet Ihr uns einen Augenblick entschuldigen, ich möchte ganz offen mit meinem Neffen reden.«

Lady Elflaed presste die Lippen zusammen und wischte sich eine Träne ab. Sie schien zu denken, dass mein Seelenheil auf dem Spiel stand. Ich versuchte ein schwaches Lächeln, als sie den Raum verließ, und hoffte, dass wenigstens mein Onkel zugeben würde, wie albern ihre Befürchtungen waren. Stattdessen war seine Stirn noch tiefer gefurcht.

»Dunstan, ich habe beunruhigende Nachrichten aus Glastonbury. Ich vermute, es handelt sich um Neid oder Missgunst, so was habe ich selbst auch kennengelernt. Aber trotzdem mache ich mir Sorgen.«

Ich wappnete mich und überlegte, was ich auf die Anklagen entgegnen könnte, die erhoben worden waren. Encarius war tot, aber Abt Simeon und Bruder Caspar lebten noch und waren zweifellos noch immer voll von Gift, wie an dem Tag, als sie mich an den Rand der Klippe gebracht und meine Hände gebrochen hatten. Allein die Erinnerung daran reichte aus, um ein schmerzhaftes Pochen zu verspüren.

»Diese Anfälle, Dunstan«, fing Athelm zu meiner Überraschung an. Er zeigte auf einen Stuhl, und ich setzte mich, doch er blieb stehen, was mir unangenehm war. »Hast du sie immer noch?«

Ich überlegte, wer sie vielleicht gesehen hatte, und beschloss, die Wahrheit zu sagen.

»Manchmal. Erst habe ich einen Geschmack von Metall im Mund, dann falle ich und bin eine Zeit lang weg, doch dann wache ich auf, und alles ist wieder gut.«

»Und die Visionen? Hast du die auch noch? Es wäre so wichtig, Dunstan, zu wissen, dass sie von Gott kommen und nicht von dem alten Menschenfeind.«

»Die habe ich auch noch, aber selten. Das Einzige, was ich jemals gesehen habe, ist eine große, neue Abtei in Glastonbury – und das Grab eines Mönchs, der zu dieser Zeit noch nicht krank war.«

»Vater Keats, natürlich. Weiter nichts?«

Ich errötete etwas und wandte den Blick ab.

»Ich sehe mich als Abt, Onkel, vor dem die Mönche knien. Das wollte ich nicht erzählen, denn es klingt eitel.«

»Damit hattest du recht, Dunstan. Ich wünschte, es wäre anders, aber es wird immer Neider geben, die versuchen werden, dich schlechtzumachen. Einige von ihnen zeigen ihre Bosheit in den Briefen, die sie schreiben, voll abscheulicher Beschuldigungen, mit denen sie nur ihre eigenen niedrigen Instinkte zeigen.«

Caspar. Er war es also, plötzlich war ich mir sicher. Ich konnte nichts weiter tun, als zu versuchen, möglichst bescheiden und gleichzeitig vertrauenswürdig auszusehen, was nicht einfach war.

»Lady Elflaed und ich haben unseren Ruf von dir abhängig gemacht, Dunstan, in mehrfacher Weise. Wir haben uns hier für dich eingesetzt als Mann mit großer Zukunft, ein Kind Christi, dessen Glaube Wunder wirken kann. Wir alle werden beobachtet, Junge. Von Menschen, die nur darauf warten, dass du scheiterst. Dadurch wird auch unser Stern sinken, auch unser Feuer wird zu Asche werden. Auch wir haben Feinde.«

Er hob die Hand wie zum Segen.

»Du bist der Kirche versprochen, Dunstan. Ich sehe, dein Herz gehört dem Kloster, also werde ich nicht darauf bestehen, dass du dich unter mir zum Priester weihen lässt. Ich bitte dich nur, dass du den Versuchungen des Fleisches widerstehst, allen Versuchungen. Lady Elflaeds Nichte ist ein gefallenes Mädchen, Dunstan. Ihre Sünden sind die private Tragödie Lady Elflaeds, aber so viel kann ich dir sagen … sie ist ganz bestimmt keine Jungfrau mehr.«

Das fette alte Klatschweib! Fassungslos starrte ich ihn an, als er fortfuhr.

»Frauen sind unser Verderben, Dunstan, seit Eva Adam den Apfel gab. Konzentriere dich lieber auf dein Studium und das Gebet als auf unkeusche Gelüste. Vollbringe deine Wunder in den Schmieden und Werkstätten, Dunstan! Verziere, male! Lass die königlichen Berater sehen, wozu der Sohn meines Bruders im Namen Jesu Christi, des Himmelskönigs, fähig ist. Du bist schon jahrelang Novize, Dunstan, bist du bereit, dich Gott zu widmen und die Gelübde Sankt Benedikts abzulegen?«

»Ich werde um Führung beten, Onkel, damit ich den richtigen Weg finde.«

Er schien ein wenig enttäuscht über meine Antwort. Er hatte sich in Ton und Lautstärke immer mehr gesteigert und erwartete jetzt meinen begeisterten Ruf: »Oh ja! Ich bin bereit!«, aber ich gestehe, ich hörte ihm schon länger nicht mehr zu, seit er erwähnt hatte, dass Beatrice keine Jungfrau mehr war. Athelm mochte erwarten, dass ich verzierte und malte, aber noch war ich nicht bereit, meiner Fleischeslust ganz abzuschwören.

Als Lady Elflaed wieder hereinkam, suchte sie nach einem Anzeichen, dass unser Männergespräch Reue bei mir bewirkt hatte. Ich sah sie stumm an und nickte, und mit einem kleinen Aufschrei drückte sie mich an ihre Brust. Ich vermute, so ähnlich muss es bei Kleopatra auch gewesen sein.

14

Ein eisiger Windstoß traf mich, als ich aus dem Haus trat, und ich zog meine Robe am Hals fester zusammen. Guter, dicker Wollstoff ist auch ein Merkmal einer zivilisierten Gesellschaft, das habe ich schon oft gedacht. Wer könnte sich die Römer ohne ihre Togen und Mäntel vorstellen, als sie vor sechshundert Jahren dieses Land besiedelten?

Die Straßen waren jetzt belebter – und ich bemerkte viele Männer, die sich neben Karren dahinschleppten, die von Maultieren gezogen wurden und hoch beladen waren mit der Ausrüstung für eine Armee. Die Hauptstadt des Königs bereitete sich auf einen Angriff im Norden vor. Ich war fasziniert – und gleichzeitig besorgt, was das für Folgen haben würde. Meine ganze Kindheit hindurch waren wir von Krieg bedroht gewesen, durch Plünderer, die mit Treidelschiffen ins Landesinnere kamen, knirschend an flachen Ufern aufsetzten und durch Fensterläden spähten, um Frauen oder Silber zu erbeuten, oder was sie sonst noch bei Nacht und Nebel davontragen konnten. Ich hatte mehr als einmal erlebt, wie die Leute meines Vaters mit Fackeln gelaufen kamen, weil sie Lärm gehört hatten, den niemand erklären konnte, oder wenn die Hunde nachts anfingen, Wölfe anzuheulen. Ich hatte zwar noch nie eine Schlacht erlebt, aber ich wusste sehr wohl, wie grausam es dort zuging. Ich fröstelte, bildete mir aber ein, es sei nichts weiter als die kalte Winterluft.

Als ich aus der Tür trat, wandte ich mich zur Seite – und vor mir stand Beatrice. Sie war mit Körben beladen und kam von den Besorgungen zurück, zu denen Lady Elflaed und mein Onkel sie geschickt hatten, um ungestört mit mir reden zu können. Ich muss wohl genauso ungehalten ausgesehen haben, wie sie sich fühlte, denn sie lächelte mitfühlend und klopfte mir sacht auf die Schulter, dann verschwand sie im Haus, aber nur gerade so lange, bis sie ihre Sachen abgeladen hatte. Ich wartete. Keine wilden Pferde hätten mich jetzt von dieser Türschwelle weggebracht.

Als sie wieder auftauchte, hängte sie sich bei mir ein, als täten wir dies jeden Tag und wären wer weiß wie alte Freunde. Sie steuerte mich vom Haus weg auf die Straße. Mir war, als stürzten wir in einen reißenden Fluss, so dicht war die Menschenmenge hier. Ich wurde geschubst und hin und her geschoben, sodass ich Mühe hatte, ihren Arm nicht zu verlieren. Doch ich hielt ihn fest. Ich hätte ihn mir nicht entreißen lassen, auch wenn Ǣthelstan selbst es befohlen hätte.

Ich wurde später an diesem Morgen von den Schmiedemeistern in den Werkstätten erwartet. Lady Elflaed hatte alle möglichen Lehrer und Handwerksmeister ausfindig gemacht, unter deren Anleitung ich meine Ausbildung fortsetzen sollte. Am Nachmittag sollte ich den Archivar der königlichen Privatbibliothek aufsuchen, um mir Texte anzusehen, die es sonst nirgendwo gab. Wenn dann noch Zeit war, hatte ich vorgehabt, am Abend die Gärtnerei zu besuchen, wo ich zusammen mit dem Herbalisten seltene Pflanzen studieren wollte, oder, falls seine Tür abgeschlossen sein sollte, zum Spital zu gehen, wo man Wunden und Hautleiden behandelte – manchmal mit Erfolg. Für diese besonderen Leidenschaften war Winchester ein hervorragender Ort – besonders dank der finanziellen Unterstützung der Lady. Doch sowie ich zusammen mit Beatrice in die Menge eingetaucht war, hatte ich alles andere vergessen.

Fröhlich plaudernd kauften wir ein; Brot, Käse und hart gekochte Eier. Ich selbst hatte kein Geld, aber Beatrice hatte in ihrem Beutel noch das Wechselgeld von ihren Einkäufen. Sie machte eine wegwerfende Bewegung, als ich versprach, es ihr zurückzuzahlen. Ich schuldete ihr nichts. Aus einem Stück weißen Leinens, das viel zu fein für diesen Zweck war, machte ich ein Bündel, das ich mir über die Schulter warf. Wir verließen die Stadt und wanderten hinaus, bis die Straße nicht mehr gepflastert war und in die Felder führte.

Jetzt sah ich, was ich bisher nicht bemerkt hatte: In Winchester versammelte sich bereits eine Armee. Sie errichtete ein riesiges Lager und erwartete den Befehl des Königs. Innerhalb der Stadtmauern war nichts davon zu sehen gewesen. Die Soldaten saßen in Gruppen zusammen und ruhten sich aus, andere trainierten, sie galoppierten auf Pferden oder waren mit Hammer und Amboss beschäftigt. Rund um die Stadt sah ich auf den Hügeln Dutzende von Bannern mit langen bunten Bändern flattern, einige so weit entfernt, dass sie nur als undeutliche blaue oder gelbe Farbstreifen zu sehen waren. Ich hatte nicht geahnt, dass es auf der Welt so viele Krieger gab.

Ich sah Pfähle aus Ebenholz mit dem römischen Adler, die von den Legionen zurückgelassen worden waren und seit Hunderten von Jahren hier standen. Ich sah den roten und den weißen Drachen, den geflügelten Lindwurm von Wessex, das Heilige Kreuz, den griechischen Fisch oder »ichthus«, die Abkürzung für Ἰησοῦς Χριστός Θεοῦ Υἱός Σωτήρ, was Griechisch war und »Jesus Christus, Gottes Sohn, Erlöser« bedeutete. Das waren die Truppen von Æthelstan, dem König – und immer noch kamen neue hinzu. Ich hatte noch nie so viele Menschen gesehen. Ich spürte ihre Blicke, die besonders Beatrice galten, als wir auf der staubigen Straße die sichere Stadt verließen. Ich schluckte nervös, aber sie ließen uns in Ruhe. Der Friede des Königs hielt noch, und wir gingen unbehelligt an ihnen vorbei. Ich war zwar nicht ordiniert, aber ich vermute, meine Robe spielte schon eine Rolle. Manche Männer fürchten zwar den Zorn des Königs nicht, wohl aber die Verdammnis, nun ja, die dauert auch ewig. Wenn dieser strenge Richtspruch einen erst getroffen hat, gibt es keinen Weg zurück.

Die Bäume auf den Stoppelfeldern und entlang der Straße waren kahl, es war ein kalter, grauer Tag. Es war kein Spaziergang zweier Verliebter. Wir schützten uns unter einer Brücke vor dem Wind, schlugen die Zähne in das frische Brot und ließen die Eier über die Steine rollen, um sie zu schälen. Beatrice hatte bei dem Straßenhändler auch eine Flasche Bier gekauft – das war besser als das Wasser in der Stadt.

»Dein Onkel hält mich für eine Verführerin junger Männer«, sagte Beatrice. Ich sah sie an, ich konnte ja kaum erwidern, wie sehr ich hoffte, dass es so sei. »Ich habe gehört, wie er zu meiner Tante darüber sprach, was für ein wichtiger Mann du seist. Und dass man dich nicht verführen dürfe.«

»Verführen?«, sagte ich mit vollem Mund. Ich wusste nicht, was ich antworten sollte, ich war verwirrt. Beatrice hatte diese Wirkung auf mich. Sie war nicht groß, aber ihre Bewegungen waren so geschmeidig, dass ich mir ihr gegenüber unbeholfen und tollpatschig vorkam. Doch vielleicht sollte ich mich nicht zu lange damit aufhalten, ihre Reize zu beschreiben. Nur so viel, dass ich mich an ihre Augen erinnere, und an ihre Anmut. Sie bewegte sich wie ein Windhund. Ihr Haar war lockig, was mir sehr gefiel. Und ihre Augen waren voller Humor. Wenn ihre Brüste sich unter dem Stoff nicht so verführerisch bewegt hätten und ich in ihrer Gegenwart nicht so schwer hätte atmen müssen – ich meine, wenn sie ein Mann gewesen wäre –, dann hätten wir Freunde sein können.

Ich habe griechische Gedichte über die Schönheit gelesen. Es ist zwar nicht meine Absicht, alte, vergessene Wunden aufzureißen und klares Wasser wieder aufzuwirbeln. Doch ich könnte ihr Lachen beschreiben, oder die Art, wie sie springen und tanzen und Handstand machen konnte, sodass ich ihre nackten Beine sah. Ich hatte sie gern. Und deshalb war sie gefährlich für mich. Ich hätte in diesem Jahr, ohne zu zögern, ein Geschäftsmann im Hafen von Winchester werden können, wenn Beatrice es gewollt hätte. Hätte ich das getan, wären bestimmte Abteien nicht gebaut, bestimmte Grabmäler nicht vergoldet und manch anderes große Werk nicht vollbracht worden.

Tatsächlich erinnere ich mich kaum noch an diesen ersten Tag. Doch es war einer von vielen, die wir uns stahlen, während das königliche Heer sich rund um die Stadt versammelte. Mein Studium litt, aber das war mir egal. Ich verbrachte meine Zeit damit, ihr aus Eisen eine perfekte Rose zu schmieden. Als der Frühling wärmeres Wetter brachte und die Straßen trockener wurden, fing sie an zu rosten – aber da war alles, was zwischen uns gewesen war, bereits Vergangenheit.

Ich weiß nicht, wer zuerst von unserer Beziehung hörte, mein Onkel oder Lady Elflaed. Ich war sechzehn und sehr verliebt. So stürmisch liebt man in keinem anderen Alter. Natürlich wurden wir gesehen. Und natürlich wurden wir erwischt.

Beatrice wusste, was auf dem Spiel stand und dass es gefährlich war. Wären wir zwei verliebte Dorfkinder gewesen, oder ein Schafhirte und seine Liebste, ich bin sicher, wir hätten unserer Leidenschaft viel früher nachgegeben. Vielleicht hätten wir erst geheiratet, eine schlichte Zeremonie mit einfachen Leuten. Stattdessen war unser Verlangen wie ein angestauter Fluss, ehe er über den Damm brach. Ich glaube, ich wäre damals gern ein einfacher Mann gewesen, denn wenn ich sie dann geheiratet hätte, wäre sie für ihre Tante nicht mehr erreichbar gewesen.

Ich bin mir nicht sicher, ob Beatrice in mich verliebt war oder ob es sie nur reizte, mich von meiner Berufung abzubringen, von den Gelübden, die ich ablegen würde. Vielleicht wollte sie einfach nur beweisen, dass sie dem Einfluss ihrer Tante Elflaed etwas entgegensetzen konnte, ich weiß es nicht.

Jedenfalls waren wir der Versuchung schließlich erlegen. Im langen Gras duftender Wiesen nahmen wir unser Schicksal in die Hand und setzten unsere unsterblichen Seelen aufs Spiel. Und danach gleich wieder, im Heuschober eines Bauern.

Und wie im Garten Eden wurde alles anders. Jetzt trafen wir uns nicht mehr, um zu seufzen und von unserer Liebe zu sprechen. Sobald wir allein waren, fielen wir übereinander her. Ich versuchte, nicht an mein Erlebnis mit Afra und ihrem stinkenden Sack Gänsefett zu denken. Doch ich konnte es auch nicht ganz vergessen. Denn zu meinem Entsetzen kehrte der alte Ausschlag zurück und verursachte mir einen Juckreiz, der mich wahnsinnig machte. Am Anfang zeigten sich winzige Bläschen. Ich dachte, ich könne damit leben, bis sie abheilten, aber natürlich kratzte ich sie ab, und der Wollstoff meiner Robe rieb dagegen, bis es nässende, klebrige Wunden waren, die bei jeder Bewegung immer wieder aufrissen. Kein Zweifel, es war der Preis für die Sünde. Ich puderte die betroffenen Stellen, und ich glaube, Beatrice hat es nie bemerkt. Mitunter stieß ich bei unseren leidenschaftlichen Vereinigungen weitaus fester zu, als ich es normalerweise getan hätte, nur um den Juckreiz zu lindern.

Neben meiner Liebe und dieser intimen Qual machte mein Studium natürlich keinerlei Fortschritte. Wenn ich am Königshof war, musste ich mich möglichst unsichtbar machen oder Umwege nehmen, um meinen Tutoren nicht zu begegnen, die mich suchten. Ich fühlte mich so sündig, dass ich schwitzte. Ich aß wenig und schlief schlecht, aber ich wusch mich jeden Morgen mit Wasser und Lappen, es war der einzige Moment, in dem ich mich sauber fühlte.

Meist war es um die Mittagszeit, wenn die Menschenmenge am dichtesten war, dass Beatrice und ich uns an einem Küchenstand für Fuhrleute trafen, den wir gut kannten und wo der Eintopf immer reichlich mit Meerrettich gewürzt war, ganz gleich, welches Fleisch man verwendet hatte. Ich musste durch die halbe Stadt gehen, um diese Straßenkreuzung zu erreichen, aber meine Füße flogen wie von selbst. Ich kannte den Weg so gut, dass ich kaum darauf achtete, wo ich ging, und ebenso wenig achtete ich darauf, ob mir jemand folgte oder mich beobachtete.

Oft war Beatrice schon vor mir da. Inzwischen hatten wir bestimmte Gewohnheiten. Wenn ich wusste, dass ich unbemerkt entwischen konnte, steckte ich eine Blume aus dem königlichen Garten zwischen zwei Kacheln über der Tür ihrer Tante. Ich befürchtete immer, jemand würde sie herunternehmen, aber das passierte nie. Eines Abends hinterließ ich im Mondschein einen Lavendelzweig. Wahrscheinlich war man mir schon da gefolgt, obwohl es merkwürdig ruhig blieb, falls es so war.

Ich hatte den Eindruck, der Verkäufer sei an diesem Tag etwas kurz angebunden. Vielleicht war es auch einfach meine Nervosität, weil Beatrice nicht gleich kam. Ich kaufte eine Schale Suppe und nahm mir einen Löffel. Die alte Frau, die an dem Stand half, kannte mich und wusste, dass ich bezahlte, deshalb bestand sie nicht darauf, dass ich einen der angeketteten Löffel nahm, mit denen man dicht neben dem Karren essen musste. Doch ich leerte meine Schale, die sie für den nächsten Kunden auswischte, und immer noch kein Zeichen von Beatrice. Ich suchte in der Menge nach meiner Liebsten, nach ihrer Haube und dem ersten Blick, der mich immer so freudig traf, dass es fast schmerzte.

Stattdessen packte mich jemand am Arm, und ich fuhr wütend herum. Ich erblickte einen Mann mit bleichem Gesicht. Meine Hand fuhr ans Messer, doch schon spürte ich seinen festen Griff am Handgelenk. Wütend riss ich mich los, was uns beide überraschte. Ich hatte mich schon umgedreht, um wegzurennen, als er mich abermals packte und festhielt.

»Dein süßes Blümchen kommt heute nicht, mein Junge«, sagte er.

Ich erstarrte.

»Wer bist du? Lass mich sofort los!«, sagte ich. »Wie kannst du es wagen, mich festzuhalten …«

»Dein Onkel will dich heute noch sprechen, Master Dunstan. Er will, dass ich dich zu ihm bringe – und das werde ich tun, selbst wenn ich dir dazu erst die Zähne einschlagen muss. Er war so wütend, ich glaube, er wäre mir nicht böse, wenn ich das täte.«

Ich sah ihn näher an. Er war lang und hager, sein Gesicht wirkte verhärmt. Ich ergriff seine Hand, mit der er meine Robe gepackt hatte, und quetschte sie mit einem Griff, der für einen Schmiedehammer geeignet gewesen wäre. Er rang nach Luft, und sein graues Gesicht wurde unter dem Schmutz noch etwas blasser.

»Au! Du brichst mir ja die Finger. Lass mich los, verdammt noch mal!«

Aber auch das war mir keine Genugtuung, nach dem, was er gesagt hatte.

»Was ist denn mit meinem Onkel?«, fragte ich. Ich sprach leise, denn hinter uns spitzten der Verkäufer und wer weiß wie viele andere die Ohren. Deshalb schob ich ihn ein Stück weiter weg, aber ich lockerte meinen Griff nicht und verdrehte seine Hand noch stärker, sodass ihm die Tränen kamen.

»Er hat mir nur aufgetragen, dich zu holen. Mehr weiß ich auch nicht.«

Ich verdrehte seine Hand noch weiter, bis er aufschrie.

»Bitte! Er sagte, sie kommt in ein Kloster. Das ist alles, was ich weiß, ich schwöre es.«

Ich merkte, wie mich eine große Ruhe überkam, eine Ruhe, wie ich sie selten erlebt hatte.

»Und wo ist mein Onkel jetzt?«, fragte ich, so sanft ich konnte.

Mein Ton schien ihm Angst zu machen, er zitterte wie ein geprügelter Hund.

»Er ist in der Kathedrale, in einer Seitenkapelle. Dort sollte ich dich hinbringen.«

»Ich werde hingehen, keine Sorge. Und jetzt verschwinde.«

Ich glaube, ich hatte noch nie jemanden so sehr eingeschüchtert, außer Wulfric, aber der zählt nicht. Ich genoss es einfach, dass ich Macht über ihn hatte.

Ich ging schnell, ich überlegte, was ich tun müsse, um Beatrice zu retten. Viele Frauen entschieden sich ja für ein Leben in Gebet und Einsamkeit, genau wie meine Brüder im Kloster. Zum Beispiel die, die gesündigt haben und schwanger werden, jedoch nicht verheiratet sind – vornehm oder nicht, reich oder arm, sie leben weggeschlossen von der Welt. Diese armen gefallenen Geschöpfe sind Opfer unseres Versagens, sie müssen ihr Leben im Gebet und in der Hoffnung auf Erlösung verbringen. Eins war sicher, wenn sie Beatrice weggeschlossen hatten, würde ich sie nie wiedersehen.

Ich kochte innerlich, während ich zurückging. Mir war heiß, meine Haut juckte, und ich fühlte mich miserabel. Mein Zorn war wie Eisen: Er wurde langsam heiß, war dann aber umso gefährlicher.

Ich musste an einer Schlange von Pilgern vorbei, als ich mich der Kathedrale näherte. Die Benediktiner dort besaßen eine Reliquie des heiligen Swithin, sehr schön vergoldet und unter Glas. Sie führten genau Buch darüber, ob es an seinem Namenstag regnete, denn das bedeutete, dass es dann weitere vierzig Tage regnen würde. Sie führten auch Buch über die Wunder, die hier geschahen, dafür gab es extra ein »Buch der Wunder«.

Und tatsächlich gehörten die, die hierherkamen, zu den am schlimmsten verkrüppelten Geschöpfen dieser Inseln. Kinder standen am Wege und starrten diese Ärmsten an, und ich muss gestehen, dass auch ich trotz meines Ärgers abgelenkt wurde beim Anblick eines humpelnden Jungen, bei dem ein Auge viel höher saß als das andere. Man konnte nur rätseln, ob er Heilung oder den Tod erhoffte.

Einige der Pilger dachten, ich wolle mich vordrängen, und zischten mich böse an, sodass ich erst recht empört war, als ich das Portal erreichte. Es wurde von Männern bewacht, die ebenso schwarze Roben trugen wie ich.

Einer von ihnen erhob die Hand und wollte mich nicht vorbeilassen, aber der andere murmelte etwas, was ich nicht verstand, und beide traten zurück und machten Platz. Ich kannte sie nicht, aber offenbar war ich ihnen nicht unbekannt. Mein Onkel hatte die Anweisung gegeben, man solle mich einlassen.

Der Schrein von St. Swithin war kein Ort der Stille. Männer und Frauen schrien ihren Kummer und ihre Verfehlungen heraus und flehten laut um Erlösung. Ich bekreuzigte mich, als ich an ihnen vorbeiging, und schritt durch das Hauptschiff zu einer der vier Seitenkapellen.

Ich blickte in zwei davon, ehe ich Onkel Athelm fand, der eine Messe zelebrierte, vor ihm waren etwa ein Dutzend betender Männer und Frauen.

Mein Zorn kühlte sich beim Warten etwas ab. Er hatte zwei Burschen mit strengen Gesichtern vor der Kapelle postiert, die ungehobeltes Volk zurückhalten sollten. Die beiden trugen zwar im Gotteshaus kein Schwert, aber trotzdem hatte ich keine Zweifel, dass sie gut bewaffnet waren. Schließlich war mein Onkel ein mächtiger, einflussreicher Mann. Er wäre auch nicht ohne Leibwächter auf die Straße gegangen.

Als der Gottesdienst zu Ende war, traten die Gläubigen aus der Kapelle, alle gut gekleidet, ernst und mit sich selbst im Reinen. Ich erkannte einige aus Æthelstans Hofstaat und verbeugte mich vorsichtshalber, denn ich wollte niemanden beleidigen, der vielleicht nah am Ohr des Königs war. Es dauerte nicht lange, bis sie alle draußen waren, dann verbeugte sich einer der beiden Wächter meines Onkels etwas spöttisch und winkte mich herein.

Es war klug von Athelm, mich hierherzubitten. Hier waren wir allein, aber hier war auch der duftende Weihrauch um uns, um meinen Zorn zu besänftigen. Hier konnte ich nicht mit dem Fuß aufstampfen und Forderungen stellen. Ich bewunderte ihn für diese Wahl, doch gleichzeitig hielt ich meinen Blick fest auf ihn gerichtet und versuchte ihm meinen Willen aufzuzwingen. Darauf hatte ich mich auf meinem Rückweg vorbereitet.

»Onkel, ich möchte Beatrice heiraten. Ich werde bei Lady Elflaed um ihre Hand anhalten, weil ich davon ausgehe, dass sie ihr Vormund ist. Ich bin volljährig und werde mich als Kaufmann oder Handwerker in dieser Stadt niederlassen, vielleicht auch in London. Beatrice ist alt genug, um sich zu entscheiden, und ich möchte sie sehen. Ich möchte die Lady sehen, die meine Frau werden wird, wo immer Ihr sie jetzt versteckt haltet.«

Ich merkte, dass mein Ärger mit mir durchging, und zwang mich, nicht weiterzureden. Onkel Athelm zog die Augenbrauen hoch.

»Bist du fertig, Dunstan? Jetzt hast du deinem Unsinn freien Lauf gelassen …«

»Es ist kein Unsinn, Onkel …«

Er sprach einfach weiter und hob wieder die Hand wie zum Segen. Es war eine merkwürdig kraftvolle Geste.

»Du hast gesprochen, Dunstan. Ich glaube, jetzt bin ich dran. Du bist doch hergekommen, um Antworten zu bekommen, habe ich recht? Vielleicht wäre es besser für dich, wenn du dich in Geduld und Zurückhaltung übtest, anstelle dieses … dieses vulgären Auftritts.«

Ich wartete, aber ich fühlte, wie mein Herz hämmerte. Wahrscheinlich wirkte ich wie ein aufgeblasener Ochsenfrosch, überzeugt davon, dass ich im Recht war. Wie um meine Qualen noch zu verschlimmern, fing es jetzt an, in meinem Schritt zu jucken, dass ich es kaum ertragen konnte. Ich verspürte einen so überwältigenden Drang zu kratzen wie noch nie zuvor. Ich verschob die Kordel um meine Robe und nutzte die Bewegung, um die Stelle zu reiben, aber es reichte nicht und machte alles noch schlimmer.

»Ich versprach deinem Vater einst, dass ich mich um dich kümmern würde, Dunstan. Wusstest du das? Heorstan war mein älterer Bruder, und ich habe ihn verehrt. Er war der Klügste von uns allen, und er hatte etwas aus seinem Leben gemacht. Er hatte Söhne, als Ausgleich dafür, dass ich keine haben würde. Du wirst dich nicht daran erinnern, aber ich war während deiner ersten Lebensjahre oft bei euch. Ehe meine Arbeit mich nach Winchester und London führte, war ich jeden Sommer bei euch und ließ dich auf meinen Knien reiten. Ich versprach Heorstan und Cyneryth damals, mich um dich und Wulfric zu kümmern, falls ihnen etwas geschähe.«

Er schwieg. Ich kratzte mich, und er sah mich merkwürdig an, ehe er fortfuhr. Mein Juckreiz wurde so unerträglich, dass ich fast zitterte. Ich wusste, das lag daran, dass ich auf geweihtem Boden stand. Mein Körper war verdorben von der Sünde, und diese Sünde wurde wiederum vom Fleisch und Blut Christi gequält, von den Jahrhunderten der Gebete, die diese Balken und Steine um uns aufgenommen hatten.

»Ich hatte dich vor Beatrice gewarnt, nicht wahr? Ich hatte dir gesagt, sie sei keine Jungfrau mehr. Vielleicht hätte ich mich klarer ausdrücken sollen. Sie hatte ein Kind, Dunstan, es wurde tot geboren. Sie hat ihrer Tante nie gesagt, wer der Vater war, sie behauptete, sie wisse es nicht, sie sei von irgendeinem Kerl auf der Straße vergewaltigt worden. Jetzt frage ich mich, ob sie ihn nicht verführt hat, genau wie dich.«

»Ich werde sie heiraten«, stotterte ich, obwohl mich seine Worte erschüttert hatten und ich mir meiner Sache nicht mehr ganz so sicher war.

»Oh, Dunstan! Hast du gedacht, die Sünde und die Wollust sind von Schmeißfliegen umschwärmt? Dachtest du, das Böse sei abstoßend? Könnten Frauen für Männer eine Versuchung sein, wenn sie stinken würden statt zu duften? Nein! Die Pforte ist weit, Dunstan! Und breit ist auch der Weg, der ins Verderben führt.«

»Ich … ich liebe sie, Onkel. Ich werde meinen Weg mit Handel und meinen geschickten Händen finden.«

»Ein Geschick, das dir im Kloster vermittelt wurde, von Tutoren, die Lady Elflaed bezahlt hat, um … Was machst du da, Dunstan? Warum reibst du an dir herum … Oh, Junge, ist dein Fleisch verdorben? Hast du bei ihr gelegen?«

Ich konnte nicht lügen, nicht hier, wo Gott und St. Swithin und all die anderen Heiligen mich sahen. Mit Tränen in den Augen nickte ich und erwartete einen Wutausbruch. Stattdessen trat er auf mich zu und legte seinen Arm um meine Schulter. Ich wich zurück. Aussätzige sind unrein, und so ähnlich fühlte ich mich. Er schien meine Gedanken zu erraten und sah mich mitfühlend an.

»Ich habe keine Angst davor, denn ich habe nicht gesündigt. Komm jetzt, sei tapfer. Ich bringe dich zum Leibarzt des Königs. Der ist ein großartiger Mensch und hat im Laufe der Jahre schon vieles gesehen.«

»Was ist mit Beatrice, Onkel?«, fragte ich.

»Die dich verführt und dir diese eklige Krankheit gegeben hat? Du verfaulst, Junge. Hier handelt es sich um eine Todsünde, die dich vernichten wird. Verstehst du das? Wenn du leben und wieder rein werden willst, dann komm mit mir. Verleugne sie, bekenne deine Sünden und tue Buße. Wenn du das tust, wird Christus dich wieder aufrichten. Aber wenn du in deiner Sünde und deinen ungesunden Gelüsten verharrst, erwarten dich Schmerz, Seelenqual und Tod. Ich habe das alles schon erlebt.«

Er nahm meine Hand und schnupperte in die Luft, als könne er mein Puder riechen.

»Bitte, Dunstan. Entscheide dich zur Buße. Ich kann dich nicht dazu zwingen. Sie hat dich verführt, aber noch kannst du umkehren.«

»Wird sie in ein Kloster müssen, Onkel?«, fragte ich. Ich musste es wissen, aber ich konnte sehen, diese Frage stellte seine Geduld auf die Probe.

»Zumindest sagt es Lady Elflaed. Ja, da hast du eine fromme Frau, Dunstan, ein feiner, starker Zweig am Baum Christi, ohne Fäulnis. Ihre Schwester war ein bedauernswertes Geschöpf, und deren Tochter … nun ja, du hast es ja erlebt. Sie ist ein fauler Apfel, Dunstan. Ich bete darum, dass du noch nicht zu weit verdorben bist, dass du noch gerettet werden kannst. Also, willst du jetzt mitkommen? Wirst du Buße tun und alles von dir abwerfen?«

Ich nickte, ich konnte vor Tränen nichts sehen. Ich fragte nicht wieder nach Beatrice. An diesem Nachmittag in der Kathedrale wählte ich meinen Weg.

In diesem Frühjahr schloss Æthelstan sich seiner Armee an. Er und seine Reitelite hatten zusammen trainiert, Formationen und Strategien, Angriffe, plötzliche Drehungen und Überfälle. Ich glaube, es war eine römische Taktik, bei der es nicht einfach darum ging, das Schlachtfeld vor den Fußsoldaten zu erreichen. Er hatte achtzehntausend Soldaten mobilisiert, die es mit drei Königen aufnehmen würden, samt allen, die an ihrer Seite standen.

Als die Leute des Königs Winchester verließen, schloss ich mich ihnen an, als Gehilfe meines Onkels. Unter meinem Mantel trug ich die schwarze Robe der Benediktiner, meiner Brüder. Ich hatte die Gelübde als Mönch abgelegt und war zum Priester geweiht worden. Ich ritt gen Norden, verloren und halb wahnsinnig vor Schmerz.

Beatrice habe ich nie wiedergesehen. Ich kann mich nicht einmal mehr an ihr Gesicht erinnern.

15

Während der ersten Tage unterwegs fühlte ich mich unendlich einsam und war ständig hungrig. Mein Pferd war nicht besonders intelligent, ein ungebärdiges Tier, das meine ganze Aufmerksamkeit erforderte. Und genau das wollte ich jetzt nicht. Ich hätte mir gewünscht, dass es trabte und ich einfach im Sattel sitzen konnte und mich um nichts zu kümmern brauchte. Ich hatte alles verloren.

Auf den alten römischen Straßen gab es oft lange Abschnitte, wo die Pflastersteine von findigen Bauleuten für andere Zwecke entfernt worden waren. Ich hätte diese Schufte hassen können, die uns jetzt zwangen, uns durch Schlamm und Dornenhecken hindurchzuquälen – wenn ich die Energie dazu aufgebracht hätte. Stattdessen empfand ich selbst Schmerzen nur als vage Irritation. Als ich meinen Knöchel am Steigbügel aufriss, ließ ich es bluten, ohne mich darum zu kümmern, obwohl es den ganzen Tag heruntertropfte. Ich hatte schon Schlimmeres erlebt.

Wie ein Häufchen Elend trottete ich auf meinem Pferd dahin, umgeben von Leuten, die lachten und sangen und miteinander schwatzten. Stolz und aufrecht schritten sie einher, andere wieder ritten mit der königlichen Kavallerie. Es waren Krieger, die in die Schlacht zogen, und obwohl man sich Geschichten über Schreckenstaten und Blutvergießen erzählte, darf man auch nicht vergessen, dass gerade dies vielen Menschen Vergnügen bereitet. Es geht hier zeitgleich um das Schönste und das Schlimmste, was uns widerfahren kann.

Für die Städte und Dörfer, durch die wir kamen, waren wir natürlich ein Ereignis. Die Bewohner standen am Straßenrand, soweit es einen gab, oder sie stiegen auf Hügel und sahen den ganzen Tag in naivem Staunen zu, wie wir vorbeizogen. Nicht lange nachdem wir Winchester verlassen hatten, entdeckten unsere Späher eine Marschkolonne, was beunruhigend war. Zweitausend von uns zogen ihr entgegen, an der Spitze König Æthelstan. Es stellte sich heraus, dass es Leute aus Malmesbury waren, eine Stadt, die ich kaum kannte. Sie hatten gehört, dass der König aufgebrochen sei, und wollten sich uns anschließen, eine Geste, die Æthelstan außerordentlich freute. Er brachte sie mit in unser Lager und zeigte sie herum wie Helden. Er sagte, zusammen mit Männern wie diesen würden wir den Feinden Englands den Garaus machen. Mein Herz klopfte schneller bei diesen Worten. Æthelstans Autorität hatte zur Folge, dass Männer das Haupt senkten und sich im Stillen schworen zu zeigen, wozu sie fähig waren.

Es war am dritten oder vierten Tag unseres Marsches, als ich mich auf meinem Pferd zufällig umwandte. Ich war an diesem Morgen in besserer Verfassung, denn mein Pferd schien folgsamer als bisher. Doch das änderte sich mit einem Schlag, denn was ich sah, schlug mir auf den Magen.

Wie lange hatte es gedauert, bis Krähen und Wölfe gelernt hatten, einer Menschenmenge zu folgen? Hundert Jahre? Tausend? Vielleicht folgten einige schon den Briganten und dem keltischen Stamm der Icener. Vielleicht waren sie schon den römischen Legionen gefolgt, wenn diese nach Norden zogen.

Sie hatten schnell gelernt, diese Plünderer, die sich an jedem Aas gütlich tun. Plötzlich war der Himmel schwarz von Krähen und Raben. In den Hügeln hinter uns strichen knurrend die Wölfe umher. Sie wussten, dass der Tod mit uns marschierte, und gaben uns erwartungsvoll ihr Geleit.

Da war es auch kein Trost, dass wir ein christliches Heer waren, das gegen Menschen in die Schlacht zog, die noch Blutopfer brachten. Einerseits verachteten wir die Götter der Wikinger, andererseits aber waren Raben und Wölfe Wotans Diener, wie es in den Erzählungen der Alten hieß. Du darfst nicht vergessen, dass der Christenglaube damals in England noch neu war. Die römischen Christen waren alle ausgestorben, nachdem die Legionen abgezogen waren. Es dauerte weitere zwei Jahrhunderte, ehe Augustinus nach Kent kam – und in den darauffolgenden dreihundert Jahren war das Christentum noch nicht bis in den letzten Winkel des Landes vorgedrungen. Also war es noch immer möglich, dass diese Vögel mehr wussten als wir. Sie riefen sich in der Luft ihre Botschaften zu, und vielleicht auch uns. Ich bemerkte, wie Männer, die eben noch gelacht hatten, sich plötzlich duckten und sich heimlich umsahen, soweit sie den Mut dazu hatten.

Wir marschierten im Abstand von weniger als zwölf Meilen an London vorbei, näherten uns aber nicht weiter als bis Clewer, wo die Dorfbewohner in Höhlen lebten, die sie in eine große Klippe geschlagen hatten. Sie blickten aus ihren Höhlenöffnungen hinter uns her und versteckten sich, als sie sahen, wie viele wir waren.

Am Ende des fünften Tages hatten wir erst achtzig Meilen zurückgelegt. Es hatte seinen Grund, weshalb das halbe Land auf den Flüssen reiste. Wir waren von Schlamm verkrustet und erschöpft, weil wir unsere Wagen ständig aus tiefen Furchen und weichem Unterboden zerren mussten, wo sie bis an die Achsen einsanken. Dann musste der Wagen erst völlig entladen und dann von vier Männern auf jeder Seite angehoben werden, während vorn Pferde und Ochsen zogen. Ich fing an, darüber nachzudenken, ob Hebel uns diese Arbeit nicht erleichtern könnten. Archimedes sagte, wenn er einen ausreichend langen Hebel und einen geeigneten Standplatz hätte, könnte er die Welt aus den Angeln heben. Aber gerade der Standplatz ist das Problem, wenn du bis zu den Knien im Morast stehst und mit jedem Anheben tiefer einsinkst.

Wir waren nach Westen abgebogen, um eine römische Straße zu benutzen, die noch weitgehend intakt war. Am nächsten Morgen würden wir besser vorankommen, und bei dieser Aussicht hob sich meine Stimmung etwas. Ich achtete auch nicht mehr auf die Krähen und Wölfe, die hinter uns herschlichen, obwohl ich sie noch immer hörte. Eine Armee hinterlässt ihre Spur, und die Tiere balgten sich knurrend um die Abfälle, auf ihre Art grausam.

Bisher hatte ich Æthelstans Leibwächter noch nicht gesehen. Er ritt irgendwo in der Mitte des Trupps, vielleicht eine Meile von mir entfernt in diesem wilden Gelände. Ich nahm an, dass wir am nächsten Tag auf der gepflasterten Straße eine ordentliche Kolonne bilden würden, aber bis es so weit war, kannte ich nur die Männer in meiner unmittelbaren Nähe. Ich hatte meinen Platz unter ihnen, und wir hatten uns kennengelernt. Jeden Tag stand ich auf und ging in einer Reihe mit ihnen, wenn das Essen ausgeteilt wurde. Eigentlich sollten wir alle einen eigenen Teller haben, aber es gab einige Ersatzteller, die genauso sorgfältig bewacht wurden wie die angeketteten Löffel an unserem Stand in Winchester. Ich musste jeden Tag daran denken.

Es war Sonnenaufgang, und mein Magen knurrte, und ich starrte ins Leere. Ich war so geistesabwesend, dass ich nicht hörte, wie mein Name gerufen wurde, bis mich jemand am Arm fasste und ich erschrocken aufblickte.

»Du bist es also wirklich«, sagte Edmund. »Hatte ich mir doch gedacht. Wer sonst würde denn hier Schwarz tragen?«

Er trug den schönsten Mantel, den ich jemals gesehen hatte; ein Kleidungsstück in Königsblau, das aussah, als schütze es vor jedem noch so kalten Windstoß, ganz zu schweigen von den milden Nächten, die wir jetzt hatten. Unter dieser Menge von Stoff konnte man Edmunds gut geölten, glänzenden Kettenpanzer sehen, der keinerlei Ähnlichkeit mit den rostigen Eisengeflechten hatte, die viele der ärmeren Männer trugen. Ich bemerkte auch, dass das Schwert an seinem Gürtel in einer kostbaren Scheide steckte.

Es gab keine Regel, die besagte, dass Benediktiner in der Schlacht keine Waffen tragen durften. Ich hatte mein Messer und mein Werkzeug in Lederbeuteln mitgebracht, die ich meinem Pferd übergeworfen hatte. Trotzdem beneidete ich Edmund. Er war der zukünftige König, und man sah es ihm an. Er schlug mir auf die Schulter und umarmte mich so fest, dass mein Blechteller gegen sein Gürtelschloss schepperte. Meine Laune sank.

»Diesen Blick kenne ich, Dunstan«, sagte er. »Den habe ich schon oft gesehen. Was sind wir doch für arme Kerle, eine verlorene Wette oder den Tod eines Lieblingshundes können wir mit einem Schulterzucken abtun, aber wenn es um die Liebe geht, geraten wir in Grabesstimmung. Also, hapert es daran, dass sie will oder dass sie nicht will?«

Ich sah ihn an, er strahlte eine so herzliche Offenheit aus.

»Ich habe meine Entscheidungen getroffen«, sagte ich. Ich klopfte mir auf die Brust, um ihn an meine schwarze Robe zu erinnern. »Ich habe meine Gelübde abgelegt, und jetzt werde ich die Konsequenzen tragen.«

»Ich freue mich, dass deine Hände wieder in Ordnung sind, aber fast glaube ich, du warst besser gelaunt, als sie noch geschient waren. Kopf hoch, Dunstan. Du bist jung und gesund. Meine Jungs und ich haben ein Fässchen mit irgendeinem fürchterlichen Gesöff, das sie in Aldermaston gekauft haben. Starke Getränke sind dir doch nicht verboten, oder?«

Das war es nicht, obwohl Trunkenheit bei den Benediktinern disziplinarische Konsequenzen hatte. Doch hier war ich weder in einem Kloster, noch unterstand ich einem bestimmten Bischof. Ich schüttelte den Kopf. Ich überließ mein Pferd einem Stallburschen und schloss mich ihm an.

Das Getränk, das sie gekauft hatten, war aus Flechten gebraut, wie sie mir erzählten. Vermutlich kann man unter geeigneten Bedingungen alles zum Gären bringen, allerdings habe ich nie wieder etwas so Abscheuliches getrunken.

Auch Edmund war in der dunklen Jahreszeit geboren, wie so viele, deren Eltern sich im Frühjahr lieben. Er war kurz nach Weihnachten siebzehn geworden und schien gewachsen zu sein. Seine Gefährten waren Söhne von Edelleuten und Königen. Sie marschierten nicht unter Ǣthelstan mit, sondern unter dessen Nachfolger. Das merkte ich, wenn sie ihre Geschichten erzählten und sich mit ihren Heldentaten brüsteten. Dies waren junge Männer, die in einigen Jahren einen neuen Königshof erschaffen würden. Ich könnte auch dazugehören.

Ich hielt beim Trinken tapfer mit und erzählte wilde Geschichten über König Arthur, die ich im Kloster gehört hatte und die sie noch nicht kannten. Die meisten reagierten mit Beifall, jedoch gab es einen riesigen Kerl, den es störte, dass ich plötzlich im Mittelpunkt stand und Edward mich freundschaftlich behandelte.

Manche Männer stören sich an Kleinigkeiten, wenn sie getrunken haben. Leofa aus Kent gehörte auch dazu. Und um ehrlich zu sein, ich wahrscheinlich auch. Ich erinnere mich, dass ich zwischendurch einmal weinte, weil der Alkohol mich traurig machte. Ich glaube, ich erzählte ihnen von Beatrice und wie man sie mir genommen hatte. Ich erzählte vermutlich zu viel – und ich weiß noch, wie Leofa sich über meine Trauer lustig machte, bis Edmund ihn scharf zur Ordnung rief. Das gefiel dem Mann aus Kent ganz und gar nicht! Ich grinste ihn an und setzte ihn im Stillen auf die Liste meiner Feinde, indem ich seinen Namen mit dem Finger in die Luft schrieb. In gewisser Hinsicht war das ein Kompliment, denn ich habe mir nie Schwache zu Feinden ausgesucht. Die tun mir leid, und ich lasse sie laufen. Nein, auf meine Liste kamen nur starke Dummköpfe und boshafte alte Weiber.

Edward hatte Kopfschmerzen, als er mich zurück ins Lager begleitete, wo ich auf meine Decken fiel. Das war typisch für ihn. Jeder andere hätte mich in der Kälte dort liegen gelassen, wo ich hingefallen war, statt mir aufzuhelfen und mich ins Lager zu bringen. In dieser Nacht wurde ich zu einem seiner Anhänger.

Ich merkte es an der Art und Weise, wie die Soldaten mich am nächsten Morgen ansahen, als ich stöhnend meinen brummenden Schädel an das kühle Leder des Sattels legte. Ich konnte nichts essen, ich konnte kaum etwas bei mir behalten. Doch ich lächelte, wenn ich an das Gelächter und die Ausgelassenheit dachte. Waren wir wirklich durch das Lager gerannt? Tatsächlich, wir waren im Dunkeln um die Wette gelaufen, ich erinnerte mich an den Wind und wie mir der Stoff meiner nassen Robe gegen die Knie klatschte.

Meine düstere Stimmung war in der Nacht verflogen wie Morgennebel, der sich in der Sonne auflöst. Von nun an verbrachte ich jeden Tag mit Edmunds Männern, doch immer noch nahe genug bei Æthelstan und seinen bärtigen Earls, sodass ich den König und seine Anhänger beobachten konnte. Æthelstan hielt sich gut, damit war er ein Vorbild für uns alle.

Am nächsten Tag fragte ich Edmund, wo sein jüngerer Bruder sei. Eadred war damals erst zwölf, aber in unserem Feldlager waren Dutzende von Jungen, und er wäre nicht fehl am Platz gewesen. Edmund grinste etwas verlegen.

»Wenn der König fallen sollte, werde ich wahrscheinlich auch nicht heimkehren. Diese kleinen Könige, mit denen wir uns hier herumschlagen, werden sich auf keinen Waffenstillstand, keine Barmherzigkeit und kein Lösegeld einlassen. Mein Bruder wollte dafür sorgen, dass ein Sohn unseres Vaters die Schlacht überlebt.«

Ich dachte an den kränklichen kleinen Jungen, den wir zurückgelassen hatten.

Ich wollte etwas Schmeichelhaftes sagen, deshalb erwiderte ich: »Ich vermute, ihr habt ihn festbinden müssen, damit er sich nicht ebenfalls aufs Pferd schwang.«

Er lachte leise. Ich glaube, er schätzte meine Bemerkung, obwohl wir beide wussten, dass dies höchst unwahrscheinlich war. Edmund war rücksichtsvoller gegen seine Brüder, als ich es gewesen wäre – rücksichtsvoller, als ich mich jemals Wulfric gegenüber verhalten hatte. Jüngere Brüder sind oft schwach, zumindest manche. Ich wusste, dass ich nicht der Erstgeborene meines Vaters war, aber ich kam mir immer so vor. Ich wuchs auf, als sei ich es, und genauso ging es Edmund. Wir teilten dasselbe Schicksal, dieses unausgesprochene Einverständnis darüber, wie wir unseren Platz in der Welt wahrnahmen. Das sagte ich ihm jetzt, während wir weiterritten.

Æthelstan hatte Späher, die meilenweit vor uns das Gelände erkundeten. Es war eine sehr gefährliche Aufgabe, denn sie mussten ständig damit rechnen, aus dem Hinterhalt überfallen zu werden. Die Straßen waren nicht sicher genug für einen einzelnen Reiter, der seinen Truppen weit vorausritt. Doch nicht nur der Feind war eine Gefahr, einer unserer Späher fiel am achten oder neunten Tag Briganten zum Opfer. Wir fanden ihn nackt, erschlagen, mit halb durchgeschnittener Kehle. Sein Pferd hatten sie gestohlen. Äxte waren

Waffen, die eine unglaubliche Kraft entfalten konnten. Der lange Griff aus Eschenholz war ein Hebel, an dessen Ende ein Stück Eisen saß – eigentlich wäre es überflüssig gewesen, es auch noch zu schärfen.

Einige unserer Leute wollten in den Wäldern nach den Räubern suchen, aber Ǣthelstan knurrte ein paar Worte, und damit war der Fall erledigt. Wir würden weiterziehen, ganz gleich, wie lange wir brauchten, um unsere Feinde zu finden.

England ist ein großes Land, aber es ist schmal. Edmund meinte, wir hätten genügend Verpflegung und Vorräte, um bis ins schottische Hochland zu ziehen, ohne auf die Jagd gehen zu müssen. Wegen der Wagen kamen wir zwar nur langsam voran, aber Geschwindigkeit war dem König nicht wichtig. Sein einziges Anliegen war Rache. Jeder Schritt führte uns weiter nach Norden, ein Zurück gab es nicht.

Vor uns schwärmten vielleicht zwei Dutzend Späher aus, hinter uns befanden sich etwa halb so viele. Sie ritten in zwei großen Bögen, wie ich feststellte. Der äußere bewegte sich in einer Entfernung von etwa neun Meilen, der nächste von etwa drei oder vier. Ihre Aufgabe war es, zu beobachten und zu zählen, dann zurückzugaloppieren, als sei der Leibhaftige hinter ihnen her. Wenn sie in diesem Tempo ankamen, wusste jeder, dass es ernst war. Man sah die Staubwolken und die aufgeregten Gesichter. Dann gab es keinen Zweifel mehr, und alle, die bereits einen Krieg erlebt hatten, packten ihre Äxte und Schilde mit festerem Griff oder brachten ihre Speere in Position.

Und jetzt kamen sie wirklich an, einer nach dem anderen, in gestrecktem Galopp. Junge Männer, die ihren Hals riskierten, um die Nachricht zu bringen, auf die jeder mit Bangen gewartet hatte. Der Feind stand vor uns. Es würde eine Schlacht geben. Alle Märchen, die wir uns ständig erzählten, nämlich, dass es ein Frühlingstag wie jeder andere sei, dass es nicht so weit kommen würde, dass wir unser Leben in einem schlammigen Graben aushauchen könnten, all das war vergessen. Ich sah rings um mich die Männer, die ich inzwischen gut kannte. Edmunds Gefolgsleute wussten, dass sie von denen, die nachfolgten, genau beobachtet wurden. Sie gaben sich alle Mühe, gelassen zu bleiben, aber als einer von ihnen anfing zu pfeifen, fauchten sie ihn an, er solle mit diesem verdammten Lärm aufhören.

Durch die Späher hatten wir genügend Zeit, uns zu formieren, und ich sah, wie unsere Armee sich vor meinen Augen in eine Streitmacht verwandelte, deren Herz Ǣthelstan war. Die Befehle gingen von ihm aus, während er, über den Hals seines Pferdes gebeugt, ruhig mit drei stattlichen Männern in Kettenpanzern sprach. Mit erhobenen Schwertern beschrieben sie auf ihren Pferden enge Kreise und versammelten ihre Captains. Auf diese Weise breiteten sich die Befehle des Königs wie Wellen aus, die immer mehr Leute erreichten.

Edmund war von den Befehlen nicht ausgeschlossen. Während sich die Reihen um die Banner versammelten, so weit das Auge reichte, ritt der König zu seinem jüngeren Bruder heran. Ich spürte es, denn Ǣthelstan brachte immer einen Windstoß mit. Auch jetzt schien die Luft frischer, als er die Zügel anzog, einen Gruß nickte und Edmunds Schulter mit seinem ledernen Stulpenhandschuh packte.

»König Constantin kennt deine Schildwälle, Edmund. Könnte sein, dass er ihnen etwas entgegenzusetzen hat.«

»Es gibt nichts, was man dagegensetzen kann«, sagte Edmund grinsend.

Ǣthelstan ließ ein leises, tiefes Lachen hören.

»Davon gehen wir aus. Deine Aufgabe hier wird es sein, an den Flanken entlangzureiten und wenn möglich jede Schwachstelle anzugreifen, noch ehe sie sich formiert haben.« Er hob seine Hand, als hielte er einen Speer, den er von sich schleuderte, er wollte, dass man ihn verstand. »Rein – und sofort wieder raus. Verstehst du? Kein langes Gefecht, kein Kampf bis zum Ende. Rein … und raus. Deine zwei Dutzend Männer sind meine Klinge, mit denen wir sie schwächen, mein Dolch, mit denen wir zustechen, wie wir es besprochen haben. Wie bei der römischen Kavallerie. Ihr seid meine *extraordinarii*.«

»Ich bin dein Schwert. Es wird mir eine Ehre sein, Bruder. Ich werde nicht versagen.«

Einen Augenblick lang sah ich, dass es zwischen den Brüdern etwas wie wahre Freundschaft gab. Ich merkte, dass Æthelstans Blick mich streifte, gerade lange genug, dass ich sicher sein konnte, er hatte mich erkannt. Ich versichere dir, dem alten Gauner entging nichts. Er schien nicht sehr begeistert zu sein, mich neben seinem Bruder zu sehen, wo ich alles hörte und sah, was vor sich ging. Immerhin, er sagte nichts und wandte sich wieder seiner geliebten Kavallerie zu.

»Was sind *extraordinarii*?«, fragte ich Edmund. »Den Ausdruck habe ich noch nie gehört.«

Er beobachtete, wie die Formationen um uns herum Gestalt annahmen, und blickte zur Seite, als er antwortete. Der Tod ist ständig präsent auf dem Schlachtfeld, ein ernüchternder Gedanke für alle. Ich war mir darüber noch nicht so recht im Klaren und schwätzte wie eine Elster.

»Berittene Legionäre«, sagte er zerstreut. »Manche waren *equites*, das waren Söhne aus edlen Familien. Die *extraordinarii* fingen als Späher an. Mein Bruder hat seine Geschichtsbücher gelesen, genau wie unser Großvater vor uns.«

Es dauerte einen Moment, bis es mir aufging, dass er von Alfred dem Großen sprach, der neben seinen sonstigen Heldentaten auch die Psalmen ins Englische übersetzt hatte.

Mit einem merkwürdig kühlen Lächeln wandte Edmund sich zu mir.

»Die Römer setzten sie auf sehr unterschiedliche Weise ein, aber mein Bruder ist überzeugt, dass sie Fußsoldaten gegenüber eine vernichtende Wirkung haben können. Normalerweise marschieren unsere Soldaten zu Fuß aufs Schlachtfeld. Die Befehlshaber sitzen ab und ziehen das Schwert – und wir gehen aufeinander los und kämpfen mit Schwert und Schild. Für heute hat Æthelstan sich eine andere Strategie ausgedacht.«

Er klopfte seinem Pferd den Hals, und ich sah, wie Staub aus der Mähne aufstieg. Ich schluckte, mir war plötzlich, als sei der Wind kälter geworden.

Ich merkte, dass jemand hinter mir stand, und als ich mich umwandte, wäre ich vor Schreck fast zurückgefahren, als ich Egill auf einem Hengst sah. Der Kopf des Tieres war auf gleicher Höhe mit meinem Kopf, also war es riesig im Vergleich zu meinem Pferd. Egill grinste über meine Reaktion.

»Ich weiß, wer du bist. Nicht schreien«, sagte er mit seinem schweren Akzent und lachte vor sich hin, als sei er nicht ganz richtig im Kopf. Du lieber Gott, dieser Schädel! Ich habe preisgekrönte Stiere mit feinerem Knochenbau gesehen. Um ihn waberte der Geruch von getrocknetem Fleisch, das er kaute, er war nicht direkt unangenehm, aber ich versuchte, seinem Mundgeruch auszuweichen. Ich beschloss, nicht zu antworten, lieber meine Würde zu wahren, als in den Boden gerammt zu werden.

»Lass ihn in Ruhe, Egill«, sagte Edmund. »Sag, was du zu sagen hast.«

Egill zuckte die Schultern, seine kleinen Äuglein funkelten mich an, als er antwortete.

»Dein Bruder sagt, er will dich am linken Flügel haben.« Er zeigte nach links, als brauchten wir Nachhilfe.

»Mein Platz ist rechts!«, sagte Edmund sofort.

Darauf zuckte Egill wieder mit den mächtigen Schultern, die eher aussahen wie der Buckel eines Wildschweins. Edmund biss die Zähne zusammen und widersprach Egill nicht weiter, da dieser den Befehl ja nicht selbst gegeben hatte.

»Sag meinem Bruder, er soll am linken Flügel nach mir Ausschau halten«, sagte Edmund.

Der Isländer hatte sich schon wieder abgewandt, noch ehe er fertig gesprochen hatte.

»Warum links?«, fragte ich schließlich.

»Er will mir einen sicheren Platz zuweisen«, murmelte Edmund. »Ich sollte ihm dankbar dafür sein, aber man muss mich doch sehen, und zwar mitten in der Schlacht. Ich wollte den rechten Flügel, wo der Ansturm am stärksten sein wird. Ich hätte mich auch in der Mitte zufriedengegeben. Aber links …« Doch in dem Moment schien er sich daran zu erinnern, dass es ein Befehl seines Bruders, des Königs, war, und er sah mich unzufrieden an.

»Also werde ich links stehen, wenn es der König so will.«

Er hatte kaum fertig gesprochen, als seine Gefolgsleute angeritten kamen. Sie brachten etwa vier Dutzend Reiter mit, aufgeweckte junge Burschen voller Tatendrang. Edmund begrüßte sie, die auf Befehl des Königs gekommen waren, erklärte ihnen unsere Rolle und das, was sie zu tun hatten. Er machte nicht den Versuch, mich wegzuschicken, als er losritt, also folgte ich ihm. Ich trieb mein Pferd an und überlegte, ob ich mir ein Schwert geben lassen sollte. Ich hatte noch nie eins gebraucht, aber ich dachte, vielleicht sollte ich eins haben, falls ich angegriffen wurde. Es war etwas peinlich, mit nichts als einem Tischmesser in die Schlacht zu ziehen, das war klar. Ich war schon einmal unangenehm aufgefallen, als ich vor dem König und seinem Petitionsgericht geschrien hatte. Diesmal wollte ich nicht der Mönch sein, der einfach nur zusah. Ich reckte das Kinn vor. Nein, ich war entschlossen, mir diese Chance nicht entgehen zu lassen.

Als wir einen Bogen um die Reihen der marschierenden Männer beschrieben, sah ich einen der Wagen vorbeirumpeln, auf dem Körbe mit Äxten standen, sauber und glänzend, wie frisch aus der Schmiede. Ich lenkte mein Pferd hinüber, griff mir im Vorbeireiten eine davon und dankte dem Eigentümer. Ich dachte, er würde Geld dafür verlangen, aber er grinste mich nur an.

»Gott sei mit dir heute, Junge«, rief er. »Ich hätte auch einen Schild, wenn du einen brauchst.«

Ich streckte die Hand aus, er stöberte auf seinem Wagen und zog schließlich einen schönen runden Schild hervor, aus Holz und Leder, mit einem guten Griff. Ich nahm ihn, und schon war der Mann wieder bei seinen Pferden und lockerte die Zügel, sodass er hinter die anderen zurückfiel.

»Kommst du nicht mit?«, fragte ich, was als Scherz gemeint war.

Er schüttelte den Kopf.

»Nein, Kumpel. Meine Arbeit ist beendet. Deine liegt erst noch vor dir. Bring auch einen für mich um.«

Ich starrte noch zurück, während mein Pferd weitertrabte, bis mir der Hals wehtat. Als ich endlich wieder nach vorn blickte, musste ich einen Kurzgalopp anschlagen, um Edmund und seine *extraordinarii* einzuholen. Ich schluckte, jetzt sah ich das Feld vor mir mit etwas anderen Augen.

Die Wagen hatten sich zurückgezogen und bildeten ein großes Lager im Hintergrund. Überall wurden Kochfeuer angezündet. Ganz ehrlich, dort hätte auch ich sein sollen. Einen Augenblick dachte ich ernsthaft daran, ehe ich den Gedanken wieder fallen ließ. Edmund war unsere Zukunft, und ich wollte diese Zukunft an seiner Seite mitgestalten, zusammen mit seinen Anhängern, oder ich würde bei dem Versuch umkommen.

Rings um mich sah ich lange Reihen, die Karrees bildeten. Ich sah Männer, die mit hocherhobenen Speeren marschierten oder ihre Äxte lässig herumwirbelten. In der Mitte sah ich die Kavallerie des Königs, sechshundert Pferde, auf ihnen seine tüchtigsten Krieger. Sie trugen Schwert und Schild in den Händen, und trotzdem blieben ihre gut ausgebildeten Schlachtrosse in einer Reihe stehen.

Mein eigenes Pferd war nicht entsprechend geschult. In der einen Hand hatte ich eine Axt, die gut in der Hand lag, das war beruhigend. Mit der anderen umklammerte ich meinen Schild, aber damit hatte ich keine Hand mehr für die Zügel frei. Mein Pferd wanderte zur Seite, als ich es antrieb. Ich versuchte es zu lenken, indem ich mich auf die gewünschte Seite beugte, was nicht besonders elegant aussah. Doch dann hatte ich plötzlich ganz andere Sorgen. Die Späher waren zurück, der Feind war gesichtet worden. Die Schildwälle standen bereit, und auch die Flügel hatten sich gebildet.

»Oh mein Gott«, flüsterte ich. »Oh mein Gott! Ich ziehe in die Schlacht!«

16

Wir trafen aufeinander, wo der Himmel und das Meer sich berühren, westlich von uns, auf der Südseite der riesigen Flussmündung des Mærsea, der die Grenze zwischen Mercia und Northumbria bildet. Solange es Menschen gibt, wird man die entsetzlichen Geschehnisse an diesem Ort nicht vergessen.

Ich sah den Feind kommen, aus der Ferne sah es aus wie ein Gerstenfeld, das sich im Wind bewegt. Ich erinnere mich an ein Heulen, das immer lauter wurde, während wir marschierten. Æthelstan wollte, dass wir ein Lied singen, um es zu übertönen. Wir fingen an mit ein paar Versen von *»Fortunes of Men«*, aber Æthelstan fand es zu ernst, also sangen wir *»Vainglory«* und schmetterten ein ums andere Mal den Text vom stolzen Menschen, Sohn des Teufels. Den sahen wir an diesem Tag jedoch nicht als unseren Gegner, wir marschierten mit dem Teufel selbst im Herzen. Ganz gewiss gab es keine Vergebung für die, die ihren Eid gebrochen und uns an diesen unwirtlichen Ort gebracht hatten.

Solchen Gedanken hing ich nach, während mein Pferd, das ich nicht kontrollieren konnte, ständig ausbrach und Unordnung in die marschierende Kolonne brachte. Ich weiß nicht, warum ich nicht auf den Gedanken kam, meinen Schild oder meine Axt einfach fallen zu lassen. Zu meiner Verteidigung kann ich nur sagen, dass dies meine erste Schlacht war. Der Feind stand vor uns, und ich hatte eine wahnsinnige

Angst. Glaub mir, wenn du dabei gewesen wärst, hättest du dir in die Hose gemacht.

In der Ferne sah ich regelrechte Mauern aus bunten Schilden, Anlafs Leute. Sie trugen eiserne Dänenhelme, die in der Sonne blitzten. Es war ganz so, wie ich mir ein Schlachtfeld vorgestellt hatte, allerdings hätte ich auf die Realität gern verzichten können. Sie standen dicht beieinander, und selbst wenn ich in der Hoffnung auf Verstärkung nach links und rechts blickte, konnte ich mir nicht vorstellen, wie wir jemals so viele Reihen durchbrechen sollten.

Riesige Banner flatterten entlang der Front, das Mittelfeld wurde von Anlafs merkwürdigem Dreipass beherrscht – eine Art dreiblättriges Kleeblatt in Goldstickerei, wie eine gewundene Schlange. An einem anderen Flügel, direkt uns gegenüber, waren die Truppen Constantins von Alba, des eidbrüchigen Verräters. Sein Vater und Großvater waren Stammesführer der Pikten gewesen, aber Constantin wollte mehr. Er wollte eine goldene Krone, wie Ǣthelstan sie trug. Er wollte ganz Schottland regieren – und was er sonst noch dazuerobern konnte. Die einzigen Hindernisse waren vielleicht sein Alter und unser König.

Constantin war über sechzig Jahre alt, weißhaarig wie Egill und mager wie eine alte Krähe. Er verspürte bereits den Schatten des Todes, und er war wild entschlossen, als König zu Grabe getragen zu werden und nicht als Vasall. Wenn er nicht den heiligen Eid abgelegt hätte, Ǣthelstan zu dienen, hätte ich ihn vielleicht sogar bewundern können. Doch wie die Dinge jetzt standen, war Constantin ein ewig Verdammter, der noch auf Erden wandelte – und ein Narr, weil er das Schwert gegen den Hochkönig erhob. Die Banner von Alba waren violett wie das Heidekraut im Hochland.

Der dritte König dieser ruppigen Bande war Owen von Cumbria, oder Strathclyde, oder wo er sonst noch glaubte regieren zu können. Seine Leute waren nichts als rabiater Pöbel, der sich uns jetzt näherte. Sie demonstrierten ihre finstere Gewaltbereitschaft, indem sie wild mit den Waffen herumfuchtelten und uns Obszönitäten entgegenschrien. Sie waren bereit, es mit uns aufzunehmen, und sie fürchteten sich vor nichts. Zum ersten Mal spürte ich, was es bedeutete, solchen Männern gegenüberzustehen. Es traf mich bis ins Mark, als mir klar wurde, dass ich dieses Schlachtfeld möglicherweise nicht mehr lebend verlassen würde.

Obwohl es ein kalter Tag war und die Meeresbrise über die Felder strich, sprangen fast nackte Berserker mit baumelndem Gemächt vor den feindlichen Linien herum. Die meisten hatten sich Felle übergeworfen, an denen noch verwesende Wolfsköpfe hingen. Ein paar von ihnen trugen stinkende Umhänge aus schwarzen Federn, ein Überbleibsel irgendwelcher dunklen Riten Wotans, bei deren Anblick mir fast übel wurde. Die Männer krochen auf allen vieren; ihre Wolfsfelle zum Teil noch nass vom Blut, das auf ihrer Haut getrocknet war, sodass sie aussahen wie wilde Tiere. Sie waren ganz braun von ihrem faulen Zauber, als sie sich auf uns stürzten und sich in uns verbissen.

Sie hatten Messer in beiden Händen, und ich habe gesehen, wie Männer in Kettenpanzern und Helmen erschrocken vor ihnen zurückwichen. Ich habe erlebt, wie einer einem Soldaten in die Kehle biss und das Fleisch mit seinen Zähnen herausriss, dabei ignorierte er seinen eigenen Tod und lachte, als ein zweiter Soldat ihn mit seinem Speer durchbohrte.

Wir marschierten immer noch auf sie zu. Wir bewegten die Hälse und ließen die Schultern rollen, wir ließen unsere Waffen in den Händen wirbeln, um uns mit ihrem Gewicht und ihrer Reichweite vertraut zu machen. Wir waren die Flut, die jetzt hereinkam, und nichts konnte uns aufhalten.

Ich merkte es an dem beschleunigten Atem und den wilden Blicken der Männer rings um mich. Es war schwer, dem eigenen Ende entgegenzugehen, und es konnte jederzeit passieren, dass einem die Nerven versagten. Wir wollten endlich anfangen zu kämpfen, das würde eine Befreiung für uns sein.

Als wir einzelne Gesichter der Berserker und den Dreipass auf Anlafs Banner erkennen konnten, fing Æthelstans Harfenist an, auf seinem hölzernen Instrument zu spielen. Er zupfte die Saiten, aber sie gaben dumpfe Töne von sich – ähnlich wie ein Herz, wenn du jemandem dein Ohr auf die Brust legst – ein leises, dumpfes Dröhnen, das das Blut erregte. Wir hatten keine Trommeln mitgebracht, aber unsere Männer fingen selbst an zu trommeln, indem sie mit Keulen und Schwertern gegen ihre hölzernen Schilde schlugen und damit einen ziemlichen Lärm machten.

Die Truppen aus Dublin waren mit Schiffen hergekommen, um unser Land zu erobern und den Eidbrüchigen zu folgen. Wessex lag weit hinter uns, aber auch hier waren wir auf gutem, fruchtbarem Boden.

Ein Schildwall kann nicht gleichzeitig laufen und seine Form beibehalten. Die Männer, die ihn bilden, müssen zusammen vorangehen und ihre langstieligen Äxte bereithalten, um weit ausholen zu können. Wenn Krieger fallen, rücken neue von hinten nach. Ich hörte, wie Æthelstans Earls ihre Befehle brüllten und die Mitte der Formation verstärkt wurde. Æthelstan fürchtete die untrainierten Männer von Owen oder Constantin nicht halb so sehr wie Anlafs Schildwall. Vielleicht wollte er mit seiner offen gezeigten Verachtung die Könige auch nur reizen, damit sie unüberlegt handelten, statt Ruhe zu bewahren.

Schließlich konnten die Schotten sich nicht länger beherrschen. Sie stürmten auf uns zu, als wir noch zweihundert

Yards von ihnen entfernt waren. Einige schleuderten Speere, die in der Menge unserer Männer untergingen. Doch es gab keinen Massenangriff, der Himmel verfinsterte sich nicht durch Asche und Eisen, wie ich befürchtet hatte. Ich hatte viel über frühere Schlachten gelesen, aber dies hier war anders. Wir empfingen sie mit Gebrüll, einer Mischung aus Herausforderung, Angst und Wut, die sich Luft machen musste. Ein Schildwall hat den Zweck, dass Männer dagegen anrennen müssen.

Doch selbst über diese kurze Strecke zogen Constantins Leute sich dahin wie Perlen auf einer Schnur. Sie trafen in Einzelattacken auf uns, aber unser Schildwall blieb standhaft und erledigte sie. Für jeden Speer, jedes Schwert oder jede Axt, die die Männer von Alba gegen uns erhoben, antworteten unsere Leute mit dreien. Doch noch immer kamen sie, heulend stürzten sie sich auf uns und wurden sofort erschlagen.

Du lieber Gott, ich hatte ja keine Ahnung, was so eine Axt leisten konnte. Zwar hatte ich schon Bäume geschlagen, aber noch nie hatte ich gesehen, wie viel schlimmer eine Klinge, die eine Eiche fällt, einen Menschen zurichten kann. Der lange Stiel kann einen so weiten Bogen beschreiben, dass sie nebeneinandergereiht wie eine Wand wirken. Niemand kam daran vorbei, ohne getroffen zu werden, und wenn man einmal damit angefangen hatte, konnte man weitermachen, bis einem die Kräfte versagten. Ich sah Männer, die in einem Kreis aus wirbelndem Stahl gefangen waren und weder vor- noch zurückkonnten. Ich sah Reihen von Schilden aufeinandertreffen und Äxte auf Köpfe niedersausen, wenn die Betroffenen versuchten, sich zu befreien. Hier floss in jeder Minute mehr Blut, als ich jemals zuvor in meinem ganzen Leben gesehen hatte. Ich hatte nicht gewusst, dass Menschen so leicht zu töten waren.

Der Angriff ist eine Phase des Schreckens, aber auch der Erleichterung. Keine Seite wich zurück, aber nach dem ersten Ansturm ging die Anzahl der tödlich Getroffenen etwas zurück. Die Männer merkten, dass sie den Feind vor sich hatten und noch lebten. Sie fingen wieder an, sich zu sammeln.

Das war der Moment, wo König Æthelstans gut ausgebildete Männer zum Zuge kamen. Sie hatten runde Schilde und wussten genau, wie sie zu halten waren, damit sie sich überlappten. Sie kämpften mit Äxten, gegen die Anlafs Wikinger ihre Schilde hoch über die Köpfe hielten, um sich zu schützen. Und in diesem Moment kam dann ein gezähnter Speer aus den hinteren Reihen, durchbohrte die Brust oder den Schwertarm und warf die Truppe zurück. Und selbst wenn der Speer sein Ziel verfehlte, sorgte er doch für Panik. Anlafs Männern fehlte es nicht an Mut. Doch sie konnten nicht genau sehen, woher die Schläge kamen, deshalb zögerten sie. Und noch immer krachten die Äxte auf sie nieder, jeder Schlag mit einer solchen Wucht, dass Schlüsselbeine, Schädel und schützend erhobene Arme nur so splitterten. Es war grauenvoll, ich kann es nicht leugnen.

Mein eigener Beitrag wurde durch mein Pferd behindert, das ich wegen seines Ungehorsams Spitzbub genannt hatte. Es war nicht darauf trainiert, inmitten brüllender Männer ruhig zu bleiben, genauso wenig wie sein Reiter, und folglich geriet ich in Situationen, die mir heute noch Albträume bereiten. Ich packte meinen Schild so fest, dass meine Hand taub wurde. Eine Zeit lang war es mir ganz recht, dass mein Pferd in unseren Reihen umherwanderte, wie es wollte, sodass es die Männer beim Angriff behinderte und sie mir sagten, ich solle mich verpissen. Ich konnte ihnen nur eine Entschuldigung zurufen und war im nächsten Moment froh, dass ich meinen kleinen Schild nicht weggeworfen hatte.

Ich nahm nur etwas gräulich Verschwommenes wahr, als einer der Berserker unsere Reihen durchbrach. Ohne Warnung war er plötzlich da und sprang mich an. Natürlich war er bereits verwundet worden. Er war blutüberströmt, und durch eine klaffende Wunde in der Seite sah man seine weißen Rippen. Doch er bewegte sich federleicht und schnell, verglichen mit den Männern in Kettenpanzern und Helmen – und gerade das war es, wovor seine Gegner sich fürchteten. Mit nichts weiter als einem Messer in jeder Hand war es ihm gelungen, den Rand eines Schildes zu packen und an sich zu reißen, sodass eine Lücke entstand, durch die er schlüpfen konnte. Ich beobachtete dies in mehreren Fällen und fing an, mir Gedanken über die Taktik dieser Männer zu machen, die behaupteten, wilde Wölfe zu sein. Aber Wölfe können keine Türen öffnen.

Es war keine Schwäche des Schildwalls. Es gelang nur wenigen, die dagegen anliefen, eine Öffnung zu erzwingen, ohne dass sie durchbohrt oder so schwer verletzt wurden, dass ihre Hirnmasse über unsere Leute spritzte. Sie bluteten, und ihr Schreien erinnerte an verletzte Füchse oder sterbende Kinder. Es ist ein Schreien, das ich hoffentlich nie wieder hören werde. Männer, die einen ganzen Tag in ihren Reihen gegen die irischen Axtkämpfer ausgehalten hätten, wichen vor diesen Wölfen zurück, mit deren dunklem Zauber sie nicht in Berührung kommen wollten.

Mein Berserker war schon tödlich verletzt, als er mich angriff, dessen bin ich mir sicher. Mit seinen Verwundungen hätte er sich eigentlich gar nicht mehr auf den Beinen halten dürfen. Doch man merkte ihm seine Schmerzen und den bevorstehenden Tod nicht an. Ich war der Einzige, der auf einem Pferd saß, also griff er mich an. Vielleicht hielt er mich für einen Lord statt für einen Mönch, der sein Pferd nicht unter Kontrolle hatte und hier völlig fehl am Platz war.

Ich schwang meine Axt – und natürlich verfehlte ich ihn, oder besser gesagt, er war so schnell, dass er sich unter dem Hieb hinwegduckte. Der Axtstiel traf ihn an der Schulter, aber schon krallte er sich fest und zielte mit seinen blutigen Messern auf mich. In Panik schrie ich auf, ich wurde von einem wilden Tier angegriffen, das mit seinen abgebrochenen Zähnen knirschte und Blut spuckte.

Einer der Männer in meiner Nähe packte ihn bei seinem Wolfsfell und zog mit aller Kraft. Zweifellos wollte er den Mann zu Boden werfen, um ihn zu zertrampeln oder mit dem Speer zu durchbohren. Stattdessen rissen die Lederbänder, und das Wolfsfell rutschte herunter, sodass der Mann völlig nackt war. Entsetzt schrie ich auf, aber mit meinem Angreifer ging jetzt eine Veränderung vor, als hätte man ihm die Haut abgezogen.

Plötzlich wirkte er benommen, fast verunsichert. Sein Haar war von Blut getränkt, und ich zuckte zurück, weil er seinen Kopf schüttelte, dass die Tropfen herumflogen, aber sein Feuer war erloschen.

Abermals holte ich mit der Axt aus, und du kannst mir glauben, diesmal verfehlte ich ihn nicht. Ich hatte die Axt näher am Kopf gepackt, sodass es sich eher wie ein Beil anfühlte. Mit drei schnellen Hieben spaltete ich ihm das Gesicht, dann, als er schlaff wurde, gab ich ihm einen Tritt, dass er hinterrücks zu Boden fiel. Ich nickte dem Mann zu, der immer noch das Wolfsfell in Händen hielt, und er grinste mich an.

»Willst du es?«, fragte er und hielt das verwesende Ding in seiner ganzen ekligen Pracht hoch.

»Es gehört dir. Du hast es ihm heruntergerissen, weil du mich retten wolltest. Ich danke dir.«

Er schien hocherfreut darüber. Seine Reihe war noch nicht nach vorn gerückt, aber sie war nur noch wenige Meter entfernt. Der Kampf war ein einziges Chaos aus Lärm, Gebrüll und Eisen, es war unmöglich, nicht davon mitgerissen zu werden, wenn man mittendrin war; man fühlte sich, als stünde man neben einem Schmiedefeuer. Der Tod eines der gefürchteten Berserker hatte allen neuen Mut gegeben, das war deutlich zu spüren.

Ich packte meine Axt mit mehr Selbstvertrauen, näher am Kopf, genauso wie vorher, als mein Pferd sich ohne Grund aus der Reihe löste und davonschoss. Die Zügel hingen lose herunter, und ich hätte beim besten Willen nicht umkehren können.

Auf der linken Seite des Feldes setzte Edmund seine Reiter ein, um wie ein Dolch in die bewehrte Seite des Feindes einzudringen und ihnen größtmöglichen Schaden zuzufügen. Er schonte weder Pferde noch Männer, und ich reckte den Hals, um sie sehen zu können. Ich überlegte, ob ich im Sattel knien oder gar stehen könnte, aber ich wagte es nicht.

Inzwischen wusste ich, dass wir zahlenmäßig weit unterlegen sein mussten. Etwa achtzig Schiffe mussten vor der Küste geankert haben, und eine ähnliche Anzahl von Booten lag am Strand, so weit das Auge reichte. Dies war kein einfacher Überfall. Anlaf war gekommen, um es mit Æthelstans Truppen aufzunehmen und sein Königreich zu erobern.

Der Flügel vor uns war mindestens achttausend Mann stark, vielleicht sogar zehntausend. Dies ist immer das große Rätsel auf dem Schlachtfeld, weil der Feind meist nicht so freundlich ist, sich in sauberen Reihen aufzustellen, damit man erst mit Kreide und Zähltafel an ihm entlangmarschieren kann. Genauso wenig kann bei Seegang jemand die Wellen zählen.

Die Hälfte unseres linken Flügels war gegen Anlaf in die Mitte gerückt oder weitergezogen, um gegen die Schotten zu kämpfen. Æthelstan saß immer noch mit seinen sechshundert

Reitern in der Mitte und beobachtete die Entwicklung der Schlacht. Ich glaube, er hatte noch nicht einmal sein Schwert gezogen, aber immer wenn ich hinsah, war er da, er gestikulierte, gab Befehle und schickte Männer los, um diese weiterzugeben.

Edmund am linken Flügel erhielt seine Befehle von demselben Mann, der sie auch vorher gegeben hatte. Seine Banner waren hocherhoben und hielten mitten im Flügel ihre Position, während andere sich senkten, dann aufgerollt und nach hinten gebracht wurden. Wie es aussah, hatte irgendein Earl oder großer Captain eine Niederlage hinnehmen müssen. Ich hörte, wie die Männer dem Bruder des Königs zujubelten, als er sie begrüßte.

Edmunds Lehnsleute waren noch zu Pferde, zwar blutig, aber triumphierend. Ich sah die massige Gestalt seines Lehnsmannes Leofa von Kent zu Pferde, das er erbarmungslos antrieb. Dieser Mann war kein Pferdefreund! Er ritt, als sei er besessen von Wut und Gewalt und völlig in seinem Element. Über die Köpfe der Schildreihen hinweg konnte ich die anderen Lehnsleute sehen, sie galoppierten, sie rissen ihre Pferde herum und versuchten, überall gleichzeitig zu sein. Alle hatten hochrote Gesichter vom Brüllen.

Auf dieser Seite wurde das Tempo des Vorgehens angegeben, jeder Schritt wurde überlegt, sodass die Männer genau wussten, wann sie angreifen oder sich zurückhalten sollten. Das verlieh der Linie eine Disziplin, hier wollte keiner zurückgelassen werden oder auch nur unzureichend erscheinen. Die Männer in der vorderen Reihe hieben und brüllten sich mit jedem weiteren Schritt vorwärts, sie forderten die Truppen König Owens auf, heranzukommen und zu kämpfen.

Ich merkte, dass mein Pferd diesen Lärm genauso schlecht aushalten konnte wie ich. Es fing wieder an, übers Feld davonzuwandern, und endlich warf ich mit einem Fluch meinen

Schild fort und nahm entschlossen die Zügel in die Hand. Doch selbst jetzt wollte das widerspenstige Tier mir nicht gehorchen. Es wurde zur Kraftprobe zwischen uns. Ich zerrte am Zaum, um seinen Kopf herumzudrehen, als Antwort schnaubte und bockte es und hätte mich fast abgeworfen.

»Jetzt wird nicht mehr auf dem Schlachtfeld herumgewandert wie ein altes Gespenst, du elendes Knochengerippe!«, schrie ich es an. »Stell dich gefälligst deinem Feind, du freches Luder. Oder ich bringe dich mit eigener Hand um und gehe zu Fuß!«

Ich schimpfte mit dem Pferd, das daraufhin in einen schnellen Trab verfiel, dann in einen Galopp, direkt auf das Kampfgetümmel zu. Dutzende von Männern aus Wessex wandten sich um, als sie die trommelnden Hufe hörten, weil sie fürchteten, der Feind greife sie von hinten an. Als sie mich sahen, wie ich mit einem losen Steigbügel angeritten kam, waren sie wahrscheinlich erleichtert. Einige von ihnen machten obszöne Gesten, aber es war sicher nur scherzhaft gemeint.

Ich hielt meine Axt fest und schaffte es, die Zügel mit beiden Händen anzuziehen, dass wir uns beinahe überschlagen hätten und meinem Pferd der Kopf hochgerissen wurde. Da es in dieser Haltung nicht weiterlaufen konnte, blieb es endlich stehen. Ich war mitten im Kampfgeschehen, Edmund stand knapp zehn Meter von mir entfernt und blickte mich überrascht an.

In seiner Panik war mein Pferd direkt bis zur Kampflinie galoppiert. Ich wusste, dass das Tier beim geringsten Anlass wieder durchgehen würde, deshalb beschloss ich, die Situation zu nutzen, um einen möglichst guten Eindruck zu machen. Ich holte aus und hieb mit der Axt um mich.

Ich traf einen Kerl, der stehen geblieben war, als plötzlich ein Pferd vor ihm auftauchte. Er hatte schwarzes Haar und irgendein Furunkel über der Lippe, sodass sein halbes Gesicht verzerrt war. Ich sehe immer noch, wie er fiel.

Ein zweiter bärtiger Kerl versuchte, dem Pferd mit seinem Panzerhandschuh einen Hieb zu versetzen, worauf Spitzbub sich aufbäumte und wild herumfuhr. Während ich alle Mühe hatte, im Sattel zu bleiben, trat ich wütend mit dem Fuß nach ihm, verfehlte ihn jedoch. Doch die Flanke des Pferdes traf ihn, als es herumfuhr. Der Druck der Menge war zu groß, als dass er hätte ausweichen können, und Spitzbub war schwer und stark genug, um Männer einfach wegzudrücken, egal, wie sehr sie sich dagegenstemmen mochten. Mit lautem Geschrei verschwand der Mann unter den stampfenden Hufen.

Wieder krachte einer gegen uns, und jetzt verlor mein Pferd völlig die Nerven. Wieder ging es durch, mit wild schlenkernden Zügeln und Steigbügeln, laut wiehernd und schnaubend und genauso kopflos wie die Berserker auf der anderen Seite des Schlachtfeldes.

Æthelstans Truppen ließen zwischen ihren Kolonnen Korridore frei, als klar erkennbare Gassen für die Befehlshaber – oder für ein verrückt gewordenes Pferd. Ich hatte weder das nötige Geschick noch die Geduld, um ihn anzuhalten, wir verließen das Schlachtfeld, als sei der Teufel selbst hinter uns her, und vielleicht war er es auch.

Als wir etwa eine Meile weit galoppiert waren, gelang es mir endlich, Spitzbub zum Stehen zu bringen, worauf ich ihn an einen Torpfosten band. Ich ging zurück und ließ die Axt in meiner rechten Hand wirbeln, um mich daran zu gewöhnen. Vielleicht war mein Blut bei dem wilden Ritt in Wallung geraten; es mag auch daran gelegen haben, dass ich angegriffen worden war. Jedenfalls hatte man mich auf die älteste Art und Weise herausgefordert, wie man einen Mann herausfordern kann. Ich wollte zurückschlagen – und ich wollte, dass Æthelstan und Edmund es sahen. Jetzt verstehe ich auch, weshalb Könige selbst auf dem Schlachtfeld sein wollen. Allein schon durch ihre Anwesenheit werden die Krieger angespornt, noch entschlossener zu kämpfen. Ich glaube, ein König ist tausend Krieger wert, vielleicht noch mehr.

Ich ging an den Reihen der Boten entlang und ignorierte die neugierigen Blicke der Männer, die heute noch nicht gekämpft hatten. Ich hatte etwas Blut an mir und ließ meine Axt wirbeln, ich muss ein interessanter Anblick gewesen sein in meiner Benediktinerkutte. Vielleicht war ich selbst auch ein wenig durchgedreht, genau wie mein Pferd. Schlachten haben diese Wirkung auf junge Männer. Mir tat nichts weh, ich war sechzehn Jahre alt und stark. In meiner Erinnerung strahlt dieser Tag immer noch sehr hell.

Die Sonne hatte ihren Höchststand überschritten, als ich mich wieder ins Schlachtengetümmel stürzte. Tausende, die diesen Tag gesund und hoffnungsvoll begonnen hatten, lagen jetzt da, wurden langsam kalt und starrten ins Leere. Ich glaube, es hatte noch nie an einem Tag ein solches Gemetzel gegeben, noch wird es jemals wieder etwas Ähnliches geben. Die meisten Schlachten sind ein Kräftemessen. Wenn eine Seite unterliegt, tritt sie den geordneten Rückzug an, und die Frage ist für die nächste Generation gelöst. Doch die Schlacht von Brunanburh am Mærsea war etwas ganz anderes.

Æthelstan hegte einen Groll gegen alle, die ihren Eid gebrochen hatten und ihm jetzt als Feinde gegenüberstanden. Weder er noch Edmund konnten diesen Männern verzeihen, deshalb waren sie entschlossen, sie ein für alle Mal zu erledigen. Der Einsatz konnte nicht höher und auch nicht persönlicher sein. Ich glaube, Æthelstan tat einen Freudenschrei, als die Banner von Constantins Sohn eingeholt wurden, er warf beide Arme hoch und brüllte seinen Triumph hinaus.

Danach wurde Constantin ebenfalls vom Schlachtfeld geleitet, er war ein gebrochener Mann und wollte unbedingt die Leiche seines Sohnes sehen. Ich nehme an, es war der Leibgarde des alten Königs ganz recht, dass sie das Schlachtfeld hinter sich lassen konnten. Es stand nicht gut um sie.

Obwohl Constantin und Owen von Cumbria Tausende von Schwertern mitgebracht hatten, samt den Männern, um sie zu schwingen, waren es doch immer die Truppen von Anlaf, die die Schlacht von Brunanburh bestimmten. Diese Wikinger und die Männer aus Dublin waren diejenigen, die sich in der Vergangenheit halb England angeeignet hatten. Anlaf selbst war ein schlauer Fuchs und auch auf dem Schlachtfeld nicht dumm. Zweifellos war er derjenige gewesen, der es den schottischen Ohren eingeflüstert hatte, dass Constantin und Owen im Norden doch eigentlich Könige sein könnten. Er hatte ihnen viel versprochen – und sie hatten seine Truppen so verstärkt, bis er es mit dem Hochkönig von ganz Britannien aufnehmen konnte.

Als die Schotten vernichtet und vom Schlachtfeld gejagt worden waren, nachdem König Owen von Cumbria, der sich selbst Owen Caesarius nannte, getötet und in Stücke gehackt worden war, blieb Anlaf von Dublin im Zentrum der Schlacht und sorgte über weite Teile des Schlachtfelds hinweg für Mord und Totschlag. Ich kam gerade dazu, als König Æthelstan neue Befehle gab, denen ich nicht folgen konnte, da ich kein Pferd hatte.

Ich konnte nur ungläubig staunen, als sechshundert Reiter sich vorsichtig durch unsere eigenen Karrees auf den Weg machten, bis auf die andere Seite des Feldes. Hoch über ihnen schwebte der rote Lindwurm von Wessex. Von Anlafs Männern hörte man ein lautes, erwartungsvolles Knurren, sie wussten, der Mann, den sie töten wollten, war auf dem Weg zu ihnen.

Æthelstan ritt in der Mitte auf einem Rappen, stolz und aufrecht wie Bukephalos, das berühmteste Pferd, das es je gab. Ich sah, wie der Hochkönig sein Schwert zog und es senkte, als sie die gegenüberliegende Seite des Schlachtfelds erreicht hatten und sich jetzt dem Feind zuwandten. Sie trieben die Pferde an, die kurz darauf in einen mächtigen, donnernden Galopp verfielen und auf den Feind zurasten. Ich schluckte schwer. Es war ein überwältigender Anblick, und der Boden bebte. Diese Pferde flogen dahin wie der Wind, und ich hatte bereits erlebt, was nur ein einziges Tier gegen einen Menschen ausrichten konnte. Ich bekreuzigte mich, tausend andere taten es ebenfalls. Die Kämpfe in der ersten Reihe kamen fast zum Erliegen, als die schwer atmenden Männer beobachteten, wie der Hochkönig es mit seinen Feinden aufnahm.

Die meisten von Æthelstans Leuten hatten Speere in den Händen und hielten zwei oder drei weitere bereit. Einige der kräftigeren Männer schwangen Äxte oder Schwerter, aber ihre eigentliche Waffe war ihre Schnelligkeit und ihr Gewicht. Beim Aufprall führt dies dazu, dass ein Hammer, mit Kraft geschwungen, alles zertrümmern kann. Gebt mir einen Hammer und einen guten Standplatz, und ich zertrümmere die Welt.

Die Männer des Königs stießen ein lautes Knurren aus, als sie auf den Feind zugaloppierten, ein tiefer Ton, der schnell zu einem lauten Geheul wurde. Ich wollte unter ihnen sein, und ich verfluchte wieder einmal meinen Gaul, weil ich durch ihn den großartigsten Moment verpasste, den ich jemals erlebt hatte.

Ich rutschte auf einem herumliegenden Schild aus und hob ihn auf, sein Gewicht an meinem linken Arm fühlte sich gut an. In dem Moment hörte ich ein Krachen, das bis zum

Himmel klang, und Æthelstans Kavallerie prallte auf die Flanke von Anlafs Truppen. Von dort, wo ich stand, konnte ich nur riesige Staubwolken sehen, aber ich hörte die Angst- und Wutschreie des Feindes. Doch mit Tausenden anderen Kriegern rannte ich dorthin, wo die Schildwälle bereits in Auflösung begriffen waren.

Anlafs Leute wollten sehen, was dort an ihrer Flanke passierte. Sie wurden umgebracht, sobald sie sich umwandten, unsere Leute stiegen einfach über sie und schlugen und hieben mit erneuter Energie um sich. Ich hörte Männer hemmungslos lachen, und ein armer Teufel schluchzte hysterisch, obwohl er keinerlei Verletzung hatte.

Zusammen mit dem Rest drang ich weiter vor, und eine Zeit lang waren meine Berufung und meine Gelübde völlig vergessen. Ich kann es kaum beschreiben, dieses berauschende Gefühl der Freiheit. Nicht immer wird man für das Töten eines Menschen geächtet, aber wie oft hatte ich schon unter Misstrauen und Drohungen zu leiden gehabt, wenn ich bei einem Tod nachgeholfen hatte. Doch hier, auf diesem Schlachtfeld, war es notwendig. Wir wollten gewinnen, und deshalb mussten wir so viele Menschen töten, wie wir nur konnten. Ich ergötzte mich daran zuzusehen, wie Anlafs Zentrum zusammenbrach.

Ich weiß nicht mehr, wie viele durch meine Hand fielen, als ich zwischen ihnen hindurchging. Meine Anwesenheit wurde natürlich bemerkt. Es entging niemandem, dass ein Benediktiner in der Reihe der Axtkämpfer gestanden hatte. Ich musste es jahrelang abstreiten, wenn man mich darauf ansprach. Doch an jenem Tag war ich stolz darauf, neben meinem König zu kämpfen.

Anlaf schaffte es zurück an die Küste, leider. Weniger als ein Zehntel der Männer, die mit ihm gekommen waren, hatten dieses Glück. Sie waren mit einer großen Flotte gekommen und hatten an der ganzen Küste entlang ihre Boote an Land gezogen. Jetzt brauchten sie nur noch wenige davon für die, die zurückkehrten.

Æthelstan verbrannte die Schiffe, die sie zurückließen. Ich glaube, er wollte, dass Anlaf in der Dunkelheit die Flammen sah, die den Himmel hinter ihm erhellten. Vielleicht konnte man den Feuerschein sogar bis Dublin sehen.

An diesem Tag starben fünf unbedeutende Könige und ein halbes Dutzend Earls. Æthelstan hatte viele verloren, aber dafür hatte er jetzt Frieden. Und allen, denen es einfallen könnte zu rebellieren, hatte er gezeigt, dass wir stark waren. Constantin ging ins Kloster. Er war ein von Trauer gebrochener Mann, aber etwas anderes hatte er auch nicht verdient. Schottlands Thron fiel an einen Vetter von ihm. Owens sterbliche Überreste wurden von seinen Dienern aufgesammelt und nach Hause gebracht. Er wurde irgendwo in Cumbria begraben.

Anlaf würden wir natürlich wiedersehen. Er leckte eine Weile seine Wunden, träumte aber immer noch davon, eines Tages zurückzukehren. Er hatte gemerkt, dass er es mit Æthelstan nicht aufnehmen konnte, aber schließlich lebt niemand ewig, selbst ein König nicht. Gerade ein König nicht.

17

Als wir nach Winchester zurückkehrten, nahm ich mir vor, mehr über diese Wolf- und Krähenmenschen in Erfahrung zu bringen, die wir in Brunanburh gesehen hatten. Ich konnte nicht vergessen, wie sich das Gesicht des jungen Mannes verändert hatte, nachdem man ihm sein Wolfsfell heruntergerissen hatte. Es war, als sei er aus einer Trance erwacht und habe kaum Zeit, sich erstaunt umzusehen, als ich ihn auch schon erschlagen hatte. Er erschien mir noch monatelang in meinen Träumen, manchmal, indem er sich an mir festkrallte und mich mit Blut besudelte, aber oft auch nur, um mir aus seinem Leben zu erzählen. Mit meinem neuen Studienprojekt wollte ich mich zum Teil auch von diesen Visionen befreien. Sie waren nicht gerade dazu angetan, um entspannt zu schlafen.

Es war ein schöner Sommer für Æthelstan und Edmund. Nicht nur, weil sie gekämpft und gewonnen hatten, sondern weil es im Moment niemanden sonst in Britannien gab, der Anspruch auf den Thron erhob. Es würde lange dauern, bis Anlaf Kraft und Geld genug hatte, um sich abermals ein solches Heer leisten zu können.

Jetzt wurden große Feste gefeiert, und Edmund sorgte dafür, dass ich mit dabei war. Æthelstan hatte von meinen Taten weder gesehen noch gehört, das war schade. Doch in einer solchen Schlacht, die nur einen Tag dauert, geschehen Tausende von Ereignissen: von Mut und Schande, von Überläufern, Rache, verzweifelter Flucht und vielen Fällen von unfassbarem Glück. Der Krieg ist eine ergiebige Quelle für Geschichtenerzähler, die sich damit zu Tausenden ihr Geld und ihren Wein verdienen.

Noch monatelang lud Æthelstan an jedem Fest- oder Heiligentag wichtige, aber auch weniger bedeutende Männer ein, nach vorn zu treten, nachdem Bier und Wein in Strömen geflossen und alle satt waren. Egal ob Earls, Knechte oder Leibeigene, solange sie eine Geschichte zu erzählen hatten, mussten sie nach vorn kommen. Sie beschrieben Szenen, die ich nicht gesehen hatte, ja, von denen ich nicht einmal gehört hatte.

Vom königlichen Barden zum Beispiel hörte ich, dass Æthelstans Leibwächter von Constantins Sohn zum Zweikampf aufgefordert worden war – und dass Egill das halbe Schlachtfeld überquert hatte, um sich dieser Herausforderung zu stellen. Gemeinsam mit den anderen lachte ich, als der Barde uns demonstrierte, wie sich der Gesichtsausdruck des Kontrahenten veränderte, als Egill beim Näherkommen immer größer wurde.

Ich hörte auch, wie Edmund einen der ältesten und angesehensten Gefolgsleute im linken Flügel entließ und damit seiner Autorität Nachdruck verlieh. Daraufhin hatte der Mann das Schlachtfeld verlassen, und später fand man ihn erhängt an einem Baum. Er hatte sich das Leben genommen. Edmund erzählte dies als Beispiel für eine traurige Geschichte, aber aus privaten Gesprächen wusste ich, dass dieser Narr auf dem Schlachtfeld vor Angst erstarrt und lange Zeit nicht fähig war, irgendwelche Befehle zu geben, während unsere Leute dahingemetzelt wurden. Aber so ist es, manche Menschen brechen in solchen Situationen einfach zusammen.

Viele sprachen über den Großangriff des Königs. Es war für alle eine stolze Erinnerung, und Æthelstan war der strahlende

Held. Ich wusste, sie würden diesen Tag nie vergessen. Alle Augen glänzten beim Erzählen – und sie glänzten nicht vor Trauer oder im Triumph, es war einfach die Emotion, die Erinnerung daran, was man da erlebt hatte.

Jetzt war Frieden. Die Jahreszeiten wechselten, und ein Jahr folgte dem anderen. Ich war in den Archiven des Königs wohlbekannt, und niemand fand etwas dabei, wenn ich mich noch spätabends dort aufhielt, mit nichts weiter als einer abgeschirmten Lampe als Beleuchtung. Kerzen und offene Flammen waren zwischen den Regalen streng verboten, wie du dir sicher vorstellen kannst.

Ǣthelstan hatte immer viel für Bücher und Gelehrsamkeit übriggehabt – aber sie bereiteten ihm nicht dasselbe Vergnügen wie mir. Er verschlang Werke über Glaubens- und Sittenlehre und schätzte besonders Bücher, die sein Großvater entweder übersetzt oder selbst geschrieben hatte. Hätte er andere Vorfahren gehabt, er wäre mit Sicherheit ein ausgezeichneter Schreiber geworden. In seinem persönlichen Gebetbuch stand neben dem eigentlichen Text mindestens noch einmal so viel in seiner eigenen winzigen Schrift. Ob es ihm nützte, ob es ihm Frieden oder Gnade brachte, ich weiß es nicht.

Wenn er ein simpler Flegel von einem König gewesen wäre, ohne irgendwelche weiteren Interessen, hätte es wohl keine königliche Bibliothek gegeben. Doch an diesem Hof verging kaum ein Monat, ohne dass der Karren eines Buchhändlers am Tor erschien, und es kam selten vor, dass einer mit leerem Beutel weggeschickt wurde, selbst wenn wir bereits ein Exemplar besaßen und nur Duplikate anschafften.

Nach kurzer Zeit fing ich an, einige von Elflaeds Silbermünzen an die Diener zu verteilen, damit sie es mir zuerst sagten, wenn so ein Händler kam. Ich war entsetzt gewesen, als ich mit ansah, wie ein Buch zerrissen wurde, Seite um

Seite, sodass die nackte Fadenbindung heraushing wie die bleichen Knöchelchen eines Spatzen. Natürlich wusste ich, dass auch Dinge geschrieben wurden, die kein christlicher König dulden durfte. »Eine Hexe sollst du nicht am Leben lassen«, damit ist auch ihr Hexenwerk gemeint. Doch du kannst sicher sein, es ist während meiner Zeit in Winchester nicht wieder vorgekommen, dass ein Buch zerrissen oder verbrannt wurde. Fast zwei Jahre lang stürzte ich immer sofort zum Tor, sobald ich hörte, dass der Händler da war, um die Angebote dem Katalog hinzuzufügen, einen Preis auszuhandeln und die Bücher auf einen kleinen Karren zu laden, den ich gebaut hatte, ähnlich den größeren, auf denen Ziegel oder schwere Töpfe transportiert wurden.

Der Archivar war ein alter Mann namens Geraint. Er schien sich mit der königlichen Sammlung sehr gut auszukennen, aber jetzt waren seine Augen schwach, und die Betreuung des Katalogs war meine Aufgabe. Ich schätzte die Freiheit, die ich dadurch hatte, und diese Jahre gehörten zu den glücklichsten meines Lebens. Doch alles geht vorüber. Rosenblätter fallen, und der Sommer geht zu Ende. Aus der Fastenzeit wird Advent, wie wir zu sagen pflegten. Schließlich sind wir nicht zum Vergnügen auf der Welt. Die Schönheit eines anbrechenden Morgens ist auch nur eine Versuchung, raffinierter als ein Paar voller roter Lippen oder die Sehnsucht nach Rache.

Fast ein Jahr lang hatte ich König Æthelstan kaum gesehen. Nun, da Edmund mein Schutzherr war, war ich am Hofe bekannt. Aber niemand hatte mich aufgefordert, meinen Namen als Zeuge unter ein Dokument des Witan zu setzen, nicht einmal bei einem der weniger wichtigen, bei dem die Zeugenschaft eher Pflicht als Ehre ist. Zugegeben, ich fragte mich, warum andere immer wieder dazu aufgefordert wurden und ich nie.

Den Grund erfuhr ich nach meinem dritten Christfest in Winchester, ich war gerade achtzehn geworden und knapp eins achtzig groß. Der König besaß damals sein eigenes Yardmaß und seine Waage. Es gab sogar Bestrebungen, diese Maße und Gewichte als verbindlich für das ganze Land einzuführen. Als ob ein Pfund Speck in London genauso viel wiegen würde wie ein Pfund in York. Es gibt doch eine unendliche Vielfalt unter uns, und so sollte es auch sein. Aber manche Menschen möchten die ganze Welt an die Kette legen.

Ich hätte wissen müssen, dass etwas im Busch ist, als eine der Wachen mich holte. Ich habe nie seinen Namen erfahren, er war ein hässlicher, pockennarbiger Kerl. Er hatte nie zu denen gehört, die mich herzlich grüßten, wenn wir uns begegneten, ich weiß nicht, ob es am Respekt vor meiner Kutte oder der Tonsur lag. Die kahle Platte auf dem Kopf eines Mönchs erfordert viel Geduld, weil sie jeden Morgen rasiert werden muss, und immer muss es ein anderer machen, denn es ist fast unmöglich, es selbst sauber fertigzubringen. Doch es ist ein Zeichen der Frömmigkeit und der Berufung, für alle sichtbar. Die meisten verbeugten sich vor mir, wenn ich, die Arme voll Bücher, durch die Korridore oder den Garten schritt. Sie taten es auch an diesem Tag, als ich dem Mann folgte und überlegte, was der König wohl von mir wollte.

Ich wusste, dass Ärger bevorstand, als ich in den Vorzimmern meinen Onkel und Lady Elflaed sah. Beide standen auf, um mich zu begrüßen, aber sie machten Gesichter, als ginge es um meine Hinrichtung. Elflaed rang die Hände, doch ich wurde an ihnen vorbei durch eine weitere Tür geführt, ehe sie etwas sagen konnten. Ich sah mich um wie ein Dorfjunge, der zum ersten Mal einen Wochenmarkt sieht.

Æthelstan stand da, hinter einem großen Tisch aus Eichenholz, der so sorgfältig geschliffen und gewachst war, dass er glänzte. Da ich ihn selbst angefertigt hatte, weiß ich, dass es Wochen gedauert hatte, bis er diesen Glanz bekam.

Natürlich waren wir nicht allein in diesem Raum. Ein König ist fast niemals allein. Ob es darum geht, seine Versprechen schriftlich festzuhalten oder ihn vor wahnsinnigen Mönchen zu schützen, die ihn über den Tisch hinweg anspringen könnten, immer sind Leute in seiner Nähe, die es, wie Ochsen unterm Joch, nicht erwarten können, freigelassen zu werden.

Beim Eintreten warf ich einen kurzen Blick hinter mich, um zu sehen, wo die heutigen Ochsen standen. Ich schluckte schwer, als ich sah, dass Egill Skiallgrimmson ebenfalls in einer Ecke saß. Zwar schien der Isländer ganz entspannt, er hatte es sich auf einem breiten Stuhl bequem gemacht, die Beine gekreuzt und die Hände hinter dem Kopf verschränkt, aber inzwischen hatte ich erlebt, wie schnell er sein konnte, wenn es darauf ankam. Egill konnte den Raum durchqueren und mich mit einem Fausthieb zu Boden schlagen, während die beiden anderen noch damit beschäftigt waren, ihr Schwert zu ziehen. Er hob den Kopf in meine Richtung, und unsere Blicke trafen sich, dann wandte ich mich wieder dem König zu, der an einem Fenster stand und auf die Stadt blickte. Die Fensterläden waren zurückgeschlagen, und er konnte das Treiben seiner Untertanen sehen, ohne dass er sie berühren, grüßen oder riechen musste. Ich beneidete ihn ein bisschen um diese Möglichkeit und wünschte, ich könnte ebenfalls einen ruhigen Nachmittag an diesem Fenster verbringen.

Æthelstan wandte sich zu mir um, und mir blieb fast die Luft weg, als ich sah, wie er sich verändert hatte. Seine rechte Hand hatte eine ungesunde, dunkle Farbe angenommen. Sein Gesicht mit dem blonden Bart war immer kantig und schmal gewesen. Jetzt schien es weicher und voller, doch ich hatte den Eindruck, dass dies nicht von zu vielem Essen und

Trinken kam, sondern dass eine Krankheit dafür verantwortlich war.

»Euer Hoheit, Mylord, man hätte mich früher rufen sollen!«, sagte ich. »Sollte es einen schlechten Saft in Eurem Blut geben, muss es herausgelassen werden, um das Gleichgewicht wiederherzustellen. Das darf man nicht vernachlässigen.«

Zu meinem Erstaunen machte Æthelstan eine ungeduldige Bewegung mit seiner geschwollenen Hand, als wolle er mich zum Schweigen bringen.

»Ich habe dich nicht rufen lassen, damit du meine kranke Hand behandelst, Bruder Dunstan. Mein Leibarzt lässt mich jeden Morgen zur Ader, was mir große Erleichterung verschafft. Es ist nichts weiter als ein Kratzer, von dem mein Fleisch sauer geworden ist. Es wird wieder heilen. Nein, darum braucht Ihr Euch nicht zu sorgen.«

Ich sah ihn an und wartete, was es sonst noch sein könnte. Meine Erleichterung, die ich beim Anblick seiner kranken Farbe empfunden hatte, verschwand. Jetzt wurde mir kalt, und ich fröstelte.

»Setz dich, Dunstan.«

Ich gehorchte und sank auf einen hölzernen Stuhl mit gepolstertem Sitz. Die runden Nagelköpfe bohrten sich in meinen Hintern, während ich darauf wartete zu hören, womit ich den König von Britannien erzürnt hatte. Ich brauchte nicht lange zu warten.

»Ich hatte Nachricht aus Glastonbury«, sagte Æthelstan. »Schon vor einigen Monaten. Ich glaube, ich habe noch nie derart schändliche Anklagen gehört wie das, was mir von dort zu Ohren gekommen ist. Gotteslästerung, Lügen, Anfälle, Mord, Diebstahl – alle nur denkbaren Untaten.«

Ich merkte, wie eine große Ruhe über mich kam. Ich spürte die Gegenwart Egill Skiallgrimmsons hinter mir, der mich beobachtete, also sah ich den König an, ganz ruhig und ungeniert. Ich würde nichts gestehen.

Æthelstan war ein Mann, der glaubte, er könne die Gedanken von Menschen lesen. Ich hörte ihn einmal sagen, dass er dies für sein größtes Talent hielt, dass dies die Grundlage seines Erfolgs sei. Doch mich konnte er nicht lesen. Er runzelte die Stirn und fing an, auf und ab zu gehen.

»Ich schickte einen Mann hin, um in meinem Namen Untersuchungen anzustellen und herauszufinden, ob ich den Teufel an meinem Hof willkommen geheißen habe. Oder ob man über einen anständigen Mann Lügen verbreitet, aus lauter Bosheit und Neid. Mein Diener hatte den Auftrag, als einfacher Pilger aufzutreten. Er sollte nur beobachten und fragen.«

Ich hatte das dringende Bedürfnis zu schlucken, in meinem Mund hatte sich Speichel angesammelt. Merkwürdig, wie schwer etwas so Normales werden kann, es fühlte sich an, als hätte ich ein großes Stück Apfel in der Kehle stecken.

»Als der Mann zurückkam, berichtete er von großer Unordnung, Dunstan. Von einem Abt, der völlig verwahrlost ist. Den ich selbst ernannt hatte und der jetzt am Gehirnfieber leidet, aus Trauer um seinen Sohn. Eine Tragödie, Dunstan, aber wir alle kennen ja solche Verluste – und haben Menschen daran zerbrechen sehen. Aber natürlich, ein Mann Gottes … den kann man nicht mit anderen armen Geschöpfen vergleichen, die um verlorene Kinder weinen. Fromme Männer wie Abt Simeon, ach … Einsiedler und Seher haben eben andere Sorgen, als sich zu waschen und zu essen.«

Das war interessant. Ich konnte mir nur mit Mühe vorstellen, wie wahnsinnig und vor Wut schäumend der alte Simeon sich gebärdet haben musste, dass der König zögerte, es auch nur zu beschreiben! Ich hoffte, der dürre alte Narr rannte zweimal täglich nackt durch die Abtei.

»Die Gemeinschaft von Glastonbury ist unter dieser … Belastung zerbrochen. Wie ich höre, traut keiner mehr dem anderen. Es scheint sogar, dass sie alle allein in ihren Zellen essen, aus Angst, sie könnten vergiftet werden. Selbst die regelmäßigen Gottesdienste finden nicht mehr statt, weil keiner daran teilnimmt. Und das in einer Abtei, die von St. David gegründet wurde. Und wo St. Patrick seine letzte Ruhestätte gefunden hat! Die von König Arthur auserwählt wurde, um dort zu sterben! Es ist unerträglich. Sogar einen Mord hatte es gegeben, nachdem du dort weggegangen bist. Einer der Mönche erstach einen Bruder mit dem Messer und flüchtete.«

»Bruder Caspar?«, fragte ich. Ich konnte einfach nicht anders.

»Nein. Ist das einer, den du gut kennst?«

Der König mochte das für eine kluge Frage gehalten haben, aber wenn jemand Anklage gegen mich erhoben hatte, konnte ich mir keinen anderen als Urheber vorstellen.

»Oh, Mylord, es schmerzt mich, das zu beantworten. Bruder Caspar war mein Feind. Seit die Sache mit dem Engel passierte, war er neidisch auf mich. Es fraß ihn auf, ich glaube, es zersetzte ihn innerlich. Ich hatte ihn als einen Ehrenmann kennengelernt, aber er gehörte zu denen, die nachts an mein Bett kamen, um mich zu töten. Inzwischen schien er … mich zu hassen.«

Ich wandte den Blick ab, plötzlich fürchtete ich, der König könne tatsächlich die Gabe haben, mir ins Herz zu blicken. Ich musste alle Willenskraft aufbieten, um mich daran zu erinnern, dass die Augen die Fenster der Seele sind. Ich wusste, er würde bei mir nach winzigen Anzeichen von Schuldgefühl suchen, ein kaum wahrnehmbares Zucken vielleicht oder ein nervöses Zittern der Hände. Also sah ich ihn mit dem Blick eines unschuldigen Kindes an – und er war beruhigt.

Er hatte sich sein Urteil über mich gebildet und verließ sich darauf. Ich sah, wie die Spannung von ihm abfiel. Er tauschte einen schnellen Blick mit Egill, der hinter mir saß. Ich drehte mich nicht um, aber meine Schulterblätter kribbelten, als ich mir vorstellte, wie der große weißhaarige Troll mir den Kopf abschlagen könnte.

»Ich will dir glauben, Dunstan. Meine Nichte spricht sehr anerkennend über dich – und ich habe sie immer wieder erzählen lassen, was sie während ihres Aufenthalts in der Abtei gesehen und gehört hat. Sie glaubt, du seist an jenem Tag aus einem ganz bestimmten Grund gerettet worden, obwohl sie diesen Grund noch nicht kennt. Und ich vertraue ihr.«

Einen Moment starrte er fast liebevoll die Wand an – und zum ersten Mal kam mir der Gedanke, dass Elflaed vielleicht gar nicht seine Nichte oder Blutsverwandte war. Ich riss die Augen auf. Es gibt viele ältere Männer, die so eine »Nichte« haben. Aber das spielt keine Rolle. Ich merkte, wie ich rot wurde, und inszenierte einen Hustenanfall, um einen Grund dafür vorzutäuschen.

»Ich sehe, du bist ein vielversprechender junger Mann, Dunstan, und ein außerordentlich geschickter Handwerker. Dieser Tisch hier ist der Beweis! Und alle, die dich unterrichtet haben, bestätigen es, nämlich, dass dein Geist und deine Hände von einer höheren Macht geführt werden.«

Ich riskierte ein kleines Lächeln und senkte den Kopf, ich wollte bescheiden aussehen. Bescheidenheit zu zeigen ist immer schwer, für jeden Mann. Wir alle behaupten, den Stolz zu verachten, aber ganz ehrlich, müssen wir denn ununterbrochen so tun, als wüssten wir nicht um unsere Fähigkeiten? *»Ach, du meine Güte, habe ich wirklich schon wieder etwas so unglaublich Schönes gemacht? Was für ein gesegneter Mensch ich doch bin!«* Das ist doch lächerlich.

Der König blieb stehen und sah mich an.

»Ich muss gestehen, ich habe nicht ganz ehrenhaft gehandelt, Dunstan. Kannst du mir verzeihen?«

Mein Herz klopfte bis zum Halse. War das eine Falle?

»N… natürlich, Euer Hoheit, Mylord. Ich bin sicher, Ihr …«

»Ich habe dich beobachten lassen. Und man ist dir gefolgt. Seit Monaten habe ich dich im Auge, wo immer du warst. Was immer du gelesen hast. Das ist hier meine Aufgabe, Dunstan.«

In meinem Kopf tanzten tausend kleine Sünden und Fehler herum, die ich begangen hatte. Ich glaube, selbst ein Heiliger wäre nicht sehr begeistert davon, ununterbrochen überwacht zu werden. Hatten sie mich sogar beim Schlafen beobachtet? Das schien nicht möglich. Der Vorteil einer solchen Behauptung ist, dass der Betroffene manchmal, ohne dass weiterer Druck auf ihn ausgeübt wird, seine Missetaten gesteht. Ich habe diese Taktik im Laufe der Zeit selbst das ein oder andere Mal angewandt.

»Bis auf einen Punkt scheinst du ein untadeliges Leben zu führen, Dunstan. Meine Leute können dir weder Veruntreuung königlichen Eigentums noch Glücksspiel oder Umgang mit Huren nachsagen. Du arbeitest, und du studierst. Einer meiner Männer ist ziemlich erbost über dieses einfache Leben, was ich interessant finde. Er ist überzeugt, dass du ihn bemerkt hast – und dass du hinter deinem unschuldigen Äußeren eine große Sünde verbirgst.«

Der König unterbrach sich einen Moment und tippte sich mit dem Fingernagel gegen einen Zahn. Wieder sah ich, wie dunkel und dick geschwollen seine Finger waren. Diese Angewohnheit schien ihm Schmerzen zu bereiten, sodass er seine Hand überrascht und beinahe widerwillig ansah.

»Jetzt wünschte ich, ich hätte Jonah hereinbringen lassen, damit er dich selbst hätte befragen können. Doch sein Verdacht passt zu den Anschuldigungen aus der Abtei. Du bist ein Mensch, der bei anderen Missgunst verursacht, Dunstan. Manch einer, zum Beispiel mein Archivar Geraint, spricht mit großer Zuneigung von dir, fast wie ein Vater über seinen Sohn. Deinem Onkel kommen die Tränen, wenn er von deinem Leiden und deinen Schwierigkeiten berichtet. Andere wiederum sprechen von Zauberei, von verbotenen Büchern und merkwürdigen Ritualen, die niemand erklären kann.«

»Ich suche die Wahrheit«, sagte ich mit fester Stimme. »Ich bin ein Mann des Glaubens. Das ist alles, Mylord. Ich bin ein Abbild meines Schöpfers und doch ein zerbrochenes Gefäß. Denn natürlich bin ich ein Sünder. Hier gibt es keine Vollkommenheit. Soll ich Euch meine Sünden beichten? Wenn Ihr es befehlt, tue ich es.«

»Nein, nein …« Er hob abwehrend die Hand. »Ich kann dir weder die Beichte abnehmen noch dich lossprechen.«

Jetzt war er in der Defensive, das gab mir Zeit, meine Gedanken zu ordnen.

Der König wusste etwas. Aber er wusste nicht alles. Ich glaube, er wollte sich den Anschein geben, sehr viel zu wissen, in der Hoffnung, dass ich noch mehr gestehen würde. Doch ich war weder ein Kind noch ein Narr.

»Du bist ein sehr junger Mann, Dunstan, ein junger Mann, der zu großen Hoffnungen berechtigt. Das ist klar. Ich werde dich nicht dem Feuer überlassen. Schließlich bin ich dabei, ein Königreich zu errichten, dazu brauche ich starke Hände und kluge Köpfe. Reich mir deine Hände.«

Ich stand auf, und wie in einer Art Trance hielt ich ihm meine Hände hin. Zu meiner Bestürzung nahm er sie in die seinen. Wie Liebende standen wir da und blickten einander an. Ich zuckte nicht. Mich konnte er nicht lesen.

»Ein Mensch kann noch bis zu seinem letzten Atemzug einen anderen Weg einschlagen, wenn er will. Für den Fall, dass du gesündigt hast, Dunstan. Falls du deine Anfälle mit der Hilfe des Teufels zu heilen versucht hast oder falls du Gedanken hattest, die aus Stolz oder Zorn geboren waren statt aus Gottes Güte, dann hast du noch immer Zeit, dein altes Leben den Flammen zu übergeben, verstehst du?«

Seine Hände waren warm, was mit seiner Krankheit zusammenhängen mochte.

»Lady Elflaed hat sich zu deiner Fürsprecherin gemacht und bittet um Gnade. Auch dein Onkel hat mich gebeten, Milde walten zu lassen. Ich möchte glauben, dass diese Hände von Engeln berührt worden sind, Dunstan. Das ist etwas, was selbst deine Feinde nicht bestreiten. Schwöre es mir jetzt also bei deiner unsterblichen Seele. Ist es wahr? Bist du herabgetragen worden?«

Ich nickte, entsetzt über das Risiko. Die Stille brachte mich so aus dem seelischen Gleichgewicht, dass ich fürchtete, ohnmächtig zu werden. Der König tat einen tiefen Atemzug, und ich merkte, er hatte ganz still dagestanden und mich abgeschätzt, meine Hände in seinen.

»Gelobt sei Gott, Dunstan. Er hat einen guten Diener in dir gefunden. Also gut. Du bist hinfort von deinen Diensten hier befreit, ich entbinde dich von deinem Treueeid. Glastonbury braucht einen Abt. Geh hin und tue dort Gottes Werk, weit weg von hier. Weit weg von mir.«

Seine Stimme hatte eine gewisse Härte angenommen, und ich fragte mich, ob er mich tatsächlich verstanden hatte. Ein König kennt viele Menschen, darunter auch Heilige und Sünder. Aber er muss auch praktisch denken können, wenn er auf dem Thron bleiben will.

»Ich erwarte nicht, dich wiederzusehen, Bruder Dunstan. Verstehst du? Dies ist eine Gnade, die ich dir erweise – und ein Gefallen, den ich dir deiner Fürsprecher zuliebe tue.«

»D-danke, Mylord«, stotterte ich, langsam dämmerte mir, was er mir da schenkte. Es war zu viel, um es sofort zu verarbeiten, und ich merkte, dass ich zitterte. Mir war, als hätte man mich erst zum Abgrund der Hölle gezerrt, um mir gleich darauf meinen größten Wunsch zu erfüllen. Ich spürte, dass meine Inquisition gleich ein Ende haben würde, aber noch immer hielt er meine Hände fest.

»Du kannst dich bei deinem Onkel und bei Lady Elflaed bedanken, wenn du willst.« Æthelstan machte eine zuckende Bewegung mit seiner geschwollenen Hand, die fast obszön wirkte. »Ich reiße dich hier heraus, Dunstan, weil du mir zu unbequem bist. Ich will deine Gaben nicht ungenutzt lassen, aber ich erwarte von dir, dass du dich in Demut übst. Verbringe die nächsten vierzig, fünfzig Jahre mit friedlicher Arbeit, wie Gott es dir bestimmt hat. Baue die Abtei, die Lady Elflaed sich wünscht. Wachse in deine Rolle als Abt hinein, als Vater der klösterlichen Gemeinschaft. Aber sorge vor allem dafür, dass ich deine Ernennung nie bereuen muss. Ich fürchte, dass du zu unmäßigem Stolz neigst, Dunstan. Ich denke, dass du es vielleicht auch zu wahrer Größe bringen kannst, wenn du deinen Stolz zu beherrschen lernst. Auf jeden Fall aber wirst du nicht nach Winchester zurückkehren.«

Als er endlich meine Hände losließ, fühlten sie sich steif und kalt an, und ich musste sie etwas bewegen. Leicht benommen verbeugte ich mich vor dem König, dann trat ich einen Schritt zurück, ehe ich mich umwandte. Ich sah Egill grinsen, aber ich reagierte nicht darauf, denn bestimmt stand ich noch immer unter Beobachtung.

Draußen in der Halle umarmte mich Lady Elflaed, die sentimentale alte Wachtel, der die Tränen übers Gesicht strömten. Onkel Athelm war wesentlich sachlicher, als ich ihm erzählte, was der König gesagt hatte.

»Nun ja, Dunstan, egal, wie es zustande gekommen ist, es ist eine große Ehre. Du musst dich ihrer würdig erweisen.«

»Aber ich bin viel zu jung für einen Abt! Und Simeon ist noch immer … Wie soll ich ihn denn loswerden, selbst wenn sie mich akzeptieren sollten, was sie ganz bestimmt nicht werden! Muss ein Abt nicht mindestens dreißig Jahre alt sein?«

»Der König kann dich dazu ernennen, Dunstan«, sagte Elflaed. »Und das Wunder, dass du von Engeln getragen wurdest, gibt ihm das Recht dazu. Von Rom aus wird das nicht infrage gestellt werden – und die Abtei braucht weiß Gott eine feste Hand. Oh, was wirst du alles bewirken! Ich habe darauf gewartet, dass du deinen Weg erkennst, seit wir nach Winchester kamen. Seit dieser bedauernswerten Geschichte. Es hat mir damals fast das Herz gebrochen, Dunstan, aber jetzt sehe ich, dass das alles nur eine Prüfung für uns beide war. Oh mein Junge, mit meinem Geld und deiner Kraft werden wir die Abtei nach deiner Vision bauen. Das schwöre ich, und wenn es bis an unser Lebensende dauert und mich alles kostet, was ich an Geld besitze. Aber sag mal, Dunstan, hast du denn zugesagt?«

Ich blickte Lady Elflaed an, ich fühlte mich in diesem Moment ein bisschen wild und wie losgelassen. Ihr Busen hob und senkte sich, während sie dastand und auf meine Antwort wartete. Sie und auch mein Onkel schienen an meinen Worten zu hängen. Es war ein berauschendes Gefühl.

»Ich habe Ja gesagt. Ich werde Abt werden.« Fast ungläubig hörte ich, wie ich es sagte. »Ich werde Abt von Glastonbury«, sagte ich noch einmal.

Es war Herbst, als ich mich zur Abreise rüstete. Mein Gepäck und meine Bücher würden gesondert mit Wagen geschickt werden, wie Lady Elflaed mir versicherte. Ich nahm nur einige mit, die ich nicht zurückzulassen wagte, zusammen mit einem Rucksack, mit dem ich fast wie ein Buckliger ging.

Im Schatten des Haupttores blickte ich noch einmal zurück auf das königliche Besitztum und versuchte, mir alles einzuprägen. Ich wusste, ich würde es vielleicht nie wiedersehen, und die wenigen Jahre, die ich hier verlebt hatte, waren eine glückliche Zeit gewesen. Ich hatte einen Krieg erlebt, der blutiger nicht hätte sein können, und ich wusste, das hatte mich verändert. Noch immer gab es Momente, wo ich glaubte, im Wind den Geruch brennender Leichen auf dem großen Scheiterhaufen zu riechen, und das würde mich wohl immer verfolgen.

Ich wandte mich um, als ich Stiefel auf dem Pflaster hörte, und sah Edmund, wie er in den Sonnenschein hinaustrat. Er lachte, als er mich sah, und wir umklammerten uns mit der rechten Hand, Schwertarm gegen Hammer, bis unsere Gelenke schmerzten.

»Unsere Gespräche bis spät in die Nacht werden mir fehlen, Dunstan«, sagte er.

Wir fühlten uns beide unbeholfen. Manchen Männern fällt es schwer zuzugeben, dass sie Freunde sind.

»Mir werden sie auch fehlen«, erwiderte ich.

Er kam ein wenig näher und senkte den Kopf, sodass wir uns ganz nahe waren.

»Mein Bruder ist ein großer König. Aber wenn er etwas gegen jemanden hat …« Er verzog das Gesicht. »Er kennt dich nicht so gut wie ich. Ich habe versucht, mit ihm zu reden, damit er dich hierbehält, aber er hört mir gar nicht zu.«

Ich war gerührt.

»Ich kann mich ja über meine Beförderung kaum beklagen, oder?«

Er lachte leise und schlug mir auf die Schulter.

»Sie werden bald herumrennen wie folgsame Hühner. Vielleicht komme ich mal hin und besuche euch, wenn du es neu erbaust.«

»Das hoffe ich«, sagte ich.

»Sorge dafür, dass die Mönche für mich beten«, sagte Edmund. Plötzlich ertrug er es nicht mehr. Er hob den Kopf und sah mich an, dann rannte er dorthin zurück, wo er hergekommen war. Ich sehe ihn noch, wie er vor mir stand, in seiner ganzen Jugend und Kraft. Mein Gott, ich vermisse ihn immer noch.

18

Das Boot knarrte, als Bruder Guido uns durch die Salzmarsch stakte. Ich stellte fest, dass er mich nicht mehr so lüstern anstarrte wie früher, er forderte mich auch nicht zum Rudern auf, um sich dann zurückzulehnen und das Spiel meiner jugendlichen Muskeln zu genießen. Die Arbeit in der Schmiede hatte mich gestählt, und ich hätte ihm mit einem Griff das Genick brechen können, wenn er mich auch nur angerührt hätte. Eigentlich hoffte ich, er würde es versuchen, und ich glaube, er spürte meine Wut, deshalb blieb er lieber auf Abstand.

Als ich am Ufer im Gebüsch stand und mit einem Feuerstein eine Fackel in Brand setzte, um ihn zu rufen, überlegte ich, wie ich meine Arbeit am besten angehen könnte. Ich trug meine schwarze Robe und einen warmen Mantel darüber. Die Sonne hinter den Wolken war bleich und kraftlos, gegen die Feuchtigkeit konnte sie nicht viel ausrichten. Die Luft schmeckte nach Salz und Meerfenchel, ein vertrauter Geruch, bei dem mir das Wasser im Mund zusammenlief. Dann war Bruder Guido gekommen, er hatte die Fackel mit einem nassen Lappen gelöscht und geflucht, weil er sich an der geölten Wolle die Hand verbrannt hatte. Danach war er ohne ein Wort zurückgestakt, als sei ich ein Gespenst, das er nur flüchtig gesehen hatte.

Der Nebel lag über der Marsch, als wir dem schmalen Wasserlauf folgten. Es schien ewig zu dauern, während ich da auf der Ruderbank saß; ich hatte meinen Büchersack und meine Tasche an die Brust gedrückt, und mir wurde immer kälter. Wie in früheren Zeiten hörte ich das Platschen der Frösche und die Schreie der Vögel, sie weckten Erinnerungen in mir, während sie sich in die Luft schwangen.

Die kleine Anlegestelle war menschenleer, aber jetzt sah ich sie mit anderen Augen als damals, als ich zum ersten Mal hier aus dem Boot gestiegen war. Mir wurde klar, ich würde Dutzende von Booten und Schleppkähnen brauchen für das, was ich vorhatte – außerdem tausend Männer für die Erdarbeiten und um Steine zu behauen. Vielleicht konnte man die ganze Marsch trockenlegen, wie Moses es im Roten Meer gemacht hatte.

Ich warf Guido eine Münze zu, und er zuckte nur mit den Schultern. Er hatte kein Wort mit mir gesprochen, also schwieg auch ich. Ich glaube, er hatte mich nicht erkannt, sonst wäre er nervöser gewesen. Ich betrat den Steg, neben mir den Schatten meines Vaters, als sei ich wieder dreizehn, und Wulfric, der um uns herumsprang wie ein junges Zicklein.

Ich erreichte das Kloster, irgendwo hoch über mir erhob sich der Hügel wie ein grüner Turm. Ich spürte, wie mein Atem schneller ging, ich war so aufgeregt, dass ich erst mal stehen bleiben musste. Zwangsläufig musste ich an das Grüppchen denken, das zugeschaut hatte, als ich an der Klippe hing und mich verzweifelt festzuhalten versuchte. Dann hatten sie mir die Hände gebrochen, als ich nicht losließ.

Der Gedanke daran reichte, um meine Hochstimmung abzukühlen, sie erlosch wie die Fackel, die ich am anderen Ufer zurückgelassen hatte. Mit kalten Händen und kaltem Blick stieß ich das Tor auf. Ich war bereit.

Auf dem Klostergelände sah ich Männer und Frauen geschäftig hin und her eilen, den Kopf gesenkt. Es sah nicht ganz so verlassen aus, wie ich es mir vorgestellt hatte. Wie mir schien, waren im Lauf der Jahre einige Neue dazugekommen.

Manche griffen sich im Vorbeigehen an die Stirn, aus Respekt vor der Robe und der Tonsur. Hier und da erkannte ich ein Gesicht – darunter auch einige von denen, die am Rand der Klippe gestanden hatten, um zu sehen, wie ich hinabstürzte.

Encarius' Witwe war die Erste, die ich wiedererkannte. Sie sah erschöpft aus, ihre Hände rot glänzend, rissig und wund. Ich nickte ihr zu, aber sie neigte nur kurz den Kopf mit der kleinen Haube darauf und eilte weiter.

Ich wartete einen Augenblick und hielt den Atem an, ich war sicher, sie würde stehen bleiben und mich anklagen. Ich sah ihr nach, wie sie über den großen Klosterhof ging und schließlich in der Stickerei verschwand, um an ihre Arbeit zurückzukehren. Ich fühlte mich merkwürdig enttäuscht und gleichzeitig erleichtert, es war, als hätte ich einen Schlag erwartet und taumelte jetzt, weil er nicht gekommen war.

Natürlich hatte auch ich mich verändert. Ich war mindestens zwei Handbreit gewachsen, und mein Gesicht war schmaler geworden. Ich befühlte die kahle Stelle meiner Tonsur. Die hatte mein Aussehen ebenfalls verändert. Aber schließlich lag es wohl nur daran, dass sie dachte, ich sei weit weg – oder ein Häufchen Knochen in irgendeinem Graben.

Leise lachend schüttelte ich den Kopf, dann wandte ich mich um und stieß fast mit Bruder Caspar zusammen. Im Vorbeigehen murmelte er eine Entschuldigung, wobei er mich anblickte. Er war beladen mit Lederhüllen, in denen Schriftrollen und Schreibfedern stecken mochten, um sie beim Transport vor Feuchtigkeit zu schützen. Aus einem der Bündel ragte sein Stock heraus, und ich fragte mich, ob es noch derselbe war, mit dem er mich so oft verprügelt hatte, doch dann fiel mir ein, dass er ihn ja auf meinem Rücken zerbrochen hatte. Bestimmt brauchte er regelmäßig einen neuen.

Er ging zwei Schritte, dann blieb er wie vom Blitz getroffen stehen.

»Würdest du bitte den Abt holen, Bruder Caspar?«, sagte ich zu seinem Rücken. »Ich habe eine wichtige Nachricht für ihn.«

Ich tat, als sei ich nie weg gewesen und hätte erst heute Morgen das letzte Mal mit ihm gesprochen, anstatt vor drei Jahren. Langsam wandte er sich um, und ich sah mit Befriedigung, wie er blass wurde.

»Ich wusste doch, dass du es bist«, sagte er.

Ich wartete höflich, während er nach einem geeigneten Platz suchte, um seine Last abzulegen. Wenn du nie ein kräftiger Achtzehnjähriger warst, kannst du dir kaum vorstellen, wie sehr ich mir wünschte, er würde mich angreifen.

Ich war zurückgekommen, vor mir lagen viele Jahre harter Arbeit. Ich hatte meine Vision von der Abtei, die ich bauen würde. Eins jedoch war so sicher, als sei es in Stein gemeißelt: Sie würde nicht mit einer Tracht Prügel durch Bruder Caspar anfangen.

Ich wartete, während er auf einen Wagen zuging, der in unserer Nähe stand. Dort warf er seine Lederrollen hinein und kam langsam zu mir zurück. Ich glaube, er musterte mich jetzt etwas genauer, denn er schien nicht mehr so selbstsicher. Ich war größer als er, doch das hat nicht viel zu bedeuten. Aber mein Körperbau war auch kräftiger, und das hat sehr wohl etwas zu bedeuten. Und ich wollte ihn umbringen – das war das Wichtigste.

»Ruft den Abt!«, bellte Caspar ein paar Jungen an, die vorbeikamen. »Und zwar sofort!«

»Ich hatte *dich* gebeten, ihn zu holen, Bruder Caspar, erinnerst du dich? Ich vermute, du kannst es gar nicht erwarten, über die alten Zeiten zu sprechen, habe ich recht? Hast du mich sehr vermisst?«

In mancher Hinsicht benahm ich mich noch ziemlich kindisch, indem ich ihn so verspottete. In Winchester hatte Lady Elflaed die Stirn gerunzelt, als ich sagte, ich wolle allein zurückgehen. Diese Menschen hatten mich auf eine Art und Weise umbringen wollen, dass nie jemand etwas davon erfahren würde. Es war nur allzu leicht, sich vorzustellen, wie es hätte ausgehen können. Ich zeigte ihnen nicht, welche Angst ich beim Absturz hatte, wie grauenvoll es war, als Encarius unter meinem Gewicht zerschmettert wurde.

Ich hatte zugesehen, wie Encarius sein Leben aushauchte, und dabei einige Befriedigung empfunden. Doch sie alle hatten ihr altes Leben weitergeführt, während ich dort unten wie ein dreckiges, blutiges Häufchen Elend über die Felder zur Straße kroch, wo der Wagen der Lady noch stand. Ich konnte mir gut vorstellen, wie Luzifer sich gefühlt haben musste, als ich von diesen bleichgesichtigen, scheinheiligen Heuchlern in die Tiefe gestoßen wurde.

»Ich wusste, dass du überlebt hattest«, sagte Caspar, heiser vor Wut. »Ich wusste es, als wir deine Spur sahen, wo du durch die nassen Blätter gekrochen warst. Mein Freund Encarius stirbt, und die Ratte, die ihn umbringt, überlebt natürlich.«

»Ach so. Hätte ich vielleicht freiwillig in den Tod gehen sollen, Caspar? Vielleicht hätte ich euch allen erst noch meinen Segen erteilen sollen, ehe ihr mich umgebracht hättet?«

Er zuckte zusammen. Zum ersten Mal bemerkte ich so etwas wie Furcht in seinem Gesicht. Ich war groß und sah sauber und wohlgenährt aus. War ich gekommen, um ihn anzuklagen? Besorgt biss er sich auf die Lippe, als ich nachsichtig lächelte, und trat verwirrt einen Schritt zurück.

»Wenn ich gekommen wäre, um mich zu rächen, Caspar, gäbe es keinen Ort, wo du vor mir sicher wärst.«

»Was für ein Unsinn ist das? Was redest du da für großspuriges Zeug?« Er kam auf mich zu und zeigte mit dem Finger auf mich. »Du kommst hierher als Abbild eines Mönchs, mit Kutte und Tonsur? Schämst du dich nicht, Junge, wo bleibt deine Demut?«

»Ach ja, Bruder? Und wo bleibt die deine?«, fragte ich, und meine Stimme wurde immer lauter und zorniger. »Wo bleibt die deine?«

Ich packte ihn, und eine Weile rangen wir miteinander. Er merkte bald, dass er nicht stark genug war, um sich zu befreien, und ich wartete, bis er es wirklich begriffen hatte. Dann zerrte ich ihn an seiner Kutte zum Wagen und ergriff seinen Stock, den er dort abgelegt hatte.

In dem Moment begann die Glocke im Turm zu läuten, offenbar sollte es eine Warnung sein, die meilenweit zu hören war. Ich lächelte. Caspar stieß etwas Unverständliches aus, als ich anfing, ihn mit seinem eigenen Stock zu verprügeln. Ich machte es gründlich. Ich nahm mir Zeit. Als der Stock zerbrach, warf ich die Teile fort und ließ Caspar keuchend und blutend auf den Binsen im Dreck des Hofes liegen.

Ich holte tief Luft und entdeckte noch mehr Klostermitglieder, an die ich ähnliche Erinnerungen hatte wie an Caspar. Sie hatten sich versammelt, als sie die Glocke hörten. Dort stand auch Afra und sah mich mit offenem Mund an. Master Gregory aus der Werkstatt starrte Caspar an, zweifellos erinnerte er sich daran, wie er meine Hände mit ein paar gezielten Schlägen seines Hammers gebrochen hatte. Bruder John aus der Gärtnerei war auch da, aber sein Haar war jetzt weiß, und er war so gebrechlich, dass er wie ein Gespenst wirkte. Abt Simeon zeigte nur sprachlos mit zitterndem Finger auf mich. Auch ihn lächelte ich an.

Ich blickte in die Gesichter der Runde, denn alle sollten deutlich sehen, dass ich gesund und munter war. Caspar lag noch immer vor mir, und ich war versucht, mich zu verbeugen wie nach einer gelungenen Vorstellung. Doch das versagte ich mir, denn ich merkte, dass meine Rache fast wie ein Rausch wirkte.

Abt Simoon sah aus wie ein wilder Einsiedler mit seinem langen grauen Bart und dem vor Dreck starrenden, verfilzten Haar. Von Einsiedlern heißt es, sie hätten alle Sorgen der Welt hinter sich gelassen, sodass ihnen selbst Wunden und faulende Zähne nichts mehr anhaben konnten. Doch in seinem Fall schien es sich eher um Wahnsinn, als um Frömmigkeit zu handeln. Sein Mund bewegte sich lautlos, und sein Blick wanderte von mir hinunter zu dem zitternden Mönch, der benommen zu meinen Füßen lag.

»Man wird dich aufhängen«, sagte Afra plötzlich. »Und zwar diesmal offiziell, nach dem Gesetz.«

Es war überraschend, dass die Anklage von ihr kam. Sie stand da, die Hände gefaltet und mit vorgerecktem Kinn. Ich unterdrückte einen Schauer, als ich mich erinnerte.

»Aha. Und welcher Missetat werde ich angeklagt?«, fragte ich, ehrlich interessiert.

»Für den Mord an dem armen Godwin, an Encarius und wer weiß an wem sonst noch alles!«

»Und an Vater Keats«, half ich ihr nach. »Der ist doch auch gestorben, als ich hier war, oder?«

»Du gibst es zu?«, fragte sie und riss die Augen auf.

»Ich gebe überhaupt nichts zu, außer Encarius, der mit mir abgestürzt ist. Als ihr euch auf der Klippe versammelt hattet, habe ich euch angefleht. Ich bettelte um mein Leben, ich war noch ein Junge. Habt ihr mich überhaupt angehört? Oder wart ihr euch meiner Sünde so sicher, dass es dafür nur ein Urteil geben konnte?«

Niemand antwortete, aber inzwischen hatte Abt Simeon seine krächzende Stimme wiedergefunden.

»Packt ihn noch einmal, bindet ihn. Für alle die, die er umgebracht hat. Für meinen armen Sohn.«

Es waren genug neue Mönche da, um es zu tun. Sie waren mit Äxten und Messern gekommen, als sie die Glocke hörten, weil sie dachten, es handle sich um einen Überfall.

Ich hob die Hand wie zum Segen.

»Halt«, sagte ich. Es ist merkwürdig, wie so eine Geste auf Menschen wirken kann. Das Wort allein tut es nicht, aber wenn es im richtigen Ton gesprochen wird, kann es wie eine Wand wirken.

Ich griff in meine Tasche und nahm die Ledermappe heraus, ein dunkelblaues Viereck. Aller Augen waren darauf gerichtet. Sie bedrängten mich jetzt nicht, obwohl sie es hätten tun können, aber allein beim Gedanken daran spürte ich, wie mir der Schweiß über den Rücken lief. Es stand auf Messers Schneide und war bedrohlicher, als ich es erwartet hatte.

»Nehmt ihn fest!«, kreischte Abt Simeon wieder und zeigte auf mich. Ich sah, dass er selbst keinerlei Anstalten machte, mich anzurühren, also war er vielleicht noch nicht ganz wahnsinnig. Ich hätte sein mageres altes Genick mit einem Schlag brechen können, wenn er mir zu nahe gekommen wäre.

Ich zeigte ihnen das königliche Siegel, den Lindwurm von Wessex auf fingerdickem blauem Wachs. Ich zerbrach es vor aller Augen, und natürlich erinnerte es sofort an die Hostie bei der heiligen Kommunion. Es war ein Ritual, ein erhebender Moment.

Dunkle Wolken hatten sich zusammengeballt, es sah nach Regen aus. Ich blickte zum Himmel und runzelte die Stirn, womöglich waren schon die ersten Tropfen gefallen. Es würde nicht gut aussehen, wenn die Tinte des Königs zerfloss. Noch immer sprach keiner ein Wort. Sie hatten das Siegel gesehen und warteten. Ich hielt das Dokument hoch, dann begann ich zu lesen.

»›Es wird bekannt gegeben, dass Dunstan von Baltonsborough, Sohn von Heorstan und Cyneryth, hiermit zum Abt des Benediktinerklosters von Glastonbury ernannt wird, unter meiner Hoheit als König von ganz Britannien, womit er über alle Vorgänger und anstelle von Vater Simeon von Anglia eingesetzt wird, der dieses Amt viele Jahre innehatte.‹«

Ich blickte in offene Münder und aufgerissene Augen. »Viel mehr steht nicht da, außer der Unterschrift von König Æthelstan mit seinen verschiedenen Titeln. Ich denke, das reicht auch. Ich werde es gern jedem zeigen, der es sehen will. Aber vielleicht nicht hier auf diesem matschigen Hof, oder?« Ich lachte leise, aber ich ließ mir nicht anmerken, wie groß die Genugtuung für mich war. Am liebsten hätte ich gelacht und wäre vor Freude herumgetanzt, aber das durfte ich leider nicht.

»Ich nehme die Ernennung durch den König an. Und jetzt will ich nur noch dies eine sagen: Ich bin zurückgekommen. Lassen wir die Vergangenheit ruhen.« Ich schwieg und blickte hinunter auf Caspar, dessen Striemen mich eigentlich Lügen straften. »Morgen werden vierzig Mann hier eintreffen, um mit der Arbeit anzufangen – um die Mauern rund um uns abzureißen, Stein für Stein. Ich werde dieses jämmerliche Gemäuer in Schutt und Asche legen. Und dann werden wir etwas Größeres bauen. Ich werde mit allen von euch einzeln sprechen … Was gibt's, Simeon?«

Der Alte kam auf mich zu, fast wie in Trance, und versuchte, mich mit seinen Fingernägeln zu kratzen. Ich war froh, als einer der jüngeren Männer ihn packte und in seinen Umhang einwickelte, es war mehr eine Liebestat für ihn als für mich. Und diese Geste genügte, dass seine Wut sich in hilfloses Weinen verwandelte, das leiser wurde, als sie ihn ins Haus brachten.

Ich bemerkte hinten in der Gruppe eine Unruhe, als jemand sich nach vorn durchdrängte. Ich strahlte in ehrlicher Freude, als ich sah, dass es Wulfric war. Er atmete schwer, und sein Haar war wirr, er hatte eine Axt in der Hand und sah aus, als wolle er sie tatsächlich gebrauchen.

»Du hast meine Rede verpasst, Wulfric«, sagte ich grinsend. »Ich hatte nicht damit gerechnet, dich hier zu sehen.«

»Und ich bin gekommen, weil ich dachte, ich müsse dich retten«, sagte er und blickte sprachlos auf Caspar hinab.

Der Mönch versuchte gerade, unter Stöhnen aufzustehen, aber ich versetzte ihm einen so festen Tritt, dass er sich wieder zusammenkrümmte. Es war nicht sehr christlich von mir, das gebe ich zu. Doch damit demonstrierte ich auch meine Autorität. Die Kirche verlangt Gehorsam, und dafür diente Caspar als gutes Beispiel.

Wulfric und ich blickten einander an, und mir gefiel der kräftige junge Mann, der vor mir stand. Sechzehn Monate jünger als ich, also siebzehn, und er hatte größere Ähnlichkeit mit unserem Vater als ich. Doch die T-förmige Narbe auf seiner Stirn erinnerte mich auch daran, dass ich in seinen offenen Schädel gesehen hatte. Mich überlief es kalt.

»Der König hat mich als Abt eingesetzt, Wulfric. Er hat mir aufgetragen, das Alte abzureißen und etwas Neues zu erschaffen. Ich werde einen Vogt brauchen.«

»Einen Vogt?«, fragte er entgeistert.

»Nun ja, was machst du denn sonst hier?«

»Unser Geschäft beliefert das Kloster. Stoff zum Besticken, für Altardecken, Kutten und Roben. Ich messe ab und schneide zu, und in London haben wir Webstühle, auf denen alles hergestellt wird. Ich … ich habe einen Jungen, der mir hilft, wenn zwei Hände nötig sind.«

Es war nicht das, was ich mir für ihn erhofft hatte. Er blickte auf seine Füße hinunter, als er mein enttäuschtes Gesicht sah. Ich versuchte mir vorzustellen, wie schwer das Leben mit nur einem Arm für ihn sein musste. Und wieder merkte ich, wie der Zorn in mir hochstieg.

»Du hast überlebt, Bruder. Es tut mir leid, dass ich nicht mehr für dich tun konnte.«

»Es tut dir leid? Du hast mir das Leben gerettet, Dun! Ohne dich wäre ich nicht hier, ich hätte nicht heiraten können und hätte jetzt keine Tochter.«

»Wirklich?«, sagte ich überrascht. »Ich bin ein Onkel?«

Er reagierte mit einer so ehrlichen, herzlichen Freude, dass ich über den erbärmlich hustenden Bruder Caspar hinwegstieg, um Wulfric zu umarmen. Es war merkwürdig, aber er hatte mir gefehlt.

Als ich ihn losließ, blickte ich zurück zu den anderen, die immer noch dastanden, wie Kälber, die darauf warten, geschlachtet zu werden.

»Nun? Ihr habt alle von meiner Ernennung durch den König gehört. Geht jetzt an eure Arbeit zurück. Ich werde zu gegebener Zeit mit jedem Einzelnen von euch sprechen.«

Afra war die Erste, die auf dem Absatz kehrtmachte und ging. Sie sah aus, als hätte das Leben sie in den Jahren meiner Abwesenheit nicht gut behandelt. Die anderen gingen zu zweit und zu dritt davon, nur Master Gregory von der Werkstatt blieb noch zurück, er stand da und drehte seine Mütze in den Händen. Ich war nicht weiter überrascht, dass er geblieben war. Ehe er mit dem Hammer meine Finger gebrochen hatte, waren wir immer sehr gut miteinander ausgekommen, ich kannte ihn als einen ehrlichen Kerl.

»Ich weiß nicht … was damals wirklich los war«, sagte er und blickte zu Boden.

Wulfric sah ihn mit kaltem Blick an, aber ich wusste nicht, ob es um meinetwillen war oder ob er selbst auch noch eine Rechnung offen hatte. Es gab noch viel zu lernen.

»Deshalb dachte ich … äh, ich dachte, ich möchte sagen, dass es mir leidtut«, sagte Gregory. Er sah mich durch Augenbrauen an, die während der letzten Jahre noch dichter geworden waren. Davon abgesehen hatte er sich nicht verändert. Vielleicht war ich schwach. Vielleicht war ich auch einfach überwältigt von dem Glücksgefühl, meinen Bruder lebend zu sehen. Vielleicht war es aber wirklich die göttliche Kraft in mir.

»Ich verzeihe Euch, Master Gregory«, sagte ich.

»Ich danke Euch, Abt«, sagte er und beugte den Kopf.

Er ging mit wesentlich leichterem Schritt davon als andere, die mich auch noch kannten. Ich war mir nicht ganz sicher, ob ich ihm tatsächlich verzieh, aber ich brauchte Handwerker, und er war ein außerordentlich geschickter Mann. Mein erster Gedanke, ihn festnehmen zu lassen, um ihm mit seinem eigenen Hammer die Finger zu brechen, schien mir nach kurzem Nachdenken unter meiner Würde.

»Komm, Bruder«, sagte ich zu Wulfric. »Lass uns ein Fässchen Bier anstechen. Erzähl mir von deiner Frau und deiner Tochter, und ich erzähle dir, wie ich mit dem König in die Schlacht geritten bin.«

Vielleicht wollte ich ein wenig angeben. Offiziell war ich ein Mann und ein Abt, aber ich war noch jung und unsicher. Wulfric schien beeindruckt von meinen Worten, und ich konnte einen gewissen Stolz nicht unterdrücken. Ich hatte weder Frau noch Kind – würde sie auch nie haben. Verzeih mir diese kleine Eitelkeit.

Ich wollte gerade gehen, als ich merkte, dass da noch jemand im Halbdunkel stand. Mich packte ein leichtes Frösteln, als ich sah, dass es Encarius' Witwe war. Von allen Menschen hatte sie am meisten Grund, mich zu hassen. Das sah ich auch in ihrem Blick, als sie jetzt vor dem neuen Abt einen flüchtigen Knicks andeutete. Ich erinnerte mich auch, dass sie sehr damit einverstanden gewesen war, als man mir die Hände gebrochen hatte und ich in den Abgrund stürzen sollte. Ich richtete mich hoch auf. Ich würde mich von meinen Feinden nicht beschämen lassen. Sie hatten mich angestarrt wie hungrige Löwen, aber zerstört hatten sie mich nicht.

»Bist du auch gekommen, um mich um Verzeihung zu bitten?«, fragte ich. Vielleicht wollte ich sie nur reizen, mir war es lieber, wenn meine Feinde sich offen zeigten. Doch sie schüttelte den Kopf und deutete auf Caspar, der sich gerade stöhnend aufsetzte.

»Jetzt ist er mein Mann«, sagte sie, und fast schien es, als schämte sie sich.

»Ach so. Nun ja, dann solltest du wohl zu ihm gehen. Komm, Wulfric, ich will alles hören, was inzwischen passiert ist.«

Wir überließen Caspar, der blutend und verschwollen hinter uns auf dem Boden saß, der Fürsorge seiner Frau. Es fing jetzt an, in Strömen zu regnen, was mir gerade recht war.

Ich war mit königlicher Befugnis nach Glastonbury zurückgekommen. Es gibt schlimmere Arten der Heimkehr.

19

Ich konnte die Salzmarsch nicht teilen wie das Rote Meer. Aber das war auch nicht nötig. Lady Elflaed schickte mir den Baumeister des Königs, einen Mann namens Justin, der mir sofort sympathisch war. Anfangs wirkte er etwas herablassend, als ich ihn im Arbeitszimmer des Abts empfing, um ihn kennenzulernen. Eine Weile gestattete ich ihm, seine Vorurteile zu pflegen, doch dann beschloss ich, seine Fähigkeiten in der Geometrie zu prüfen. Es war mir eine gewisse Genugtuung, als er dabei ins Schwitzen geriet und für seine Berechnungen eine Tafel zu Hilfe nehmen musste.

»Woher wisst Ihr so viel über Dreiecksfunktionen?«, fragte er.

»Ich habe Pythagoras und Euklid studiert. Dachtet Ihr, diese Dinge passieren von allein? Das haben nicht Engel erschaffen, Master Justin, sondern Menschen. Glaubt mir, ich weiß Bescheid.«

Er hatte ein besonders Talent, mit Problemen fertigzuwerden, deshalb wurde er unersetzlich für mich. Allerdings ärgerte es mich, dass er von mir keine Bezahlung annahm. Als ich der Sache gründlicher nachging, gab er zu, dass er bereits vom König bezahlt wurde. Und ein Mensch könne nicht zwei Herren dienen, erklärte er. Ich erwiderte, das gelte vielleicht für einen gewöhnlichen Arbeiter, ein gut ausgebildeter Fachmann jedoch könne sogar für drei oder vier Herren arbeiten. Als Antwort zog er nur eine Augenbraue in die Höhe, sagte aber nichts. Er wollte mir nicht widersprechen. Wie gesagt, ich respektierte ihn.

Cäsar hatte seine Brücke über den Rhein gebaut, indem er Gerätschaften konstruierte, mit denen Baumstämme in den Schlamm gerammt wurden. Dazu zog man mit einer Seilwinde einen zweiten Stamm über einen darunterstehenden und ließ ihn dann fallen, was wie ein Hammerschlag wirkte und die Brückenpfähle in den Boden trieb. Das hatte sogar im Flussbett funktioniert, wir hingegen konnten mit dicken Schilfschichten eine Art Flussbett formen. Ich erklärte Master Justin, dass wir es im Vergleich mit den römischen Handwerkern leicht hatten, aber wieder sah er mich nur von der Seite an und hob eine Augenbraue.

Wir brauchten Wochen, nur um den Bau unserer Brücke vorzubereiten. Wir verbreiteten einen Aufruf, und finanziert von Lady Elflaed, stellten wir zweihundert junge Männer aus Wessex ein, alle bedürftig, sodass sie bereit waren, für gutes Geld ihr Leben zu riskieren. Master Justin war nie wirklich zufrieden. Er hatte die Angewohnheit, seine Arme hochzuwerfen und zu erklären, das eine oder andere Vorhaben sei Wahnsinn oder völlig unmöglich, um dann eine meist sehr elegante und kluge Lösung zu finden.

Am Sonntag Lätare in der Fastenzeit war unser Damm höchstens zehn Meter lang, ein Anlegesteg, der ins Nichts führte. Doch jetzt hatten unsere Arbeiter die wichtigsten Fertigkeiten gelernt – und dabei die meisten ihrer Fehler begangen. Von nun an ging es schneller. Als Pfingsten vorbei war, war unsere hölzerne Brücke fertig, unser trockener Weg durch die Marsch. Sechshundert Stämme waren tief in den weichen, schmatzenden Schlamm getrieben worden. Darüber lagen dicke Balken mit Planken; wir hatten zum ersten Mal in der Geschichte der Insel einen Damm durch die Marsch geschaffen.

Vier Männer waren ertrunken, als eine der Gerätschaften umfiel und sie unter sich begrub. Ein weiterer verschwand in einem Loch und wurde nie wieder gefunden. Doch einer der merkwürdigsten Tage war es, als ich gerufen wurde, weil man eine unbekannte Leiche im Moor gefunden hatte, deren Gesicht schon so braun wie ein Ledersattel war und in dessen Körper bereits allerlei seltsames Gewürm lebte. Wir begruben den Fremden am Rande der Marsch, zusammen mit seinem Bogen und seinen Tierhäuten. Wir sprachen christliche Gebete für ihn und markierten die Stelle mit einem Holzkreuz. Wir hatten keine Ahnung, wie er hieß, aber ich bin sicher, er wurde bei seinem Namen gerufen und kannte ihn auch.

Obwohl ich erst vor Kurzem die Priesterweihe empfangen hatte, war es meine Aufgabe, die Totenmesse für die Verunglückten zu halten. Ich zahlte ihren Familien eine Entschädigung, soweit ich sie ausfindig machen konnte, aber das Arbeiten am Bau ist dem Leben in einer Armee nicht unähnlich, die Männer ziehen ständig umher. Und wer Steine und Holz transportiert, lebt gefährlich, so ist es nun mal. Wir trauerten nicht lange, denn die Arbeit musste weitergehen.

Als unser Damm fertig war, waren Master Justin und ich unter den Ersten, die ihn in seiner ganzen Länge abschritten. Wo man einst bei Nebel durchs Schilf stakte, verlief jetzt eine Straße aus nagelneuem gelbem Eichenholz, solide wie ein Kirchturm. Einzig Bruder Guido schien unglücklich, weil er jetzt im Garten umgraben musste, statt sein kleines Boot zu staken.

Doch die eigentliche Arbeit fing erst jetzt an. In dem großen Steinbruch bei Bath waren bereits Maurer und Steinmetze für uns am Werk, doch die riesigen Blöcke aus goldgelbem Kalkstein hatten monatelang warten müssen, weil sie zu schwer waren, um über die Marsch transportiert zu werden. Allerdings heißt es, die Blöcke für die alten Steinkreise seien mit Schleppkähnen transportiert worden – und die waren wesentlich größer als alles, was wir verbauten.

Ich musste arbeiten, um mir mein Glücksgefühl nicht anmerken zu lassen, schließlich sahen die anderen mich als Abt, den würdevollen Gottesmann, der selbst ein Diener war. Doch ich war zu Hause! Ich war wieder in meinem geliebten Wessex, mit einer neuen Werkstatt direkt neben der Kapelle, mit meiner eigenen Schmiede, in der Tag und Nacht das Feuer brannte.

Als wir die Baustelle endlich mit Wagen erreichen konnten, wurde das alte Kloster innerhalb kürzester Zeit abgerissen und die Hütten in einiger Entfernung von der geplanten großen Abtei aus Stein neu errichtet. Das Design hatte ich im Kopf, ich hatte es in meinen Visionen gesehen. Mit meinen Ideen verband sich das Wissen der Maurer über Bruchstein, Fassaden aus Feuerstein, über Kalksandstein und die richtigen Verhältnisse der Dimensionen. Ich wusste von Master Justin, dass es kein großes Geheimnis ist, weshalb ein Gebäude elegant und anmutig aussieht, ein anderes dagegen wie ein plumper Block wirkt. Die Baumeister kennen Regeln über die Proportionen, von denen einfache Maurer oder Lehrlinge keine Ahnung haben. Ich lernte sie von ihm, und mein Kopf schwirrte von der Drittel-Regel, dem Goldenen Schnitt und Hunderten neuer Erkenntnisse.

Ich bestand darauf, dass die Mönche am Abend zusammen aßen. Das Refektorium war vorerst auch nur provisorisch, das alte war in Balken und Steine zerlegt. Doch zusammen mit der Kapelle bildete es noch immer das Herz unseres Klosters. Wir kamen zusammen, um das Brot zu brechen, und das war wichtig für uns.

Abgesehen von dieser einen Anordnung, die sie daran erinnern sollte, dass sie eine Gemeinschaft waren, veränderte ich anfangs nicht viel. Ich wollte den Mönchen Zeit geben, zur Ruhe zu kommen und mich als Abt zu akzeptieren – oder zumindest die Autorität des Königs, der wir alle unterstanden.

Der beklagenswerte Simeon war noch mitten in der Nacht davongegangen, um sich einer Gemeinschaft von Eremiten in Clewer anzuschließen. Ich habe ihn nie wiedergesehen und bin nicht traurig darum. Er hatte völlig den Verstand verloren.

Den ersten Widerstand meiner kleinen Gemeinschaft bekam ich zu spüren, als ich ein paar kräftige Burschen vor die Tür des Refektoriums schickte, um Frauen und Kinder abzuweisen. Es schmerzte mich, dies zu tun, aber ich wusste selbst am besten, wie schnell man absinken kann, wenn man seine Begierden nicht zügelt. Christus hatte nicht geheiratet – und ich sah deutlich, welcher Weg für die künftigen Mitglieder unseres Klosters vorgeschrieben war. Trotz meiner Jugend würde ich ihr Vater sein – *abba*, wie es auf Aramäisch heißt. Die Regeln des heiligen Benedikt waren eindeutig, nur wurden sie zu selten beachtet. Bete und arbeite! Es gibt keine bessere Art für einen Menschen, um seine niederen Gelüste zu überwinden.

Jetzt führten wir auch die alte Regel wieder ein, die Mahlzeiten schweigend einzunehmen, mit einem Bruder als Vorleser. Ich merkte, wie friedlich es wurde, wenn nur die Männer in stiller Betrachtung versammelt waren. Ich stellte aber auch fest, dass meine Gedanken beim Essen oft abschweiften, wenn ich darüber nachdachte, was am nächsten Tag alles zu tun war. In dieser Beziehung war ich kein gutes Vorbild, aber wir sind alle Sünder.

Als die Adventszeit anbrach, war das Klostergelände völlig freigeräumt, was mir eine große Erleichterung war. Auf Master Justins Geheiß waren riesige Baugruben für die Fundamente ausgehoben worden, sodass jetzt dort, wo einst der Glockenturm und die Getreidespeicher gestanden hatten, nur noch Löcher waren. Ich blickte gerade in ein solches Loch hinunter, als Bruder Caspar an mir vorbeieilte, mit gesenktem

Kopf und fest zusammengepresstem Mund. Er hatte, seit ich ihn verprügelt hatte, kein Wort mit mir gesprochen, und ich empfand plötzlich ein Bedauern, wie es einem nur als Sieger möglich ist.

»Bruder Caspar, einen Moment mal!«, rief ich.

Er zögerte etwas, während er wohl überlegte, ob er so tun könne, als habe er mich nicht gehört, aber ich war schon auf dem Weg zu ihm. Er wich etwas zurück, als ich in Reichweite kam, und ich wusste, dass ich etwas gutzumachen hatte.

»Bruder Caspar, würdest du mir eine Peitsche besorgen?«, sagte ich.

Er blickte mich misstrauisch an, offenbar dachte er, ich wolle sie gegen ihn gebrauchen.

»Ich brauche sie, um selbst Buße zu tun, Bruder Caspar. Die Regel des heiligen Benedikt sagt, dass wir niemanden im Zorn schlagen sollen. Ich habe gesündigt, Bruder Caspar. Dafür muss ich büßen.«

Er reagierte ziemlich schnell. Er kam auch nicht allein zurück. Eine Nachricht verbreitete sich schnell in unserem kleinen Kloster, und Afra war eine der Ersten, die im Licht der Abenddämmerung herauskam, um zu sehen, was passieren würde. Master Justin war auch da, mit einem Becher Bier und einem Stück Brot in der Hand. Aber sein Abendessen war bald vergessen, als er von unserem Vorhaben erfuhr.

Caspar kam mit einer Peitsche zurück, die ich noch nie gesehen hatte, sie wurde benutzt, um widerspenstige Ochsen anzutreiben. Am Ende einer jeden Schnur hingen kleine Messingkugeln. Ich zweifelte nicht daran, dass die grausam wirken würden, genau wie ein Sporn, mit dem man ein Pferd blutig schinden kann.

Ich verkniff mir jeglichen Einwand. Ich musste dafür bezahlen, was ich Caspar angetan hatte, für die Demütigung, die ich ihm zugefügt hatte. Und noch wichtiger, es musste öffentlich geschehen. Meine Befehlsgewalt durfte nicht auf Angst beruhen.

Ich entblößte mich bis zur Hüfte, dann ergriff ich die Peitsche und spürte ihr Gewicht.

»Ich bin ein Sünder und bitte um Sühne, Herr, um Vergebung und um die Kraft, es zu ertragen. Ich bitte um Vergebung für die Misshandlung, die ich Bruder Caspar zugefügt habe, als ich hier ankam. Er hatte etwas Besseres von seinem Abt verdient. Es war grausam, Herr. Erbarme dich meiner.«

Ich fing an, mich auszupeitschen, nach links und rechts, immer wieder, während ich laut betete. Es fing bald an zu bluten, und es schmerzte, auch wenn es anfangs nicht sehr schlimm war. Ich spürte, wie es warm an mir herunterlief, dann spritzte es. Auch mein Rücken fühlte sich warm an, fast wie eine heilende Berührung, sodass der Schmerz nachließ und ich denen, die zuschauten, ruhig ins Gesicht blicken konnte.

Afra sah aus, als habe sie Angst, denn hier passierte etwas, was sie nicht verstand. Master Justin schien anfangs amüsiert, schließlich aber beunruhigt, sodass er sich abwandte. Das Blut lief in Strömen an mir herunter, und die Hitze nahm zu, es war, als schlüge ich mich mit Feuer, ich konnte es nicht mehr ertragen.

Ich hielt inne, schwer keuchend, mit kurzen, erstickten Atemzügen. Ich ließ den Kopf hängen, der Schmerz war schlimmer als alles, was ich jemals erlebt hatte. Ich hielt Caspar die Peitsche hin.

»Mach weiter, Bruder«, sagte ich, »wenn du mir vergeben kannst.«

Ein Mann von wahrer Größe hätte die Peitsche wahrscheinlich nicht genommen. Stattdessen ergriff er sie und machte sich mit einer Hingabe an die Arbeit, dass ich auf die Knie fiel und erwartete, ohnmächtig zu werden, ehe er schließlich innehielt. Ich konnte kaum etwas sehen vor Schmerz und Schwindel, und es dauerte eine Weile, ehe ich merkte, dass es zu Ende war. Ich stand auf und sah, dass er fast ebenso keuchte wie ich. Jemanden auszupeitschen ist Schwerstarbeit. Er hielt mir die Peitsche hin, und ich nahm sie. Doch in seinem Blick war Achtung, als ich meine linke Hand mühsam ausstreckte und ihm auf die Schulter klopfte. Dann gab ich ihm die Peitsche zurück und schloss seine Finger um den Griff.

»Noch mal, Bruder«, sagte ich leise.

Wieder hoffte ich, das alte Miststück würde etwas Anstand zeigen, aber stattdessen trat er hinter mich, als ich vor der Menge stand, denn inzwischen war jeder Bewohner der Insel herbeigeeilt. Wieder fing er an, und es ist unglaublich, wie schon bestehende Wunden immer noch stärker schmerzen und brennen können.

Caspars Gesicht war bleich, als er vor mir stand. Einige der Männer riefen ihm zu, er solle aufhören. Sie knurrten, ich hätte jetzt genug gelitten. Aber ich stellte auch fest, dass keine weibliche Stimme dabei war. Frauen sind schon immer grausamer gewesen.

Caspar wirkte unentschlossen. Er merkte, dass die Stimmung gegen ihn umschlug, aber er war boshaft genug und hätte mich ohne Weiteres noch ein drittes Mal ausgepeitscht, allerdings immer mit meiner ausdrücklichen Erlaubnis. Jetzt war er verunsichert. Wäre ich ein Gefangener oder an einen Pfahl gefesselt gewesen, hätte er wohl die ganze Nacht weitergemacht. Doch gebot ihm seine Scham und das Murren der Menge, dass er mir die Peitsche zurückgab. Ich hielt sie ihm hin, ich wollte, dass alle sähen, wie er den Kopf schüttelte. Ich war so erleichtert, dass ich hätte heulen können.

»Ich verzeihe dir«, sagte Caspar. Er sah mir ins Gesicht und schluchzte auf, dann wandte er sich ab. Ich war zu benommen von Schmerzen und Blutverlust, um diese plötzliche Regung zu verstehen.

Wulfric trat vor und legte mir einen Umhang um, was ihm mit einem Arm etwas Mühe machte, deshalb half ich ihm. Ich konnte nicht allein gehen, aber er stützte mich, so gut er konnte, während ich bei jedem Schritt vor Schmerz zusammenzuckte. Wir gingen ins Spital, wo Afra meine Wunden versorgte. Sie säuberte und nähte, aber sie sprach kein Wort.

Es war ganz erstaunlich, wie sich mein Ansehen jetzt in unserer kleinen Gemeinschaft veränderte. Afra hielt meine Wunden sauber und machte ihre Sache gut, und auch wenn mir jede Bewegung zur Qual wurde und ich einen Monat lang weder einen Hammer schwingen noch etwas vergolden oder nieten konnte, war es ja meine Hauptaufgabe, zu planen und für Ruhe und Ordnung in unserer Gemeinschaft zu sorgen, woran mich mein schmerzender Rücken nicht hinderte.

Ich hatte viel damit erreicht, dass ich mich von Caspar hatte geißeln lassen, aber ich merkte auch, dass dieses eine Mal genügte – sowohl für ihn als auch für mich. Ein paar Wochen später kam er mit der Geißel in der Hand zu mir und fragte demütig, ob er seine Arbeit wieder aufnehmen solle. Ich fürchte, meine Antwort war ziemlich barsch.

Advent ist der Anfang des liturgischen Jahres. In Dunkelheit und Kälte feiern wir das Wunder der Erscheinung Christi in der Welt. *Adventus* auf Lateinisch, oder *parousia* auf Griechisch – es ist eine Zeit der Buße und des Gebets. Es gibt schmale Kost, aber alle Kirchen und Kapellen werden mit grünen Zweigen geschmückt.

Die Bauarbeiten wurden unterbrochen, weil unsere Arbeiter nach Hause zu ihren Familien gingen. Jetzt waren wir wieder eine kleine Gruppe, und zusammen bereiteten wir uns darauf vor, unseren Heiland willkommen zu heißen und die anschließenden Wintermonate zu überstehen.

In dieser ruhigeren Zeit beschäftigte ich mich mit einem Problem, das mir schon zu schaffen machte, seit unsere Bauarbeiten angefangen hatten. Lady Elflaed hatte mich mit einer Tasche voll Gold und Silber nach Glastonbury geschickt, und ich hatte gedacht, das würde ausreichen, um damit den Bau der Abtei zu bezahlen.

Ich hatte jedoch nicht mit den hohen Kosten für die Steine gerechnet, die behauen werden und von einer Größe und Qualität sein mussten, wie wir sie brauchten. Ich hatte auch unterschätzt, wie schnell die Löhne für zweihundert Männer und ein Dutzend Maurermeister eine solch königliche Summe aufzehren konnten. Beten half da nichts, obwohl du sicher sein kannst, dass ich es versuchte, als ich merkte, wie schnell das Geld zur Neige ging.

Also schnitt ich mir zu Beginn der Adventszeit einen frischen Federkiel, um meiner Gönnerin zu schreiben und sie um eine erneute Zuwendung zu bitten. Ich machte eine Liste aller angefallenen Kosten, aber die schien mir nicht sehr geeignet, um Lady Elflaed zu veranlassen, erneut in ihre Schatulle zu greifen. Ich kannte sie gut genug und wusste, dass sie darauf wartete, dass endlich Lobpreis und Chorgesänge und Gebete zum Himmel aufstiegen, und dass sie sich weniger dafür interessierte, wie viele Tonnen Geröll und wie viele Tausend behauene Steine auf unserer Baustelle lagen. Dennoch, ich musste es versuchen. Ich schickte drei unserer Jungen über den Damm, mit dem Auftrag, sich sofort auf den Weg nach Winchester zu machen und dort das Haus der Lady aufzusuchen. Als das erledigt war, berief ich eine Versammlung in das neue Schulhaus ein, das wir bereits gebaut hatten. Es war eine etwas missmutige Gruppe, die sich da zusammenfand.

Ich blickte in die Runde. Caspar war auch gekommen, aber seit unserem kleinen Erlebnis mit der Peitsche machte er kein so böses Gesicht mehr. Ich traute ihm noch immer nicht ganz, aber ich behandelte ihn jetzt weniger grob als früher.

Master Gregory war auch gekommen, schweigend saß er da und wartete, ohne ein Anzeichen, dass ihn fror, im Gegensatz zu den jüngeren Männern, die vor Kälte bibberten. Der uralte Bruder John saß neben ihm, und Guido, der Bootsführer, nahm auf den höheren Rängen Platz. Ich hatte die Schule im Stil eines griechischen Theaters bauen lassen, oder auch wie ein römisches Senatsgebäude, mit Bankreihen, die in Kurven nach oben anstiegen, dazwischen Treppen. Zweifellos empfand ich wieder Stolz. Ich legte die Hände auf den Rücken und hoffte, etwas Kluges sagen zu können, als ich meinen Blick über die vierzig Anwesenden schweifen ließ. Zu meinem Bedauern kannte ich immer noch nicht alle. Ich war viel zu sehr mit der Brücke und meiner Schmiede beschäftigt gewesen, um mit jedem Einzelnen zu reden und mich über seine Fähigkeiten zu informieren. Es war viel Zeit und Geld und jugendliche Kraft nötig, wenn unsere Abtei jemals das Licht der Welt erblicken sollte. Und ich hatte keinerlei Skrupel, die Männer vor mir dafür einzuspannen.

Ich musterte gerade die Runde, als mein Blick an jemandem hängen blieb, den ich gar nicht erwartet hatte. Master Justin saß unter ihnen. Wir hatten ihn schon lange als einen der Unseren akzeptiert. Er und Master Gregory aus der Werkstatt waren wie uralte Freunde. Ich freute mich, dass er geblieben war. Zweifellos würde man am Königshof nach ihm fragen, aber falls er über seine Berufung als Mönch nachdenken sollte, konnte man dort nicht viel dagegen tun. Selbst Æthelstan konnte einen Mann, der Gottes Ruf folgte, nicht zu einer anderen Arbeit zwingen. Und, noch besser, wenn der Baumeister zum Mönch würde, müsste er das Gelübde der Armut ablegen, und ich brauchte ihn nicht mehr zu bezahlen. Ich grinste Justin an. Er errötete wie ein Junge und versuchte, meinem Blick auszuweichen.

Ich fing mit einem gemeinsamen Gebet an, wie es unser Brauch war. Doch schließlich musste ich zum Punkt kommen.

»Meine Freunde, ich habe euch heute aus dem kläglichsten aller Gründe zusammengerufen«, fing ich an und räusperte mich umständlich. Einige sahen ihre Nachbarn ratlos an, und ich beeilte mich fortzufahren, ehe ihre Fantasie mit ihnen durchging. »Weil ich nämlich eure Hilfe brauche, um das Geld zum Bau der Abtei aufzubringen.«

»Gott wird dafür sorgen«, sagte ein junger Bursche.

Als Antwort musste ich würdevoll das Haupt beugen, obwohl ich ihm lieber einen Fußtritt gegeben hätte.

»Natürlich, aber auch wir dürfen nicht untätig sein. Wir haben das ärmliche Gebäude, das hier stand, abgerissen. Jetzt müssen wir eine weitaus größere Abtei bauen, sonst haben wir uns gegen ein Gotteshaus versündigt. Ist nicht der heilige Patrick hierhergekommen, um zu sterben?«

Irgendjemand war mit Sicherheit hergekommen. Ich hatte die Gebeine gesehen. Ich hatte aber auch gehört, er sei in Irland gestorben, und das wäre eine beachtliche Leistung, selbst für einen Heiligen. Doch sie alle nickten zustimmend.

»Ich habe den König gebeten, dem Kloster mehr Land zu schenken«, sagte ich.

Ein aufgeregtes Gemurmel erhob sich. Ich hatte die starke Befürchtung, meine Bitte würde auf taube Ohren stoßen. Æthelstan verdächtigte mich dunkler Machenschaften, was nur bedeutete, dass er nichts verstand. Könige können manchmal recht einfach gestrickt sein. Bei jedem Schritt müssen sie von der Kirche geführt werden, sonst brechen sie sich schon beim Aufstehen den Hals.

»Ich habe auch seine Nichte, Lady Elflaed, um eine größere Summe gebeten, obwohl sie bereits so viel gestiftet hat, dass es für ein Dutzend wohlhabender Familien reichen würde. Wir selbst müssen mehr dazu beitragen. Unser Leben ist Gott geweiht, und diese Abtei wird ein einziger großer Lobgesang werden. Alles, was wir herstellen, anbauen oder sonst produzieren können, wird unseren Bau mitfinanzieren.«

Daraufhin wurde es ziemlich laut, als sie darüber diskutierten. Die Ideen kamen nur so gepurzelt, auch wenn die meisten unbrauchbar waren. Auch Mönche brauchen Führung.

Nach einiger Zeit zählte ich die besten Vorschläge an den Fingern auf. Es waren die, die ich mir von Anfang an erhofft hatte, aber die Männer hatten einander in dem Lärm und Gelächter oft gar nicht zugehört.

»Englische Stickerei ist vielleicht unser größter Pluspunkt. Das wäre unser erster. Sie wird gut bezahlt, dauert aber lange in der Herstellung. Ich überlege, ob man dazu nicht noch mehr junge Burschen aus den umliegenden Dörfern gewinnen und anlernen könnte. Wer weiß, vielleicht fühlen einige dann sogar die Berufung, wenn sie eine Weile unter uns gelebt haben.«

Sie lächelten, vor allem diejenigen, die diese Stickerei gelernt hatten. Ich hätte es denen, die es nicht konnten, auch zeigen können.

»Silberarbeit und Vergolden ist unsere zweite Stärke – allerdings bräuchten wir dazu einen Markt, der weit über Wessex hinausreicht, um diese Gegenstände zu verkaufen – und wir müssen das Rohmaterial einkaufen, ehe wir einen einzigen Penny verdient haben. Ich zweifle nicht daran, dass auch das eine gute Erwerbsquelle ist, nur muss es gut geplant sein.«

»Steinmetzarbeit«, sagte Master Justin. Er schien zu bezweifeln, dass ich von allein darauf gekommen wäre, und damit hatte er recht. Denn wenn ich mir auch den Anschein gab, allen zuzuhören, diesen Vorschlag hatte ich nicht gehört. Ich sah ihn an und dachte darüber nach. Er fasste es als Einladung auf zu sprechen.

»Ich könnte einigen geschickten Burschen beibringen, wie man Steine behaut. Oder wie man sie mit eisernen Meißeln bearbeitet, die man hier in der Schmiede herstellen und schärfen müsste. Jede Kirche in Frankreich und England braucht feines Maßwerk, jede Zunfthalle, jeder Earl. Wenn sich junge Männer finden, die das lernen wollen, bilde ich sie zu Meistern aus.«

»Danke«, sagte ich und hielt den dritten Finger hoch. Das war ein sehr brauchbares Angebot. Gott würde wirklich für uns sorgen.

»Mein vierter Vorschlag, Brüder, waren einfache Metallarbeiten. Ich denke an Töpfe und Schürhaken, wie jeder gute Schmied sie herstellt, vielleicht auch das Beschlagen von Pferden, obwohl wir etwas abseits der großen Verkehrswege liegen. Aber ich merke jetzt auch immer deutlicher, dass wir mehr Leute brauchen, die uns ihre Arbeitskraft schenken. Männer, die wir nicht bezahlen können, die zur Ehre Gottes kommen, denn die Arbeit ihrer Hände wird ihnen einen Platz im Himmel sichern.«

Ich schwieg einen Moment, während dieser Gedanke in mir Gestalt annahm. Master Justin hätte niemals seinen Abend geopfert, um einer Versammlung von zukünftigen Unternehmern zuzuhören. Wir waren hier, um etwas weitaus Größeres zu schaffen, als wir es selbst waren. Ob es ihm bewusst war oder nicht, Master Justin war gekommen, weil er berufen war. Und so würden noch viele kommen. Sie mussten kommen.

Mit lauter Stimme, dass es von den Deckenbalken widerhallte, ergriff ich das Wort.

»Der Bau einer Kirche ist eine Arbeit zur Vergebung der Sünden, meine Brüder. Das müssen wir diesen Winter in allen Städten und Dörfern verbreiten. Wir müssen von hier hinausziehen und den Bau einer neuen, großen Abtei in Glastonbury verkünden, wo alle Christen willkommen sind.«

»Und ihre Frauen«, sagte jemand.

Meine Vision zerstob, und ich merkte, ich hatte in meiner Euphorie nach oben gestarrt. Jetzt runzelte ich die Stirn.

»Christus hatte keine Frau«, knurrte ich, obwohl ich nicht bereit war, darüber zu streiten. Einige fingen an zu widersprechen, und ich hob die Hand. Gesegnet sei der heilige Benedikt für seine Regel über den Gehorsam! Sie wurden still und verschränkten brav die Arme.

»Dies ist ein Thema für einen anderen Abend, Brüder. Jetzt haben wir drei, nein, vier Goldadern und einen langen Winter vor uns. Nutzen wir ihn gut.«

Wir öffneten die Schultür und gingen hinaus in die frostige Nacht, der Mond und die Sterne standen so klar am Himmel, dass ich sie in meiner Freude am liebsten heruntergeholt hätte. Es passiert nicht alle Tage, dass ein junger Mann seinen Lebensweg so deutlich vorgezeichnet sieht. Ich würde sie um mich scharen und die Abtei bauen, Stein um Stein.

Nach Mitternacht ging ich zur Matutin, obwohl es weder eine Glocke noch einen Turm gab, um uns zusammenzurufen. Es freute mich, die provisorische Kapelle voll gähnender Männer zu sehen – und auch Frauen, unter denen Afra mich böse anfunkelte. Sie wartete nur auf meinen ersten Ausrutscher.

Auch ich gähnte herzhaft, als ich in meine kleine Schlafkammer zurückkehrte und der Frost unter meinen Sandalen knirschte.

Ich blickte auf, als ich Schritte auf dem eisigen Pflaster hörte.

»Wer ist da? Wer ist das dort?«, fragte ich, plötzlich furchtsam geworden. Im Mondschein sah ich einen jungen Mann, der nach Pferdedreck und Schweiß roch. Als er mir nahe genug war, um mir ins Gesicht zu blicken und meinen Arm zu ergreifen, spürte ich, was für eine Hitze von ihm ausging.

»Seid Ihr Abt Dunstan?«, fragte er und sah mich zweifelnd an. Er war älter als ich, mit einem sauber gestutzten Bart, der ihm wohl etwas Autorität verleihen sollte. Was aber nicht der Fall war.

Irgendwie ahnte ich, dass es sich um eine schlechte Nachricht handelte. Ich betete darum, dass Lady Elflaed nicht gestorben war. Ohne sie wären alle meine Pläne für die Abtei zunichte.

»Es ist der König«, sagte der junge Mann. »König Ǣthelstan ist tot.«

»Gott sei seiner Seele gnädig«, sagte ich wie ein Reflex, und mein Mund blieb offen stehen.

Auch er neigte den Kopf im Gebet.

»Ist Edmund denn jetzt König?«, fragte ich plötzlich. »Sein Bruder?«

Der junge Mann besaß die Unverschämtheit, die Stirn zu runzeln, als ob sich diese Frage nicht jedem aufdrängte, der diese Nachricht hörte.

»Das Land trauert, Vater. Aber ja, der Witan hat seinen Bruder Edmund gerufen. Er wird drei Wochen nach dem Fest der Taufe Christi gekrönt werden.«

»Vermutlich von meinem Onkel, Erzbischof Athelm?«

Der Bote merkte, dass er vielleicht nicht ganz so selbstbewusst hätte auftreten sollen. Einer plötzlichen Regung folgend, ließ er meinen Arm los, kniete nieder und beugte den Kopf, obwohl es jetzt etwas spät dafür war.

»Das glaube ich, Vater Abt. Verzeiht meine Respektlosigkeit.«

Ich entließ ihn mit einer Handbewegung und stand da, in Dunkelheit und Kälte, aber meine Gedanken überschlugen sich. Ǣthelstan hatte mich verbannt, aber Ǣthelstan war jetzt nicht mehr König.

»Ich muss zurück an den Hof«, sagte ich völlig überwältigt.

20

Am liebsten wäre ich noch mitten in der Nacht aufgebrochen, aber ich tat es natürlich nicht. Es dauerte noch bis zum Morgengebet, als ich unsere Gemeinschaft mit der Handglocke ins Refektorium rief. Um meinen guten Willen zu zeigen und auch um erneute Diskussionen zu vermeiden, ließ ich Frauen und gähnende Kinder herein, obwohl sie lärmten und wie junge Kätzchen herumtollten und keinerlei Respekt zeigten.

Jedoch kehrte bald Ruhe ein, als ich ihnen die Neuigkeit verkündete. Es war ein Schock für uns alle. Æthelstan war der erste König, den ich kennengelernt hatte. Ich hatte ihn beim Angriff mit seinen Reitern dahinfliegen sehen wie ein Speer. Ich bewunderte ihn, aber sein Freund war ich nicht gewesen.

Vielleicht war ich deshalb so überrascht, als ich auf vielen Gesichtern vor mir Tränen sah. Master Justin verbarg sein Gesicht in seinem Ellbogen und schluchzte regelrecht. Ganz ehrlich, eine solche Sturzflut von Tränen hatte ich nicht erwartet. Natürlich blieb dies auch bei den Kindern nicht ohne Folgen, als sie ihre Mütter und Väter weinen sahen. Sie fingen an zu plärren, bis ich dachte, es sei besser, draußen zu warten. Oder vielleicht sollte ich einfach die Tür verriegeln und nach Winchester reiten, während sie sich hier ausheulten.

Ich ging vor ihnen auf und ab, dann blieb ich abwartend stehen und trommelte ungeduldig mit der Fußspitze auf den

Boden, während sie Taschentücher austauschten und ganze Familien sich tröstend umarmten. Es dauerte lange, bis sie sich endlich wieder beruhigt hatten. Jetzt erklärte ich ihnen, was sie während meiner Abwesenheit zu tun hätten.

Das löste eine neue Welle der Verunsicherung aus, wie bei einer Schafherde, deren Schäfer für eine Weile fortmuss. Ich sagte ihnen, dass ich dabei sein müsse, wenn der neue König gekrönt wird, und dass ich erneut meine Bitte um mehr Land für das Kloster vorbringen wolle. Jetzt verspürte ich weitaus mehr Hoffnung auf Erfolg als noch am Vortage, ja, ich spürte sogar eine gewisse Vorfreude.

Ich sah, dass auch Wulfric gekommen war, groß, und bis auf seinen fehlenden Arm strotzte er vor Gesundheit. Wie wünschte ich mir, ich könnte ihm während meiner Abwesenheit die Leitung des Klosters anvertrauen! Aber das war nicht möglich. Nicht nur, weil er weder die Gelübde abgelegt noch die Priesterweihe empfangen hatte, sondern vor allem, weil für ihn seine Arbeit und seine Familie vorrangig waren. Zwar hatte er mir zuliebe alles eine Weile vernachlässigt, aber sein Herz war nicht wirklich in Glastonbury.

Ich sah, dass Bruder Caspar mich ansah. Ich nickte ihm zu, und nach kurzem Zögern stand meine Entscheidung fest. Gewiss, ich war unter außergewöhnlichen Umständen zum Abt ernannt worden, weil Simeon dem Wahnsinn zum Opfer gefallen war. Das passierte selten, und ganz gleich, wer jetzt in Winchester regierte, ich würde immer so etwas wie eine Vaterrolle haben.

Es war also an mir, jetzt durch eine große Geste allen zu beweisen, dass ich ihnen vergeben hatte.

»Ich werde in den kommenden Monaten viel auf Reisen sein«, sagte ich. »Für die Zeit meiner Abwesenheit ernenne ich Bruder Caspar zum Prior. Wenn ich nicht da bin, wird er mein Sprachrohr sein, mein Stellvertreter.«

Caspar war so blass geworden, dass ich schon dachte, er würde ohnmächtig. Ich habe es schon einige Male bei langen Ostergottesdiensten erlebt, dass ein Mönch wie tot umfällt und sich nicht einmal mehr mit den Händen abstützen kann. Das kann zu schweren Verletzungen führen. Doch Caspar blieb stehen, was mich etwas enttäuschte. Er verbeugte sich in meine Richtung, offenbar zu überwältigt, um sprechen zu können.

»Es darf zu keiner Unterbrechung unserer Arbeit kommen«, fuhr ich fort. »Die Abtei…«

»Ich danke dir, Abt Dunstan«, brachte Caspar endlich heraus. Seine Stimme war kaum hörbar vor Ergriffenheit, aber vielleicht war er auch nur verschleimt.

»… wird gebaut werden«, fuhr ich fort. »Du kennst die Menschen hier so gut wie kein anderer. Du kennst die Aufgaben, die vor uns liegen, die Jahre der Entbehrung. Verkaufe dich nicht unter Wert, Prior. Du wirst Gottes Werk tun, und du wirst es gut machen.«

Noch einmal hob ich den Kopf und sprach zu allen.

»Ich werde unsere Bitte um mehr Land und Geld vorbringen, da könnt ihr gewiss sein. Aber es werden noch hundert weitere Antragsteller kommen, die ein Auge auf die königlichen Schatzkisten geworfen haben, noch ehe Æthelstan ganz kalt ist.« Ich sah, wie einige bei meinen Worten zusammenzuckten, als hätte ich etwas sehr Pietätloses gesagt. »Aber mein Onkel Athelm wird …«

»Du erweist mir eine große Ehre«, krächzte Caspar, als ich weitersprechen wollte. Ich fürchte, ich verlor die Geduld. Es war ein langer Tag gewesen.

»Und wenn du mich noch mal unterbrichst, nehme ich die große Ehre wieder zurück!«, brüllte ich ihn an. Im Raum herrschte absolute Stille, selbst die Kinder saßen mit großen Augen da und zitterten. Dann fingen sie wieder an zu heulen und zu kreischen, und ich hob meine Augen zum Himmel.

»O Herr, segne diese Schafe, einschließlich der Lämmer. Beschütze sie, während wir in deinem Namen bauen. Beschere uns das Geld, das wir brauchen, Herr, um dein Werk zu vollenden. Beschere uns auch die starken Arme, die Männer, die ohne Murren die Mauern errichten werden. Im Namen des Vaters, des Sohnes und des Heiligen Geistes, Amen.«

Ich war schon auf dem Weg nach draußen, als sie das Amen wiederholten und sich bekreuzigten. Caspar stand vorn, um etwas zu sagen, aber einige traten bereits hinter mir in die Nacht hinaus. Und auch wenn es kleinlich klingt, es tat mir gut.

Das erste Mal hatte ich Glastonbury bettelarm verlassen. Jetzt besaß ich zumindest das Pferd, das ich bei Brunanburh geritten hatte. Nach meiner Rückkehr hatte ich Spitzbub besser geschult, als er es eigentlich verdient hatte. Ich ritt ihn regelmäßig und hielt mich an die Ratschläge derer, die sich auf Pferde verstehen. Inzwischen kannte Spitzbub mich als Lieferanten von Karotten und Steckrübenschnitzen. Er stellte die Ohren hoch wie ein Hund, wenn er mich in den Stall kommen sah, und schlug mit dem Huf gegen die Tür, um herauszukommen. Ich kann nicht behaupten, dass uns eine große Liebe verband – mir waren Pferde nie sympathisch gewesen. Doch er war zweifellos von Nutzen für mich, besonders für die lange Strecke zwischen Glastonbury und Winchester.

Ein altes Sprichwort sagt, dass Lords reiten und arme Leute laufen, aber ein Abt kann nicht riskieren, im Dienste der Kirche von Wölfen zerrissen oder von Dieben überfallen zu werden. Im Laufe der Jahre muss ich auf Spitzbubs Rücken wohl an die tausend Meilen hin und her geritten sein. Bald kannte er den Weg so gut, dass ich beim Reiten lesen konnte und die Stunden vergingen, ohne dass ich es merkte. In dieser Beziehung war der dickköpfige alte Gaul ein wahres Wundertier.

Als ich aufbrach, wurde der Hochkönig von Britannien in Malmesbury zur letzten Ruhe gelegt, in der Stadt, deren Bewohner er nach ihrem Dienst bei Brunanburh für alle Zeiten für frei erklärt hatte. Genau wie er schienen sie diesen seltenen und prekären Zustand zu schätzen – ich selbst ziehe das Joch vor. Auf die meisten Menschen wirkt die Freiheit beängstigend und macht sie unsicher. Ich habe immer die Meinung vertreten, dass Menschen sich viel ruhiger fühlen, wenn sie sicher angeschirrt sind. Auf mich trifft das zwar nicht zu, wohl aber auf die meisten anderen. Ich selbst würde die Freiheit des Königs immer vorziehen, ich würde sogar frieren und hungern, solange ich selbst darüber entscheiden könnte. Aber ich bin auch ein seltener Vogel.

Ich hörte, die Beisetzung sei eine riesige Trauerveranstaltung gewesen, zu der Tausende gekommen waren, um sich von ihrem König zu verabschieden. Ich kann mir nicht vorstellen, dass es ergreifender war als andere Begräbnisse, die ich gesehen habe – besonders die Trauerfeiern, die ich seitdem für andere Könige gehalten habe. König Ǣthelstan war ein großer Mann, aber er hatte meinen Wert nicht erkannt. Folglich war auch er nicht ganz ohne Fehl.

Ich kam Ende Januar in Winchester an, überall lag Schnee, und in den Wolken hing noch mehr davon. Gerade als ich auf Spitzbub durch das Westtor trabte, fing es wieder an zu schneien, sodass jedes Geräusch gedämpft wurde.

Die Lichter der Stadt waren wegen der Trauerzeit gelöscht, die Wirtshäuser hatten ihre Läden geschlossen, und die Stadtschreier waren verstummt. Wie es scheint, steht die Welt für die Beisetzung eines Königs still, selbst für eine solche, zu der ich nicht geladen war. Und das war natürlich ein weiterer Grund, weshalb es in Winchester so still war: Es war kaum jemand da.

Ich kam an Lady Elflaeds Haus an, das nur ein paar Straßen vom Königshof entfernt lag. Ich hatte mir schon Sorgen gemacht, dass ich mir ein Nachtquartier in einem Wirtshaus würde suchen müssen, aber sie hatte ein verhutzeltes altes Weib dagelassen, das auf mein Klopfen hin öffnete. Es verbeugte sich ständig, vielleicht handelte es sich auch nur um einen Buckel, das konnte ich nicht unterscheiden. Ein Stallbursche kümmerte sich um Spitzbub, der dampfte und mit Schlamm bespritzt war, nachdem er mich über Felder und Wiesen getragen hatte. Man hatte ein Zimmer für mich vorbereitet, und der Tisch war mit kaltem Braten, gesalzenem Dorsch und eingelegten Bohnen gedeckt. Lady Elflaed war eine gute Gastgeberin. In dieser Nacht hatte ich lebhafte Träume, aber es war eher dummes Zeug, keine Visionen, deshalb will ich nicht näher darauf eingehen.

Ich habe von Menschen gehört, die von Orten träumen, die ihrer realen Welt ähneln. Sie sehen ihre eigenen Häuser und Städte, nur dass sie menschenleer sind oder dass der Träumer wie ein Gespenst hindurchgeht und von niemandem erkannt wird. Diese Art von Fremdheit empfand ich, als ich in völliger Stille einschlief und beim Aufwachen den üblichen Lärm und die Betriebsamkeit der Stadt hörte. Die königliche Trauerprozession war aus Malmesbury zurückgekehrt, offenbar auf besseren Straßen, als ich sie gehabt hatte. Der weiße Schnee hatte sich bis Mittag in schmutzigen Matsch verwandelt, und auf den Straßen herrschten wie üblich Gestank, Dreck und das Gedränge der Menschen. Ich war verstimmt, aber vielleicht war es auch nur meine Form der Trauer, ich kann es nicht sagen. Es trifft jeden von uns anders. Ich hatte gedacht, der Tod des Königs habe in mir nur ein vages Bedauern ausgelöst, aber vielleicht ging es mir doch näher, als ich mir eingestehen wollte.

Lady Elflaed war auch wieder nach Hause gekommen, sie war in tristes Dunkelbraun und Rot gekleidet und sah aus wie Herbstlaub. In allen Einzelheiten schilderte sie mir die Zeremonie, die wieder einmal mein Onkel Athelm gehalten hatte, was mich freute. Ein Onkel, der Könige nicht nur krönt, sondern auch begräbt, ist eine Macht im Land. Und mein Onkel schätzte mich sehr.

Weniger begeistert war ich, als sie die außerordentliche Schönheit der Abtei von Malmesbury pries. Ich fühlte mich wie ein Mann, dem ein anderer die Vorzüge seiner Ehefrau schildert. Was gingen mich Malmesburys Höhe und seine Pfeiler an? Seine berühmten Fenster und Grabmäler? Verglichen mit dem, was ich zu bauen gedachte, würde es aussehen wie eine Hirtenhütte. Doch ich ließ sie reden, denn die Lady war meine Gönnerin, und ich brauchte sie.

Man hatte die Krone mitgebracht, denn sie wurde für Edmund gebraucht. Diese Zeremonie war noch in der Planung, und ja, hier sah ich meine Chance, die Früchte einer Freundschaft zu ernten, die ich geknüpft hatte. Ich würde nicht mehr vor der Tür stehen müssen, während der König aß. Edmund war mein Freund, und eins ist sicher: Er war ein guter Mensch und ein guter König.

Nach ihm zerfiel alles zu Staub. Aber Jugend und Mut währen auch nicht ewig, Jungfräulichkeit geht verloren, guter Wein wird sauer, selbst Türme stürzen ein.

DRITTER TEIL

SEHT DEN PRIESTER

A.D. 940

Aber ich bin ein Wurm und kein Mensch,
das Gespött der Leute und verachtet vom Volke.

1. PSALM 22:7

21

In der Kapelle war es eiskalt, und es herrschte ehrfürchtige Stille, als mein Onkel die Krone über Edmunds Haupt erhob. Ich hielt den Atem an, wie sie in der Luft schwebte und sich schließlich auf den jungen König niedersenkte. Aus dem Dunkel jubelte der Chor auf wie mit Engelsstimmen.

Es kommt mir merkwürdig vor, wenn ich daran zurückdenke. Wir alle wussten, dass es nicht anders kommen konnte, aber Edmund hatte sich tatsächlich sein ganzes Leben lang auf den Thron vorbereitet. Die Krönung fand in Kingston statt, genau wie bei Ǣthelstan. Die Stadt lag an der Grenze zwischen Mercia und Wessex, und auch das hatte natürlich seine Bedeutung. Als mein Onkel ihm Ǣthelstans Krone aufs Haupt setzte, wurde Edmund damit zum König von ganz England, und nicht nur von einem Teil davon.

Mir war der zweitägige Ritt auf schlechten Straßen nicht leichtgefallen. Doch ich wusste, dass es notwendig war herzukommen. Edmund war nicht weniger bedeutend als sein Bruder, er war ihm in jeder Beziehung ebenbürtig. Das ist wichtig, und man sollte es nie vergessen.

Als wir nach Winchester zurückkehrten, war es fast unmöglich, auch nur auf Armeslänge an den neuen König heranzukommen. Hunderte von Leuten, sowohl von hohem Rang als auch Arme, schienen jetzt eine Chance zu wittern, sich einen Vorteil zu ergattern, von morgens bis abends drängten sie sich in der Petitionshalle. Ich verabscheute sie für ihr Betteln und ihr Gejammer, auch weil sie mich daran hinderten, mit Edmund zu sprechen. Bewaffnete Lehnsmänner kreisten ständig um ihn herum, sie bewachten sein Leben und damit gleichzeitig ihr eigenes Schicksal.

Vielleicht hätte Edmund auch Egill als Leibwächter behalten, aber nach Brunanburh hatte Æthelstan diesen Söldner wohl etwas zu großzügig belohnt. Deshalb erschien der königliche Leibwächter eines Morgens in der Petitionshalle, einen Sack Geld auf der Schulter und etliche Waffen am Gürtel, und verabschiedete sich von uns, um in seine Heimat zurückzukehren. Er schien gar nicht auf die Idee zu kommen, dass er vielleicht selbst Schutz brauchen könnte.

Mein Onkel bot ihm den Reisesegen an, aber Egill schüttelte sein Haupt und lachte über dieses Ansinnen. Man sagt, er lebe noch, er sei so alt wie ich – und wolle mit Christus nach wie vor nichts zu tun haben. Nun ja, er war ein sturer Bastard, und zweifellos wird er dafür in der Hölle schmoren, aber ich mochte ihn trotzdem, gerade wegen seiner Dickköpfigkeit.

Natürlich konnte ich mich Edmund nicht gewaltsam aufdrängen. Vielleicht ist das ein Grund, König zu werden, weil einem dann niemand zu nahe kommen kann. Für seine Lehnsleute waren diese unzähligen Bittsteller nichts weiter als ein Ärgernis, mit dem sie nach eigenem Gutdünken umgingen, wie ich es vorhergesagt hatte. Ich fand es enttäuschend, dass ich anscheinend nicht mehr zu ihnen gehörte, obwohl ich doch an ihrer Seite gekämpft hatte. Ich schickte dem einen oder anderen einen Brief, auf bestem Pergament und mit sündhaft teurer Tinte geschrieben, nur um mich wieder in Erinnerung zu bringen. Auf dem Schlachtfeld war es nicht so schwer gewesen, mit Edmund zu sprechen! Aber jetzt zupfte die ganze Welt an seinem Hemdsärmel.

Der Witan übernahm einen Großteil der Arbeit, aber noch immer galt das alte, wichtige Gesetz, nämlich, dass jeder freie

Mann sein Anliegen persönlich vor den König bringen konnte. Diese Sitte hatte es schon vor seinem Großvater gegeben, als uns lediglich Wessex gehörte. Æthelstan hatte Bittgesuche zugelassen, deshalb konnte Edmund sie nicht einfach wieder abschaffen. Von frühmorgens bis spät in die Nacht hörte er sich ihre Streitigkeiten an und schlief kaum noch. Und immer noch kamen neue dazu, jammernd und wehklagend.

Ich hatte mein Zimmer bei Lady Elflaed behalten und wurde im Morgengrauen von einem Diener geweckt, der an die Tür klopfte und mir mitteilte, der König wünsche mich zu sprechen. Du kannst sicher sein, dass ich sofort losrannte an diesem kalten Morgen. Ich glaube, das ist der Grund, weshalb der heilige Benedikt vorschreibt, dass Mönche in ihrer Kutte schlafen sollen, damit wir jederzeit aufstehen und uns ohne Zögern in den Dienst Gottes stellen können. Darüber bin ich im Laufe der Jahre schon hundertmal froh gewesen, obwohl die Kutten von Zeit zu Zeit ausgeräuchert werden müssen, wenn Flöhe und Läuse einem zu sehr zu schaffen machen. Dies war erst kürzlich der Fall gewesen, und der Geruch war mir noch in der Nase, als ich den Königshof erreichte und ins Innerste geleitet wurde. Selbst zu dieser frühen Stunde musste ich an über hundert neidischen Augenpaaren vorbei, und alle fragten sich, weshalb ich bevorzugt behandelt wurde.

Keuchend kam ich in der Petitionshalle an und ging durch die dichte Menge, die von den Wachen nur mit Mühe zurückgehalten werden konnte. Die Türen schlossen sich hinter mir. Der Raum war fast dunkel, draußen ging gerade die Sonne auf. Ich muss gestehen, mir war etwas mulmig zumute, doch dann erhob König Edmund sich von seinem Stuhl am Kamin und trat mir lächelnd entgegen. Er trug keine Krone, das weiß ich noch genau, und doch sehe ich ihn damit, wenn ich daran zurückdenke. Es ist manchmal schon etwas Merkwürdiges mit der Erinnerung.

»Vater Abt«, sagte er.

Also sollte es formell zugehen. Ich bemerkte, dass ein dicker, neuer Goldring an Edmunds Finger blitzte. Ich beugte mich herunter, um ihn zu küssen, und spürte, wie er zwischen meine Lippen glitt, als wollte ich seinen Finger verschlucken. Ich fand, dass er seine Hand ziemlich abrupt zurückzog.

Als ich errötend meinen Kopf hob, bemerkte ich die Männer, die wie Schatten in den Ecken standen. Ich strengte meine Augen an, aber das Feuer war die einzige Beleuchtung, und in der Dunkelheit hatte ich sie nicht erkannt.

»Ich danke Euch, dass Ihr mich habt kommen lassen«, sagte ich mit einer tiefen Verbeugung. »Ich kann mir vorstellen, dass die ganze Welt Euch sprechen will.«

»Ihr habt keine Ahnung, wie wahr das ist. Dort draußen schlafen alle meine eigenen Leute, die mich ebenfalls sehen wollen, außerdem Schwestern und Vettern und französische Lords, die alle … Ach, egal. Irgendwie werde ich schon Zeit finden, sie zu empfangen. Aber es ist mir ein Rätsel, wie mein Bruder das geschafft hat, der doch schon über vierzig war.«

»Übungssache«, sagte ich.

Er lachte leise, aber sein Blick wirkte traurig. Ich merkte, dass Edmund selbst noch sehr um seinen Bruder trauerte, trotz der Freude darüber, dass er nun selbst König geworden war. Natürlich hatte er davon geträumt, einst auf dem Thron zu sitzen, aber er hatte seinen älteren Bruder auch geliebt und damit gerechnet, dass Æthelstan noch einige Jahrzehnte leben würde.

Dies veränderte mein Bild, das ich von Edmund gehabt hatte. Er hatte noch nicht regieren wollen, und er konnte kaum fassen, dass er es jetzt musste. Ich war fröhlich und munter hergekommen, weil ich dachte, unsere ungezwungene Art des

Umgangs würde sich fortsetzen. Das alles konnte ich jetzt vergessen, nachdem ich sah, welche Veränderung mit ihm vorgegangen war.

»Er war ein großer König«, sagte ich.

Diese wenigen Worte hatten genügt, um seine Augen feucht werden zu lassen.

»Ja, das sagen alle. Æthelstan war ein außergewöhnlicher Mann, ein großartiger Herrscher. Man erzählt mir von Brunanburh, als hätte ich nicht schon jede Geschichte darüber gehört und wäre an den meisten nicht selbst beteiligt gewesen. Und trotzdem, Dunstan, was sie vergessen … was sie nicht verstehen …« Seine Stimme erstarb, und er blickte an mir vorbei in die dunklen Ecken des Raumes. Ich sah, wie sich Resignation in seinem Gesicht ausbreitete, und fasste plötzlich einen Entschluss.

»Soll ich Euch die Beichte abnehmen, Hoheit? Wir könnten doch sicher ein privates Plätzchen dafür finden.«

»Das bezweifle ich«, murmelte Edmund, aber er nickte. Er zeigte auf eine Seitentür, fernab von der Menge, die draußen wartete. Ich ließ mir nicht anmerken, woran ich dachte, also mochte es sein Schuldgefühl sein, dass er jetzt davon anfing.

»Ach, die sind immer da, mach dir nichts draus. Die werden auch noch da sein, wenn wir zurückkommen. Ob Tag oder Nacht, es sind zwar andere Gesichter, aber die Schlange ist immer da.«

»Auf Lateinisch *cauda*, ein ›Schwanz‹«, sagte ich.

Er hielt inne, wie um darüber nachzudenken.

»Dunstan, du überraschst mich immer wieder«, sagte er. »Richtig. Wenn der König der Hund ist, dann sind sie der Schwanz.« Er lachte, aber es klang nicht fröhlich. »Komm jetzt.«

Ich folgte ihm nach draußen und war den misstrauischen Blicken der Wachen ausgesetzt, denen er energisch klarmachte, sie sollten zurückbleiben. Damit waren sie ganz und gar nicht einverstanden! Einem König kann man nur schwer etwas abschlagen, aber andererseits wussten sie, dass sie ihr Leben aufs Spiel setzten, wenn sie ihn gehen ließen und ihm etwas zustoßen sollte. Ich machte mir keine Freunde damit, dass ich mit Edmund davonging. Mir wurde klar, dass er genauso ein Gefangener war wie seine Bittsteller.

Ohne die Krone oder sonstige Erkennungszeichen seiner Würde war Edmund für beinahe alle seine Untertanen ein Fremder. Ich hatte nicht daran gedacht, aber ich war froh, dass man ihn nicht erkannte, als wir durch die Menge gingen. Natürlich mussten wir uns der vielen Hausierer und Händler erwehren, die uns bei jedem Schritt etwas hinhielten, das wir kaufen sollten.

Wieder einmal überraschte Winchester mich, den Jungen vom Land, mit seinem Lärm. Auf den Straßen wimmelte es von Menschen. Es war wirklich die Hauptstadt, nicht nur von Wessex, wie unter Alfred, sondern von ganz England. Es gibt Leute in Middlesex und Kent, die London vorziehen, was vielleicht damit zu tun hat, dass es Frankreich näher ist. Aber so sehe ich es nicht. Winchester hat alles: seinen großen Fluss, den Itchen, eine königliche Münzanstalt, Mühlen, Klostergebäude, Händler.

Wir gingen den Hügel hinunter zum Flussufer, vorbei an dem großen Fachwerkbau des Nunnaminster. Die Nonnen sangen gerade das *Agnus Dei*. Ihr Gesang, durch Holzbalken und Gipsputz gedämpft, klang leise und harmonisch. Normalerweise finde ich den Gesang von Frauen eher schrill, aber hier passte er zu unserer Stimmung. Als die Worte des Johannesevangeliums nach draußen drangen, verstummten sogar die vorbeiziehenden Straßenhändler. Mit gebeugtem Kopf bekreuzigten sie sich und fingen mit ihrem Geschrei erst wieder an, als sie etwas weiter entfernt waren.

Auf dem breiten Fluss schoben sich große, flache Schleppkähne dahin, beladen mit Stoffballen, Töpferwaren, Zinn, Silber und Pferdegeschirren. Oh, es waren tausenderlei Dinge, die sie in die Welt hinaus transportierten. Unsere Zinnlöffel würden bis nach Frankreich und Flandern gelangen, vielleicht sogar bis nach Ägypten.

Die Hauptstadt war wie eine einzige große Schmiede, in die man Erz und Zinn, Gold und Schafwolle brachte. Dann stoben die Funken vom Eisen, die Spinnräder und Webstühle klapperten – und die Stadt gab Werkzeug, Hufeisen, Ringe und Wollstoffe zurück. Das Klappern der Webstühle war nur eins der vielen Geräusche, es klang wie Insekten im Gebälk. Jeder musste irgendetwas herstellen, um zu überleben. In York und London ging es ähnlich betriebsam zu, aber Winchester hatte dieses zusätzliche Prickeln, welches die Gesandten und ihr Gefolge mit ihrer herrlichen Extravaganz mit sich brachten – etwas, was man eben nur in einer königlichen Residenzstadt antraf.

Edmund sah mich von der Seite an, und ich merkte, er hatte etwas auf dem Herzen.

»Ich weiß nicht, wie ich dich anreden soll«, sagte er.

»Wie meint Ihr das?«

»Also, du bist natürlich Dunstan, dessen Hände gebrochen waren, als wir uns kennenlernten, aber du hast trotzdem gelacht. Ich sah dich in Brunanburh übers Schlachtfeld galoppieren, du hieltest die Axt und den Schild umklammert, und dein Pferd, na ja, das rannte, wohin es wollte.«

»Ich hasse dieses Pferd«, sagte ich. Er lachte.

»Aber gleichzeitig bist du auch der Abt von Glastonbury, ein Kirchenmann, und trotzdem erst ungefähr so alt wie ich.«

Ich grinste.

»Ich glaube, ich weiß, worauf du hinauswillst, Edmund, mein Freund … der gleichzeitig König von England ist.«

»Vielleicht sollten wir in erster Linie Freunde sein, denn das waren wir als Erstes – und erst dann Abt und König.«

Ich schüttelte bedauernd den Kopf.

»Du kannst deine Krone zu Hause lassen und bist trotzdem noch der König. Und diese Robe macht mich auch nicht zum Abt. Es sitzt tiefer in uns. Aber ja, ich bin dein Freund, Edmund.«

Er schien nicht ganz zufrieden damit, aber er drang nicht weiter in mich.

»Möchtest du beichten?«, fragte ich.

»Nur so viel, dass ich nicht beichten möchte«, sagte er leichthin. »Ich habe vor meiner Krönung die Absolution fürs Leben empfangen, von deinem Onkel. Das war peinlich genug. Es wird eine Weile dauern, ehe ich so etwas wieder über mich ergehen lasse. Nein, ich wollte nur einen Moment all diesen furchtbar ernsten Leuten entkommen, die mir dauernd erzählen, was für ein großer Mann und wunderbarer König mein Bruder war.«

Plötzlich blieb er stehen und sah mich an. Wir befanden uns auf einem schmalen Pfad am Flussufer. Ein Kahnführer sah uns mit freundlichem Interesse an, sein Blick erinnerte an eine wiederkäuende Kuh.

»Und das war er auch, aber wenn es so ist, wie kann ich dem gerecht werden? Wie kann ich dafür sorgen, dass England sicher ist, so wie er es getan hat? Wie, Dunstan? Was meinst du dazu?«

»Ich sage, dass du dich dein ganzes Leben lang auf diese Rolle vorbereitet hast. Die Fackel ist etwas früher an dich weitergereicht worden, als dir recht war – aber du wirst nicht versagen! Du bist der Sohn deines Vaters, genau wie Æthelstan es war. Bist du weniger wert? Nein, du bist nur jünger! Du bist der Enkel deines Großvaters, ebenfalls wie Æthelstan es war. Du, der Enkel Alfreds des Großen, der

Sohn Edwards des Älteren, der Bruder von Æthelstan! Es gibt in ganz England kein besseres Geschlecht. Du wirst nicht versagen.«

Meine Worte schienen ihm Mut zu machen, auch wenn er sich die Nase am Ärmel abwischte. Der Kahnführer machte seine Kumpel auf uns aufmerksam und gab einen Kommentar ab, worauf sie alle in zahnloses Gelächter ausbrachen.

»Komm weiter, wir sind für diese Bauerntölpel offenbar sehr interessant«, sagte ich.

Einer von ihnen mimte etwas Obszönes, worauf die anderen sich auf die Schenkel schlugen und vor Lachen brüllten. Ich war versucht zu fragen, ob sie den König von England absichtlich beleidigt hatten, nur um ihre Reaktion zu sehen, aber ich verzichtete darauf.

Edmund stieg die flache Böschung hinauf und blickte die Hauptstraße entlang zum Turm der Kathedrale, die das Stadtbild dominierte. Er verzog das Gesicht, als er zwei Wachen in der Nähe sah. Sie schienen etwas verlegen, als sie merkten, dass sie entdeckt worden waren, aber sie blieben stehen. Er seufzte.

»Der ärmste Lümmel in England kann einfach sein Werkzeug hinlegen und als freier Mann herumspazieren. Nur der König kann es nicht. Das ist doch wirklich merkwürdig, Dunstan.«

»Du trauerst immer noch«, sagte ich. »Deshalb drückt dich die Krone – du fühlst dich angekettet.«

Das Blut war ihm ins Gesicht gestiegen, seine Wangen waren gerötet. Ich habe niemals als Arzt praktiziert, aber ich wusste viel darüber, besonders was die Kräuterkunde anbetraf.

»Ich will ihn nicht enttäuschen, Dunstan. Ich habe ein Gefühl, als beobachte er mich.«

»Er wäre stolz auf dich, da bin ich mir sicher, aber noch wichtiger, er würde verstehen, wie es dich belastet. Æthelstan hat die Krone fünfzehn Jahre lang getragen. Er wusste sehr gut, wie schwer sie ist. Doch er hielt seinen Schwur, dich zum König zu machen, nicht wahr? Er hat nie geheiratet. Ich glaube, er wusste, dass du es gut machen würdest. Stell dir vor, wenn du dich durch übermäßiges Trinken und andere Sünden ruiniert hättest, wenn du ein Feigling, ein Ehebrecher oder ein Eidbrüchiger geworden wärst! Wäre er dann so ruhig geblieben?«

Meine Worte schienen Edmund zu trösten, was mich freute. Sie entsprachen ja auch der Wahrheit.

»Mein Vater starb, als ich noch sehr jung war«, sagte er, »und meine Mutter bald darauf. Ǣthelstan war mir ein Bruder, aber auch ein Vater. Ich liebte ihn – und er war immer da. Jetzt …« Er verstummte, und ich sah, dass seine Augen wieder feucht wurden, als er ins Weite blickte und etwas sah, was mir verborgen blieb.

Die beiden königlichen Wachen folgten uns, als wir zu dem Wagen mit der Suppenküche gingen, den ich früher so oft mit Beatrice aufgesucht hatte. Die alte Frau, die den guten Eintopf kochte und reichlich mit Meerrettich versah, damit einem schön warm wurde, schien überhaupt nicht älter geworden zu sein.

Edmund nahm sich eine gefüllte Schale und zog die Brauen hoch, als sie ihm einen der angeketteten Löffel geben wollte. Ich grinste.

»Sie kennt dich nicht. Kann ich für ihn bürgen, Sally? Er wird nicht damit weglaufen, bei meiner Ehre.«

»Natürlich, weil du es bist, Schätzchen«, sagte sie und zog von irgendwo aus den Falten ihres Rockes einen Zinnlöffel hervor. Edmund verbeugte sich, aber ihre Aufmerksamkeit war schon bei den beiden königlichen Wachen, die in unserer Nähe herumlungerten. Sie wandte sich ab, um dieses merkwürdige Paar im Auge zu behalten.

»Danke, Dunstan«, sagte Edmund. Er aß einen Löffel voll von dem Meerrettich-Eintopf und errötete noch mehr. »Ich habe unseren Ausflug genossen. Ich bin sicher, ich gehe mit ganz neuer Energie zu meinen Bittstellern zurück.«

»Es ist sehr befriedigend, seine Pflicht zu tun, auch wenn man dafür nicht geehrt wird«, sagte ich. »Wenn man weiter nichts tut, als ganz still die Arbeit zu machen, die einem vom Leben auferlegt wird.«

Ich sprach nicht weiter, aber er lächelte und löffelte weiter seinen Eintopf, der ihm offenbar schmeckte.

»Also los, dann raus damit«, sagte er, während er auf den Löffel blies.

»Raus womit?«, sagte ich, aber damit wollte ich nur Zeit gewinnen.

»Mit dem, was jeder will, früher oder später. Was möchtest du von mir?«

Mir gefiel die Vorstellung nicht, dass ich damit zu der großen Menge der Bittsteller gehörte, aber es wäre dumm gewesen, die Gelegenheit nicht zu nutzen. Jetzt merkte ich, wie einsam man als König ist.

»Ich will nichts für mich haben, Edmund. Aber ich brauche Land, für das Kloster. Land, das ich verpachten kann, auf dem man etwas anbauen oder Schafe weiden kann, irgendwas, das uns Geld einbringt, um die Abtei fertig zu bauen. Lady Elflaed ist schon sehr großzügig gewesen, aber ich brauche noch viel mehr.«

»Also gut, Dunstan«, sagte er. »Mein Truchsess kann sich zusammen mit dir die Landkarten ansehen. Du wirst wahrscheinlich etwas in der Nähe des Klosters haben wollen, aber ich werde ihm sagen, dass er dir auch ein paar Bauernhöfe hier in der Nähe geben soll, die du verwalten kannst. Dann hast du vielleicht einen Grund, uns ab und zu besuchen zu kommen.«

Wir lächelten uns an, und mit einem kleinen, freudigen Schrecken stellte ich fest, dass wir tatsächlich Freunde waren. Es war ein berauschendes Gefühl.

»An wie viel Land hattest du denn gedacht?«, fragte er.

Ich hatte nicht erwartet, dass er mich so konkret fragen würde, also musste ich eine Zahl aus der Luft greifen. Vierzig Hektar Ackerland reichten aus, um eine Familie zu ernähren. Mein Vater besaß fünfhundert Hektar und galt als reicher Mann. Ich multiplizierte Heorstans Besitz mit zehn, und nach einigem Zögern verdreifachte ich das Ergebnis. Schließlich war König Edmund durch unseren Ausflug und das gute Essen in bester Laune.

Old Sally schien zu merken, dass etwas im Busch war. Sie lief zwischen uns und ihrem Wagen hin und her und kniff erst das eine, dann das andere Auge zu, wobei sich ihr faltiger Mund wie von selbst bewegte. Ehrlich, die Frau hätte einen Penny allein für ihre Mimik verlangen können.

»Fünfzehnhundert Hektar?«, sagte ich mit einem ziemlichen Kloß im Hals.

Edmund verzog keine Miene, aber er lächelte nicht mehr. »Das ist viel Land, Dunstan. Ein Vermögen.«

»Für die Kirche«, erinnerte ich ihn. »Genauer gesagt, für die erste Abtei, die in deiner Regierungszeit errichtet wird. Wie du weißt, wurde dein Bruder in Malmesbury beigesetzt. Ich könnte in Glastonbury eine Kapelle mit einem Königsgrab bauen, größer als alle anderen.«

Es war ein schamloses Angebot, aber seine Augenbrauen schossen in die Höhe, und ich sah, dass sein Ehrgeiz geweckt war, genau wie meiner. In dieser Beziehung waren wir uns sehr ähnlich. Warum auch nicht? Unser Leben ist so kurz. Sollten wir es vertrödeln, indem wir in der Sonne vor uns hin dösen? Nein! Irgendwann geht die Sonne unter, und deshalb ist jede Stunde wertvoller als ein Goldstück.

»Nun gut, Vater Abt«, sagte er. Er reichte der alten Frau die leere Schale und den Löffel, und sie starrte uns mit offenem Mund an. Sie versuchte sich zu verbeugen, aber wir dachten, sie sei ohnmächtig geworden, und streckten beide gleichzeitig die Hände aus, um sie aufzufangen.

»Das war ein ganz wunderbarer Eintopf«, sagte Edmund. »Der beste, den ich je gegessen habe.«

Sie murmelte entzückt vor sich hin, aber wir waren schon auf dem Weg zurück zum Königshof. Also war auch ich zum Bittsteller geworden, aber trotzdem war ich wie benommen. Mit fünfzehnhundert Hektar Land könnte man ein riesiges Bauwerk finanzieren. Ich könnte Marmor aus Irland bestellen, Glas aus Venedig, ich könnte Handwerksmeister aus ganz England kommen lassen. Doch ich biss mir auf die Lippen und fragte mich, ob ich nicht noch mehr hätte verlangen sollen. Dieser Gedanke verfolgt mich bis heute.

Einen Monat später reiste ich nach London, um mir das Geschäft meines Bruders anzusehen. Mit sechs Dienern, zwei bewaffneten Wachen und Onkel Athelm gingen wir in Southampton an Bord. Ich hatte gehört, dass manche Leute seekrank werden. Mein Magen war wie aus Eisen. Onkel Athelm sagte, ich brauche gar nicht so stolz darauf zu sein, es sei lediglich die Natur und der Wille Gottes, dass einige Menschen zu leiden hätten und andere nicht. Natürlich hing er kurz darauf selbst mit grünem Gesicht über der Reling, und die Matrosen mussten ihn festbinden, damit er nicht über Bord ging.

Wir segelten vier Tage an der Küste entlang, dann bogen wir in die Themsemündung ein und von dort ins Landesinnere, bis wir die Stadtmauern von London sahen. Ich hatte sogar Frankreich gesehen, als wir die weißen Klippen umrundeten, aber aus der Ferne schien es mir dunkel und bedrohlich. In einem Hafen dicht an der römischen Stadtmauer gingen wir von Bord, an ihrer südöstlichen Ecke, dort, wo die einzige Brücke über die Themse führt.

Vielleicht hatte ich schon vor diesem ersten Besuch beschlossen, dass mir London nicht gefallen würde. Ich kannte zu viele Menschen, die es meinem geliebten Winchester vorzogen, aber verglichen mit der königlichen Hauptstadt, fand ich London hässlich und ungepflegt. Der Fluss stank, und auch wenn einige Straßen gepflastert waren, so waren sie mit einer unsäglich dicken Schicht menschlicher Exkremente bedeckt. Gleich nachdem wir gelandet waren, beobachtete ich einen Mann, der seine Hose herunterließ, sich am Kai hinhockte und ein Häufchen hinterließ, dabei waren es nur wenige Meter bis zum Fluss. Es war eine merkwürdige Begrüßung.

Die Heilige Kirche hatte in London eine Kathedrale mit hohem Turm, dazu auf dem Tower Hill eine weitere große Kapelle – allerdings nur zur Hälfte aus Stein gebaut, der Rest war aus Holz. Die Bewohner Londons schützten ihr Gebälk gegen Holzwürmer mit Teer. Das sollte sich später als Fehler erweisen, als die Stadt niederbrannte.

Für mich war es eine schäbige Stadt, die im Laufe der Zeit sehr heruntergekommen war. Auf dem Fluss allerdings ging es lebhaft zu. Die Themse war die schmutzige Lebensader, die durch das Herz der Stadt führte. In nur einem Tag konnten wir vom bewegten Meer an eine sichere Kaimauer mitten in der Stadt gelangen. Natürlich wäre es wesentlich schneller gegangen, wenn wir von Winchester aus geritten wären. Aber so kamen wir sicher und entspannt an, statt zerkratzt, abgerissen, verdreckt und vielleicht unterwegs ermordet zu werden.

Wulfric kam mit einem schönen Wagen und einem halben Dutzend seiner Angestellten, um uns abzuholen, ein Trupp junger, kräftiger Männer, die sich unser Gepäck aufluden und uns folgten. Ein paar Straßenjungen rannten johlend hinter uns her und bewarfen uns mit Steinen, bis zwei der Männer mit Pferdepeitschen dazwischengingen. Dabei ging es nicht um mich, musst du wissen, sondern ausschließlich um die Würde der Kirche. Trotzdem fand ich es gut, dass sie kreischend und heulend das Weite suchen mussten.

Die römische Stadtmauer hatte uralte Tore, die schon vielfach repariert worden waren. Wulfrics Geschäft lag an einer Straßenecke in der Nähe des Osttores, ein schöner Laden, in dem er seine großen Stoffballen feilbot, die offen auslagen, sodass die Passanten sie befühlen konnten. Hier kamen viele Menschen vorbei, geschäftig eilten sie dahin und erinnerten an fleißige Bienenschwärme. Einen Moment lang empfand ich so etwas wie Missgunst, aber natürlich war Winchester der Sitz des Königs, und darauf kam es schließlich an.

Ich ging in das Geschäft hinein und war überrascht von dem Lärm und der Betriebsamkeit, die hier herrschten – und von seiner Größe. Der Raum führte immer weiter nach hinten, und es wimmelte von jungen Männern, die schnitten und abmaßen und sich Begriffe zuriefen, die ich noch nie gehört hatte. Ich nahm alles zur Kenntnis und stellte fest, dass mein Bruder absolut nicht der Versager war, für den ich ihn gehalten hatte.

Wulfric sah meine Überraschung und lachte.

»Wir haben dieses Jahr den letzten Anteil gekauft. All dies gehört jetzt uns – und ganz ehrlich, Dun, ich trage mich mit dem Gedanken, einen zweiten Laden zu eröffnen, etwas näher am Nordtor oder vielleicht sogar knapp außerhalb. Es wäre Wahnsinn, das nicht zu tun! Grundstücke sind billig in London, viel billiger als in Winchester. Für Stoff braucht man Webstühle, und die brauchen Platz. Hier haben wir Platz zum Atmen.«

»Das sehe ich«, sagte ich, etwas überwältigt. Diese Begeisterung, diesen gesunden Schweiß auf seiner Stirn, all das hatte ich nicht erwartet, und es war etwas verwirrend für mich. Seine Narbe war geblieben, sie erinnerte mich daran, dass er mir sein Leben verdankte.

»Ich glaube, Onkel Athelm hat die Seide entdeckt«, sagte Wulfric.

Wir drehten uns um und sahen, wie unser Onkel mit einem Ausdruck der Bewunderung – vielleicht war es auch Gier – über ein Stück blauen Stoff strich, der wunderbar glänzte.

»Mein lieber Junge, was ist das?«

»Aus China«, sagte Wulfric. Er musste laut sprechen, um den Lärm zu übertönen. »Er ist zwei Jahre unterwegs, ehe er hier ankommt. Ein starker und trotzdem sehr feiner Stoff. Wir wissen noch nicht, wie er hergestellt wird, aber ich versuche gerade mit zwölf neuen Fasern, diesen Stoff zu weben. Wir werden ihn nachmachen – und dann läuft die Produktion besser und schneller, warte nur ab. London wurde durch Handel groß, Dun.«

»Handel … ich fürchte, meine Interessen drehen sich mehr um den Glauben und das Gebet, Wulfric«, erwiderte ich. Das war kleinlich und tat mir sofort leid, als ich sein enttäuschtes Gesicht sah.

»Natürlich, natürlich ist es so! Es tut mir leid, Dun, ich habe mich nur etwas hinreißen lassen, weil ich euch dies alles hier zeigen wollte. Jetzt komme ich mir ziemlich dumm vor. Onkel Athelm! Ich schenke dir dieses Stück Seide. Aber kommst du jetzt mit nach hinten, um Alice und deine Großnichte zu begrüßen?«

Bei dieser Aussicht ließ der Erzbischof seine Entdeckung liegen und kam mit, er wirkte wie ein großes Segelschiff, das an lauter kleinen Ruderbooten vorbeirauscht.

Ich nahm Wulfric beim Arm, als Athelm im Hintergrund verschwand.

»Es freut mich, dass es dir so gut geht, Bruder, wirklich. Ich bin …«

Er legte die Hand hinters Ohr, um mich besser zu hören.

»Komm mit nach hinten, Dunstan. Oben ist es ruhiger. Ich habe eine Überraschung für dich.«

Zusammen stiegen wir eine knarrende Treppe hinauf. Sie schien uralt zu sein, und es war ein beruhigender Gedanke, dass sie das Gewicht meines Onkels ausgehalten hatte, also musste sie stabil sein.

Durch eine niedrige Tür traten wir in ein kleines Zimmer mit einem Kachelofen. Hier saß Alice mit einem Baby auf dem Schoß, neben ihr meine Mutter. So wie dieses warme Zimmer über dem Geschäft hätte auch mein Leben aussehen können, wenn ich nicht Mönch geworden wäre. Mit diesem Gedanken begrüßte ich sie etwas kühler als notwendig.

»Mutter, Alice«, sagte ich etwas steif und neigte den Kopf. Wusste diese rosige junge Frau etwas von dem Beutel mit Gänsefett und welchem abscheulichen Zweck er diente? Es schüttelte mich vor Ekel, wenn ich daran dachte.

Meine Mutter trat auf mich zu und sah mich bewundernd an.

»Du bist ein Mann geworden, Dunstan! Als ich dich das letzte Mal sah, warst du noch ein Junge.«

Sie umarmte mich, und meine Kälte war wie weggeblasen. Ich war daheim und hatte meine Familie um mich. Ich fragte mich, was sie sagen würden, wenn ich Wulfric nach Glastonbury mitnahm.

22

»Ich gehe nicht mit, Dunstan! Das kannst du nicht von mir verlangen. Du siehst doch, was ich mir hier aufgebaut habe. Du hast meine Frau und meine Tochter gesehen, du siehst, wie mein Geschäft läuft.«

»Stell jemanden ein, der sich darum kümmert, oder bring Alice und das Kind mit. Ich brauche jemanden, dem ich vertrauen kann, der fünfzehnhundert Hektar Land verwaltet, Wulfric! Jemanden, der sich nicht die Hälfte des Ertrags in die eigene Tasche steckt.«

Auf der Straße, die wir entlanggingen, lag der Schmutz so hoch, dass es kaum zu beschreiben war. Ehrlich, ich bin sicher, dass es zur Römerzeit hier sauberer war. Vor uns lag die nördliche Stadtmauer, und ich merkte, dass wir, während wir uns stritten, mindestens eine Meile gegangen waren. Ich wollte umkehren, ich hatte den Londoner Lärm und den Gestank satt. Aber Wulfric packte mich am Arm.

»Das ist eine Lebensaufgabe, Dun«, sagte er leise, »was du da von mir verlangst. So viele Höfe, die Ernte, die Schafe, das Holz, die Köhler, das Jagen und die Wilderer, der Steinbruch und die Fischereirechte … das könnte ich nicht alles bewältigen und gleichzeitig hier den Laden für Alice und unsere Mutter führen.«

»Das verlange ich ja auch nicht«, sagte ich mit fester Stimme. »Ich habe gesagt, Mutter kann jemand anderes einstellen, um ihr … Tuchgeschäft zu führen. Oder du überredest sie, deinen Anteil zu verkaufen. Keine Sorge, ich lasse für dich und Alice ein Haus bauen. Oder ich kaufe unser altes Haus, ganz wie du willst. Ich habe einen riesigen Landbesitz für das Kloster zugesprochen bekommen, Wulfric. Ich brauche einen zuverlässigen Mann, der das alles verwaltet.«

»Dann mach du es doch«, sagte er trotzig, was mich überraschte.

»Das kann ich nicht! Ich bin der Abt – und ich bin dem König verpflichtet. Wenn ich dir die Verwaltung überlassen kann, dann weiß ich, dass die Arbeit weitergeht, dass ich nicht nach Glastonbury zurückkomme und es ausgeraubt und verlassen vorfinde. Darum geht es, Wulfric. Komm nach Hause.«

»Das kann ich nicht. Mein Zuhause ist jetzt hier.«

Ich wollte ihn nicht zwingen, aber die T-förmige Narbe auf seiner Stirn hatte sich rot verfärbt und fiel mir wieder ins Auge.

»Ich bin im Regen auf den Turm gestiegen und hab dich runtergeholt, Wulfric.«

»Dunstan, bitte«, stöhnte er, als wir uns auf der Straße gegenüberstanden.

»Ich habe die Seilwinde stückweise aus dir herausgeschnitten.«

Er drückte seinen Handballen aufs Auge und stieß etwas hervor, es klang ärgerlich.

»Ich habe zugestimmt, dass Encarius dir den Arm abnahm«, sagte ich, »denn wenn ich es nicht getan hätte, wärst du jetzt tot. Ich wollte, dass du lebst, selbst mit einer Behinderung.«

»Ich weiß ja, dass ich dir mein Leben verdanke«, sagte er. »Aber das alles habe ich jetzt hinter mir gelassen. Mein Geschäft geht gut, Alice ist mir eine gute Frau, und wir hoffen, dass wir mit noch mehr Kindern gesegnet werden. Alice möchte einen Sohn. Ich möchte noch zwei oder drei, damit sie als Geschwister aufwachsen.«

»Wulfric«, sagte ich leise, wie zu einem plappernden Kind. »Ich habe Gewinde in Nägel geschnitten. Die Narben trägst du noch immer.«

»Und du hast aus Rache Godwin umgebracht«, sagte er. Er riss die Augen auf und sah mich an. Mir wurde übel, und plötzlich war mir kalt. »Sie redeten von nichts anderem, als du weg warst, wusstest du das? Caspar und Simeon waren außer sich, dass du überlebt hattest. Tagelang haben sie die Felder unterhalb der Klippe abgesucht, weil sie sicher waren, sie würden irgendwo deine Leiche finden. Ich betete darum, dass sie dich nicht finden würden – und sie fanden dich nicht.«

»Ich fiel weich«, flüsterte ich. Ich hatte nie daran gedacht, was das alles für meinen Bruder bedeutet haben musste. »Aber du bist nach London gegangen, in dieses Geschäft.«

»Erst einen Monat später, Dun. Zuerst musste ich mir all diese Bosheiten anhören. Ich habe dich nie gefragt …«

»Und es gibt auch nichts, was ich dir erzählen könnte, Wulfric. Ich habe immer Gott gedient, mehr nicht. Ich diente Gott, als ich in deinem Kopf den Schädelknochen anhob, als ich bei dir geweint habe, dich gewaschen habe, dir Suppe eingeflößt und dich immer wieder von der Schwelle des Todes zurückgeholt habe.«

Ich wartete schweigend, er ließ den Kopf hängen.

»Also gut, Dun«, sagte er. »Ich komme mit zurück.«

»Ich danke dir«, sagte ich. Ich war wütend auf ihn, dass er mich hatte betteln lassen. Sein Leben gehörte mir. Er hatte kein Recht auf ein anderes Leben, so weit weg von mir.

Schweigend gingen wir zum Geschäft zurück. Ich sah eine tiefe Falte auf Wulfrics Stirn, als er darüber nachdachte, wie er es seiner Frau beibringen würde, dass sie hier ihre Zelte abbrechen sollten, um nach Glastonbury zurückzukehren. Das sollten sie lieber unter sich ausmachen. Ich befürchtete, Alice würde mir die Schuld geben, deshalb sagte ich zu Wulfric, ich wolle noch eine Weile draußen bleiben.

Ich hatte das Gefühl, dass irgendetwas nicht stimmte, noch bevor ich es hörte. Während ich auf der Straße zum Tor hinblickte, sah ich, wie die Leute einander festhielten und sich aufgeregt etwas erzählten. Ich sah, wie sie erschrocken die Hände auf den Mund drückten und die Augen aufrissen, noch ehe die Straßenjungen ihre Neuigkeit hinausschrien. Ich erbleichte, als ich verstand, was sie riefen. Mir stockte der Atem, als ich an die Ladentür trat und hineinrief.

»Wulfric! Komm sofort! Wulfric! York ist verloren!«

Im Laden wurde es still, alle Gesichter waren mir zugewandt.

»Starrt mich nicht so an. Holt meinen Bruder!«, schrie ich.

Gerüchten konnte man nicht trauen, und ich wusste, dass man Geschichten über Wikinger und Krieg nicht so einfach glauben durfte, wenn sie an den Straßenecken laut verkündet wurden. Es gab häufig falschen Alarm, von Überfällen, und einmal wurde uns sogar die Pest angekündigt. Es hatte Krawalle und Massenunruhen gegeben, die Menschen waren panikartig wie Schafe losgerannt, und viele waren gestürzt und niedergetrampelt worden.

Die Römer hatten ihre Neuigkeiten von Herolden des Senats an den Straßenecken verkünden lassen, bei uns waren es drei Teile Klatsch, zwei Teile Gerücht und irgendwo dazwischen ein Fünkchen Wahrheit, wenn überhaupt. In der Nähe hörte ich Frauen schreien. Sie genossen den Schrecken und die Aufregung. Es war ihnen anzusehen, sie klagten und wollten beruhigt werden.

Die Stadt kam zum Stillstand, als die Nachricht sich verbreitete. Überall standen Menschen dicht gedrängt in Trauben, die nur in Bewegung gerieten, wenn jemand hinzukam und etwas Neues wusste.

Ungeduldig wartete ich auf meinen Bruder, ein ums andere Mal brüllte ich »Wulfric!« in den Laden hinein. Mein Messer hielt ich kampfbereit in der Hand. Es herrschte eine Panik, als würde die Welt jeden Moment in Flammen stehen. Mein Herz klopfte wie wild, und ich wusste plötzlich, dies war kein Gerücht. Ich musste zurück nach Winchester, zum König. Wenn der Überfall tatsächlich stattgefunden hatte, würde Edmund sich auf einen Krieg vorbereiten, genau wie Ǣthelstan es getan hatte.

Ich dachte an das Schiff, das im Hafen auf uns wartete, aber das würde zu lange dauern. Jetzt mussten Pferde her. Ich wusste, dass ich es in drei Tagen schaffen würde, sogar in zweien, wenn es sein musste und ich Rückenwind hatte.

Onkel Athelm kam heraus, er war bleich und schwitzte stark.

»Was soll denn dieses Geschrei, bist du verrückt geworden?«, wollte er wissen.

»Man sagt, wir haben York verloren. Im Norden soll eine Flotte gelandet sein.«

Er blickte die Straße hinunter, genau wie ich es getan hatte, und versuchte irgendwo in der kopflosen Menge die Wahrheit zu entdecken.

»Lieber Gott, bitte gib, dass es nicht wahr ist«, sagte er leise.

»Du solltest mit dem Schiff zurückkehren, Onkel. Wulfric und ich werden nach Winchester reiten.«

Endlich war auch mein Bruder erschienen, er wischte mit einem Lappen über seine Hemdbrust. Vermutlich war während des Gesprächs mit Alice und meiner Mutter etwas geflogen. Doch jetzt hatten wir andere Sorgen.

»Mit dem Schiff dauert es zu lange, Wulfric«, sagte ich. »Mit guten Pferden können wir es in zwei Tagen schaffen.«

»Stimmt es denn? Haben wir Krieg?«

Ich deutete die Straße hinunter, auf die vielen Gruppen von Männern und Frauen, die alle in großer Angst beieinanderstanden.

Wulfric überlegte nur eine Sekunde, dann fing er an, seinen Leuten Anweisungen zu geben. Überrascht sah ich, wie seine Angestellten losrannten, um alles für uns vorzubereiten. Dann packte er einen vorbeieilenden Jungen, der so plötzlich zum Stehen kam, dass er sich fast überschlug.

»Was hast du gehört?«, fragte Wulfric.

»Wikinger, Sir. Sie haben York eingenommen, heißt es. Mein Herr sagt, der König wird die Soldaten einberufen, und dann gehen wir alle hin und schneiden ihnen die Kehle durch!«

Wulfric ließ den Jungen laufen, dann sah er mich seufzend an.

»Sein Herr hat ein Ohr für solche Sachen. Aber wenn York eingenommen ist, wenn diese Stadt wirklich verloren ist, dann ist unser Königreich mit einem Schlag halbiert.«

»Was meinst du, kann es Anlaf sein?«, fragte ich. Ich wollte meinen Bruder daran erinnern, dass ich Erfahrung mit Krieg hatte. »Den habe ich auf dem Schlachtfeld von Brunanburh gesehen. Ich dachte, wir hätten ihn damals ein für alle Mal verscheucht, er hatte den Schwanz zwischen den Beinen. Aber wenn er zurückgekommen sein sollte, machen wir es wieder genauso.«

»Jetzt haben wir aber Æthelstan nicht mehr«, murmelte Wulfric und starrte die Straße hinunter. »Gott helfe uns allen.«

Ich runzelte die Stirn, aber ich fragte mich, wie viele Leute im Land jetzt wohl dasselbe sagten.

»Wo sind unsere Pferde?«, fragte ich. »Ich muss zurück.«

Ich hörte das Geräusch der Hufe auf dem Kopfsteinpflaster, bevor ich sie sah. Ich war bereit, und mit einigem Stolz auf meine Geschicklichkeit schwang ich mich vom Aufsitzblock auf den Pferderücken. Doch jetzt rutschte meine Robe hoch, sodass meine nackten Beine bis zum Oberschenkel zu sehen waren und ich mit dem Hintern auf dem kalten Sattelleder saß. Ich ließ mir einen Mantel geben, um ihn darüberzulegen, aber es sah trotzdem lächerlich aus. Schlecht gelaunt stieg ich wieder ab und ging zurück in den Laden, wo die Schneider mir in aller Eile aus warmem Wollstoff eine Hose nähten, die ich unter der Robe anzog.

Als wir zum Aufbruch bereit waren, kamen Alice und meine Mutter heraus, um zu winken. Sie wirkten beide nicht sehr glücklich, und Alice brach in Tränen aus, als sie Wulfric umarmte und ihm das Versprechen abnahm, so bald wie möglich zurückzukommen. Zu mir sprach sie kein Wort.

Ich erwartete, dass Wulfric beim Aufsitzen Schwierigkeiten haben würde, aber es wirkte fast elegant, wie er sich in den Sattel schwang. Ich sprach ein Gebet für unsere kleine Gruppe, ich bat Gott und den heiligen Christophorus um Schutz auf unserer Reise durch das unbewohnte Land. Wir bekreuzigten uns, dann rissen wir die Pferde herum, dass die Straßenjungen davonstoben wie Herbstlaub.

Spät am zweiten Abend kamen wir in Winchester an. Der Zustand der Straße war gut auf den letzten paar Meilen in die Stadt, deshalb bestand ich darauf, im Dunkeln weiterzureiten, obwohl Wulfric lieber ein Lager aufgeschlagen und gegessen hätte.

Das Stadttor war natürlich geschlossen, weil das ganze Land in Alarmbereitschaft war und vor einer Invasion zitterte. Wir hatten auf dem Weg viel Zeit verloren, weil königliche Soldaten uns immer wieder aufhielten, um sicher zu sein, dass wir keine feindlichen Späher oder Verräter waren. Von diesen Männern erfuhren wir auch, dass es tatsächlich Anlaf war, der nach England zurückgekommen war.

Wie es schien, hatte der alte Wolf sich sofort aufgemacht, als er hörte, dass Æthelstan gestorben war. Er hatte Pläne geschmiedet und die irischen Wikinger benachrichtigt, die sich um Dublin und entlang der Küste niedergelassen hatten. Später hörte ich, dass sich auch bei Limerick eine große Anzahl von ihnen eingefunden hatte; sie waren zu Fuß gekommen, um sich seiner Flotte anzuschließen, wofür sie mit Silber und Frauen und sonstigen Vergünstigungen belohnt wurden. Und sie hatten natürlich ihre alten Götter mitgebracht. Ich bildete mir ein, das Unbehagen im Land zu spüren, als man die Tore für uns öffnete.

In Winchester waren überall Soldaten, stets argwöhnisch und bereit, Fragen zu stellen. Tatsächlich, bei dieser Gewaltbereitschaft ist es ein Wunder, dass kein Bürgerkrieg in der Stadt ausbrach. Eine Panik hatte alle Bewohner erfasst, und es hieß, der König habe alle seine Lords zusammengetrommelt. Ich fragte mich, wie viele von ihnen noch rechtzeitig in Winchester ankommen würden, das doch weit im Süden liegt. Der Londoner Staub hing noch an meinen Sandalen, und zum ersten Mal machte ich mir Gedanken darüber, ob es nicht besser wäre, wenn der König seinen Hauptsitz ein wenig weiter nach Norden verlegte, zum Beispiel nach Leicester.

An jeder Straßenecke flackerten Lampen, pure Geldverschwendung, einerseits in Form von Öl, andererseits weil Jungen dafür bezahlt wurden, sie zu bewachen, damit die Armen das Öl nicht stahlen. In der Stadt herrschte eine Chaos, als Wulfric und ich uns den Weg ins Zentrum bahnten. Wir übergaben die Pferde unseren Burschen, die nach London reiten und die Tiere zurückgeben sollten. Aber erst wollten sie noch warten, um die neuesten Nachrichten zu erfahren.

Es konnte nur Krieg bedeuten. So viel wurde mir klar, nachdem ich mich einer immer größer werdenden Menge angeschlossen hatte, die zur Witanhalle drängte, um bei der

Versammlung des Königs dabei zu sein. Schließlich blieb ich stehen und musste mich durchzwängen, um mich bei den Wachen zu melden, die vor der Tür postiert waren.

»Abt Dunstan von Glastonbury, auf königlichen Befehl hier«, knurrte ich sie an. Auf meine Tonsur und die Robe brauchte ich sie nicht aufmerksam zu machen. Sie waren zwar nervös, weil die Menge gewalttätig werden konnte, aber mit der Kirche legte man sich nicht an. Sie senkten die Köpfe, und Wulfric und ich konnten eintreten.

In der Halle wurde mir innerhalb von Minuten so heiß, dass ich schlechte Laune bekam. Ich wurde genauso angerempelt und herumgeschoben wie draußen auf der Straße. Ich fürchte, dass ich meine Ellbogen und Knie ziemlich rücksichtslos einsetzte, um für Wulfric Platz zu machen. Er schien zwar nicht besonders behindert, aber weil er nur einen Arm hatte, wollte ich, dass er einen Sitzplatz bekam – und ein Platz musste mindestens noch frei sein, denn Onkel Athelm konnte unmöglich vor uns in Winchester angekommen sein.

»Pass doch auf!«, knurrte mich jemand an.

Ich schob ihn noch fester zurück als er mich, und so entstand eine Lücke vor uns, sodass wir aus dem Gedränge heraus waren und einem der königlichen Beamten, der mich kannte, ein Zeichen geben konnten. Er winkte uns an einen leeren Platz, wofür ich ihn im Stillen segnete. Ich war wirklich froh, der Menschenmenge samt ihrer Hitze und ihrem Gestank entkommen zu sein. Ich dachte immer, mein Magen könne einiges aushalten, aber hier in der Dunkelheit, zwischen den vielen fettigen Köpfen und ungewaschenen Leibern war mir der Appetit völlig vergangen.

König Edmund war schon da, umgeben von seinen Lehnsleuten und im Gespräch vertieft. Plötzlich sah ich ihn durch die Halle gehen, um einen Neuankömmling zu begrüßen. Er umarmte einen Mann namens Dodd, der zusammen mit

Æthelstan die Kavallerietruppen befehligt hatte. Edmund klopfte ihm auf die Schulter, und während sie Höflichkeiten austauschten, drehte er ihn um, fast als wolle er den anderen Anwesenden diesen Mann vorzeigen. Ich verstand. Der neue König brauchte die Feldherren des alten. Edmund brauchte die Unterstützung von Æthelstans Earls und Lehnsleuten.

»Mylords«, sagte Edmund plötzlich. Seine Stimme war laut und kraftvoll, obwohl er noch keine einundzwanzig Jahre war. »Ihr alle, die Ihr hier versammelt seid, genießt den Frieden des Königs, aber nicht die Menschen im Norden, nicht die in York.«

Edmund hätte weitergesprochen, aber er hatte unsere Befürchtungen bestätigt, und jetzt erhob sich ein großes Gemurmel. Er wartete ungeduldig, dann fuhr er mit noch lauterer Stimme fort.

»Ihr habt vielleicht gehört, dass unser alter Feind zurückgekommen ist. Anlaf aus Dublin, der abermals mit seinen Heiden bei uns gelandet ist, weil er glaubt, wir seien schwach und hätten Angst. Ich glaube, er wird eine Überraschung erleben.«

Sie jubelten bei diesen Worten, aber ich musste unwillkürlich daran denken, mit welch begeistertem Gebrüll sie Æthelstans Worte begrüßt hatten. Ich schluckte nervös und tauschte einen Blick mit Wulfric, während Edmund fortfuhr.

»Wir haben nicht viel Zeit, und noch sind nicht alle meine Lords angekommen. Trotzdem gebe ich die Einberufung bekannt, um gemeinsam nach York zu marschieren. Wir werden ihnen die Stadt wieder entreißen und sie mit Fußtritten zurück auf ihre Schiffe befördern. Wir werden unseren Feinden die Köpfe abschlagen und ihre ehrgeizigen Pläne zunichtemachen.«

Jetzt brüllten sie, sein Selbstvertrauen hatte ihnen Mut gemacht. Edmund hatte sich im Krieg bewährt, er war ein König aus dem Geschlecht Æthelstans, Edwards des Älteren und Alfreds des Großen. Sie würden ihn nicht enttäuschen. Doch draußen blieben noch viele Sitzplätze leer, hinter den Lampen, wo es dunkel war.

Erst am folgenden Abend ergab sich die Gelegenheit, einen Moment mit König Edmund allein zu sein, obwohl ich seinem Haushofmeister schon morgens und mittags Briefe geschrieben hatte. Ich hätte ihm sogar jede Stunde einen geschrieben, aber ich wollte den Mann nicht verärgern, auf dessen guten Willen ich angewiesen war. Wulfric schrieb an seine Frau und an unsere Mutter, er bezahlte dem Boten sechs Pennys – und versprach ihm weitere sechs bei Zustellung der Briefe! Jetzt verstand ich, dass ein Krieg die Preise ganz erheblich in die Höhe trieb. Ich bemerkte auch zum ersten Mal, welche Mühe Wulfric hatte, mit einer Hand zu schreiben und gleichzeitig das Papier festzuhalten. Ich nahm mir vor, sobald ich in der Schmiede eine Stunde Zeit fand, ihm eine lange Schraubzwinge aus Eichenholz und Messing zu machen.

Wir verbrachten die Wartestunden im Haus von Lady Elflaed, die oben ausruhte. Sie litt an einer Lungenkrankheit und hustete und spuckte immerzu. Ich überzeugte mich, dass ihre Diener wussten, wie man Dämpfe mit zerstoßenem Rosmarin herstellte, außerdem mischte ich ihr einen Trank nach meinem eigenen Rezept: Schwarznessel, Gerstenwasser, Honig und Eiweiß. Es war kein Heilmittel, aber es wirkte lindernd bei Halsschmerzen. Nachdem ich ihre Pflegerinnen angewiesen hatte, ging ich unruhig auf und ab. Ich wartete und grübelte, während Wulfric dasaß und an seiner Gänsefeder kaute. Ich fragte ihn, womit er so schwer beschäftigt sei, worauf er erwiderte, er versuche, ein Liebesgedicht für seine Frau zu schreiben. Auf teurem Pergament!

Nachträglich kam mir die Frage, ob ein solcher Verschwender wirklich der richtige Mann sei, um meinen Landbesitz zu verwalten.

Rund um uns bereitete sich die Stadt Winchester auf den Krieg vor. Dauernd rannten draußen Männer vorbei, was uns ständig eine Invasion befürchten ließ. Als ich einen Mann in der Livree des Königs die Straße herunterkommen sah, konnte ich die Warterei plötzlich nicht länger ertragen. Ich sagte Wulfric, es sei eine private Angelegenheit, und eilte auf die Straße hinaus, wo ich den Boten zurückrief, indem ich vorgab, derjenige zu sein, den er suche. Ich rannte mit dem Mann los, als hätte ich einen Dieb gefasst, und so dauerte es nicht lange, bis wir die Reihen der königlichen Wächter passiert hatten und endlich vor Edmund standen.

Die Soldaten waren dermaßen in Aufregung begriffen, dass es mich wunderte, den König nicht schon in seiner Rüstung anzutreffen, bewaffnet mit Schwert und Schild. Stattdessen trug Edmund eine einfache gegürtete Robe über seiner Tunika, seine Beine waren nackt. Allerdings trug er seine Krone. Ich konnte die Augen nicht von ihr lassen, als ich vor ihm stand und mich verbeugte.

»Ah, Dunstan! Mein Haushofmeister redet schon den ganzen Tag von dir. Was gibt's denn?«

»Ich bin gekommen, um Euch meinen Rat anzubieten, Euer Hoheit. Aber vielleicht möchtet Ihr zuerst beichten?«

Er hatte nicht nach dem Sakrament verlangt, aber er erinnerte sich an unseren Ausflug, der noch keinen Monat zurücklag. Er lächelte, und wieder fiel mir auf, wie angestrengt er wirkte, als trage er immer noch an einer Last, die zu schwer für ihn war.

»Ich kann jetzt nicht einfach am Fluss spazieren gehen, mein Freund.«

»Vielleicht könntet Ihr dann alle aus dem Zimmer schicken?«

Leicht verwirrt sah er mich an. Aber ich war kein Lord, der um einen Gefallen bitten wollte, ich war auch nicht sein Vater oder Bruder, nach denen er sich richten konnte. In diesem Augenblick war Edmund ganz allein, und ich freute mich, dass er keinen Moment zögerte.

»Ihr alle, wartet draußen. Ich möchte mit Vater Dunstan vertraulich sprechen.«

Sie verließen den Raum und schlossen die Tür hinter sich. Ich musste die finsteren Blicke der königlichen Wachen ertragen, mit denen sie mir, auch ohne ein Wort zu sagen, mit fürchterlichen Konsequenzen drohten, falls ich ihren Herrn erzürnen oder ihm etwas antun sollte. Doch als die Tür sich schloss, war es, als falle eine Last von Edmund ab. Langsam atmete er aus.

»Ich stecke gewaltig in der Klemme, Dunstan. Ich weiß nicht, was ich machen soll.«

Ich sagte nichts. Er sollte sich erst einmal alles vom Herzen reden.

»Dieser Anlaf hat York eingenommen – und die Hälfte meiner Leute will, dass ich losziehe, wie mein Bruder es vor mir tat. Sie stacheln sich gegenseitig an und erzählen sich, wie sie ihn ins Meer werfen wollen, wie sie die Banner von Wessex bis nach Irland tragen und Dublin in Schutt und Asche legen werden.«

Ich sagte immer noch nichts, während Edmund vor dem Kamin auf und ab ging und nur stehen blieb, um sich die Hände zu wärmen.

»Aber ich habe noch kein Wort von dem neuen König von Schottland gehört – und ich vermute, der wird nach Brunanburh nicht viel für uns übrighaben. Der neue König von Cumbria hat meinen Boten töten lassen, den ich zu ihm schickte.

Es sieht so aus, als würden sie lieber York wieder in den Händen der Wikinger sehen, als dass es zu unserem England gehörte. Sie wenden sich von mir ab.«

»Kannst du es zurückgewinnen? Hast du die Leute dazu?«

Ich wusste, dass wir in Brunanburh schwere Verluste erlitten hatten, aber mir war nicht ganz klar, wie Armeen gebildet wurden. Sie schienen sich irgendwie im Land zu versammeln, ähnlich wie Herbstnebel. Um ehrlich zu sein, ich hatte nichts sagen wollen. Aber der Gedanke, dass Ǣthelstans Britannien vor meinen Augen auseinanderbrechen könnte, war mir so unerträglich, dass ich meine Meinung nicht für mich behalten konnte.

Ich war entsetzt, als Edmund den Kopf schüttelte.

»Der Witan meint, es sei unmöglich. Sie sind der Meinung, viele Lords wollten dieses Jahr nicht schon wieder losziehen, sie wollen es vertraglich regeln, statt zu kämpfen. Sie meinen, ich könnte vielleicht mit zehntausend Mann auf dem Schlachtfeld rechnen – und Anlaf wird doppelt so viele haben, besonders, wenn die Schotten ihm wieder zur Seite stehen.«

Er schwieg und blickte zu Boden. Sein Gesicht nahm Farbe an, als er sich zwang weiterzusprechen.

»Sie halten mich im Vergleich zu meinem Bruder für unfähig zu führen. Wer weiß, Dunstan, vielleicht haben sie recht. Ich habe einberufen, aber der Witan sagt, die allgemeine Stimmung sei gegen einen Krieg.«

»Nein! Das habe ich bei Brunanburh aber anders erlebt! Da waren sie doch gar nicht dabei, diese alten Männer.«

Edmund lächelte müde und klopfte mir auf die Schulter.

»Sie wollen, dass ich ihnen als Gegenleistung für einen Friedensvertrag York überlasse, statt einen Krieg anzufangen, in dem am Ende jede Stadt und jedes Dorf von hier bis Schottland niedergebrannt sein wird. Ihrer Meinung nach wäre selbst Æthelstan nicht mit so wenigen gegen so viele ins Feld gezogen, und dass er die Hoffnungen seiner Untertanen nicht enttäuscht hätte, die nichts weiter wollten, als in Frieden zu leben.«

»Mir scheint, der Witan hat ziemlich viel zu sagen gehabt«, murmelte ich gereizt. Ich hatte keine Ahnung, ob die Befürchtungen dieser Männer gerechtfertigt waren, ich sah nur, wie mein Freund und König litt. Ich hätte ihm gern geholfen, allerdings hatte ich mit einem jungen Leoparden gerechnet, der sich zum Krieg rüstet, und keinem gebrochenen Mann, der gerade im Begriff war, sich eine größere Schande aufzuladen, als er tragen konnte.

»Du kennst deine Soldaten und deine Armeen besser als sonst jemand«, sagte ich. »Besser auch als der Witan. Ich habe dich bei Brunanburh auf dem Schlachtfeld gesehen, wie du dem Feind in die Flanke gefallen bist und ihn ausgeblutet hast. Damals schien es nicht entscheidend zu sein, wie viele ihr wart. Kannst du das nicht auch jetzt wieder machen?«

»Würdest du es tun?«, fragte er verzweifelt. »Ich habe nie verstanden, dass mein Bruder uns damals losziehen ließ. Sein Leben stand auf dem Spiel, aber noch viel mehr, seine Familie, seine Ehre, unser ganzes Geschlecht – alles. Ganz England stand auf dem Spiel.«

»Wessex«, sagte ich leise, überwältigt von der Vorstellung. Er seufzte.

»Jeder hätte gezögert, er aber nicht. Æthelstan warf die Würfel und ließ sie fallen. Jetzt trage ich die Krone, die noch warm von seinem Haupt ist. Und man erwartet von mir, dass ich genauso handle, statt mich auf ein schändliches Abkommen mit dem Feind einzulassen!«

Wieder fing er an, auf und ab zu gehen, wütend und frustriert. Als er mit dem Fuß gegen einen Eimer mit Holzscheiten stieß, gab er ihm einen solchen Tritt, dass der gesamte Inhalt sich über den Fußboden verteilte. Er fluchte und sah mich beinahe Hilfe suchend an. Also fing ich an zu sprechen, auch wenn ich so gut wie jeder andere wusste, was auf dem Spiel stand. Dieser König war mein Freund, und mein Ruhm hing von ihm ab. Wenn Edmund auf dem Schlachtfeld fallen sollte, würde das all meine Pläne zunichtemachen. Englands Christentum könnte auf dem Spiel stehen, aber um ehrlich zu sein, dachte ich zunächst an meine eigenen Interessen.

»Falls du einen Vertrag mit diesem Mann abschließt, wird er sich an den Schwur halten, den er dabei ablegt?«, fragte ich.

Edmund zuckte mit den Schultern.

»Das bezweifle ich. Menschen wie dieser Anlaf Godfreyson haben kein Ehrgefühl. Und es scheint sie zu amüsieren, dass wir so etwas haben. Nein, er wird sein Wort brechen, sowie er eine Chance sieht, sich noch mehr Land anzueignen. Aber was hilft es, wenn ich ihn nicht besiegen kann? Habe ich nur die Wahl zwischen einem schnellen und einem langsamen Tod? Oder soll ich gar nichts unternehmen und abwarten, bis er immer weiter nach Süden kommt, bis er ganz England eingenommen hat?«

»Du hast ihn schon einmal besiegt, Edmund. Ich glaube, diesmal geht alles nur etwas zu schnell. Du brauchst vielleicht ein halbes Jahr, um eine ausreichend große Armee aufzustellen und mehr Kavallerie auszubilden. Dein Bruder hat York mal an Anlafs Bruder verloren, ist das richtig?«

»Ja, das stimmt.«

»Und hat er es nicht zurückgewonnen? Wenn ich etwas gelernt habe, dann dies, dass es Zeiten gibt, wo man losstürmen muss – und Zeiten, wo man sich erst mal zurückhalten und zu Atem kommen muss.«

»Dann denkst du, ich sollte York aufgeben?«, fragte Edmund wieder. Er wollte eine klare Antwort von mir.

»Wenn du keine Armee hast, mit der du Anlaf in einer Saison ausschalten kannst, dann ja, dann solltest du einen Vertrag mit ihm machen! Lass diesem kleinen Kerl die Stadt, wenn er sie unbedingt haben will. Halte die andere Wange hin, wie Christus es uns gelehrt hat.« Ich trat etwas näher. »Und dann bereite deine Armee fürs nächste Jahr vor! Hab Vertrauen, Edmund! Wir leben in einem christlichen Land, nicht unter Wikingern. Du wirst siegen.«

Ich wusste sehr wohl, dass Christus nicht die andere Wange hingehalten hatte, um Zeit zu gewinnen, seinen Dolch zu ziehen. Doch im Moment hielt ich es trotzdem für einen guten Rat. Natürlich würde das Schicksal all unsere Pläne zunichtemachen. Es ist merkwürdig, dass wir denken, wir könnten den Lauf der Welt bestimmen, und immer wieder feststellen müssen, dass wir nicht einmal den Lauf der Sonne an einem einzigen Tag beeinflussen können.

Später in jenem Jahr zog ich mit König Edmund und einer Ehrengarde von tausend Mann nach Norden. Anlaf kam uns mit einer ähnlichen Anzahl entgegen, und wir trafen uns in Leicester, in einem riesigen Zeltlager am Fluss. Es kam zu einigen Streitereien und ein paar blutigen Auseinandersetzungen unter den Leibwächtern, aber das war ganz normal, wenn beide Seiten nicht viel voneinander hielten. Edmunds Gesicht war wie versteinert vor verletztem Stolz, aber er zwang sich zu einem Lächeln, als er den Becher hob und auf die neue Freundschaft trank. Nur wer ihn kannte, merkte, wie verletzt er war.

Ich fand, dass auch Anlaf erleichtert wirkte, als Edmund seinen Wessex-Ring auf das Siegel unter den Vertrag drückte. Die Schultern des Wikingers schienen sich zu entspannen, als die beiden Exemplare zusammengefaltet und in Lederhüllen gelegt wurden. Anlaf Godfreyson war immer ein hünenhafter Mann gewesen, aber jetzt sah er ein wenig grau um den Mund aus, als er Edmunds Hand schüttelte.

Ich hatte schon oft bei Menschen mit Herzbeschwerden bemerkt, dass sie eine ungesunde Hautfarbe haben. Manche leben noch jahrelang, deshalb sagte ich jetzt auch nichts. Doch manche von ihnen, wie Anlaf Godfreyson, fallen wenige Monate später mitten in einem Fest um. Sie fassen sich an die Brust und landen mit dem Gesicht in einem Teller gegrillter Nieren.

23

Jedes Menschenleben hat zwei Erzählstränge, es ist wie ein Hund mit zwei Geschichten, könnte man sagen. Der eine Strang besteht aus all den kleinen Erfolgen und Katastrophen in der unmittelbaren Umgebung, sie betreffen geliebte Menschen, Freunde, Feinde und Diener. Doch gleichzeitig erlebt der Mensch den Aufstieg und Fall von Königen und Völkern – das ist der größere Strang. Manche dieser Könige werden in die Geschichte eingehen, während andere nur Namen auf einem Grabstein sind, von niemandem betrauert. Und dann sind da noch die Könige, die mir persönlich das Herz gebrochen haben, wenn ich daran denke, was hätte sein können.

Ich war nicht dabei, als Edmund mit zehntausend Mann nach York zog, um die Stadt zurückzugewinnen. Er brauchte mich auch nicht, um die Wikinger-Lords und ihre Anhänger abzuschlachten. Ich bin mir nicht sicher, ob wir christliche Nächstenliebe auch gegenüber denen zeigen sollten, die unsere Häuser überfallen und unsere Frauen vergewaltigen. Hier jedenfalls gab es keine Vergebung, und nach meinem Empfinden war das auch richtig. Christus mutet uns einen beschwerlichen Weg zu, und manchmal würde ich ihn lieber nicht bis zum bitteren Ende gehen.

Edmund nutzte die Tatsache, dass seine Feinde sich aufgelöst hatten. Eine Stadt, einen Lord, ein Banner nach dem anderen nahm er sich vor, verteilt über den ganzen Norden, den sie zwar dünn, aber dafür in einem Umkreis von hundert Meilen besiedelt hatten, nachdem der Friedensvertrag unterzeichnet war. Auch Edmund machte sich bei dem Gemetzel die Hände blutig und erntete dafür unseren Respekt. Ich nahm ihm die Beichte ab, als er zurückgekommen war, und er erlangte die Vergebung seiner Sünden. Danach waren die Sorgenfalten auf seiner Stirn verschwunden. Es ist ein wunderbares Sakrament.

Während all das passierte, entwickelte sich mein weniger wichtiger Lebensstrang ebenfalls weiter. In jenem Jahr verpflanzte ich Wulfric samt Frau und Tochter nach Glastonbury, aber sie zogen in ein Haus in der Stadt, nicht ins Kloster. Wulfric hatte das zu einer Bedingung gemacht, um seine neue Aufgabe zu übernehmen. Ich konnte es ihm nicht ausreden, obwohl ich insgeheim immer noch hoffte, er würde seine Frau in ein Kloster schicken und ebenfalls Benediktiner werden. Ein Mann, der im Bett geflüsterte Unterhaltungen mit seiner Frau führt, kann niemals ganz so zuverlässig sein wie ein lediger, denke ich.

Doch wenigstens hatte ich keine Sorge wegen des Baus der Abtei. Damit ging es zügig voran, jetzt, wo Pachteinnahmen flossen. Fünfzehnhundert Hektar waren mehr als achtzehntausend Morgen Land, das war ein beachtlicher Teil von ganz Wessex. Wulfric ertrank in der Arbeit. Er beschäftigte einen ganzen Trupp junger Schreiber und ein weiteres Dutzend Leute, die nur unsere Ländereien besuchten, sein eigenes kleines Reich. Ich sah, wie Männer und Frauen aus der Stadt sich vor ihrem großen Arbeitgeber verneigten, wenn Wulfric vorbeiging – der Mann aus London, wie sie es auffassten. Ich fand das alles ein bisschen übertrieben und warnte Wulfric davor, überheblich zu werden. Seine Frau, das Kind auf dem Arm, betrachtete mich nur abschätzig, als wisse sie es besser.

Trotzdem, wir konnten nach dem ersten Quartal die Früchte ernten, als unsere Pachteintreiber über die Brücke kamen und so viel Silber mitbrachten, dass ich schon dachte, wir müssten es bei einem Geldverleiher deponieren, um keinen Krieg zu riskieren. Ich fragte Wulfric, wie er sicher sein konnte, dass sie alles, was sie eingenommen hatten, auch ablieferten, aber er sah mich nur missbilligend an und sagte, er vertraue ihnen. Ich glaube schon, dass er ein Kontrollsystem hatte, aber bei der Buchführung verließ er sich auf sein Vertrauensverhältnis. Zwar waren ihm einige der Leute aus seinem Londoner Geschäft gefolgt, aber ich glaube auch, dass er noch keinen echten Betrug erlebt hatte.

Ich war so erleichtert über das neue Einkommen und so intensiv mit Master Justin und unseren Handwerkern in Diskussionen über den Bau verwickelt, dass ich kaum darüber nachdachte, wo das Geld herkam. Das war ein Fehler. Ich dachte einfach, alles gehöre sowieso dem König – und in gewisser Weise war es ja auch so. Andererseits gehörte es aber auch den Earls und Lehnsleuten, die es im Namen des Königs verwalteten.

Zwei Männer hatten einen Teil ihrer Ländereien verloren, als der König sie unserem Kloster überschrieb. Der eine davon, Earl Talien, verlor fast die Hälfte seines Familienbesitzes. Soviel ich weiß, hatte er sich beim König erkundigt, aber als er erfuhr, es sei für die Kirche, bat er nur darum, dass wir für ihn Messen lesen lassen, was wir seitdem an jedem Festtag getan haben. Sonst hörten wir kein Wort des Protestes von ihm, obwohl der gute Mann ein Vermögen verloren hatte.

Der andere war jemand, den ich von Brunanburh her kannte – und von dem ich schon damals nicht viel gehalten hatte. Leofa von Kent besaß Ländereien im Süden, die um ein Vielfaches größer waren als der kleine Anteil, den der König uns gegeben hatte. Ich vermute, man hatte ihn informieren müssen, als er die paar Morgen Land verlor; es waren zwei Höfe mit magerem Weideland, sonst nichts. Ich glaube, man hatte uns das Land nur zugesprochen, um uns Zugang zu einem

Fluss zu verschaffen. Doch diese kleine Transaktion sollte uns das Leben schwer machen. Leofa, Lehnsmann des Königs, gönnte uns die Höfe nicht und benahm sich, als hätten wir seinen Erstgeborenen entführt.

Als Erstes kam er ins Kloster, um zu protestieren, und als Abt ging ich hinaus, um den Edelmann zu begrüßen, der mit einem Gefolge von einem halben Dutzend Männern auf das Klostergelände geritten kam und dann vom Pferd aus anfing, meinen Bruder zu beschimpfen. Wulfric war verständlicherweise eingeschüchtert von der Gewaltandrohung. Jemand wie Leofa war durchaus imstande, ihm in gerechtem Zorn den Schädel ein zweites Mal einzuschlagen. Das Gesetz war unklar, wenn es darum ging, solche Untaten zu bestrafen. Andererseits wusste ich, dass er es nicht wagen würde, mich anzurühren. Ich stand zwischen beiden und begrüßte meinen alten Kriegskameraden.

»Welche Ehre, Mylord Leofa, dass Ihr uns hier besucht.«

Der kentische Lehnsmann war nicht besonders erfreut, mich hier zu sehen. Vielleicht hatte er nicht gewusst, dass der Mönch, den er in Brunanburh gekannt hatte, jetzt Abt von Glastonbury war. Das muss ihm zu denken gegeben haben, wie eng mein Verhältnis zum König sein musste, dass er mir Land gegeben hatte. Es konnte ihm nicht entgangen sein, dass ich ihn weder bat abzusteigen, um mit mir zu essen noch um mit mir Wein zu trinken. Er war auf seinem Pferd sitzen geblieben, um meinen Bruder einzuschüchtern. Jetzt konnte er auch weiter darauf sitzen bleiben.

»Dieses Land, das Ihr beansprucht, gehörte Euch«, sagte ich. »Aber gehört es dann nicht eigentlich dem König, der damit machen kann, was er will? Besitzt Ihr es nicht im Namen der Krone?«

»Es ist mein Familienbesitz«, erwiderte Leofa, er biss die Zähne zusammen, und seine Stimme klang gepresst.

»Oh, nein, nein, Mylord. Das ist ein häufiger Irrtum. Es war Land des Königs«, sagte ich. Ich wollte seine Arroganz parieren. Er war in unser Kloster gekommen und hatte erwartet, wir würden alle vor ihm in den Staub sinken. Das tat ich nicht. Ich konnte es gar nicht, schließlich ruhte die Würde der Kirche auf meinen Schultern!

»Dennoch verstehe ich Eure Aufregung nicht, Mylord. Das Land gehört jetzt mir, es gehört zu dieser Abtei, die hier gebaut wird. Das Land, um das es hier geht, gehört der Heiligen Kirche. Nicht dem König. Und am allerwenigsten habt Ihr einen Anspruch darauf.«

»Ihr solltet sie meiner Familie zurückgeben, diese Felder, auf denen ich als Junge trainiert habe«, sagte er. Sein Gesicht war um einige Schattierungen dunkler geworden, fiel mir auf, und das befriedigte mich. Traurig schüttelte ich den Kopf.

»Vielleicht könntet Ihr sie uns abkaufen. Ich wäre bereit, sie für das Einkommen von zehn Jahren zu verkaufen. Ich glaube, das wäre ein fairer Preis.«

Einen Augenblick dachte ich, er würde hier im Klosterhof einen apoplektischen Anfall bekommen. Er schien fast zu platzen, und seine Männer wurden unruhig, aber ich lächelte sie weiterhin freundlich an, hauptsächlich, um ihren Herrn noch wütender zu machen. Ich war nicht weiter überrascht, als Leofa sein Pferd umwandte und ohne ein weiteres Wort vom Hofe ritt.

Wulfric wischte sich den Schweiß von der Stirn.

»Er wird den Dörfern und ihren Bauern das Leben schwer machen.«

»Dann sorge für bewaffnete Wachen, falls er es tut«, fuhr ich ihn an. »Dies ist deine Aufgabe, Wulfric, nicht meine. Ich habe dich hierhergebracht, weil ich anderes zu tun habe. Es ist deine Sache! Ich erwarte nichts weiter, als dass du genügend Geld einnimmst, um die Rechnungen zu bezahlen, wenn sie kommen. Der Rest kümmert mich nicht, auch nicht, wie viel du für dich selbst nimmst. Von mir aus lebe wie ein König, solange genügend Gold und Silber für die Abtei da ist.«

»Und was ist, wenn er unseren Leuten Schwierigkeiten macht?«

»Wir sind dicht am Ohr des Königs, Wulfric. Unser Lord aus Kent wird es nicht wagen, sich in die Angelegenheiten von Wessex einzumischen.«

Ach, ich denke mit Schmerzen daran zurück. Wenn wir damals im Klosterhof die Hand gegen Leofa erhoben hätten, wäre es sein gutes Recht gewesen, sich zu verteidigen. Wulfric und ich hätten es nicht überlebt, und zweifellos hätten seine Leute dann angefangen zu wüten, zu rauben und zu vergewaltigen. Bei meinem Leben – ich weiß nicht, was ich hätte anders machen können. Doch mit meinem Wunsch, ihn zu demütigen, streute ich damals eine Saat der Verwüstung, über die ich heute noch weinen könnte, wenn ich daran denke.

Im Laufe des nächsten Jahres verbrachte ich einen Großteil meiner Zeit in Winchester und London, während der Bau der Abtei ohne meine ständige Aufsicht weiterging. Trotz des Einkommens durch die Ländereien musste ich mit reichen Lords und Kirchenmännern Freundschaft schließen, nicht anders als jeder andere Bettler mit dem Hut in der Hand. Mein Anliegen war vielleicht nicht ganz so offensichtlich, aber eigentlich war es dasselbe.

Ich verpasste zwei Briefe von Wulfric, die mir monatelang überall hin nachgeschickt wurden. Über Land oder mit dem Schiff reiste ich mit einer kleinen Gruppe von Dienern nach Norden oder in den Westen nach Wales, in eine so herrliche

Berglandschaft, dass es das Paradies hätte sein können. Wenn reiche Familien mir Geld für meine Abtei anboten, deponierte ich es bei Geldverleihern, zum Beispiel in York, denn ich wusste, dass ich es mir jederzeit in London oder Winchester holen konnte. Was sind wir doch für ein großartiges Volk, dass wir unseren Institutionen so vertrauen können.

König Edmund hatte sich bewährt und bewiesen. Anlaf war tot. York gehörte wieder uns. Im Rat des Witan war man ziemlich still geworden – beschämt darüber, dass man ihn nicht unterstützt hatte. Es stimmt schon, er hätte den Norden beinahe verloren, aber weil er ihn zurückgewonnen hatte, würden sie ihm nie wieder ihre Unterstützung verweigern. Jetzt kamen Juden aus Frankreich und Flandern zu uns, nachdem sie gehört hatten, wie friedlich unser Land geworden war. Diese Burschen sind schon immer wie ein Wetterfrosch gewesen, den es zu beobachten lohnt.

Edmunds England blühte auf. Ich spreche nicht vom ganzen Königreich, denn von Schottland hörten wir nichts – und niemand wollte es riskieren, in ein Wespennest zu stechen, indem man jemanden so weit nach Norden geschickt hätte. Doch die Regierungszeit des neuen Königs schien ein goldenes Zeitalter zu sein. Meine Abtei erhob sich aus ihren Grundmauern, Reihe um Reihe von Steinen, aufgeschichtet von Hunderten von Handwerkern nach Anleitung unserer Baumeister.

Meine gute Stimmung hielt an, bis der versiegelte Brief meines Bruders mich endlich erreichte. Ich runzelte die Stirn beim Anblick des Lindwurms von Wessex und fragte mich, ob er, wie mein Vater, das alte Siegel als einen verdeckten Hinweis auf Schwierigkeiten benutzte.

Genauso war es. Wie es schien, hatte Leofa *unsere Leute*, wie ich sie im Stillen nannte, mehrfach eingeschüchtert. In seinem Brief sprach Wulfric von Gewalttätigkeiten, und er bat nicht, sondern er verlangte, dass ich die Sache vor den König brächte.

Mit wachsendem Zorn las ich, wie viele Wachleute Wulfric inzwischen bezahlte. Zwei waren fast zu Tode geprügelt worden, und einen Dritten hatte man aufgehängt gefunden, obwohl man nicht genau wusste, ob es wirklich Mord war. Eine noch schlimmere Nachricht war, dass ein Teil unserer Ernte verbrannt war, nachdem man in den Weizenfeldern Füchse mit brennenden Fackeln an den Schwänzen freigelassen hatte. Wie es schien, kannte unser kentischer Freund das Buch der Richter und die Geschichte von Samson.

Bis auf den erhängten Mann war noch kein sehr großer Schaden entstanden, aber ich konnte mir vorstellen, wie schwer es für die Menschen sein musste, die das alles zu ertragen hatten. Wulfric erzählte von Schikanen und Prügeleien, es schrie geradezu nach Recht und Gerechtigkeit. Ich las den Brief noch zweimal. Es gab keine Beweise – und selbst wenn es welche gegeben hätte, würde niemand bestraft werden. Die betroffenen Familien könnten den Witan anrufen, und vielleicht könnte man ihnen aus den Geldern des Königs eine Entschädigung zahlen. Solche Sachen passierten häufig und wurden von den betreffenden Adligen kaum zur Kenntnis genommen. Deren Mittelsmänner und Bedienstete bezahlten diejenigen, die gegen sie geklagt hatten, und die Welt drehte sich weiter.

An diesem Abend war ich in einem Haus in Bath. Mein Gastgeber war ein venezianischer Kaufmann, der mit Glas und Edelmetallen handelte. Ich hatte einen sehr anregenden Abend verbracht und mir gerade ausgemalt, was ich alles mit diesen wunderbaren neuen Sachen anfangen könnte. Ich hatte für Wulfric bereits die Schraubzwinge zum Briefeschreiben gebaut, ein Hilfsmittel, das ihn fast zu Tränen gerührt hatte – und jetzt hatte ich das Resultat vor mir, in Form von wunderbar geraden Linien. Ich hatte auch Pläne für eine neue Harfe und für ein Gerät, das eine Stimme von einem Ende der Halle bis zum anderen Ende trägt, wie ein Echo, aber ohne sie zu verzerren.

Stattdessen diskutierte ich jetzt den Brief meines Bruders mit meinem Gastgeber. Der Venezianer sprach ebenso gut Latein wie ich, und wir hatten beide einen kräftigen Wein getrunken, schon nach einem Glas war mir schwindelig, und alles verschwamm mir vor den Augen. Davon hatten wir zusammen eine Flasche geleert. Ich hatte für Glastonbury sogar Weinberge geplant, aber in der Salzmarsch gedeiht kein Wein – leider.

Um Mitternacht waren mein Gastgeber und ich uns einig, dass Geduld nötig war, man sollte nichts überstürzen. Die Zeit würde die Wunde schon heilen. In sechs Monaten, höchstens einem Jahr, würde Leofa die Sache über einem hübschen Gesicht oder einer anderen Sorge bestimmt vergessen haben. Und wenn nicht, dann genügte vielleicht ein vertrauliches Wort beim König, was eine offizielle Petition oder eine Einberufung des Witan völlig überflüssig machte.

Das schien uns die beste Vorgehensweise, aber leider war sie völlig unzureichend. Reifes Verhalten bedeutet, kleine Ärgernisse zu ignorieren, weil sie nicht wirklich wichtig sind. Mir ist das nicht immer leichtgefallen. In dieser Nacht hätte ich auch viel lieber jemanden dafür bezahlt, Leofa in seinem Bett umzubringen, und meine kämpferische Laune überraschte mich selbst. Dieses Getränk, das Brandy hieß, machte mich eine Weile ziemlich grimmig, aber bis zum Morgengrauen waren meine blutigen Träume verblasst, wie immer.

Als ich nach Glastonbury zurückkehrte, fand ich die Mönche in Alarmbereitschaft und die Brücke durch die Marsch bewacht, als ob wir tatsächlich im Krieg wären. Wie es schien, hatte Leofa seinen Feldzug weitergeführt, seit Wulfric mir geschrieben hatte. Da niemand darauf reagiert hatte, hatte der Lehnsmann aus Kent seine Strategie von Gewalt und Einschüchterung fortgesetzt, und jetzt traf man seine Leute in allen Dörfern an. Nicht nur Felder waren abgefackelt worden, auch Scheunen hatten sie niedergebrannt. Kein junger Mann konnte sich allein draußen sehen lassen, ohne dass er verfolgt und zusammengeschlagen wurde. Keine junge Frau war vor ihren anzüglichen Bemerkungen und grapschenden Händen sicher. Es war eine unerträgliche Situation.

Das Kloster befand sich im Belagerungszustand, die Mönche trugen ihre Schwerter und Äxte sogar auf dem Weg zur Kapelle! Wir waren durch die Marsch geschützt, anders als die Menschen, die in Städten und Dörfern wohnten. Ich konnte kaum glauben, welche Wut ich in den Gesichtern von Caspar und Master Gregory sah. Sie baten mich ins Spital, und ich fürchtete mich vor dem, was mich dort erwartete.

Meine erste Reaktion war fast nostalgisch, als ich meine Schwägerin Alice sah, die mit einem Stapel sauberer Wäsche dahineilte.

»Dunstan!«, sagte sie und ließ alles fallen. »Wulfric versucht seit Wochen, dich zu erreichen. Hast du seine Briefe nicht bekommen? Wo warst du denn?«

Ich ging wortlos an ihr vorbei, irritiert darüber, dass man mir in meiner eigenen Abtei solche Fragen stellte – und mich mit meinem Vornamen anredete statt mit meinem Titel. Beim Anblick der belegten Pritschen im Hauptraum blieb ich stehen, alles verwundete Männer. Afra war bei ihnen, sie strich irgendeine gelbe Salbe auf eine genähte Wunde. Sie blickte nur auf, um den Mund zu spitzen und mich missbilligend anzufunkeln.

Es überlief mich kalt, als ich Maurer mit gebrochenen Händen sah, unwillkürlich fragte ich mich, ob Leofa etwa ein Gerücht über meine Vergangenheit zu Ohren gekommen war. Aber nein, es war einfach vorsätzliche Grausamkeit, die uns alle treffen sollte. Trotzdem war ich erleichtert, dass Master Justin nicht unter den Verletzten war. Wir brauchten ihn, wenn auch weniger zum Bauen als für die Planung und die Entwürfe.

Ich überlegte, ob Leofa sich etwa dermaßen in seine Wut hineingesteigert hatte, dass ihm sein gesunder Menschenverstand abhandengekommen war. Er war doch ein Narr. Selbst ein Straßenköter beißt, wenn er lange genug gereizt wird.

Ich sah ein, dass ich nicht einfach den Kopf in den Sand stecken und es hinnehmen konnte, nicht ein Jahr länger und nicht nach dem, was hier passiert war. Leofas Bösartigkeit war zu offensichtlich, seine Anschläge zu kindisch. Wir hatten ihn ignoriert, und er hatte sich gesteigert.

Wulfric kam ein paar Tage nach mir im Kloster an. Ich hatte an Lady Elflaed geschrieben und sie um Rat gebeten, obwohl sie schon sehr krank war und ich nicht glaubte, dass sie einen weiteren Winter überleben würde. Das wäre ein Verlust, an den ich noch gar nicht zu denken wagte. Sie hatte mich gerettet, als ich an meinem tiefsten Punkt war, und ich hatte es ihr mit meiner Jugend zurückgezahlt, mit meinen Träumen und meinen Händen hatte ich eine Abtei aus dem Boden gestampft – und mit meinem Glauben, auch wenn der schwach war.

Als Wulfric zurück war, rief man nach dem Abt. Ich rannte aus dem Schulgebäude und wäre fast die Treppe hinuntergefallen, als ich sah, dass er blutete. Sie hatten ihm den Arm gebrochen. Ich konnte mir kaum vorstellen, wie schrecklich das für ihn war, aber ich sah es an seinem Blick.

Alice ging an mir vorbei und heulte, als sie ihn sah, sie nahm sein Gesicht in ihre Hände und zog ihn zu sich herunter, sodass er sie küssen konnte. Ich musste an meine Beatrice denken und empfand etwas wie Neid. Wulfric war völlig erschöpft, er hatte große Schmerzen und wäre fast gestürzt, als er, von seiner Frau gestützt, vom Sattel auf den Aufsitzblock glitt. Er schrie auf, als sein Arm herunterfiel, der bisher auf seinem Schoß gelegen hatte.

Ich blickte von ihm zu den blau geschlagenen Männern, die ihn begleitet hatten. Ihre Scheiden hingen leer am Gürtel, und man sah ihnen an, dass sie gekämpft hatten.

»Wo sind die Quartalseinnahmen?«, fragte ich.

Wulfric schüttelte den Kopf, er war bleich vor Erschöpfung.

»Die haben Leofas Männer uns abgenommen.«

Trotz seiner Schmerzen lächelte er. Ich lächelte genau wie er, und Alice sah uns verwirrt an.

»Seid ihr beide verrückt geworden? Warum grinst ihr denn so dumm?«, fragte sie.

Ich ignorierte sie.

»Bist du sicher, dass es seine Leute waren, Wulfric? Sei vorsichtig jetzt, was du sagst. Hast du jemanden erkannt?«

»Das habe ich«, sagte er. »Sie haben mich ja schon ein Dutzend Mal bedroht. Damals haben sie mir erzählt, wer ihr Herr ist. Und heute habe ich sie wiedererkannt.«

Mein Bruder empfand eine grimmige Befriedigung, wozu es auch allen Grund gab. Er wandte sich an Alice, um ihr zu antworten.

»Ich kenne seine Leute, Liebes. Sie haben unser Silber geraubt. Jetzt können wir zum König gehen – und bei Gott, wir werden dieser Sache ein Ende bereiten.«

»Und dein Arm?«, sagte sie und strich über die Schwellung, sodass er schmerzhaft die Luft einzog.

»Verletzungen sind nicht wichtig, Liebes. Wie ich sagte, wir können nicht wie Kinder zum Magistrat oder zum Witan gehen und uns beklagen, dass sie uns wehgetan oder verfolgt haben. Bis heute konnten wir nichts beweisen. Aber Raubüberfälle auf seinen Straßen duldet der König nicht. Glaub mir, Leofa weiß, dass er erledigt ist, wenn sie ihm das Silber bringen.«

Ihm kam ein Gedanke, und er wandte sich zu mir.

»Wir sollten nicht warten, Dun. Je eher wir diese Beschwerde vor den König bringen, desto eher ist Leofa in Ketten. Ich reite sofort mit dir nach London.«

»Was ist denn mit deinem Arm?«, sagte ich. Ich gebe zu, ich bewunderte ihn für seine Entschlossenheit. Es ist schon etwas Großartiges, wenn man einen Bruder zum Manne heranwachsen sieht. Aber es hatte auch lange genug gedauert.

»Alice wird ihn schienen und verbinden.«

»Was ich meine, ist, du kannst doch nicht galoppieren … mit nur einem Arm, der auch noch gebrochen ist.«

Ich sah, wie seine Erregung in Frust umschlug. Es ist eine Sache, auf einem Pferd dahinzutrotten, das seinen Weg kennt, aber ein dreitägiger Ritt über unwegsames Gelände war unmöglich.

»Dann eben zu Wasser«, sagte ich. »Und bis zur Küste kannst du in einem Wagen fahren. Das muss schnell genug sein.«

Alice ging mit ihm hinein, um seinen Arm zu schienen und ihn zu füttern. Ich blickte den beiden hinterher und tat mir etwas leid, weil es niemanden gab, der sich ähnlich liebevoll um mich gekümmert hätte.

24

Nachdem Wulfric und ich Edmund unsere Klage vorgebracht hatten, wurde Leofa nach Winchester beordert, wo er bis Pfingsten zu erscheinen hatte. Natürlich wartete er bis zum letzten Moment. Während wir unsere Aussagen machten, starb Lady Elflaed, sodass ich um Unterbrechung der Verhandlung bitten musste, um für sie das Requiem zu halten.

Edmund konnte meine Bitte kaum abschlagen. Lady Elflaed war seiner Familie und der Stadt eine gute Freundin gewesen. Der König selbst kam auch, um ihr die letzte Ehre zu geben, aber er stand in stiller Würde ganz hinten in der Kathedrale und ging, als der Chor die letzte Strophe sang. Es waren nicht alle Plätze besetzt, obwohl es sich eigentlich so gehört hätte.

Vielleicht war es gar nicht schlecht, König Edmund an meine Gönner zu erinnern, gerade jetzt, als wir eine Mäzenin begraben mussten. Ehe die offizielle Anhörung mit Leofa fortgesetzt wurde, nahm ich mir einen Nachmittag frei und ging in das königliche Archiv, um mir ihren Letzten Willen anzusehen. Wenn ich daran denke, läuft mir immer noch ein kalter Schauer über den Rücken. Ich hatte schon gewusst, dass diese liebe Dame wohlhabend war. Elflaed hatte Schaffarmen in Somerset besessen, außerdem ein ertragreiches Erzbergwerk im Westen von Cumbria. Es schien auch, dass sie über eine Anzahl von Schiffen und mehrere Geschäfte verfügte, ein stolzes Vermögen, und das gehörte jetzt mir.

Wohlgemerkt, nicht der Kirche, nicht einmal dem Kloster, sondern Dunstan von Wessex persönlich, der damit machen konnte, was er wollte.

Dieses große Erbe konnte zwar nicht den Schmerz aufwiegen, den ich durch ihren Verlust empfand, aber es linderte ihn doch etwas. Allerdings hatte ich das Gelübde der Armut abgelegt, was die Sache kompliziert machte. Ich dachte im Laufe der nächsten Tage immer wieder darüber nach, während ein Zeuge nach dem anderen kam und vor dem König für uns aussagte. Als Wulfric und ich nochmals aufgerufen wurden, hatte ich mein Problem noch immer nicht zufriedenstellend gelöst.

Ich schob diese Gedanken beiseite, als König Edmund die Petitionshalle betrat und langsam den Mittelgang hinunter zum Thron schritt. Die Atmosphäre war jetzt etwas privater als beim Verhör, denn die neugierigen Beobachter hatten keinen Zutritt mehr. Mein Bruder und ich als Klagende mussten immer anwesend sein und schwören, dass jedes unserer Worte der Wahrheit entsprach. Wahrscheinlich hätte Leofa dasselbe gemacht, wenn ihm seine unsterbliche Seele gleichgültig gewesen wäre. Doch er hatte unserer Aussage nicht ein einziges Mal widersprochen, er hatte lediglich seine Männer beschuldigt, sie hätten in ihrem jugendlichen Überschwang zu unüberlegt gehandelt. Er behauptete, von allem nichts gewusst zu haben. Ich nehme an, der König wusste sehr wohl, wie es wirklich war, aber ich hatte keine Ahnung, wie er urteilen würde.

Edmund hatte unserem Onkel Athelm nicht gestattet, uns unter Eid zu nehmen, da wir mit ihm verwandt waren, deshalb wurde ein Bischof beauftragt, den ich nicht kannte. Bischof Oda von Ramsbury stammte eigentlich aus Dänemark, war aber in Wessex aufgewachsen. Er schien ein sehr bodenständiger Mann zu sein, von ähnlicher Statur wie ich selbst und keiner von diesen Geistlichen, die aussehen, als ob sie ihr ganzes Leben lang im Zimmer hocken.

An diesem letzten Tag verneigten Oda und ich uns voreinander, als wir eintraten, eine Höflichkeit unter Kollegen. Als ich mich setzte, beugte Wulfric sich herüber und flüsterte mir etwas zu, aber ich schüttelte den Kopf, für mich waren die Anwesenheit des Königs und die Bedeutung des Augenblicks wichtiger.

Edmund hatte inzwischen auch einen neuen Leibwächter gefunden, einen Kerl, der den alten Egill Skiallgrimmson noch überragt hätte. Zu gern hätte ich die beiden mit bloßen Händen kämpfen gesehen, das wäre ein seltener Anblick gewesen. Dieser John Wyatt war riesig und sah ziemlich brutal aus, also war er für König Edmund gerade richtig. Selbst böse, spöttische Mistkerle wie Leofa bekamen Respekt, wenn Wyatts Blick sie traf.

Ich merkte, wie Wulfric den Kopf wandte, als sich die Tür hinter uns knarrend öffnete. Ich blickte weiterhin nach vorn, aber ich hörte jeden Schritt, als Leofa eintrat. Niemand ging neben ihm, denn noch war er nur der Angeklagte und kein Gefangener. Doch als sein Blick mich im Vorbeigehen streifte, empfand ich es wie Ofenhitze. Er hatte sich unsere Klage völlig ausdruckslos angehört und eigentlich eher gelangweilt gewirkt. Mir kam der Gedanke, dass, falls wir König Edmund nicht überzeugt hatten, Leofa als freier Mann davonkommen würde. Dann wäre Wulfric wirklich in Gefahr. Als ich den Mann betrachtete, der da zwar als Angeklagter, doch nach wie vor dickköpfig vor dem König kniete, fiel mir ein, dass auch ich selbst in Gefahr sein könnte.

Bischof Oda segnete die Verhandlung. Er hatte eine gute Stimme, kräftig und volltönend. Wir knieten nieder und sprachen das Paternoster, dann standen Wulfric und ich auf, um das Urteil des Königs zu vernehmen. Leofa blieb auf den

Knien und erwartete es mit gebeugtem Kopf. Oda schloss, indem er über uns allen das Kreuzzeichen machte.

Edmund ließ die Stille wirken. Ich sah den Atem vor seinem Gesicht stehen, so kalt war es. Schließlich sprach er, ohne jedoch von seinem Thron aufzustehen.

»Mylord Leofa, Abt Dunstan, Vogt Wulfric von Glastonbury, ich habe Euch an diesen Ort gerufen, um Euch mein Urteil in der Sache um das umstrittene Land zu verkünden.«

Ich ließ mir nicht anmerken, dass ich bei dem Wort »umstritten« zusammenzuckte und mein Magen sich zusammenkrampfte, ich hoffte nur, es sei keine Vorahnung, dass es schlecht für uns ausgehen würde. Ich wusste nur zu gut, dass Edmund in Brunanburh an der Seite dieses Lehnsmanns gekämpft hatte. Eine Lösung wäre, seinem Freund das Land zurückzugeben. Leofa wäre zufrieden – und würde sich mit seinem Sieg brüsten. Ich fragte mich, wie lange es dann dauern würde, ehe ein paar grobe Kerle nachts bei Wulfric und mir am Bett stehen würden.

»Ich habe Aussagen unter Eid gehört, von Gewalt, Zerstörung und Diebstahl. Es schmerzt mich, dass Männer, die ich respektiere, keinen anderen Weg finden konnten, ihre Streitigkeiten zu beenden, ohne sie zu mir zu bringen. Also werde ich mein Urteil sprechen. Dunstan, sprecht bei meinen Beamten vor. Überschreibt mir das Land, das Leofa beansprucht. Ich werde Euch etwas Gleichwertiges zur Verfügung stellen.«

Mein Mut sank, aber ich beugte den Kopf und wagte nicht, Leofa anzusehen.

»Danke, Euer Hoheit«, sagte ich.

»Und Ihr, Leofa? Eure Männer stahlen Pachtgelder und brachen dem Vogt des Abts den Arm.«

»Ich habe sie bestrafen lassen, Euer Hoheit. Und ich habe angeboten, das Sil…«

»Unterbrecht mich nicht, Sir!«, brüllte Edmund ihn an.

Leofa ließ den Kopf hängen wie ein geprügelter Hund, und mit gutem Grund, denn an der Seite des Königs regte sich John Wyatt.

»Ich kann die Strafe nicht Euch überlassen, Leofa. Ihr wart so dumm, es auf meine Strafe ankommen zu lassen – und Ihr könnt sicher sein, dass jetzt Hunderte meiner Untertanen darauf warten, ob ich Euch freilasse, ob ihr König ihre Verletzungen und ihre Verluste ignorieren wird. Das kann nicht sein, Leofa.« Er schwieg einen Augenblick und holte tief Luft, ehe er weitersprach. »Deshalb seid Ihr mit diesem Urteil auf fünf Jahre aus meinem Reich verbannt, sollt weder Euer Haus noch einen Hafen betreten, weder im Sturm noch bei Sonnenschein. Ihr habt sechs Tage Zeit, Eure Angelegenheiten zu regeln, danach seid Ihr ein Eidbrüchiger, wenn Ihr Euch weiterhin in England aufhaltet. Dies ist mein Urteil – das Ihr mit Eurem unreifen Verhalten selbst über Euch gebracht habt. Ich hatte Euch anders eingeschätzt. Euch alle.«

Mir blieb der Mund offen stehen bei diesem letzten Satz, ich fühlte mich mit angesprochen. Weder ich noch Wulfric hatten es vor den König bringen wollen! Wir wollten einfach nur in Ruhe gelassen werden. Fast wünschte ich mir, ich hätte Männer bezahlt, die Leofa auf dem Weg hierher überfallen hätten, aber es ist schwer, solche Pläne geheim zu halten. Zungen plappern, und Geheimnisse kommen ans Licht.

Leofa verbeugte sich, Edmund stand auf und verließ den Saal. Ich war froh, dass sein Leibwächter zurückblieb, denn jetzt waren wir praktisch allein mit dem Mann, den Edmund aus seinem Reich verbannt hatte. Wulfric und ich hätten uns kaum verteidigen können, wenn Leofa wild geworden wäre. Ich beschloss, ein wenig Öl auf die Wogen zu gießen, solange ich die Chance hatte.

»Es tut mir leid, dass es so weit kommen musste, Mylord«, sagte ich. »Ich wünschte, wir hätten es friedlich beilegen können, wie der König sagte.«

Ich will seine Antwort nicht wiederholen, die er mir wütend entgegenschleuderte. Auch er blickte auf John Wyatt, der mit den Händen auf seiner Axt dasaß und uns angrinste. Leofa entschied sich, diesen Riesen nicht weiter zu provozieren, und stolzierte hinaus.

Ich hörte, wie Wulfric aufatmete, aber ich war unruhiger als vorher. Das Problem mit Verbannten ist, dass sie irgendwann zurückkommen – und fünf Jahre war nicht besonders lang. Das war der Grund, weshalb ich gezögert hatte, überhaupt zum König zu gehen.

»Ich hoffe, wir haben uns da nicht noch mehr Ärger eingehandelt, Bruder«, sagte ich leise zu Wulfric. Ausnahmsweise sagte er mal nichts, aber ich merkte, dass er genauso beunruhigt war wie ich.

In jenem Sommer heiratete König Edmund eine junge Frau, die am Hofe lebte, und machte sie zur Königin. Er schien glücklich, und Elgifu strahlte, aber entweder hatte sie ziemlich an Gewicht zugelegt, oder die Hochzeit musste dringender sein, als es anfangs erschien. Ich war ein wenig enttäuscht, dass man mich nicht gebeten hatte, die Trauung zu vollziehen. Wieder hatte der König Bischof Oda gewählt, weil mein Onkel Athelm zu krank war, um es zu tun. Es schien für uns alle eine Zeit der Veränderung zu sein, aber immerhin erhielt ich einen Platz ganz vorn, neben dem Bruder und zwei Schwestern des Königs.

Ich hatte Prinz Eadred noch nicht oft gesehen, obwohl er sich in Winchester meist nicht weit von seinem Bruder entfernt aufhielt. Eadred war ein blasser, schwächlich aussehender Mensch. Jedes Mal, wenn ich ihn sah, dachte ich, er würde keinen Monat länger leben, denn auch er hustete in ein Tuch, das er in seinem Ärmel versteckte. Wahrhaftig, ich habe schon ein Dutzend Leute an dieser Lungenkrankheit sterben sehen, aber er blieb am Leben, er hustete und spuckte zwar, aber er war immer noch da.

Ich katzbuckelte ihm gegenüber nicht. Schließlich hatte ich Lady Elflaeds Vermögen im Rücken, außerdem nahm die Abtei Gestalt an und wurde mit jedem Jahr größer und teurer. Ich war nicht auf Gefälligkeiten von diesem halbwüchsigen Bruder des Königs angewiesen, also beschränkte ich mich darauf, einfach nur höflich zu sein. Ich merkte, wie er mich ansah, und ich vermute, er beneidete mich ein wenig. Um meine Körpergröße und meine Stärke, um meine gesunde Lunge, die wie ein Blasebalg arbeitete, verglichen mit dem schwachen, pfeifenden Ding in seiner Brust. Ich weiß jetzt, dass kleine Menschen großen und stärkeren gegenüber sehr verbittert reagieren können. Es macht sie missgünstig, was keine sehr christliche Haltung ist. Natürlich sind wir am Ende alle schwach, aber manche Menschen sind niemals stark und werden deshalb bitter.

»Prinz Eadred«, sagte ich und neigte grüßend den Kopf.

»Abt Dunstan«, sagte er. »Wie schön, Euch wieder einmal zu sehen. Ich habe von Euren Schwierigkeiten mit Leofa gehört.«

Ich runzelte die Stirn bei seinem Ton, der fast spöttisch klang, obwohl ich bisher kaum ein Wort mit ihm gesprochen hatte.

»Das können wir jetzt hoffentlich vergessen«, sagte ich, doch vielleicht konnte man mir meine Sorge diesbezüglich anmerken.

»Das hoffe ich. Er war ein sehr brutaler Kerl. Ich erinnere mich, wie er einmal einen armen Muschelverkäufer halb tot schlug, weil er ihm zu wenig abgewogen hatte. Wie aufbrausend dieser Mann doch ist!«

Ich stimmte ihm zu, aber inzwischen hatte ich das Gefühl, dass er sich auf meine Kosten lustig machte. Nur konnte ich es ihm leider nicht heimzahlen, denn er war ja der Bruder des Königs. Vielleicht reckte ich mich neben ihm besonders hoch auf, um ihm damit deutlich zu machen, wie viel größer ich war. Er blickte an mir vorbei, und ich zuckte zusammen, als ich merkte, dass ich selbst von einem anderen überragt wurde. Der königliche Leibwächter nahm neben uns Platz, wobei die ganze Bank knarrte. Mein veränderter Gesichtsausdruck schien Eadred zu amüsieren, er lachte und hustete so heftig in sein Tuch, dass ich dachte, er müsse ersticken.

»Mein Bruder und ich gehen Ende des Monats auf die Jagd, Vater Dunstan. Keine große Jagdgesellschaft mit Hunderten von Treibern und Reitern aus ganz England. Nein, nur eine kleine Gruppe. Strammes Reiten durch nasses Farnkraut, etwa von dieser Art. Und gewöhnlich wird dabei zu viel getrunken, sodass der eine oder andere herunterfällt und sich das Genick bricht.« Er lachte leise über seinen Witz. »Man hat einen Zwölfender gesichtet, gar nicht weit von hier, bei der Schlucht von Cheddar.« Er sah mich von oben bis unten an, als sei ihm die Idee gerade erst gekommen. Ich fragte mich, ob es vielleicht kein Zufall war, dass man mir den Platz neben ihm gegeben hatte. »Und Ihr seht recht fit aus, Vater. Mein Bruder Edmund sagt, wie Ihr reiten könnt, das müsse man gesehen haben. Ihr solltet uns begleiten, wenn Ihr den Mut dazu habt.«

Ich hatte keine Ahnung, ob Eadred mich testen wollte oder erwartete, dass ich ablehnen würde. Sein Gesicht verriet nichts, als er sich jetzt der Menge zuwandte, die seinem Bruder und der neuen Königin gratulierten.

Ich hatte mit meinem Vater gejagt, als ich noch sehr jung war, aber selbst damals war er schon ein wenig zu alt, um zwanzig Meilen auf durchgeweichtem Boden zu schaffen. Unsere Kaninchenfallen und Vogelnetze waren nicht gerade das, was Lords und Könige unter Jagd verstanden. Doch am überraschendsten fand ich, dass dieser hustende Prinz, diese halbe Portion, dachte, er hätte mehr Mut und Ausdauer als ich. Ich merkte, wie diese Herausforderung mich reizte, obwohl ich vermutete, dass er mich nur provozieren wollte. Doch selbst der klügste Mann kann zum Narren werden, wenn jemand seinen Mut infrage stellt.

»Es wäre mir eine Ehre, Mylord«, sagte ich. »Als Junge kannte ich die Schlucht von Cheddar sehr gut. Dort gab es viel Rotwild, große, zottelige Tiere. Größere habe ich nirgendwo sonst gesehen.«

Jetzt war sein Interesse geweckt. Er vergaß seine leicht überlegene Art und packte mich am Arm.

»Wirklich? Ich dachte mir schon, dass Ihr die Gegend dort kennt. Es sind, was, vielleicht nur zehn Meilen von Glastonbury? Natürlich wird jeder Junge, der dort aufgewachsen ist, dieses Wunder gesehen haben. Hört zu, Vater. Meine Jäger und Hunde sind genauso tüchtig wie die meines Bruders. Bleibt dicht bei mir, und wir werden diesen gewaltigen Hirsch finden. Und ich werde seine Leber noch warm essen.«

Seine Augen glänzten bei der Vorstellung, aber ob er dabei an das Blut oder an den Triumph dachte, hätte ich nicht sagen können.

»Der Lehnsmann dort sagte, er hätte noch nie ein so ausladendes Geweih gesehen, Vater. Das hätte ich schon gern, wenn es möglich wäre.« Eadred erschauerte und blickte auf, als erwache er aus einem Traum. »Vielleicht bringt Ihr mir Glück, Vater. Es gibt nur diesen einen Hirsch dort, und ich würde Euch meinen Freund nennen, wenn Ihr mir helfen würdet, ihn zu erlegen.«

Ich besaß damals immer noch Spitzbub, aber er war schon ziemlich betagt, während ich im besten Mannesalter war. Er lahmte ein bisschen zu oft, um mit ihm im Halbdunkel über unebenes Gelände zu reiten, aber wir hatten einen Mann aus der Gegend, der uns begleitete, und wenn er auf seinem Pony neben uns hertrabte, wirkte er wie ein Kind neben den großen Tieren, auf denen Edmund und Eadred saßen.

Ich kauerte zusammengesunken und missmutig auf meinem Pferd, völlig durchnässt und so durchgefroren in der kalten Morgendämmerung, dass ich nur noch den einen Wunsch hatte, mich zusammenzurollen, bis ich ein warmes Feuer und ein Bier vor mir hatte. Master Gregory aus der Werkstatt hatte mir geraten, dicke Kleidung zu tragen, um mich vor den bissigen Fliegen zu schützen, den Bremsen, wie er sie nannte. Doch sie fanden mich trotzdem, sie kamen aus dem Farnkraut und schwirrten mir ständig um Augen und Mund. Ich schlug wütend um mich, was unseren Führer zu amüsieren schien. Er sagte, die vielen Fliegen seien ein Anzeichen für Wild, was logisch war, wenn auch ein schwacher Trost. Ich blickte ihn finster an, denn offenbar dachte er, das würde mich interessieren.

Allerdings muss ich zugeben, dass der Sonnenaufgang auf den Bergen über der Schlucht von Cheddar ein unbeschreiblich schönes Erlebnis war. Der große Einschnitt in der Landschaft kann nicht mehr als eine Meile lang sein, aber die Klippen, mit ihren messerscharfen Rändern, stürzen Hunderte von Yards hinunter. Ich habe in ganz England nichts Vergleichbares gesehen, und als ich dort fröstelnd in meinen nassen Kleidern saß und an den Bremsenstichen kratzte, hatte ich auch nicht den Wunsch, es noch einmal zu machen. Es hat schon seinen Grund, wenn Menschen sich warme Häuser und Kirchen bauen. Ja, natürlich ist es zur Ehre Gottes, aber es schützt auch vor Kälte und Wind, und das ist nicht zu verachten. Die griechischen und römischen Philosophen hatten lange, warme Sonnentage, da ließ es sich gut umherschlendern und philosophieren. Wir in England mussten uns Dächer bauen, sonst froren wir.

Der König war irgendwo in der Ferne verschwunden, manchmal hörten wir seine Hunde bellen, wenn sie einen Hasen oder einen Fuchs aufgescheucht hatten. Er hatte seinen eigenen ortskundigen Führer, während ich neben Eadred und unserem Führer einherritt. Unser Bursche auf seinem Pony sah mich immer von der Seite an, wenn ich einen bestimmten Weg vorschlug, aber ich kannte diese Klippen und die Schlucht wirklich sehr gut. Zehn Meilen Entfernung sind nichts für einen Jungen, und Wulfric und ich waren unzählige Male in diesem Teil von Wessex umhergestreift, als wir sieben oder acht Jahre alt waren.

Es hatte sich nichts verändert, auch wenn ich einen Moment brauchte, um es wiederzuerkennen. Ich sah vielleicht einen Fels, und plötzlich wusste ich genau, dass es am Ende dieses Weges einen brackigen kleinen Teich gab oder dass diese Gruppe von Bäumen dort direkt jäh am Abgrund stand.

Eadred blickte mich ununterbrochen an, als könne ich schon allein dadurch, dass ich die Gegend kannte, einen Hirsch herbeizaubern. Anfangs, als es noch dunkel war, war ich einfach nur froh, dass ich einen Weg fand, der in einem vernünftigen Abstand zum Klippenrand verlief. Ich konnte den Rand spüren, vielleicht lag es daran, dass man sah, wie Bäume und Büsche plötzlich aufhörten. Die Geräusche und Echos veränderten sich, und ich konnte mich in Acht nehmen. Trotzdem war ich erleichtert, als die Sonne aufging. Ihr Licht macht uns die Welt wieder vertraut. Es vertreibt die Angst, und wir können uns wieder erhobenen Hauptes fortbewegen.

Als es heller wurde, ritt ich voraus auf einem Weg, der zwischen zwei großen Felsen hindurchführte. Auf die war ich als Junge geklettert, und ich wusste, von hier aus konnte man weit über das umliegende Land blicken. Spitzbub war nicht sehr begeistert davon, als Steigbügelhalter missbraucht zu werden, aber unser Führer hielt ihn am Zügel, und ich kletterte auf den Felsen; in den tiefen Furchen seiner Oberfläche wuchsen Moos und Flechten. Ich sicherte jeden meiner Griffe und musste daran denken, wie viel leichter ich gewesen war, als ich das letzte Mal hier hochgeklettert war.

Hinter mir hörte ich Kratzgeräusche und fallende Steine, und ich merkte, dass Eadred mir gefolgt war. Er kletterte gewandt, aber ich hörte ihn husten, obwohl er es zu unterdrücken versuchte. Trotzdem holte er mich ein, und zusammen standen wir auf der Spitze, schwer atmend und hochzufrieden mit unserem kleinen Triumph. Abwärts schien der Weg weiter zu sein als nach oben, ich starrte zu unseren Jägern und überlegte, ob es nicht einen einfacheren Weg gab, sie zu erreichen.

Eadred nahm meinen Arm und drehte mich langsam herum. Da sah ich den Hirsch. Er stand etwas erhöht, keine zweihundert Meter von uns entfernt. Er beobachtete uns, und als ich ihn anstarrte, senkte er sein riesiges Geweih. Inzwischen weiß ich, dass es eine Art Herausforderung vonseiten des Tieres war, aber damals sah ich Eadred an und fragte mich, was es zu bedeuten hatte.

»Ganz langsam jetzt, Vater«, flüsterte Eadred. »Lasst uns nach unten klettern, ohne ein Bein zu brechen.«

Wir beide hockten uns hin, und ich sah, wie der Hirsch sich plötzlich umwandte, er witterte etwas, ehe ich es merkte.

Wir hörten die Hunde des Königs, die laut jaulend näher kamen. Eadred fluchte, er rutschte auf dem Bauch den Felsen hinab und verschwand. Er hätte schlimm stürzen können, wenn seine Jäger ihn unten nicht aufgefangen hätten. Jetzt trieben alle ihre Pferde zum Galopp an, während ich noch herunterkletterte.

Er hatte mich überrascht. Mit seiner schmächtigen Gestalt und seiner kranken Lunge hatte ich ihn für schwächlich gehalten, und schon gar nicht für besonders mutig. Beides war falsch. Unsere Hunde heulten und bellten, und Eadred galoppierte hinter den Felsen hervor. Der große Hirsch war verschwunden. Die Jagd hatte begonnen, und ich ließ mich so in Spitzbubs Sattel fallen, dass ich den Aufprall bis in die Halswirbel spürte, doch ich brüllte mit, als ich ihn herumdrehte, mitgerissen von der allgemeinen Aufregung.

Das Gebell der Hunde bewirkt etwas im Mann, es ist ein Signal aus Urzeiten, das das Herz höherschlagen und einen alle Schmerzen vergessen lässt. Ich ritt wie ein Verrückter, immer hinter den Hunden her, die sich ohne Zögern auch durch die engsten Stellen drängten. Wir rasten durch den nassen Wald, und ich musste meinen Arm heben, um mich nicht in den Dornenranken zu verfangen, die über den Weg hingen. Ich fluchte, wenn ich hängen blieb, und hoffte inständig, ich würde mir nicht die Kehle an einer Ranke aufreißen. Ich erhaschte nur ab und zu einen Blick auf Eadred, dann kam die zweite Hundemeute von der Seite auf meinen Weg zu. Ich blickte geradeaus und geriet in Panik, weil ich sah, dass wir wieder am höchsten Punkt der Schlucht waren.

Dort rannte der Hirsch, so groß wie ein Pferd, riesig und mit dichtem Fell. Ich hörte ihn schnauben, während er versuchte, Menschen und Hunden zu entkommen. Ich kannte diesen Ort. Ich hatte früher so manches Mal hier gestanden und mit wohliger Angst über den Rand geblickt. Ich zog schon die Zügel an, als der Hirsch ans Ende des Felsens kam und instinktiv sprang, weil er die andere Seite der Schlucht erreichen wollte, die aber viel zu weit entfernt war.

Es passierte alles so schnell! Die Hunde waren ihm dicht auf den Fersen, und in ihrem Rausch folgten sie ihm und konnten ebenfalls nicht mehr anhalten. Sie schrien gellend auf, als sie fielen, ihr Bellen war zu einem angsterfüllten Heulen geworden. Ich hielt an und sah König Edmund in vollem Galopp aus dem Wald kommen.

»Stopp!«, brüllte ich und winkte mit beiden Händen.

Erst blickte er mich an, dann sah er mit wachsendem Entsetzen die Schlucht vor sich. Er war noch immer der großartige Reiter, als den ich ihn in Brunanburh kennengelernt hatte. Er hielt an und riss im selben Moment das Pferd herum, er warf sein Gewicht auf die Seite, während seinem Pferd die Hufe wegrutschten und es mit gespreizten Beinen dastand, sein Wiehern klang wie ein Angstschrei.

Es reichte nicht, Edmund hatte nicht rechtzeitig anhalten können. Im letzten Moment warf er sich aus dem Sattel und stand jetzt da, die angespannten Zügel in der Hand, mit denen er verzweifelt versuchte, sein Pferd zu halten.

Ich beobachtete, wie er immer näher an den Rand gezogen wurde, während das Pferd die Augen verdrehte und wild nach allen Seiten auskeilte. Es hatte keinen Halt mehr, und ich glaube, der junge König wäre in die Schlucht gestürzt, wenn Eadreds Schrei ihn nicht gewarnt hätte.

»Lass die Zügel los, Edmund! Bitte!«

Edmund ließ los, und das Pferd stürzte ab, genau wie die Hunde und der Hirsch, es wieherte laut und angstvoll, dann war alles still. Mit Tränen in den Augen ging ich zum König, ich war völlig geschockt. Ihm tat alles weh, ich vermutete, dass er bei seinem Versuch, dieses unmögliche Gewicht zu halten, sämtliche Muskeln in seinem Rücken überanstrengt haben musste. Selbst sechs Männer hätten das Pferd nicht von diesem Abgrund zurückziehen können. Später verfärbte sich seine ganze Brust grün und blau. Es war eine Torheit, aber muss ein König nicht jemand sein, der sich nie geschlagen gibt?

»Ich danke dir, Dunstan«, sagte Edmund. »Zum Glück habe ich dich noch rechtzeitig gehört. Und auch dir danke ich, Bruder.«

Zu dritt traten wir an den Rand des Abgrunds. Es waren immer noch ein paar Hunde übrig, die nicht mit den anderen abgestürzt waren. Sie schienen völlig unbeeindruckt davon, wie nahe sie dem Tode gewesen waren, sie hechelten und wedelten aufgeregt mit den Schwänzen, während wir auf die zerschmetterten Tierkörper hinunterblickten.

»Ich möchte das Geweih haben«, sagte Eadred.

Edmund lachte leise und stöhnte vor Schmerz auf.

»Mein Rücken tut furchtbar weh, ich glaube, ich habe ihn verletzt. Und trotzdem willst du das Geweih dieses Hirsches, der mich beinahe umgebracht hätte?«

Eadred dachte einen Moment nach. Er war ja der Jüngere.

»Ich möchte es haben, um es dir zu schenken«, sagte er.

Edmund umarmte ihn. Beiden war bewusst, wie knapp es gewesen war.

Wir machten uns auf den Weg nach unten, bis zum Grund der Schlucht. Ungefähr zwölf oder vierzehn Hunde waren abgestürzt. Zu Edmunds Überraschung hatte einer überlebt, er hatte ein gebrochenes Bein und sah auch sonst ziemlich mitgenommen aus. Er wedelte mit dem Schwanz, als er uns sah, und weder der König noch sein Bruder konnten es glauben, dass er noch lebte, immer wieder blickten sie zum Rand der Klippe, die hoch über uns aufragte. Ich konnte mir vorstellen, wie er überlebt hatte. Er war weich gefallen, vielleicht sogar auf den Hirsch selbst.

Der war tatsächlich ein ziemliches Ungetüm gewesen. Mit schwarzem Schulterfell lag er da, blutig und von Fliegen umschwärmt, mit seinem mächtigen Geweih, das ihn zu einem König seiner Art machte. Das Geweih war beim Fall in zwei Teile zerborsten, auch einige Enden waren abgebrochen. Doch Eadred rief seine Jäger herbei, später kam der Schreiner aus dem Ort und trennte das Geweih mit Hammer und Meißel ab. König Edmund nahm es an, und auch wenn es etwas ramponiert aussah, hatte es doch, solange ich denken kann, einen Ehrenplatz in Winchester. Es hängt immer noch dort.

25

Als Edmunds Königin einen gesunden Sohn gebar und die kleine Blage Edwy nannte, ging ein fast hörbarer Seufzer der Erleichterung durch England, besonders nachdem das Kind die ersten sechs Monate überlebt hatte und die Königin sich auch wieder zeigte. Offenbar fand Edmund sie einigermaßen attraktiv, auf jeden Fall hinreichend, um sie zu begatten und seinen Nachwuchs austragen zu lassen. Der zweite Sohn wurde dann Edgar genannt, damit war die Thronfolge gesichert.

Kinder werden geboren und geliebte Onkel sterben. Manchmal kommt es mir vor, als erinnerte ich mich nur an die großen Erfolge und die Katastrophen. Die ganz normalen Jahre meiner Jugend, in denen nichts weiter passierte, als dass geerntet wurde und die Abtei weiter wuchs, bleiben fast unbeachtet. Dabei sind das die Dinge, die ein gutes, ruhiges Leben ausmachen.

Als ich bei Athelms Beerdigung in Canterbury die Messe las, war es der erste Donnerstag nach Ostern, und die Sonne warf bunte Bilder auf den Steinfußboden der Kirche. Es fiel mir schwer, die Fassung zu bewahren, weil meine Trauer so übermächtig war. Ich erinnere mich, wie der Weihrauch in grauen Schwaden aufstieg und mir die Worte im Hals stecken blieben.

Ich hatte den großen, freundlichen Mann geliebt, und ich habe die Erfahrung gemacht, dass so ein großer Verlust eine Tür in uns öffnet, die nicht wieder geschlossen werden kann. Von meinem Vater über Lady Elflaed bis zu Onkel Athelm –

aus jedem Menschen, den wir verlieren, wird ein Schatten für den nächsten, ein Echo, eine klingende Glocke, die bis zum letzten Atemzug durch unser Leben hallt. Ich wurde bei meiner Trauerrede von Tränen übermannt.

Es half auch nicht, dass eine besonders attraktive junge Frau in der ersten Reihe mich die ganze Zeit anhimmelte, was mich sehr ablenkte. Meine Gedanken hätten bei dem großen Sarg sein sollen, den wir irgendwie zu seinem Grab in der Kirche von St. Johann würden tragen müssen, stattdessen errötete ich über die Art und Weise, wie eine schöne Unbekannte sich auf die Unterlippe biss und mich anstarrte, wobei sie immer wieder tief seufzte und sich mit einem Tüchlein die Augen abtupfte.

In jenen Tagen litt ich noch gelegentlich unter meiner Fleischeslust. Ich kasteite mich mit kaltem Wasser, obwohl ich damals womöglich noch einen ganzen Fluss zum Dampfen gebracht hätte. Gott sei Dank verlieren sich diese Gefühle im Laufe der Jahre. Jede Lust erstirbt schließlich, genau wie Ehrgeiz, Ehre und auch Hoffnung.

Es bekümmert mich, dass ich bei so manch schwerem Zwischenfall dem Feind in die Hände gespielt habe, was bitter für mich ist, auch wenn es in aller Unschuld geschah. Das Reich war gesichert, wir hatten eine junge Königsfamilie mit zwei Söhnen. König Edmund hatte fünf Jahre lang in Frieden regiert und beschloss, für seine Adligen in Winchester ein großes Fest zu geben. Geplant war nichts weiter als ein Dinner am Abend vor Allerheiligen, wenn Dorfbewohner in alten Zeiten ihre Toten anriefen und ihre Gräber besuchten. Es gab damals noch viele heidnische Gebräuche in England, das kannst du mir glauben.

Es wurde früher dunkel, und meist lag bei Sonnenuntergang dichter Nebel auf den Feldern. Die Luft war kalt und frisch, reiner als die Brisen im Sommer. Wie bei einem Fest von Nero hatte der König im Garten entlang der Wege Kupferschalen mit Öl aufstellen lassen, damit seine Gäste hier entlangschlendern konnten wie am hellen Tag. Es schien, als sei die halbe Stadt gekommen, um ihn zu seinem Thronjubiläum zu ehren.

Ich entdeckte Leofa, der zurückgekommen war und jetzt ganz ungeniert mit einem großen Krug Bier in der Hand dastand, umringt von einer Gruppe kräftiger Kerle. Ich musste wie angewurzelt stehen geblieben sein, als ich ihn erkannte, ich war irritiert und hatte plötzlich Angst. Es war gerade erst drei Jahre her, seit er verbannt worden war.

Allerdings hatten uns seine Leute seit dem Urteil keinerlei Schwierigkeiten mehr gemacht. Das lag natürlich zum Teil daran, dass wir das Land nicht mehr besaßen, das Leofa beansprucht hatte. Edmund hatte mir gegenüber sein Wort gehalten und mir viele Hektar Land anderswo geschenkt, um mich für den Verlust zu entschädigen. Diese Sache war also längst abgeschlossen und nur noch Erinnerung, wie so vieles andere.

Die Frage war, ob Leofa für sich entschieden hatte, drei Jahre seien genug und dass er zu seinem alten Freund kommen wollte, um ihn um eine Begnadigung zu bitten. Ich kann mir vorstellen, dass Edmund sie ihm bewilligt hätte. Unter Männern, die zusammen gekämpft haben, besteht oft eine lebenslange Verbundenheit. Wenn Edmund in der richtigen Stimmung gewesen wäre, hätte er gelacht und ihn umarmt.

Die Stimmung war nicht günstig. Was immer Leofa auch beabsichtigt hatte, ich musste miterleben, wie es gründlich danebenging.

Bei solchen Anlässen gibt es immer Hunderte von Leuten, die dem König vorgestellt werden möchten, damit sie später zu ihren Enkeln sagen können: »Ich habe damals den König kennengelernt«, oder: »Diese Hand hat die Hand eines Königs geschüttelt.« Folglich war Edmund von Gratulanten umgeben, als er durch die Menge ging, immer seinen Leibwächter John Wyatt neben sich. Edmund brauchte nur eine Bemerkung über die Gärten zu machen, und schon ertönte höfliches Gelächter von allen Umstehenden, die an seinen Lippen hingen. Er hob seinen Becher, und schon eilte ein Diener herbei, um ihn erneut zu füllen.

Während der Abend voranschritt, waren die Besucher über das ganze Gelände verteilt, wo sie plaudernd umherschlenderten. Die Stimmung war gelöst, die Menschen waren fröhlich und hatten sich um die Schultern gefasst. Irgendwo wurde gesungen, als Edmund nur ein paar Fuß entfernt an Leofa vorbeiging und ihn ansah. Ich merkte, dass der König den Mann wiedererkannte, den er verbannt hatte und der ihn jetzt bei seinem eigenen Fest frech ansah. Ich merkte, wie die Wut in Edmund aufstieg.

Wäre er weniger kämpferisch veranlagt oder vielleicht doppelt so alt gewesen, dann hätte Edmund es sicher John Wyatt überlassen, sich um den unverschämten Lehnsmann zu kümmern. Mit der vorzeitigen Rückkehr aus der Verbannung verspottet man den König ebenso wie das Gesetz. Edmund wäre im Recht gewesen, wenn er Wyatt befohlen hätte, dem Kerl auf der Stelle den Kopf abzuschlagen.

Doch der König war dreiundzwanzig Jahre alt und stand in der Blüte seiner Kraft und Vitalität. Weder rief er seinen Leibwächter, noch schickte er einen Diener, um ihn zu holen. Natürlich wollte er es selbst erledigen. Leofa wandte sich ab, als er Edmund herankommen sah. Wahrscheinlich wollte er jemandem seinen großen Bierkrug in die Hand drücken, auf jeden Fall sah es so aus, als wende er dem König den Rücken zu.

Edmund packte ihn bei der Schulter und riss ihn herum. Außer seinem Bierkrug hatte Leofa ein Stück Brathuhn gegessen. Seine Hand war fettig, und in der anderen hielt er sein Messer, mit dem er das Fleisch abgeschnitten hatte. Als Edmund ihn herumriss, reagierte Leofa genauso, wie er auf jeden Taschendieb reagiert hätte, er fuhr mit dem Messer herum und stach sofort fest zu, ein vernichtender Angriff. Der Bierkrug zersprang auf den Fliesen zu ihren Füßen.

Ich blickte Edmund an, der zu erstarren schien. An Leofas entsetztem Gesicht merkte ich, dass dies nicht seine Absicht gewesen war. Seine Hand löste sich von dem Messergriff, und der König trat einen Schritt zurück, sein Mund stand offen vor Überraschung und Schmerz.

Jetzt erschien John Wyatt, mit lautem Gebrüll. Er hatte zwar nicht weit entfernt von Edmund gestanden, aber niemand hätte den König davon abhalten können, auf Leofa zuzugehen und ihn zu packen. Wir erstarrten alle, als Wyatt in hohem Bogen seine Axt schwang und Leofa aus der Welt beförderte, eben lebte er noch, im nächsten Moment nicht mehr. Die Klinge der Axt hatte ihm den Kopf und den größten Teil seiner Schulter abgetrennt, war dann tief in den Kies am Boden gedrungen und dort stecken geblieben.

Edmund ließ sich aufs Knie fallen. Ich merkte, es fiel ihm schwer, in seinem Gesicht standen Entsetzen und Angst. Ich ging zu ihm und wollte ihm helfen, was ich beinahe mit dem Leben bezahlt hätte, denn Wyatt versperrte mir den Weg mit einem Saxschwert, so lang wie mein Unterarm.

»Lass mich durch, du Narr«, sagte ich, obwohl ich dachte, meine letzte Stunde sei gekommen, und meine Stimme nur noch ein Krächzen war. Wyatt verzog verzweifelt den Mund. Zweifellos fürchtete er um sein eigenes Schicksal, weil er den Angriff auf den König nicht verhindert hatte.

Ich kniete neben Edmund nieder, und er versuchte nicht, mich daran zu hindern, als ich nach dem Messergriff tastete. Er hörte, wie ich erschrocken einatmete, und sah mich an.

»Würdest du es herausziehen, bitte?«, flüsterte er. »Ich kann es … nicht länger ertragen.«

Er blickte hoch in die Menge, die sich um uns versammelt hatte, und ich entschied, dass der königliche Leibwächter sich doch noch nützlich machen konnte.

»Master Wyatt, der König möchte hier allein sein. Könnt Ihr diese Menschen fortschicken?«

Der riesige Mann beugte sich herab, um seine Axt aufzuheben, an der Leofas Blut klebte. Einige, die mich gehört hatten, entfernten sich bereits, als sie sahen, dass er nach seiner Waffe griff. Wyatt richtete sich auf und legte sich die Axt über die Schulter.

»Alle weg«, sagte er. »Lasst dem König Platz.«

Es war nicht besonders höflich, aber es wirkte. Hunderte zogen sich langsam zurück, die Gesichter bleich und wie betäubt, mit aufgerissenen Augen.

»Euer Hoheit, die Klinge steckt in Eurem Herzen«, flüsterte ich Edmund zu. »Das Metall kann die Wunde noch eine Zeit lang zudrücken, aber wenn Ihr Euch bewegt … oder wenn ich es herausziehe, ist es Euer Ende.«

Der junge König blickte mich an. Er atmete langsam und vorsichtig. Er hatte verstanden, und seine Augen wurden feucht.

»Ich verstehe. Würdest du meine Frau kommen lassen?«, sagte er kurzatmig.

Er kniff schmerzhaft die Augen zusammen und gab sich Mühe, es zu ertragen. Ihm kamen die Tränen, aber es war wohl eher das Bewusstsein des nahen Todes als die Angst davor.

Ich blickte auf, als ich einen Schrei hörte und Wyatt neben mir seine Axt hob. Doch es war nicht die Frau des Königs, sondern sein Bruder Eadred, der angerannt kam. Er blieb stehen und blickte herab auf uns und die blutigen Überreste von Leofa.

»Wer war es?«, wollte er wissen.

Ich hörte, wie Edmunds Atem stockte, und wandte mich wieder ihm zu. Er starb, aber ganz langsam. Seine Jugend und seine Kraft hielten ihn am Leben, aber seine Schmerzen wurden immer schlimmer. Er versuchte, die Klinge selbst herauszuziehen. Ich musste seine Hand festhalten und merkte, dass ich weinte, ich konnte einfach nicht fassen, was hier geschah.

Ich erschrak, als ich mir plötzlich meiner Verantwortung bewusst wurde. Ich beugte mich über den König, um seine letzte Beichte zu hören, obwohl ihm jedes Wort unsägliche Mühe machte. Ich machte das Kreuzzeichen auf seine Stirn und salbte ihn mit Öl aus einem winzigen Silberdöschen. Dabei weinte ich. Ich habe im Leben nicht viele Freunde gehabt.

»Edmund!«, hörte man plötzlich einen Schrei. Seine Frau schien über den Rasen zu fliegen, dann brach sie neben ihm zusammen. Ich war überrascht, dass Edmund sie noch anlächeln konnte. Er gab sich große Mühe, trotz seiner Schmerzen mit möglichst normaler Stimme zu sprechen.

»Es tut mir so leid«, sagte er. »Ich hatte geglaubt, wir hätten mehr Zeit zusammen.«

Ich konnte nur vor mich hin starren, als sie ihm in die Augen sah, es war ein so intimer Moment, dass ich den Blick abwenden musste. Ihre Hände zitterten, als sie sie an seinen Hals legte und sein Gesicht umfasste. Dann küsste sie ihn, er stöhnte bei der Berührung auf.

»Zieh das Messer raus, Dunstan«, zischte er mir zu und sah mich an. »Es ist zu schlimm. Ich kann nicht mehr.«

»Du stirbst, wenn ich das mache«, sagte ich. »Bitte, verlange das nicht von mir.«

»Es tut so weh ...« Er hustete und gab einen Schmerzenslaut von sich, der fast unerträglich war.

Ohne ein Wort streckte sein Bruder Eadred die Hand aus und zog seinem Bruder das Messer aus dem Herzen, dann warf er es zu Boden, als hätte es ihn verbrannt.

»Nun geh zu Gott, Bruder«, sagte er.

Edmund nickte lächelnd und tat wie ihm befohlen.

Ich schluchzte, dass es mich schüttelte, so hatte ich seit meiner Kindheit nicht mehr geheult. Die Königin hielt ihren toten Mann in den Armen, während ich aufstand und fassungslos auf sein Blut an meinen Händen starrte.

Der König war tot. Ich sah Eadred an, der sein Tuch hervorzog und hineinhustete. Meine Gedanken geisterten und wirbelten durcheinander wie Staubkörner in der Sonne. Edmunds älterer Sohn war kaum drei Jahre alt, der andere der Mutterbrust noch nicht entwöhnt. Jetzt war es an Eadred, den Thron warm zu halten, das wurde mir in diesem Moment klar. Der Witan hatte keine andere Wahl, es gab keinen Vetter und keinen Halbbruder, der diesen Namen verdiente. Doch ich fragte mich, ob dieser jüngste Bruder, dieser schwache und kränkliche Mensch, einer solchen Aufgabe überhaupt gewachsen war.

Am nächsten Tag musste ich wieder weinen, als ich hörte, dass Edmund verfügt hatte, in der Abtei von Glastonbury beigesetzt zu werden. Natürlich hatte er angenommen, dass bis zu seinem Tod alles längst fertiggestellt sein würde. Stattdessen war sie immer noch eine riesige Baustelle. Also wurde er vorerst auf demselben Kirchhof begraben wie mein Vater, aber dort würde er nicht bleiben. Mein Glastonbury brauchte auch Könige, nicht nur Heilige.

Eine Woche nach Edmunds Beisetzung stürzte eine große Wand der Abtei ein und begrub Bruder Guido unter sich. Der Bootsführer wurde regelrecht dem Erdboden gleichgemacht, jeder seiner Knochen von dem gewaltigen Gewicht zu Staub zermalmt. Unter einem weiteren Bogenfenster erschienen ebenfalls Risse, sodass Master Justin vorerst alle Arbeit ruhen ließ.

Fast schien es eine Fügung, dass meine geliebte Abtei im selben Jahr einstürzte, als Edmund starb. Mein Freund hätte Jahrzehnte regieren sollen, wie sein Vater.

In mancher Hinsicht gab ich mir selbst die Schuld an der Sache mit Leofa, obwohl ich immer noch überzeugt bin, dass es nicht vorsätzlich war, sondern ein Versehen. Wenn der Tod so schnell kommt, bleiben meist Rätsel zurück. Cäsar zog sich die Robe über den Kopf, als er Brutus sah. War das Feigheit? War es Verzweiflung oder Verachtung? Es hielt diejenigen nicht auf, die seinen Tod wollten, deshalb werden wir es nie wissen. Wollte Leofa nach Hause kommen, um sich zu versöhnen? Vielleicht gibt er in der Hölle flüsternd seine Antwort. Weiß jemand, wie der alte Menschenfeind sich seine Opfer aussucht? Wie es auch passiert sein mochte, es wurde ein Jahr großer Sorge und Trauer – und an den Kosten haben wir noch immer zu tragen.

26

Ein paar Monate lang hatten wir keinen König. Das ist eine Situation, bei der sich kein Land wohlfühlt, genauso wie eine Schafherde sich in einer Ecke des Feldes zusammendrückt und nervös wird, wenn der Hirte fehlt. Vielleicht wollte Eadred sich nicht dem Vorwurf aussetzen, er habe zu schnell den Thron besetzt, der noch warm von seinem Bruder war. Vielleicht zögerte er auch, weil er noch unverheiratet war und nicht den gleichen Eid wie Æthelstan ablegen wollte. Schließlich hatte sein Bruder zwei Söhne gezeugt, die in der Thronfolge vor ihm standen und nur wegen ihres zarten Alters noch nicht König werden konnten.

Jetzt wünschte ich, ich wäre in den Jahren, in denen ich am Hofe war, höflicher gegenüber Eadred gewesen. Ich dachte zurück an die Gespräche, die ich mit ihm hatte, und wenn ich geahnt hätte, dass er einmal König sein würde, wäre ich geduldiger und freundlicher gewesen. Der eine oder andere, der sich zu flegelhaft gegen ihn verhalten hatte, machte sich jetzt rar und wurde in Winchester nicht mehr gesehen, was verständlich ist.

Meine größte Sorge waren die Risse, die sich in den Mauern der Abtei zeigten. Ich untersuchte das ganze Gebäude um festzustellen, ob die Mauern sich verzogen hatten, aber sie standen stabil, und der Boden war trocken. Einen Monat lang ließ ich die Arbeiter den Boden an mindestens einem Dutzend Stellen bis ans Fundament aufgraben. Es war Knochenarbeit, aber alles vergeblich. Wir fanden keine Schwachstellen, keinen unbekannten Bach, der das Bauwerk unterspülte, nur unsere Grundplatte aus Austernschalen, die von ihrem eigenen Gewicht zusammengedrückt worden waren, bis sie fast so solide waren wie Ziegel. Ich fragte mich sogar, ob wir nicht auf dem Hügel hätten bauen sollen, aber dort oben heulte selbst an warmen Frühlingstagen ein unbarmherzig kalter Wind. Im Winter wäre es unerträglich gewesen.

Eigentlich war es beschämend, wie lange es dauerte, bis ich endlich herausfand, was man tun musste. Einen romanischen Bogen findet man in jedem Aquädukt und jeder Brücke, in jedem Fenster und jeder Tür, in jeder Kirche und jeder Zunfthalle. Ich lernte früh, wie man die Bögen von beiden Seiten aufgebaut und dann den Schlussstein eingesetzt hatte, womit gewöhnliche Ziegel eine Festigkeit bekommen, wie man sie sonst nur in der Natur findet, zum Beispiel bei einem Ei, das man nicht leicht mit der Hand zerdrücken kann. Diese romanischen Bögen können es, was die Belastung von oben anbelangt, fast mit Atlas aufnehmen. Doch für die Höhe und das Gewicht unserer Mauern waren sie nicht geeignet.

Fenster sind immer eine Schwachstelle, das weiß jedes Kind. Sie sind eine Unterbrechung in einer sonst soliden Mauer, und plötzlich kommen Kräfte ins Spiel, die dort fehl am Platze sind. Ich arbeitete eine ganze Nacht hindurch bis zum Morgengrauen und zeichnete schmale Fenster mit engeren Bögen, die auf jede Seite des Fensters nur halb so viel Druck ausübten. Ich holte meinen Zirkel hervor und zeichnete Bögen, aufgeregt ließ ich sie auf der Zirkelspitze herumwirbeln. Als es heller geworden war, löschte ich meine Lampe, rollte meine Zeichnungen zusammen und rannte über den Hof zum Dormitorium, wo Master Justin und ein Dutzend weiterer Mönche noch im tiefen Schlaf lagen. Ich klopfte laut an die Tür und weckte sie.

Der Baumeister trug eine schwarze Robe. Im grauen Morgenlicht erkannte Justin meine Überraschung und lächelte verlegen.

»Meine eigenen Sachen sind alle zerrissen«, sagte er. »Es schien mir unnötig, neue machen zu lassen, wenn es hier Roben aus gutem Wollstoff gibt.«

»Natürlich«, sagte ich. Ich konnte es nicht erwarten, ihm meine Entdeckung zu zeigen, deshalb entging mir dieser Hinweis auf seine Bekehrung. Innerhalb eines Jahres würde Justin die Gelübde ablegen, und meine Abtei hatte dem alten Feind eine weitere Seele entrissen und Gott näher gebracht.

Ich trat von einem Fuß auf den anderen, als Master Justin sich über meine Zeichnungen beugte und die Brauen hochzog. Ich merkte, wie er plötzlich still wurde, als er verstand, was er sah.

»Hier geht es um Geheimnisse, die ich schon früher gesehen habe … die nur die angesehensten Mitglieder meiner Zunft kennen«, sagte er. »Selbst ich weiß noch nicht alles, was es da gibt. Aber … Ihr seid von ganz allein darauf gekommen.«

Für mich war seine Reaktion wie eine Ohrfeige. Ich hatte gedacht, ich sei der Erste, der die Möglichkeiten dieser Bogenform erkannt hatte, aber ich tarnte meine Enttäuschung mit Ungeduld.

»Also, würde das halten? Würde es so stehen bleiben? Mir erscheint es möglich, wenn ich die Kräfte addiere, hier und dort – wo ich sie zu Säulen gebündelt habe.«

Ich deutete auf das Pergament. Er sah mich an, aber ich konnte mir sein ehrfürchtiges Gesicht nicht erklären.

Während die Sonne über der Baustelle aufging, diskutierten wir über den neuen Stein, der dazu nötig war – und natürlich würde das alles ein Vermögen kosten. Keiner der Steine, die bereits mit Hammer und Meißel bearbeitet waren, würde sich für die neuen, spitzen Bögen eignen. Justin schritt über den Hof und hob einen davon auf, er hielt ihn gegen das Licht und redete unaufhörlich. Ich merkte, wie glücklich und aufgeregt er war. Genau wie ich wollte auch er etwas bauen, was ein Zeitalter überdauern würde, etwas, das noch stehen würde, wenn wir beide schon lange tot waren. Die Abtei war unser Gebet und unser Denkmal.

Doch Theorien müssen überprüft werden, sonst sind sie nichts als Wunschträume. Junge Burschen eilten mit Schubkarren voll Feuerstein, Sand, Asche und Kalkstein hin und her, sie rührten Mörtel in großen Kübeln, während andere mit der Lotschnur hantierten und eine Mauer bauten. Am Ende eines jeden Tages tat uns allen der Rücken weh, unsere Hände waren zerschunden, und wir blickten mit geröteten Augen aus dick verstaubten Gesichtern auf die Welt. Die frisch gemauerten Gewerke trockneten über Nacht, und wir aßen gierig, was immer die Küche uns vorsetzte, um dann ins Bett zu fallen und wie tot bis zum Morgengrauen zu schlafen.

Trotz meiner Erschöpfung wachte ich aber immer zur Gebetszeit auf – und auch Master Justin kam. Er sang die Responsorien mit mehr Inbrunst als mancher Mönch, für den sie längst Routine geworden waren und dem im Laufe der Jahrzehnte alle wahre Frömmigkeit abhandengekommen war.

Nach einer Woche hatten wir die gleiche Höhe wie über dem schmalen Fenster erreicht, wo die Mauer gerissen war. Ich stand da und sah zu, wie Schicht um Schicht schwerer Feuersteine aufgemauert wurde, alle auf die gewünschte Form zugeschnitten. Vom Gerüst aus brachten die Bauarbeiter Karren mit Bauschutt herbei, den sie in den Zwischenraum schütteten.

Der Bogen hielt. Justin und ich standen davor und sahen uns an, überzeugt, dass er in tausend Jahren noch stehen würde. Ich klopfte mir den Staub von den Händen.

»Na also. Das wird jetzt halten«, sagte ich.

Ich senkte den Kopf und dankte Gott, dann kehrte ich nach Winchester zurück. Es war mir nicht entgangen, dass unsere Schatullen schon wieder fast leer waren, denn die eingestürzten Mauern hatten unser Bauprojekt um mindestens ein Jahr zurückgeworfen. Die Klostergemeinschaft verkaufte inzwischen ihre Produkte, von silbernen Bechern bis zu Schweinswürsten, im ganzen Land. Doch die Kosten waren immens, und Wulfric war der Verzweiflung nahe, wenn ich das Thema anschnitt. Wir brauchten mehr Geld, idealerweise in Form von zusätzlichen Pachtzinsen von noch mehr Land – und es gab nur eine Möglichkeit für mich, es zu bekommen.

Im Mai des Jahres unseres Herrn 946 wurde Prinz Eadred von Erzbischof Oda von Canterbury zum König gekrönt. Ich lernte Erzbischof Oda den Guten sehr schätzen, obwohl er dänischer Abstammung war und merkwürdige Angewohnheiten hatte. Zum Beispiel glaube ich, dieser untersetzte, bärtige Bursche hätte bei aller Frömmigkeit seine eigene Mutter für einen Teller Kutteln umgebracht, besonders von der Sorte, die so penetrant stank, dass einem die Haare zu Berge standen und selbst starke Männer schwach wurden. Ich habe nie den Wunsch verspürt, auf einem Kuhmagen herumzukauen, aber für Oda bedeutete es ein Stück seiner Kindheit, und er genoss es. Ich muss zugeben, er hatte auch schöne, kräftige Zähne, die bestens dafür geeignet waren. Doch trotz seiner bodenständigen Art war Oda kein Dummkopf, er behandelte Erzbischof Wulfstan sogar ziemlich herablassend, als dieser zur Krönung aus York angereist kam. Manche Leute nannten Oda »den Guten«, wie ich es auch getan habe, während andere ihn »den Barschen« nannten. Welchen dieser Namen man für passender hielt, hing davon ab, ob man ihn jemals verärgert hatte oder nicht.

Derselbe goldene Reif, den schon Æthelstan und Edmund getragen hatten, krönte jetzt König Eadred, den dritten Bruder, der ihn trug. Da Eadred schmächtiger war als seine Brüder, hieß es, der Goldschmied habe eine Falte hineinhämmern müssen. Ich fuhr einmal mit der Hand am Rand entlang, als ich den Reif in der königlichen Schatzkammer liegen sah, und ich glaube nicht, dass dieses Gerücht wahr ist, es sei denn, man hätte die Stelle hinterher so glatt geschliffen, dass es nicht mehr zu spüren war.

Als ich an Æthelstans Hof kam, war ich sehr jung, fast noch ein Kind, das sich erst in der Welt zurechtfinden musste. Mit Edmund, einem König, der in meinem Alter war und mein Freund wurde, war ich zum Manne geworden. Bei Eadred merkte ich zum ersten Mal, wie es sein könnte, wenn ein jüngerer König in mir den Älteren und Erfahreneren sah. Meine Rolle war jetzt die des Abts und Priesters.

Der neue König zog in Prozession mit seinem gesamten Hofstaat von Stadt zu Stadt, damit seine Richter und sein Witan die Stimmen des ganzen Landes vernahmen. Und obwohl es bedeutete, dass ich wieder einmal Glastonbury verlassen musste, zog ich mit. Edmund war mein Freund gewesen, und ich durfte nicht riskieren, dass sein Bruder, der mir vertraute, von anderen beeinflusst wurde.

Ich hatte dieses Geschrei und die ausgestreckten Hände schon einmal erlebt, als das halbe Land mit Briefen und lauten Klagen den König oder einen seiner Berater zu erreichen versuchte. Das war furchtbar lästig. Wohlhabende Earls und Lehnsleute boten mir Gold, damit ich ihnen eine Audienz mit Eadred verschaffte. Doch wenn ich das getan hätte, hätte ich das Vertrauen eines Menschen verspielt, der mir weitaus wichtiger war. Nein, wer dem König so nahestand, durfte nichts von ihm verlangen. Es gab auch so schon genug Bittsteller.

Er ließ mich rufen, als wir in York Rast machten, in dieser treulosen Hure von einer Stadt. Eadred hatte darauf bestanden, zu Lande zu reisen, obwohl auf den Straßen die Hälfte der Pflastersteine gestohlen war und weite Strecken durch Marschland gingen. Doch er wollte weder übers Meer noch auf den Flüssen reisen, wie ich es vorgeschlagen hatte. Er sagte, er müsse die Erde des Landes sehen, das er regierte. Es war eine schöne, noble Einstellung, aber ich vermute, dass er es schon nach wenigen Tagen bereute. Er hätte immer noch ein Schiff nehmen können, aber Eadred war dickköpfig – und stolz.

Erzbischof Wulfstan gab an diesem Abend ein Fest, auf dem einige ganz außergewöhnliche Akrobaten aus Konstantinopel auftreten sollten. Ich hatte den Verdacht, dass sie gar nicht von dort kamen, aber wir würden ja sehen. Sollten sie wirklich das Neue Rom kennen, hätte ich mich gefreut, sie kennenzulernen. Damals konnte ich von diesen Städten nur träumen, obwohl ich vermute, dass unser York und Winchester auf Leute, die von so weit her gekommen waren, mindestens ebenso exotisch wirkten.

Jeder, der in die Nähe des Königs kam, wurde nach Waffen durchsucht, was mehr Umstände machte, als es wert war. Zum Beispiel ließen sie mir mein Tischmesser, das nicht kleiner war als die Klinge, die Edmund in seinen Gärten getötet hatte. Der neue König schaffte diese Regelung auch nach einem Jahr wieder ab, und alles war wie vorher.

Ich stellte fest, dass John Wyatt jetzt auch in Eadreds Diensten stand. Ich hätte mich nicht gewundert, wenn der hünenhafte Krieger seinen Kopf verloren hätte oder vielleicht auch verbannt worden wäre. Aber wie es schien, gab Eadred ihm keine Schuld am Tode seines Bruders, und das war nur eine der vielen vernünftigen Entscheidungen, die typisch für Eadred waren.

»Vater Dunstan!«, sagte Eadred.

Ich verbeugte mich und überlegte, ob ich knien sollte, doch dann entschied ich, dass ein Abt das nicht zu tun brauchte. Ich war überrascht, als Eadred meine Hand ergriff.

»Ich weiß, Ihr habt große Geduld gehabt, Dunstan. Ich sah Eure Bitte um mehr Land schon vor einem Monat, aber ich hatte seitdem keine Minute Zeit für mich selbst.«

»Natürlich, Euer Hoheit«, sagte ich, als sei dies alles nicht wichtig, und schon gar nicht für den weiteren Bau der Abtei. Ich hatte mich schon gefragt, ob der Haushofmeister meinen Brief überhaupt abgegeben hatte oder noch auf eine kleine Bestechung aus meinem leeren Beutel wartete.

»Dunstan, ich brauche jemanden, der sich mit den Einnahmen des Königs auskennt, der zwischen mir und den vielen ausgestreckten Händen steht. Jemanden, der die Münzanstalt hier in York beaufsichtigt, genauso wie die in Lincoln, London, Bristol – und natürlich die große Münzpräge in Winchester.«

Ich rührte mich nicht, denn ich ahnte, worauf er hinauswollte, und meine Gedanken rasten. Nichts ahnend fuhr er fort, mit den Händen gestikulierend.

»Das muss jemand sein, dem ich vertrauen kann, von dem alle meine Lords wissen, dass er ehrlich ist. Wenn nur einer Bestechung oder Diebstahl befürchtet, könnte er gegen meine Interessen handeln.«

Ich schluckte schwer. Ich war mir nicht einmal sicher, ob ich mir selbst in der Rolle vertraut hätte, die er da beschrieb.

»Ich vertraue Euch, Dunstan. Als Abt der Kirche und Freund meines Bruders. Ich hätte das Vertrauen, Euch zum königlichen Schatzmeister zu machen, wenn Ihr zustimmen würdet.«

»M… Mylord, Hoheit … was ist denn mit dem bisherigen Schatzmeister?«

Eadred verzog das Gesicht, als hätte ihn etwas gebissen. Obwohl er kleiner war als ich, wehrte ich mich nicht, als er mir den Arm auf den Rücken legte und mich aus der Halle führte.

Auf dem Rasen draußen sah ich einen Toten, der an einem Pfahl hing. Sein Mund stand offen, und ich sah, dass man ihm den Unterkiefer gebrochen hatte. Sein Körper war mit merkwürdigen dunklen Flecken bedeckt. Eins seiner Beine hing schief, eindeutig gebrochen. Ich erschauerte beim Anblick seiner blinden Augen.

Eadred schien unzufrieden, als er die hängende Gestalt musterte. Mit einer Handbewegung befahl er eine der Wachen herbei.

»Ich ließ Master Oran doch mit einem Mund voll Silber zurück, oder? Habt Ihr die Münzen mitgenommen? Ich wollte, dass sie dableiben, als Warnung.«

Der Gerichtsdiener blickte zu Boden, während ich immer noch den königlichen Schatzmeister anstarrte.

»Ich befürchtete, die Münzen könnten gestohlen werden, Euer Hoheit«, sagte die Wache. Er hielt einen schweren Beutel hoch. »Ich habe sie alle hier drin, jede einzelne. Mehr als zwanzig Stück.«

Der Anblick einer solchen Menge Geld im Mund eines Toten war offenbar zu viel für ihn gewesen. Ich merkte, wie der starke, rotgesichtige Mann schwitzte.

Eadred zuckte mit den Schultern.

»Ah. Nun ja, vermutlich habt Ihr recht. Man hätte die Münzen einschmelzen und ihm in den Rachen gießen sollen. Das wäre passender gewesen. Master Oran hat Geld unterschlagen, Vater Dunstan, und wahrscheinlich bestiehlt mich das ganze Land. Eben deshalb brauche ich einen ehrlichen Mann als Schatzmeister. Nehmt Ihr mein Angebot an?«

Ich konnte nur nicken, aber ich brachte nur ein paar zustimmende Laute zustande, die ihn zu beruhigen schienen. Er umklammerte meinen Arm so fest, dass es wehtat, dann hielt er sich sein Tuch vor den Mund und sah mich darüber hinweg an, während er hustete. Das dauerte ziemlich lange, und ich konnte nur warten und ihn ebenfalls ansehen. Der Wachmann neben mir trat nervös von einem Fuß auf den anderen.

»Nun, Gerichtsdiener? Gebt Vater Dunstan den Beutel mit dem Geld!«

Ich nahm ihn an mich, und der Mann schien erleichtert.

Ich folgte Eadred wieder nach drinnen und dachte darüber nach, worauf ich mich gerade eingelassen hatte und ob ich eine Wahl gehabt hätte.

»Setzt Euch zu mir, Vater – und erzählt mir, was Ihr in Eurem neuen Amt tun werdet«, sagte Eadred über die Schulter zu mir.

Wir standen vor einem Tisch mit zwei Tellern und einer Schale Obst, also setzte ich mich hin. Die Balkendecke über mir war hoch, und es war kalt im Raum. Vor dem Fenster floss die Ouse vorbei, und ich hörte es plätschern, doch immer wieder hatte ich nur den einen Gedanken: »Ich bin der Schatzmeister von England.« Ich wünschte nur, mein Vater hätte das noch erlebt. Wulfric würde staunen, das wusste ich – und vielleicht würde seine Frau Alice zum ersten Mal überlegen, ob sie nicht den falschen Bruder geheiratet hatte.

Eadred sprach von neuen Münzen und dem Vorrat an Silbererz und Gold, das aus Cornwall und Wales stammte. Offenbar hatten wir einige ertragreiche Minen mit guten Flözen, außerdem Schmelzöfen von der Art, wie sie mir vertraut waren. Weitere Münzen kamen aus den Bergen von Brandenburg und Sachsen, im Tausch gegen Wolle. Ich konnte kaum alles aufnehmen, was er erzählte, und mein Appetit war auch vergangen.

Ich glaube, ich hatte vor diesem Nachmittag noch nie mit Eadred zusammen gegessen. Ich werde es nicht vergessen, denn es war ein seltsamer Anblick. Er merkte, wie ich ihn anstarrte, und wurde rot.

»Mein Magen kann kein festes Essen vertragen«, sagte er. »Und weil das meine Lords stört, esse ich lieber allein. Doch ich habe so wenig Zeit, deshalb musste ich Euch jetzt fragen, ob ihr die Ernennung annehmt – und ich komme um vor Hunger.«

Ich versuchte nicht hinzusehen, als Eadred eine Ewigkeit auf einem Stück Rindfleisch herumkaute und dann die graue, zerkaute Masse ausspuckte und auf seinen Teller zurücklegte. Auf diese Art nahm er aus jedem Bissen die Säfte auf und spuckte den Rest zurück, den die Hunde bekamen. Es bedeutete, dass er alles und gleichzeitig nichts aß, was mir ein ziemlich erbärmliches Leben schien.

Ich sah, dass es Eadred peinlich war, von mir beobachtet zu werden, deshalb widmete ich mich dem Roastbeef auf meinem Teller. Ich aß mit Appetit, bis ich aufblickte und merkte, wie sehnsüchtig er mir zusah. Ich hörte auf zu kauen, ein großes Stück Fleisch noch in der Backe.

»Nein, nein, Vater. Bitte esst weiter. Ich wünschte nur, ich könnte auch so … lustvoll essen. Das ist mein Fluch, dass mein Körper zu schwach für meinen Geist ist.«

Während er lächelte, wäre ich an meinem Fleischbrocken fast erstickt.

»Ich weiß, Ihr seht einen schmächtigen und ziemlich kraftlosen Mann vor Euch, der sein Essen zu Brei zerkaut und dann wieder ausspuckt. Doch das sind nur Äußerlichkeiten, das bin nicht ich, Vater Dunstan. Meine Seele ist größer! Ich werde ein größerer König sein, obwohl ich mich nicht darum gerissen habe – und es weiß Gott nicht auf diese Art und Weise werden wollte.«

»Euer Bruder sagte genau dasselbe«, erwiderte ich.

»Ich weiß. Edmund hat es mir erzählt. Er meinte auch, Ihr seid zu mehr berufen, als nur ein kleiner Abt zu sein – und ich vertraue auf sein Urteil. Ich weiß, Ihr seid heute nicht hergekommen, um mein Schatzmeister zu werden, trotzdem glaube ich, dass Ihr genau der Mann seid, den ich brauche, der Diebstahl, Schlamperei und Betrug ausrotten wird, ehe die Schulden mir über den Kopf wachsen. Ehrlich, Vater, Ihr habt keine Ahnung, wie schlimm es ist.«

»Euer Hoheit, es ist mir eine große Ehre. Es stimmt schon, ich hatte lediglich gehofft, noch etwas mehr Land für das Kloster zu bekommen, damit ich nicht den größten Teil des Jahres damit verbringen muss, Geld aufzutreiben. Wenn ich mir dessen sicher sein könnte ...«

Er machte eine Handbewegung, als sei das eine Kleinigkeit.

»Earl Enlac ist gerade gestorben, und er hat keine Erben. Er hinterlässt achttausend Hektar Land, keine vierzig Meilen von hier. Zwei Dörfer mit einem schönen Herrenhaus und einer Brauerei für Gerstenbier. Das werde ich der Kirche vermachen. Sonst noch etwas?«

Ich schüttelte den Kopf und schluckte den Kloß in meinem Hals hinunter, das war etwas, wozu er nicht fähig war.

27

An den Flüssen Tees und Tyne, in den nördlichen Bergen und fast schon an der schottischen Grenze, liegen die alten Königreiche Northumbria, Cumbria und Strathclyde. Diese heimtückischen Bastarde haben mir Schmerzen bereitet, so lange ich zurückdenken kann. Sie hatten Anlaf von Dublin unterstützt, als er York einnahm. Und wie es schien, hatten sie aus ihrem Treuebruch noch immer keine Lehren gezogen.

König Eadred war kaum von seiner Tour nach London zurückgekehrt, als die Nachricht von einem großen Aufstand im Norden eintraf. Die Earls von Northumbria hatten sich erneut mit einem wichtigen Seeräuber verbündet, der sich des Namens Eric Blutaxt erfreute. Was sind sie doch kindisch mit diesen Namen! Harald Hundewürger wäre eine noch bessere Wahl, oder Magnus Kuhrammler.

Während ich mich damit abmühte, meine neuen Befugnisse gegenüber den königlichen Münzmeistern durchzusetzen, musste König Eadred erneut nach Norden ziehen. Seine gesamte Armee marschierte dreihundert Meilen weit, um diese Lords im Norden davon zu überzeugen, dass das neue Jahrhundert englisch war. Bald würde es keine kleinen Königreiche mehr geben: kein Mercia, kein East Anglia, kein York und kein Northumbria, nein, nicht einmal mein geliebtes Wessex. Wir waren jetzt weiß Gott moderne Menschen, mit einem Reich und einem König.

Gott war auf unserer Seite. Ich hörte, dass Eadred große Teile des Landes im Norden verwüstet hatte, in königlichem

Zorn zerstörte er Hallen und Häuser und brannte sie nieder. Er statuierte ein Exempel, sodass sie es mit der Angst bekamen und Blutaxt ihre Unterstützung entzogen. Der Eindringling gab Fersengeld, und Erzbischof Wulfstan saß eine Zeit lang im Gefängnis und fürchtete, hingerichtet zu werden, weil er ihn unterstützt hatte. Was er meiner Meinung nach auch verdient hätte. Ich habe kein Verständnis für einen Geistlichen, der sich gegen seinen König auflehnt. Dafür gibt es keine Entschuldigung.

Erzbischof Oda war glücklicherweise neutral geblieben, anders als sein Amtskollege im Norden. Ich sprach mit ihm darüber, denn schließlich war er dänischer Herkunft. Er meinte, Blutaxt sei doch Norweger, als sei das eine ausreichende Erklärung. Ach, glaub mir, sie sind alle verrückt, diese Wikinger.

Vier große Münzanstalten schienen Schwierigkeiten zu machen, ganz abgesehen von zahlreichen kleineren, traditionsreicheren, die unter Lizenz arbeiteten. Darunter waren einige sehr respektable Häuser, aber sie hatten kein Recht, das Siegel des Königs in Anspruch zu nehmen oder sein Abbild auf die Münzen zu prägen. Ich schrieb meinen ersten Bericht und schickte ihn an den König, aber Eadred war noch immer im Norden beschäftigt, und ich hatte nur meine eigene Amtsbefugnis. Ich teilte dem Münzmeister in Lincoln mit, dass ich ernsthaft daran dachte, sein Werk zu schließen, und seine Antwort war: »Versucht es!«

In dieser krisengeschüttelten Zeit konnte ich nicht einfach zum König rennen, außerdem wollte ich Eadred gegenüber nicht schon vor einem einfachen Münzmeister kapitulieren. Doch aus York kamen Münzen mit dem Aufdruck »Eric Rex«. Allerdings waren sie immerhin aus echtem Silber. Weitaus schlimmer war das Problem bei gefälschten Münzen, die aus poliertem Zinn, aus Blei oder weiß Gott welchem Metall hergestellt waren – nur nicht aus Silber. Die königlichen Münzpräger waren überwiegend ehrliche Leute, sie schnitten den Prägestempel in die Pressen, sie hämmerten und reparierten sie von Hand an ihren Werkbänken. Das überstehende Metall wurde abgetrennt, das dann eingeschmolzen und wiederverwendet wurde. Doch es gab auch solche, die sich zur Ruhe gesetzt hatten oder die beim Stehlen erwischt worden und geflüchtet waren. Die besannen sich oft auf die einzige Fähigkeit, die sie hatten, und eröffneten in irgendeiner verborgenen Seitengasse eine Fälscherwerkstatt.

Ich konnte keine Auskunft bekommen, welches Gewicht die Silberbarren hatten, die an die Münzämter geliefert wurden, obwohl sie aus den königlichen Bergwerken oder aus anderen Gebieten kamen, wo das Kronrecht herrschte. Noch schwerer war es, Informationen über das Gewicht des Erzes und des daraus gewonnenen Metalls zu bekommen. Einfache Fragen an die Experten, wie zum Beispiel: »Wie viel reines Gold oder Silber kann man aus sechzig Pfund Erz gewinnen«, reichten aus, um sie mit zornrotem Kopf hochgehen zu lassen. Jeder Schritt wurde von Leuten begleitet, die nichts anderes zu tun hatten, als jemandem, der genauer hinsah, das Leben schwer zu machen.

Als ich endlich Protokolle zu sehen bekam, stellte ich fest, dass es zwischen den Erträgen der einzelnen Bergwerke so große Unterschiede gab, dass ich dahinter Tausende kleiner Gaunereien vermutete, die, zusammengenommen, einen riesengroßen Betrug darstellten. Nichts verbrennt Silber so schnell wie ein Krieg – und als Eadred loszog, waren seine Schatullen fast leer.

Da ich inzwischen fast alle Münzämter in England erfolglos besucht hatte, suchte ich meinen Bruder Wulfric auf, weniger, um ihn um Rat zu fragen, sondern einfach, weil ich mit jemandem, dem ich vertraute, darüber sprechen wollte.

Ich war gerade in London, also schickte ich einen Boten, um ihn in das Geschäft zu bitten, wo unsere Mutter immer noch lebte. Ich wusste, dass er dieses Geschäft in all den Jahren, seit er mein Vogt und Zahlmeister war, ebenfalls noch am Laufen gehalten hatte. Das passte nicht in meine Pläne, denn ich hatte ihm eine andere Aufgabe zugedacht.

Ich war überrascht und etwas irritiert, als Wulfric erst zwei Tage später als erwartet eintraf, zusammen mit seiner Frau und seiner Tochter. Er wollte meinem Einspruch zuvorkommen und sagte, Alice und die kleine Cyneryth würden hinten im Laden warten, aber selbst wenn wir ihn an diesem Tag geschlossen hätten, wäre das unpraktisch gewesen. Ich konnte Mutter und Tochter ja kaum hinter einem Vorhang warten lassen – sie hätten dort jedes Wort mitgehört! Außerdem war meine Nichte in einem Alter, wo kleine Kinder alles wissen wollen und ihr Staunen laut zum Besten geben.

Doch ich musste es ertragen, also gab ich nach. Ich wollte nicht kleinlich erscheinen. Solche Dinge sind unter meiner Würde, aber es war wieder einmal typisch für Wulfric, dass er meine Geduld derart auf die Probe stellte. Ich fand, dass Alice ziemlich selbstgefällig wirkte, wie sie meine Mutter begrüßte. Sie genehmigte ihrer Tochter ein Stück Brot mit Honig und trank einen Becher heißes Gerstenwasser.

Entschlossen, mein Publikum zu ignorieren, schilderte ich Wulfric meine Probleme – vier große Münzanstalten, ein Dutzend kleinere, ebenso viele Bergwerke und nirgendwo die Möglichkeit, an Unterlagen heranzukommen. Nachdem ich fertig war, herrschte einen Moment Stille, ehe meine Mutter sich ins Gespräch einschaltete. Sie wollte wissen, warum ich mir vom König nicht einen gesiegelten Brief geben lasse, der mir alle Türen öffnete.

»Mutter, bitte! Dies ist keine Unterhaltung für dich und auch nichts für Weibertratsch. Dies ist ein ernstes Thema.

Ich vermute, der König wird von allen Seiten bestohlen, aber ich kann es nicht beweisen …«

Zu meiner Überraschung unterbrach Wulfric mich und antwortete ihr.

»Erstens werden die, die etwas zu verbergen haben, einfach behaupten, der Brief des Königs sei eine Fälschung – und damit gewinnen sie Zeit, um Spuren zu verwischen. Und Dunstan bekommt trotzdem keinen Zutritt. Zweitens will er nicht gleich wegen seiner ersten Aufgabe zum König rennen und ihm sagen: ›Sie hören nicht auf mich!‹ – noch dazu zu einem König, der jünger ist als er selbst. Der jünger ist als wir beide.«

Seine Erklärung war mir furchtbar peinlich, aber im Grunde hatte Wulfric recht. Ich zuckte nur die Schultern, als meine Mutter mich fragend ansah, ob ich seine Worte bestätigte, und hoffte, sie würde sich dann wieder ihrer Stickarbeit widmen. Ich hob abwehrend die Hand, um sie zum Schweigen zu bringen.

»Trotzdem … alle diese Münzanstalten und Bergwerke beschäftigen ja viele Menschen«, fuhr Wulfric fort. »Wir müssten Männer einschleusen, die Augen und Ohren offen halten und uns dann berichten, was dort vor sich geht.«

»Aber nicht dich, Wulfric«, sagte seine Frau plötzlich, als sie aufblickte und einen Faden abbiss. Alice hatte mit mäßigem Geschick an einer Stickerei gearbeitet und sich den Anschein gegeben, kein Wort zu verstehen, dabei hatte sie natürlich sehr genau zugehört.

Wulfric lachte leise.

»Für Einarmige gibt es in einem Bergwerk keinen großen Bedarf, meine Liebe – und in den Münzanstalten auch nicht. Das war auch nicht mein Vorschlag. Nein, wir sollten Master Justin auf der Baustelle fragen. Er könnte geeignete Männer empfehlen. Und warum nicht? Wir haben Hunderte von jungen Burschen in Glastonbury. Und wenn er es nicht machen will, dann kann ich sie aussuchen … vielleicht zwei Dutzend, die sich dafür eignen. Intelligente junge Männer, die wissen, wann sie reden müssen und wann es besser ist, den Mund zu halten. Ich schicke einen in jede Münzanstalt und zwei oder drei in jedes Bergwerk, wo sie in aller Ruhe arbeiten können, bis wir sie zurückrufen.«

»Wird man sie denn wieder gehen lassen?«, fragte meine Mutter plötzlich. »Diejenigen, die in den Bergwerken arbeiten, meine ich.«

Wulfric zuckte die Schultern.

»Sie wären ja keine Leibeigenen, Mutter. Die arbeiten dort, weil sie es machen müssen, sie sind ja gekauft. Aber in den Bergwerken gibt es auch freie Männer, die gegen Lohn arbeiten. Vermutlich machen sie alle das Gleiche, aber diese arbeiten eben für sich statt für irgendeinen Herrn, dem sie gehören. Das ist nichts anderes als das, was wir alle tun.«

Er grinste mich an, und wieder einmal musste ich staunen, wie erwachsen Wulfric geworden war und wie wir uns auseinanderentwickelt hatten. Früher hätte ich genau gewusst, was er sagen würde. Doch im Laufe der Jahre war mein kleiner Bruder ein Fachmann für Dinge geworden, von denen ich keine Ahnung hatte, genau wie er andererseits den Winkel für einen Fensterbogen nicht hätte berechnen können, was unter zwanzig Baumeistern nicht einer konnte.

»Ich arbeite zur Ehre Gottes«, erklärte ich ihm.

Er runzelte die Stirn.

»Du wirst gut belohnt, Dun, wenn auch nicht mit Geld.«

Ich merkte, wie ich unwillig wurde. Schließlich arbeitete ich für den König, und er tat so, als sei mir der schnöde Mammon und mein Ansehen wichtiger! Ich zeigte mit dem Finger auf ihn und wollte etwas sagen, aber meine Mutter kam mir zuvor.

»Beruhige dich, Dunstan. Dein Bruder hat es nicht böse gemeint, das weißt du genau.«

Ich senkte den Kopf und schluckte meinen Ärger hinunter, wie ich es schon tausendmal getan hatte. Sie war die Einzige, die so etwas zu mir sagen konnte. Ich dachte nach und wandte mich Wulfric zu, ohne ihn direkt anzusehen.

»Woher wissen wir denn, dass diese Betriebe die Männer einstellen werden, die wir hinschicken?«

Meine Stimmung wurde nicht besser, als Wulfric die Luft herausblies und leise lachte, als sei er der Lehrer und ich ein einfältiger Schüler.

»Im Bergwerk gibt es immer Verletzte, Dun. Wir haben ja auf unserer Baustelle auch ein paar Arbeiter verloren, durch gebrochene Knochen, gezerrte Sehnen oder Gehirnfieber. Außer dem armen Bruder Guido hatten wir drei weitere Todesfälle. Bergwerke sind gefährliche Arbeitsstätten, also braucht man dort immer neue Leute. Schwieriger wird es mit den Münzanstalten sein. Die werden einem jungen Burschen, der hereingeschneit kommt, nicht gleich erlauben, den Verschnitt zusammenzukehren oder die Münzen zu prägen. Das sind Arbeiten, die sie selbst im Auge behalten wollen.«

»In den Münzanstalten werden sie auch Spitzel fürchten«, sagte meine Mutter.

Ich schnalzte missbilligend mit der Zunge, um ihr klarzumachen, dass ihre Kommentare nicht erwünscht waren, aber sie merkte es gar nicht und sprach trotzdem weiter.

»Ich meine, untereinander. In der Münzanstalt von York wird man natürlich die Leute aus Lincoln kennen, wenn auch nur vom Sehen. Wenn sie nun miteinander im Wettstreit um Lieferanten und Kunden liegen, werden sie vor Spitzeln genauso Angst haben wie vor Dieben. Und ich kann mir denken, dass es in London und Winchester genauso ist.«

Sie wandte sich wieder ihrer Stickerei zu. Ich merkte, wie Wulfric einen Blick mit seiner Frau wechselte, als hätte sie ebenfalls eine Rolle zu spielen! Das ging mir zu weit. Ziemlich schlecht gelaunt, stand ich auf, entschuldigte mich und verließ den Laden. Eine Stunde lang lief ich tief in Gedanken durch die Straßen.

Als ich zurückkam, stand bereits der Mond am Himmel, und ich hatte einen ungefähren Plan – der ausgerechnet Wulfrics Gequassel entsprungen war. Im ganzen Land war ja bekannt, dass Eadred in diesem Jahr dringend Soldaten brauchte. Wikinger hatten die königlichen Truppen in Castleford überfallen – es war eine grausame Schlacht gewesen, vom Morgengrauen bis Sonnenuntergang, ehe Blutaxt endlich aufgab und in Richtung Küste floh. Viertausend von Eadreds Männern waren niedergemetzelt, doch um Haaresbreite war es gelungen, das Schlimmste abzuwenden.

Ich wusste, dass der König wieder in London war, und beschloss, ihn dort aufzusuchen und ihm meine Pläne für die Bergwerke und die Münzanstalten zu unterbreiten. Doch als es so weit war, hatte Eadred kaum einen Augenblick Zeit für mich, da er sich schon wieder auf einen Krieg vorbereiten musste. Wieder einmal war irgendein Olaf oder Sven im Norden gelandet, und wieder einmal war er von den Lehnsleuten in Northumbria mit offenen Armen aufgenommen worden – entgegen aller Treueschwüre. Ein neuer Vetter aus Dänemark oder Norwegen, der unseren Besitz bedrohte und zweifellos genauso bärtig und brutal war wie Blutaxt oder Anlaf von Dublin. Es ist kaum zu glauben, dass unsere eigenen Lords so treulos sein können, dass sie immer noch mehr wollen und nicht merken, dass das Gras auf unserer Seite genauso grün ist – und wahrscheinlich grüner als sonst irgendwo. Dies ist unser Land, unser England. Nein, noch besser: Dies ist unser Wessex.

Der arme Eadred eilte in Kettenhemd und Rüstung durch die Hallen, während sein Abt und frisch ernannter königlicher Schatzmeister versuchte, ihm einen Plan zu erklären, in dem es um Münzanstalten und Bergwerke ging, was ihn im Moment aber überhaupt nicht interessierte.

»Geht, handelt in meinem Auftrag, Dunstan!«, rief Eadred, als ich ihm das Ohr vollschwafelte. »Ich habe Euch den Posten übertragen, und ich vertraue Euch.«

Ich merkte, er hatte mich beim Vornamen genannt. Der kleine Mann wuchs mit seiner Aufgabe, wie ich es erwartet hatte. Am ersten Tag sitzen sie alle auf dem Thron wie ein Kind, das sich auf Vaters Stuhl gesetzt hat. Doch im Laufe der Monate und Jahre wachsen sie und füllen den Sitz aus – bis es wirklich ihr Platz ist.

Mit einer Anzahl von Wagen, wie sie gewöhnlich zum Transport von Kohle, Holz oder Steinen benutzt werden, begleitete ich zweiundzwanzig unserer jungen Bauarbeiter über die Straße durch die Marsch bei Glastonbury, wo sie auf den Holzplanken entlangpolterten. Wulfric begleitete mich, ausnahmsweise einmal nicht mit seiner Frau neben sich, ebenso Master Justin, der unseren Plänen, nachdem er sie verstanden hatte, sein väterliches Interesse entgegenbrachte. Ich weiß nicht, wie der Baumeister diese Reise mit seinen sonstigen Interessen vereinbaren konnte, nämlich dem Bau der Abtei sowie seinen Plänen, dem Benediktinerorden beizutreten.

Im letzten Wagen saßen sechs Soldaten, die wir uns von der königlichen Leibgarde ausgeliehen hatten. Diese Männer hatten ihre Posten als Belohnung für langjährige Dienste bekommen. Sehr lange Dienste in einigen Fällen. Diese weißhaarigen Veteranen hätten nicht mehr beim königlichen Heer mitmarschieren können. Trotzdem waren sie nicht gerade sehr erbaut, als ich sie jetzt in meine Dienste nahm. Ich hatte darum gebeten, dass auch John Wyatt dazugehören sollte, aber das hatte Eadred abgelehnt und ihn stattdessen in den Norden mitgenommen.

Für unsere jungen Burschen war es nicht schwer, Arbeitsplätze in den Bergwerken zu finden. Zunächst warteten wir jeweils einen halben Tag, ob sie zurückkämen, aber sie kamen nie zurück. Wie Wulfric es vorhergesagt hatte, die Vorarbeiter konnten alle dringend kräftige Hände gebrauchen, sodass unsere Jungs kaum anzufragen brauchten und sofort einen Karren schoben oder an einem Flöz hackten.

Es fühlte sich an, wie wenn man eine Saat ausbringt. Sie erhielten ihre Anweisungen von Justin und Wulfric – und ein letztes Gebet von mir. Wenn wir uns einem Bergwerk näherten, sprangen sie vom Wagen, einzeln oder zu zweit, und verschwanden irgendwo im Gebüsch. Eine so merkwürdige Karawane wie unsere würde in der Gegend sicher bemerkt werden, deshalb hatten wir vereinbart, dass sie einen oder zwei Tage warten sollten, bis sie richtig Hunger hatten, ehe sie bei einem der Vorarbeiter wegen Arbeit nachfragen sollten. Wir hatten das königliche Wappen auf unseren Papieren, falls ein Lehnsmann oder Vogt uns anhalten sollte.

Wie es sich ergab, wurden wir kein einziges Mal angehalten, als wir die Landstraßen entlangrollten. Wir befanden uns zwar im Krieg, doch der war zu weit weg, um unsere Ruhe hier zu stören. Wir ließen zwei Jungen in der Nähe des großen Bergwerks in der Nähe von Bath, wo die Römer schon Erz gefördert hatten. Einen weiteren ließen wir auf der anderen Seite des Kanals von Bristol absteigen, zwei in Shropshire und so weiter. Wir fuhren überall dorthin, wo mit königlicher Genehmigung auf Kronland Silber oder Gold gefördert wurde. Wir säten unsere Saat und hofften, sie würde wachsen und gedeihen.

Außer den vier großen Münzanstalten, die ich prüfen wollte, gab es noch etwa ein Dutzend kleinerer. In so manch kleiner Gasse fand ich eine Werkstatt, die ihre eigenen Münzen prägte, und ich hätte wohl in jeder Marktstadt einen unserer Jungen absetzen können. Es ging alles unglaublich durcheinander in jenen Tagen, aber schließlich war das der Grund, weshalb Eadred mir diese Aufgabe übertragen hatte. Wulfric brachte zwei junge Burschen zur Londoner Münzanstalt, ausgestattet mit besten Empfehlungsschreiben von einem Goldschmied in Winchester, der ihm einen Gefallen schuldete. Er holte uns auf meinem Pferd Spitzbub wieder ein, doch der alte Gaul würde es nicht mehr lange machen. Ich ahnte es schon, als Spitzbub den Apfel verschmähte, den ich ihm anbot. Wenn der Appetit nachlässt, geht es bald zu Ende.

Das Gute an der Sache war, dass die Münzanstalten dringend Leute brauchten, ebenso wie die Bergwerke. Das hatten wir eingefädelt, weil alle gesunden jungen Männer für die Schildwälle eingezogen wurden. Es war einfach gewesen, eine Woche vorher ein paar Männer des Königs vorauszuschicken. Mit einem Befehl des königlichen Schatzmeisters ausgestattet, kümmerten sie sich nicht darum, wie die Wachen an der Tür reagierten, sie verschafften sich Zutritt, wie Soldaten es eben tun. Ich hörte, dass sie ein ziemliches Aufhebens machten, indem sie sich die Zähne und die Hände der Männer ansahen, ehe sie dann ein halbes Dutzend kräftiger Burschen aus jedem Bergwerk und jeder Münzanstalt von Winchester bis York einzogen.

Als unsere eifrigen Jungen in ihren besten Kleidern kamen, um ihren Platz einzunehmen, und ihre Empfehlungsschreiben vorzeigten – nun ja, sie konnten von Glück sagen, dass man ihnen nicht vor Begeisterung die ausgestreckten Hände abriss.

Nachdem wir unsere letzte Saat ausgestreut hatten, blieben nur Wulfric, Master Justin und ich übrig, zusammen mit unseren Veteranen, die aber inzwischen den ganzen Nachmittag schliefen. Wir hatten unsere Reise in York beendet, und obwohl sich die Kämpfe noch mindestens hundert Meilen weiter nördlich ereigneten, spürte man es hier schon. Es war eine ganz andere Welt als die verschlafenen Weiler und Dörfer in Shropshire. Hier schien das ganze Land zum Kampf gerüstet, die Angst vor einer Invasion beschäftigte alle, und selbst Frauen und kleine Jungen waren bewaffnet. Doch unsere Arbeit war zunächst getan, und wir verbrachten zwei angenehme Wochen auf dem Rückweg nach Süden, wobei Spitzbub an der langen Leine nebenhertrabte. Einmal fing ich eine schöne Forelle mit der Angel, die Master Justin zusammengebastelt hatte. Er zeigte uns, wie es ging, und einige der alten Soldaten machten mit, wann immer wir an einen Bach kamen, sodass wir fast jeden Tag frischen Fisch hatten.

Am Rande des hübschen kleinen Dorfes Bicester, umgeben von friedlichen Bauernhöfen, legte mein Pferd sich hin und stand nicht mehr auf. Ich wechselte ein paar deutliche Worte mit Wulfric darüber, wie er mein Pferd behandelt hatte, dabei war es nur der Verlust, der mich so ärgerlich machte. Wir hielten am Straßenrand, und im Nu hatten die erfahrenen Veteranen auch schon Feuer gemacht. Eigentlich machten sie alles wie alte Hasen, aber sie brauchten ihre regelmäßigen Mahlzeiten.

Eine Weile saß ich bei Spitzbub, der mit seltsam gespreizten Beinen auf der Straße lag und seine Augen so wild verdrehte, als sehe er etwas Schreckliches kommen. Schließlich schnitt Master Justin ihm die Kehle durch und zerlegte ihn, was den Rest des Tages ausfüllte. Er und Wulfric meinten, es sei doch ein Glück, dass wir die Wagen hatten, um das

Fleisch mitzunehmen. Immerhin sei es genug, um ein ganzes Dorf satt zu machen, und ohne Wagen hätten wir es zurücklassen müssen.

Ich ließ sie reden, ich war nur traurig. Zwar hatte ich dieses Pferd von Anfang an nicht geliebt, aber er hatte mich in Brunanburh sicher getragen, während ich Angst hatte, und er hatte mir gehört. Am nächsten Abend aß ich ein Stück von ihm, aber das Fleisch war zäh, und ich wünschte, ich hätte es nicht angerührt.

28

Am Abend vor dem nächsten Vollmond, kurz vor Sonnenuntergang, legten unsere jungen Männer ihr Werkzeug nieder und gingen hinaus auf die Straße, jeder dorthin, wo wir ihn einen Monat zuvor abgesetzt hatten. Es dauerte einige Tage, ehe wir sie alle wieder aufgesammelt hatten – und einer von ihnen, er hieß Cerwen, tauchte nie wieder auf, obwohl wir sowohl auf dem Hin- als auch auf dem Rückweg jeweils einen ganzen Tag auf ihn warteten. Später hörte ich, dass er zu viele Fragen gestellt hatte, obwohl ich allen eingeschärft hatte, genau dies zu vermeiden.

Wir fuhren unsere Ernte ein, bis auf dieses eine Samenkorn. Die Burschen waren in überwiegend guter Verfassung, wenn auch abgemagert und etwas zerschunden. Einige waren geprügelt worden, aber das passiert einem nun mal als Lehrling, und sie trugen es auch niemandem nach und hatten ihr Abenteuer offenbar ganz amüsant gefunden. Ich hatte vor, ihnen eine ernste Begrüßungsrede zu halten und ihnen meinen Dank auszusprechen, stattdessen stiegen sie lachend auf die Wagen und überboten sich gegenseitig mit Geschichten. Es war wie eine Offenbarung für mich, denn ich selbst war nie ein sorgloses Kind gewesen.

Ich blickte in die Runde und hatte das Gefühl, als sei ich schließlich doch noch ein Vater geworden. Ein Vater kann ernst und harsch sein, ja, er muss es sogar, wenn sein Sohn kein Weichling werden soll. Doch er kann auch stolz auf ihn sein und es ihm zu verstehen geben. Und ich wusste sehr gut, dass dieser stille Moment des Lobes, das Zwinkern und das Lächeln, einem Jungen sehr viel bedeuten kann. Sie erwarten es von denen, die sie respektieren, denn es verleiht ihnen Selbstwertgefühl. Und das ist auch völlig in Ordnung.

Obwohl ich auf der ersten Fahrt alkoholische Getränke verboten hatte, merkte ich schnell, dass unsere Veteranen sich für die Rückfahrt ihre Vorräte selbst mitgebracht hatten. Es gab einige Fälle von Trunkenheit, geangelt wurde auch wieder, wobei einer der Jungen fast ertrunken wäre, ehe wir ihn aus dem Wasser ziehen konnten. Doch sie hatten ihre Pflicht erfüllt, und unsere Schreiber hatten viel zu tun, als die Heimkehrer anfingen, Bericht zu erstatten.

Bis wir wieder in Winchester waren, hatte ich einen guten Überblick, wie die Bergwerke und Münzanstalten in England arbeiteten. Das meiste, was ich hörte, war wenig bemerkenswert. Wenn die Dummköpfe, die unter Lizenz arbeiteten, ihre Geheimnisse gleich preisgegeben hätten, hätte ich mir diesen ganzen Aufwand ersparen können. Doch als ich jetzt bei Kerzenlicht an meinem Eichentisch saß und mir die zwei Dutzend Blätter Pergament voll winziger Schrift ansah, konnte ich nur staunend den Kopf schütteln.

Am nächsten Morgen besuchte ich das Gefängnis, in dem zwei Fälscher darauf warteten, erhängt zu werden, zusammen mit Wilderern, Mördern, Dieben und anderen bedauernswerten Narren oder Deserteuren. In Winchester gab es damals nur einen Galgen, und die Scharfrichter des Königs taten ihr Werk in aller Ruhe, wie Menschen, die sicher sein können, immer Arbeit zu haben. Niemand hatte etwas dagegen, wenn sie sich Zeit nahmen, und schon gar nicht diejenigen, die hinter Gittern saßen.

Voll Interesse blickte ich auf die beiden zerlumpten, übel riechenden Gesellen, die die Wärter zu mir herausführten.

»Skinner und der junge Jones, Vater. Das sind die beiden, die Ihr sehen wolltet. Ihr habt Glück, dass Ihr nicht bis morgen gewartet habt, dann wären sie nicht mehr da gewesen, und weitere Fälscher haben wir im Moment nicht, die aufzuhängen wären.«

»Die werdet ihr bald bekommen«, murmelte ich, aber meine Aufmerksamkeit war schon bei diesem schmuddeligen Paar, denen man gerade Fesseln um die Fußknöchel legte.

»Stellt euch mal gerade hin, ihr zwei«, fauchte ich. Sowohl die Fälscher als auch die Wärter gehorchten, was mich amüsierte. »Also, ihr müsst wissen, dass ich euch nicht die Freiheit versprechen kann. Ich möchte mit euch nur über eure Vergehen sprechen. Danach werdet ihr in eure Zelle zurückgebracht und, wenn es so weit ist, aufgehängt werden.«

»Was bietet Ihr uns dafür?«, sagte der Ältere und sah mich mit zusammengekniffenen Augen an.

»Ich bin bereit, euch eure Sünden zu vergeben, sodass ihr direkt in den Himmel kommt und nicht einen einzigen Tag im Fegefeuer und auch nicht in der Hölle verbringen müsst.«

Daraufhin entstand unter den anderen Insassen der Zelle eine große Unruhe, nur der Mann, um den es mir ging, schien kaum beeindruckt. Er näherte sich dem, den sie »den jungen Jones« genannt hatten, und sie besprachen sich. Der Wärter war weniger geduldig als ich und versetzte den beiden ein paar Schläge gegen den Hinterkopf.

»Antwortet dem Abt!«, blaffte er.

Skinner funkelte ihn an, dann wandte er sich mir zu. Seine Art, den Kopf schief zu halten und mich mit einem blanken Auge anzusehen, erinnerte mich an eine Krähe.

»In Ordnung, Vater. Wir sind einverstanden. Ich erzähle Euch alles, was ich über das Geschäft weiß – wenn Ihr noch einen Teller Schinken und Eier draufsetzt, mit etwas Brot und einem Krug Bier für den Jungen und mich.«

Es wurde still. Den Wärtern blieb der Mund offen stehen ob dieser Frechheit, und alle anderen warteten ebenfalls, was ich dazu sagen würde.

»Na gut, Skinner«, sagte ich schließlich, bemüht, mir meine Belustigung über diese Kaltblütigkeit nicht anmerken zu lassen. Es war kein schlechter Handel, wenn man bedenkt, was ich herauszufinden hoffte.

Er strahlte mich an, denn er wusste, dass das Wort eines Abts galt. Ich sah, dass er zahnlos und zerfurcht war, und blasser als die anderen Männer hinter den Gittern, die uns beobachteten. Die Wilderer waren natürlich am dunkelsten, braun gebrannt von den Jahren im Freien, wo sie nach Beute oder königlichen Jagdaufsehern Ausschau hielten. Doch dieser Skinner und sein Sohn hätten fast als Schreiber durchgehen können, denn sie hatten ja ihr ganzes Leben in der Werkstatt zugebracht.

Die Wärter brachten einen kleinen Tisch aus ihrem Dormitorium, den sie im Hof aufstellten, zusammen mit drei Stühlen. Sie machten viel Aufhebens darum, alles umständlich abzuwischen, wie für einen hohen Gast, offenbar amüsierte es sie, bis ich fragte, wann sie denn das Essen brächten.

Ich bemerkte die dumpfe Missgunst im Gesicht des Mannes, den ich angesprochen hatte, deshalb schickte ich den anderen mit und warnte beide, dass es mir nicht entgehen würde, falls sie ins Essen spucken sollten. Sie ließen die Schultern hängen, als ich das sagte.

Ich setzte mich gegenüber den Männern hin und merkte, wie Skinner sich aufmerksam im ganzen Hof umsah. Der Junge namens Jones saß mit hängendem Kopf da und sagte kein Wort, vielleicht war er schwachsinnig.

»Möchtet ihr jetzt vielleicht beichten?«, fragte ich nach einiger Zeit.

Zu meiner Überraschung zuckte Skinner mit den Schultern.

»Wir warten erst mal aufs Essen, Vater, wenn es Euch nichts ausmacht. Ich beichte nicht gern mit leerem Magen, und hier bekommen wir ja nichts mehr zu essen, weil wir sowieso aufgehängt werden. Kann man ja verstehen, wäre doch Verschwendung, wo so viele Menschen Hunger leiden.«

Er lehnte sich zurück, anscheinend ganz zufrieden, in der Sonne zu dösen. Auch mir fielen langsam die Augen zu, denn es dauerte eine Ewigkeit, bis die beiden Wärter zurückkamen. Schinken und Eier mit Brot sollte sie eigentlich nicht überfordern, aber sie keuchten, als seien sie wer weiß wie weit gerannt. Ich stellte keine Fragen und machte etwas Hokuspokus mit dem Teller und den Bierkrügen, ich fuhr mit der Hand über die Ränder und sprach das Vaterunser, während ich die Wärter beobachtete. Einfältige Menschen verraten sich schnell. Doch keiner von den beiden schien sich zu fürchten, also erklärte ich das Essen als rein.

»Danke, Gentlemen. Ich rufe euch, wenn es so weit ist.«

Unter Verbeugungen zogen sie sich zurück, beeindruckt von diesen außergewöhnlichen Vorgängen.

Als ich mich erneut Skinner zuwandte, sah er mich erwartungsvoll an.

»Nun? Ich habe meinen Teil des Abkommens erfüllt«, sagte ich. »Esst und trinkt Euch satt. Aber gleichzeitig werdet Ihr mir alles erzählen, was Ihr über die Herstellung solcher Münzen wisst.«

Ich legte eine gute Fälschung vor sie hin, eine mattgraue Münze, die bei schlechtem Licht als Silber hätte durchgehen können. Der junge Jones blickte auf und sah sie sich an. Keiner von beiden hatte bisher das Essen angerührt oder etwas getrunken. Als sie langsam die Hände danach ausstreckten, beobachteten sie mich, wie Mäuse, die eine Katze beobachten, ob ich es ihnen nicht vielleicht doch noch wegziehen würde. Ich wartete geduldig, denn ich merkte, wie hungrig sie waren.

Skinner tat einen so langen Zug aus seinem Bierkrug, dass ich dachte, er würde ihn gar nicht mehr absetzen, und als er es schließlich tat, war nur noch ein kleiner Rest darin. Er wischte sich den Mund und seufzte genießerisch. Jones, der Junge, langte ebenfalls zu und machte sich über Schinken und Eier her. Ich beobachtete, wie Skinner fast unmerklich den zweiten Bierkrug herüberzog, bis er vor ihm stand.

»Das Bier ist für mich. Der Junge kann das doch noch gar nicht schätzen.« Sein Gesicht drückte Bedauern aus. »Wird es auch nicht mehr zu schätzen lernen, wie es aussieht. Trotzdem, Ihr habt ein gutes Werk an uns getan, Vater, ich bin Euch dankbar.«

Er nahm die Münze in die Hand und verbog sie mit den Fingern, ehe er sie wieder hinlegte.

»Eine Zinnlegierung, würde ich sagen. Lässt sich gut polieren, wird aber schnell matt. Schlechte Arbeit. Würde mich schämen, so was in Umlauf zu bringen.«

Ich hatte römische Becher aus diesem Material gesehen. Kleinere Schmelzereien arbeiteten oft mit Zinn und Blei, und ich wusste, dies war eine Legierung aus den beiden Metallen. Jede größere Schmelzerei, die dazu ausgerüstet war, stellte Eisen her und verschmähte die weicheren Metalle, die aber für Kleinbauern einen Nebenerwerb darstellten.

»Dachte ich mir«, sagte ich. Er sah mich misstrauisch an, wahrscheinlich bezweifelte er, dass ich überhaupt etwas von Metallen verstand. »Ich habe mit Eisen gearbeitet, Master Skinner«, sagte ich. »Und mit Messing und Bronze kenne ich mich ebenfalls gut aus.« Es war nur aus Gewohnheit, dass ich ihn mit seinem Titel angeredet hatte, aber mir schien es, als wirke er plötzlich seriöser.

»Heute kann doch keiner mehr eine wirklich gute Zinnlegierung herstellen«, erwiderte er. »Aber ich schon. Ich weiß, was die Römer zu Zinn und Blei noch hinzufügten, um ein gutes, hartes Metall zu bekommen. Eine Münze, die ich gemacht habe, könnte man nicht verbiegen. Wenn das hier eine von mir wäre, hättet Ihr sie nie und nimmer als Fälschung erkannt.«

»Ist das denn üblich? Dass man Zinn und Blei mischt?«

»Ja, und noch ein paar geheime Zutaten. Aber es ist hauptsächlich Zinn. Blei läge zu schwer in der Hand, versteht Ihr? Es macht auch nicht viel aus. Zinn schmilzt fast so leicht wie Blei. Nicht wie Silber. Dazu braucht man eine bessere Schmelzerei, für die meisten Sorten jedenfalls. Bei mir herrschten Temperaturen, die heiß genug waren, um Silber zu schmelzen. Ich kenne alle diese Tricks.«

»Master Skinner, Ihr versteht, dass ich Euch hier nicht herausholen kann? Wenn wir unser Gespräch beendet haben, werde ich gehen – und Ihr werdet erhängt.«

»Der Junge hat aber nichts verbrochen. Vielleicht könntet Ihr ihn als Diener mitnehmen. Ihr seht doch, wie er ist. Es ist nichts Bösartiges an ihm, wirklich nicht. Seht ihn doch nur an!«

Das tat ich, der Junge saß da, wischte sich die Nase und starrte ins Leere.

»Ich bin ein Beamter des Königs, Master Skinner. Ich kann Leute, die zum Tode verurteilt sind, weder begnadigen noch ihnen auf andere Weise helfen.«

»Aber Ihr seid auch ein Priester«, murmelte er.

»Das bin ich, aber ich kann die Kirche nicht zum Gegenspieler der Krone machen. Das wäre verhängnisvoll.«

Es war ein merkwürdiger Gedanke. Ich hatte die Vollmacht des Königs, und in Wahrheit hätte ich ihn herausholen können, und er wäre frei und befugt gewesen, sein altes

Handwerk sofort wieder aufzunehmen. Niemand hätte gewagt, etwas dagegen einzuwenden. Aber in meiner Rolle als königlicher Schatzmeister unterstand ich der Krone. Die Vollmacht und die Ehre des Königs galten nur so lange für meine Person, wie ich in seinem Namen und in seinem Interesse handelte.

»Ich hatte Euch ein Angebot gemacht, Master Skinner, die Lossprechung von Euren Sünden – und Essen und Trinken. Man sagte mir, Ihr kennt die Tricks der Falschmünzerei, wenn nicht Ihr, dann niemand. Bis jetzt habt Ihr von der Abmachung profitiert. Macht Euch keine falschen Hoffnungen mehr. Ihr werdet noch heute hängen. Sagt, was Ihr zu sagen habt, und ich werde Euch lossprechen und dann in Ruhe lassen.«

»Aber wenigstens habe ich das Bier getrunken«, sagte er und drückte den zweiten Krug an seine Brust. »Und mein Junge hat sich satt gegessen. Ich glaube, wir sind fertig, Vater.«

»Dann ist Euch die Beichte nicht wichtig? Ihr und dieses Kind seid bereit, Eure unsterblichen Seelen aufs Spiel zu setzen und aus Überheblichkeit auf Ewigkeit in der Hölle zu schmoren? Habt Ihr keine Angst davor, was Euch erwartet, wenn der Vorhang zerreißt und Ihr vor dem Erzengel steht?«

Meine Stimme war vor Zorn immer lauter geworden, und Skinner sah mich erstaunt an, wahrscheinlich sah er jetzt einen anderen Mann vor sich als den freundlichen Abt, der alle seine Lügen geschluckt hatte. Er hob beide Hände, um mich zu beruhigen, als ich mich anschickte aufzustehen.

»Schon gut, Vater. Ich hab's verstanden.« Er setzte sich, als hätte ich meine Stimme nie erhoben. »Also, da gibt es einmal das Beschneiden echter Münzen, was mit einer besonderen Schere gemacht wird. Manche schleifen das Silber lieber an einem Stein ab, dann erhitzen sie den Stein, damit das Silber sich verflüssigt, aber die größeren Werkstätten schneiden es ab. Ihr werdet sicher schon Spuren davon gesehen haben.«

Das hatte ich, fast jeder Silberpenny hatte irgendwo eine gerade Kante.

»Dann sammelt man die Abschnitte und hat genug Silber für eine schöne neue, echte Münze. Und von den Münzen aus der Zinnlegierung wisst Ihr bereits …«

»Was ist das für eine geheime Zutat, die außerdem noch drin ist?«, fragte ich.

Er seufzte und blies eine große Wolke von Bierdunst über den Tisch.

»Antimon. Den Römern war es bekannt, aber heute kennt das niemand mehr. Es härtet Zinn und auch Blei. Neun Zehntel Zinn, der Rest Blei und ein paar Prisen Antimon, es wird auch Kajal genannt. Man sagt, dass manche Frauen sich damit die Augen schminken. Ich glaube, das muss schrecklich brennen, aber vielleicht sind vornehme Mädchen da weniger empfindlich als die, die ich kenne.«

Er grinste mich an, ich bedeutete ihm fortzufahren.

»Zinn und Blei kann man über einem Holzkohlefeuer leicht schmelzen – und die Erze findet man überall. Gute Geschäfte haben ihre Lieferanten, die in der Wildnis danach graben, wo nie jemand hinkommt, weit weg von den Bergwerken des Königs. Sie wissen, wo man danach suchen muss, viele kennen die Stellen noch von ihrem Vater. Ich muss wohl schon hundert solcher Minen gesehen haben. Ich könnte mich wohl an einige besonders Gute erinnern, wenn ich wieder dorthin käme.«

»Das werdet Ihr nicht«, sagte ich mit Bestimmtheit.

»Schon gut. Also … egal, wie man an sein Metall kommt, man muss es prägen und zuschneiden. Die Scheren sind schwerer herzustellen als alles andere, das muss ein richtiger Schmied machen, und zwar einer, der keine dummen

Fragen stellt. Dazu braucht man wirklich gutes Eisen, sonst werden sie nicht scharf genug. Nun, die richtigen Münzanstalten haben eine Seite der Münze unten liegen, die andere Seite wird von Hand aufgedrückt. Sie legen den Bogen ein, und der Hammer kommt herunter – und beide Seiten werden gleichzeitig geprägt. In meiner Branche prägt man die Seiten einzeln, das ist leichter, dauert aber länger. Die Münzen erkennt man dann daran, dass eine Seite tiefer geprägt ist als die andere, aber dazu braucht man ein gutes Auge, wie meins. Wenn ich frei wäre und als Euer treuer Diener arbeiten könnte, würde ich diese Burschen schon aufspüren, wie ein gutes Frettchen im Kaninchenbau würde ich sie finden! Wenn ich einen Eid auf den König ablegen könnte, zusammen mit meinem Jungen hier, würden wir jedem Fälscher im Königreich das Handwerk legen, das schwöre ich Euch.«

»Das wird aber nicht passieren«, sagte ich. »Was sonst noch?«

Einen Moment kaute er auf seiner Lippe.

»Abrieb? Dazu nimmt ein Händler einen wollenen Beutel voll Silbermünzen, den schüttelt er, oder er gibt ihn einem Jungen wie meinem hier, der das macht. Sie reiben gegeneinander, und der Staub, der dabei entsteht, ist gutes Silber. Man kann das nicht beweisen, höchstens dadurch, dass die Münzen sauberer aussehen. Wenn man das mit jeder Münze macht, die einem durch die Hände geht, dann sammelt man genug Metallstaub für ein paar neue Pennys.«

Er lehnte sich zurück und faltete die Hände über dem Bauch. Die Lebhaftigkeit war aus seinem Gesicht gewichen, und als ich fragend eine Augenbraue hob, schüttelte er den Kopf.

»Tut mir leid, Vater. Ich glaube, ich habe genug erzählt. Vielleicht hatte ich gehofft, ich könne Euch überzeugen, dass ich und mein Junge Euch nützlich sein könnten. Wo Ihr doch an Vergebung glaubt und so. Ich wollte nichts weiter als eine zweite Chance für meinen Jungen – und vielleicht auch die Möglichkeit, einige meiner Sünden wiedergutzumachen und mitzuhelfen, dass alle Fälscherwerkstätten in Winchester und London und im ganzen Land geschlossen werden. Die Welt ist klein, und wir kennen uns alle, versteht Ihr? Wenn die Soldaten des Königs bei denen anklopfen, sind sie verschwunden, aber ich könnte Euch etwas erzählen … Ach, ist doch egal. Ich bin erledigt, wie Ihr schon gesagt habt. Der Junge und ich werden hängen. Ich würde Euch jetzt bitten, mir die Beichte abzunehmen und uns dann nicht länger zu quälen, ehe wir sterben müssen.«

Lange saß ich da und dachte nach, während ich mit den Fingern über einen abgebrochenen Daumennagel rieb. Die Wärter wurden unruhig, als sie merkten, dass unser Gespräch zu Ende war, aber keiner von ihnen wagte näher zu kommen.

»Ich kann Euch hier nicht herausholen«, sagte ich bestimmt und machte eine energische Handbewegung.

»Wir sind doch keine Mörder, Sohn«, murmelte Skinner. »Ihr könntet dem König einen großen Dienst erweisen, indem Ihr mir eine zweite Chance gebt.«

»Ich weiß sehr viel mehr, als Ihr denkt, Master Skinner!«, erwiderte ich getroffen. »Es gibt Zeugenaussagen, außerdem habe ich weitaus mehr Münzanstalten und Bergwerke gesehen, als Ihr Euch vorstellen könnt.«

»Daran zweifle ich auch nicht, Vater. Ihr scheint ein kluger und gründlicher Mann zu sein. Aber meine Welt sind nicht die Bergwerke oder die Münzanstalten des Königs. Ich wette, die haben hundert Tricks, den König zu berauben, Tricks, von denen ich und mein Junge nicht mal träumen können. Das ist Eure Welt – vielleicht.«

Er beugte sich vor und sah mich an.

»Hier ist meine. Ich habe Euch meinen ehrlichen Dienst angeboten, und auch wenn Ihr es noch nicht wisst, aber ich halte mein Wort. Ich möchte mit meinem Sohn hier herauskommen und ihm die Chance geben, die er verdient. Wenn Ihr uns begnadigt, ich schwöre, dann bin ich Euer Mann, für immer. Das ist mein Schwur, den ich vor Euch ablege, Vater, bei Gott und bei meinem ewigen Leben.«

Ich stand auf und schlug über beide das Kreuzzeichen.

»Bereut Ihr Eure Sünden?«

Skinner nickte, aber ich sah auch, wie verzweifelt er war.

»Sehr gut.« Ich hob die Hand zum Segen. *»Ego te absolvo a peccatis tuis, in nomine Patris, et Filii, et Spiritus Sancti.«*

Sie bekreuzigten sich, als sie den Vater, den Sohn und den Heiligen Geist hörten, genau wie sie es ihr ganzes Leben lang in jeder Kirche gemacht hatten. Ich sah die Resignation in Skinners Blick, als ich die Wärter zu mir rief.

»Fertig, Vater?«, fragte der eine.

»Ich glaube schon«, sagte ich. Ohne eine Entscheidung zu treffen, ohne meine Meinung zu ändern, sprach ich einfach weiter, sodass ich von meinen Worten fast ebenso überrascht war wie der Wärter, der ihnen auf die Füße half.

»Diese beiden haben ein Wissen, das mir nützlich sein kann. Ich werde sie nicht zurücklassen, um aufgehängt zu werden, ich nehme sie als Leibeigene mit. Ich bin ein Beamter des Königs. Fragt, wen Ihr fragen wollt. Ruft herbei … wen Ihr rufen wollt. Ich werde mit dem Richter sprechen, der sie verurteilt hat.«

Es dauerte den Rest des Tages, bis man ihnen die Ketten abgenommen hatte. Skinner sprach kein Wort, außer dem Richter seinen Namen zu bestätigen. Der Mann war herausgekommen und fragte mich, ob ich wisse, was ich da tue. Erst meine Ermächtigung vom König besänftigte ihn, trotzdem nahm er mich beiseite, um mich von Mann zu Mann vor einer derartigen Verrücktheit zu warnen. Ich neigte fast dazu, ihm recht zu geben, aber ich war schon zu weit gegangen, um es wieder rückgängig zu machen, und ich war genauso dickköpfig wie alle anderen.

»Ich werde es vor dem König verantworten«, sagte ich. »Bitte, richtet Eure Beschwerden über den königlichen Schatzmeister an König Eadred. Ich wünsche Euch Glück damit.«

Schließlich konnten sie es mir nicht verweigern, doch die anderen Männer hinter Gittern heulten und bettelten, als sie sahen, dass Skinner und der Junge nicht zu ihnen zurückkehrten. Ich weiß nicht, was sie von mir erwarteten, aber sie kreischten und heulten und flehten, als ich mit meinen zwei neuen Leibeigenen auf das eisenbeschlagene Tor aus Eichenholz zusteuerte.

Ich beobachtete Skinner, als das Tor sich öffnete und er auf die Stadt blickte.

»Ihr gehört jetzt mir, Master Skinner, Ihr und Euer Sohn. Eure Arbeit gehört mir, bis ich Euch freilasse oder auf dem Markt von Bristol weiterverkaufe. Wenn Ihr weglauft, tut Ihr das auf Kosten Eurer unsterblichen Seele und Eurer Ehre – und ich werde Euch nachstellen und Euch foltern lassen, bis ich alles weiß, was ich wissen will. Auch Euer Sohn wird schwer leiden, ehe ich mich zufriedengebe. Ist das klar, Master Skinner? Ihr gabt mir Euer Wort, und jetzt gebe ich Euch meins. Wenn Ihr flieht, werde ich Euch finden, und Ihr werdet Euch wünschen, Ihr wäret heute gehenkt worden.«

Er blickte mich an, und zu meiner Überraschung streckte er mir die Hand hin. Ich nahm sie, und zum ersten Mal spürte er meinen Händedruck, und seine Augenbrauen schossen in die Höhe.

»Ich verstehe, Vater. Der Junge und ich haben eine zweite Chance bekommen. Ihr werdet es nicht bereuen – und wir werden nicht fliehen.«

29

Ich habe keine wirkliche Erklärung dafür, weshalb ich Skinner und seinen Jungen freiließ. Das Todesurteil war richtig und gerecht, aber vielleicht hörte ich unbewusst auf seine Beteuerungen, obwohl ich sie eigentlich zurückwies. Ich hatte schon immer eine Schwäche für kleine Gauner. Manche sind grausam und brüsten sich auch noch damit, aber wenn sie sich vergehen und trotzdem grinsen können, muss ich sie insgeheim ein wenig bewundern.

In einem Punkt zumindest hatte ich mich nicht geirrt. Skinner versuchte nicht gleich zu flüchten, als ich ihn zum ersten Mal allein ließ, aber vielleicht wusste er auch, dass er bei meinen Wachen nicht weit gekommen wäre, wenn er es versucht hätte. Soweit ich weiß, ließ er sich von seiner Arbeit kaum ablenken, als wir damit anfingen, in den privaten Stallungen des Königs, gleich neben der Schmiede, eine Fälscherwerkstatt einzurichten. Hier schufen wir einen geheimen Anbau mit eigener Esse, die wir an den Abzug der offiziellen Schmiede anschlossen. Dies war die einzige Art und Weise, um Skinners Arbeitsmethoden kennenzulernen, aber ich achtete streng darauf, mit wem er sprechen durfte.

Ich wandte mich erneut meinen Plänen zu, und auch König Eadred widmete sich wieder seinen Aufgaben. Er hörte sich die Klagen der Ärmsten an und kümmerte sich um die Arbeit in den Häfen und den Handel in seinem geschundenen Königreich. Am folgenden Christfest begegnete ich ihm in Winchester nur ein einziges Mal, als er unerwartet in der

Petitionshalle erschien. Wulfric und ich überlegten gemeinsam mit dem königlichen Vogt, wie wir allen großen Münzanstalten die königliche Lizenz entziehen konnten, sodass sie sie neu beantragen oder ihren Betrieb einstellen mussten. Doch der Vogt war entweder als Kind zu heiß gebadet worden, oder man hatte ihn bestochen, jedenfalls zeigte er keinerlei Verständnis, als wir versuchten, ihm zu erklären, weshalb wir so vorgehen mussten.

Mitten in diesem hitzigen Streitgespräch ging die Tür auf, und Eadred trat herein, die linke Hand zur Faust geballt und in der rechten eine Axt. Er trug ein Kettenhemd, das seinen Kopf bedeckte, aber sein Gesicht frei ließ. Ich hatte den Eindruck, als höre und sehe er uns gar nicht, als er an den großen Tisch trat, an dem der Witan seine üblichen Sitzungen abhielt. Natürlich waren wir alle verstummt, während der König, offenbar in großer Gemütsbewegung, über den Tisch hinweg einen tiefen Seufzer ausstieß. Ich wollte gerade etwas sagen, als er in großem Bogen die Axt schwang, deren Klinge so tief in die Eichenplatte eindrang, wie ich es nicht für möglich gehalten hätte. Dann trat er zurück, und als er sah, was er angerichtet hatte, zuckte er zusammen.

Wir drei hatten das Ganze schweigend verfolgt. Jetzt blickte er zu uns herüber und sah, dass ich dabei war.

»Ich musste mich einfach abreagieren, Vater«, sagte er.

Aber er hatte sich noch nicht beruhigt, denn er riss die Klinge mit großer Anstrengung aus dem Holz und schwang sie abermals. Die Tischplatte zerbrach in zwei Teile. Als ich sie mir später ansah, bemerkte ich die winzigen Löcher der Holzwürmer, die sie bereits geschwächt hatten, aber trotzdem war es ein beachtlicher Hieb gewesen.

Später hörte ich, dass Eric Blutaxt im Norden zurückgekehrt war – und dass die Männer, die dem Haus Wessex Gehorsam geschworen hatten, nichts dagegen unternommen hatten, sondern zu diesem verführerischen Wikinger übergelaufen waren, sowie seine Schiffe an der Küste gelandet waren.

Eadred war nicht derselbe Krieger wie seine Brüder. Er litt unter ständigem Husten und musste aus jedem Bissen Fleisch den Saft saugen, trotzdem sollte er mehr Jahre auf dem Schlachtfeld verbringen als Æthelstan und Edmund zusammen. Es wurde Eadreds Aufgabe, die brandschatzenden Horden quer durchs Land zu verfolgen, wo sie nichts als Rauchfahnen hinterließen, diese Handschrift in der Luft, die besagte, dass er nicht der Herrscher war, seine Untertanen zu beschützen.

Seine Krone verkörperte nicht das, was die Menschen von einem König erwarteten. Eadred wurde ernster und härter, als ich ihn in Erinnerung hatte. Einst kam er mit zwei gebrochenen Fingern nach Hause, über der Nase eine dicke rote Narbe. Ich verarztete seine Finger, denn ich wusste, wie weh das tat.

Es gelang mir nicht, diesem jungen Mann zu dem ruhigen Leben zu verhelfen, das er hätte haben sollen. Weder konnte ich die Überfälle abwehren noch denen Kraft einflößen, die ihr Fähnchen mit jedem Winde drehten und kein Ehrgefühl im Leib hatten. Ich wusste, dass es ein Vermögen kostete, eine kämpfende Armee zu unterhalten. Ich dachte an die Äxte und Schilde von Brunanburh, die bereitstanden für jeden, der sie brauchte, an die Schmiede und Lederarbeiter, an die Schlangen, die sich bei jeder Rast an den Essensausgaben bildeten. Krieg bedeutet für den König und seine Lords, dass sie die Welt auf den Kopf stellen müssen. Sie nehmen keine Pachtgelder mehr ein, stattdessen müssen Eadred und seine Lehnsleute für alle bluten. Ich wusste, wenn Eadred das Königreich seines Vaters retten wollte, brauchte er mehr Gold und Silber, als er je zuvor eingenommen hatte. Und hier konnte ich meinem König von Nutzen sein.

Ich merkte schnell, dass ich mich auf Skinner verlassen konnte. Ich glaube nicht, dass er sich jemals wirklich als Leibeigener gefühlt hat, andererseits konnte man auch nicht erwarten, dass er sich wie ein Diener benahm. Er war wie gesagt sein ganzes Leben lang ein freier Mann gewesen. Nur ein grausamer Meister hätte ihn dafür bestraft, weil er frei leben wollte, wie wir es ja alle anstreben.

Ich brachte Skinner und den jungen Jones nach London in das Geschäft meiner Mutter, wo Wulfric und Justin ihn stundenlang über sein Wissen ausfragten. Ich weiß noch, dass Master Justin im Laufe des Verhörs immer blasser wurde. Als ich ihn fragte, wie er sich fühle, tat er einen tiefen Seufzer.

»Wir leben in einer schlechten, gottlosen Welt«, sagte er.

Wir richteten Skinner eine neue Werkstatt ein, und wieder baute ich die Esse nach meinem eigenen Entwurf. Ich freute mich, dass Skinner neugierig neben mir stand und Fragen stellte, während ich mit Mörtel und Steinen hantierte. Er bestaunte alles, was ihm neu war, die Winkel und die Metallverkleidung. Vermutlich verhalf ich ihm dadurch zu noch mehr Wissen, was Fälscherwerkstätten anbetraf, aber ich erkläre nun mal gern, und er war ein aufmerksamer Zuhörer.

Sein Junge sagte nicht viel, und ich nahm an, er sei entweder ein Schwachkopf aus einer ungünstigen Verbindung oder als Kind zu Schaden gekommen. Es gibt so viele Krankheiten, durch die diese armen kleinen Würmer taub oder schwachsinnig werden. Doch er war seinem Vater gegenüber loyal, und er schwieg. Ich erwähnte Wulfric gegenüber, wie außergewöhnlich so etwas für einen Jungen in diesem Alter sei.

Wir starteten mit unserer Unternehmung in London, weil wir uns hier stark fühlten. Skinner hatte Lincoln vorgeschlagen, was auch nicht falsch gewesen wäre, um zu üben. Doch die Schatzkammern des Königs waren leer, das hatte ich mit eigenen Augen gesehen. Von jetzt ab musste der König seinen Krieg mit geliehenem Geld führen, was bedeutete, dass die Geldverleiher ihre Bedingungen stellen konnten und er sich darauf einlassen musste, wollte er die Krone nicht verlieren. Das würde ich nicht zulassen, solange ich lebte.

Unseren ersten Schlag führten wir gegen die kleineren Werkstätten, die Fälscher, die keine Lizenz vom König hatten und ihre Münzen aus Zinn oder Abschnitten prägten und keinen Penny an das königliche Schatzamt abführten. Ich kann nicht behaupten, dass es ein guter Anfang war, was Skinner auch prophezeit hatte. Wir hatten gerade genügend Leute, um sechs Werkstätten zu schließen. Doch sobald wir die beiden ersten Türen eingetreten hatten, schrien die Straßenjungen ihre Warnungen von den Dächern, und alles machte sich so schnell wie möglich aus dem Staub – aus Häusern, wo wir bislang niemanden vermutet hatten. Eine Zeit lang schien es, als sei die halbe Stadt mit Falschmünzerei beschäftigt gewesen, obwohl auch gewöhnliche Diebe und andere Kriminelle darunter waren, die sich ertappt fühlten.

Dennoch zählte ich am Ende etwa dreißig Männer, in Ketten gefesselt, die ich selbst geschmiedet hatte. Die meisten waren einfache Arbeiter, aber mich interessierten mehr diejenigen, deren Äußeres – schöne Ringe oder kostbare Gürtelschlösser – auf einen gewissen Wohlstand hindeutete.

Diese Männer wehrten sich und tobten, bis wir ihnen den Galgenstrick zeigten, den wir auf offener Straße angebracht hatten. Es war eine grausame Angelegenheit, aber genauso grausam war der Krieg und der Überlebenskampf für das Königreich. Wir hängten sie nebeneinander auf und sahen zu, wie sie mit den Füßen strampelten und hin und her schwangen wie Kinder auf der Schaukel, bis sie endlich schlaff dahingen. Einer von ihnen hob die Hand und sagte, er würde aussagen, wenn wir ihn nicht aufhängten. Er hatte beim Anblick der anderen die Fassung verloren.

»Sonst noch jemand?«, fragte ich.

Ein Mann hielt die Hand hinters Ohr und murmelte etwas, als habe er meinen Akzent nicht verstanden. Die anderen lachten, bis ich ihn als Nächsten aufhängen ließ. Jetzt wurden sie schweigsam, aber schließlich meldeten sich noch zwei Freiwillige.

Am ersten Tag erhängten wir sechzehn Männer. Einige ihrer Freunde waren hinzugekommen, und ich fürchtete schon, sie könnten uns überwältigen. Es flogen auch einige Steine, aber unsere Leute ergriffen ihre Schlagstöcke und gingen auf sie los. Ehe sie zurückkehren konnten, zerstörten wir die Werkstätten und brachten alle Werkzeuge in eine Schmiede am Ort. Ich beobachtete, wie all die fein geschnittenen Prägestempel aus Zedernholz, die Scheren, die kleinen Locher und selbst die Wollbeutel zum Erzeugen von Abrieb ins Feuer geworfen wurden und verbrannten. Dabei fiel uns ein, dass der ansässige Schmied kaum unschuldig sein konnte. Doch er behauptete, nichts gewusst zu haben, außerdem verrichte er eine wichtige Arbeit. Vielleicht bin ich mit den Schmieden insgesamt zu milde umgegangen.

Das Silber allerdings wurde nicht ins Feuer geworfen. Für Zinn oder Blei hatte ich keine Verwendung, aber einige der Werkstätten benutzten Abschnitte und Silberstaub und hatten auch fertig geprägte Silbermünzen, die nur noch ausgestanzt werden mussten. Es war keine reiche Beute – nicht mehr als ein paar Hundert Münzen, die nochmals gewogen und zu Barren eingeschmolzen werden mussten –, aber es fühlte sich trotzdem an wie ein Sieg.

In den nächsten Tagen hatten wir es schwerer, weil unsere Aktion sich in der Stadt herumgesprochen hatte. Ich machte mir Sorgen, falls die Nachricht von unseren Razzien sich weiterverbreitete, aber wir waren einfach zu wenige und konnten nicht mehr ausrichten. Unsere Erfolge ließen nach, weil viele Londoner Falschmünzer ihre Werkstätten schlossen und warteten, bis wir vorübergezogen waren wie jedes andere Gewitter. Die Männer, die wir festgenommen hatten, erzählten uns, was sie wussten, nachdem wir etwas nachgeholfen hatten. Doch immer öfter fanden wir Räume und Lager leer vor. Anfangs schien es, als seien wir nur wenige Stunden zu spät gekommen, weil die Steine noch warm waren. Doch im Laufe der nächsten Tage fanden wir keine Werkstätten mehr in Betrieb, und ich machte mir ernsthafte Sorgen. Wir hatten gerade genug Silber eingesammelt, um unsere Kosten zu decken, und davon war die Hälfte für die Verpflegung unserer Männer draufgegangen.

Ich war ziemlich niedergeschlagen, als unsere kleine Gruppe sich am Abend auf ein Bier traf.

»Ich merke, wie es uns aus der Hand gleitet«, sagte ich. »Sie haben alle aufgegeben oder sich anderswo niedergelassen. Ich kann mich ja kaum noch auf der Straße zeigen, ohne dass ich von jemandem beobachtet werde, den sie dafür bezahlen.«

Skinner schien sich keine Sorgen zu machen, während er sein Bier trank. Vielleicht hätte er als Leibeigener uns bedienen und selbst erst später essen sollen, aber ich hatte das Gefühl, dass wir alle dasselbe Ziel verfolgten, wobei er von uns allen das meiste Fachwissen besaß.

»Dann sollten wir uns die Münze vornehmen. Steckt die Jungs alle in Kettenpanzer und bewaffnet sie mit Schwertern und dergleichen. Nehmen wir dort mal alles auseinander.«

Dazu hatte ich große Lust. Der Londoner Münzmeister gehörte noch zur Generation meines Vaters, er hieß Unmere.

Er gehörte zu denen, die sich geweigert hatten, meine Autorität anzuerkennen, obwohl ich ihm meine Siegel gezeigt hatte. Er hatte gewusst, dass alles rechtens war, aber trotzdem hatte er mir das Eisentor vor der Nase zugeschlagen und mir bedeutet, ich solle mich fortscheren, als sei ich ein kleiner Schreiberling. Ich hatte vorgehabt, ihn als Letzten zu besuchen und ihn genüsslich zu treten, sodass er aufs Kopfsteinpflaster aufschlug, während wir seine Kontobücher prüften. Doch als ich in die Runde blickte, merkte ich, wie sie mich angrinsten.

»Nichts entgleitet uns«, sagte Justin. »Es fängt gerade erst an.«

Eisen ist das stärkste aller Metalle, doch es muss fest verankert werden, und das hatte Unmere von der Münze nicht berücksichtigt. Zwei kräftige Jungs mit Hämmern brauchten gerade so lange, das Tor niederzureißen, wie es dauert, darüber zu berichten. Sie zertrümmerten die Steinschwellen und brachen die Schlösser auf, sodass wir innerhalb weniger Minuten vor dem entsetzten Münzmeister in seinem Privatbüro standen. Er rief um Hilfe, aber ich zeigte den Wachen, die angerannt kamen, meine königliche Befugnis, und beim Anblick der vielen bewaffneten Männer zogen sie sich unter vielen Verbeugungen eilig wieder zurück.

»Ich weiß nicht, ob Ihr Euch an mich erinnert, Master Unmere«, fing ich an.

Er war aufgedunsen, mit rotem Gesicht und angriffslustig. Offenbar glaubte er immer noch, uns mit seinem Gebrüll einschüchtern zu können.

»Raus hier! Raus aus meinem Büro!«

Er hatte eine kräftige Stimme, die ich langsam satthatte.

»Haltet den Mund. Ich gab Euch schon einmal die Chance, mir Eure Bücher zu zeigen. Ich habe Euch schon damals nicht getraut. Und jetzt traue ich Euch noch weniger.« Ich wandte mich an die umstehenden Männer. »Bringt ihn in ein anderes Zimmer und fragt ihn, ob er uns etwas erzählen möchte, bevor wir es selbst herausfinden.«

»Was meint Ihr mit ›ihn fragen‹?«, sagte Skinner.

Ich wandte mich wieder an Master Unmere, der unserem Gespräch mit wachsendem Entsetzen gelauscht hatte.

»Damit meine ich, dass Ihr ihn erst wie einen anständigen Mann behandeln und ihn höflich fragen sollt. Wenn er dann nicht jede Frage vollständig und klar beantwortet, kommt wieder zu mir. Dann erkläre ich Euch, wie ihr ihn weiter befragen sollt.«

Unmere schrie um Hilfe, als er aus dem Raum geführt wurde. Aber inzwischen war es in der Münze ziemlich still geworden.

Ich saß am Schreibtisch und blickte auf, als man mir einen Schreiber vorführte. Zitternd und mit weit aufgerissenen Augen stand er da, als Wulfric ihm einen Schubs nach vorn gab und mir durch Kopfnicken signalisierte, dass der Mann uns nützlich sein könnte.

»Aha. Euer Name?«

»Bayliss, Sir.«

»Ihr arbeitet für Unmere?«

»So ist es, Mylord, seit zehn Jahren schon, Mylord.« Er trug die Titel etwas dick auf, aber ich konnte verstehen, dass er niemanden beleidigen wollte.

»Ich bin ein Abt, Master Bayliss. Ihr könnt mich ›Vater‹ nennen.«

»Danke, Vater. Gott segne Euch, Sir.«

»Ja. Also, Master Bayliss, würdet Ihr sagen, dass Ihr diesem Unmere gegenüber loyal seid, auch wenn er in den verdienten Ruhestand treten sollte?«

Er brauchte einen Moment. Der Mann blickte um sich und überlegte, was dieser neue Tag wohl bringen würde. Ich sorgte dafür, dass meine königliche Befugnis gut sichtbar auf der Tischplatte lag. Er zog den richtigen Schluss.

»Ich würde sagen … meine Loyalität gegenüber dem König ist stärker, Sir – und gegenüber der Münze selbst.«

»Gegenüber *ihr* selbst?«, fragte ich. Er wurde rot.

»Nun, in *ihr* werden die Münzen ja sozusagen geboren, Sir. Es ist nur so eine Spinnerei von mir.«

»Ich verstehe. Ihr wisst, dass die Münze dem König gehört – und wie mir scheint, kommen viele Silberbarren hierher, was sich aber nicht in der Anzahl der geprägten Münzen niederschlägt. Würdet Ihr sagen, dass dies eine akkurate Einschätzung ist? Denkt gut nach, Master Bayliss. Ihr seid ein junger Mann, der weiß, wo sein Platz ist. Es scheint nicht ganz ausgeschlossen, dass Ihr noch heute, ehe die Sonne untergeht, Münzmeister werdet, falls Ihr mich beeindrucken könnt.«

Jetzt brauchte er noch weniger Zeit, um sich zu entscheiden.

»Ich würde sagen, dass dies wahrscheinlich richtig ist, die Sache mit den Barren, Sir. Ich kann es nicht mit Gewissheit sagen, weil ich persönlich natürlich nichts darüber weiß. Doch ich kenne Gerüchte und …«

Ich hob die Hand.

»Bayliss, das ist jetzt egal. Meine Aufgabe ist es, die Löcher zu schließen, durch die das Vermögen des Königs versickert. Und hier haben wir eins dieser Löcher. Wenn Ihr Euch nützlich macht, habt Ihr mein Wort, dass Euch nichts passiert. Wäre Euch das recht? Ich habe weder die Zeit noch das Interesse, mich auf Spielchen einzulassen, bei denen Ihr den Ahnungslosen mimt. Ich kann nicht jeden geschickten Handwerker der Münze aufhängen, Master Bayliss! Wer würde dann dafür sorgen, dass es hier weiterläuft? Also, überlegt Euch Eure Antwort noch einmal. In diesem Augenblick könnte Euer Lebensweg eine andere Richtung bekommen.«

Ich hatte ihn richtig eingeschätzt, und er atmete erleichtert auf.

»Ich danke Euch, Vater. Ja, ich nehme Euer freundliches Angebot an. Ich habe die Kontobücher hinter dieser Wand dort gesehen. Ihr werdet sehen, dass sie ganz anders aussehen als die, die Master Unmere den königlichen Buchprüfern vorlegt.«

Ich war während seiner Worte fast erstarrt, ich konnte nicht glauben, dass ich recht gehabt hatte. Es mag auch irgendeine geheime Vorrichtung gegeben haben, um das Versteck in der Wandverkleidung zu öffnen. Aber dafür hatte ich jetzt keine Geduld, deshalb ließ ich es von einem unserer Jungen aufbrechen, worauf eine Lederhülle voll loser Blätter zutage kam.

»Wulfric, würdest du bitte Master Bayliss mitnehmen, damit er das Gespräch mit Unmere hört? Vielleicht erinnert er sich dann ja noch an ein paar weitere Einzelheiten.«

Ich sah, dass Bayliss diese Vorstellung sehr unangenehm war.

»Ich habe Euch mein Wort gegeben, Master Bayliss. Euch wird nichts geschehen.«

Natürlich gibt es verschiedene Arten von Verbrechern. Manche, wie Unmere, konnte ich aufhängen, um ein Exempel zu statuieren, während man andere überreden oder ihnen einen Ausweg zeigen musste, den sie einschlagen konnten. Jedenfalls hatte die Londoner Münze, als ich sie abends verließ, einen neuen Münzmeister. Wulfric und sechs weitere unserer Männer blieben noch einen Monat dort, um die Reparaturarbeiten zu überwachen und sicherzustellen, dass der neue Münzmeister des Königs seine Aufgabe ausführen konnte, ohne von einem der anderen Angestellten ein Messer in den Rücken zu bekommen. Ich ließ mir ein Darlehen geben, abgesichert durch meine Reserven in Glastonbury, und hinterließ meinen Namen in der Verwaltung der Münze. Schließlich war ich im Auftrag des Königs hier, und wir mussten essen.

Das Bergwerk in Bath war der Hauptlieferant für die Londoner Münze, was mich überraschte. Ich hatte angenommen, die alte römische Mine habe ihre Barren nach Winchester geliefert, aber dies waren jahrhundertealte Vereinbarungen, getroffen zu einer Zeit, als die Legionen auf besseren Straßen als heute durchs Land marschierten.

Irgendwie hatte der Verwalter des Bergwerks von unserer Arbeit in London erfahren. Ich ritt mit etwa vierzig Männern hin, zu allem bereit. Doch als der Mann heraustrat, genügte ein Blick auf die beiden jungen Burschen, die wir schon Monate vorher hingeschickt hatten, und er gab jeden Täuschungsversuch oder Widerstand auf. Dadurch entging er zwar dem Strick des Henkers, doch er verlor das schöne Gutshaus, das er sich gebaut hatte. Seine Frau blieb bei ihm, was mich überraschte.

Es gab mehrere Überraschungen dieser Art in Bath – und weitere bei unserer nächsten Station in Shropshire. Silber und Blei werden oft zusammen gefördert. Die einfachste Art des Diebstahls bestand darin, dass das königliche Schatzamt nie wusste, wie viele Pfund Erz in jedem Jahr gefördert worden waren. Fast alle Gruben gaben weniger an, als sie tatsächlich erzeugten, dann verkauften sie den Überschuss an Fälscher und illegale Münzereien im ganzen Land. Ich war erschüttert, als ich das ganze Ausmaß dieses Betrugs erfasste. Ich glaube, dass bei den königlichen Münzanstalten nicht einmal die Hälfte des geförderten Goldes und Silbers ankam. In jenem Jahr gab es mehr unechte als echte Münzen, was sich allerdings änderte, als unsere Anstrengungen Früchte trugen.

Es dauerte weitere achtzehn Monate, ehe ich mit dem Ergebnis zufrieden war. Wir mussten in jedem Bergwerk Aufseher und königliche Beamte einsetzen, außerdem sorgten wir dafür, dass die Waagen jetzt aus Messing und Eisen gebaut wurden, wodurch sie genauer waren als je zuvor. Sie waren alle identisch, und ich stellte dreißig Stück für die königlichen Schatzmeister her, die überall im ganzen Land verteilt wurden. Am schwierigsten aber war es, wirklich gute und ehrliche Männer zu finden, selbst nach all unseren gründlichen Vorbereitungen. Ich überlegte, ob ich noch mehr Männer einstellen sollte, um die anderen zu überwachen, aber *quis custodiet ipsos custodes*? Wer überwacht den Wächter? Wenn es um Gold und Silber ging, würde es immer Korruption geben. Meine Aufgabe konnte es nicht sein, sie vollständig auszurotten, sondern sie so weit zu reduzieren, dass der König nicht wie ein Bettler auf Klöster und Geldverleiher angewiesen war. Ich brauchte lange, bis ich das verstanden hatte – und noch länger, um es zu akzeptieren.

Ich glaube, ich wusste schon damals, dass dies eine Aufgabe von begrenzter Zeit war, dass ich nicht für den Rest meines Lebens königlicher Schatzmeister sein konnte. Die Arbeit an der Abtei von Glastonbury machte kaum Fortschritte, während ich für Eadred arbeitete – wie konnte es anders sein, wenn ich alle Arbeiter von der Baustelle abzog? Ich schämte mich, als ich mit Wulfric zurückkehrte und sie fast verlassen vorfand. Im schlammigen Klosterhof wucherte das Unkraut.

Doch ich gab meinen Posten als Schatzmeister nicht auf. Ich gebe zu, dass ich es versuchte, aber König Eadred war so froh über das Gold und Silber, das jetzt in seine Schatzkammern floss, dass er nichts davon hören wollte. Er bot an, mich zum Bischof von Winchester zu ernennen, aber ich lehnte ab mit der Begründung, dass ich ihm lieber als armer

Mönch als ein Kirchenfürst dienen wollte. Ich glaube, Geld bedeutete mir jetzt weniger denn je, nachdem ich gesehen hatte, wie es aus der Erde gegraben und zu Münzen gemacht wurde. An jeder Münze klebte etwas Blut, aber schließlich ist unsere Welt die Schmiede, in der das Metall unserer Seelen geprüft wird. Es ist kein Land, wo Milch und Honig fließen, sondern eher ein finsteres Schlachtfeld. Einige werden als rechtschaffen und gut befunden werden, und sie werden ihren Lohn erhalten. Der Rest wird in den Brennofen geworfen werden.

Da ich keinen Leibeigenen besitzen wollte, stellte ich für Skinner und seinen Sohn Papiere aus und erklärte sie für frei. Sie kehrten in weitaus besserer Verfassung in die Welt zurück, als ich sie vorgefunden hatte. Ich sorgte sogar dafür, dass dieser Mann, der mir bei der Überwindung unmöglicher Hindernisse geholfen hatte, eine kleine Leibrente bekam. Ich war befugt dazu, aber ich erklärte ihm auch, dass ich damit sicherstellen wollte, dass er sich einigermaßen sorglos zur Ruhe setzen konnte. Sollte ich erfahren, dass er jemals mit einem anderen über unsere Abenteuer sprechen oder sich wieder seinem alten Handwerk zuwenden sollte, würde es ihm schlimmer ergehen, als er sich vorstellen konnte. Er schien zu verstehen, dass es mir ernst war, und gab seinem schwachsinnigen Sohn eine Ohrfeige, damit er etwas mehr Respekt zeige.

Nachdem ich diese Aufgabe hinter mich gebracht hatte, kehrte ich nach Glastonbury zurück, um unsere kleine Gemeinschaft wieder um mich zu scharen und sie endlich zum Licht zu führen.

30

Die Anzahl der Mönche in Glastonbury hatte sich verdreifacht, seit ich als Junge hergekommen war. Meiner Überzeugung nach lag das zum Teil daran, dass die Arbeiter jetzt bessere und regelmäßigere Mahlzeiten erhielten als jemals zuvor. Vielleicht waren einige nur aus diesem Grund geblieben, während bei anderen die Arbeit ein solches Gemeinschaftsgefühl ausgelöst hatte, dass sie sich entschlossen, die Gelübde abzulegen. Nicht allen brennt die Seele vor Sehnsucht! Die Welt besteht überwiegend aus vernünftigen Menschen. Wir können nicht alle Heilige sein; den meisten fehlt die nötige Willenskraft. Sie schlagen sich so durch – und das genügt ihnen. Doch diejenigen, die sie führen sollen, brauchen dafür umso mehr Leidenschaft und Kraft. Der Hirte muss hinter jedem verlorenen Schaf herlaufen. Das ist ermüdend und beglückend zugleich. Es hat Zeiten gegeben, da war ich erschöpft und wünschte, ich könnte einfach alles einem anderen in die Hände legen, aber jedes Mal erkannte ich dann wieder meinen Weg und fasste neuen Mut.

Als ich auf die Insel zurückkehrte, erinnerte ich mich an meine frühere Vision, an die Scharen von Mönchen in schwarzen Kutten, die in einem wunderschönen Kreuzgang ein und aus gingen. Unser Kreuzgang war noch immer nicht fertig, aber durch die Großzügigkeit König Eadreds würden wir ihn vollenden können. Ich weiß nicht mehr, wie oft ich gerufen wurde, um Gesetze oder Dokumente zu bezeugen oder die Strategien des Königs zu diskutieren. Ich stand bei Eadred in hohem Ansehen, und diese Sicherheit nahm ich mit zurück nach Glastonbury. Es fühlte sich an wie meine Heimat, und so war es mir eigentlich immer vorgekommen.

Ich war ein- oder zweimal zu meinem Vaterhaus zurückgekehrt, seit wir es verlassen hatten. Meinem Halbbruder ging es nicht mehr so gut, seit er einen Teil seines Vermögens verloren hatte. Wie es schien, hatte Aldan sich mit seinem Handelsgewinn an einem Silberbergwerk beteiligt, dessen Besitzverhältnisse nicht geklärt waren und das von einem königlichen Beamten, offenbar einem richtigen Mistkerl, beschlagnahmt worden war. Ich sagte ihm nicht, um wen es sich handelte. Aldan war ganz zufrieden mit den fünfhundert Hektar Land, die er von meinem Vater geerbt hatte. Der alte Dreifinger hatte den Verstand verloren und war bald darauf gestorben, da er niemanden hatte, der sich bei seinen Heul- und Wutanfällen um ihn kümmerte. Es ist traurig, wenn es einem so ergeht. Ich habe es immer für schlimmer gehalten als den Tod.

Ich wusste, dass mir keine leichte Aufgabe bevorstand, als ich Bruder Caspar mitteilte, dass ich die Absicht hatte, die ursprünglichen Regeln unseres Gründers nach Jahrhunderten der Vernachlässigung wieder einzuführen. Der heilige Augustinus selbst war Benediktiner gewesen, der nach seiner Ankunft in Canterbury das erste Kloster gegründet hatte. Unser Orden war Fels und Grundmauer des englischen Christentums.

Meine Befugnis reichte so weit, dass ich von verheirateten Brüdern verlangen konnte, sich von ihren Frauen zu trennen, obwohl ich glaubte, dass dies nicht erzwungen werden könne. Wenn ich diese Männer verlor, dann war es Gottes Wille, aber erst wollte ich versuchen, sie dazu zu überreden.

Ich rief sie in das provisorische Schulgebäude, das wir gemeinsam gebaut hatten. An dem Abend, den ich dafür vorgesehen hatte, war es gedrängt voll mit Brüdern, die die Diskussion nicht verpassen wollten, samt all der Frauen, die ausgeschlossen sein würden, wenn ich Erfolg hätte. Wie es schien, hatte Prior Caspar, oder noch wahrscheinlicher Afra, durchsickern lassen, worum es an diesem Abend gehen würde. Mir passte es nicht, dass die Frauen daran teilnahmen, aber es gab so viel Widerstand, dass ich nachgab. Nun gut. Auch damit würde ich fertigwerden. Solche Kämpfe hatte ich immer genossen.

Der Winter war gekommen, und es wurde bereits dunkel, als sie, flüsternd und mit den Füßen scharrend, dasaßen. Ich hatte zugestimmt, dass Caspar für die verheirateten Männer sprechen sollte. Ich wusste, er würde meine Meinung nicht unterstützen, sondern sich dagegen aussprechen in dieser Versammlung, die ohnehin eher seine als meine Partei ergreifen würde. Wir hatten uns auf dieselbe Struktur wie die Debatten im alten Athen geeinigt – Argument und Gegenargument, Widerlegung, Zusammenfassung und schließlich das Wichtigste, die Abstimmung.

Ich reckte den Hals und knackte nervös mit den Fingerknöcheln, als Caspar aufs Podium stieg. Ich unterdrückte meinen nervösen Drang, hinter ihm auf und ab zu gehen, sondern blieb sitzen. Ich war ehrlich interessiert zu hören, was er sagen würde.

»Brüder, wir stehen heute Abend an einem Scheideweg«, fing er mit unsicherer Stimme an. »Wir können fortfahren wie bisher, oder wir können einen unbekannten Weg einschlagen. Unser Abt, Vater Dunstan, wird argumentieren, dass Christus nicht verheiratet war und dass Frauen eine Ablenkung für uns sind. Ich bin sicher, er wird noch ein Dutzend weiterer Gründe anführen, um eine Mauer zu errichten, die die Frauen ausschließt. Die die Mütter ausschließt und die Töchter – und natürlich auch die Söhne, die sie diesem Kloster geboren hätten. Es tut nichts zur Sache, dass der Abt unverheiratet ist. Und es tut auch nichts zur Sache, dass ich eine Frau habe. Unsere eigenen kleinen Angelegenheiten sind unwichtig, wenn wir die Regeln unseres Benediktinerordens betrachten – und die Zukunft aller Orden. Doch vielleicht tut es etwas zur Sache, dass der Apostel Simon verheiratet war. Im Markusevangelium haben wir ein Detail, das so oft übersehen wird: ›… aber Simons Schwiegermutter lag am Fieber krank danieder.‹ Und Christus geht zu ihr und macht sie gesund, sodass sie der Familie dienen kann. Und viel später ruft er Simon zu sich und sagt zu ihm: ›Du bist Petrus, und auf diesen Fels werde ich meine Kirche bauen – und die Mächte der Hölle werden sie nicht überwältigen.‹ Simon Petrus, der eine Schwiegermutter hatte und von Christus trotzdem zum ersten Papst erwählt wurde, zum Fels, auf den die Kirche gebaut ist und dessen Gebeine heute in Rom liegen. Gibt es einen überzeugenderen Beweis, dass Priester und Mönche verheiratet sein können, ohne dass es eine Sünde ist? Gibt es eine höhere Autorität?«

Caspar schwieg und deutete mit ausgestrecktem Arm auf mich. »Abt Dunstan wird kluge und mächtige Argumente dagegen bringen, daran zweifle ich nicht …«

Ich war außer mir, als mich aus der Menge jemand anzischte! Ich suchte in den Reihen nach demjenigen, der dies gewagt hatte, aber ich sah nur gebeugte Köpfe. Der arme Caspar hatte diese Unverschämtheit nicht mitbekommen und fuhr in seiner freundlichen Art fort. Er wusste nicht, dass er die Anwesenden nicht mitreißen konnte, wie ich es tun würde.

»Seine Argumente werden vom Verstand und vom Glauben her kommen, aber ich glaube, er hat den Weg übersehen, den Christus für uns vorgezeichnet hat, als er Petrus erwählte. Das ist mein erster Punkt – ich behalte mir das Recht einer Antwort vor.«

Er setzte sich unter nervösem Applaus, der nicht mehr als ein leichtes Geplätscher war. Ich ging zum Podium und blickte über die vollgepackte Halle hinweg, die sich vor mir ausbreitete. Ich hatte die Hälfte dieses Gebäudes mit eigenen Händen erbaut, hatte gesägt und gehämmert und verfugt. Ich kannte es so gut wie kein anderer, es war ein Teil meiner selbst. Ich hätte mir eine etwas gelehrtere Debatte gewünscht, aber ich spürte, dass Caspars Rede erfolgreich war. Sollte er eine Abstimmung erzwingen, könnte ich verlieren. Ich änderte meinen Plan. Ich stimmte ein Gebet an, und alle beugten still die Köpfe. Vielleicht erinnerten sie sich jetzt wieder daran, dass ich ihr Abt und Vater war.

»Diese Halle über den Schulräumen«, sagte ich endlich mit einer weiten Armbewegung, »wurde von uns gebaut, von unserer Gemeinschaft. Es war eine Arbeit von Monaten, und davor musste das Holz für die Balken ein Jahr lagern, damit es sich nicht verzieht. Und die Arbeit wurde im Glauben ausgeführt, denn das Band, das uns alle an diesem ehrwürdigen und heiligen Ort zusammenhält, sind die Reliquien in unserem Besitz, und das macht uns selbst zu einem Relikt der Vergangenheit: nämlich zu einer Kirche. Wir sind hier kein Dorf! Diese Insel ist ein Ort des Gebets und der Frömmigkeit. Der heilige Augustinus brachte den Glauben nach England, und er war Benediktiner. Es sind deren Regeln, die uns das Recht geben, einem König ins Angesicht zu blicken – wie ich es schon bei dreien von ihnen getan habe. Ich selbst bin kein großer Lehnsmann oder König. Ich bin der bescheidene Abt eines Klosters, das unserem Namenspatron geweiht ist. Doch ich glaube, wenn ein anderer Abt hierherkäme und sähe, wie wir leben, würde ich mich schämen. Wir haben das Armutsgelübde abgelegt, doch wir essen, soviel wir wollen, und führen ein bequemes Leben! Die Abtei ist noch nicht fertig, aber statt jede Stunde zu arbeiten, um sie fertigzustellen, sehe ich überall Trägheit und Nachlässigkeit. Ich sehe geistliche Brüder Hand in Hand mit ihren Frauen umherspazieren, umgeben von ihren Kindern. Wo bleibt das stille Gebet? Die Kasteiung des Fleisches? Wo bleibt die Würde unseres Ordens? Seht ihr nicht, dass wir den rechten Weg aus den Augen verloren haben?«

Ich merkte, dass ich ihnen eine Strafpredigt hielt, in meiner Leidenschaft war ich zornrot geworden. Ich atmete tief und versuchte mich zu beruhigen, ehe ich fortfuhr.

»Ein Bruder unseres Ordens muss sein Leben in den Dienst Gottes stellen. In der Regel des heiligen Benedikt geht es um sein Verhalten, ja, sie schreibt vor, er solle die Kranken besuchen und die Toten begraben, kein Gelächter provozieren und kein Gelübde ablegen, das er nicht halten kann, und so weiter. Es gibt Hunderte solcher Gebote, doch kein einziges davon ist darauf angelegt, uns zu frustrieren oder zu behindern, sondern es soll unser Augenmerk auf das Wesentliche richten. Die Regel sagt: ›Nach einem Befehl des Oberen darf es kein Zögern geben, sondern sie erfüllen den Auftrag sofort, als käme er von Gott.‹«

Ich machte eine Pause, um ihnen Zeit zu geben, diesen Brocken zu schlucken. Es schadete nicht, sie daran zu erinnern.

»Die Hingabe an Gott kann nicht mit einer Frau geteilt werden«, fuhr ich fort. »Aber an diesem Ort tun wir Gottes Werk. Denn dies ist Seine Abtei, die hier um uns entsteht.«

Mit einem Gefühl des Triumphes setzte ich mich, aber sie waren zu bestürzt, um zu applaudieren. Eine weitere Stunde verging, in der Caspar sprach und ich ihm antwortete, wobei jede meiner Antworten seine Argumente durchlöcherte wie ein Schwarm Pfeile, die sich am Boden sammelten. Doch er hielt stand. Es wurde spät, und langsam ermüdete mich der Widerstand, als ein Flüstern durch den Raum ging, es klang wie ein Kind in Todesangst.

Am Anfang war es fast wie ein Stöhnen, ein Laut wie von einem verletzten Tier, der sich über unseren Köpfen ausbreitete, sodass alle es gleichzeitig hörten. Wir saßen reglos wie Statuen, als die Stimme sprach, so klar, als flüsterte sie es in jedes Ohr.

»Der gesegnete Vater Dunstan kennt meinen Willen und meinen Weg«, sprach sie drei Mal.

Dann war es wieder still, und viele der Männer bekreuzigten sich, führten ihren Rosenkranz oder eine Reliquie an die Lippen und murmelten Gebete.

Ich wollte aufstehen und abstimmen lassen, ich wusste, dass der Moment des Sieges endlich gekommen war. Doch Caspar stand noch immer auf dem Podium, und zu meiner Überraschung schüttelte er den Kopf.

»War das die Stimme des Feindes?«, rief er den Anwesenden zu. »Wenn du sprechen willst, Herr, dann sprich jetzt zu uns, dass wir dich erkennen. Wenn nicht, dann müssen wir annehmen, dass es der Teufel selbst war.«

Ich sträubte mich innerlich, aber wieder wurde es still im Saal, und alle lauschten. Es kam nichts, wie ich es erwartet hatte. Die unerklärliche Ehrfurcht, die eben noch geherrscht hatte, war durch eine einfache Frage verschwunden. Ich fing an, Caspar als eine Bedrohung zu sehen, die ich nicht ignorieren durfte.

»Das also ist unsere Antwort«, sagte er, »es ist der Teufel selbst, der Frauen und Familien aus dem Orden ausschließen will! Deshalb sage ich euch, dass es der richtige Weg ist, sie hierzubehalten!«

Ich blickte nach rechts, als ich ein lautes Knarren hörte. Wieder saßen alle mäuschenstill und furchtsam da. Ich tat einen Schritt nach links, dann brach die Halle zusammen. Der Fußboden verschwand vor meinen Augen, und schreiende Männer und Frauen stürzten in einem Durcheinander aus brechendem Holz in die Tiefe, und wir waren blind vom Staub. Ich war als Einziger stehen geblieben, ich balancierte auf einem Balken, der nicht nachgegeben hatte. Es war ein großes Wunder – und der Beweis, dass ich recht hatte und die Stimme von Gott gekommen war, nicht vom Teufel.

Drei Männer kamen in dieser Nacht ums Leben. Ihre Leichen wurden gefunden, nachdem alle anderen aus den Trümmern geklettert waren. Caspar hatte mit einem gebrochenen Knöchel überlebt. Insgesamt hatten wir einen hohen Preis gezahlt, aber ich glaube, es war wichtig, dass es nicht zu einer Abstimmung gekommen war, die ihren Seelen geschadet hätte.

Als ich meine Vorbereitungen traf, zum Hof zurückzukehren, waren Prior Caspar und ich übereingekommen, dass er in Zukunft keine frisch verheirateten Mönche mehr aufnehmen würde – und von denen, die unter uns waren, sollte er etwas mehr Disziplin verlangen.

Eadred regierte jetzt das fünfte Jahr, und der Norden Englands war zur Ruhe gekommen. Eric Blutaxt und mehrere Olafs waren begraben oder verbrannt worden. Die Außenmauern der Abtei waren im Sommer fertig geworden, und nun waren zahlreiche Glaser eifrig zugange. Es würde ein weiteres Jahr dauern, bis endlich alles fertig wäre, bis wir das Te Deum singen und die großen Türen die Kälte abhalten würden. Aber sie stand – die größte Abtei Englands. Meine Vision war real geworden, Stein für Stein. Immer wenn ich allein dort war, legte ich meine rechte Hand an einen Pfeiler und dankte Gott dafür, dass es Wirklichkeit geworden war. Sie wird noch stehen, wenn ich längst zu Staub geworden bin – und das will etwas heißen.

Obwohl das Außengelände noch ziemlich ungepflegt wirkte, hielten wir im Frühjahr eine feierliche Zeremonie ab, bei der wir die sterblichen Überreste meines Freundes König Edmund exhumierten und neu beisetzten. Das königliche Grabmal aus cremefarbenem Marmor war auf Hochglanz poliert und stellte sein Ebenbild mit verblüffender Ähnlichkeit dar. Ich hatte die Arbeit daran überwacht und sogar eigenhändig die Nase etwas schmaler gemacht, weil der Bildhauer nicht begriff, was ich meinte. Der Gesang unseres Chores stieg empor bis zu den Deckenbalken hoch über uns.

Das Klosterleben wurde zur Routine, die uns allen Halt und Stütze war. Master Justin trug jetzt die schwarze Kutte, und wir zählten etwa einhundertachtzig Mönche sowie weitere zweiundvierzig Jungen, die in der Schule Lesen und Latein lernten. Unsere Gemeinschaft blühte auf.

König Eadred ließ in London einen neuen Palast bauen, und Master Justin verließ uns für eine Weile, um die Bauarbeiten zu leiten. Wie immer zog der gesamte königliche Haushalt von Stadt zu Stadt – von Bath nach Norfolk, von Leicester nach Wales und immer weiter, immer sichtbar für das Volk, immer auf der Hut vor Aufständen. An manchen Orten ließ der König große Turniere veranstalten, ein seltenes Fest für die Bewohner, aber auch eine Erinnerung, dass er über eine große Anzahl tüchtiger Krieger verfügte. Ich mochte Eadred wirklich gern. Ich wäre auch mit ihm gezogen, aber ich arbeitete gerade an der besten Harfe, die ich je gebaut hatte, ein wunderschönes Instrument. Obwohl ich kein Musiker bin, genoss ich es, mit der Hand über das fein gemaserte Holz zu streichen. Nachdem ich bei meinen früheren Versuchen dem Instrument keine vernünftigen Töne hatte entlocken können, war mir klar geworden, dass es an mir lag, nicht an den Instrumenten. Doch ich hatte eine bestimmte Vorstellung, wie man Klänge erzeugen könne, ohne sie selbst zu berühren.

Ein langer Sommerabend neigte sich seinem Ende zu, und ich war ganz in meine Arbeit versunken. Aus alter Gewohnheit hatte ich die kleinere Werkstatt gewählt, die wir damals an die Kirchenmauer angebaut hatten, als das Kloster abgerissen und neu erbaut wurde. Es war ein gemütlicher kleiner Raum, etwa sechs auf acht Fuß, in dem es schrecklich warm wurde, wenn ein Feuer in der Esse brannte. Ich ruhte von der Arbeit aus, und die einzigen Geräusche waren das Knacken des abkühlenden Metalls oder ein leises Zischen, wenn der Schweiß darauf tropfte.

Der Raum hatte ein Fenster, und ich hatte die Läden geöffnet, um die Abendbrise zu genießen. Ich blickte auf von einer perfekt gelungenen Saite aus Eisendraht, fein aber stark, als ich ein Gesicht sah, das sich durchs Fenster hereinbeugte.

»Ich sagte Euch doch, Ihr sollt nach Hause gehen und Euch endlich zur Ruhe setzen«, sagte ich.

Skinner hob den Kopf, ich wusste nicht, ob es ein Gruß oder eine Herausforderung war. Ich runzelte die Stirn. Ich roch, dass er getrunken hatte.

»Ja, das habt Ihr gesagt, Vater. Aber Ihr habt mich zu einem freien Mann gemacht … und freie Männer gehen nicht immer dorthin, wo man sie hinschickt.«

Ich legte mein Werkzeug hin, aber die Hitze der Schmiede setzte mir zu. Mir gefiel weder sein Ton noch seine betrunken glitzernden Augen.

»Ihr habt hier nichts zu suchen, Skinner«, sagte ich entschieden. »Nicht bei mir. Geht zurück zu Eurem Sohn nach

London. Ich habe Euch gut behandelt und schulde Euch nichts.«

»Vielleicht schuldet Ihr mir aber doch ein wenig mehr«, sagte er. »Nach allem, was ich für Euch getan habe. Ich und der Junge.«

Ich merkte, wie mir übel wurde, fast war mir kalt, obwohl die Hitze der Esse im Gleichtakt mit meinem Herzen zu pulsieren schien.

»Ihr glaubt, man würde Euch eher glauben als mir?«, fragte ich leise.

»Dass wir Euch halfen, die Balken in der alten Schule anzusägen und auf Keile zu legen, die ich und der Junge dann heraushämmerten? Ich habe gehört, dass drei arme Mönche dabei umgekommen sind, deshalb glaube ich schon, dass man sich dafür interessieren könnte. Aber wenn ich etwas Gold hätte, dann vielleicht …«

Er war ein alter Mann und nicht schnell genug, um mir zu entkommen. Ich griff mir aus der Esse eine Zange, die gelb glühte. Ich hatte ihn beim Genick gepackt, sodass er mir nicht entkommen konnte. Mit der rechten Hand schloss ich die eiserne Zange um seine Nase und hielt ihn fest, während er brüllte und kochte. In der Nähe hörte ich Stimmen, die fragten, wer dort einen solchen Lärm machte oder ob es ein Tier sei.

Die Stimmen wurden zu rennenden Füßen, die immer näher kamen. Ich ließ ihn los, als sie die Schmiede erreicht hatten. Ich legte die Zange wieder ins Feuer, und die Mönche, die mit Knüppeln angerannt kamen, hörten Skinners Schmerzensschreie, während er in der Dunkelheit verschwand.

»Wer war das? Was war das?«, fragten sie.

»Der Teufel«, erwiderte ich wütend. So wie ich einstmals von einem Engel getragen worden war, erfand ich jetzt eine andere Geschichte. Eine Geschichte, mit der mein Name die

Zeit überdauert hat und die ihn bekannter machte als alles andere, was ich vollbracht habe. Der Teufel war zu Dunstan gekommen, und der Abt zwickte seine Nase mit einer glühend heißen Zange. Diese Geschichte hat ein Eigenleben. Doch in gewisser Weise ist sie wahr. Skinner hatte mir gedroht, und ich sorgte dafür, dass er es bereute. Ich bin weder stolz auf die wahre Geschichte noch darauf, wie sie mir gegen alle Absicht aufgezwungen wurde.

31

Meine Harfe spielte von ganz allein. Nun ja, eigentlich tat es der Wind, aber das ist noch nicht die ganze Erklärung. Der Wind allein kann um das Gebälk heulen und pfeifen wie ein Bettler, aber dabei entsteht noch kein Akkord oder eine Melodie. Er singt nicht, er spielt nicht, er stöhnt nur. Ich hatte die Saiten meiner Harfe so gestimmt, dass sie Musik machten – die der Wind erzeugte. Es war ein Wunder. König Eadred fand es ganz bezaubernd, deshalb schenkte ich sie ihm. Wenn die Abtei mein erstes großes Werk war, dann war diese Harfe mein zweites. Ich hatte im Laufe der Jahre ein Dutzend Harfen gebaut, aber diese war meine letzte. Ich beherrschte die Kunst und verlor das Interesse daran.

Es war um dieselbe Zeit, als Erzbischof Oda mich bat, ein Messgewand für ihn zu entwerfen.

Wenn der Priester mit dem Rücken zur Gemeinde am Altar steht, sehen die Menschen nichts weiter als seine lange Stola. Um farbenfrohe Szenen aus der Bibel oder aus dem Leben der Heiligen zu sticken, braucht es Jahre. Ich hatte die Gewänder gesehen, die König Ǣthelstan für das Grabmal des heiligen Cuthbert gestiftet hatte, mit kostbarem Gold und herrlichen Farben bestickte Seide. Ich musste mithalten, auf keinen Fall wollte ich mein Licht unter den Scheffel stellen. Wie ich einmal zu Wulfric sagte, als er dies erwähnte: »Wo fände ich denn einen Scheffel, der groß genug wäre?« Natürlich war das scherzhaft gemeint, aber es enthielt auch ein Körnchen Wahrheit.

Es war allerdings hilfreich, dass wir gerade keinen Krieg führten. Wenn ich damals gewusst hätte, was uns erwartete, hätte ich nicht so viel Zeit damit verbracht, englische Stickerei zu lernen.

Ich blieb königlicher Schatzmeister, und als ich mein dreißigstes Lebensjahr überschritten hatte, war ich am ganzen Hof bekannt, sowohl in Winchester als auch in London. Meine Anstrengungen, die Korruption auszumerzen, zahlten sich in barer Münze aus und machten mich zu Eadreds Günstling, sooft er ins Schatzamt kam. Außer in diese beiden Städte reiste ich nicht viel, denn hier hatte ich meine Werkstätten und meine Bibliotheken. Damals illuminierte ich auch die Regel des heiligen Benedikt in Blau- und Rottönen und mit feinem Gold. Zu diesem Zweck hatte ich eine spezielle, umhüllende Tinte hergestellt und dafür gesorgt, dass das Pergament so gewissenhaft gegerbt und getrocknet wurde, dass es tausend Jahre überdauern würde.

Vielleicht neige ich zum Stolz, aber die Vorstellung, dass man meine größten Werke noch lange nach meinem Tod lesen würde, erfüllt einen auch mit Demut.

König Edmunds Söhne waren während der Regierungszeit ihres Onkels zu stattlichen Burschen herangewachsen. Ihre Mutter war früh erkrankt und einem Frauenleiden erlegen. Man hatte mich nicht hinzugerufen, also starb sie. Die beiden Jungen blickten zu König Eadred auf wie zu einem Vater, aber natürlich hatte der arme Mann die Hälfte seines Lebens damit verbracht, Räuber und Brandschatzer zu bekämpfen.

Leider muss ich sagen, dass der Ältere von allen verwöhnt wurde, er war wie ein Apfel, der innerlich verfault ist, obwohl seine Schale makellos aussieht. Edwy war eine Waise, ja, und verdiente unser Mitgefühl, aber er war boshaft und neigte zur Verschlagenheit. Und da er der Liebling des Hofes war, konnte sich diese Veranlagung bestens entwickeln. Ich mochte ihn schon damals nicht, und ich kann nicht behaupten, dass sich das jemals änderte.

Zum Teil war es sein Selbstbewusstsein, das mich irritierte. Schon seit der Zeit, als er noch mit Holzsoldaten spielte, wusste er, dass er König werden würde. Anfangs lächelte ich noch, wenn ich sah, wie er Wachen in die große Halle beorderte und sie mit seiner hohen Kinderstimme herumkommandierte wie ein General.

Das Wissen um seine zukünftige Macht korrumpierte ihn. Für manche Menschen ist das einfach zu viel, und wenn ihnen nie etwas untersagt wird, lernen sie auch nicht, sich zu zügeln. Edwy wurde nie etwas abgeschlagen. Jedes Mal, wenn er laut schreiend an mir vorbeistürmte oder ich ihn schimpfte, weil er, wie so oft, in eine Ecke gepisst hatte, statt nach draußen zu gehen und einen Topf zu suchen, grinste er mich nur an, als wisse er allein, wie es weitergehen würde. Ich muss zugeben, er ging mir schwer auf die Nerven, als er heranwuchs.

Ein Teil des Problems war, dass er hübsch war wie der Teufel selbst, er war von einer fast unnatürlichen Schönheit. Seine Zähne waren weiß und seine Haut makellos, ohne jede Pockennarbe. Seine Gesichtszüge waren ebenmäßig, und sein Haar so blond wie das seines Vaters. Er war noch ein Kind, da seufzten die jungen Damen am Hof schon hinter ihm her, verdrehten die Augen und flüsterten sich zu, was für ein schneidiger junger Prinz er doch sei.

Ich fand seinen jüngeren Bruder Edgar wesentlich zugänglicher, er war ein frommer, freundlicher Junge. Der Witan ließ ihn in Worcester aufziehen, im Hause einer alten, adligen Familie aus Mercia. Diese beiden Knaben waren während Eadreds Regierungszeit das wichtigste Erbe des Königreiches. Es war eine alte Gepflogenheit, sie getrennt aufwachsen zu lassen, folglich hätten sie verschiedener nicht sein können.

Als ich Edgar besuchte, fand ich einen ernsten, aber liebenswerten Jungen vor, das genaue Gegenteil von seinem strahlenden Bruder. Er wollte Geschichten über seinen Vater Edmund hören, und ich erzählte ihm wohl ein Dutzend, immer und immer wieder. Edgar hatte das Pflichtgefühl seines Vaters geerbt, ohne das selbst die größten Talente der Welt nichts nützen. Das würde sein Bruder nie begreifen.

Wäre Edgar nur vor Edwy geboren! Dann wäre so vieles anders gekommen. Erzbischof Oda war, was dieses Brüderpaar betraf, völlig meiner Meinung – der eine war ein Nichtsnutz, während der andere ganz die Veranlagungen seines edlen Vaters hatte. Nur einer konnte König werden, und als Eadreds Gesundheit nachließ, kam dieser Tag immer näher. Aber wenigstens wussten wir, dass er kommen würde, also konnten wir uns darauf vorbereiten.

Ich glaube, Eadred war in all den Jahren, die ich ihn kannte, niemals wirklich gesund gewesen. Sein Magen fraß ihn von innen auf und wurde ihm schließlich zum Verhängnis. Er litt stets unter Schmerzen.

Eadred wollte, dass ich Bischof von Worcester werde, als diese Stelle frei wurde, und ich konnte mich nicht ein zweites Mal verweigern. Er hatte von Anfang an meine Fähigkeiten erkannt und mich gefördert – und deshalb schätzte ich ihn.

Im neunten Jahr seiner Regierungszeit verabreichte ich ihm täglich Beifuß, aber es linderte kaum die Schmerzen, die seine Magengeschwüre ihm verursachten. Er war zweiunddreißig Jahre alt. Jetzt konnte er nicht einmal mehr Fleischsaft vertragen, von fester Kost ganz zu schweigen. Manchmal, wenn er hustete, wurde sein kleines Tuch blutig, sodass er es zwei- bis dreimal am Tag wechseln musste. Da er nichts essen konnte, magerte er auf erschreckende Weise ab. Es dauerte nicht lange, bis jeder am Hofe wusste, dass es nicht mehr lange dauern würde. Noch ehe das Jahr zu Ende ging, würde sein Neffe Edwy König sein.

Natürlich erfuhr es auch der Junge selbst. Er hatte viele Lehnsleute und Diener, die wussten, dass ihr Schicksal mit dem seinen verflochten war. Anfangs trugen sie ihm nur flüsternd Nachrichten zu und erhofften sich Vorteile davon. Aber als es klar war, dass sein Onkel sterben würde, zeigten sie ihre Schmeichelei auch offener.

Auf einen anderen Jungen hätte die bevorstehende große Verantwortung wahrscheinlich mäßigend gewirkt, zumindest solange sein Onkel im Sterben lag. Stattdessen stolzierte dieser Fünfzehnjährige wie ein eitler Gockel in Winchester umher. Statt sich bescheiden zurückzuhalten, ging er auf die Jagd. Während man am Hofe nur noch flüsterte, weil täglich mit dem Tod des geliebten Königs gerechnet werden musste, hörte man Edwy vor Lachen brüllen, wenn er mit seinen ungehobelten Freunden trank, bis er kotzte, und mit den Mägden und Edelfräulein schäkerte, die ihm schöne Augen machten. Und wohl noch mehr als das, wenn man den Gerüchten glauben durfte.

Der junge Edgar hingegen kam mit großer Begleitung von Lords aus Mercia nach Winchester geritten und eilte, den Geruch von Wind und Erde noch in den Kleidern, sofort an das Bett seines Onkels. Mit ihm gab es kein Gelächter, kein wildes Gelage – nur würdevolles Schweigen, als er seinem Onkel die letzte Ehre erwies.

Damals gab ich ganz im Stillen ein Versprechen ab, während Edgar kniete und um die Genesung seines Onkels betete. Er würde der bessere König sein.

Doch Edgars Gebete wurden nicht erhört. Sein Onkel hatte nicht ganz zehn Jahre regiert, jetzt tat er seine letzten

Atemzüge. Er bat darum, im alten Münster von Winchester beigesetzt zu werden.

»Oder vielleicht in Glastonbury, Euer Hoheit«, sagte ich leise. »Wo Euer geliebter Bruder Edmund bereits sein wunderschönes Grabmal hat.«

Ich erinnere mich, wie Eadred mich empört ansah. Der Tod nimmt uns zwar alle Kraft, aber nicht unsere Macht.

»Ich sagte Winchester, und dabei bleibt es«, sagte er. Wieder überwältigte ihn der Schmerz, und eine Weile war es still. Während dieser ganzen Phase seines Sterbens hörte ich den König nicht ein einziges Mal weinen oder klagen, obwohl ihm der Tod bereits ins Gesicht geschrieben stand und sein Inneres zerstörte.

»Wo ist Erzbischof Oda?«, fragte Eadred schließlich, als er wieder sprechen konnte.

Der Erzbischof trat aus der Reihe der Diener, die um das Bett standen. Könige sterben vor Zuschauern. Sie sind niemals allein, selbst wenn sie es noch so sehr wünschen.

»Hier, Mylord«, sagte Oda. »Möchtet Ihr jetzt beichten und die Sterbesakramente empfangen?«

Eadreds Atem ging nun schwer. Ich dachte schon, es sei das Ende, aber es war nur ein Zeichen seiner Zustimmung. Seine schlimmsten Schmerzen schienen vorüber, als er sich nicht mehr dagegen auflehnte.

Oda spendete ihm die letzte Ölung. Wir mussten lange warten, bis das Ende kam, dann schloss ich dem König die Augen. Als sich die Nachricht seines Todes am Hof verbreitete, stiegen in mir wieder alte Befürchtungen auf.

Du musst wissen, dass unser Königreich wie eine Flamme im Sturm war, die zuckt und flackert und ums Überleben kämpft. Im Westen hatten wir nach wie vor die Wikinger, die in Irland ihre Lehnsgüter errichtet hatten. Im Osten und Norden hatten wir die Bedrohung durch all die kleinen

Könige, für die unsere Küste eine Herausforderung darstellt – die Dänen, die schwedischen Könige und die grausamen Norweger. Und im Süden, entlang der Küste des alten Galliens, hatten sich noch mehr Nordmänner versammelt, die gierig zu uns herüberspähten. Wir waren umzingelt. Vielerorts herrschte die Meinung, wir hätten keine Chance zu überleben. Trotzdem kämpften wir, sooft sie kamen. Das ist menschliche Natur.

Wir kämpften, denn nicht zu kämpfen hieße, vernichtet zu werden. Aber wir kämpften auch deshalb, weil wir unser Land und unsere Flüsse für uns entdeckt hatten. Unsere Vorfahren hatten hier eine Heimat gefunden; ein fruchtbares Tal, umgeben von Hügeln, auf denen Wölfe standen, die uns beobachteten. Wir waren Bauern, Soldaten, Prinzen und Priester. Sie verkörperten schiere Grausamkeit.

Und wenn ein König starb, kamen sie heulend herabgestürmt. Davor fürchtete ich mich, nicht zuletzt deshalb, weil Edwy jetzt König sein würde – und er war nicht mein Freund. Mein Stern war mit Edmund und Eadred aufgestiegen. Mit Edwy fiel er. Oder besser, er stürzte mit rasender Geschwindigkeit zur Erde herab.

VIERTER TEIL

SEHT, EIN KIRCHENPRINZ

A.D. 954

Eine geniale Biene,
die über göttliche Blumenwiesen fliegt.

VITA S. DUNSTANI

32

Als der Witan sich versammelt hatte, schloss ich mich an. Zur Beisetzung des Königs trugen alle dunkle Farben, selbstverständlich trauerte man. Doch sie waren auch gekommen, um einen neuen König zu wählen. Nach der Trauerfeier, als Eadred im Münster in seinem Grab ruhte, schritt der Witan in einer Prozession zum großen Saal, wo die Mitglieder ihre Plätze zu beiden Seiten des Mittelgangs einnahmen.

Auch die Prinzen Edwy und Edgar nahmen auf den Bänken Platz, genau wie jeder Earl oder edle Lehnsmann zwischen Winchester und Schottland. Die beiden jungen Männer waren schwarz gekleidet und hatten ein Schwert umgegürtet. Edwy blickte mit erhobener Augenbraue um sich, als seien wir sein Eigentum und langweilten ihn schon jetzt.

Ich war als königlicher Schatzmeister gekommen, aber auch als Zeuge, Bischof und Abt. Ich hatte keinen Sitz im Witan, da ich nicht Mitglied war. Folglich hatte ich an diesem Tag auch kein Wahlrecht, doch konnte ich trotzdem zur Versammlung sprechen und teilnehmen. Wir waren ohne einen König, und das ganze Land war in Erwartung der guten Nachricht, die aus dieser Ratsversammlung hervorgehen würde.

In spätestens zwei Monaten würden es die Dänen ebenfalls wissen, falls es ihnen nicht bereits zugetragen worden war. Ich bin sicher, auch in diesem Saal befanden sich Spione. Es gibt immer Menschen, die ihre Ehre für Geld verkaufen. Sonst sehnte sich niemand danach, die Wikinger wiederzusehen. Falls sie kommen sollten, brauchten wir einen König, der unsere Leute in die Schlacht führte. Jemanden wie Alfred oder Æthelstan.

Doch so einfach war es nicht. Edwy war zwar der Erstgeborene, aber er war weder ein Krieger noch ein Gelehrter noch ein Mann Gottes. Er war ein nichtsnutziger Herumtreiber, ich will ihn nicht noch schlechter machen, obwohl es Anlass dazu gäbe.

Noch vor König Eadreds Beisetzung hatte ich Bischof Oda in seinem Privathaus in Winchester besucht. Er begrüßte mich in seinem Studierzimmer, in dem sich zu meiner Überraschung mehrere Schiffsmodelle befanden. Ich sah sie mir genau an, und er erklärte, wie er sie aus dem Gedächtnis nachgebaut hatte; es waren Schiffe, die er als Knabe gekannt hatte. Er ließ Essen und Wein bringen und setzte sich hin, um mich anzuhören. Priester sind es gewohnt, von Menschen aufgesucht zu werden, die große Probleme haben. Es gehört zu ihrer Hirtenrolle, und wahrscheinlich erwartete er von mir etwas Ähnliches.

»Ihr seid der wichtigste Kirchenmann Englands, Euer Gnaden«, sagte ich – denn Erzbischöfe und Kardinäle werden wie Prinzen angesprochen und ebenso behandelt, wenn sie an einen fremden Hof kommen. Ich war nur der Bischof von Worcester, auch wenn ich immer noch auf einen Posten in London oder vielleicht sogar Winchester hoffte.

»Euer Gnaden, dieser eitle Gockel von einem Prinzen, dieser eigensinnige Bengel, hat keinen echten Glauben und kein Interesse daran, gut zu regieren, ihm geht es nur um den Besitz und die Befriedigung seiner Gelüste. Ich habe mit Hunderten von Menschen gesprochen, und darunter war nicht einer, der ein gutes Wort über Edwy zu sagen hatte.«

»Tatsächlich?«, fragte Oda. Er schnalzte nachdenklich mit der Zunge, als ich es bestätigte.

»Wenn es keinen anderen gäbe, Euer Gnaden, dann würde ich sagen, es sei Gottes Wille. Aber wir haben einen besseren Sohn, nämlich Edgar.«

»Der ist zu jung«, sagte Oda sofort.

Ich zuckte mit den Schultern.

»Er ist vierzehn – älter, als ich war, als mein Vater mich ins Kloster von Glastonbury brachte. Älter als Ihr, als Ihr nach England kamt. In Mercia spricht man gut von dem Jungen, und er hat mich beeindruckt. Die Menschen würden ihm folgen und … darauf kommt es an. Der König braucht nicht selbst das Schwert zu schwingen, wenn seine Lords ihm vertrauen. Edwy genießt dieses Vertrauen nicht.«

»Doch Edwy wird König sein«, sagte Oda.

»Der Witan wählt den König, der für das Land am besten sein wird«, sagte ich geduldig. »Nicht immer ist es der Erste in der Thronfolge, wie ja auch Eadred die Krone trug, bis diese Jungen erwachsen wurden. Und auch Ǣthelstan hat man nur gewählt, weil er geschworen hatte, nicht zu heiraten. Edmund war ihre erste Wahl. Vater, Euer Gnaden, wir haben hier eine einmalige Chance, die Geschichte zu beeinflussen. Wenn wir nichts sagen und nichts tun, wird ein großspuriger, boshafter Rüpel die nächsten fünfzig Jahre die Krone tragen. Aber wenn Ihr und ich uns für Edgar aussprechen, muss der Witan zuhören. Mir als Abt und Bischof, aber Euch noch mehr, weil Ihr der Erzbischof von Canterbury seid. Ihr seid die Stimme der englischen Kirche. Von Euch werden sie sich nicht abwenden.«

»Was glaubt Ihr, wen Wulfstan unterstützen wird?«, fragte Oda. Der Erzbischof von York hatte unter Edmund einige Zeit im Gefängnis gesessen und einiges daraus gelernt. Seitdem hatten wir nichts mehr von ihm gehört.

»Der wird gar nichts sagen«, sagte ich, obwohl ich mir da nicht so sicher war. »Ihr und ich, wir können den Witan überzeugen, sonst niemand. Falls Ihr mir zustimmt, dass Edgar die richtige Wahl ist.«

»Ich werde versuchen, die richtige Antwort im Gebet zu finden«, versprach er, aber da wusste ich bereits Bescheid. Oda hatte Edwys Lügen, seine Grausamkeiten und Diebereien auch längst durchschaut. Vor einem Jahr hatte er gesehen, wie ein alter, halb blinder Hund, der nach Edwy geschnappt hatte, von diesem wütend zu Tode getreten worden war. Der alte Köter hatte niemanden gekümmert, aber diese Unbeherrschtheit, dieser kindische Wutausbruch in aller Öffentlichkeit hatte viele Menschen beunruhigt.

Oda brauchte nur noch einen kleinen Schubs, um zuzustimmen. Und er hatte hören wollen, was ich dazu zu sagen hatte.

Der Witan setzte sich zusammen aus Earls, Lehnsmännern, Vögten und alten Angehörigen des Hofstaates, die gewählt wurden, wenn ein Platz frei wurde, was nicht oft vorkam. Es hieß, England zähle mehr als eine Million Seelen. Und um diese Anzahl zu repräsentieren, musste der Witan eine große Versammlung sein – er verkörperte die Stimme des Volkes. An jenem Abend versammelten sich diese Männer, um ihre größte und heiligste Aufgabe zu erfüllen, nämlich den König zu wählen, der sie regieren sollte.

Ich sah, wie Edwy vor sich hin lächelte. Er erinnerte fast an eine listige Katze, wie er den Kopf leicht gesenkt hielt, sodass die letzten Sonnenstrahlen auf seine blonden Locken fielen. Vielleicht war es sein gutes Aussehen, was ihm nicht bekam. Ich habe oft festgestellt, dass in der Hässlichkeit auch eine gewisse Ehrlichkeit liegt. Eine hässliche Frau ist oft treu, weil sie keiner Versuchung ausgesetzt ist.

Ich war entschlossen, mich zwischen Edwy und die Krone zu stellen. Obwohl mein Herz so stark hämmerte, dass ich dachte, ich müsse ohnmächtig werden, meldete ich mich zu Wort. Im Saal wurde es still. Ich erhob mich, und auch wenn ich von vielen Menschen umgeben war, spürte ich, wie Edwys Blick auf mir ruhte.

»Soweit mir bekannt ist, wählt der Witan denjenigen aus der königlichen Linie als Nachfolger, der dem Land am besten dienen kann. Das ist unsere Tradition, die seit grauer Vorzeit an den Königshöfen besteht. Wir wählen denjenigen, der uns regieren soll – und das ist es, was ihm seine Macht verleiht, der Mehrheitsentscheid. In dieser gemeinsamen Entscheidung besteht unsere Ehre, die bis zum Tode nicht angefochten wird, es sei denn, durch Verrat.«

Ich blickte in die Runde und war überrascht, wie aufmerksam alle zuhörten. In gewisser Weise fühlte ich mich noch wie ein unreifer Junge, aber andererseits hatte ich Königen als Berater zur Seite gestanden, besonders Eadred. Alle Anwesenden hier kannten mich, und die meisten von ihnen respektierten mein Urteil. Ich hatte gedacht, ich würde Oda zur Unterstützung brauchen, aber zu meiner Erleichterung schien es, als sei dies nicht nötig. Man hörte mir aufgrund meines Alters und meiner Fähigkeiten zu. Für einen Moment wurde mir schwindlig bei diesem Gedanken, ich kniff mich in den Nasenrücken und atmete tief ein.

»Ein König muss über Weisheit und Stärke verfügen – oder zumindest über die Anlagen dazu, wenn der Kandidat noch jung ist.«

Ein Raunen ging durch den Raum. Bis jetzt war Edwy der unbestrittene Thronfolger gewesen. Ich hatte Edgar nicht einmal gesagt, dass ich sprechen würde. Ich merkte, wie Edwys Grinsen verschwand und sein Gesicht sich verfinsterte.

»Ich habe in Brunanburh an der Seite ihres Vaters gekämpft«, sagte ich. »Ich habe die Schlacht kennengelernt, mit all ihrem Blutvergießen und ihrem Getöse. Damals erkannte ich die Größe Prinz Edmunds – und ich leitete ihn, bis er uns als König genommen wurde. Danach sah ich, wie die Unruhen im Norden an König Eadreds Kräften zehrten und wie er sich verausgaben musste, um die niederzuschlagen, die uns unser Land streitig machen wollten. Ich habe Könige gekannt – und ich weiß jetzt, was einen guten König ausmacht. Diese nötige Veranlagung sehe ich in *einem* Sohn König Edmunds, nicht aber in dem anderen.«

Jetzt wurde das Gemurmel lauter, und einige forderten mich auf, mich hinzusetzen und still zu sein, zweifellos waren das die Anhänger Edwys, die sich Gehör verschaffen wollten. Ich musste etwas warten, ehe sie sich genügend beruhigt hatten, dass ich sagen konnte, was mir am Herzen lag.

»In einem Sohn habe ich Schwäche und Bosheit gesehen, in dem anderen Würde und Ehrgefühl. Deshalb meine dringende Bitte an die Mitglieder des Witan, Prinz Edgar statt seines Bruders zu wählen.«

Jetzt folgte ein regelrechter Tumult, es war, als hätten alle gleichzeitig tief Luft geholt, um mich anzuschreien. Ich setzte mich, aber um mich herum herrschte ein unbeschreiblicher Lärm. Doch als er sich gelegt hatte, standen Erzbischof Oda und Edwy gleichzeitig auf.

Der Prinz sah den älteren Mann verächtlich an. Vielleicht hätte er den Verstand gehabt nachzugeben, wenn er nicht ein so verwöhntes Balg gewesen wäre.

»Setzt Euch, Euer Gnaden«, sagte Edwy leise.

Oda gehorchte sofort, doch sein Gesicht blickte finster, als Edwy das Wort ergriff.

»Ich habe genug von jammernden Kirchenleuten. Manche von Euch wollen mich vielleicht nicht als König haben, aber ich bin es. Und ehe dieser Witan abstimmt, erinnere ich Euch daran, dass ich der Erstgeborene meines Vaters

Edmund bin, den Ihr gewählt hattet und der jetzt regieren würde, wenn man ihn nicht umgebracht hätte. Ihr wisst, was sein Wille wäre. Und Ihr wisst, dass ich recht habe.«

Dann hatte er die Unverschämtheit, sich an seinen Bruder zu wenden. Ich glaube, wir alle hielten die Luft an.

»Es tut mir leid, Edgar. Ich würde in allem für dich stimmen, aber nicht in dieser Sache. König muss *ich* werden.«

Sein Bruder blickte ihn an, von allen beobachtet. Hätte Edgar genickt oder sonst ein Zeichen des Einverständnisses gegeben, wäre die Sache beschlossen gewesen. Aber er tat nichts. Ich sah, wie die Muskeln in seinem Unterkiefer arbeiteten. Der jüngere Bruder kannte Edwy besser als sonst jemand.

Edwy setzte sich wieder. Sein Gesicht war tiefrot, irgendwie war ihm seine Pointe missglückt. Stattdessen stand nun Erzbischof Oda auf, um in seinem holprigen Englisch zu uns zu sprechen. Er hielt Wort und warf das ganze Gewicht seines Amtes und der Kirche auf Edgars Seite. Er tauschte einen Blick mit mir, als er sich setzte. Edwy war dunkelrot vor Zorn geworden, er presste die Lippen zusammen, und ich dachte schon, er würde sich durch einen Wutausbruch unmöglich machen.

Es sprachen noch ein Dutzend andere Anwesende, die teils den einen, teils den anderen Prinzen unterstützten. Einige waren so von ihrer eigenen Wichtigkeit durchdrungen, dass sie nicht viel zur Sache beitrugen, andere dagegen argumentierten sehr überzeugend. Mein Eindruck war, dass Edgars Fürsprecher mehr Format hatten, aber sie kamen überwiegend aus Mercia, weswegen man hier nicht zu viel Gewicht auf ihre Meinung legte. Es war schwer zu sagen, wie es ausgehen würde, und ich wünschte mir, ich hätte bis später gewartet, falls man meine Argumente vergessen hatte. Doch das wäre feige gewesen.

Es dauerte einige Stunden, ehe der Sprecher des Witan endlich nach links und rechts blickte und die Mitglieder zustimmend nickten. Sie hatten genug gehört. Die königlichen Wachen ließen den Saal räumen, wir mussten alle nach draußen gehen. Oda blieb als Repräsentant der Kirche drin – und um seine Stimme abzugeben, weswegen ich ihn ja hatte sprechen wollen.

Als ich mich in der Menge nach draußen drängte, bemerkte ich dicht neben mir Prinz Edwy, in dessen Gesicht immer noch der Ärger stand, aber er hütete sich, etwas zu sagen.

Ich hatte den Verdacht, dass etwas nicht stimmte, als weder ich noch die Prinzen noch irgendwelche anderen Zeugen an diesem Tag wieder hereingerufen wurden. Ich gestehe, dass ich mit jeder Stunde, die verging, nervöser wurde. Wenn der Witan Edwy wählte, obwohl die ganze Welt sah, dass er nicht zum König taugte, wären zwanzig Jahre meiner Arbeit umsonst gewesen. Ich könnte von Glück sagen, wenn ich die Abtei, die ich gebaut hatte, behalten könnte. Es hatte etwas sehr Persönliches gehabt, als seine Augen langsam über mich hinwegstreiften, es war wie ein Versprechen, dass er es mir heimzahlen würde.

Ich hatte noch nie erlebt, dass der Witan so lange brauchte, um sich auf einen Thronfolger zu einigen. Ich gab den Dienern, die Essen und Wein in den Sitzungssaal trugen, ein paar Geldstücke, aber sie berichteten lediglich, dass es dort eine sehr hitzige Diskussion gab. Die Mitglieder des Witan behielten solche Dinge lieber ganz für sich, deshalb stockten die Gespräche, sobald sie eine Pause einlegten oder ein Bediensteter gerufen wurde.

Am nächsten Morgen versammelten sie sich wieder, und als die Sonne schon hoch am Himmel stand, wurden die Türen aufgestoßen, und die Wartenden strömten wieder in den Saal. Die beiden Prinzen gingen als Erste hinein, und ich bemerkte, dass jeder der Brüder seine Anhänger um sich geschart hatte, fast wie zwei gegnerische Truppen. Ich suchte die nächste Tür, falls es zu einer Prügelei kommen sollte. Wenn der Witan Edwy abgelehnt hatte, dann hatte ich womöglich dazu beigetragen, einen Bürgerkrieg auszulösen.

Der Sprecher des Witan stand auf, einen Bogen feinstes, sorgfältig beschnittenes Pergament in der Hand, auf dem die Proklamation stand, unterschrieben von allen Anwesenden. Wir reckten die Hälse, um sie lesen zu können, aber das war unmöglich, er wollte uns nur noch etwas auf die Folter spannen, ehe er sie verkündete.

»Wir, die dieses Dokument mit unseren Namen besiegelt haben, geben unsere Wahl in der Sache der Thronfolge bekannt, nämlich dass Prinz Edwy König sein soll ...«

Es traf mich wie ein Schlag in die Magengrube. Mir stockte der Atem. Ich hatte gespielt und verloren. Ausnahmsweise war ich meinem Gewissen gefolgt, nicht zu meinem eigenen Vorteil, sondern zum Wohl des Landes – und ich hatte mich damit selbst vernichtet.

Der Mann hörte auf zu lesen, weil Edwys Anhänger in lauten Jubel ausbrachen. Ich tauschte einen Blick mit Oda, der mit einer energischen Bewegung auf den Sprecher deutete, und ich sah, wie wütend dieser war.

»Ruhe! Ruhe jetzt, mein Gott!«, brüllte der Sprecher sie an. »Ihr habt noch nicht alles gehört!«

Er musste mehrmals mit seinem Stab auf den Boden stampfen, ehe der Lärm sich legte. Ich kannte ihn nicht besonders gut, aber ich erinnere mich, dass er eine angenehme Stimme hatte. Er hieß Capell oder Capet oder so ähnlich.

»Prinz Edwy wird König des gesamten Gebietes südlich von Cirencester, das heißt, des Königreichs von Wessex und des gesamten Südens, einschließlich der Stadt London. Prinz

Edgar wird König des gesamten Nordens, wozu auch Mercia und York gehören. Auf diese Art wird England von zwei Brüdern regiert werden, beides Nachkommen Alfreds des Großen und beide vom Witan gewählt.«

Dann verlas der alte Narr die Namen und Titel all der anderen Trottel, die hier versammelt waren und diese merkwürdige Entscheidung getroffen hatten.

Es herrschte betroffene Stille, dann fing das Gemurmel an, als die Anwesenden sich fragten, was das zu bedeuten habe. Langsam wurde es wieder lauter, fast war es wie ein Schlachtruf, ein wütendes Johlen und Hohngelächter von allen Seiten. Die Mitglieder des Witan wurden von den Wachen beschützt, aber die Männer mussten aufpassen, dass sie in dem Geschiebe und Gedränge nicht umgestoßen wurden.

Prinz Edwy reagierte ungehalten, der Lärm und die Hitze stachelten ihn zusätzlich an, und er verlor die Nerven. Sein Schockzustand verwandelte sich in hemmungslose Wut, obwohl seine Freunde versuchten, ihn zurückzuhalten. Die Wachen hielten Speere und Schwerter bereit, und sie waren nervös. Wir standen kurz vor einem Blutvergießen.

Ich blickte zu Edwys Bruder, der am anderen Ende des Saales saß und gerade Blicke mit einem der Earls von Mercia wechselte. Beide zuckten die Schultern und grinsten. Sie schienen ganz zufrieden mit dem Ergebnis.

Edwy zog sein Schwert. Es war wie ein silberner Blitz, der in der Dunkelheit aufleuchtete, ehe seine Freunde ihn packten, wobei es zu Boden fiel und ein Stück weiterschlitterte. Dieser junge Mann mochte zwar jetzt in Winchester König sein, aber seine Lords hielten ihn lieber fest, statt einen Tobsuchtsanfall von ihm zu riskieren.

All diejenigen, die sich gegen Edwy als neuen König ausgesprochen hatten, verließen jetzt ziemlich zügig den Saal. Als sein Gebrüll hinter mir leiser wurde, bemerkte ich Oda neben mir. Wir alle drängten hinaus wie die Ratten und blickten ab und zu zurück, um zu sehen, ob man uns verfolgte.

»Die Mitglieder des Witan sind Dummköpfe, wenn sie denken, dass das gut geht«, sagte ich leise, als ich dicht neben ihm ging. »Konntet Ihr das nicht verhindern? Sie haben Edwy jeden Grund gegeben, seine Gegner zu hassen, aber gleichzeitig haben sie ihn ermächtigt zu handeln!«

Ich schluckte, als mir die Wahrheit meiner Worte klar wurde. Edwy hatte das halbe Königreich verloren, durch mich. Nein. Es war nicht meine Schuld. Das wollte ich mir nicht aufladen. Edwy hatte die Hälfte des Königreichs verloren, weil er grausam und korrupt war.

Voll düsterer Vorahnungen erreichte ich Lady Elflaeds Haus, das mir immer noch gehörte, seit ich es geerbt hatte. Ich wusch mich langsam und gründlich, obwohl es noch nicht Frühling war. Doch ich hatte es mir vor jeder Krönung zur Gewohnheit gemacht, und ich fand es sehr angenehm und beruhigend.

Prinz Edgar besuchte mich hier, ehe er zu seinen Burgen in Mercia zurückritt, deren König er jetzt war. Ich trat auf die Straße hinaus, um ihn zu begrüßen, er wurde von etwa einem Dutzend Männer begleitet. Von diesem jungen Mann hatte ich nichts zu befürchten, und ich überlegte einen Augenblick, ob ich ihm nicht anbieten solle, ihn zu seinem neuen Hof zu begleiten. Wenn ich ein Pferd besessen hätte, hätte ich es wohl getan.

»Ich wollte Euch danken, Vater, für das, was Ihr in der Versammlung des Witan gesagt habt. Es war mutig von Euch – und ich hatte diese Form der Antwort nicht erwartet.«

»Ihr seid aber nicht unglücklich darüber«, sagte ich.

Edgar lächelte, und wieder war ich überrascht von seiner würdevollen Reaktion. Trotz seiner Jugend war er ein Mann, dem man folgen konnte.

»Nein, ich bin nicht unglücklich. Ich hatte erwartet, mit leeren Händen auszugehen, Vater. Doch ich gehe zurück als König von Nordengland. Und was noch besser ist, die Selbstherrlichkeit meines älteren Bruders hat einen empfindlichen Dämpfer bekommen. Darüber sollte ich mich eigentlich nicht freuen …«

»… aber Ihr tut es«, beendete ich den Satz für ihn. Ich seufzte. »Ich wünsche Euch alles Gute, Euer Hoheit. Vielleicht darf ich Euch besuchen, wenn ich das nächste Mal in Worcester bin. Ich bin schließlich … ein Bischof von Mercia.«

»Das seid Ihr! Und natürlich dürft Ihr uns besuchen. Ihr werdet immer willkommen sein, egal wo ich bin, schon meines Vaters wegen – und wegen des Dienstes, den Ihr mir erwiesen habt. Das werde ich Euch nicht vergessen.« Er zögerte einen Moment und wusste nicht, wie er das Gespräch beenden sollte. »Ich glaube nicht, dass ich bei der Krönung meines Bruders dabei sein werde, Vater Dunstan. Er würde mich ohnehin nicht sehen wollen, solange seine Wut noch nicht abgekühlt ist. Doch ich würde gern hören, wie es war, wenn Ihr mich besuchen kommt.«

»Das wäre mir ein Vergnügen, Hoheit«, sagte ich.

Er neigte den Kopf und ritt davon. Einer seiner Lords nickte mir zu, und ich erwiderte die Geste, erfreut darüber, dass ich wenigstens in einem Teil des Landes noch geschätzt wurde. In jenem Jahr war ich in Mercia ein Held, doch für einen Mann aus Wessex bedeutet das nicht viel.

Edwys Krönung fand etwa einen Monat später in Kingston statt. Als Geste der Versöhnung hatte man Erzbischof Oda gebeten, den Prinzen zu krönen, und er tat es vor einer begeisterten Menge. Es überraschte mich, wie viele gekommen waren, aber Edwy sah auch aus wie das Traumbild eines jungen Königs, er war die Perfektion eines Mannes.

Ich hörte, dass man ihn bereits »König Edwy den Schönen« nannte, als die Menge noch jubelte und man auf eine lange und glückliche Regierungszeit anstieß. Ich musste an seinen Vater denken, den man aufgrund seiner Siege und seiner Umgangsformen »Edmund den Prächtigen« genannt hatte.

Das Krönungsgelage fand in der großen Zunfthalle in London statt, die nur acht oder neun Meilen entfernt war. Ich erwähnte nicht, dass Edwys Vater und seine Onkel hier gekrönt worden waren, weil sie sich an der Grenze zu Mercia befand und damit anzeigte, wie weit die Macht des Königs reichte. Auf dieses Königreich hatte er keinen Anspruch mehr. Ich fragte mich, ob ihn das ärgerte, als man ihm die Krone aufs Haupt setzte.

Die Menschenmenge begleitete die Prozession, als wir uns auf den Weg machten. Ich blieb dicht neben Erzbischof Oda und dachte über meine Zukunft nach. Würde ich noch in dieser Nacht verschwinden, könnte ich zu Edgar gehen, wo ich willkommen wäre. Doch an diese Möglichkeit wollte ich nicht denken. Ich wollte nicht alles zurücklassen, was ich geschaffen hatte! Nur weil ich mich vor einem verwöhnten Jungen auf dem Thron fürchtete?

Ich würde lieber ein paar ruhige Jahre als Abt von Glastonbury verbringen wollen, wo ich silberne Reliquienkästen herstellen könnte. Mich erwartete so viel Arbeit. Doch ich lebte gern im Zentrum der Macht, auch wenn mich das alles gar nichts anging. Ich verlor gelegentlich das kontemplative Leben aus den Augen und beschäftigte mich zu viel mit weltlichen Dingen.

Am Abend des Krönungsfestes schadete ich mir selbst. Kommt man dem König zu nahe, ist es so, als trete man zu dicht ans Feuer. Wer sich einen Platz am königlichen Herd gesichert hat, sitzt warm und trocken, selbst wenn andere draußen in der Dunkelheit frieren. Doch tritt nur einen Zoll zu dicht heran oder lass einen Funken auf dein Gewand fallen, der ein immer größeres Loch brennt – dann ist alles zerstört. Und auf mein Wort – innerhalb einer Stunde hatte ich das Werk eines ganzen Lebens zunichtegemacht.

33

Die Festhalle in London war fast so groß wie das Hauptschiff einer Kathedrale. Ein König kann seine Krönung nicht mit einem intimen kleinen Dinner unter engsten Freunden feiern. Er muss sich zeigen, als Belohnung für die, die ihn unterstützt haben, aber vielleicht auch, um die zu versöhnen, die es nicht taten, soweit sie daran interessiert sind.

Die Tafel hatte eine Länge von über sechzig Metern und bot Platz für drei- bis vierhundert Lords und Ladys, dazu kamen beinahe ebenso viele, die kochten und servierten. Ich hatte eine solche Auswahl an Speisen noch nie gesehen, vor allem nicht in solch merkwürdigen Kombinationen. Edwy hatte eine besondere Vorliebe für Tiere, die sich von anderen Tieren ernährten, folglich gab es mit Sardinen gefüllte Aale und ein gebratenes Schwein, aus dessen offenem Maul gebratene Tauben quollen. Ich erinnere mich auch an einen riesigen Hecht, der mit Entenfleisch gefüllt war. Es war eine einzige Protzerei, aber in meiner Nähe saß ein junger Bursche, der sich offenbar vorgenommen hatte, all diese seltsamen Gerichte zu probieren, damit er seinen Kindern später erzählen könne, er habe Wühlmaus und Moorschneehuhn gegessen, Krähe und Haselmaus. Oda trank nur Wasser, und als ich ihn fragte, warum er Wein und Bier verschmähte, sagte er, davon bekomme er schlechte Laune, er sei nie ein fröhlicher Zecher gewesen. Es war mir nicht ganz klar, was Oda jetzt noch befürchten könnte, aber ich kannte mehrere Dänen, die ebenfalls nichts tranken, aus dem gleichen Grund.

Für mich waren Bier und Wein immer ein Segen, sie sorgten für Fröhlichkeit und Gelächter und wirkten wie Licht in einem dunklen Raum.

Nach meiner Rede im Witan wirst du dir vorstellen können, dass ich nicht am oberen Ende der Tafel platziert war. Vielleicht war das auch der Grund, weshalb Erzbischof Oda so verstimmt war, denn er saß in meiner Nähe und so weit entfernt vom Glanz und Trubel um König Edwy wie überhaupt möglich – er, der Kirchenfürst, der ihn gekrönt hatte. Nicht dass Oda bei Festgelagen ein guter Gesellschafter gewesen wäre. Er neigte dazu, Gedichte zu rezitieren, was man ihm nur schwer verzeihen konnte, denn er hatte die Angewohnheit, sich ständig zu wiederholen.

Dennoch hatte ich Glück, dass ich an diesem Abend überhaupt dabei sein durfte. Ich suchte nach anderen, die auch gegen König Edwy gewesen waren, entdeckte aber niemanden. Ich muss gestehen, das erschreckte mich, denn plötzlich kamen mir die schrecklichsten Vorstellungen. Sollte ich gedemütigt werden, wollte man mich vielleicht sogar ermorden?

Vermutlich hatte ich meine Befürchtungen im Wein ertränkt, ich weiß es nicht mehr. Die Lampen brannten herunter und wurden neu gefüllt, und einige Männer waren auf dem Stroh eingeschlafen. Andere standen in den Ecken und kotzten, worauf sie erleichtert an den Tisch zurückkehrten und nach mehr Wein riefen, der in Strömen floss. Ich sehnte mich nach einer Versöhnung zwischen uns, nach einem ruhigen Moment, in dem ich unser Verhältnis wieder ins Reine bringen konnte. Ich sah, wie Edwy aufstand, vielleicht um an die frische Luft zu gehen oder seine Blase zu erleichtern, ich sah nicht genau, wo er hinging.

Ich erhob mich und sah, dass Edwys Stuhl immer noch leer war.

»Habt Ihr den König fortgehen sehen?«, fragte ich Oda.

Er schüttelte den Kopf, seine Augen waren gerötet. Er hatte also doch getrunken.

Wir warteten eine Weile – und eine neue Ladung dampfender Steak- und Nierenpastete wurde hereingebracht. Sie wurde mit wohligem Stöhnen begrüßt, und obwohl dies wahrscheinlich mein liebstes Gericht ist, fragte ich mich, wie ich davon auch nur einen einzigen Bissen essen könnte, ohne ohnmächtig zu werden.

Oda nahm mich beim Ellbogen und runzelte die Stirn.

»Der König ist schon ziemlich lange weg«, sagte er.

Ich merkte, dass es am anderen Ende des Saales stiller geworden war, da niemand mehr den König beeindrucken musste. Vielleicht sagte das mehr über die Gäste aus als über den Gastgeber, allerdings war sein Fernbleiben von der Tafel schon eine ziemliche Rücksichtslosigkeit. Ich merkte erneut, wie ich mich über diesen verwöhnten Thronnachfolger ärgerte, der glaubte, er sei mit einem goldenen Löffel geboren und dem man die ganze Welt zu Füßen gelegt hatte, sodass er an seinem ersten Abend als König nicht einmal den Anstand hatte, bei seinen Gästen zu bleiben.

Wäre ich nüchtern gewesen, hätte ich wahrscheinlich nichts weiter unternommen. Doch in meiner angetrunkenen Selbstsicherheit bildete ich mir ein, ich könne einfach seine Hand schütteln, ein paar Worte mit ihm wechseln und alles wäre wieder gut. Ich klopfte Oda auf die breite Schulter und zwinkerte ihm zu. Die meisten Erinnerungen an diesen Abend sind verschwommen oder vergessen, aber daran erinnere ich mich. Meine Stunde war gekommen.

Ich weiß nicht mehr genau, wie ich in den getäfelten Korridor gelangt war, in dem der Lärm des Festgelages nur noch als weit entferntes Murmeln zu vernehmen war. In der kühlen Luft wurde mein Kopf etwas klarer, sodass ich wenigstens vernünftig genug war, nicht laut nach Edwy zu rufen.

Stattdessen horchte ich angestrengt, in der Hoffnung, seine Stimme oder sein Gelächter zu hören, um dann meinen Auftritt wagen zu können.

Ich hörte, wie eine Frau anfing zu schreien, und drückte das Ohr gegen eine Tür. Ich befürchtete das Schlimmste und handelte rein instinktiv, ich spürte weder Angst noch die Notwendigkeit zur Vorsicht. Ich stemmte meine Schulter gegen die Tür, das Schloss gab nach, und ich blickte sprachlos auf die Szene, die sich mir bot.

Der sechzehnjährige König war keineswegs dabei, die junge Frau zu ermorden. Da sie rittlings auf ihm saß, hatte sie ganz klar die Kontrolle. Keiner von beiden war völlig nackt, sie hatten ihre Kleider hochgeschoben, und jetzt hörten die rhythmischen Bewegungen ihrer langen Oberschenkel auf, weil sie sich umdrehte, um zu sehen, wer hier eingedrungen war. Edwy zeigte ein laszives, zufriedenes Grinsen, wie eine Katze, die gerade ein hilfloses Tier erlegt hat. Seine Krone lag unbeachtet neben ihm am Boden. Das alles nahm ich mit einem Blick wahr, aber die dritte Person im Raum konnte ich nur fassungslos anstarren. Eine ältere Frau kniete neben dem Kopf des Königs, splitternackt, mit großen, fetten Brüsten, die wie schwere Früchte über ihm hingen. Sie glänzten feucht, und ich vermutete, dass er gierig daran geknabbert hatte. Sicherlich waren die beiden Mutter und Tochter. Die Jüngere war mir am Abend vorgestellt worden, ehe wir uns zum Essen niedersetzten. Lady Elgiva hatte in unmittelbarer Reichweite des Königs gesessen.

Wenn Edwy geflüchtet oder wenn er aufgesprungen wäre und mir die Tür vor der Nase zugeschlagen hätte, wäre mir vielleicht der Standesunterschied zwischen uns bewusst geworden. Doch er hob nur leicht einen Mundwinkel und wedelte lässig mit der Hand.

»Macht die Tür zu, Vater. Es dauert nicht mehr lange.«

Ich sah rot, mich packte eine selbstzerstörerische Wut. Ich fühlte mich verspottet von ihrer Nacktheit, von ihrer Schamlosigkeit. Elgivas rosa Brustwarzen bebten im Feuerschein, als sie mich mit großen Augen anstarrte.

»Hurenbock!«, schrie ich ihn an. »Sünder! Wie könnt Ihr das wagen, am Abend nach Eurer Krönung! Nach Euren Schwüren, in christlicher Würde und Ehre zu regieren, und nun das …!« Mir fehlten die Worte, und ich trat näher. Elgiva kreischte auf, und ihre Mutter griff endlich – endlich! – nach einem Kleidungsstück auf dem Stuhl und bedeckte ihre Brüste. Ich legte Hand an den König. Ich packte Edwy beim Handgelenk und zog ihn auf die Füße, wobei die Hure zappelnd zu Boden glitt. Edwy war nackt bis zur Hüfte, er trug lediglich ein goldfarbenes Lendentuch, das er für seine schamlosen Spielchen hochgeschlagen hatte. Er brauchte nur einen Moment, um es herunterzuzerren. Er starrte mich zornig an, als wolle er abschätzen, wie stark ich sei.

Da ich betrunken und wütend war, merkte ich nicht, wie auch seine Wut sich steigerte. Ich zerrte ihn aus dem Raum und den halben Korridor entlang, bis ich plötzlich merkte, dass er eher mich zerrte, sodass wir schneller und schneller rannten und ich kaum noch mitkam. Ich war zwar stärker als er, aber ich hatte mir den Bauch so vollgeschlagen, dass ich mich nicht schneller bewegen konnte, außerdem war er erst sechzehn Jahre alt.

Als wir den Festsaal wieder erreichten, fiel ich hin. Vielleicht hatte er mich auch gestoßen, ich weiß es nicht. Ich landete auf dem Bauch, und plötzlich wurde es still.

Edwy stand vor den Gästen, halb nackt, ohne Krone, ein fleischgewordener Engel, der einen Wurm in seinem Herzen nährte.

»Dieser Mann hat Majestätsbeleidigung begangen!«, schrie er die fassungslosen Gäste an.

In der Stille fiel etwas vom Tisch herunter und zerbrach. Langsam, einer nach dem anderen, begannen die Gäste sich zu erheben. Die wenigen, die noch betrunken schlummerten, wurden mit den Füßen wach gestoßen, ihr Protest im Keim erstickt.

Ich hatte mir auf dem Steinboden die Knie aufgeschlagen, es schmerzte, und ich sah Blut herunterlaufen, als ich mich aufrappelte. Ich wusste, dass ich in Schwierigkeiten war, und ich versuchte, mich hinter meiner Autorität zu verstecken. Aber mit einem König brauchte ich das gar nicht erst zu versuchen. Und erst recht nicht mit einem so jungen Mann. Sie sind alle Dummköpfe in diesem Alter. Sie wagen alles, selbst ihr Leben setzen sie aufs Spiel, ohne die Konsequenzen zu fürchten.

Edwy ging vor der Menge auf und ab, kochend vor Wut.

Ich richtete mich auf, noch war ich größer als er.

»Als Abt von Glastonbury und Bischof von Worcester kann ich es nicht dulden, dass die Krone mit Sünde befleckt wird«, sagte ich.

Im selben Moment kam mir eine fürchterliche Ahnung, aber zu spät. Ich hatte den König wirklich nicht am Abend des Krönungstages vor seinen Gästen beschuldigen wollen. Sie konnten nicht wissen, was vorgefallen war, wenn man es ihnen nicht erklärte.

Doch es war ein Fehler gewesen, meine Titel zu erwähnen.

»Abt von Glastonbury wart Ihr?«, brüllte er mich an. »Jetzt nicht mehr! Bischof von Worcester? Vorbei! Dafür werde ich bessere Leute finden, Dunstan.«

»Das werdet Ihr nicht, so wahr mir Gott helfe. Das könnt Ihr mir nicht nehmen, Euer Hoheit«, sagte ich furchtsam.

Er trat vor mich und blickte mir in die Augen.

»Vielleicht konnte ich es nicht, ehe Ihr mir einen Grund dazu gabt. Das ist nun anders.«

Mir wurde schwindlig, und mein Mund blieb offen stehen wie bei einem Schwachsinnigen, als der König zur Festtafel schritt und die Arme ausbreitete.

»Ich hatte beabsichtigt, meine Regierungszeit mit einem Festgelage zu beginnen, stattdessen beginne ich sie, indem ich einen Priester verbanne. Packt zusammen, was Ihr wollt, Vater Dunstan. Meine Wachen bringen Euch zur Küste und dort auf ein Schiff. Ihr werdet nicht nach England zurückkehren.« Dann fiel ihm etwas ein, und wieder bemerkte ich seine alte Bosheit und seine Wut. »Und denkt nicht, dass Ihr bei meinem Bruder Edgar sicher wärt. Wenn ich hören sollte, dass Ihr unter seine Fittiche geschlüpft seid, werde ich Euren Kopf von ihm verlangen. Nein, Vater. Lebt frei, aber weit weg von mir. Geht nach Frankreich. Geht nach Flandern. Geht zur Hölle, wenn Ihr wollt, aber verschwindet von hier und geht mir aus den Augen!«

Er konnte sich gut ausdrücken, dieser teuflische Köter. Ich wollte ihm widersprechen, aber die Gäste waren offenbar beeindruckt von seinem Auftritt. Sie johlten und schrien meine Proteste nieder. Der König hatte gesprochen, und sie erlaubten mir nicht, zu antworten.

Man packte mich am Arm und führte mich hinaus. Ich blickte zurück und sah Odas entsetztes Gesicht, als die beiden schamlosen Weiber in den Saal zurückkamen, ihr Haar sah wieder ordentlich aus, und sie schienen hocherfreut. In der Hand der Jüngeren baumelte lässig die Krone. Ich brüllte, sie seien nichts als gewöhnliche Huren, aber wieder wurde ich von den Gästen am Tisch niedergeschrien, als sei dies alles nichts weiter als ein amüsantes Spiel für sie.

Ich sah, wie die Tochter sich zu Edwy herunterbeugte und ihm etwas ins Ohr flüsterte. Sie setzte ihm die Krone auf die Locken und drückte sie fest. Unwillkürlich musste ich an Salome denken, wie sie das Haupt Johannes' des Täufers verlangte. Mir wurde übel, als König Edwy noch einmal aufblickte.

»Wartet noch einen Augenblick«, rief er.

Seine Wachen blieben stehen und drehten mich herum, sodass ich den König und seine Huren ansehen musste.

»Lady Elgiva erinnerte mich gerade daran, dass auch sie heute Abend gelitten hat, Dunstan, unter Euren Händen und Euren Worten. Haltet ihn!«

Ich hatte angefangen, mich zu wehren, als seine Liebesdienerin auf mich zu kam. Ich fühlte mich noch nie so verwundbar wie in diesem Augenblick, als sie mir so nahe kam, dass ich ihren Atem an meinem Hals spürte.

»Ich habe gesehen, wie Ihr gespäht habt«, flüsterte sie. Es überlief mich kalt.

»Wie soll er es büßen, mein Schatz?«, rief Edwy herüber. »Soll er bellen wie ein kleiner Hund? Oder dir die Füße küssen? Schließlich hat er dich mit seinen bösen Worten und seinen Beschuldigungen verletzt. Soll ich ihn auspeitschen lassen? Möchtest du die Peitsche halten?«

Ich hörte, wie Oda empört aufschrie, aber die Gäste waren jetzt trunken vor Grausamkeit, sie waren regelrecht aufgepeitscht. Jetzt war der Teufel persönlich unter uns.

»Er trat vorhin so stolz auf, Edwy«, sagte Elgiva. Ihre Stimme klang warm, und ich sah, wie schön sie war mit ihren roten Lippen. »Ich glaube, ich würde ihn gern am Boden kriechen sehen.«

»Ihr seid der böse Feind«, sagte ich, ich spie die Worte förmlich aus. »Je mehr Ihr jetzt triumphiert, desto mehr werdet Ihr zu bedauern haben, wenn über Euch gerichtet wird.«

»Schon möglich«, sagte sie und kam mir wieder näher. »Aber heute Abend seid Ihr dran.«

Edwy gab den Befehl, und ich blieb aufrecht stehen, solange ich konnte, während die Wachen mich schlugen. Schließlich traten sie mir gegen die Beine, und ich fiel hin. Ich konnte nicht mehr aufstehen und sah mein Blut auf dem Steinboden. Ich weiß noch, wie Elgiva lachte, als sie mich zu sich winkte. Ich lag auf Händen und Knien, als sie sagte, wenn ich zu ihr gekrochen käme, würde man aufhören, mich zu schlagen.

Ich wollte sie verfluchen, aber rundum herrschte lautes Gelächter, und ich konnte nur stumm die Lippen bewegen, sehen konnte ich nichts mehr.

An einen Teil dieses Abends habe ich keine Erinnerung, oder besser, er wurde mir gestohlen. Erst nachdem man mich nach draußen gebracht hatte, kam ich in der Abendkälte wieder zu mir. Die Türen wurden hinter mir zugeschlagen. Ich war ausgeschlossen von Licht, Gelächter und Lärm. Ich spuckte Blut.

Die königlichen Wachen kamen gemächlich näher, irgendwo im Dunklen standen Pferde, die von dösenden Stallburschen bewacht wurden.

»Könnt Ihr reiten, Vater?«, fragte einer.

Ich versuchte zu nicken, aber es war nicht hell genug, um es zu sehen, also räusperte ich mich und sagte, ich könne es wohl. Meine Zähne waren locker, und mein Gesicht war geschwollen, als seien meine Lippen, meine Wange und das eine Auge zusammengewachsen. Vorsichtig befühlte ich die schmerzhaftesten Stellen, dann entfuhr mir ein Fluch, weil ich feststellte, dass zwei meiner Finger gebrochen waren. Einen Augenblick lang drehte sich alles.

»Wir haben ihm da drinnen eine ordentliche Tracht Prügel verabreicht«, sagte eine der Wachen. »Er hat wohl der Lady unter die Röcke gelinst oder irgend so was. Dreckiger alter Kerl.«

Als Antwort konnte ich nur stöhnen, und er zog mich auf die Füße.

»Gut, Ihr seid also noch da«, sagte er. »Ich binde Euch fest, falls Ihr Euch nicht im Sattel halten könnt, in Ordnung? Ihr seid jetzt in meiner Obhut, bis Ihr auf dem Schiff seid, wie es der König befohlen hat.«

»König Edwy? Der wird sich morgen früh nicht einmal mehr daran erinnern«, murmelte ich, als ich wieder denken konnte und mir mein Schicksal klar wurde. »Seht Ihr nicht? Er wird seine Worte bedauern und nach mir fragen. Was werdet Ihr dann sagen? Lasst mich wenigstens warten, bis die Sonne aufgegangen ist, dann werde ich mich entschuldigen. Mein Gott, Mann! Lasst mich doch einfach noch eine Weile hier bei den Pferden bleiben!«

Zu meiner Überraschung versetzte der Mann mir erneut zwei Faustschläge. Der Schmerz ernüchterte mich, obwohl ich ihm nach dem zweiten Schlag vor die Füße kotzte, worauf er anfing zu fluchen. Als hätte ich es absichtlich getan, dabei hatte er mich in den Magen geboxt.

»Wie heißt Ihr?«, fragte ich ihn.

Er schnaubte nur verächtlich.

»Ich unterstehe dem König, nicht Euch. Und das hier war nur ein kleiner Abschiedsgruß, wenn Ihr wisst, was ich meine. Wenn Ihr ohne Widerrede aufs Schiff geht, ist Schluss damit. Ich werde Euch abfahren sehen, ist das klar? Aber wenn Ihr Euch wehrt oder Widerstand leistet, bringe ich Euch an einen verschwiegenen Ort, und wir führen zu Ende, was wir im Saal angefangen haben. Ich schlage Euch sämtliche Zähne ein.«

Er glotzte mich an und wartete auf Widerspruch. Ich wandte mich von seiner bösartigen Visage ab und stieg auf das Pferd, wobei ich einen Schrei unterdrücken musste, als sich meine schmerzenden Rippen dehnten.

Als ich tief die Nachtluft einatmete und die Augen schloss, fühlte sich mein Kopf zum ersten Mal, seit ich an der Festtafel gesessen hatte, wieder klar an. Ich war entsetzt darüber, wie jäh mein Schicksal sich gewendet hatte, und ich konnte nur stöhnen, als die nächtlichen Szenen wieder vor mir erschienen. Ich war ein Narr gewesen, aber diese Behandlung, diese bittere Demütigung hatte ich nicht verdient.

Ich appellierte nicht weiter an die königlichen Wachen. Sie waren nicht der Witan und auch kein Magistrat, der über Schuld oder Unschuld zu entscheiden hat. Ihre Pflicht war es, die Wünsche des Königs auszuführen, und ich hatte keine Möglichkeit, sie von dieser Pflicht abzuhalten.

Wir verließen London und nahmen die menschenleere Brücke über die Themse. Als die Sonne aufging, wandten wir uns nach Süden, der Küste zu. Ein paar Wagen kamen uns entgegen, aber niemand interessierte sich für uns.

Die Küste lag fünfzig oder sechzig Meilen südlich von uns, was ein berittener Bote an einem Tag schaffen konnte. Doch bei unserem gemächlichen Tempo kamen wir erst bei Nacht an, deshalb mussten wir ein Wirtshaus aufsuchen, um den nächsten Morgen abzuwarten. Zum ersten Mal war ich wieder unter ehrlichen, christlichen Leuten, die die Köpfe beugten, als sie meine Tonsur sahen.

Eine Flucht war ausgeschlossen. Der Mann, der mich geschlagen hatte, schlief mit mir im selben schmalen Bett, der andere legte sich draußen vor die Tür. Einer von beiden war immer wach. Doch sie hinderten mich nicht daran, Briefe zu schreiben, für die ich aus meiner schmalen Barschaft bezahlte. Ich kaufte Papier, Tinte und Wachs und verbrachte einen Teil der Nacht damit, an Wulfric und Oda, an Prior Caspar und an König Edgar im Norden Englands zu schreiben. Als wir gingen, gab ich dem Wirt die Briefe, samt ein paar Geldstücken, damit sie ihre Empfänger erreichten. Nach dieser Tätigkeit verspürte ich neue Hoffnung.

In einem Fischerdorf an der Südküste, es mag Worthing gewesen sein, machte mein namenloser Bewacher einen Handelskapitän ausfindig, der eine Koje für mich frei hatte. Der Mann betrachtete mein verschwollenes Gesicht und verlangte zwölf Pennys für die Überfahrt nach Flandern. Ich weigerte mich, ihn zu bezahlen, denn es war ja kaum eine Küste, an der ich landen wollte. Es gab ein kurzes Handgemenge, und der wütende Wachsoldat versetzte mir einen Schlag und entriss mir gleichzeitig meinen Geldbeutel. Er gab dem Kapitän sechs Pennys und steckte den Rest ein. Jetzt hatte ich gar kein Geld mehr. Er grinste nur spöttisch, als ich es zurückverlangte. Früher war ich oft gedemütigt worden, aber ich war es einfach nicht mehr gewohnt. Ich hatte vergessen, wie schrecklich hilflos man sich angesichts einer solchen Ungerechtigkeit fühlt.

Die weißen Klippen leuchteten in der Morgensonne, als ich von Wessex Abschied nahm, wo ich mein Leben in Trümmern zurückließ. Mein Wessex, meine Heimat. Ich glaube, ich habe geweint. Ich könnte behaupten, es habe alles daran gelegen, dass ich zu dicht am königlichen Feuer gestanden hatte, aber in Wirklichkeit hatte ich es selbst verursacht, durch meinen Stolz und meine Selbstherrlichkeit.

Natürlich hatte ich zu Recht so gehandelt, aber dadurch wurde es auch nicht leichter zu ertragen. Ich stellte mir vor, dass es einigen Heiligen genauso gegangen sein musste wie mir an diesem Morgen. Verletzt, ungerecht behandelt und von der Welt ausgestoßen, aber schließlich doch im Recht. Doch das war jetzt kein großer Trost, als der Wind auffrischte und ich vor Kälte zitterte.

Der Kapitän erwiderte meine Fragen anfangs nur grunzend und fluchend, aber als wir aufs offene Meer hinauskamen und ich immer noch neben ihm stand, ließ er mich wissen, dass Gent unser Ziel sei. Er schien hochzufrieden und brüstete sich, er werde ein Vermögen mit dieser Fahrt machen.

Davon hätte er den ganzen Tag reden können. England produzierte mehr Wolle, als man verarbeiten konnte, während es in Flandern mehr Webstühle als Wolle gab, um sie zu beschäftigen. Er sagte, er sei ein reicher Mann. Ich hätte ihm gern erzählt, dass ich für meine Abtei wagenweise Gold und Silber verbraucht hatte, mehr, als er in einem Menschenleben sehen würde. Doch ich hatte gelernt, den Mund zu halten. Ich sagte nichts, und er dachte, er habe mich beeindruckt.

Wir waren eine Woche auf See, dann folgten drei Tage auf einem Schleppkahn, auf dem wir in Richtung Stadt einen Fluss hinauffuhren, etwa so breit und so tief wie der Itchen in Winchester. Sobald wir angelegt hatten, sprang ich an Land und ging davon, ohne mich umzusehen. Der Kapitän rief mir etwas nach, aber ich drehte mich nicht um.

Auf einem malerischen Hügel hoch über der Stadt lag, von Mauern umgeben, die Abtei St. Peter, genau wie ich es gehört hatte. Ich war noch nie in Flandern gewesen, aber ich sprach fließend Latein und Griechisch und würde in jedem Kloster und jeder Kirche willkommen geheißen werden. Unsere Gemeinschaft reichte über alle Landesgrenzen hinweg, und wir alle wurden von Rom geleitet, ganz gleich, wo wir geboren waren. Ich hatte in Glastonbury sogar Mönche aus Aleppo und Jerusalem beherbergt. Und auch hier würde man mich als Bruder willkommen heißen.

Mit leichtem Schritt ging ich auf einer gut gepflasterten Straße den Hügel hinauf, überall bemerkte ich Zeichen von Wohlstand. Die Stadt war nicht ganz so groß wie Winchester, aber ich sah nur wenige Bettler, und die Stadt schien rege und wohlhabend. Den ganzen Hafen entlang, wo die zwei Flüsse sich vereinigten, wurden neue Wohn- und Lagerhäuser errichtet.

Am Tor des Klosters zog ich an der kleinen Glocke und wartete eine Ewigkeit, bis jemand kam. Ich war etwas überrascht, dass das Tor überhaupt geschlossen war, aber vermutlich war ich es von Glastonbury anders gewohnt, wo durch die Marsch ringsum wesentlich weniger Besucher hinkamen.

Als die Tür endlich geöffnet wurde, erblickte ich einen Mönch, der wie ein alter Großvater wirkte. Auf Latein erklärte ich, dass ich Abt Dunstan von Glastonbury und Bischof von Worcester sei. Ich bat ihn, mich eintreten zu lassen, da es mir schlecht ging.

Er hob die Hand, und nach meiner Misshandlung zuckte ich zusammen wie ein geprügelter Hund. Doch er wollte nur meinen Arm tätscheln und mich beruhigen. Dann nahm er mein Kinn, drehte meinen Kopf hin und her und betrachtete eingehend meine Verletzungen. Er sprach nicht, und ich überlegte schon, ob er ein Schweigegelübde abgelegt hatte. Doch er lächelte und klopfte mir wieder ermutigend auf den Arm. Ich merkte, wie sich mein Inneres langsam entspannte und meine Angst wich. Ich wurde hereingeführt und bekam zu essen, dann zeigte man mir eine kleine Zelle mit einer sauberen Pritsche, am Boden waren getrocknete Kräuter verstreut, damit es gut roch.

Der alte Mann blickte mich an, als ich mich auf den einzigen Stuhl gesetzt hatte. Sein Latein war sehr deutlich, aber er sprach es mit der hohen Stimme eines alten Mannes.

»Ich bin Bruder Favager. Du bist willkommen, bei uns zu bleiben, solange du willst. Bitte, ruhe dich aus, mein Sohn. Abt Reynault wird dich sehen wollen, aber er ist momentan in Antwerpen und wird erst in ein bis zwei Wochen zurück sein. Wir bekommen nicht viele Besucher aus England, und er wird sich freuen, wenn ich es ihm schreibe. Ich denke, Graf Arnulf wird ebenfalls mit dir speisen wollen, wenn er von dir hört. Bis dahin iss, schlafe und bete. Wir sind ein schweigsamer Orden. Hier wirst du Frieden finden.«

Ein drittes Mal tätschelte er meinen Arm, was vielleicht nicht erwähnenswert scheint, aber vielleicht hast du dich noch nie so einsam und verlassen gefühlt wie ich. Bruder Favager machte mich auf den Topf unter dem Bett und den Wasserkrug in der Ecke aufmerksam. Er segnete mich, dann verließ er mich, und ich konnte über mein bisheriges Leben nachsinnen – und über meine Rache.

34

Während meines Aufenthalts in Gent lernte ich die Flamen zu schätzen. Sie waren überwiegend aufrechte und ernste Christen, die nicht zur Oberflächlichkeit neigten. Sie waren stolz auf ihre Gastfreundschaft und interessierten sich mehr für das Essen, als ich es von zu Hause gewohnt war. Selbst die einfachen Speisen im Kloster waren abwechslungsreich. Man kochte hier eine wunderbare Suppe aus Hühnerfleisch und Lauch, und auch der Hasenbraten in Rotwein war so lecker, dass es schon fast sündhaft war.

Ach ja! Ich kann nichts davon zurückholen, genauso wenig wie den Sonnenschein meiner Jugendtage oder den Duft längst verblühter Blumen. Ich habe Fehler gemacht, und ich kann sie nicht ungeschehen machen. Deshalb kann ich sie jetzt niederschreiben, weil ohnehin nichts mehr geändert werden kann. Doch langsam verblasst der Schmerz, die Wunden vernarben.

Ich muss gestehen, dass ich mit dem Bestimmungsort dieses Kapitäns Glück hatte. Nicht nur, weil ich damit in eine Stadt kam, in der ich als Benediktiner willkommen geheißen wurde, sondern auch, weil zwischen Gent und England ein reger Schiffsverkehr herrschte. Ich konnte meine Briefe abschicken und hatte innerhalb weniger Wochen eine Antwort.

Ich schrieb abermals an Wulfric, weil ich wusste, dass ich ihm vertrauen konnte. Seine Antwort kam, noch ehe der Abt von St. Peter zurück war, der in Antwerpen länger als erwartet aufgehalten worden war. Abt Reynault fungierte privat als Geldverleiher für die flandrischen Adligen, ein wichtiger Dienst, durch den er es zu nicht geringem Einfluss gebracht hatte.

Ich hatte Wulfrics Brief unter meine Robe gesteckt und drückte ihn fest an mich, als ich durch den Kreuzgang hastete. Jeder Mönch, der mir begegnete, nickte mir lächelnd zu, obwohl ich sie alle täglich sah. Ich muss gestehen, dieses ständige Willkommen ging mir langsam auf die Nerven.

In der Privatsphäre meiner Zelle öffnete ich das Päckchen und zog die dicken, gefalteten Bögen heraus, die das Wachssiegel mit dem Lindwurm trugen. Mir rutschte das Herz in die Hose, als ich das Siegel erbrach und las.

Wie es schien, hatte König Edwy aus dem kurzen Leben und der noch kürzeren Regierungszeit seines Vaters seine Lehre gezogen und nur wenige Tage nach seiner Krönung seine Geliebte geheiratet. Elgiva, deren Name meine Augen schmerzte, als ich ihn im Brief meines Bruders las. Die Frau, die ich vor Hunderten von Gästen eine Hure genannt hatte. Die Dirne, die gegrinst hatte, als ich vor ihr auf den Knien lag und verprügelt wurde, die sich gewünscht hatte, dass ich vor ihr am Boden krieche, während sie ihre verführerischen roten Lippen für den König spitzte. Sie war also jetzt meine Königin. Und meine Feindin. Ich hätte die ganze Welt in Schutt und Asche gelegt, um sie zu erniedrigen. Ich war immer noch ein junger Mann – und sie werden die Würfel werfen.

Zusammen mit Abt Reynault kam etwas mehr Leben in das verschlafene kleine Kloster auf dem Berg. Er war ein stattlicher, blasser Mann, der die Hände zu Hilfe nahm, wenn ihm die Worte versagten. Doch sein Latein klang manchmal merkwürdig abgehackt, als sei es eine Sprache aus einer anderen

Zeit. Als ich es ihm gegenüber erwähnte, schien er hocherfreut. Ich erfuhr, dass er Cicero verehrte und sich bemühte, den Stil dieses großen Redners nachzuahmen.

Doch was noch wichtiger war, der Abt hörte meine traurige Geschichte und reagierte mit Wut und Abscheu, genau wie ich es erwartet hatte. Ich erzählte ihm nicht alle Details, nur dass ich bei einem großen Fest von dem neuen König vor allen Gästen misshandelt worden war – und dass die Frau Königin geworden war. Bei der Schilderung meiner Erniedrigung blitzten seine Augen vor Wut. Er verstand gut, dass ich nicht wollte, dass mein Aufenthaltsort am Hof bekannt wurde, und besonders nicht, dass ich eine Zufluchtsstätte gefunden hatte, wo ich willkommen war. Ich wusste nicht, wie weit König Edwy in seiner Rachsucht gehen würde, aber ich wollte auf jeden Fall vermeiden, dass hier mitten in der Nacht Bewaffnete über die Mauer geklettert kamen, um mich zu suchen. Ein König kann seine Hand auch über das Meer ausstrecken. Aber er war nicht der Einzige, der das konnte.

Wäre ich ein armer Mann gewesen, hätte ich nichts unternehmen können. Doch ich war zehn Jahre lang königlicher Schatzmeister gewesen und hatte bei Geldverleihern von York bis Winchester noch Beträge hinterlegt, und zwar alle ausschließlich auf meinen Namen. Darüber hinaus hatte ich Wulfric, und ihm vertraute ich.

Der Unterschied zwischen einem Freund und einem Bruder wird klar, wenn es körperlich wird. Ich wusste, Wulfric würde mich niemals verraten. Jedes Mal, wenn er einarmig seine Frau umarmte, wenn er seine Tochter Cyneryth küsste, hatte er das mir zu verdanken. Ich schrieb ihm und erinnerte ihn an ein altes Spiel aus unserer Kindheit, bei dem wir Buchstaben vertauschten, sodass der Text für Uneingeweihte ein unverständliches Kauderwelsch war. Die Griechen hatten ihre Botschaften auf die Köpfe ihrer Soldaten tätowiert und dann die Haare wieder wachsen lassen. Julius Cäsar hatte einen einfachen Code in seinen Briefen benutzt, den ich jetzt anwandte. Er hätte der Aufmerksamkeit eines klugen Menschen nicht lange standgehalten, aber keines unserer Geheimnisse wurde preisgegeben, wenn man nur einen schnellen Blick darauf warf. Das genügte mir für den Anfang. Später fügte ich immer neue Verschlüsselungen hinzu, bis Wulfric sich beschwerte, weil er einen halben Tag brauchte, um meine Briefe zu lesen.

Mir war Reichtum nie wichtig gewesen, auch wenn manche Menschen ein Leben lang danach streben. Doch anscheinend war Wulfric überrascht, wie viel Geld ich besaß. Ich kann nur sagen, dass ich daran bei meiner täglichen Arbeit nie dachte.

Ich sagte schon, dass ich Wulfric vertraute, und das tat ich wirklich, aber meine Absicht war jetzt die totale Vernichtung. Es gab Dinge, die ich Tinte und Pergament nicht anvertrauen konnte. Manches muss von Angesicht zu Angesicht gesagt werden, und niemand darf es hören.

Als ich ihn das erste Mal zu einem Besuch aufforderte, schrieb er, er könne nicht kommen. Es wurde Winter, und die kleinen Handelsschiffe lagen entlang der Küste in den Häfen und wurden vom Sturm gebeutelt. Ich arbeitete an meinen Codes und machte Pläne – ich zeichnete sogar Entwürfe für die Webmeister, die mich nach englischen Mustern fragten. Der Winter in Gent war kalt, die ganze Stadt war in eisiger Stille erstarrt, sodass man, wenn man durch die Straßen ging, nichts weiter hörte als das Knirschen des Schnees und das eigene Atmen.

Ich konnte nichts weiter tun, ich musste die Kälte und die grauen Tage ertragen. Ich nahm an den Gottesdiensten und den Mahlzeiten teil. Ich verbrachte ganze Monate, ohne ein Wort zu reden, in Nachdenken versunken. Eine Zeit lang dachte ich, das Schweigen würde meinen Zorn verrauchen lassen, aber es wirkte eher wie eine Esse, die ihn glühend machte wie ein Stück Eisen. Ich redete mir ein, ich täte es dem Ansehen der Kirche zuliebe, dass meine Erniedrigung eine Sünde sei, die nach Gerechtigkeit schrie. Aber es ging um mich.

Als es taute, verschwanden die Schleppkähne, dann tauchten sie wieder auf, hoch beladen mit Ballen von Wolle, um sämtliche Webstühle von Gent und Brügge zu beschäftigen. Ich ging zum Hafen hinunter und sah mit verschränkten Armen zu, wie sie be- und entladen wurden. Anfangs machte der eine oder andere Seemann eine spöttische Bemerkung, bis ein paar Fromme unter ihnen sie ermahnten, still zu sein. Sie wollten sich kein Unheil einhandeln, diese Seeleute. Sie fürchteten, ich könnte sie verfluchen.

Ich schrieb weiterhin zahlreiche Briefe, aber als es wärmer wurde, wuchs meine Verzweiflung. Ich war mir sicher, dass Alice oder meine Mutter dafür sorgten, dass Wulfric sie gar nicht bekam. Ich fühlte mich einsam, und meine Gespräche mit Abt Reynault fingen an, mich zu langweilen. Im Winter hatte ich ein paarmal mit Graf Arnulf gegessen, der wohl der langweiligste, ernsthafteste Mann war, der mir je begegnet ist. Ein Abend mit ihm war wie ein Vorgeschmack auf die Ewigkeit, ohne jede Chance auf Erlösung.

Insgesamt wurde ich der Stadt Gent überdrüssig, außerdem hatte ich Heimweh. Langsam verstand ich, weshalb Leofa bereits nach drei statt nach fünf Jahren zurückgekommen war. Eine Verbannung kann grausam sein, besonders, wenn auf den Schiffen Englisch gesprochen wird und man die Rufe der Männer versteht. Ich stellte mir vor, dass es für Franzosen leichter zu ertragen sei.

Bei Regen und Sonnenschein stand ich an der Kaimauer, sobald ich ein Gerücht hörte, dass sich ein englisches Schiff der Küste näherte. Die meisten Schiffe, die hereinkamen, waren riesige, schwerfällige Schleppkähne, hoch beladen und nur wenige Passagiere an Bord.

So stand ich auch eines Tages da, als Wulfric mit einem Begleiter an Land kam. Überrascht blickten sie um sich, auf eine fremde Umgebung, die so ganz anders war als die Heimat. Ich stieß einen lauten Freudenruf aus, als ich ihn sah, und rannte über das Kopfsteinpflaster, das im Nieselregen rutschig geworden war.

Normalerweise bin ich nicht sehr impulsiv. Ich behalte meine Gefühle für mich. In dieser Beziehung passe ich zu den Flamen, die genauso sind. Doch jetzt konnte ich nicht anders, ich umarmte Wulfric und drückte ihn an mich, während er mir mit seinem Arm vor Freude auf die Schulter klopfte. Ich war nicht mehr allein.

Ich wandte mich dem Mann zu, der ihn begleitet hatte. Er stand da, in einen dicken Mantel gehüllt, seine Kleider darunter rochen nach altem Schweiß. Auch sein Gesicht war halb verhüllt, wie bei einem Kind, das sich an einem kalten Morgen einen Schal vor den Mund bindet. Ich wartete, bis der Mann ihn abgenommen hatte, dann konnte ich ihn nur anstarren. Unwillkürlich hob ich die Hand, wie zur Abwehr.

Skinners Gesicht war eine einzige Masse von Narben, mit einem großen Loch dort, wo seine Nase einst gewesen war. Ich konnte das Innere seines Schädels sehen, die braunen Zähne und die nässende, roh glänzende Haut. Während ich ihn fassungslos anstarrte, hustete er lange und krampfhaft in ein Tuch, wobei er seine Augen nicht von mir nahm.

»Warum … was soll das bedeuten, Wulfric?«, fragte ich. »Warum hast du diesen Mann mitgebracht?«

Ich behielt den Falschmünzer im Auge, falls er ein Messer ziehen sollte, um sich jetzt und hier, im Hafen von Gent, an mir zu rächen.

»Vielleicht ist es hier etwas zu öffentlich, um über diese Dinge zu sprechen«, sagte Wulfric mit gespielter Munterkeit und blickte um sich. »Wo ist dein Kloster?«

»Nein. Ich gehe keinen Schritt weiter, ehe ich verstehe, was hier vor sich geht. Hast du Skinner gefragt, wie er zu diesen schrecklichen Narben kam?«, fragte ich.

Wulfric runzelte die Stirn und sah mich an.

»Er sagte, er sei verbrannt worden.« Langsam machte mein Bruder sich Sorgen über meine offensichtliche Verwirrung. »Stimmt das nicht, Skinner?«

»Richtig, das stimmt«, sagte der Mann. Ich zuckte zusammen, als ich seine undeutliche Sprache hörte, eine Folge der Verletzung durch meine glühende Zange. »Und Euer Bruder war derjenige, der das gemacht hat.«

Mit erschrocken aufgerissenen Augen blickte Wulfric von einem zum anderen.

»Was? Ich schwöre dir, Dun, davon hat er mir bisher nichts gesagt. Das wusste ich nicht. Du hattest mich gebeten, jemanden zu finden, und da dachte ich sofort an ihn. Ich bin zu ihm gegangen, Dunstan. Warum … mein Gott, Dunstan, warum hast du ihn denn verbrannt?«

»Du solltest den Namen Gottes nicht unnütz führen, Bruder. Was wollt Ihr, Skinner?«, fragte ich. »Wollt Ihr Euch rächen? Das wird Euch hier nicht gelingen.«

»Euer Bruder kam zu mir und fragte, ob ich etwas verdienen will. Er sprach von Silber. Also bin ich mitgekommen.«

»Es tut mir leid, aber Ihr befindet Euch im Irrtum. Ich kann Euch nicht vertrauen, Skinner. Versteht Ihr? Ihr seid schon einmal zu mir gekommen, mit Drohungen … und Lügen, und wolltet Schweigegeld von mir. Ich kann keinen

Mann gebrauchen, der sein Versprechen nicht hält, tut mir leid.«

Er packte mich so plötzlich am Arm, dass ich mich fast losgerissen hätte.

»Schickt mich nicht nach Hause! Ich habe nichts mehr, Vater! Ich besitze keinen einzigen Penny. Meine Verbrennungen wollten nicht heilen, ich bin fast daran gestorben. Und es will doch niemand etwas mit einem Mann zu tun haben, der aussieht wie ich, versteht Ihr das? Sie schmeißen mit Steinen und werfen mich überall raus, wo ich hingehe, wie einen verdammten Aussätzigen. Aber mein Junge hat sonst niemanden, also muss ich für ihn da sein, bis ich sterbe. Wenn Ihr meinen Beutel mit Silber füllt, dann schwöre ich beim Leben meines Sohnes, dass Ihr mich nie mehr sehen müsst, es sei denn, Ihr steht an meinem Grab.«

»Dunstan, es tut mir leid«, sagte Wulfric. »Ich hatte keine Ahnung davon, was da zwischen euch vorgefallen ist.«

»Schon gut, Bruder. Du hattest recht damit, ihn mitzubringen.«

In Skinners Augen sah ich etwas, das ich jetzt brauchte. Ich glaube, es war Verzweiflung. Und das verstand ich besser als alle anderen.

»Ihr müsst mich gehasst haben, als ich Euch verletzte«, sagte ich zu ihm.

»Stimmt, das will ich nicht abstreiten! Ich war eine Zeit lang verrückt vor Schmerzen und Fieber. Aber ich wusste, dass ich selbst schuld daran war, weil ich zu Euch gekommen war. Wo Ihr mich doch einst gerettet hattet, nicht wahr? Und den Jungen, was noch wichtiger ist. Wenn Ihr zu mir gesagt hättet: Skinner, ich werde Euren Jungen retten, aber Euch dafür verbrennen, wie Ihr es Euch nicht vorstellen könnt, dann hätte ich damals in dem Hof trotzdem darauf eingeschlagen.«

Es war schon richtig, mir blieb nichts anderes übrig. Aber ich spürte auch, dass er die Wahrheit sprach.

»Dann kniet nieder, Skinner. Schwört bei Eurer unsterblichen Seele und bei der Seele Eures Sohnes. Schwört, dass Ihr mir gehorchen werdet, ganz gleich, was ich von Euch verlange.«

»Ich schwöre es«, sagte er und ließ sich auf die Knie fallen. »Ich danke Euch.«

Ich nahm ein silbernes Medaillon, das ich um den Hals getragen hatte, und reichte es ihm. Fast furchtsam blickte er es an.

»Was Ihr hier in der Hand habt, ist ein Splitter vom Kreuz, an dem Christus starb. Es ist mit seinem Blut befleckt. Lügt jetzt nicht, Skinner. Wagt es nicht. Ich frage Euch abermals. Schwört Ihr bei Eurer unsterblichen Seele und bei der Seele Eures Sohnes, mir in allem zu gehorchen? Und niemals darüber zu sprechen, was wir hier vereinbaren? Und Euer Wort zu halten?«

»Ich schwöre es, Sir, ich schwöre!«, sagte er.

Ich ergriff seine Hand, sie war eiskalt und zitterte. Ich zog ihn hoch. Im Hafen war es still geworden, weil die Seeleute aufgehört hatten, ihre Ballen und Kisten zu entladen, um unsere merkwürdige Szene zu beobachten. Als sie meinen wütenden Blick sahen, fingen sie wieder an zu arbeiten.

»Ich gab Euch beiden Euer Leben zurück. Euch, Skinner, als ich Euch vor dem Galgen rettete, am Morgen, als Ihr erhängt werden solltet. Und dir, Wulfric, als ich die Schrauben in deine Knochen drehte und deinen Arm amputieren ließ. Ich habe Euch beide gerettet – und jetzt habe ich eine Aufgabe für Euch. Kommt mit, ich will Euch das Kloster von St. Peter zeigen.«

Wulfric war offensichtlich erleichtert, dass ich ihm verziehen hatte. Während er neben mir herging, war er ganz fasziniert von der Stadt, vor allem von den Möglichkeiten, die sich ihm hier boten. Schließlich handelte er in London mit Wolle und Stoffen.

Ich hörte seine freudigen Kommentare, doch ich ging jeden Schritt wie unter einer dunklen Wolke. Ich wusste, was ich vorhatte, würde ihn erschrecken. Er war auf seine Art ein unschuldiger, guter Mensch. Mein Vorhaben war unbarmherzig, und es würde ihn zeichnen, genau wie es Skinner gezeichnet hatte.

Ich hätte mich noch anders entscheiden können, ehe es zu weit gegangen war. Doch ich biss die Zähne zusammen und redete mir ein, es sei bereits beschlossene Sache und gebe kein Zurück. Meine Feinde hatten mich dazu gezwungen, es war mehr, als ich ertragen konnte. Entschlossen machte ich mich auf den Weg, der vor mir lag.

Abt Reynault gefiel mein Anspruch auf Privatsphäre nicht, das machte er mir ziemlich klar. Wieder musste ich sündigen, ich erzählte von Familienangelegenheiten, die ich mit Wulfric allein klären müsse, nur damit wir einen Raum für uns bekamen. Reynault war genauso begierig auf Nachrichten aus England und Glastonbury wie ich, aber wir hatten noch andere Dinge zu besprechen, die er nicht hören sollte. Schließlich aßen Wulfric, Skinner und ich ziemlich schweigsam zu Mittag. Vielleicht war ich zu vorsichtig, aber ich war überzeugt, man könne uns hören, deshalb sprach ich von nichts Wichtigem, bis wir im Klostergarten allein waren.

»Es tut mir leid, Bruder«, sagte Wulfric, »dass ich dir so schlechte Nachricht bringen muss.«

»Wirklich? Das tut mir nicht sehr weh. Ich bin doch sowieso schon verbannt, Wulfric, und zwar auf unbestimmte Zeit. Diebe bekommen vielleicht fünf Jahre, aber nicht ich, ein Abt und Bischof, der nur verhindern wollte, dass der ganze

Hof von der Wollust des Königs angesteckt wird! Natürlich hat er mein Kloster Caspar übergeben! Auch dabei hatte sie ihre Hand im Spiel, Wulfric. Elgiva ist die Hexe, die ihn anstiftet. Sie ist unsere Feindin, der eine faule Zahn, der einen Mann umbringen kann.«

Wulfric runzelte die Stirn, er merkte, dass es mir ernst war.

»Sie ließ dich am Abend nach der Krönung verprügeln, das weiß ich. Kannst du das nicht einfach hinter dir lassen?«

»Nein. Die Hure des Königs ließ einen Abt verprügeln. Am Tage der Krönung vergoss sie das Blut eines Bischofs. Mir geht es nicht um mich, Wulfric, sondern um Gott. Wenn sie bestraft wird, geschieht es für das, was sie der Kirche angetan hat. Aber natürlich wird es mich ebenfalls befriedigen.«

Wulfric und Skinner beobachteten mich, als sei ich ein wilder Hund, der jeden Moment zuschnappen könnte.

»Warum hast du mich kommen lassen, Dun?«, fragte Wulfric. »Was konntest du mir nicht einmal codiert schreiben, obwohl ich es kaum selbst entziffern kann?«

Ich deutete auf eine Bank, und die beiden setzten sich. Ich setzte mich nicht dazu, dazu war ich viel zu aufgeregt, ich ging auf und ab, und sie hörten mir zu.

»Ich habe die Abtei verloren, die ich aufgebaut habe. Ich habe meinen Bischofssitz verloren. Königlicher Schatzmeister bin ich auch nicht mehr.« Ich sah, wie Skinner die Stirn runzelte. »Oh, ich habe immer noch mehr Gold und Silber, als ich jemals ausgeben könnte, Skinner. Um Eure Belohnung braucht Ihr Euch keine Sorgen zu machen.«

Ich trat näher heran.

»Ich vertraue Euch beiden, sonst würde ich das jetzt nicht sagen. Edwy könnte fünfzig Jahre regieren. Und ich will diese Regierungszeit nicht in Gent absitzen! Seine Frau ist ein Gift. Dieses Gift werden wir entfernen, sie darf nicht an der

Seite des Königs bleiben. Er wird eine andere finden. Vielleicht wird er dann sogar der König, der er sein sollte. Dann hätten wir eine gute Tat getan, Bruder, für Wessex und für England.«

»Was meinst du damit, sie entfernen? Ich will in keinen Mord verwickelt sein, Dunstan, weder für dich noch für sonst jemanden. Das mache ich nicht.«

Ich grinste ihn liebevoll an.

»Du bist ein guter Kerl, Wulfric, das weiß ich. So etwas würde ich auch nicht von dir verlangen.«

»Ich würde es machen«, murmelte Skinner. Er zuckte die Schultern, als wir ihn ansahen. »Ein Wort von Euch, und ich schneide eine königliche Kehle durch. Das fällt mir genauso leicht wie Euch, wenn Ihr mir das Geld dafür gebt.«

»Nein, Skinner«, sagte ich. »Wir werden die junge Frau nicht umbringen. Mir wäre es lieber, wenn wir sie dem König einfach wegnehmen, damit er sich ewig fragen muss, ob sie ihn freiwillig verlassen hat oder entführt wurde.«

»Aber wo könnte man sie hinbringen?«, fragte Wulfric.

»Nach Irland«, sagte ich. Ich hatte viele Länder in Erwägung gezogen, aber Irland war weit genug. »Wenn sie dort als Sklavin verkauft würde, würde sie in den Bergen verschwinden, als sei sie nie auf der Welt gewesen. Soll sie heulen und schreien, wenn sie den Fußboden in ihrem Bauernhaus schrubbt. Sie soll ihre Heimat nie wiedersehen, genau wie sie es mir gewünscht hatte.«

»Das mache ich nicht«, sagte Wulfric. »Ich kann mir auch nicht vorstellen, wie das zu bewerkstelligen wäre. Sie ist doch nicht irgendeine Waschfrau, Dun! Elgiva ist die Königin.«

»Man müsste es bei Tageslicht machen«, sagte Skinner. »Irgendwo, wo sie sich sicher fühlt und nicht zu stark bewacht wird. Nachts schläft sie an der Seite des Königs, da ist sie sicher. Da wird es auch Leute geben, dicke Mauern und all so was. Aber am Tage könnte ich sie mit zwei Mann überwältigen.«

Er sprach, als ginge es darum, Hasen zu fangen oder Vogelfallen zu stellen. Jetzt war ich froh, dass Wulfric ihn mitgebracht hatte.

»Du wirst mit Master Skinner arbeiten, Wulfric, denn du verdankst mir dein Leben – und schuldest mir Loyalität.«

»Das ist zu viel, das kann ich nicht. Hast du eigentlich eine Ahnung, was der König machen würde, wenn man uns erwischte?«

»Es wäre unser Ende«, sagte ich. »Das Ende des Lebens, das ich dir schenkte: deine Frau, deine Tochter, dein Geschäft, der Respekt anderer Menschen. Das schöne Haus, das du für deine Familie in London gebaut hast. Als ich an deinem Bett stand, mit deinem Blut an meinen Händen, da wollte ich dich einfach nur retten, weiter nichts. Jetzt haben sie *mich* verletzt, Wulfric. Noch schlimmer, sie haben die Kirche verspottet. Dies ist die Antwort, die ich ihnen gebe, und dies ist meine Frage an dich, obwohl es mich fast zerreißt, es tun zu müssen. Wenn ich dich da heraushalten könnte, würde ich es tun, das weißt du! Ich würde mir selbst die Hände schmutzig machen. Doch mich kennt man in Winchester. Sobald ich mich dort zeige, werde ich festgenommen. Also, Bruder, mein Entschluss steht fest. Wirst du das für mich tun? Wirst du endlich deine Schulden an mich bezahlen?«

Er beugte den Kopf, während ich vor ihm kniete und ihm in die Augen blickte, aus denen er sich die Tränen wischte.

»Also gut, Dun. Ich mache es.«

»Danke. Skinner? Euer Wort habe ich schon, aber ich fülle Euch einen Beutel mit Silber, wenn Ihr mitmacht.«

»Ich bin Euer Mann, Sir«, sagte er, während er sein Tuch hervorzog und sich fast behutsam damit abtupfte.

Ich schloss einen Moment die Augen, es war, als fiele ein schweres Gewicht von mir ab.

»Sehr gut. Dann werden wir drei es auch schaffen.«

Ich bin nicht stolz auf diesen Tag im Klostergarten. Ich war überwältigt von Zorn, Scham und Schmerz. Ich habe meinen Feinden immer vergeben, aber erst, wenn sie ihre Strafe bekommen hatten.

35

Wenn man es schreibt, dass man eine Königin in die Sklaverei verkauft hat, klingt das furchtbar. Zu meiner Verteidigung kann ich nicht viel sagen, nur dies: Wenn eine Frau einen König verführt – und noch dazu gemeinsam mit ihrer Mutter –, dann eignet sie sich deshalb, genau genommen, noch lange nicht zur Königin. Und selbst wenn er sie dann heiratet und sie sich Königin nennt, bedeutet das lediglich, dass sie mit ihm das Bett teilt und ihre Kinder Prinzen sind. Das ist alles, sie selbst verändert sich dadurch nicht.

Wulfric blieb einen Monat in Gent. Er versuchte immer wieder, mir meinen Plan auszureden, aber ich blieb fest. Ich konnte ihr nicht verzeihen.

Sie verabschiedeten sich Ende April, und ich winkte ihnen hinterher. Dann wartete ich. Ich fühlte mich ziemlich hilflos. Ich hatte Wulfric ermächtigt, auf meine Geldreserven zuzugreifen – ich hatte ihm gesagt, wo sie sich befanden und welche Kennwörter er angeben müsse. Seine Aufgabe war es, Skinner mit Geld zu versorgen und ihn zu begleiten.

Ich fühlte mich gar nicht wohl dabei, von anderen abhängig zu sein in einer Angelegenheit, die ich viel lieber selbst in die Hand genommen hätte. Das war mir immer am liebsten gewesen. Doch ich konnte es nicht ändern. Ich konnte mich nicht einfach an einem Sommertag vermummen wie ein Leprakranker und in Winchester herumspazieren. Die Menschen fürchteten sich vor dem Aussatz und würden verlangen, mein Gesicht zu sehen. Und natürlich würde man mich sofort erkennen und festnehmen, das Ende wäre Sklaverei oder sogar Hinrichtung. Ich machte mit Edwys Königin nichts anderes als das, was sie auch mit mir gemacht hätte, wenn sich ihr die Chance geboten hätte.

Ich erhielt den ganzen Sommer über keinerlei Nachricht, Wulfric schrieb lediglich, dass sie beobachteten, wie unser Vogel sich ein Nest baute. Offenbar hatte Erzbischof Oda, der gute alte Däne, beim Witan auch Beschwerde über meine Behandlung eingereicht. Wulfric wollte abwarten, ob Edwy einlenken oder gar gezwungen werden würde, mich zurückkehren zu lassen. Mein Bruder hatte ein zu weiches Herz. Edwy ließ sich nicht umstimmen. Ich hatte sein Gesicht gesehen und sein Gift zu spüren bekommen, als ich Hand an ihn legte. Solange diese Frau sein Ohr hatte, würde er mich nicht zurückrufen.

Ziemlich ungehalten forderte ich Wulfric auf, nicht länger zu zögern, sondern das Nest zu zerstören. Ich erhielt keine Antwort, und mein zweites Jahr im Exil war so langweilig wie die Flamen selbst. Es regnete fast jeden Tag, und wenn ich einen Brief bekam, las ich ihn hundertmal, ehe ich ihn absandte, um das Pergament wieder zu benutzen.

In jenem Winter zeichnete und illuminierte ich mechanische Illustrationen für eine Arbeit über Diogenes. Das war mir ein Trost, denn er war ein Grieche, der ins Exil geschickt und sogar als Sklave verkauft worden war, doch er hatte aus der Not eine Tugend gemacht und völlig bedürfnislos gelebt. Ich frage mich, wie das gewesen sein muss, wenn man solche Menschen kannte, damals, als die Welt noch jünger war.

Ich arbeitete mit etwa dreißig weiteren Mönchen in einem kleinen Scriptorium, wo wir von Sonnenaufgang bis Sonnenuntergang kratzten, schrieben und zeichneten. Als die Tage kürzer wurden, benutzte ich einen Teil meines englischen Silbers, um neue Lampen für uns anschaffen zu lassen, nicht zuletzt deshalb, weil ich ohne Arbeit verrückt geworden wäre. Das Klosterleben besteht aus Wiederholung und Ritual, wodurch ein Mensch großen Frieden finden kann. Doch in jenem Jahr fand ich keinen Frieden, ich war voll mit meinen Plänen beschäftigt und wartete ständig darauf, dass mein Bruder endlich einen Entschluss fasste. Ich machte mir nichts vor. Ich wusste, seine Weichherzigkeit könnte alles zum Scheitern bringen.

Als das Weihnachtsfest vorüber war und das neue Jahr begann, schickte ich Wulfric eine kurze, energische Aufforderung, endlich tätig zu werden, dann wartete ich. Ich fing keine neue Arbeit an, sondern machte lange Spaziergänge über die Felder außerhalb der Stadt. Ich hatte ein paar Worte Flämisch gelernt, war aber meist wie ein Taubstummer, wenn niemand Latein oder Griechisch sprach. Man fühlt sich isoliert – und in mancher Hinsicht ist Latein eine kalte Sprache. Man macht sich ihre Struktur zu eigen und spricht ganz anders als sonst. Ich vermisste die Vielfalt der Sprache von Wessex mit ihrem Reichtum an kraftvollen Ausdrücken.

Im März kam ein Schiff aus England an, mit gesplitterten und notdürftig zusammengehaltenen Spieren nach einem Sturm auf hoher See. Ich ging hinunter zum Hafen, sobald ich die Glocken hörte. Das erste Schiff des Jahres war immer ein Ereignis, es war die Ankündigung neuer Arbeit und neuen Wohlstands für die Handelshäuser. Das brachte neues Leben in die ganze Stadt.

Dieses Schiff war kaum größer als ein Schleppkahn, vielleicht war das auch der Grund, warum es sich so mühsam in den Hafen quälte. Ich stand in einer Menschengruppe, die sich versammelt hatte und auf Neuigkeiten und Briefe wartete, viele auch auf Waren, die sie im Herbst bestellt und auf die sie während des ganzen Winters gewartet hatten.

Ich konnte einige Worte ihres aufgeregten Geschwätzes verstehen, doch in meiner schwarzen Robe wirkte ich unter ihnen wie eine Krähe. Ich merkte, wie sie mich ansahen und ihre Blicke an mir abglitten wie Regentropfen an einer polierten Oberfläche. Ich gehörte nicht zu ihnen, und ich trug meine Würde wie einen Umhang.

Der Kapitän selbst betrat den Kai, falls das keine zu großartige Bezeichnung ist für den Gebieter über ein so kleines Schiff. Er zog ein Bündel Briefe hervor und rief jeden Empfänger einzeln auf, mancher gab ihm ein paar Geldstücke für seine Mühe. Ich gab ihm zwei Silbermünzen und nahm einen Brief in Empfang. Er fühlte sich kalt auf der Haut an, als ich ihn unter meine Robe steckte.

Ich konnte es nicht erwarten, also löste ich die Schnur und suchte nach dem Siegel mit dem Lindwurm. Wulfric und ich hatten ausgemacht, dass die Erfolgsmeldung ein anderes Siegel tragen sollte, nämlich die Eiche von Wessex. Als ich diese jetzt sah, musste ich mich an die Mauer lehnen, plötzlich wurde mir schwindlig. Mir verschwamm alles vor den Augen, und ich konnte nicht klar sehen. Ich wagte kaum, den Brief zu öffnen, nachdem ich ihn so lange angestarrt hatte. Als ich es endlich tat, war er nur drei Zeilen lang.

»Der arme Vogel hat unseren Garten verlassen. Es ist eine große Sünde, unschuldige Geschöpfe zu verletzen. Ich wünschte, wir hätten es nicht getan.«

Wulfric hatte nicht unterschrieben, doch ich kannte seine Schrift gut genug. Mich irritierte sein scheinheiliges Bedauern. Ich empfand nichts als Befriedigung, dass meine Feindin endlich ihre Strafe erhalten hatte.

Ich erwähnte bereits, dass ich nicht für alles eine Rechtfertigung habe, was ich getan habe, aber vielleicht sollte ich es wenigstens versuchen. Sklaverei war für mich nichts Unbekanntes, obwohl die Leibeigenen auf dem Hof meines

Vaters gut behandelt wurden. Ich glaube, die Wahrheit ist, dass ich einen grenzenlosen Hass hatte, genau wie ein Kind, wenn es seine Eltern ins Höllenfeuer wünschen kann.

Das ist nur ein Vergleich. Mit sechs oder acht Jahren, wenn meine Mutter mir ein Naschwerk verweigerte oder mir einen Klaps gab, konnte ich mit geballten Fäusten im Dunkeln liegen und mir Racheakte ausdenken, dass ich dachte, mir müsse das Herz platzen. Niemand kann so hassen wie ein Kind.

Ich las die drei Zeilen meines Bruders wohl hundertmal, aber ich konnte ihnen keine andere Bedeutung entnehmen. Soweit ich mich erinnere, lief ich gleich in meine Zelle, um meine Antwort zu schreiben. Ehe ich anfing, legte ich meine Tabellen mit den Codes bereit, dann holte ich tief Luft, um mich zu beruhigen, und streckte meine Hände vor mir aus. Befriedigt stellte ich fest, dass sie nicht zitterten. Doch ich wusste, dass ich vorsichtig sein musste. Ich musste jedes Wort so wählen, dass es auch mein schlimmster Feind lesen konnte, und zwar laut, vor einem rachedurstigen König. Mit diesen Einschränkungen verfasste ich meine Antwort, wozu ich einen ganzen Tag brauchte. Ich war immer noch verbannt, immer noch im Exil. Ich hatte meine Abtei nicht zurückbekommen, ich war auch noch nicht wieder Bischof von Worcester. Aber ich war voll Freude und dankte Gott.

Zuerst schien es, als würde Wulfric mir nicht mehr antworten, jetzt, nachdem die Aufgabe erledigt war. Ich schrieb zwei Briefe pro Tag und schickte einen mit jedem Schiff, das nach London fuhr, aber ich erhielt wochenlang keine Antwort. Schließlich schrieb ich Wulfric unverschlüsselt, dass ich ihn noch einmal sehen müsse – und zu meinem Erstaunen erhielt ich eine kurze, schnippische Antwort von seiner Frau Alice, die mir mitteilte, mein Bruder wünsche nichts mehr von mir zu hören. Als ob ich mich damit zufriedengeben würde!

Ich schrieb an meine Mutter und bat um Nachricht, gleichzeitig fügte ich auch da einen Brief an Wulfric bei, falls seine kleine Frau die anderen ins Feuer geworfen hatte. Es war riskant, deshalb schrieb ich unverschlüsselt in ganz unverdächtigem Stil, denn ich wusste, meine Mutter würde der Versuchung nicht widerstehen können, mit einem heißen Messer unter das Siegel zu fahren. Es gibt immer eine Möglichkeit, wenn man neugierig ist und Zeit hat.

Doch Wulfric antwortete immer noch nicht. Meine Mutter schrieb hin und wieder, um zu sagen, sie habe ihm meinen Brief gegeben, und ob ich in meinem Exil vielleicht schon gehört hätte, dass die Königin verschwunden sei? Der König sei völlig aufgelöst und glaube, sie sei mit einem anderen Mann durchgebrannt. Ich las die Empörung meiner Mutter mit Vergnügen, ich drückte die Bögen an mich und musste laut lachen. Ich wusste es besser, auch wenn mein jüngerer Bruder sich von mir abgewandt hatte.

Mein Leben verlief jetzt in ruhigeren Bahnen. Ich verspürte einen großen inneren Frieden, auch wenn ich zugeben muss, dass ich Gent langsam etwas beengend fand. Ich fing an, eine Reise nach Rom zu planen, ich wollte das Grab des heiligen Petrus und das Herz der Kirche besuchen. Auch auf die römischen Ruinen war ich neugierig.

Ich fühlte mich so frei, alle meine Pflichten waren von mir genommen. Ich war gesund und hatte Geld. Und ich war noch immer ein Mönch und ein Priester – das konnte kein König mir nehmen. Meine Rache an Elgiva war erledigt, und ich konnte endlich nach vorn blicken. Es war wie eine Wiedergeburt, gelegentlich ertappte ich mich sogar beim Pfeifen, während ich meine Reise ins Zentrum der westlichen Christenheit plante. Von Rom aus hatte Kaiser Konstantin den Glauben in der Welt verbreitet, bis in die entlegensten Winkel, wo nur Riesen und wilde Tiere lebten.

Noch immer ging ich zum Hafen, wenn ein neues Schiff anlegte, aber jetzt geschah es, weil ich als Schatzmeister des Klosters möglichst günstige Preise für Stoffe und Näherinnen aushandeln wollte. Abt Reynault war beeindruckt von meiner Arbeit, ihm schien die Veränderung meiner Situation und meiner Stimmung nicht entgangen zu sein, und er lächelte oft, wenn er mich sah.

Ich hatte Wulfric erst gar nicht bemerkt. Ich kaufte gerade ein frisches Brot an einem Marktstand, als er von der Kaimauer kam und mich an der Schulter packte.

Ich wandte mich um, hocherfreut, ihn endlich zu sehen. Ich verstand nicht, warum er so blass und sorgenvoll aussah. Ich umarmte ihn, und die Menschen ringsum, die mich inzwischen kannten, lächelten beim Anblick dieser offenen Zuneigung.

»Bruder, ich hatte schon befürchtet, dich nie wieder zu sehen«, sagte ich.

»Ich komme auch nicht aus Sehnsucht nach dir, Dunstan. Wir sind … ich weiß nicht, wie ich es ausdrücken soll. Lass uns ein Stück gehen, und ich erzähle es dir.«

Ich nahm meinen Korb, und wir liefen durch die Stadt. Ich hatte keine Angst davor, dass man uns hören könnte, schließlich verstand in Gent kaum jemand Englisch.

»Hat man uns verraten?«, fragte ich, denn sein Gesicht ließ nichts Gutes ahnen.

»Das wäre genauso schlimm«, sagte er. »Ich hatte einen Brief von einem meiner Lieferanten in Dublin. Er ahnt natürlich nicht, dass ich etwas damit zu tun habe, aber er teilte mir die ganz außergewöhnliche Neuigkeit mit, dass es dort ein Sklavenmädchen gebe, das behauptet, die Königin zu sein – und offenbar glaubt man ihr. Wir sind verloren, Bruder!«

»Friede mit dir, Wulfric. Bleib ganz ruhig und erzähle mir alles. Hat er sonst noch etwas geschrieben?«

»Er schildert am Ende seiner Berichte immer die kleinen Begebenheiten in der Stadt. Morde und Überfälle meistens. Das ist so eine Angewohnheit von ihm. Natürlich schrieb ich sofort zurück und bat ihn um nähere Einzelheiten. Er schrieb nur, er habe in einem Wirtshaus gehört, dass ein Mädchen mit einem Brandmal auf der Wange eine Familie überzeugt hat, sie sei die vermisste Königin.«

»Sie hatte ein Brandmal?«

Er nickte und blickte zu Boden.

»Das macht man, falls ein Sklave zu flüchten versucht.«

Ich blies die Luft heraus. In meinem Korb waren Äpfel, und ich bot ihm einen an. Er zögerte, aber er hatte Hunger. In einer stillen Seitenstraße lehnten wir uns an eine Hauswand, nachdem wir uns überzeugt hatten, dass kein Fenster über uns war.

»Es wird bestimmt nicht lange dauern, bis jemand sich bereit erklärt, sie zu ihrem Mann zurückzubringen«, sagte ich. »Ob sie weiß, dass du involviert warst, Wulfric? Oder ich?«

»Das kann ich nicht mit Bestimmtheit sagen. Sie hat mein Gesicht gesehen, aber vermutlich kennt sie mich nicht.«

Ich sah ihn an, mit seinem einen Arm und der rosa Narbe auf der Stirn.

»Ich kann mir vorstellen, dass sie von dir gehört hat, Wulfric«, sagte ich.

Plötzlich packte er mich vorn bei meiner Robe und drückte seine Faust gegen meine Brust, dass es schmerzte.

»Sag mir, was ich tun soll, Dun! Alice und Cyneryth sind alles, was ich habe. Und man wird sie nicht verschonen, wenn man erfährt, was ich getan habe! Wenn das herauskommt, wenn man das weiß …«

Ich sah, wie verzweifelt er war. Er schüttelte mich, wie ein Terrier eine Ratte schüttelt, bis ich ihn am Handgelenk packte und fortschob, denn meine Laune wurde bei dieser Behandlung auch nicht besser.

»Beruhige dich, Bruder! Lass uns weitergehen, ehe die ganze Stadt merkt, wer hier so herumschreit.«

Ich schlug den Weg in die umliegenden Felder ein, obwohl es hier nach dem vielen Regen genauso nass war wie im Marschland von Glastonbury. Doch wir fanden einen etwas erhöht liegenden Weg, wo wir sicher sein konnten, dass uns niemand hörte.

»Ist Skinner noch da?«

»Ich weiß nur, dass er mit seinem Sohn ein Zimmer bewohnt, irgendwo über einer Gießerei.«

»Ich habe ihm doch genug Geld gegeben, dass er sich ein Stück Land kaufen und dort ganz friedlich leben könnte«, sagte ich, etwas ungehalten darüber, wie der Mann seine Chance vertat.

Wulfric zuckte die Schultern.

»Er sagt, er habe Schulden damit bezahlt. Er scheint mir jetzt weniger ängstlich und auch besser ernährt. Aber er bleibt dort, mit diesem Sohn, der niemals spricht.«

»Gut. Denn du weißt sicher, wie das hier enden wird, Wulfric. Ach komm, mach mir nichts vor! Du bist mein Bruder. Wenn jemand dich bedrohen sollte, soll ich da still bleiben? Erwartest du, dass ich untätig bleibe, während sie deine Frau und deine Tochter festnehmen? Wirst du dann deiner Tochter erzählen, dass wir sie nicht retten konnten? Nein, Wulfric. Ich habe dich in diese Sache hineingezogen, jetzt sage ich dir, wie wir es machen müssen. Überlass es Skinner. Stopf ihm den Mund mit Gold. In welchem Hafen kommen die Schiffe aus Irland denn meistens an?«

»Da gibt es mehr als einen, Dunstan. Es gibt mindestens zwanzig Fischereihäfen, wo sie landen könnten.«

»Sie werden sich aber nicht verstecken«, sagte ich zuversichtlich. »Wenn dein Geschäftsfreund recht hat, werden sie mit ihr nach Dublin gehen und sie von dort nach Winchester oder London bringen. Die Iren können eine schöne Belohnung erwarten, die sie ihnen sicher versprochen hat, deshalb werden sie sich auch nicht wie Diebe verstecken. Wenn diese Hexe sie wirklich überredet hat, dann werden sie im Triumph mit ihr ankommen.«

»Dann wahrscheinlich eher in Bristol. Ja, das denke ich. Mein Gott, wenn wir nur sicher sein könnten!«

»Missbrauche nicht den Namen des Herrn, Wulfric! Ich werde beten, und sie werden kommen. Skinner wird tun, was zu tun ist. Irland war also doch nicht weit genug weg. Vielleicht kann er sie auf ein Schiff nach Griechenland bringen. Dort gibt es viele Sklaven – und dort spricht man ihre Sprache nicht. Ja, genau, das sollten wir machen.«

Ich starrte meinen Bruder an und fragte mich, ob er alles verstanden hatte. Ein Mensch kann etwas hören und sich trotzdem verzweifelt bemühen, es nicht zu verstehen, weil sich in seinem Inneren alles dagegen sträubt.

Mir war klar, wie es ablaufen sollte. Vielleicht hätte ich einen anderen Weg bevorzugt, aber ich hatte keine Wahl. Nein. Für mich war es im Moment das Wichtigste, Wulfric und seine kleine Familie zu schützen.

Ich sah, wie erleichtert er war, als er seine Sorge auf mich abgeladen hatte. Ich glaube, er verstand, dass die Königshure nicht wieder zu ihrem Mann zurückkommen durfte. Denn dann wären wir alle erledigt. Es wäre eine Tragödie, die den alten Griechen alle Ehre machen würde. Mit jedem Schritt bedauerte ich die Sache mehr, aber ich konnte mich nicht aus der Affäre ziehen und Wulfric samt Frau und Kind ihrem Schicksal überlassen.

Ich hatte das Ganze angefangen, um eine Beleidigung der Kirche zu sühnen. Jetzt machte ich weiter, um meinen Bruder und sein Kind zu schützen. Auch aus ehrlichen Fäden kann man die bösartigsten Muster weben. Ein böser Mensch hätte jetzt befohlen, sie einfach zu töten, und sich damit viel Ärger und Mühe erspart. Ich versichere euch, es war nur meine Gutmütigkeit, die mich in diesen Sumpf gezogen hatte – und als ich einmal drinsteckte, kam ich nicht wieder heraus.

Ich schrieb einen Brief an Skinner und legte gleich eine Handvoll Geldstücke dazu, um ihm zu zeigen, dass ich es ehrlich meinte. Ich hatte ihn schon einmal bezahlt und ihm versprochen, ihn reich zu machen, wenn er die Sache zu Ende brachte. Als ich Wulfric zurück zum Hafen begleitete, erinnerte ich ihn daran, gepackte Taschen bereitzuhalten, damit er mit seiner Familie fliehen könne, falls unser Plan scheiterte.

Ich wäre sehr gern mit ihm gefahren, aber an Leofa hatte ich erlebt, was mit einem Mann passiert, der aus der Verbannung zurückkommt. Das Schicksal war eine wankelmütige Geliebte, das hatte ich bereits gelernt. Wulfric versprach, jeden Abend zu beten und mir zu schreiben, wenn alles vorbei war. Ich hatte nichts weiter getan, als das Kommando zu übernehmen und meinen Segen dazu zu geben, aber das genügte. Ich hatte die Entscheidung für ihn getroffen und ihm diese Bürde abgenommen. Jetzt blieb ich zurück und musste warten. In Gent, ganz allein.

Monatelang hörte ich nichts, während mein drittes Jahr im Exil verstrich und mich langsam zermürbte. Es war nicht einfach, Ereignisse abzuwarten, ohne sie persönlich mitverfolgen zu können. Skinner konnte lesen, was er als Fälscher natürlich schon früh hatte lernen müssen. Doch wagte ich nicht, ihm zu schreiben, selbst wenn ich gewusst hätte, wo ich es hinschicken sollte. Während unser Kloster unter einem glühend heißen Sommer stöhnte, wusste ich immer noch nicht, ob Wulfric festgenommen worden war. Ob ich damit rechnen müsse, dass man auch mich holen würde, oder ob er vielleicht schon tot war. Vielleicht saß Skinner längst in einer Zelle und sagte aus, dass Vater Dunstan hinter der ganzen Sache steckte.

Meine Pläne bezüglich einer Reise nach Rom hatte ich erst mal zurückgestellt. Der Dunstan, der von antiken Tempeln geträumt hatte, war wieder ein nervöses Wrack. Ich kaute an meinen Fingernägeln, bis sie bluteten. Sogar an meinen Zehennägeln fummelte ich herum, wenn ich auf dem Bett lag, bis sie so geschwollen und vereitert waren, dass ich kaum noch laufen konnte. Ich verbrachte viel Zeit bei unserem Kräuterarzt, der mir Umschläge machte und die Nägel mit einer feinen Schere schnitt. Dieses Kloster hatte keine Schmiede, aber am Stadtrand gab es einen ausgezeichneten Schmied. Er sprach weder Englisch noch Latein oder Griechisch, sodass ich nur die einfachsten Höflichkeiten mit ihm austauschen konnte.

Endlich kam ein Brief von meiner Mutter. Sie hatte ihn mit der Wessex-Eiche gesiegelt, aber ich wusste nicht, ob sie wusste, wofür dieses Symbol stand. Mit zitternden Händen öffnete ich ihn und las.

Es war nicht gut gegangen. Skinner und sein Sohn hatten einen alten Soldaten dafür bezahlt, dass er mit ihnen ging. Ich vermute, Skinner hatte es ihm nicht sehr genau erklärt – und sein Sohn schon gar nicht. In Bristol hatten die drei die betreffende Lady entdeckt, mit dem Brandmal der Leibeigenen auf der Wange, wie beschrieben. Die Königin war in Begleitung zweier Männer mit dem Schiff aus Dublin angekommen. Trotz ihres Brandmals schritt sie dahin wie eine Freie, nicht einmal mit einem Strick gesichert. Skinner war ihnen aus dem Hafen gefolgt, wo es zu viele Zeugen gegeben hätte. Sie behielten sie im Auge, bis sie ein paar Meilen weiter in der Nähe von Gloucester auf ein verlassenes Stück Straße kamen.

Die beiden Begleiter Elgivas hatten nicht kampflos aufgegeben. Doch Skinner konnte sein Messer gebrauchen, und auch der Soldat war ein alter Hase. Die beiden Iren waren im Nu erledigt. Natürlich schrie die Königin um Hilfe, und wie es schien, ging der Soldat in seiner Panik auch auf sie mit dem Messer los. Worauf Skinner wiederum ihm die Kehle durchschnitt und dann mit seinem Sohn in den Wäldern verschwand, ehe sie gefangen und aufgehängt werden konnten.

Skinner und sein Sohn lebten mehrere Tage in der Wildnis, während man überall nach den Mördern suchte, sie aber nicht fand. Ich wünschte, ich könnte behaupten, solch grausame Taten seien eine Seltenheit gewesen, aber auf den Straßen lauert die Gefahr, so war es schon immer. Der Mensch ist ein gefallenes Geschöpf, in Sünde geboren. Das Wunder besteht darin, dass wir manchmal größer sind, als es in unserer Natur liegt. Wölfe können grausam sein, Menschen ebenfalls, aber nur Menschen können Kathedralen bauen und mit Gold ausmalen.

Es dauerte länger als einen Monat, ehe das Paar wieder in London auftauchte. Skinner hatte hohes Fieber und war völlig erschöpft, als sie im Geschäft ankamen. Er war durch einen Graben gerobbt, sagte meine Mutter. Das schmutzige Wasser war in sein offenes Gesicht eingedrungen, worauf es wieder heftig eiterte.

Meine Mutter und Alice hatten ihn gepflegt und die ganze Geschichte von ihm gehört. Das war mir gar nicht recht. Nicht weil ich dachte, Wulfric oder ich seien in Gefahr, sondern weil jeder Junge, egal wie alt, möchte, dass seine Mutter stolz auf ihn ist. In jeder Zeile las ich ihre Enttäuschung, ihr Entsetzen und ihren Schmerz. Sie war bisher so stolz auf mich gewesen, als ich Abt wurde, dann Bischof und Schatzmeister. Das alles war mir jetzt genommen worden, alles war dahin.

Ich las den Brief ein Dutzend Mal. Dann warf ich das verwünschte Ding ins Feuer, nahm meinen Geldbeutel und ging in die Stadt, um mich sinnlos zu betrinken. An die folgende Nacht habe ich keine Erinnerung, aber ich war schwer verprügelt worden und wachte ohne Geldbeutel im Straßengraben auf. Ich hätte erfrieren können, und vielleicht wäre mir das im Moment sogar ganz recht gewesen.

In London traf die Neuigkeit ein, die vermisste Königin sei gefunden worden. König Edwy ritt dorthin, wo man ihre Leiche aufbewahrte, und ließ sie in eine nahe gelegene Kirche bringen. Wie ich hörte, verbrachte er den Abend bei ihr, bei Kerzenlicht und mit Brandy.

Am Morgen fand man ihn an einem knarrenden Seil hängend, tot, seine Seele in der Hölle. Es dauerte einen weiteren Monat, ehe ich diese Nachricht in Wulfrics zittriger Schrift erhielt. Ich schrieb noch einen letzten Brief, diesmal an König Edgar. Dann nahm ich den kleinen Sack mit meinen Habseligkeiten, verabschiedete mich von Abt Reynault und ging hinunter zum Hafen. Ich fuhr nach Hause. Ich muss gestehen, dass ich weinte, als ich die weißen Klippen wiedersah. Aber dafür schäme ich mich nicht.

36

Ich war dabei, als König Edwy gekrönt wurde; und jetzt, nur drei Jahre später, war ich bei seiner Beerdigung. Ich hatte nicht damit gerechnet, rechtzeitig zur Trauerfeier da zu sein, obwohl ich mich beeilt hatte und die Winde zur Überfahrt günstig waren. Heute frage ich mich, ob der Allmächtige selbst mir bei meiner Rückkehr geholfen hat, sodass ich aufrecht vor all diesen Speichelleckern erscheinen konnte, die sich an mich erinnerten. Sie wussten nur zu gut, wie ich sie verlassen hatte, und in welchem Zustand. Ich sah es ihren roten Köpfen an, als ich eintrat und meinen Platz einnahm. Niemand wagte es, meine Verbannung mit einem Wort zu erwähnen. Ihr könnt sicher sein, es gab kein höhnisches Gelächter, als der Vorhang zugezogen wurde und die heilige Handlung ihren Lauf nahm.

Ich war es nicht mehr gewohnt, inmitten einer Gemeinde zu sitzen. Doch wenigstens verstand ich Latein, im Gegensatz zu den meisten in dieser Kathedrale. Ich brauchte keine Glöckchen, um zu wissen, wann ich niederknien und beten musste. Ich dankte Gott für meine Errettung, wie bei Jona und dem Wal, wie Josef aus der Sklaverei.

Edwy hatte wochenlang in einer kühlen Krypta gelegen, während Erzbischof Oda mit anderen Bischöfen darüber diskutierte, ob einer, der sich erhängt hatte, ein christliches Begräbnis haben dürfe. Die damit verbundene Anstrengung war offenbar zu viel für den Erzbischof, und er zog sich mitten im Sommer eine Erkältung zu, die ihn ziemlich mitnahm.

Er freute sich sehr, mich zu sehen, aber ich bemerkte auch, wie er in den Jahren meines Exils gealtert war. Irgendwie war ich schockiert, als ob ich erwartet hätte, alle unverändert anzutreffen.

Ich nehme an, Edwys Leiche drohte langsam zu verwesen, also musste eine Lösung gefunden werden. Diese war natürlich ein typischer Wessex-Kompromiss. Schließlich war er ein König. Niemand erwähnte seine Todesart, und im Kirchenbuch wurde ebenfalls nichts darüber festgehalten.

König Edwy wurde in geweihter Erde begraben statt außerhalb der Friedhofsmauer, wo er eigentlich hingehört hätte. Für Könige gelten nicht dieselben Regeln wie für gewöhnliche Sterbliche, außerdem sollte erwähnt werden, dass sein Bruder Edgar der Kirche große Stiftungen zukommen ließ. Es ist nicht das erste Mal, dass so etwas passiert, und es wird nicht das letzte Mal sein. Selbstmord ist eine Todsünde, aber darüber gerichtet wird nicht in dieser Welt.

Als die Totenmesse vorüber war und der Weihrauch sich verzogen hatte, trat ich hinaus in den Sonnenschein und atmete tief durch. Ich füllte meine Lunge mit derselben Luft, die schon meine Vorfahren geatmet hatten seit Anbeginn der Welt.

»Das war eine schöne Trauerfeier, Vater«, hörte ich jemanden sagen.

Ich fuhr leicht zusammen, denn ich war tief in Gedanken gewesen. König Edgar war ebenfalls herausgekommen, und ich mimte Überraschung, so als hätte ich nicht den richtigen Moment abgewartet und alles getan, um von ihm bemerkt zu werden. Er war jetzt sechzehn oder siebzehn Jahre alt, genauso blond wie sein Vater, und seine Schultern waren breiter geworden. Seine Augen waren klar und sein Atem frisch. Er schien mehr im Reinen mit sich, als ich ihn in Erinnerung hatte.

»Das werde ich an Erzbischof Oda weitergeben«, sagte ich lächelnd. »Ich hoffe, Ihr seid nicht verärgert darüber, dass ich hier bin, Euer Hoheit? Ich wollte der Seele Eures Bruders zeigen, dass ich ihm jede Herabwürdigung der Kirche verziehen habe. Ich wollte zeigen, dass ich ihm nicht länger zürne.«

Das war ein schöner und nobler Kommentar, und er schien erfreut darüber.

»Ich werde Eure Verbannung vom Witan aufheben lassen, wenn er morgen zusammentritt. Ich hätte Euch sowieso noch vor Ende des Monats zurückgerufen, Dunstan. Ich weiß, was mein Bruder getan hat. Glaubt mir, ich habe jede Einzelheit über seine Grausamkeiten gehört – und die seiner Frau. Nun ja, jetzt haben sie die Antwort.«

Ich wollte protestieren, aber er hob die Hand und redete weiter.

»Ich weiß schon, Vater, ich sollte so etwas nicht sagen. Gott richtet am Himmelstor und nicht vorher. Doch irgendwie glaube ich, er wird nicht sehr freundlich verfahren mit jemandem, der einen Bischof oder einen Abt verprügeln lässt. Mein Bruder … war ein grausamer Junge.« Sein Gesicht verdüsterte sich, und ich fragte mich, woran er jetzt dachte. »Er lebte kaum lange genug, um ihn einen grausamen Mann nennen zu können. Ich sollte eigentlich so tun, als hätte ich einen großen Verlust erlitten, aber in Wirklichkeit bin ich nur erleichtert.«

Er hatte Tränen in den Augen, und ich wusste nicht, ob ich ihm glauben konnte. Blutsbande sind fest, wie ich selbst nur zu gut weiß. Wegen meiner Eile, die Beerdigung nicht zu verpassen, hatte ich Wulfric noch nicht aufgesucht. Doch London lag auf meinem Weg, und ich fürchtete mich fast davor, was ich dort vorfinden würde, was die ganze Geschichte bei ihm angerichtet hatte.

Ist es nicht merkwürdig? Wenn einem ein Sieg sicher ist, bekommt man es fast mit der Angst zu tun. Großes Glück lässt uns immer das Gegenteil befürchten. Ich muss sagen, dass dann Beten hilft. Gott liebt keinen Stolz, dagegen wirken Gebete wie eine heilsame Salbe.

»Ich wünschte, ich hätte hierbleiben können, Euer Hoheit. Ich sprach beim Witan als Erster für Euch. Ich wusste damals schon, dass Ihr ein großer König sein würdet, genau wie Euer Vater Edmund.«

»Ich … erinnere mich kaum an ihn«, sagte Edgar. »Bis auf ein paar flüchtige Momente.«

Plötzlich kam ihm eine Idee. Er sah mich an und legte den Kopf zur Seite. Seine Leibwächter waren herausgekommen, und die Trauergäste standen unschlüssig auf der Straße herum und wollten nicht gehen, solange der König noch dastand.

»Würdet Ihr ein Stück mit mir gehen, Vater? Ich möchte die Geschichten hören, die Ihr mir früher über ihn erzählt habt. Ihr wart ungefähr im gleichen Alter, nicht wahr?«

Er ging neben mir her, und die Menge teilte sich, als wir den Hügel hinab zum Fluss gingen. Ich war denselben Weg mit seinem Vater Edmund gegangen und beschrieb ihm den Tag, worüber er erfreut schien.

Während der Lärm der Hauptstadt um uns brandete, erzählte ich dem jungen Mann alles, woran ich mich erinnern konnte, über seinen Vater und seine Onkel Eadred und Æthelstan. Er schien sich dabei zu entspannen – und merkwürdigerweise wurde auch ich während des Erzählens immer ruhiger. Meine Geheimnisse behielt ich natürlich für mich, aber es half mir, mich an alles zu erinnern, was ich bisher gemacht und geschaffen hatte. Das Größte davon war zweifellos die Abtei von Glastonbury. Ich beschrieb die Arbeit und erzählte von dem Geld, das ich geerbt und für den Bau ausgegeben hatte, nur um dann erleben zu müssen, wie Caspar alles bekam.

Am Fluss blieb Edgar stehen und blickte hinaus auf die hoch beladenen Schleppkähne und die schaukelnden Boote. Ich war siebenunddreißig Jahre alt, und er war zwanzig Jahre jünger, aber ich verzog keine Miene, als er mir die Hand auf die Schulter legte. Er war hochgewachsen und in diesem Moment der unbestrittene König. Wir alle wussten, dieses Reich gehörte ihm, von Küste zu Küste. Die Mitglieder des Witan hatten dank ihrer Torheit drei Jahre unter seinem Bruder ertragen müssen. Jetzt hatten sie die Chance, das zu korrigieren.

»Ihr seid schändlich behandelt worden, Vater«, sagte Edgar schließlich. »Deshalb gebe ich Euch mein Wort als König: Ich werde es wiedergutmachen. Wenn ich Euch die Abtei wiedergebe, würdet Ihr dann dort Eure Wut austoben?«

»Nein, Euer Hoheit. Inzwischen schätze ich das friedliche Leben zu sehr.«

»Dann werde ich noch heute die Urkunde besiegeln, mit der Ihr wieder Abt werdet. Das Grab meines Vaters braucht einen Hüter, Vater. Ihr sollt wieder in Eure alten Ämter eingesetzt werden, soweit es in meiner Macht steht. Der Witan tritt im Oktober wieder zusammen, ich würde mich freuen, wenn Ihr dabei wärt, als mein Gast. Dann werde ich Euch für Eure grausame Behandlung noch weiter entschädigen.«

Seine Hand glitt von meiner Schulter. Ich kniete nieder und jubelte innerlich.

Als der Herbst kam, erschienen mir meine Jahre in Gent wie aus einem anderen Leben. Ich bin damit geschlagen, nichts vergessen zu können, also kann ich nicht sagen, dass es verblasste. Doch es gelang mir, diese Zeit hinter mir zu lassen, wie eine Tür, die man zumacht. Ich habe Fehler gemacht, und natürlich sündigen alle Menschen. Der Unterschied zu den meisten ist, dass ich mich jahrelang bemüht habe, meine Sünden wiedergutzumachen.

Überall im Land leuchteten die Bäume rot, golden und braun, und dieses Jahr hörten wir zum Glück nichts von einer Invasion. Es wurde sehr früh kalt, der Frost breitete sich rasch aus und biss Jung und Alt selbst in den Betten. Trotzdem war uns klar, dass die Wikinger im Frühjahr wiederkommen würden. Sie kamen immer wieder.

König Edgar schmiedete in London Pflugscharen zu Schwertern, nach drei Jahren Aufenthalt seines Bruders hatte er jetzt dort Fuß gefasst. Er hatte beschlossen, den Witan nächsten Monat in Bradford tagen zu lassen, im Gebiet von York. Im Norden war er immer am glücklichsten, dort, wo er den Menschenschlag kannte und verstand. Es ist keine Kleinigkeit zu wissen, dass man Menschen vertrauen kann und ihre Mentalität versteht.

Ich nahm an der Versammlung des Witan teil, wie Edgar vorgeschlagen hatte. Er ehrte mich vor Männern, die in einer früheren Generation Könige gewesen wären, jetzt aber nur noch große Lords waren. Sie applaudierten, als Edgar mich als Abt bestätigte. Und mehr noch, sie sprachen mir ein Bistum zu, obwohl im Moment keins frei war. Mein früheres Amt als Bischof von Worcester war an einen alten Mann gegangen, von dem man sagte, er werde einen weiteren Winter nicht überleben, er pfeife schon auf dem letzten Loch. Es war eine spannende Zeit.

Natürlich musste Erzbischof Oda noch jede Ernennung bestätigen, aber wir waren ja alte Freunde. Edgar scheute keine Mühe, mich vor den Earls und Lehnsleuten zu ehren und meine Demütigung durch seinen Bruder Edwy wiedergutzumachen. Als die Bäume in ihren herrlichsten Farben strahlten und die ersten Blätter fielen, löste sich ein großer Knoten in meiner Brust. Ich hatte die schweren, dunklen

Jahre überstanden und war wieder daheim, bei meinen Leuten. Ich wurde geehrt, wo ich früher verachtet wurde, gelobt, wo man mich verspottet hatte. Solche Dinge sollten einem Gottesmann eigentlich nichts bedeuten, aber ich gestehe, sie taten mir gut.

Nachdem der Witan ihn zum König von ganz England ausgerufen hatte, war es Edgars erstes Anliegen, den gesamten Süden zu bereisen, um den Bewohnern von Wessex und London zu zeigen, dass sie wieder von einem Sohn Edmunds regiert wurden. Gleichzeitig lernte er ein Reich kennen, an das er seit seiner Kindheit kaum noch Erinnerungen hatte. Er war der König des Nordens. Manche sagten von ihm, er kenne die Wikinger besser als seine eigenen Untertanen.

Während all das geschah, schloss ich Frieden mit Wulfric und überredete ihn, mit mir nach Glastonbury zu kommen, zum Andenken an unsere Kindheit. Er hatte dunkle Ringe unter den Augen und war missgestimmt, so als fürchte er sich vor einer unbekannten Strafe. Seine Hand zitterte, und er hatte fast immer Kopfschmerzen, worüber er stöhnte und fluchte. Er war immer der Schwächere von uns beiden gewesen. Ich sagte Alice, ein Monat im Kloster wäre ein Urlaub für ihn, eine Ruhepause von seiner anstrengenden Arbeit. Es war Wulfric nicht gelungen, die Ereignisse dieser schlimmen Jahre hinter sich zu lassen. Vielleicht lag das daran, dass er näher am Geschehen gewesen war als ich.

Ich besuchte auch meine Mutter in ihren Räumen über dem Geschäft, die man über eine alte, knarrende Treppe erreichte. Vieles war wie früher, aber vieles war auch anders geworden. Sie sah mich so traurig an, dass ich schließlich unwirsch wurde. Sie wischte sich die Tränen ab und versuchte, meine Hände in die ihren zu nehmen, aber ich weigerte mich, über mein Exil zu sprechen. Ich wollte nicht alles wieder aufrühren und drohte zu gehen, wenn sie dieses Thema nicht fallen lasse. Ich war wieder zu Hause, und das war schließlich die Hauptsache! Ich war wieder Abt und Bischof, auch wenn ich nichts darüber gehört hatte, ob ich auch wieder königlicher Schatzmeister werden sollte. Ich konnte meine Arbeit fortsetzen und würde auch einen Weg finden, meine Sünden wiedergutzumachen. Ich hoffte nur, es wäre nicht wieder mit einer so großen Aufgabe verbunden wie der Bau der Abtei von Glastonbury.

Sie konnte mir nicht länger zürnen, und leise sagte ich ihr, es tue mir leid, dass ich sie enttäuscht hatte. Eigentlich tat es mir gar nicht leid, aber ich dachte an das letzte Mal, als ich meinen Vater sah, und mein Bedauern damals, dass ich mich nicht mehr mit ihm unterhalten hatte. Das hatte den Umgang mit meiner Mutter beeinflusst. Ich dachte, jedes Mal könne das letzte Mal sein, dass ich sie sah, und deshalb tröstete ich sie und sagte ihr, was sie hören wollte. Ich erwähne dies nur, weil es irgendwann wirklich das letzte Mal war. Ich hielt sie bei den Händen und küsste sie auf die Wange. In der folgenden Nacht starb sie, ganz friedlich im Schlaf. Ich hielt die Leichenrede, aber der Trauergottesdienst wurde vom Bischof von London gehalten. Ich vermisse sie noch immer.

Wulfric und ich ritten drei Tage, bis wir in Winchester waren, dann weitere zwei, bis wir an der Brücke standen, die über die Marsch führte. Um uns waberte dichter weißer Nebel. Drei Bedienstete begleiteten uns, die mein Werkzeug transportierten. Abgesehen davon hätte es genauso gut der erste Tag unserer Ankunft sein können. Es war fast unmöglich, nicht an meinen Vater und das kleine Boot zu denken, und wie Wulfric vorausgestürmt war.

Ich sah ihn an und dachte daran, wie die Zeit und seine Verletzungen ihn verändert hatten. Er ging jetzt gebeugter, als ich ihn in Erinnerung hatte. Er hatte Tränen in den Augen, als er aufblickte, ich vermutlich auch.

»Komm jetzt, Bruder«, sagte ich und legte meinen Arm um seine Schulter.

Zusammen gingen wir über die Brücke, die unter unseren Schritten knarrte. Unsere Diener führten hinter uns die Pferde, deren Hufgetrappel laut widerhallte.

Auf der anderen Seite betraten wir das Kloster durch ein solides Tor aus Eichenholz, das noch ganz neu aussah. Ich konnte nur staunen, wie viel sich während meiner Abwesenheit hier verändert hatte. Die Gärten waren schon winterfest gemacht, aber die Beete für nächstes Jahr waren bereits in akkuraten Reihen angelegt. Ich sah eine neue Mauer aus Ziegeln und Feuerstein, zwanzig Fuß hoch und drei Fuß stark, mit Nischen, in denen die Bienenstöcke vor der Winterkälte geschützt waren. Saubere Reihen von Apfelbäumen, Karren, Schuppen, frisch gepflügte Erde, schwarz und vom Frost bereift.

Überall liefen Mönche in schwarzen Kutten herum, und als einer von ihnen sah, wie wir das Tor öffneten, kam er herüber zu uns. Ich kannte ihn nicht, und er musterte meine Tonsur und meine schwarze Robe.

»Werdet Ihr erwartet, B-bruder?«, fragte er.

Ich lächelte.

»Stellt man sich bei der Begrüßung nicht mehr mit Namen vor? Sollen wir Fremde bleiben?«

Der junge Mann wurde rot und antwortete stotternd.

»Es tut mir leid. Ich heiße P-Petrus.«

Ich beschloss, ihm meinen Namen nicht zu sagen.

»Nun, Bruder Petrus, könntest du bitte Abt Caspar Bescheid sagen, dass wir hier sind? Wir kommen im Auftrag des Königs.«

Er machte ein skeptisches Gesicht, ging aber und tat, worum ich ihn gebeten hatte.

Ich kann nicht genau sagen, was ich in diesem Moment empfand. Ich hatte mir oft in glühenden Farben ausgemalt, wie ich Caspar mit Fußtritten im Hof herumjagen würde, weil er mir meine Abtei weggenommen hatte. Doch irgendwie war ich im Exil weiser geworden, was wohl bei den meisten Menschen der Fall ist. Ich war reifer geworden und zeigte keinen großen Triumph, als Caspar endlich erschien, obwohl er mich sehr lange hatte warten lassen. Doch es tat mir sehr gut, wie er jetzt die Augen aufriss.

»Wir haben einen neuen König«, sagte ich.

»Ich verstehe«, erwiderte er. Er sah Wulfric an, dann die Diener. Er hatte wirklich verstanden.

Jetzt war der Moment gekommen, wo ich Größe zeigen musste.

»Kannst du dienen, Bruder?«, fragte ich ihn. »Ich bin jetzt wieder der Abt hier, vom König ernannt, aber ich fühle mich nicht wohl bei dem Gedanken, dass unser Amt als Diener Gottes verschenkt werden kann wie ein Schmuckstück.«

Zu meiner Freude ging Caspar auf ein Knie nieder und beugte den Kopf.

»Gott hat Euch erwählt, Vater Abt. Ich verstehe Seine Pläne nicht immer, aber ich beuge mich Seinem Willen.«

Vielleicht empfand ich doch noch einen Rest Bosheit gegenüber dem Mann, der die von mir gebaute Abtei nicht abgelehnt hatte.

»Und wirst du dich von deiner Frau trennen? Ich habe vor, hier die Regel des heiligen Benedikt zu befolgen.«

Er biss die Zähne zusammen.

»Das … kann ich nicht. Ihr könnt nicht einfach von mir verlangen …«

Ich schüttelte den Kopf. »Dann entbinde ich dich von deinem Gelübde, Caspar von Glastonbury. Versuche es mit

Handel in der Stadt, oder bleib hier und arbeite als Laienbruder. Aber du kannst nicht gleichzeitig Mönch und Ehemann sein.«

Er war bleich vor Wut, als er sich erhob, aber ich genoss meinen Sieg. Ich konnte nur die Fehler bedauern, die ich früher gemacht hatte. Ich machte das Kreuzzeichen in der Luft, und er sackte zusammen, als sei ihm ein Halt genommen worden.

Ich ließ Caspar stehen und rief den jungen Mönch, der uns empfangen hatte.

»Komm mit, Wulfric. Bruder Petrus, zeig mir, wo es zu den Räumen des Abts geht. Du wirst die persönliche Habe von Abt Caspar irgendwo für ihn aufbewahren müssen.«

Bruder Petrus schien seine Sprache verloren zu haben. Er stotterte etwas vor sich hin, und erst dachte ich, es sei nur Nervosität, aber es hörte nicht auf. Ich rollte mit den Augen. Ich habe schon mehrere Menschen mit dieser Behinderung erlebt. Mit ihnen muss man viel Geduld haben, über die ich nicht verfüge.

Nachdem Wulfric und ich das Auspacken unserer Sachen überwacht hatten, gingen wir in die Kirche und knieten nieder. Ich war zurück. Ich war zu Hause.

Der Bischof von Worcester starb in diesem Winter, was mich sehr freute. Ich erhielt das Bistum zurück, das mir von früher her vertraut war, und jetzt hatte ich das Gefühl, dass sich das Blatt endgültig für mich gewendet hatte, all mein Unglück hatte sich wieder ins Gegenteil verwandelt. Doch ehe es Frühling wurde, erlitt Erzbischof Oda einen schweren Anfall, sein Gesicht war halbseitig gelähmt, und er konnte kaum atmen. Er musste um die sechzig herum gewesen sein, also war es keine große Überraschung. Wie ich hörte, war sein Ende nicht schwer. Man fand ein Dutzend Flaschen aus

Glas und Zinn in seinem Schlafzimmer, alle voll mit irgendeinem unbekannten *aqua vitae*. Wie es schien, hatte der alte Däne doch gern ab und zu einen Schluck genommen.

Ich wartete. Ich erinnerte mich, dass König Edgar gesagt hatte, er werde mich für das Unrecht, das mir widerfahren war, entschädigen. Ich wusste nicht, ob ich mir Hoffnung machen sollte oder nicht. Ich beschäftigte mich mit dem Kloster und den Messen, doch ich wartete jeden Tag in dieser winterlichen Stille auf die Nachricht von einem noch größeren Wirkungsbereich, in dem mein Stern aufgehen würde.

Doch in jenem Jahr wurde ich enttäuscht. Vielleicht hielt Edgar mich für zu jung, oder vielleicht schuldete er außer mir auch noch anderen einen Gefallen, etwa jenen, die ihm zu seinem Königreich verholfen hatten. Ich hatte mehr als jeder andere dazu beigetragen, dass England wieder vereint war, aber es wäre kaum fair gewesen, das als Argument zu benutzen.

Ich musste geduldig sein, und als dann Aelfsige, der Bischof von Winchester, gewählt wurde, tröstete ich mich damit, dass auch er nicht mehr der Jüngste war. Ich war nicht gekränkt, dass man mich übergangen hatte. Ich wusste, dass ich bei unserem jungen König in hohem Ansehen stand. Meine Zeit würde kommen.

Der Erzbischof ernennt Priester zu Bischöfen, aber er selbst muss in Rom vom Papst eingesetzt werden. Als Zeichen der Gnade wird ihm ein Pallium um die Schultern gelegt – ein großer, außerordentlich prachtvoller Umhang. Ich gestehe, ich freute mich darauf, und ich war etwas neidisch, als ich mich von Bischof Aelfsige verabschiedete. Er würde Rom eher sehen als ich.

Wie es sich fügte, hatte ich mich geirrt. Er erfror bei der Alpenüberquerung. Es wurde Frühling, ehe seine bedauernswerten Diener wieder zu Hause ankamen, und inzwischen hatte Edgar wieder im Norden zu tun, allerdings mit mehr Erfolg, als die meisten von uns erwartet hatten. In diesem Jahr gab es keine Invasion der Wikinger, vielleicht weil die Lords im Norden sie nicht eingeladen hatten, obwohl dieses Gerücht von ihnen immer abgestritten wurde. Edgar zog nach York und suchte sie günstig zu stimmen, indem er sie daran erinnerte, dass er genauso ein Prinz von Mercia sei wie von Wessex, also genauso nach York gehörte wie nach London. Das schien sie zu überzeugen. Er hatte eine sehr rücksichtsvolle Art und Weise, setzte sich aber trotzdem immer durch. Es war ein ungewöhnliches Talent, aber er war auch ein ungewöhnlicher König.

Ich war fast enttäuscht, als es keine Nachrichten über eine Invasion gab. Ich hatte mich schon fast an diese Überfälle im Norden gewöhnt, an die Olafs, die Anlafs und die Svens. Der Gedanke war sonderbar, dass dort jetzt Frieden herrschen sollte. Edgar war der Hochkönig, und vielleicht hatten die Lords im Norden von dem Chaos gehört, als sein Bruder neben ihm regierte. Vielleicht sahen sie endlich ein, dass England uns alle überdauern könne, nicht als bunter Flickenteppich aus kleinen Königreichen, sondern als ein großes Reich, von Küste zu Küste.

Im Herbst kam Edgar nach Winchester zurück. Er war braun gebrannt und wirkte energisch nach einem Sommer mit Jagden und Festen. Er wurde seinem Vater immer ähnlicher. Und als ich um eine Audienz bei ihm bat, musste ich nicht erst eine Woche warten. Es war ganz unkompliziert, ein weiteres Zeichen, dass er mich schätzte.

Ich wurde eingeladen zu einem Essen, das man für Edgars Verhältnisse fast privat nennen konnte, denn außer mir saßen nur noch vier Lords als weitere Gäste um den kleinen Tisch. Sie alle erhoben sich zu meiner Begrüßung, und Edgar trank mir zu und ließ alle wissen, dass ich nach wie vor in seiner

Gunst stand. Im Kamin knisterte ein großes Feuer, und der Wein floss reichlich. Ich versuchte mein Entzücken nicht zu offensichtlich zu zeigen, aber wenn du gerade drei Jahre in Gent zugebracht hättest, wärst du auch begeistert gewesen.

»Ich erzählte Mylord Immin hier gerade vom letzten Witan in York, Vater. Wenn diese Männer ihr Wort halten, müssen wir dieses Jahr vielleicht nicht wieder losreiten.«

»Ich bete um Frieden, Euer Hoheit«, sagte ich, während ich mich einem gebratenen Huhn widmete.

»Doch ich müsste gekrönt werden, Vater. Das wäre wichtig. Die Lords im Norden mögen mich heute ihren König nennen, aber wenn ich zu lange auf die Krone warte, werden sie sich wieder zerstreiten, das weiß ich genau. Ich wollte, dass Oda es machte, der auch meinen Vater gekrönt hatte. Das hatte ich mir sehr gewünscht.«

Ich legte das Hühnerbein hin, mein Inneres verkrampfte sich vor Erwartung.

»Jetzt, wo Erzbischof Oda uns verlassen hat«, fuhr er fort, »und der arme Aelfsige dem eisigen Winter zum Opfer gefallen ist, habe ich einen anderen im Sinn.«

Es gelang mir, ein Lächeln zu verkneifen, was ein Glück für mich war.

»Vater Dunstan, ich wollte Eure Meinung über Bischof Byrthelm hören. Er ist jetzt der älteste Bischof, da Aelfsige tot ist. Was wisst Ihr über ihn? Würde Byrthelm als neuer Erzbischof von Canterbury Euren Segen haben?«

Ich nahm einen Schluck Wein, um Zeit zum Nachdenken zu haben. Ich kannte den Mann kaum. Ich wusste lediglich, dass er ein liebenswürdiger Mensch war, und bemühte mich jetzt nach Kräften, diese Tatsache gegen ihn zu verwenden.

»Natürlich kenne ich ihn, Euer Hoheit. Byrthelm ist in der Kirche sehr beliebt. Man sagt, er sei ein freundlicher und anständiger Mann, großzügig mit seiner Zeit für andere und von uneingeschränkter Hingabe.« Jetzt hatte ich's. »Man sagt von ihm, Euer Hoheit, dass er schon vergebe, noch ehe ein Sünder überhaupt Zeit habe zu bereuen. Er verausgabt sich bis zur Aufopferung und beschämt die Priester durch seine Nächstenliebe und seine guten Werke.«

Ich hatte es sehr geschickt formuliert, wie ich fand. In dem offenen Gesicht des Königs hatte sich auf der Stirn eine Falte gebildet, als er über meine Worte nachdachte.

»Ja, Vater, aber hat ein Bischof nicht auch einen Anspruch auf Respekt? Muss er nicht nur freundlich, sondern auch streng im Glauben sein? Bitte versteht mich, ich mache mich über seine guten Anlagen nicht lustig. Aber wenn Ihr Euch erinnert, Erzbischof Oda hatte gegenüber widerspenstigen Priestern eine ziemlich feste Hand.«

Die Augen aller Gäste am Tisch blickten auf mich. Ich merkte, wie ich rot wurde, aber dadurch sah es so aus, als fühlte ich mich unwohl dabei, über einen anderen zu diskutieren, als kenne ich seine Schwächen und wollte sie entschuldigen. Es lief bestens.

»Ich … habe gehört, dass einige Priester etwas nachlässig arbeiten, Mylord, ja, aber Bischof Byrthelm vergibt ihnen ihre Vergehen, wie ein guter Hirte seinen irrenden Schafen vergeben muss. Er hält die andere Wange hin, Euer Hoheit. Ich kann es nicht als einen Fehler ansehen, wenn er dem Beispiel Christi folgt und zu oft verzeiht.«

»Nein … nein, natürlich nicht«, sagte Edgar, aber seine Begeisterung hatte nachgelassen, und er runzelte die Stirn. »Ich werde weiter darüber nachdenken, Vater. Vielleicht gibt es noch andere Kandidaten.«

Ich wollte das Thema wechseln, und jetzt hatte er mir Gelegenheit dazu gegeben.

»Mylord, ich weiß, dass Ihr die Krone Eures Vaters tragen werdet, und ich kann ganz gut mit Metall arbeiten. Ich wollte Euch fragen, ob ich sie für Euch umarbeiten dürfte. Es wäre mir eine große Ehre.«

Einen Moment hörte man nur das Knistern des Feuers. Ich hatte schon oft erlebt, wie müde ein König all der Bitten wird, die man an ihn richtet. Zweifellos hatten sich schon tausend verschiedene Freunde mit Bitten an Edgar gewandt, die nur er erfüllen konnte. Es musste furchtbar ermüdend sein, aber meine Bitte war ja, etwas *für* ihn machen zu dürfen. Ich wusste, wozu ich fähig war – und ich wusste, dass ich eine Krone anfertigen konnte, die wirklich wie eine Krone aussah. Er sah mich an, und niemand wagte zu sprechen, bis ich fortfuhr.

»Es … würde die Krone Eures Vaters bleiben, aber ich könnte daraus … ein Symbol des Hochkönigs von ganz England machen.«

Er entschied sich schnell, genau wie sein Vater es immer tat. Wieder sah ich Edmund in ihm, und fast wären mir die Tränen gekommen.

»In Ordnung, Dunstan«, sagte er. »Macht mir eine Krone.«

Ich weiß nicht, wie lange König Edgar noch über Bischof Byrthelm nachdachte, ehe er ihn verwarf. Vielleicht entschied er sich noch am selben Abend gegen ihn, oder vielleicht schickte er Leute aus, um noch mehr über Byrthelm zu erfahren, und entschied dann, dass er tatsächlich die Ernsthaftigkeit und die Würde vermissen ließ, die ein Erzbischof haben muss. Ich hatte im Witan für ihn gesprochen. Sein Bruder hatte mich verprügeln lassen und mich verbannt. Er schuldete mir etwas. Vielleicht war es das, oder vielleicht war ich wirklich der beste Kandidat.

König Edgar kam in diesem Winter nach Glastonbury, als Büßer und nur mit wenigen Dienern. Er nahm seine Mahlzeiten zusammen mit den Mönchen im Refektorium ein und nahm an den Gebetszeiten teil. Wir erwarteten nicht, dass er auch nachts aufstand, aber er tat es.

Ich zeigte ihm meine Entwürfe für die Krone. Das Material dazu allein würde achthundert Pfund kosten, und er sagte nur, er werde es sich näher ansehen. Ich zeigte ihm auch unser Scriptorium, wo Mönche Tag und Nacht damit beschäftigt waren, Werke zu kopieren, die wir sonst verlieren würden. Unsere erste Aufgabe war es, Gott zu dienen, die zweite aber, zu bewahren. Wenn Pergament nicht feucht oder von Schimmel befallen wird, kann es Hunderte von Jahren überdauern, aber wir hatten Schriftstücke, die drei- bis viertausend Jahre alt waren, wo jede Seite brüchig war, wenn man sie umblätterte. Unser Gottesdienst bestand aus der Schönheit und dem Frieden von Hunderten von Arbeitsstunden.

Edgar nahm die ruhige Disziplin unserer Abtei wahr. Er sah unsere Gärten und hörte unseren Gesang. Er blieb eine Woche bei uns, und am Ende dieser Woche bat er mich, Erzbischof von Canterbury zu werden. Ich glaube, letztendlich verdanke ich diesen Titel meiner Abtei.

Wie Aelfsige vor mir musste ich nun auch nach Rom reisen, um aus den Händen von Papst Johannes XII. mein Pallium entgegenzunehmen. Während ich dem König unter Tränen dankte, dachte ich daran, dass ich mich für diese Reise warm anziehen müsse.

37

Ich reiste nach Rom auf dem Landweg, aber der war mühsam. Ich hatte über die Seeroute nachgedacht, um Spanien herum und zwischen den Säulen des Herkules hindurch, wie sie wohl genannt werden. Doch schließlich entschied ich mich, lieber bekannte Gefahren in Kauf zu nehmen als unbekannte. Für die Überquerung der Alpen konnte ich dicke Mäntel und Decken mitnehmen, aber auf See hatte ich keinen Einfluss auf mein Schicksal. Egal, wie sorgfältig ich mich vorbereitete, ich konnte immer noch Piraten oder einem Sturm zum Opfer fallen.

König Edgar hatte mir die Ländereien des Klosters von Glastonbury zurückgegeben, und ich übertrug ihre Verwaltung wieder meinem Bruder Wulfric, wie früher. Ich hoffte, der damit verbundene Wohlstand und Einfluss würden ihm auch seine frühere Zufriedenheit zurückgeben. Ich hatte Wulfric angeboten, mich nach Rom zu begleiten, aber er lehnte ab, er wollte lieber zu Hause bleiben und sich seiner Familie widmen. Mein Bruder war seit meinem Exil ein stillerer, in sich gekehrter Mensch geworden. Er und Alice hatten keine weiteren Kinder bekommen.

Im Gegensatz zu Bischof Aelfsige wartete ich bis zum Frühjahr, ehe ich mich auf den Weg machte, quer durch Gallien und dann über die hohen Gebirgspässe. Wir froren, das kann ich nicht leugnen. Doch die Straße blieb frei, und es lag nur wenig Schnee. Wir sahen ganze Reihen ordentlich angelegter Gräber im Hochgebirge, verunglückte Reisende, die unter Steinhügeln ohne weitere Kennzeichen begraben waren. Ich betete an jedem dieser Gräber, allerdings nur kurz, denn ich wollte mich an den Abstieg machen, hinab in die große Ebene des italienischen Nordens, wie Hannibal es vor mir getan hatte. Für unser Gepäck hatten wir Esel und Maultiere, doch jetzt waren sie nur leicht beladen. Ich wollte mit dem Gold, das ich mitgenommen hatte, Raritäten kaufen, die man nirgendwo besser finden konnte als in Rom, da war ich mir sicher. Ich hoffte, ein weiteres Stück des wahren Kreuzes zu finden, oder vielleicht einen Splitter vom Gebein eines Apostels.

Ich muss gestehen, ich war überrascht von der Kraft der Sonne. Ich hatte schon heiße Sommer erlebt, aber in Italien verstand ich, warum die römischen Legionen selbst auf guten Straßen nicht mehr als fünfundzwanzig Meilen am Tag schafften. Die Hitze war eine große Belastung, und wir hatten ständig Durst, sodass wir überall anhalten mussten, um unsere Wasserschläuche zu füllen und unsere Tiere zu tränken. Wir lernten sehr schnell, keinen Fluss zu überqueren, ohne auch daraus zu trinken.

An den Abenden las ich laut aus meinem Virgil vor, auch aus Cicero oder Livius, oder ich rezitierte aus dem Gedächtnis. Ich konnte lange Abschnitte aus der Ilias rezitieren, womit ich meine Diener unterhielt, während wir nach Süden zogen. In diesen Städten und Dörfern erkannte ich die Menschen des klassischen Altertums – ich las die Geschichte in ihren edlen Gesichtern, in ihrem breiten, bäuerlichen Lachen. Es war eine schöne Zeit. Mehr als einmal versammelte sich eine Menschenmenge um uns, aber das geschah mehr aus Neugier als aus dem Wunsch, etwas über die großen Dichter zu erfahren. Trotzdem, ich rezitierte für sie und fragte mich, wie dieser Menschenschlag solche Genies hervorbringen konnte.

Ach, und Rom! Diese Stadt war der Höhepunkt meines Lebens, die Brosche an meinem Gewand. Nach drei Monaten auf den Straßen erreichten wir die Außenbezirke der Stadt – in der ich ein Jahr lang blieb. Ich sah die Säulen des Saturntempels, das große Senatsgebäude, wo Cäsar gesessen und debattiert hatte. Ich sah das Kolosseum, das höher war als der Kirchturm meiner Abtei. Ich ging zum Pantheon mit seiner unglaublichen Kuppel, die allein für sich schon ein Wunder war, vor dem ich ganz überwältigt stand und staunte. Ein Mann, den wir dort trafen, erzählte uns, die Kuppel sei Teil einer Kugel, deren Durchmesser bis zum Boden reichen würde, auf dem ich stand. Ich gab ihm einen Silberpenny und hatte das Gefühl, dass ich dabei den vorteilhafteren Handel gemacht hatte.

Mit zwei kräftigen Burschen als Leibwächter – denn Rom konnte für unvorsichtige Reisende etwas rau sein – wanderte ich durch das Forum und über den Hügel des Kapitols, ging den Weg, den Cäsars Mörder genommen hatten, nachdem sie das Pompeianische Theater verlassen hatten und zum Senat zurückgingen, um triumphierend ihre blutigen Hände zu zeigen. Ich kann kaum beschreiben, welche Ehrfurcht mich ergriff, als ich hier stand, die Sonne auf meinem Gesicht spürte und den Duft dieser antiken Stätte in mich einsog.

Gleich nach meiner Ankunft meldete ich mich in dem herrlichen Lateranpalast auf dem Caeliushügel, aber es dauerte etwas, bis Papst Johannes Zeit hatte, mich zu empfangen. Das wurde von seinen Kardinälen arrangiert, die mich in meinem Quartier besuchten und mir die Gebräuche und Regeln erklärten, die bei einem Treffen mit ihrem Vorgesetzten zu beachten waren. Als es schließlich so weit war, schienen sie überzeugt zu sein, dass ich vor Aufregung alles vergessen hatte, und schoben mich mit geflüsterten Anweisungen an den jeweiligen Platz.

Ich kniete nieder, empfing das Pallium eines Erzbischofs und küsste den goldenen Ring, der mir hingehalten wurde, den Ring des heiligen Petrus. Dann zog Papst Johannes mich hoch und lud mich zum Lunch ein. Seine Kardinäle schienen nicht besonders erbaut davon, aber er wedelte sie zur Seite wie Wespen.

Er war mir sympathisch. Er war kein blasser Priester, sondern hatte Männer in den Krieg geführt, um päpstliche Gebiete zurückzuerobern. Sein Händedruck war eindeutig der eines Soldaten, genau wie meiner der eines Schmiedes war. Später erfuhr ich, dass dieser Bursche doch gelegentlich eine Witwe in der Stadt besuchte, aber es geschah in aller Diskretion. Na ja, auch ich bin nicht frei von Sünde.

Beim Essen ging es ziemlich hektisch zu, die Speisen wurden hereingebracht und so schnell wieder abgeräumt, dass man kaum Zeit hatte, davon zu kosten. Vielleicht war ich auch ein wenig benommen angesichts der Tatsache, dass ich hier mit dem direkten Stellvertreter Christi auf Erden zusammensaß, dem Nachfolger des Fischers aus Galiläa, ich weiß es nicht. Ich erinnere mich nur an ganz wenige Einzelheiten dieser Mahlzeit, die viel zu schnell vorüberging.

Papst Johannes wünschte mir Glück und ein langes Leben. Abermals küsste ich den Ring, während er sich den Mund mit einer Serviette abtupfte, dann gestattete er seinen Kardinälen, ihn dorthin zu bringen, wo seine nächste Aufgabe auf ihn wartete. Ich blieb eine Weile allein und hatte Zeit, die Statuen aus Bronze und Marmor zu bestaunen, die ringsum standen. Ganz Rom leuchtete in Rot- und Brauntönen, alles schien voller Leben. Vielleicht war es auch eine Stadt des ewigen Herbstes.

Ich besuchte das Grab des heiligen Petrus in der Krypta des Doms, der seinen Namen trägt. Das war ein wunderbares Gebäude aus Stein, durchaus meiner Abtei ebenbürtig. Ich sah die Fenster mit ihren Spitzbögen und fragte mich, was ich noch alles allein hatte herausfinden müssen, statt dass man es mir einfach hätte sagen können. Ich frage mich manchmal, wie viel an Wissen uns im Laufe der Jahrhunderte verloren gegangen ist.

Die Klügsten von uns tragen zum Wissen der Menschheit bei, aber sie behalten es nicht für sich, wie diese Baumeister. Ich machte einige Skizzen von der Kuppel des Pantheon, die man mir nicht glauben würde, wenn ich sie zu Hause beschrieb. Selbst jetzt kann ich mir immer noch nicht vorstellen, dass Mörtel stark genug sein soll, ein solches Gewicht von selbst auszuhalten. Doch es ist tatsächlich so. Eisen rostet, und große Geister verblassen im Laufe der Generationen. Einst gab es Riesen auf der Welt. Ich hoffe, sie kommen wieder.

Einen Teil dieses Jahres verbrachte ich als Benediktiner, aber wenn ich für meine Reisen die Stadt verließ, mietete ich mir Zimmer. Ich muss wohl tausend Meilen gelaufen sein, entweder allein als Mönch, oder, wenn mir nach Gesellschaft war, mit meinen Dienern zusammen, die wie Jünger neben mir gingen. Ich sah die Via Appia und folgte ihr nach Süden bis zum Vesuv, wo die Asche zu Schlamm und schließlich zu Stein geworden war und vor tausend Jahren antike Städte begraben hatte. Hier zu stehen bedeutete, sich an Spartacus zu erinnern, der sich an den Hängen des Vulkans versteckt hatte, an die römischen Galeeren, die unter dieser Sonne übers Meer gerudert wurden. Ich wurde braun wie ein Bauer und lernte den Landwein schätzen, der hier gemacht wurde. Es war ein einfaches Leben, aber es war nicht das meine.

Nach einigen Monaten wurde ich unruhig, es juckte mich in den Fingern. Mein Gewissen war wie ein Bettelkind, das am Ärmel zupft und nach einer Münze verlangt. Nur dass diese kleine Stimme von der Heimat sprach, von der Pflicht, von dem König, der mir vertraute. Ich war jetzt Erzbischof von Canterbury und verantwortlich für zwanzig weitere Bischöfe – und wer weiß für wie viele Priester. Ich war ihr Hirte, und trotzdem hatte ich mich in den Herrlichkeiten der antiken Welt verloren, nicht in der modernen. Es gab mir einen Stich, als mir das klar wurde. An diesem Abend kaufte ich einen dicken Schlauch Wein, von der Sonne gewärmt, und als ich ihn leer trank, merkte ich, dass mir die Tränen übers Gesicht liefen. Ärgerlich wischte ich sie weg, sie hinterließen ihre Spuren im Staub.

Meine Finger juckten, weil meine Hände untätig waren, und schon das allein war eine Qual. Als der Herbst und Winter kam, wurden auch meine Reisen unangenehmer. Eine schwarze Robe wärmt nicht, wenn sie nass wird. Sie schlägt gegen die Beine, und schon nach wenigen Meilen sind die Knie wund gerieben.

Zusammen mit meinen Dienern nahm ich ein Schiff zur alten Insel Capri, wo Augustus und Tiberius hoch über dem Meer ihre Paläste gehabt hatten. Es war ein kalter Tag, und während die anderen zitterten, stemmte ich mich oben gegen den Wind, schloss die Augen und schmeckte die salzige Luft. Hier wurde mir klar, ich musste nach Hause zurückkehren.

Während ich daran zurückdenke, stelle ich für dieses Jahr merkwürdige Erinnerungslücken fest. Vielleicht waren meine Sinne durch Trauer oder Scham getrübt. Ich hatte Freunde und geliebte Menschen verloren, meine Mutter, meinen Vater. Ich hatte Sonnenbrand und Stürme erlebt, bei denen Donner und Blitz in den Bergen ringsum tobten, während ich einfach nur dasaß und über die Majestät der göttlichen Schöpfung staunte. Diese Dinge nahm ich mit nach Hause, aber ich erinnerte mich weder an den Namen der Stadt, in der ich dies erlebt hatte, noch wie ich dort hingekommen war.

Ich kehrte nach Rom zurück, um meine Sachen zu packen und Esel und Maultiere zu beladen. Ich muss zugeben, jetzt hatten sie mehr zu tragen als auf der Hinreise. Ich hatte jeden Penny ausgegeben, den ich noch hatte, sodass wir auf der Rückreise mit unseren Essnäpfen betteln gehen mussten, um zu überleben.

Wenn man in Begleitung von drei Dienern und Maultieren reist, die schwer mit Statuen und Büchern beladen sind, ist es nicht ganz einfach, gleichzeitig um milde Gaben zu betteln. Häufig blieben wir hungrig, aber wenigstens gab es überall kaltes, klares Wasser, und ich hielt durch.

Wieder wartete ich, bis der Frühling kam, ehe ich die Alpen überquerte. Hoch im Gebirge tobten noch Schneestürme, sodass wir den Pass kaum sehen konnten. Ich hätte meinen Dienern gern erzählt, dass Julius Cäsar dieselbe Route genommen haben musste, als er auszog, um Gallien zu erobern, aber sie waren nicht sehr gut auf mich zu sprechen, also schwieg ich lieber.

Im Jahre des Herrn 962 kam ich wieder zu Hause an. Es war ein herrlicher Tag, als unser Schiff Portsmouth erreichte, mit einem Himmel so blau wie in der Toskana. Ich hatte dem Kapitän eine schöne Bronzefigur als Fahrgeld opfern müssen, was mich bis heute ärgert.

Irgendwie fühlte ich mich in Wessex wie ein Fremder, mit meiner gebräunten Haut und dem Staub von tausend Meilen in jeder Körperfalte. Zuerst ging ich nach Glastonbury, wo man mich freudig begrüßte. Ich ließ mir von unserem Schatzmeister Geld geben, um meine Diener zu bezahlen. Von dort zogen wir nach Winchester, beladen mit Geschenken. Doch der König war im Norden, deshalb musste ich meine Leute überreden, mich weiterhin zu begleiten, wozu sie nur widerwillig bereit waren.

Ich setzte mein Gepäck in Canterbury ab, in der Grafschaft Kent, wo Cäsar einst gelandet war und von wo Augustinus den Glauben auf diese Inseln zurückbrachte. Die Kathedrale war an diesem Tag leer und still. Kunstvolles Gebälk formte die Decke hoch über mir, und ich hörte Fledermäuse quieken. Insgesamt war es ein eindrucksvolles Gebäude, ganz aus Holz.

Als ich dort stand, die Farben Roms immer noch vor Augen, sobald ich sie schloss, wusste ich, ich konnte sie höher bauen, und aus Stein. Ich würde eine große Kathedrale bauen, mit einer Kuppel und einer Apsis am Ende. Ich sah sie bereits vor mir, ein zweiter Petersdom. In dem Moment fiel ich auf die Knie und dankte Gott. Ich hatte nach einer Möglichkeit gesucht, meine Sünden zu sühnen, und eine Zeit lang war ich wie verloren gewesen. Aber in Canterbury hatte ich jetzt die Antwort gefunden. Vor mir lag mein drittes großes Werk.

Wie ich bei meiner Rückkehr erfuhr, hatte König Edgar die Tochter des Earls von Strathclyde geheiratet. Es war keine Liebesheirat, eher ging es dabei um Einfluss und Landbesitz. Ich glaube, die beiden waren sich vorher noch nie begegnet, als Edgar sie zur Frau nahm. Vielleicht ging es ihm wie seinem Bruder, auf dem die kurze Regierungszeit seines Vaters wie ein Schatten gelegen hatte. Bei meiner Rückkehr war Fæltha bereits hochschwanger und musste ständig an einem Stück Kohle lutschen, das sie in einem Tuch bei sich trug. Es färbte ihre Mundwinkel schwarz, außerdem machte sie ein solches Aufhebens um ihre Beschwerden, dass sie mir nicht gerade sympathisch wurde.

Vielleicht lag es an der letzten Königin, dass ich jetzt besonders empfindlich war. Die bedauernswerte, harmlose Fæltha starb im Kindbett, keine drei Monate nachdem ich aus Rom zurück war. Sie schenkte ihrem Mann einen Sohn, und dafür segneten wir ihr Andenken, aber im Nachhinein muss ich ehrlich sagen, eine attraktive Frau war sie wirklich nicht.

Edgar trug Schwarz und ging einen Monat nicht auf die Jagd, aber ich glaube, das tat er mehr aus Rücksicht auf die Öffentlichkeit als aus echter Trauer. Doch wer kann in das Herz eines Königs blicken? Mitten im Leben sind wir vom Tod umgeben, wie ich schon immer gesagt habe. Das ist der Grund, weshalb wir Totenschädel in Türknaufe und Torpfosten und auch in die Stockgriffe der alten Männer schnitzen. Wir erleben den Tod beim Verlust geliebter Töchter und Ehefrauen, bei Vätern und alten Freunden. Doch das ist nicht das Ende der Welt, trotz unserer Trauer. Die Sonne geht wieder auf, es wird wieder Frühling – und andere Familien riskieren ihr Glück, um neues Leben in dieses Jammertal zu bringen.

Der kleine Prinz Edward war so blond wie sein Vater und Großvater. Seine Amme war eine fette, schmuddelige Frau, die aber reichlich Milch hatte. Bei ihrem Anblick dachte man unwillkürlich, dass selbst ein ausgewachsenes Kalb keinen Hunger gelitten hätte. Sie hatte überhaupt keine Zähne mehr, und wenn sie das Baby stillen wollte, kreischte sie »Pack es, pack es!«, und ihr Gesicht faltete sich nach innen zusammen, sodass man befürchten musste, es könne ganz verschwinden.

Ich sah den kleinen Prinzen nur gelegentlich, denn meine neuen Pflichten verlangten, dass ich im Morgengrauen aufstand und bis spät in die Nacht arbeitete. Etwa sechs Wochen lang konnte ich mit zwei Schlafperioden von jeweils zwei Stunden auskommen, aber dann brauchte ich einen ganzen Tag, um mich wieder einmal richtig auszuschlafen. Schlaf! Der ist immer mein Feind gewesen. Ich verabscheue ihn wie den Teufel. Wir haben so wenig Zeit, und doch müssen wir einen so großen Teil davon mit sinnlosem Schnarchen verschwenden.

Einerseits war ich Erzbischof von Canterbury und hatte Bischöfe unter mir, die ich regelmäßig besuchen und im Auge behalten musste. Priester gab es zu viele, um sie alle zu besuchen – sie kamen mir oft vor wie ein Hühnerhaufen. Andererseits mussten Konten geprüft und Ausgaben beurteilt werden. Ich enthob drei Bischöfe ihres Amtes und ließ sie auspeitschen. Einen schickte ich zu seiner Familie zurück, die beiden anderen wurden verbannt. Sie beichteten ihre Sünden, als ich mich während der Schweigezeit zu ihnen setzte, ihre Geständnisse brachen aus ihnen heraus wie bei einem notdürftig geflickten Damm. Ich vergab ihnen, aber ich exkommunizierte sie auch. Sie wurden von königlichen Beamten bis zur Küste gebracht.

Ich hatte absichtlich mit dieser Demonstration meiner Macht begonnen, um es nicht später tun zu müssen. Das hatte ich von König Edgar gelernt. Doch meine Hauptarbeit stellten die Klöster dar. Sie waren dermaßen vernachlässigte Orte von Unzucht und Faulheit, wie man es sich nur schwer vorstellen kann. Ich hatte nicht gewusst, was für ein strahlender Leuchtturm Glastonbury war, verglichen mit dem Rest.

Während Bruder Justin die Entwürfe für die neue Kathedrale von Canterbury zeichnete, machte ich mich zu einer Besuchsreise auf, um die achtzig Klöster und Abteien im Königreich zu inspizieren – von denen kaum die Hälfte diesen Namen verdienten. Ich traf auf Mönche und Priester, die mit ihren Ehefrauen zusammenlebten, viele davon sogar mit Frauen, mit denen sie nicht einmal verheiratet waren. Ich entband zweihundertvierzig von irgendwelchen Gelübden, die sie behaupteten, abgelegt zu haben – und du kannst sicher sein, nicht alle gingen gutwillig! Ich machte nur einmal den Fehler zu glauben, mein Pallium böte mir Schutz, und bei der Gelegenheit wäre ich von der brüllenden Meute fast umgebracht worden. Ich sehe sie noch immer vor mir, wie sie wütend ihre Mäuler aufrissen und mich mit Knüppeln bedrohten. Als ich den König um Hilfe bat, waren sie weniger mutig. Er schickte mir vierzig Bewaffnete, und ich kehrte zurück wie Jesus im Tempel und warf ihre Tische um.

Ich säuberte Ställe, die Herkules nicht fremd gewesen wären, es gab große, dampfende Misthaufen der Sündhaftigkeit, die ich nicht dulden konnte. Es erschien mir wie eine Lebensaufgabe, in jedem Kloster Englands die Regel des heiligen Benedikt durchzusetzen. Vielleicht war dies mein viertes großes Projekt, ich weiß es nicht.

Wie ich hörte, war König Edgar genauso beschäftigt wie ich. Sein Hauptanliegen war die Sicherung des Reiches, deshalb ritt er jedes Jahr für drei oder vier Monate in den Norden. Mindestens die Hälfte seiner Witan-Versammlungen fanden in York oder noch weiter nördlich statt, sodass auch die alten Könige von Alba dazukommen und auf seinen Rat hören konnten. Edgar war einfach ein kluger und geschickter Mann. Er zog es vor, zu reden und eine Sache auszudiskutieren, obwohl er, wenn nötig, auch gnadenlos sein konnte.

Sobald die Nachricht von einem Überfall eintraf, selbst wenn es sich nur um ein einziges Schiff mit ein paar Männern handelte, die versuchten, sich möglichst unbemerkt heranzuschleichen, um Gold und Jungfrauen zu erbeuten, kam umgehend seine Antwort. Seine Vögte und Lehnsleute im ganzen Land wussten, dass er ihnen so manches verzeihen konnte – aber nicht, wenn er hörte, dass sie einen Hilferuf dieser Art ignoriert hatten. Selbst wenn sie nur sechs Diener hatten, erwartete er, dass sie sich bewaffneten und losritten. Ein einziges Signalfeuer auf einem Hügel konnte bis zu sechzig Mann aus der weiteren Umgebung mobilisieren. Ich bin überzeugt, der Friede im Land wurde dadurch gefestigt, dass wir so schnell und gut bewaffnet zur Stelle waren.

Edgar schien sein ganzes Leben auf dem Pferd zu verbringen, er ritt nach Norden und nach Süden und überallhin, wo es ihm gerade nötig schien. Jeder König, den ich kannte, hat mit seinem Hofstaat das Reich bereist. Es ist die einzige Möglichkeit, die Untertanen daran zu erinnern, dass überhaupt jemand sie regiert. Doch ich schwöre, Edgar war immer im Sattel. Er und seine wichtigsten Lehnsmänner waren gertenschlank, wie die Jagdhunde, die er mitnahm, wenn ein schöner Hirsch oder ein Wildschwein gesichtet worden war. Eine solche Meldung belohnte der König mit einer Goldmünze, folglich hielt das ganze Land Ausschau für ihn – entweder nach Wikingern oder nach Wild.

Bei einem dieser Ausflüge hatte der König ein Rudel Wölfe hinter einem umgestürzten Baum in die Enge getrieben, den sie nicht überspringen konnten. Er war brüllend hinter ihnen hergaloppiert, und plötzlich waren sie aufgetaucht und hatten sein Pferd angesprungen, sodass das Tier sich in Panik aufbäumte. Das war im tiefsten Wales passiert, und in dieser Nacht kam ihm die Idee für eine neue Maßnahme. Ab sofort bot er den Walisern an, sie könnten das Gold, das sie aus ihren Gruben förderten, behalten, wenn sie ihm stattdessen vierhundert Wolfsköpfe lieferten. Die walisischen Lords besiegelten das Angebot mit Handschlag, und ich bin sicher, die Männer waren hocherfreut über den Handel. Obwohl Edgar ihr Lehnsherr war, zahlten sie ihm zwölf Jahre lang keinen Penny mehr.

Danach gab es viel weniger Angriffe durch Wölfe, und genau das war sein Ziel gewesen. In gewisser Weise hatte Edgar die Waliser dafür bezahlt, dass sie ihre Straßen sicherer machten, wofür sie eigentlich selbst hätten sorgen müssen. Wie gesagt, er war ein kluger König. Es hatte schon seinen Grund, weshalb man ihn Edgar den Friedlichen nannte – obwohl sich das auf seine Regierungsarbeit bezog, weniger auf seine Persönlichkeit. Wenn du ihm begegnet wärst – du hättest den Blick seiner kalten, grauen Augen kaum ertragen. Edgar war ein Mensch, mit dem man sich besser nicht anlegte. Das wurde mir besonders im sechsten Jahr seiner Regierungszeit deutlich, als ich erlebte, wie es seinem guten Freund Allwood erging.

Ich war Allwood oft begegnet, aber ich kannte ihn nicht sehr gut. Als Erzbischof hatte ich eine Stimme im Rat des Witan, die mir sehr wichtig war, nachdem ich so viele Jahre nur von außen hatte zusehen dürfen. Ich bestätigte mit meiner Unterschrift Gesetze und Verträge und neue Lehnsleute, die Edgar ernannt hatte. Soweit ich wusste, war Allwood äußerst loyal, ein alter Freund des Königs, vielleicht sogar seit der Kindheit, wenn man hörte, was sie sich alles erzählten und wie sie lachten. Doch leider war Allwood kein kluger Mann, ganz und gar nicht. Er war genauso hager wie alle anderen, die zu Edgars Vertrauten gehörten, aber mit seinem Verstand war es nicht weit her.

Ich beneidete ihn nicht um diese Freundschaft, das will ich ganz klar sagen. Edgar hatte mir mehr gegeben, als ich mir jemals hätte träumen lassen, dadurch bestand mein Leben überwiegend aus Ritual und Weihrauch, ich verfügte über Paläste und Bedienstete. Selbst der König erhob sich, wenn ich einen Raum betrat. Natürlich wusste ich, dass Edgars Respekt der Kirche galt, die ich verkörperte, und nicht mir persönlich, aber trotzdem fand ich es sehr befriedigend.

Ich möchte nicht, dass es so aussieht, als pflegten wir zu tratschen, aber mitten in einem Dinner, zu dem wir nach einem langen Tag der Urteile und Bittsteller zusammensaßen, erwähnte Allwood plötzlich, er habe von einer außergewöhnlich schönen Frau gehört, die in seiner Gegend wohnen solle. Er beschrieb sie auf eine Art und Weise, die besser zu einem

Schwan oder einer Preiskuh gepasst hätte als zu einer möglichen Königin, aber ich sah, wie Edgars Augen leuchteten. Er schien bereit, sofort in die Nacht hinauszureiten, um diese wunderbare Frau zu treffen, aber draußen warteten immer noch viele Menschen, die den König sprechen wollten, und er hatte dem Witan sechs Tage zugesagt, von denen dieser der erste war. Ich sah, wie Pflicht und Sinnlichkeit in ihm kämpften. Ich war froh, als er sich im Stuhl zurücklehnte und eine Handbewegung machte.

»Geht Ihr, Allwood. Sucht dieses vollbusige Geschöpf und überzeugt Euch, ob die Gerüchte wahr sind. Wenn sie wirklich so schön ist, dann sagt ihr, dass ich wieder eine Königin suche. Wenn nicht, gebt ihr ein Goldstück und entschuldigt Euch. Das ist jetzt eine schöne Aufgabe für Euch.«

Allwood schlug mit der Faust auf den Tisch und schwor, es zu tun. Dabei sah er mich an, und ich merkte, wie er überlegte, ob er mich bitten solle, ihn zu begleiten. Ich schüttelte den Kopf. Ich war kein Fachmann für weibliche Schönheit, und ich sehnte mich auch danach, in meiner Schmiede weiterzuarbeiten. Ich hatte Monate damit zugebracht, Rubine für die Krone zu polieren, dafür hatte ich mich von Juweliermeistern ausbilden lassen und so lange geübt, bis ich es mit jedem von ihnen aufnehmen konnte. Ich hatte Edgar gefragt, wann er denn gekrönt werden wollte, aber er hatte nur weggeschaut und gemeint, ich solle mir ruhig so viel Zeit nehmen, wie ich brauche. Eine Krone könne man nicht auf die Schnelle herstellen, sagte er.

Jetzt bedaure ich, dass ich nicht mit Allwood gegangen bin. Ich hörte von Edgar, was passierte. Ich erzähle es hier, weil es viel über den König aussagt.

Allwood ritt in die Gegend, in der das Gerücht verbreitet worden war, er zog von Dorf zu Dorf, schließlich von Haus zu Haus, und fragte nach der »dunklen Schönen«. Diese Bezeichnung schien ausreichend, dass Bauern und alte Männer mit dem Finger die Straße entlang, mitunter auch über ein Feld deuteten.

Als er sie schließlich fand, war er sofort bezaubert. Er entdeckte sie bei der Apfelernte, mit so rosigen Wangen, dass sie die Früchte in den Schatten stellte. Allwood erklärte ihr, er sei ein Lehnsmann des Königs und wünschte sie zu heiraten, um sie mit Trauben zu füttern und von sechzig Dienern umsorgen zu lassen – alles das, noch ehe er sie nach ihrem Namen gefragt hatte.

Sie hieß Audrey von Wessex und stammte aus guter Familie, Tochter eines Earls dieser Grafschaft. Ich glaube, ihr Vater war zu diesem Zeitpunkt schon tot, wodurch die Familie etwas verarmt war. Jedenfalls schloss der schneidige junge Allwood sie in seine Arme und ritt mit ihr zur nächsten Dorfkirche, wo er sie auf der Stelle heiratete, um gleich danach mit ihr ins hohe Gras zu sinken. So wurde es mir berichtet.

Einige behaupteten später, sie sei trotz seiner Ungeduld Jungfrau geblieben, doch da ich sowohl Audrey als auch Allwood kenne, halte ich das für höchst unwahrscheinlich.

Wie Allwood sich vorstellte, mit dieser Sache davonzukommen, weiß ich nicht. Natürlich erzählte er ihr nichts von dem Angebot des Königs. Doch Edgar erwartete, dass er im Witan Bericht erstattete. Allwood verbrachte kaum drei Tage mit seiner frisch Angetrauten, ehe er zur Besinnung kam. Er brachte sie auf einen Landsitz, der ihm gehörte, und ließ sie dort zurück. Dann galoppierte er zurück, um noch rechtzeitig vor Ende der Sitzung anzukommen.

Ich war in Winchester, als er zurückkam, aber ich war mit Bruder Justin und den Plänen für die neue Kathedrale in Canterbury beschäftigt. Wir hatten den Bauplatz schon frei gemacht und in der Nähe eine kleine Kapelle für die Übergangszeit gebaut. Bei jedem Bau ist dies eine Phase, mit der ich immer Schwierigkeiten habe. Es fühlt sich an, als hätte man etwas Bestehendes zerstört und noch mehr Chaos in die Welt gebracht.

Und mitten in diesem Chaos hörte ich, Allwood sei zurückgekommen. Ich ließ Justin mit seinen Zirkeln und Bleiloten allein und eilte zum König. Die Wachen ließen mich eintreten und kündigten mich an, als ich an ihnen vorbeirauschte. Man sagt, König zu sein sei ganz großartig. Aber wie ich schon vor vielen Monaten schrieb – noch besser ist es, sie salben zu dürfen. Zum Beispiel muss man dann auch nicht Patrouille reiten.

Als ich mich setzte, bemerkte ich, dass Allwood ziemlich schwitzte. Mit einem Ausdruck ehrlicher Verblüffung wandte Edgar sich von ihm ab. Doch er hatte Geduld mit seinem Freund, wie immer.

»Also war sie gar nicht die große Schönheit, von der Ihr gehört hattet. Aus welchem Grund sollte man so etwas dann behaupten?«

Allwood zuckte mit den Schultern. Er wirkte brettsteif. In dem Moment wusste ich, dass er irgendetwas auf dem Gewissen hatte.

»Die Menschen können grausam sein, Mylord. Oder vielleicht war auch eine andere damit gemeint.«

»Wenn eine andere gemeint war, habt Ihr sie nicht gefunden. Dann hätte ich allerdings angenommen, dass Ihr noch weitersucht.«

»Nein … nein, Audrey ist schon die, die sie meinten.«

»Aber keine Schönheit, sagt Ihr. Also eine hässliche Frau.«

»Sehr hässlich«, erwiderte Allwood jetzt mit Überzeugung, weil er sich auf sicherem Grund fühlte. Das war er aber nicht.

»Und doch habt Ihr sie geheiratet. Diese hässliche Frau ist jetzt Eure Ehefrau.«

Allwood riss die Augen auf. Mit ein paar wenigen Fragen war sein Plan aufgeflogen. Jetzt wurde mir klar, dass er Edgar mit seiner Schilderung einer hässlichen Frau die Sache vermiesen wollte, aber der König war nicht dumm.

»Ja, Mylord«, sagte Allwood etwas atemlos.

»Ich verstehe«, sagte Edgar. »Ihr wart so angetan von ihrer Hässlichkeit, dass Ihr sie noch am selben Morgen geheiratet habt.« Seine Stimme war kalt, aber er lächelte. Ich glaube, er hatte wirklich verstanden.

Der König trat von seinem erhöhten Platz und legte Allwood die Hand auf die Schulter.

»Mein Freund, es tut mir leid, dass ich die Trauung verpasst habe. Aber ich werde Euch entschädigen. Ich werde meine Jagdgesellschaft vor Eure Tür bitten, um dort ein großes Hochzeitsfest für Euch zu veranstalten.«

»Euer Hoheit, es ist … dazu ist kein …«

»Es wäre mir eine Ehre, Allwood. Geht jetzt, und teilt Eurer Frau mit, dass der König kommt. Die Sitzung ist beendet. Ich werde morgen Mittag bei Euch sein.«

Ich sah hinter Allwood her, als er ging, und er sah bereits aus wie ein Verurteilter. Er war ein Narr, und Narren sollten dem König immer die Wahrheit sagen.

38

Brennend vor Neugier, begleitete ich König Edgar nach Kent zu Allwoods Landsitz. Der König hatte nur seine engsten Jagdgefährten und Begleiter mitgenommen. Sie ritten schnelle Pferde, und um uns rannten bellend die Hunde, die jedes Mal ein lautes Geheul anstimmten, wenn etwas durchs Unterholz brach. Hunde und Menschen jagten hinterher, und wenn sie keuchend und zerkratzt zurückkamen, waren sie meist sehr guter Dinge. Wir waren noch keine zwanzig Meilen geritten, da hatten sie schon zwei Wildschweine erlegt, und über einem Sattelhorn lag ein kleines Reh.

Es war ein sonniger Tag mit leichtem Wind, aber die Männer des Königs trugen alle knielange Kettenhemden mit Kapuzen und darüber gesteppte Jacken. Über den Kapuzen aus Eisenringen trugen sie einfache Helme aus glänzendem Stahl. Wir sahen an diesem schönen Tag eher aus wie ein Trupp Krieger als eine Jagdgesellschaft. Doch ich glaube, das war kein Zufall. Edgar befand sich zwar im Herzen von Wessex, und obwohl auf jeder Straße Diebe und Wegelagerer sein konnten, hätte er Allwoods Besitz ebenso gut leicht bewaffnet aufsuchen können. Stattdessen trugen seine dreißig Mann Kettenhemden.

Der arme Allwood hatte begriffen, dass er in großen Schwierigkeiten steckte. Er war vor uns nach Hause galoppiert und wusste, dass er seiner Frau alles erzählen musste. Doch als es darauf ankam, ging er nur auf und ab und wurde zusehends nervöser. Schließlich wartete er ab, bis er die Staubwolken in der Ferne sah und die Jagdgesellschaft sich seinem Hause näherte.

In Panik erklärte er seiner Frau jetzt, was er getan hatte. Er deutete auf die Staubwolke und bat sie inständig, sich so hässlich wie möglich zu machen. Wenn sie sich Schmutz ins Gesicht riebe, sich in alte Lumpen hülle und auf ihre Röcke pisse und was ihr sonst noch einfiele, könne sie ihn vielleicht noch vor dem Zorn des Königs retten.

Audrey verschwand nach hinten in die Privaträume, während Allwood schwer atmend, mit rotem Gesicht, aus dem Haus trat und vor dem König niederkniete.

Edgar sprang behände vom Pferd, trotz seines schweren Kettenpanzers. Der Lindwurm von Wessex glänzte golden auf seinem Wappenrock.

»Wo ist denn Eure neue Frau? Zeigt mir dieses entzückende Geschöpf, in deren Röcken sich Euer Herz verheddert hat.«

Es klang leicht dahingesagt, dabei war ihm gar nicht leicht ums Herz, wie man sich vorstellen kann. Auch ich saß ab, aber ich war der Einzige. Die anderen blieben sitzen, als erwarteten sie jeden Moment den Befehl zum Angriff. Niemand wagte zu reden oder zu lachen. Obwohl alle Allwood schon jahrelang kannten, lag ihre Loyalität natürlich bei Edgar.

Der König lehnte ab, als einer von ihnen sich anbot, mit ihm ins Haus zu gehen. Edgar fürchtete sich nicht vor Allwood, vielleicht wollte er auch seinen eigenen Mut auf die Probe stellen, ich weiß es nicht. Wenn ein junger Mann nie einen Vater hatte, der ihm zeigen konnte, wie stolz er auf ihn war, stürzt er sich mitunter in ein Wagnis, um sich selbst zu beweisen, dass er keine Angst kennt. Ich glaube, dies war eine solche Situation. Edgars Vater war ermordet worden, aber trotzdem trat sein Sohn ohne Zögern in ein fremdes Haus. Wir blieben draußen und warteten.

König Edgar nahm einen Becher Wein entgegen, der mit Kräutern versehen und am Herd angewärmt worden war. Aber er trank nichts davon, wie er mir später erzählte. Einen Angriff zu riskieren war eine Sache, aber falsches Vertrauen wäre eine große Dummheit gewesen.

Der König verlangte Audrey zu sehen. Während er wartete, ignorierte er jeden Versuch Allwoods, ihn in ein Gespräch zu verwickeln. Für uns, die schweigend draußen standen, fühlte es sich an wie eine Ewigkeit. Ich streichelte meinem Pferd die Nase, die sich angenehm weich anfühlte. Ich fragte mich, ob jemals einer auf den Gedanken gekommen war, daraus eine Tasche oder Handschuhe zu machen. Ich hatte mal einen Beutel gesehen, der aus dem Hodensack eines Bullen gemacht worden war, das war sehr praktisch, denn er hatte keine Nähte, durch die Wasser eindringen konnte.

Als Audrey erschien und vor dem königlichen Besucher knickste, war ihr Haar zu großen, glänzenden Locken aufgetürmt. Ihr Gesicht strahlte, wie Edgar später erzählte, und es war schwer zu sagen, ob das an ihrer Jugend oder am Stolz lag. Sie trug ihr schönstes Kleid, dunkelrot und aus edelstem Stoff. Um den Hals trug sie einen goldenen Anhänger.

Sie war außergewöhnlich schön, mit herrlichen Zähnen und einem schlanken Hals, roten Lippen und großen dunklen Augen, die bewundernd auf dem jungen König ruhten.

Allwood sackte zusammen, als er eintrat. Wie ich hörte, blickte sie ihren Ehemann nicht einmal an. Ihre Blicke und ihr Erröten galten nur Edgar. Oh ja, sie wusste sehr gut, was Allwood getan hatte. Jetzt zeigte sie ihm, wie sie darüber dachte.

Doch sie war verheiratet – und jetzt bewies Edgar seine königliche Abstammung.

Er verbeugte sich vor ihr, ergriff ihre Hand und küsste sie.

»Mylady, Euer Mann hat Euch keine Gerechtigkeit widerfahren lassen«, sagte Edgar mit warmer Stimme. Wesentlich kälter blickte er seinen Freund an.

»Also, Allwood, ich bin zur Jagd gekommen. Lasst uns jetzt nach draußen gehen.«

Der Earl protestierte nicht. Er wusste, dass es sein Ende war, und nickte nur traurig, als er das Haus verließ.

Ich wartete immer noch, als König Edgar endlich wieder heraus in die Sonne trat, neben sich den unglücklichen Allwood. Ich schickte mich an aufzusteigen, als ich König Edgars Worte hörte.

»Wir werden ziemlich schnell und rücksichtslos reiten, Euer Gnaden. Vielleicht solltet Ihr hierbleiben. Wenn Ihr so freundlich sein wolltet, die Diener anzuweisen, dass sie inzwischen unsere Beute ausweiden und zerlegen? Es wird nicht sehr lange dauern, bis ich zurück bin.«

Natürlich war Edgars »Vielleicht« in Wirklichkeit ein Befehl. Um ehrlich zu sein, ich war froh. Ich bin nie ein großartiger Reiter gewesen, und ich war nicht mehr so jung wie damals in Brunanburh. Beim Hämmern taten mir die Hände weh, und im Winter fühlten sich meine Fingerknöchel steif an. Das bringt das Alter mit sich. Aber es gilt für jeden, deshalb beklage ich mich nicht. In dieser Beziehung sind wir alle gleich.

Sie ritten los, und ich blieb mit den erlegten Tieren zurück. Ich schlang die Zügel um einen Torpfosten und klopfte an die Tür. Das Haus war viel größer als das meines Vaters, vielleicht dreimal so groß, es hatte innen Wände und sogar Korridore.

Ich rief: »Hallo?«

Dann sah ich sie. Ihre Schönheit ließ mich fast erschrecken, ich weiß eigentlich gar nicht, weshalb. Manche Frauen sind so schön, dass Männer ihnen einfach folgen müssen und sich nicht sattsehen können. So eine Frau war sie, und ich war zwar Priester, Abt und Erzbischof, aber gleichzeitig eben auch ein Mann. Mein Amt als Schatzmeister hatte ich immer noch nicht zurückerhalten, doch Edgar hatte mich zum Bischof von London ernannt, was mir dort zu großem Ansehen verhalf.

Ich will Audrey nicht beschreiben wie eine Preiskuh, indem ich von ihren Lippen, Augen und Zähnen, von ihren Ohren und ihrer reinen Haut schwärme, die niemals Pocken erlebt hatte. Sie konnte zuhören, das muss ich sagen. Wenn Audrey einem Mann schmeicheln wollte, hörte sie ihm zu. Sie gab ihm das Gefühl, als könne sie selbst einen Weltuntergang ignorieren, solange er sprach. Ich sah, wie sie es mit Edgar machte, aber auch mit mir. Jetzt warf sie einen Blick auf meine Tonsur und meinen goldenen Ring und entschied, dass es sich lohnte, höflich zu mir zu sein. Ich konnte fast beobachten, wie sie kalkulierte, sie konnte mir nichts vormachen. Während Allwoods Diener die Tiere fortzerrten, um sie abzuziehen und auszuweiden, setzte ich mich hin, und zusammen warteten wir darauf, dass die Jagdgesellschaft zurückkam.

Wenn ich jetzt daran zurückdenke, wird mir klar, dass ich lange geredet haben muss. Draußen wanderte die Sonne über den Himmel, und die Schatten wurden länger. Ich erzählte von meiner Kindheit in Glastonbury, erzählte sogar, wie ich von der Klippe gefallen war und mit meinem Gewicht einen Mann unter mir zerquetscht hatte. Sie lachte und schnappte staunend nach Luft, und ich konnte kaum glauben, wie es aus mir herausströmte. Schließlich musste ich mir fast auf die Zunge beißen, sonst hätte ich mich mit meiner Schwatzhaftigkeit noch in Schwierigkeiten gebracht. So kann es gehen, wenn eine schöne Frau einem Mann ihre Aufmerksamkeit schenkt. Gott sei Dank wissen es die meisten von ihnen nicht. Aber Audrey wusste es. Sehr gut sogar.

Wir hörten die Jagdgesellschaft schon lange ehe wir die Staubwolke auf der Straße zum Gutshof sahen. Die Hunde bellten im Chor und hörten auch beim Rennen nicht damit auf. Die Männer ritten noch schneller als zuvor, wenigstens kam es mir so vor, als ich nach draußen ging. Glaub mir, es ist nicht einfach, ruhig sitzen zu bleiben, wenn ein König und dreißig Reiter mit donnernden Hufen auf die Tür zukommen, ganz abgesehen von der bellenden Hundemeute.

Mit grimmigem Gesicht stieg Edgar vom Pferd. Ich suchte in der Menge nach Allwood, sah ihn aber nicht. Ich glaube, sein Gesicht hatte es mir schon verraten: Er hatte sich mit seinem Schicksal abgefunden, er schien im Frieden mit sich.

»Mylady«, sagte Edgar. »Es tut mir sehr leid. Ich fürchte, wir hatten einen Unfall. Euer Mann ist tief im Wald ums Leben gekommen.«

Ich muss sagen, sie reagierte geschickt. Sie hatte Tränen in den Augen und hielt sich die Hand vor den Mund. Dann hauchte sie ein Gebet für sein Seelenheil. Sie hatten Allwoods Leiche auf der Grenze zu seinem Land liegen gelassen, statt sie zum Haus zurückzubringen, was eine geschmacklose Überraschung gewesen wäre. Sie gingen mit Audrey dorthin, wo ihr Mann im Gras lag, die Rippen auf einer Seite blutig rot, wo eine Saufeder ihn durchbohrt hatte.

Ich ging mit und überlegte, ob ich schweigen sollte oder ob es meine Pflicht sei, etwas zu sagen. Während ich hier stand, schrieb der König gerade seine Geschichte selbst und lenkte sein Schicksal in die von ihm gewünschte Richtung. Schließlich entschied ich mich, nichts zu sagen. Ich war ja nicht Zeuge gewesen bei dem, was dort tief im Wald passiert war. Vielleicht hätte ein anderer dagegen aufbegehrt oder den König vor allen Versammelten angeklagt. Aber Edgar war mein Freund, und ich tat nichts dergleichen.

Erneut musste eine Trauerperiode eingehalten werden. Allwoods Leiche wurde im Familiengrab beigesetzt, und seine trauernde Witwe wartete einen vollen Monat, ehe sie sich mit dem König vermählte. Natürlich hatte ihre Schönheit eine Rolle gespielt, aber das war nicht alles. Wenn ich jetzt darüber nachdenke, so verdankte sie ihr Schicksal auch ihrer Skrupellosigkeit. Die meisten Frauen sind weichherzige Geschöpfe. Wie viele von ihnen hätten Allwoods Bitten erfüllt und sich so hässlich wie möglich gemacht? Unter zehntausend Frauen hätte vielleicht eine sich geweigert. Audrey hatte bei der Hochzeit ihre Versprechen gegeben, und in jenem Moment, als er ihr sein törichtes Benehmen beichtete, hatte sie sie alle gebrochen. Zum vierten Mal in meinem Leben hat eine Frau meinen Weg gekreuzt. Von Afra über Beatrice bis zu Königin Elgiva und jetzt Königin Audrey haben sie mir alle nichts als Schmerzen und Unglück gebracht. Audrey war die Schlimmste von allen. Doch ihrer Schönheit wegen bekam ich sie nicht oft zu sehen.

Ich verstehe nicht, warum es so ist, aber einen schönen Menschen hält man fast immer auch für einen guten Menschen. Eine hässliche Frau kann viel eher in den Verdacht kommen, eine Hexe zu sein, obwohl das gar keinen Sinn macht. Denn wie würde sich das Böse in der Welt zeigen, wenn es die Wahl hätte? Es würde schön und duftend auftreten und sich weich anfühlen. Es würde sich nicht als verdorbene Frucht präsentieren.

Ich vollzog die Trauung in Winchester, und hinterher, beim großen Hochzeitsmahl, saß ich zur rechten Seite des Königs. Ich hob das Glas und brachte einen Toast auf das glückliche Paar aus, und die beiden strahlten. Vielleicht war es feige von mir, dass ich weiter nichts sagte, aber wie gesagt, ich mochte ihn.

Es dauerte nicht lange, ehe Edgars zweite Frau schwanger war. Audrey hielt sich in dem bequemen königlichen Palast in Winchester auf, wo sie von allen Seiten bedient wurde und natürlich ein höheres Ansehen genoss, als sie es als Allwoods Gattin gehabt hätte. Dennoch hatte ich manchmal das Gefühl, dass sie ein merkwürdiges Geschöpf war. Kein Zweifel, sie war schön. Ihr Hals war lang und schlank und erinnerte mich immer an einen Schwan. Ihre Kinnpartie war so hinreißend, dass der Wunsch, sie anzustarren, immer mehr zunahm. Ich kann das nicht erklären, da doch die meisten Reize, wenn man sie zu oft genießt, im Laufe der Zeit nachlassen.

Als die Schwangerschaft schon weit fortgeschritten war, kam ich in den Palast, um vom König ein Darlehen zu erbitten – ich hoffte ehrlich gesagt, er würde es mir schenken –, um den irischen Marmor zu bezahlen, den ich für Canterbury brauchte. Es sollte die Hauptkirche Englands werden, also musste das Material von bester Qualität sein. Im Land herrschte immer noch Frieden, und die Schiffe, die hin und her fuhren, transportierten Waren aller Art statt Soldaten, aber die Preise waren unglaublich gestiegen. Ich erklärte dem König, eine Kathedrale von dieser Größe sei eine Arbeit von acht bis zwölf Jahren, aber sie würde tausend Jahre stehen, von allen bewundert. Sie würde alle diese fremden Lords beeindrucken, die am Hof zu Besuch waren. Welchen Preis muss man für ein derartiges Prestige veranschlagen?

Edgar war an diesem Tag in seinen Privatgemächern, wo selbst ich nicht unangemeldet eindringen konnte. Ich meldete mich an und wartete, dass man ihn informierte. Während ich still dastand und innerlich betete, um mich zu beruhigen, flog eine der Türen auf, und ein kleiner Junge kam hereingestolpert, weinend und mit zornrotem Gesicht.

Hinter ihm trat die Königin ein, mit einer Rute in der Hand. Selbst in ihrem Zustand war Audrey stärker als Prinz Edward. Mit offenem Mund sah ich zu, wie sie den Jungen packte und wild auf ihn einschlug, und zwar ziemlich ausdauernd.

Endlich gelang es ihm, sich loszureißen, worauf er heulend den Korridor entlanglief. Bitte, verstehe mich nicht falsch. Jungen müssen gelegentlich verprügelt werden, sonst werden sie gehässig und von schwacher Wesensart. Doch es muss eine ernste Zurechtweisung sein, nicht zum Vergnügen. Es soll für den Erziehenden keine Lust sein, sondern eine traurige Pflicht, die er zu erfüllen hat!

Audreys Gesicht war gerötet, als sie triumphierend hinter ihm hersah. Sie wandte sich erst zu mir um, als sie meinen Blick spürte. Sie atmete schwer, und ihr Umfang erinnerte mich an die Apsis, die ich für Canterbury geplant hatte. Mir fehlten die Worte, und fast hätte ich etwas gesagt, aber ich biss mir auf die Lippen.

»Er sagte, ich sei nicht seine Mutter«, erklärte sie.

Sie war immer noch wütend, aber ihre Augen leuchteten, und sie schien sehr zufrieden mit sich. Mich überkam ein starker Widerwille, trotz ihrer Schönheit. Sie erinnerte mich an eine Pflaume, die zu lange am Baum gehangen hat, obwohl sie ganz eindeutig gepflückt worden war.

»Er hat seine Mutter, Lady Fæltha, natürlich nicht gekannt«, sagte ich leise. »Ich vermute, er sehnt sich nach etwas, was er nicht benennen kann. Alle Jungen brauchen Disziplin, Mylady … aber auch Liebe.«

Ich weiß nicht, warum ich Letzteres hinzugefügt hatte. Die Königin hatte sich in meiner Zustimmung gesonnt, aber dann musste ich es mit diesem kleinen Nachsatz verderben, worauf ihr Gesicht einen boshaften Ausdruck annahm. Ich merkte, von Männern ließ sie sich nichts sagen.

»Seid Ihr hier, um meinen Mann, den König, zu sehen?«, fragte sie, als hätte ich seinen Titel vergessen. »Der ist heute nicht da.«

Ich starrte sie an und wusste nicht, was ich sagen sollte. Ich war sicher, die Wache war zu Edgar gegangen, um mich zu melden. Sie hob den Kopf ein wenig höher, und ich fragte mich, ob ich sie mir zum Feind machen sollte. Der Gedanke war ganz reizvoll, wie wenn ein fast erloschenes Feuer wieder zum Leben erwacht.

»Ich denke, ich werde warten«, sagte ich.

Sie spitzte die Lippen und funkelte mich wütend an, aber ich hatte sie nicht der Lüge bezichtigt. Ich sah sie nur ganz friedfertig an und hatte fragend eine Augenbraue gehoben.

Ohne ein weiteres Wort ging sie hinaus. Ein Diener schloss die Tür hinter ihr, und ich blieb mit einer einzigen Wache zurück, der Mann vermied aber sorgfältig jeden Blickkontakt mit mir. Ich war gespannt, ob die Königin mir meinen kleinen Sieg gönnen würde oder ob sie versuchen würde, seinen Kollegen zu beeinflussen, wenn er zurückkam.

Die andere Wache kam nicht zurück, also wusste ich, dass der Mann aufgehalten und woanders hingeschickt worden war. Was für eine sonderbare Frau war sie doch, wegen einer solchen Kleinigkeit einen solchen Aufwand zu betreiben! Ich summte ein altes Lied, als ich ging.

Ich hinterließ eine schriftliche Nachricht für Edgar – das war besser, als seiner Frau Gelegenheit zu geben, ihm irgendeine Geschichte zu erzählen. Doch ich wählte meine Worte sorgfältig. Es ist nicht gut, sich bei Eheleuten einzumischen, und erst recht nicht, wenn es sich um König und Königin handelt. Ich brauchte nur an Allwoods Schicksal zu denken.

Als ich meine Nachricht gesiegelt und einem Haushofmeister übergeben hatte, den ich gut kannte, ging ich hinaus an die frische Luft. Ich hatte mir den Nachmittag für den König frei gehalten, also hatte ich jetzt Zeit. Es war ein angenehmes Gefühl, dass keine Arbeit auf mich wartete. Ich wechselte ein paar freundliche Worte mit den Wachen am Tor und ging hinaus auf die Straße. Dort fand ich den Thronfolger, den Prinzen, der hier an einer Mauer lehnte wie ein Straßenjunge von Winchester. Edward war vielleicht sechs Jahre alt, so blond wie sein Vater und im Moment ziemlich schmutzig vom Staub, der sich mit seinen Tränen vermischt hatte.

»Ach, Prinz Edward, ich hatte Euch gesucht«, sagte ich, obwohl das gar nicht stimmte. »Ich hatte Sorge, Ihr könntet Euch verlaufen haben. Ich weiß nicht, was ich gemacht hätte oder was ich Eurem Vater gesagt hätte, wenn ich Euch wirklich nicht gefunden hätte.«

»Das ist dem doch egal. Jetzt ist *sie* doch nur noch wichtig für ihn.«

Er brauchte mir nichts zu erklären. In gewisser Weise stimmte es. König Edgar war ziemlich vernarrt in seine zweite Frau, obwohl das bei jungen Männern nichts Ungewöhnliches ist. Doch das konnte ich seinem Sohn aus erster Ehe ja kaum sagen.

»König Edgar hat … viel zu tun«, sagte ich und hockte mich neben ihm nieder. »Sein eigener Vater war nur kurze Zeit König, und da ist viel Arbeit liegen geblieben. Wusstet Ihr das?« Der Junge schüttelte den Kopf. »Und sein Bruder Edwy hat viele falsche Entscheidungen getroffen, und auch dadurch ist viel Arbeit nicht erledigt worden. Jetzt trägt Euer Vater all diese Pflichten auf seinen Schultern – und außerdem ist er mit einer neuen Frau verheiratet, die er liebt.«

»Aber mich liebt er nicht«, sagte der Junge.

»Nein. Nein, das stimmt nicht, Prinz Edward! Er liebt Euch sehr, das hat er mir selbst sehr oft gesagt. Ich bin Vater Dunstan, sein Freund, und ich lüge nicht. Ist das klar? Ich bin nämlich der Erzbischof von Canterbury. Ich darf gar nicht lügen!«

Er schniefte und wischte sich über das Gesicht, meine Worte schienen ihn getröstet zu haben. Ich klopfte ans Tor, und unter den erschrockenen Blicken der Wachen führte ich ihn hinein.

»Kopf hoch, mein Freund«, rief ich ihm nach. »Ihr seid noch sehr jung, aber eines Tages werdet Ihr König sein.«

Ich sah, wie sein Gesicht sich bei meinen Worten aufhellte, dann fiel das Tor wieder zu.

Natürlich bekam sie einen Sohn, und sie nannte ihn Edmund. Er lebte nicht lange und starb an den Pocken, ehe er sprechen und laufen konnte. Das traf die Königin schwer. Irgendwie wurde sie noch härter, mehr Frau als Mädchen, aber fast noch schöner, soweit das überhaupt möglich war. Man sagte, dass kein Trupp Soldaten an ihr vorbeireiten konnte, ohne dass mindestens einer vor Unaufmerksamkeit vom Pferd fiel oder mit einem anderen zusammenstieß. Sie machte alle Männer zu Narren, aber das ist keine große Leistung, wie ich finde.

Es dauerte nicht lange, ehe Königin Audrey wieder schwanger war. Diesmal wurde sie täglich gesegnet und mit geweihtem Wasser gewaschen, um das Kind vor Krankheit zu schützen. Ihr Mann regierte jetzt seit zehn Jahren, und manchmal fühlte ich mich richtig alt, obwohl meine Kathedrale immer noch nicht fertig war. Sie war eine noch größere Aufgabe als meine Abtei.

Trotzdem war ich auf der Höhe meines Schaffens. Es hätte keine Überraschung sein dürfen, als König Edgar mich bat, seine Krönung vorzubereiten, endlich! Wie es schien, drang seine Frau darauf, dass er gekrönt wurde. Sie hatte auch schon Pläne dafür, eine großartige Zeremonie, zu der die kleinen Könige aus ganz England, Wales und Schottland eingeladen werden sollten, um den Hochkönig zu ehren und als ihren Herrn anzuerkennen. Er würde von der Kirche gesalbt werden, also von mir.

Als die Königin kurz vor der Entbindung stand, rief Edgar mich zu sich. Er sah etwas angespannt aus, wie alle Ehemänner in dieser Situation. Er hielt die Krone in den Händen, die ich für ihn angefertigt hatte, und starrte sie an, als ich in die Petitionshalle von Winchester trat. Ich blickte um mich und sah nur ein paar Wachen an den Türen, wir waren fast ganz unter uns – jedenfalls soweit dies für einen König möglich ist.

»Ich könnte Euch jetzt krönen, wenn Ihr das wolltet!«, sagte ich leichthin.

Er machte ein nachdenkliches Gesicht.

»Ich habe sie noch nie aufgehabt, Vater. Nicht ein einziges Mal.«

»Wirklich? Aber es gibt kein Gesetz, das dies verbietet, Euer Hoheit. Jedenfalls nicht soweit ich weiß. Wenn Ihr wollt, setze ich sie Euch heute noch auf.«

»Als Erzbischof?«, fragte er. Er hatte den Kopf gebeugt, und auf seinem Gesicht lag ein Schatten.

»Als Euer Freund, wenn Ihr wollt«, sagte ich. Ich verstand sein Zögern nicht.

»Ihr seid sehr liebenswürdig, Vater. Aber ich glaube, ich warte noch. Ich habe ja schon so lange gewartet.«

Ein König braucht seine Geheimnisse nicht zu verraten. Er kann von niemandem zum Sprechen gezwungen werden, selbst von seiner Frau nicht. Ob im Schlafzimmer oder vor dem Witan, er kann immer sagen: Dies ist allein meine Angelegenheit – und sofort hören alle Fragen auf.

Ich hatte mich schon tausendmal gefragt, weshalb er immer noch nicht gekrönt war. Sein Bruder hatte sich innerhalb weniger Wochen krönen lassen, nachdem er König geworden war, und sein Vater ebenso. Ich überlegte natürlich, ob es etwas mit diesen Männern zu tun haben konnte. Ich hatte ihn im Laufe der Jahre auch schon zweimal danach gefragt. Beide Male hatte Edgar nur die Lippen gespitzt und weggesehen, als sei ein Schatten auf ihn gefallen. Ich hatte nicht auf einer Antwort bestanden. Einen König kann man nicht zwingen.

Jetzt, in dieser stillen Halle, als Edgar seine Krone am Finger baumeln ließ wie einen Kinderreifen, fragte ich mich, ob ich nun endlich erfahren würde, warum er zwar schon so viele Jahre in Frieden regierte, doch bisher eine Krönung vermieden hatte.

»Als ich König wurde, geschah dies aufgrund einer Tragödie. Mein Bruder war tot, nach nur drei Jahren, seine Frau ebenfalls. Ich regierte halb England, Vater. Ich hatte keinen Wunsch, den Rest ebenfalls zu regieren.«

Er sah mich an, aber ich wusste, wann es besser war zu schweigen. Er seufzte.

»Ihr wolltet die Krone neu gestalten, und ich überließ sie Euch, teilweise auch, um sie nicht aufsetzen zu müssen. Ich war noch nicht bereit dazu. Wie alt war ich damals, sechzehn? Ich hätte sie auspolstern müssen, nur um sie nicht zu verlieren. Die Krone meines Vaters, meines Bruders, nein. Und falls es einen perfekten Moment gab, um mich krönen zu lassen, dann ging er vorüber. Ich *war* ja König! Das Reich wurde von allen Seiten bedroht, und ich verbrachte Jahre damit, Allianzen zu schmieden, treulose Lords unschädlich zu machen, Köpfe rollen zu lassen und mir Schwüre anzuhören, nur um den Frieden zu bewahren.«

Plötzlich lächelte er und sah mich an.

»Offenbar hatte ich ein Talent dafür.«

Das war richtig, und ich merkte, wie mir bei seinen Worten die Augen feucht wurden. Was für ein außergewöhnlicher Mann, der mir mit seinen Worten und einem Lächeln Tränen entlocken konnte! Ich bin einmal in den Krieg geritten. Ich habe eine Harfe gebaut, die von allein spielt. Ich hatte keine großen Emotionen erwartet, nur etwas von seiner früheren Unsicherheit.

»Meine erste Frau hat mir Schmerzen zugefügt – aber sie schenkte mir einen Sohn. Ich weiß, Dunstan, Ihr habt Eure Bischöfe, Eure Äbte – Ihr seid ein Vater für sie alle. Ihr habt etwas gemacht aus dem, was ich Euch anvertraut habe. Doch ich hatte einen Jungen, und ich sah ihn aufwachsen, genau wie ich aufwuchs. Und ich dachte, wenn ich diese Krone trage, dann ist alles zu Ende. Wenn ich diese Krone trage, dann sterbe ich auch. Irgendwie wurde es zur fixen Idee, jahrelang. Ich wollte nicht einmal darüber sprechen. Ich hatte so viel zu verlieren, und es wäre mein Ende gewesen. Deshalb ging ich härter um mit denen, die ihr Wort brachen – und ich zog das Schwert, wo ich früher nur gelacht hätte. Ich klammerte mich zu fest an diese Krone, versteht Ihr? So fest, dass es wehtat.«

Ich konnte ihn nur sprachlos ansehen. Er hatte mir gerade erzählt, dass die Krone für ihn wichtiger war, als ich geahnt hatte – und mir war völlig entgangen, was tief in ihm vorging. Ich hatte nur den guten König und Freund gesehen.

»Und warum jetzt?«, fragte ich leise.

Er lächelte, fast wie jemand, der so starke Schmerzen hat, dass er sich nicht bewegen kann.

»Weil sie es möchte. Weil ich es ihr versprochen habe, wenn sie mir noch einen Sohn schenkt. Weil ich schon der König bin und eigentlich keine Krone brauche, aber davor fürchten will ich mich auch nicht.«

Ich griff nach der Krone.

»Es wäre mir eine Ehre, Euch zu krönen, Euer Hoheit.«

»Vielleicht ist es noch nicht so weit, Vater«, sagte er grinsend. »Ich habe gebetet, aber vielleicht werde ich ja nicht erhört. Vielleicht stirbt das Kind ja wieder, ehe meine Lords sich versammeln können.«

Ich spürte seinen großen Schmerz, größer, als ich es mir vorstellen konnte. Kinder starben immerzu. Er würde weitere Söhne, weitere Töchter und sogar weitere Frauen haben, wenn nötig. Doch ich tätschelte seinen Arm und sprach beruhigend auf ihn ein, als älterer Mann, der einen jüngeren tröstet. Wir sind alle Sünder, aber wir können trotzdem wertschätzend miteinander umgehen.

39

Sie schenkte dem König einen Sohn, und sie nannten ihn Ethelred. Und ich hatte die Aufgabe, die Krönung für einen König vorzubereiten, der, wie es sich anfühlte, schon eine Ewigkeit in Frieden regierte. Manche sprechen von Alfred dem Großen, von seiner Seemacht und seinen tapferen Taten, oder vielleicht von Æthelstan, der ganz Britannien unter einer Krone vereint hatte. Doch ohne Edgars Regierung wäre das alles wieder auseinandergefallen und verloren gegangen. Er war, was Augustus für Julius Cäsar war – er sorgte für die vielen Jahre des Friedens, des Wachstums und des Handels, was schließlich dazu führte, dass wir zu England zusammenwuchsen und nicht länger Wessex oder Cumbria blieben.

Einen solchen Mann zu krönen ist keine Sache eines Nachmittags. Ich brauchte schließlich zwei Jahre, bis es wahr wurde, und obwohl ich auf solche weltlichen Erfolge nicht zu stolz sein sollte, wird es mir als mein fünftes großes Werk immer in Erinnerung bleiben. Jetzt wurde nicht mehr einfach eine Krone auf ein königliches Haupt gedrückt! Es war der Höhepunkt eines Zeitalters und ein Versprechen an die Zukunft. Ich hatte unbegrenzte Mittel zur Verfügung, und du kannst mir glauben, ich geizte nicht. Meine Kathedrale in Canterbury war fertiggestellt, und jetzt sangen darin Tag und Nacht die Chöre in unaufhörlichem Gebet für das Reich und den König. Während sie sangen, fertigte ich auch eine Krone für die Königin an, und mein Hämmern wurde zum Rhythmus unserer Welt.

Mein Bruder Wulfric war Anfang des Jahres gestorben, im März. Ich hatte erwartet, dass er als der Jüngere mich überleben würde, aber ich wusste auch, dass dies wegen des Verlusts seines Armes und seiner anderen schweren Verletzungen unwahrscheinlich war. Diese Dinge schwächen einen Menschen. Ich hatte mir ein schönes Grab in Glastonbury für ihn vorgestellt, aber seine Frau lehnte dies ab, und ich wollte mich ihr nicht widersetzen. Stattdessen hielten wir in Baltonsborough einen einfachen Trauergottesdienst im Familienkreis, und er wurde neben unseren Eltern beigesetzt.

Als ich dort stand und in das Grab blickte, in dem der Junge lag, der gerannt und gesprungen und über alte Feinde geweint hatte, war ich überrascht, als seine Frau mich am Ärmel berührte.

»Er war dir immer dankbar«, sagte Alice.

Ich blickte sie an und widerstand der Versuchung, die Augen zusammenzukneifen, um wieder das junge Mädchen zu sehen, das sie einst gewesen war. Es war zu schwer, nach all den Jahren. Alice segnete mich für das Leben, das ich ihm geschenkt hatte, womit sie auch ganz recht hatte. Natürlich erwähnte sie meine Zeit im Exil nicht. Jede Familie hat Geheimnisse, und dies war unser Geheimnis.

Ich hatte meinen Frieden mit ihnen geschlossen, ich hatte ja auch genügend Zeit dazu gehabt. Wenn ich an den Jungen denke, der zusammen mit Encarius in die Tiefe stürzte, voller Hass und Wut, dann bin ich froh, dass ich damals nicht dabei umgekommen bin. Das Alter macht einen milde, und das ist nicht schlecht. Es gab in meiner Jugend Zeiten, wo ich mir den Tod gewünscht hätte. Doch es wäre jedes Mal falsch gewesen.

Wir hatten entschieden, Edgar in Chester zu krönen, wo der König einen schönen großen Besitz hatte. Dort gab es einen breiten Fluss, und die Menschen standen zu Tausenden am Ufer und jubelten. Edgar wurde an diesem Morgen von acht Königen und Prinzen über den Dee gerudert, alle aufs Prächtigste gekleidet und bereit, die Ruder zu führen, um zu zeigen, dass er der Hochkönig war, dessen Regierungszeit ein einziger goldener Sommer war. Ich könnte weinen, wenn ich jetzt daran denke. König Kenneth von Alba war dabei, Malcolm von Cumbria, Donald von Strathclyde, Magnus von Man und den Inseln, Iago, Hywel, Ithel und Siferth, alle von Gwynedd. Die Sonne schien, und das Wasser war still, als sie Edgar dorthin ruderten, wo ich wartete. Das Ufer war ein Dickicht von Mädesüß, und mit all den Fahnen, Zelten und Wagen wirkte das Feld für Meilen im Umkreis wie ein riesiger Jahrmarkt. Ein Chor mit sechshundert Stimmen stellte den Gesang der Vögel in den Schatten.

Ich setzte Edgar die Krone aufs Haupt, dann zelebrierte ich die Messe über gebeugten Köpfen, so weit das Auge reichte. Ich salbte ihn mit geweihtem Öl, genau wie Ǣthelstan und die römischen Kaiser vor ihm. Auf seinen Wunsch hin salbte und krönte ich auch Königin Audrey, die neben ihm stand.

Ich glaube, dass niemand, der dabei gewesen ist, es jemals vergessen wird. Ich erinnere mich an jede Einzelheit, sodass ich, wenn ich die Augen schließe, wieder die Trompeten höre und das Spiegelbild der königlichen Barke im Wasser sehe wie einen goldenen Schatten.

Es war der Höhepunkt meines Lebens, und wenn ich zurückblicke, dann wünschte ich mir, ich hätte damals sterben können, dahingerafft im Augenblick meines höchsten Glücks. Doch mir stand noch eine Tragödie bevor, ein großer Irrtum. Wenn ich in meinem Leben auch fünf große Werke vollbracht habe, so hatten einige davon auch ihre Schattenseiten. Bei meiner Abtei ist es meine Sünde mit Beatrice. Meine Rache an Edwys Königin habe ich mit dem Bau der Kathedrale von Canterbury gesühnt. Für die prachtvolle Krönung eines Hochkönigs habe ich mich vielleicht mit dem alten Feind der Menschheit selbst eingelassen. Es war ein perfekter Moment, und solche Momente sind immer eine Herausforderung für ihn, denn wir leben nun einmal in einer Welt, die alles andere als perfekt ist. Ich glaube, jetzt fing sein Hass auf mich an, der kleinliche, kindische Hass Luzifers. Er sah, was ich vollbracht hatte, und er war schon immer ein neidisches Geschöpf gewesen.

Natürlich war die Königin das Zentrum des Ganzen. Wenn ich nach einem meiner Fehler beurteilt werde, dann bete ich darum, dass es nicht dieser ist. Ich sah ihre Schönheit und erkannte nicht, was sich dahinter verbarg.

FÜNFTER TEIL

SEHT DEN TOD DER UNSCHULD

A.D. 975

Ich aber bin alt und grau geworden,
und meine Söhne sind bei euch.
Ich bin vor euch hergegangen von
meiner Jugend an bis auf diesen Tag.

1. SAMUEL 12:2

40

König Edgar starb, wie alle Menschen sterben müssen, obwohl er jünger war als ich. Er blieb eine Nacht aus, als er tief im Wald Rehe jagte, und als er zurückkam, klagte er über Gliederschmerzen und begab sich zu Bett. Eine Fiebererkrankung, deren Ursache ein Teich mit stehendem Wasser gewesen sein könnte, an dem er gelegen hatte und nass geworden war. Er hatte viele Kratzer und Abschürfungen davongetragen, und jetzt schwollen sie an, und das Fieber schüttelte ihn. Er war zweiunddreißig Jahre alt und erst zwei Jahre zuvor gekrönt worden.

Ich stand an seinem Totenbett und betete, und sein Sohn Edward wich nicht von meiner Seite. Der Junge war selbst erst zwölf Jahre alt. Er versuchte, tapfer zu sein, aber schließlich brach er zusammen. Er weinte und schluchzte und wollte die Hand seines Vaters nicht loslassen. Ich sah, wie Edgar seinen letzten Atemzug tat, dann breitete sich eine große Ruhe auf seinem Gesicht aus. Ich kniete nieder. Ich war der Erste, der Edward sagte, dass er nun König sei.

Natürlich würde der Witan zusammenkommen, aber ausnahmsweise gab es diesmal keinen Zweifel. Sein jüngerer Bruder Ethelred war knapp sechs Jahre alt.

Während ich Edward versprach, ihn zu krönen, kam Königin Audrey in das Schlafgemach und rümpfte angewidert die Nase, weil es nach Krankheit roch. Ich glaube, sie hatte gehört, wie ich mit ihrem Stiefsohn sprach.

»Was sind das für Kräuter, die hier die Luft verpesten?« fragte sie.

Ich erwähnte Mädesüß und Lavendel, aber ich wusste, dass es ihre Trauer war, die sie unhöflich machte, wie es bei manchen Leuten der Fall ist. Ihr Blick streifte kurz die Leiche ihres Mannes, dann nickte sie, als klappte sie ein Buch zu.

Ich glaube, dass sie auf ihre Art loyal zu ihm war, aber sobald Edgar tot war, verfolgte sie ihre eigenen Pläne. Mit der Loyalität war es jetzt vorbei. Ich glaube, sie war in Wirklichkeit eine kalte Person, bei ihr schien alles, was sie tat, nur eine Nachahmung des Lebens zu sein. Wenn ich nach ihrer Entbindung nicht die blutigen Laken gesehen hätte, hätte ich glauben können, sie sei ein Inkubus, eine Art weiblicher Dämon ohne jede Menschenliebe, der einem Mann die Lebenskraft entziehen kann, bis er nur noch eine leere Hülle ist. Schön genug war sie dazu. Selbst jetzt, als sie sich über ihren toten Gatten beugte und seinem Gesicht so nahe kam, dass ich schon dachte, sie würde ihn küssen, war ich wieder sprachlos darüber, wie perfekt sie war. Sie war die schönste Frau, die ich je gesehen hatte, aber innerlich war sie verfault.

Ach, ich möchte diese Geschichte am liebsten gar nicht erzählen. Sie ist noch zu frisch und tut immer noch weh. Vielleicht sollte ich diese Aufzeichnungen tatsächlich am Flussufer von Chester enden lassen, wo acht Könige Edgar zu seiner Krönung ruderten. Es war sein Triumph und auch der meine – schon allein, weil diese stolzen Männer alle gekommen waren, um tagelang zu feiern und unterhalten zu werden. Es ist mein Zenit, mein Licht im Dunkel. Doch es ist noch nicht das Ende. Das eilt jetzt auf mich zu.

Ich habe insgesamt sieben Könige gekannt. Drei davon waren Brüder: Æthelstan, Edmund und Eadred. Zwei waren die Söhne Edmunds: der impulsive Edwy und Edgar der Friedliche. Die beiden letzten sind die Söhne Edgars: Edward und Ethelred. Ich bin ein alter Mann, und es bricht mir das Herz.

Genau wie ich es einst bei Edwy getan hatte, sprach jetzt Königin Audrey vor dem Witan. In Gegenwart ihres Stiefsohnes und aller Anwesenden erklärte sie, Edgars erste Frau sei doch sehr früh gestorben und es gebe kaum Erinnerungen an sie. Oder wisse etwa noch jemand ihren Namen? Das hätte sie nicht fragen dürfen. Es war ein Teil ihrer Fehleinschätzung, doch es war mir eine Genugtuung. Prinz Edward war kein Feigling. Mein Herz tat einen Freudensprung, als er aufstand.

»Ich weiß ihn noch. Meine Mutter hieß Fæltha. Sie war eine Tochter von Strathclyde, und ihr Vater hat vor meinem Vater das Knie gebeugt. Sie war eine Königin.«

Er setzte sich wieder, und ich sah im Lampenlicht, wie die Lady nachdachte und versuchte, nach ihrem Fehltritt wieder Fuß zu fassen.

»Das war sie, genau wie ich jetzt«, sagte Audrey leise.

Es war totenstill und ihre Stimme nur ein Flüstern, als hielten alle den Atem an. Was immer sie sonst noch sein mochte, sie war tatsächlich eine Königin. Das war nicht abzustreiten. Doch zu meiner Freude stand Edward abermals auf, um zu antworten, ganze dreizehn Jahre alt und zornrot im Gesicht, aber von uns allen vielleicht der Einzige, den ihre Schönheit nicht beeindrucken konnte.

»Und genauso wie ich ein König bin, Mylady. Und somit hätten wir uns jetzt vorgestellt. Würdet Ihr bitte wieder Platz nehmen, damit mein Witan abstimmen kann?«

»Du bist immer noch ein Kind, Edward«, sagte sie mit kalter Stimme. »Wirst du dich auch so wichtigmachen, wenn die Wikinger an unserer Küste landen? Wenn Armeen marschieren? Ich habe jahrelang an der Seite meines Mannes regiert. Ich habe jeden Vertrag, jeden Pakt und jede Strafe miterlebt, die König Edgar angeordnet hat. Die Hälfte der Männer im Witan haben ihren Platz mir zu verdanken!«

Jetzt erhob sich ein großes Gemurmel, aber ob es Erstaunen oder Widerspruch war, war nicht festzustellen. Von meiner Seite aus war es ganz bestimmt Widerspruch.

Sie schickte wütende Blicke durch den dämmrigen Raum, und ich hatte Mühe, nicht zu grinsen. Wenn sie die Sympathie der Versammlung je gehabt haben sollte, jetzt hatte sie sie verspielt. Es gibt in solchen Situationen immer einen Moment, wo die Stimmung kippen kann. Ich wusste besser als die meisten, welche Überredungskraft Frauen haben konnten – aber mit Wut war nichts zu erreichen. Sobald sie wütend wurde, hatte sie verloren. Wut ohne ernste Bedrohung hat einfach nur etwas Lächerliches.

»Also«, sagte sie, »jetzt erzähle ich Euch allen das, was Ihr längst wisst. Einige dieser friedlichen Jahre verdanken wir allein meinen Entscheidungen, die unter hohem Risikoeinsatz getroffen wurden. König Edgar, der sechzehn Jahre lang ohne einen Krieg regiert hat, vertraute mir. Ich verlange jetzt lediglich, dass der Witan mir ebenfalls vertraut und meinen Sohn Ethelred als rechtmäßigen Thronfolger anerkennt. Dass er Edward, falls er ihn zum König macht, das Gelübde der Ehelosigkeit ablegen lässt, wie Æthelstan es vor ihm getan hat. Ich bin bereit, Ethelreds Vormund zu sein, bis er erwachsen ist. Lasst mich ihn führen, wie ich seinen Vater geführt habe.«

Und wie sie den armen Allwood zu seinem frühen Tod geführt hat, musste ich denken. Irgendjemand ließ ein verächtliches Schnauben hören, als sei allein dieses Ansinnen schon lächerlich. Der Mann lachte spöttisch in sich hinein. Ich musste wegblicken, als sie nach dem Urheber suchte.

Ganz gleich, welche Rolle ich dabei spielte oder auch nicht, ich glaube, die Königswitwe hatte die Earls, die Vögte und

Lehnsleute des Witan gründlich unterschätzt. Natürlich war Edward noch jung, aber so, wie er hier mit ihr sprach, bewies er, dass dies lediglich eine Schwäche war, die sich mit der Zeit von selbst erledigen würde. Er hatte den Willen zu regieren, was nicht unwichtig und nicht allen gegeben ist. Dieser Wille hatte seinem Vater einen solch großen Respekt eingebracht, dass niemand gewagt hatte, dagegen zu rebellieren. Er hatte auch Æthelstan geholfen, Tausende von Männern auf dem Schlachtfeld zu halten, obwohl sie eigentlich lieber geflohen wären. Und Edward hatte diesen Willen ebenfalls im Blut.

Als Gäste und Beobachter den Raum verließen, darunter auch Königin Audrey, blieb ich zurück, um mit abzustimmen. Wir taten das durch Handzeichen, sobald wir allein waren. Von den sechsundneunzig Grundbesitzern und zwei Erzbischöfen im Raum stimmten achtundvierzig für Edward. Sieben enthielten sich der Stimme, weil sie Feiglinge waren, und dreiundvierzig stimmten dafür, dass Ethelred König werden sollte.

Ich weiß nicht, was sie ihnen vor der Versammlung versprochen hatte, dass sie so viele Stimmen bekam. Jedenfalls freute ich mich, dass der Erzbischof von York mit mir seine Hand hob, was wir vor der Sitzung auch besprochen hatten. Oswald, der Neffe Odas, war meine Wahl gewesen, obwohl er noch nicht lange aus Rom zurück war. Es war ein Freundschaftsdienst, den ich dem alten Dänen schuldete. Außerdem muss die Kirche in solchen Dingen Einigkeit zeigen. Das hatte ich aus der Katastrophe mit Edwy gelernt.

Das Ergebnis war knapper, als ich es mir gewünscht hätte, aber es war beschlossen. Ich schwor mir, ich wolle verdammt sein, falls ich diese schöne Hyäne noch näher an den Thron heranließe.

Wie ich hörte, nahm sie das Ergebnis nicht besonders günstig auf. Man erzählte sich in Winchester, die Königin habe

Teller zerschlagen und Stühle zertrümmert, sich dann eine größere Menge Geld aus der Schatzkammer geben lassen und sei mit ihrem Sohn auf eine Burg ihres Gatten gezogen. Wäre ich noch Schatzmeister gewesen, ich hätte sie ohne einen Penny weggeschickt.

Ich glaube nicht, dass sie Mord oder sonstige Rache fürchtete. Ich vermute eher, der Tod ihres Mannes war für ihre ehrgeizigen Pläne einfach zu früh gekommen. Wäre ihr Sohn schon sechzehn Jahre alt gewesen, hätte er auch ohne sie vor dem Witan ganz anders dagestanden. Audrey zog sich eine Weile aus der Welt zurück, und ich muss gestehen, bald dachte ich kaum noch an sie oder an den zweiten Sohn des Königs.

Unser friedliches Leben war vorbei. Ich kann nicht mit Sicherheit sagen, ob Audrey dahintersteckte, aber plötzlich kam es in East Anglia und Mercia zu Unruhen, weil man dort ihren Sohn unterstützte. Zwei Earls aus dem Witan, die beide für sie gestimmt hatten, hatten sich erhoben. Sie ließen Landvögte erhängen und Bewaffnete mit Speeren und Fackeln durch die Städte marschieren. Und schlimmer noch, sie überfielen die Benediktinerklöster, stahlen Gold und Reliquien und warfen die Mönche hinaus in den Schnee.

Es war eine Zeit großer Brutalität, überall wurde gemordet, und die Straßen wurden unpassierbar. Jede Stadt war auf sich allein gestellt, und diese Isolation spürte man selbst in Winchester. Jeder Bote, der sein Leben riskierte und sich durchschlagen konnte, brachte schlimmere Nachrichten: aus dem Norden, aus dem Osten und selbst aus dem Grenzgebiet nach Wales.

Ich versuchte, dem König Ratschläge zu geben, obwohl ich nie viel von Kriegsführung verstanden habe. Ich hatte mich immer auf die Lehnsleute und Taktiker verlassen, die wussten, wann es Zeit war, anzugreifen oder Wälle zu errichten und sich zurückzuziehen. Plötzlich herrschte Chaos, und manchmal sah ich abends in der Ferne einen Feuerschein am Himmel, wenn wieder einmal ein paar Häuser oder eine Burg in Schutt und Asche gelegt wurden.

Wie gesagt, ich kann nicht mit Sicherheit behaupten, dass sie dahintersteckte, aber ich traue ihr zu, dass sie diese Männer hätte aufhetzen können, sie war eine Eva. Sie hatte schon immer eine große Überredungskunst besessen. Tatsache war aber, dass sie von diesen Unruhen profitierte, weil dadurch das ganze Land den Eindruck gewinnen musste, dass Prinz Edwards Regierungszeit nicht so friedlich war wie die seines Vaters. Lehnsleute und Earls fingen an, Kriegsgerät einzulagern – Speere und Kettenhemden, Schilde und Äxte. Geld, mit dem man bisher Waldland urbar gemacht oder Waren eingekauft hatte, verschwand jetzt in den Essen der Waffenschmiede.

Die Lords, die im Witan gegen Edward gestimmt hatten, hielten sich auch nicht mehr zurück und äußerten laut ihre Meinung, wir hätten den falschen Sohn gewählt. Ich frage mich, welche Bestechungsgelder sie dafür zahlen musste. Ich hätte diesem treulosen Pack am liebsten die Zunge herausgerissen.

König Edward gab die Einberufung bekannt, und die meisten seiner Lords brachten Männer zu seinen Fahnen, obwohl einige dem Aufruf nicht folgten. Er ritt kreuz und quer durchs Land und fand meist nur noch verkohlte Balken und friedliche Menschen, die nichts anderes wollten, als vor ihm niederzuknien, um ihr Loblied auf ihn anzustimmen. Doch sowie sich seine Armee zurückgezogen hatte, fing das Brandschatzen wieder an. Es gibt Generationen, die brauchen gar keine Wikinger, um ihr Land zu verwüsten.

Diese Situation hielt zwei Jahre an. Man konnte nie wissen, ob Mörder aus den Wäldern auftauchen würden, um zu töten, zu vergewaltigen und alles zu stehlen, was ehrliche Menschen oder Mönche mit ihren Händen geschaffen hatten.

Es war eine grausame Zeit, und ich überlegte laut, ob Edward nicht die Steuern erlassen könnte, als Gegenleistung für die Köpfe dieser üblen Gauner, wie sein Vater es mit den Wölfen in Wales gemacht hatte. Er lehnte es ab, aber ich glaube, das war ein Fehler. In jeder Stadt hängen Leichen am Straßenrand oder auf dem Marktplatz, als Abschreckung für andere. Jedes Kind hat eine Hinrichtung oder eine Brandmarkung gesehen. Mein Vater nahm mich mit, als ein Mann erschlagen wurde, und das Bild verfolgte mich jahrelang beim Einschlafen und sorgte dafür, dass ich nicht vom rechten Weg abkam.

Ich glaube, Edward hätte von seinen Richtern und seinen Soldaten die Köpfe aller Lords fordern sollen, die gegen ihn rebellierten – damit hätte er die Sache im Keim erstickt. Die Bauern hätten es ihm gedankt. Ein König muss auch Furcht verbreiten – aber brutale Männer fürchten nur Soldaten. Ich halte gern die andere Wange hin, aber vorzugsweise einem toten Feind, der nicht mehr zuschlagen kann.

Im dritten Jahr seiner Regierungszeit wurde Edward sechzehn. Er war weniger das Ebenbild seines Vaters als das seines Großvaters Edmund. In diesem Winter war es ruhiger geworden, und er empfing die Lords aus East Anglia und schloss eine Art Frieden mit ihnen.

Es ist immer der letzte Tropfen, der das Fass zum Überlaufen bringt, nicht die vielen Tropfen davor. Ich hatte Edward gewarnt, dass seine Stiefmutter eine Rolle bei den Aufständen spiele. Obwohl ich keine direkten Beweise hatte, gehörten die Beteiligten zu denjenigen, die damals für sie gestimmt hatten. Und ihr Name wurde ebenfalls geflüstert.

Er glaubte mir nicht, oder wenn er es tat, dann nahm er die Bedrohung nicht ernst genug. Stattdessen versuchte er,

Öl auf die Wogen zu gießen, die verräterischen Lords zu beschwichtigen und das unruhige Land wieder zu befrieden. Aber es war nicht alles nur Milch und Honig. Er schickte auch ein Dutzend Männer aus, um einen besonders renitenten Lord zu beseitigen. Der alte Narr wurde in seinem Bett umgebracht, soweit ich mich erinnere. Schließlich stand das ganze Königreich auf dem Spiel, das darfst du nicht vergessen. Edward wollte zwar keine Feuersbrünste und kein Blutvergießen, andererseits war er aber auch kein schwaches Kind mehr. Doch immer noch war er zu unschuldig, zu vertrauensselig.

Du kannst sicher sein, dass er sofort gekrönt worden war, als er König wurde. Er wollte sich zeigen, als jüngere Version seines Vaters. Zwar hatte er nicht den harten Blick seines Vaters, aber der wäre mit der Zeit gekommen. Wenn ich jünger gewesen wäre, hätte ich mehr Zeit mit ihm verbracht, aber meine Augen und Beine waren schwächer geworden, und ich war nie ein guter Reiter gewesen. Wenn ein sechzehnjähriger König im Frühjahr zu einer großen Jagd einlädt, will er keine keuchenden alten Männer wie mich dabeihaben.

Ein König sollte vor allem jung sein. Niemand bekommt Herzklopfen beim Anblick eines dürren, runzligen Königs. Nein, sie sollen stark sein, und das Gold muss nur so blitzen, sie sollen Krieger sein, die mit klarem Blick für die Sicherheit ihrer Männer sorgen. Gott segne sie alle, diese mutigen jungen Männer.

Aber ich zögere, ich zögere. Er war so alt, wie ich war, als ich an den Hof von Winchester kam. Ich will nicht wieder davon anfangen. Ich war nicht dabei. Ich habe alles nur von den Dienern gehört, und von ihr.

41

Hätte es nicht Anzeichen von Frieden gegeben, so bin ich sicher, dass Edward bei der Jagd mindestens hundert Meilen Abstand zwischen sich und seiner Stiefmutter gehalten hätte. Sie hatte auf der Burg von Corfe in Dorset Zuflucht gesucht, nachdem der Witan ihr Angebot abgelehnt hatte. Dort hätte sie auch in Ruhe leben können, bis Ethelred zum Manne herangewachsen war. Er hätte seinem Halbbruder eine wertvolle Stütze und ein mächtiger Earl sein können.

Die Königinwitwe hatte ihr Möglichstes getan, um Edwards Feinde zu bestechen und gegen ihn aufzuhetzen. Doch wie ich schon andeutete, jetzt, im dritten Jahr, schien ihr Plan nicht mehr aufzugehen. Edward hatte mit East Anglia Frieden geschlossen, und man sagte, dies stünde auch mit Mercia unmittelbar bevor. Ich gab ihm Ratschläge, wenn er darum bat, und das tat er oft. Mit Stolz kann ich behaupten, er hatte Vertrauen zu mir. Ich fragte ihn einmal, ob er sich daran erinnere, wie ich ihn in Winchester einst in Tränen vor dem Tor gefunden und getröstet hatte. Er sah mich mit einem merkwürdigen Blick an – teils schmerzhaft, teils traurig – und sagte: »Natürlich erinnere ich mich.«

Trotz seiner Jugend war Edward kein Dummkopf – und die Erinnerung an seinen Vater war auch bei seinen Leuten noch allgegenwärtig. Er erinnerte sie an den Treueschwur, den sie auf König Edgar und seine Nachkommen abgelegt hatten. Es gibt immer einige, denen ein Schwur nichts bedeutet, aber für die meisten ist er ein Band, das hält, ein Becher, der den Durst löscht. Schließlich wären wir ohne unsere Schwüre und unseren Glauben nichts anderes als Tiere. Ich glaube, Edward hätte den Frieden seines Vaters in einem weiteren Jahr, höchstens in zwei, wiederhergestellt.

Er verließ sein Jagdgebiet in Dorset, als sie sich nach Westen wandten und er feststellte, dass er nur wenige Meilen von Corfe entfernt war. In unwegsamem Gelände reiten Jäger oft meilenweit allein und suchen sich ihren Weg. Ich vermute, es war nichts weiter als ein plötzlicher Einfall, dass er sich vom Lärm der Hunde und Jagdhörner abwandte.

Um Corfe herum gibt es eine Anzahl von Kalkhügeln, und obwohl die Burg selbst aus Holz gebaut war, hatte sie eine solide Mauer zur Verteidigung. Edward war schon drei Jahre auf dem Thron und hatte seitdem seinen jüngeren Bruder nicht mehr gesehen. Ich vermute, das war der eigentliche Grund. Vielleicht wollte er auch die Königswitwe begrüßen, die Frau, die sein Vater geliebt hatte. Ich weiß, Edward sehnte sich nach Frieden, in seinem eigenen Haus und in seinem Königreich. Er war stets ein äußerst friedliebender Mensch.

Nun ja. Sein Vater hätte die Burg einkesseln und anzünden lassen, wenn diese Frau sich gegen ihn gestellt hätte. Man durfte Edgars Friedensbemühungen nie mit Sanftmut verwechseln.

Doch Edward war ein Sohn, der verzieh, und ich glaube, er fühlte sich auch einsam. Ich hatte es ja in den Jahren seiner Kindheit beobachtet, als sein Vater nur noch Augen für seine neue Frau hatte. Und in den Jahren seitdem hatte ich es auch bemerkt. Edward fehlten Freunde von der Art, die ihm auf die Schulter geklopft und ihn aus seinem Trübsinn herausgelockt hätten. Er vertraute mir, aber wenn ich zu stark in ihn drang, blickte er in die Ferne und wurde zurückhaltend. Ich wusste, er dachte an seine Familie und besonders an seinen kleinen Bruder.

Edward fühlte sich für ihn verantwortlich. Sie hatten natürlich zusammen gespielt, und Edward war mit Ethelred auf dem Rücken durch Winchester getrabt. Der Gedanke an diesen kleinen Jungen, der jetzt so weit weg und ganz allein war, machte dem König zu schaffen. Ich weiß, dass er Boten nach Corfe geschickt und eine Versöhnung angeboten hatte, aber sie hatte ihm nie geantwortet.

Es war spät und dämmerte schon, als er allein an ihrem Tor ankam. Edward ritt einen schönen Hengst, der sich willig von ihm lenken ließ. Die Straßen waren immer noch gefährlich, deshalb trug Edward Kettenpanzer und Wappenrock, hatte ein gutes Schwert gegürtet und an seiner Seite zwei Speere befestigt. Es war Wahnsinn gewesen, sich von seiner Jagdgesellschaft abzusetzen. Er hatte Dutzende tapferer Männer, die bereit waren, für ihn zu sterben, aber die brachen jetzt durchs Unterholz, meilenweit von ihrem Herrn entfernt, und verfolgten Wildschweine und Rehe.

Er war sechzehn, er hatte die Kraft und Brutalität eines Kriegers noch nicht entwickelt. Aber es war mutig, ja fast verwegen von ihm, dass er überhaupt hier war. Edward glaubte noch immer, dass Hass mit einem freundlichen Wort und einer offenen Hand überwunden werden konnte. Er vertraute mir, als ich ihm das sagte, und für mich kam er einem Sohn so nahe wie nur je ein Mensch. Aber ich zögere, ich zögere, weil es mich so schmerzt.

Die Königinwitwe hatte wohl ein Dutzend Wachen und genauso viele Bedienstete, die ihr zur Verfügung standen. Ich glaube, sie hatte hier ungefähr dreitausend Hektar Land. Es fehlte ihr an nichts auf dieser Burg, selbst ohne das viele Gold, das sie mitgebracht hatte.

Sie öffnete ihm das Tor nicht. In ihrem Misstrauen konnte sie sich nicht vorstellen, dass der junge König allein gekommen war. Sie fürchtete eine Falle, irgendeinen Trick, um sie herauszulocken. Königin Audrey stieg die Treppe zum Wehrgang hinauf, sodass sie von oben auf den König herabblicken konnte. Ihr Sohn stand neben ihr und hielt ihre Hand, er war damals neun Jahre alt, mit dichtem dunklem Haarschopf und ebenso dunklen großen Augen, ein Unschuldiger.

Wie man mir erzählte, tat Ethelred einen Freudenschrei, als er seinen Bruder erblickte. Sie hatten sich drei Jahre nicht gesehen, aber der kleine Junge erinnerte sich gut an ihn. Er versuchte sich von seiner Mutter loszureißen, aber sie hielt ihn mit eisernem Griff fest.

»Was willst du hier, Edward?«, rief sie.

»Nur Euch sehen und einen Becher Wein mit Euch trinken. Und meinen Bruder wiedersehen. Darf ich als Euer Gast eintreten?«

»Nein. Aber ich werde Euch einen Weinschlauch und einen Becher hinunterwerfen.«

Sie machte eine Geste in Richtung eines ihrer Diener, und der Mann erschien mit dem Gewünschten, warf sie hinunter, und Edward fing es lachend auf. Vielleicht fürchtete er jetzt, dass man ihn vergiften wolle, ich weiß es nicht. Aber es wäre sonderbar gewesen, wenn sie vergifteten Wein vorrätig gehabt hätte.

Er goss den Becher voll und warf den Weinschlauch wieder zurück. Dann hob er den Becher.

»Ich trinke auf Euch als die Königin meines Vaters. Auch auf dich, Bruder. Ich habe dich vermisst.«

Er hatte den Mann nicht bemerkt, der sich hinter seinem Pferd versteckt hatte. Während Edward trank, erstarrte er und schrie vor Schmerzen auf. Der Becher fiel zu Boden, und auf dem Wehrgang rief Ethelred erschrocken seinen Namen.

Edward drehte sich im Sattel um, er wollte sehen, was ihn verletzt hatte. Der Mann war immer noch da, jetzt hielt er ihn umklammert und rammte ihm seinen Dolch durch eine Lücke im Kettenpanzer in den Rücken, immer und immer wieder.

Der König riss am Zügel und trieb sein Pferd an, das preschte los und ließ den Angreifer zurück. Er ritt etwa ein Dutzend Meilen, ehe er stürzte. Sein Pferd war blutüberströmt, und Edward war leichenblass, um die Augen hatte er dunkle Ringe.

Später erfuhr ich alles. Wie die Königin den kleinen Ethelred auf dem Wehrgang verprügelt hatte, weil er mit seinem Weinen Schwäche gezeigt hatte. Sie war es gewesen, die ihn schwach erzogen hatte, aber jetzt konnte sie ihn nur verspotten und ihm ihre Verachtung zeigen. Insgesamt hat sie also zwei Könige ruiniert.

Der Witan hatte keine Wahl, diesmal mussten sie für Ethelred stimmen. Es gab keinen anderen Thronanwärter, und obwohl ich mich dagegen aussprach, konnte niemand beweisen, dass König Edward auf ihren Befehl hin ermordet worden war. Audrey behauptete, es sei ein Brigant gewesen, ein Straßenräuber, der es auf den goldenen Becher abgesehen hatte.

Der Mann wurde nie gefasst. Das weiß ich, weil ich jahrelang nach ihm suchte – und ein Vermögen dafür ausgab, um jedes Wort und jedes Gerücht über diesen Tag zu erfahren. Ich wollte sie nicht triumphieren sehen, aber es war nicht mehr zu ändern.

Ich sorgte dafür, dass sich die Geschichte verbreitete, von König Edward, dem Märtyrer. Ich wollte nicht, dass sein

Schicksal in Vergessenheit geriet. Zwar werden wir alle zu Staub, aber er war ein ganz besonderer Junge.

Ich wurde als Sohn eines Lehnsmannes von Wessex geboren. Als Erzbischof werde ich sterben. Ich habe eine Abtei und eine Kathedrale erbaut – und einen König zum Manne erzogen. Ich habe den Benediktinerorden in England heimisch gemacht, in allen Ehren.

Es heißt, die Wikinger seien dieses Jahr wieder mit Macht über uns hereingebrochen. Ich bin nur gespannt, wie König Ethelred und seine Mutter mit diesen grausamen Männern fertigwerden. Vielleicht erwartet sie dasselbe Ende wie Edward, ich weiß es nicht. Ethelræd heißt »edler Rat«, aber ich versichere dir, er ist unræd – »schlecht beraten«. Er war eine edle Rebe, und ich kann es kaum ertragen, sie verdorren zu sehen. Ich weine schnell, jetzt wo ich alt bin – um meine Jugend, um Vater und Mutter, um alle, die ich verloren habe. Aber ich werde sie wiedersehen. In Christi Namen, ja, das werde ich.

Dunstan

HISTORISCHE ANMERKUNGEN

Man weiß nicht sicher, wann Dunstan geboren wurde, aber das Jahr 920 scheint ein guter Anhaltspunkt. Dadurch wäre er zwar für gewisse altersabhängige Ämter zu jung gewesen, aber es ist schwer zu sagen, ob diese Regeln auch für einen jungen Mann von so außergewöhnlichen Fähigkeiten gegolten hätten.

Dunstan scheint einer der seltenen großen Denker der Geschichte gewesen zu sein – ein Leonardo von Glastonbury, ein Newton von Wessex. Als sein Geburtsort gilt das Dorf Baltonsborough, das wenige Meilen von Glastonbury entfernt in Somerset liegt.

Im zehnten Jahrhundert war der Hügel von Glastonbury (Glastonbury Tor) eher eine Insel als ein Hügel, umgeben von unüberschaubar weiten und gefährlichen Salzmarschen, die erst Jahrhunderte später trockengelegt und in fruchtbares Ackerland umgewandelt wurden. Dorthin wurde Dunstan von seinem Vater Heorstan gebracht, um Klosterschüler zu werden. Eine solche Klostergemeinschaft mit ihrem Wissen über Kunst, Bildhauerei, Technik, Metallkunde, Schreinerei und Bauwesen muss auf Dunstan gewirkt haben wie Wasser auf einen trockenen Schwamm. Er nahm alles in sich auf.

Zum ersten Mal wird er im *Anglo-Saxon Chronicle* erwähnt, als Angehöriger von König Æthelstans Hof. Æthelstans

Geburtsjahr und -ort sind unbekannt, aber sein Vater, Edward der Ältere, und natürlich sein Großvater, Alfred der Große, machten Wessex zum Königreich im Süden, später das Königreich der Engländer. Æthelstan regierte von 924 bis 939, nur fünfzehn Jahre. Hier machte Dunstan erstmals Bekanntschaft mit einem Königshof – und die Fehler, die er begehen sollte, konnte er schon früh machen.

Godwin ist ein alter englischer Name, dem man vor der Eroberung durch die Normannen sehr häufig begegnet. Godwin selbst ist jedoch eine erfundene Figur. Über Dunstans frühen Unterricht ist nichts bekannt, aber wir wissen, was er als Erwachsener alles konnte. Dazu kommen die Sachgebiete, die alle Mönche lernen mussten, nämlich Kalligrafie, Kräuterkunde und Medizin, und natürlich Latein, die *lingua franca*. Griechisch war meist die zweite Sprache der Gelehrsamkeit, aber nicht jeder erlernte sie. Der heilige Augustinus von Hippo zum Beispiel fand Griechisch fast unmöglich zu lernen.

Eine Anmerkung zur Schreibweise: Das Konzept einer Rechtschreibung ist ziemlich modern. Selbst Shakespeare schrieb vor vierhundert Jahren seinen Namen noch auf verschiedene Arten.

Ich habe den Namen von Dunstans Mutter »Cynethryth« zu »Cyneryth« vereinfacht, weil es sich leichter liest. Genau wie bei Boadicea / Boudicca, tausend Jahre vor Dunstan weiß niemand genau, wie man es aussprach.

Die Figur der Elflaed ist eine Vereinfachung des Namens Æthelflæd. Es könnte aber auch Elfgifu oder Ælflæd gewesen sein. Sie war König Æthelstans Nichte, ich habe allerdings nicht herausfinden können, welche Schwester des Königs ihre Mutter war. Ich entschied mich für diese Schreibweise, um Verwirrung mit Æthelstan und einer wesentlich bekannteren Æthelflæd, Lady von Mercia, zu vermeiden.

Sie besuchte Glastonbury zusammen mit ihrem geistlichen Beistand. Es ist nicht bekannt, ob Elflaed Dunstan aufsuchte oder er sie, aber ihre Freundschaft – nämlich die einer Mentorin und Sponsorin mit einem hoch talentierten jungen Mann – war entscheidend für seine Ambitionen. König Æthelstan kam ebenfalls als Besucher nach Glastonbury, das schon damals wegen seiner Reliquien berühmt war. Nicht nur führte Elflaed Dunstan am Königshof ihres Onkels ein, sie hinterließ ihm auch ihr Vermögen. Als er Abt von Glastonbury wurde, wurde es damit zur reichsten Abtei Englands.

Die Szene, wo Dunstan den Tod eines ansonsten gesunden Mönchs vorhersagt, der dann innerhalb von drei Tagen stirbt, stammt aus zeitgenössischen Überlieferungen seines Lebens, die um 990 entstanden. Es ist eins der Beispiele, die Charles Dickens misstrauisch machten, ob Dunstan wirklich ein Heiliger war. Entweder hatte er diese Vision, und sie trat ein, oder er sorgte dafür, dass sie wahr wurde – was sein Ansehen steigerte.

Mit Dunstans frühestem Wunder fängt es an. Es wäre zu einfach, jede Begebenheit in seinem Leben als Betrug abzutun – obwohl es davon sicher genug gab –, aber wir haben nur wenige, überwiegend bewundernde, zeitgenössische Beschreibungen und müssen zwischen den Zeilen lesen. Es heißt, als er noch sehr jung war, habe er die Vision einer großen Abtei gehabt, der er eines Tages vorstehen würde. Er erkletterte den Turm und lief wie in Trance auf dem Gerüst entlang. Jedoch statt zu Tode zu stürzen, wurde er von einem Engel zu Boden niedergetragen.

Ich will nicht behaupten, dass seine Version unmöglich ist. Ich möchte nur andeuten, dass für einen so meisterhaften

Erfinder, für einen Mann, der eine Harfe bauen konnte, die gut genug für den Königshof war, oder der ein ganzes oberes Stockwerk zum Einsturz bringen konnte und dabei genau wusste, wo er stehen musste, auch eine Seilwinde keine unüberwindliche Schwierigkeit dargestellt hätte. Seit meiner ersten Begegnung mit Dickens' Argwohn gegenüber Dunstan musste ich mit immer größerer Faszination feststellen, dass Dunstan ein wirklich sehr außergewöhnlicher Mann gewesen sein muss. Das dürfte auch keine Überraschung sein. Ein solcher Geist hätte sich zur damaligen Zeit natürlich der Kirche zugewandt – und hätte es bis zur höchsten Position in England gebracht. Nur einmal hat ein Engländer es geschafft, Papst zu werden, und diese höchste Ehre ist Dunstan versagt geblieben, aber abgesehen davon, was für eine Karriere!

Eine Anmerkung zu den Titeln: In Dunstans Jugend hießen Männer von Rang, die der König dazu erhoben hatte, »ealdormen«. Gegen Ende seines Lebens hatte sich eine Verschmelzung eingebürgert, die von dem dänischen *jarl* beeinflusst war, nämlich »earl« oder »eorl«. Der Einfachheit halber habe ich diese Version gewählt. Wir wissen so wenig über Dunstans Familie, dass es schwer zu sagen ist, ob sein Vater, Heorstan, ein ealdorman war, aber es ist wahrscheinlich. Mit Sicherheit war es eine Familie von Rang, mit zwei Bischöfen, Beziehungen zum Königshof und einem nicht unbeträchtlichen Vermögen.

Ich habe auch den Begriff »Prinz« gewählt, wegen seiner lateinischen Wurzel *princeps*, statt ætheling, was zu leicht mit einigen der Namen zu verwechseln gewesen wäre.

Obwohl sein genaues Alter unbekannt ist, wissen wir, dass Dunstan vor 937 am Hofe Æthelstans auftauchte, als die Schlacht von Brunanburh stattfand. Eine »burh« war eine Befestigung auf einem Hügel mit einem Markt, die Keimzelle einer Stadt. Sie war eine Schöpfung Alfreds des Großen, seines Sohnes Edward des Älteren und natürlich Ǣthelstans selbst, als Stützpunkt im Kampf gegen die »Wicingas«, die »Räuber«: die Invasoren, besser bekannt unter dem Namen »Wikinger«.

Wo genau Brunanburh lag, ist leider nicht bekannt. Über diesen Kampf ist nur sehr wenig überliefert, bekannt ist nur, dass König Ǣthelstan einem riesigen Heer gegenüberstand: kriegerische Wikinger, die aus Irland gekommen waren, die Krieger König Constantins von Schottland und die Männer König Owens von Strathclyde. Eigentlich waren sie alle nur kleine Könige, die sich gegen die Idee eines Hochkönigs wehrten – gegen Ǣthelstan, der ganz Britannien regieren wollte.

Ǣthelstan zog mit einer großen Armee nach Norden und siegte. Bis zur Schlacht von Towton, fünfhundert Jahre später, gilt dies als die blutigste Schlacht auf englischem Boden. Ich empfehle das Buch von Tom Holland *Ǣthelstan: The Making of England* (100 Seiten). Es liest sich sehr aufschlussreich, obwohl nur wenige Fakten das Jahrtausend überlebt haben.

Egill Skiallgrimmson ist keine Fantasiefigur. Ein isländischer Berserker, der tatsächlich an Ǣthelstans Hof war und bei Brunanburh für ihn gekämpft hat. Es bereitet einem immer große Freude beim Schreiben historischer Romane, wenn man auf Persönlichkeiten trifft, die aufgrund ihres faszinierenden Lebens eigentlich ein eigenes Buch verdienen. Dazu gehört Egill.

Neben seinem Onkel Athelm, der Erzbischof von Canterbury war, soll Dunstan noch einen weiteren Verwandten am Hof des Königs gehabt haben: einen Bischof namens Ǣlfheah, auch genannt der Kahle. Da ich die Geschichte nicht mit zu vielen Personen vollpacken wollte, habe ich die beiden Onkel zu einem verschmolzen und Athelm den Vortritt gelassen, obwohl er in Wirklichkeit früher starb als in meiner Geschichte.

Ælfheah der Kahle spielte eine kurze Rolle in Dunstans Leben, als er auf Dunstan einwirkte, sich zum Priester weihen zu lassen. Dunstan weigerte sich anfangs, weil er sich mit einer jungen Frau verloben wollte. Doch dann wurde er von so quälenden »Schwellungen und Eiterblasen« heimgesucht, dass er dachte, er sei aussätzig.

Für jemanden, der Leprakranke gesehen haben muss, sind das beängstigende Symptome. Natürlich konnten sie viele Ursachen haben, aber es klingt sehr nach einer Geschlechtskrankheit. Leider ist der Name der jungen Frau nicht bekannt. Ich wählte »Beatrice«, denn diesen Namen gibt es schon seit dem vierten Jahrhundert, vor allem hat er keinerlei Ähnlichkeit mit all den Namen, die mit Athel, Ethel, Aelf, Ath oder Aethel anfangen.

König Æthelstan war tatsächlich der erstgeborene Sohn seines Vaters, aber die Thronfolge war etwas komplizierter. Sein Vater zog den Erstgeborenen aus seiner zweiten Ehe vor, weil dessen Mutter aus königlichem Geblüt war. Dieser Sohn hieß Ælfweard, aber er starb, ehe er mit Æthelstan um den Thron wetteifern konnte – ein Tod, der anscheinend natürliche Ursachen hatte, was damals nur allzu häufig vorkam.

Æthelstan war der einzige Sohn, der alt genug zum Kämpfen war und den Wikingern im Norden Widerstand leisten konnte. Es ist nicht bekannt, ob er wirklich geschworen hat, wegen seines Bruders nicht zu heiraten und keine Kinder zu haben. Interessant ist aber, dass er und Edmund während der fünfzehnjährigen Regierungszeit Æthelstans ein ausgezeichnetes Verhältnis zueinander hatten und Edmund 937 in Brunanburh an seiner Seite kämpfte. Die Indizien deuten darauf hin, dass Æthelstan tatsächlich eine seltene Spezies war: ein großer König und ein anständiger Mensch.

Die einzige Überlieferung, in der Brunanburh noch erwähnt wird, ist ein Gedicht im *Anglo-Saxon Chronicle*. Daraus wissen wir, dass Constantin von Schottland fliehen konnte, genau wie Anlaf Godfreyson (manchmal auch Guthfrithsson), der König von Dublin, der aber später zurückkommen sollte. Ihre Armeen blieben den Krähen und Wölfen überlassen, die gelernt hatten, Männern aufs Schlachtfeld zu folgen.

Æthelstan hatte gesiegt. Im Grunde ging es um das Überleben Englands als Nation. Jahrhunderte später sorgten die Normannen und die geografische Entfernung dafür, dass Schottland ein unabhängiges Königreich wurde, ehe die Throne durch James VI. von Schottland (James I. von England) wieder vereint wurden – was schließlich offiziell durch das Vereinigungsgesetz von 1707 besiegelt wurde.

Von Brunanburh ist überliefert, dass es einen großen Angriff von Æthelstans Kavallerie gegeben haben soll. Er musste es mit Berserkern von Wikingern, mit irischen Söldnern und Pikten aufnehmen, die im schottischen Hochland nie mit römischen Legionen zu tun gehabt hatten. Es werden Anhänger heidnischer Götter und besonders Odins gewesen sein. Im Gegensatz dazu war Æthelstan ein frommer christlicher König, allerdings wurde es zu jener Zeit durch Sieg oder Niederlage entschieden, ob man Christ wurde oder nicht. Wer die Schlacht verlor, konnte nichts mehr darüber erzählen – also hing die Verbreitung des Christentums meist von einem Sieg ab.

Die Zahlen auf einem Schlachtfeld werden in Gedichten und Liedern immer übertrieben geschildert – doch das ist ihr Zweck. In Brunanburh aber waren mit Sicherheit Tausende, vielleicht gar Zehntausende beteiligt: »Nie zuvor wurden mehr Menschen auf dieser Insel durch die Klinge getötet« (*Anglo-Saxon Chronicle*).

William von Malmesbury schreibt, Anlaf, König von Dublin, habe die Nacht vor der Schlacht im Lager Æthelstans verbracht, indem er sich als Barde ausgab. So unwahrscheinlich das auch klingt, die Lebensgeschichte Anlafs lässt vermuten, dass er dazu durchaus imstande gewesen wäre.

Bei den Römern hieß Winchester »Venta Belgarum«, »Stadt des Belgerstammes«. Für die Sachsen, die sich in späteren Jahrhunderten hier niederließen, war es »Venta Caesta«, woraus im Laufe der Zeit »Winchester« wurde. Diese Schreibweise habe ich gewählt, obwohl Dunstan die frühere Version gekannt hätte: »Wintancaester«.

Es könnte König Edmund gewesen sein, der Dunstan zum Abt von Glastonbury ernannte, denn Æthelstan hegte keine große Sympathie für ihn. Obwohl Dunstan etwa drei Jahre an Æthelstans Hof verbrachte, wurde er dann verbannt, vielleicht weil man ihn der Zauberei verdächtigte. Was immer es war, er konnte sich, wie es scheint, leicht Feinde machen – später wurde er für kurze Zeit auch von König Edmunds Hof verwiesen, ehe er von König Edwy in die Verbannung geschickt wurde.

Æthelstan starb zwei Jahre nach Brunanburh eines natürlichen Todes, er wurde siebenundvierzig Jahre alt. Die Todesursache ist nicht bekannt, aber zu einer Zeit ohne Antibiotika konnte schon jede kleine Verletzung zu einer Blutvergiftung führen. Er war der erste König von England und hätte auch einen berechtigten Anspruch darauf gehabt, der erste König Großbritanniens zu werden.

König Edmund hatte ein deutlich besseres Verhältnis zu Dunstan. Es gibt Dokumente, die belegen, dass Dunstan als Abt von Glastonbury Land von Edmund erhielt. Die Angaben sind verschieden, aber ein Dokument spricht von 368 ½ *hides of land* (umgerechnet 15 000 Hektar Land), ein riesiger Besitz.

Dunstan ernannte tatsächlich seinen Bruder Wulfric zum *prepositus* (Schatzmeister), um diese Ländereien zu verwalten. Er hatte volles Vertrauen, dass Wulfric die Pachtgelder eintreiben würde und keine Kontrolle brauchte. Wulfric erwies sich als äußerst geschickt im Umgang mit Geld. Er starb 951 als sehr reicher Mann, der selbst über 4000 Hektar Land besaß. Es ist wahrscheinlich, dass er dem Kloster einen Großteil davon vermachte.

Anlaf Godfreyson, der Wikingerkönig von Dublin, kam 940, nachdem Æthelstan gestorben war, tatsächlich zurück und nahm die Stadt York ein. Mit achtzehn Jahren war König Edmund nicht der gefürchtete Krieger, der sein Bruder gewesen war, obwohl er sich bei Brunanburh tapfer geschlagen hatte. Er sah keine andere Möglichkeit, als die Stadt aufzugeben. Der Vertrag wurde von Anlaf sofort ausgenutzt, um sich zusätzlich ein hundert Meilen großes Gebiet im Herzen Englands anzueignen, einschließlich Derby, Lincoln und Leicester. Anlaf war ein unersättlicher Feind, mit dem der junge König sich ständig herumschlagen musste.

Doch Anlaf ereilte sein Schicksal. Er starb 941 auf dem Höhepunkt seines Erfolgs, sein plötzlicher Tod lässt einen Herzinfarkt vermuten. In dem Chaos, das darauf folgte, brauchte König Edmund nicht einmal die ganze Armee seines Bruders, um den Norden zurückzugewinnen. Er handelte schnell und entschlossen, ein Hinweis darauf, dass er, hätte er so lange gelebt wie sein Bruder oder sein Vater, heute weitaus bekannter wäre.

Die Szene in der Schlucht von Cheddar stammt aus frühesten Quellen, aber ich habe sie etwas anders erzählt. König Edmund war mit Dunstan zerstritten, nachdem eine Gruppe von Höflingen sich gegen den Mönch verschworen hatte und Lügen über ihn verbreitete. Der junge König verwies Dunstan eine Zeit lang vom Hofe und schickte ihn während der Jagd bei der Schlucht von Cheddar nach Hause.

Am nächsten Tag verfolgte Edmund einen großen Hirsch bis zum Rand der Schlucht. Der Hirsch stürzte in die Tiefe und die Hunde, die ihn verfolgten, ebenfalls. Edmund konnte sein Pferd nicht mehr anhalten, und er gelobte, sein Unrecht gegenüber Dunstan wiedergutzumachen, wenn sein Leben gerettet würde. Das Pferd des Königs blieb rechtzeitig stehen, und Dunstan wurde wieder in Gnaden aufgenommen.

Es ist möglich, dass die Geschichte sich so abgespielt hat, aber mir scheint es ebenso wahrscheinlich, dass Dunstan, ein Kind dieser Gegend, dabei war und eine Warnung rief, die den König rettete.

Edmund wurde nach nur fünf Jahren auf dem Thron getötet, er wurde dreiundzwanzig Jahre alt. Er hatte zwei Söhne, aber sie waren zu jung, um seine Nachfolge anzutreten. Wieder einmal musste ein Bruder die Krone übernehmen.

Er wurde tatsächlich von einem Dieb namens Leofa getötet, der verbannt worden war. Über Leofa ist weiter nichts bekannt, deshalb ist alles andere – dass er ein Lehnsmann war und mit Edmund bei Brunanburh gekämpft hatte – meine Erfindung. Man erzählt, Edward habe den Verbannten bei einem Fest gepackt, doch der genaue Ablauf der Vorgänge ist leider nicht bekannt.

Edmunds früher Tod führte zu einer Reihe von Königen mit kurzer Regierungszeit: sein Bruder Eadred, seine Söhne Edwy und Edgar, sein Enkel Edward, der ermordet wurde, und schließlich Ethelred der Unberatene, der die Dänen dafür bezahlte, dass sie abzogen, und der schließlich alles verlor. Das alles hat Dunstan miterlebt.

Eine Anmerkung zu gotischen Bögen: Der Spitzbogen, das Wahrzeichen gotischer Architektur, erschien in England erst 1093, nämlich in der Kathedrale von Durham – also hundert Jahre später als in meiner Geschichte. Allerdings findet man in den Ruinen von Glastonbury viele Beispiele des Spitzbogens, mit dem man in der Architektur bereits experimentierte, aber die Abtei wurde in den tausend Jahren seit Dunstan auch mehrmals zerstört und wiederaufgebaut. Man kann es nicht belegen, aber Dunstan war tatsächlich ein Mann, der eine solche Neuerung verstanden hätte. Glastonbury ist einen Besuch wert, schon seiner Ruinen wegen, aber auch wegen des Hügels und der fantastischen Aussicht.

Edwy und Edgar: Wie man ein Land, das bisher von nur einem König regiert wurde, teilen kann, ist völlig rätselhaft. Ich schilderte es als eine Entscheidung des Witan, aufgrund von Edwys Unfähigkeit. Im *Anglo-Saxon Chronicle* wird es erwähnt, als sei es nichts Besonderes: »Und Edwy erbte das Königreich der West-Saxons, und sein Bruder Edgar erbte das Königreich von Mercia …« – dabei hatte ihr Onkel Æthelstan doch vom König von Alba in Schottland den Treueschwur erhalten und nannte sich *»Rex totius Britanniae«*! Die frühesten Lebensbeschreibungen Dunstans erwähnen, dass es während seiner Verbannung Unruhen in England gab, sodass dies vielleicht der Auslöser dafür war, dass der Norden sich für Edgar als König entschied. Ich fürchte, die geschichtlichen Quellen darüber sind zu lückenhaft, um die Abläufe genau nachzuvollziehen.

Dunstans Verbannung durch König Edwy ist ein »Geschichtlicher Klatsch«, jedoch gut belegt. Edwy verschwand bei seiner Krönungsfeier, um sich mit zwei Frauen, Mutter und Tochter, zu amüsieren. Erzbischof Oda schickte jemanden, um den König zurückzuholen und an seine Pflichten zu erinnern. Dunstan und der Bischof von Lichfield gingen los und fanden den König und die beiden Frauen in leidenschaftlicher Umarmung, die Krone am Boden. Anscheinend verlor Dunstan die Beherrschung. Er beschimpfte die Frauen, dann packte er Edwy, setzte dem Sechzehnjährigen die Krone auf und brachte ihn zurück zu den feiernden Gästen.

Die junge Frau war Aelfgifu (ich habe »Elgiva« daraus gemacht), und sie war, wenn möglich, noch wütender auf Dunstan als der König. Sie war mit Sicherheit daran beteiligt, dass Dunstan verbannt wurde und Glastonbury samt allem Landbesitz verlor. Man kann sich gut vorstellen, wie sie nach ihrer öffentlichen Beschämung vor Zorn gekocht haben muss. Es war nicht gerade günstig für Dunstan, dass die Frau, die er vor dem König als Hure bezeichnet hatte, dann König Edwy heiratete und seine Königin wurde. Solche Fehler können die aussichtsreichste Karriere beenden.

Dunstans Exil in Flandern ist nur in den *Lectiones* eines gewissen Adelard von Gent erwähnt. Er lebte während seines dreijährigen Exils in einer Benediktinerabtei namens St. Peter, irgendwo auf einem Hügel im heutigen Belgien. Es ist interessant, dass König Edgar von England der Abtei St. Peter einige Jahre später großzügige Geschenke machte – als Dank für die Gastfreundschaft, die man Dunstan erwiesen hatte.

Historisch ist nichts belegt darüber, ob König Edwys Frau tatsächlich in die Sklaverei verkauft und schließlich getötet wurde. Es erscheint in keiner der frühen Lebensbeschreibungen Edwys, was allerdings nicht weiter verwunderlich ist. Die Schwierigkeit mit tausend Jahre alten Quellen – zum Beispiel, wenn es um das Leben von Heiligen geht – ist, dass viele Dinge einfach nicht aufgeschrieben wurden. Doch die Geschichte hält sich hartnäckig und wird immer wieder erzählt.

Die Todesart des jungen Königs Edwy ist ebenso unbekannt, ein weiterer Beweis, wie schwer es ist, wenn man nur unvollständige Aufzeichnungen hat. Ein Selbstmord wäre nicht schriftlich dokumentiert worden, also habe ich die Lücke auf diese Art gefüllt. Wir wissen, dass die Ehe von Erzbischof Oda annulliert worden war, mit der Begründung, dass Edwy und Elgiva blutsverwandt waren. Wann dies geschah, ist nicht bekannt. Aus dieser kurzen Ehe gab es auch keine Nachkommen, also wurde Edgar danach wieder König über das gesamte Reich. Es gibt verschiedene Angaben darüber, ob das Land vor oder nach den Unruhen im Norden unter den Brüdern aufgeteilt wurde, abhängig von den verschiedenen Quellen. Jedoch geschah es, und es ist interessant, dass diese Reihe von Königen mit drei Brüdern anfängt, mit zwei Brüdern weitergeht – und mit zwei Brüdern endet.

Als Erzbischof Oda (oder Odo) um 961 starb, gab es nur wenige Kandidaten für seine Nachfolge, aber Dunstan hatte noch nicht das nötige Alter. Der Bischof von Winchester sollte nach Rom reisen, um das Pallium zu empfangen, aber tatsächlich erfror er unterwegs, irgendwo hoch in den Alpen.

König Edgar heiratete zweimal. Seine erste Frau war Æthelflæda, oder Ethelfleda, was den vielen anderen Namen einfach zu ähnlich ist. Deshalb änderte ich ihn in »Fæltha«, wenigstens fängt das nicht mit Æthel oder Ethel an. Sie war die Mutter des jungen Königs, der als Edward der Märtyrer in die Geschichte einging. Danach verschwindet sie aus den Aufzeichnungen so abrupt, dass einige Historiker immer noch der Meinung sind, Edward sei unehelich gewesen und Edgar habe nie geheiratet. Das ist möglich, aber wissen werden wir es nie. Edgars zweite Frau war ein wahrer Teufel – sie wäre in jedem Jahrhundert eine Ausnahmeerscheinung gewesen. Sie hieß Ǣlfthryth. Ich nenne sie »Audrey«, was tatsächlich die Kurzform ist. Die Geschichte ihrer ersten Ehe mit einem von Edgars Lords ist nicht zuverlässig belegt, sie gilt in den Quellen teils als wahr, teils als apokryph. Ich glaube, sie ist wahr, denn sie passt zur Skrupellosigkeit dieser Lady. Audrey/Ǣlfthryth war die Mutter des letzten Königs in diesem Buch – Ethelred.

König Edgars lang überfällige Krönung fand in Bath statt, doch bei den damit verbundenen Feierlichkeiten und Volksfesten wurden Fluss und Ufer bei Chester mit einbezogen, genau wie ich es beschrieben habe. Der Verlauf der Zeremonie, wie Dunstan sie festgelegt hat, ist bis heute das Herzstück jeder modernen Krönung in der Westminster Abbey – womit es Dunstans langlebigste Schöpfung wäre. Selbst Kathedralen und Abteien leben nicht so lange wie manche Traditionen.

Wir haben es hier mit einer Geschichtsperiode zu tun, von der wenig bekannt ist, nicht nur in England, sondern überhaupt. Darum ist es erfreulich, dass man wenigstens für den Anfang und das Ende zwei Namen hat, die allgemein bekannt sind: Ǣthelstan, den ersten König Englands, und Ethelred, den Unberatenen. Ethelred regierte schließlich bis 1016 und ist berühmt dafür, dass er versuchte, die Wikinger dafür zu bezahlen, dass sie sein Königreich in Frieden ließen. Das war keine sehr erfolgreiche Taktik, und schließlich nahm ihm König

Knut, der Sohn von Sven Gabelbart von Schweden, auch noch den Thron ab.

Zwischen Æthelstan und Ethelred liegen nur achtzig Jahre, und in dieser Zeit formte sich das, was später »England« genannt wurde. Darin war Edgars friedliche Regierungszeit der Höhepunkt, in der dieser Gedanke sich etablieren und festigen konnte. Während all dieser Zeit jedoch waren die Wikinger ständig präsent und versuchten immer wieder einzudringen. Sie unternahmen mindestens ein Dutzend Versuche, das Königreich zu zerstören, um ihre eigenen Lehensgüter zu gründen. Immer und immer wieder mussten die Könige kämpfen, um ihr Volk zusammenzuhalten, und oft schien es vergebliche Mühe, denn die Wikinger gaben nicht auf. Doch die Idee hatte Fuß gefasst, und das Inselreich war zur Tatsache geworden.

Dunstans Design der Kathedrale zu Canterbury beinhaltete tatsächlich Elemente, die dem Petersdom in Rom ähnlich waren, was zweifellos auf seinen Aufenthalt dort zurückging. Allerdings hatte die Kathedrale einen viereckigen Turm. Die Bestandteile und Proportionen des antiken römischen Mörtels, der Vulkanasche und Kalk enthielt, waren jahrhundertelang verloren gegangen, ehe sie wiederentdeckt wurden. Römischer Mörtel war unglaublich stark und hatte die Eigenschaft, selbst unter Wasser fest zu werden. Er wird bis heute verwendet. Dunstans Kirche samt Turm in Canterbury wurden im elften Jahrhundert und danach mehrmals komplett abgerissen und neu erbaut.

Eine letzte Bemerkung: Angesichts der Tatsache, dass der Name Ethelred eigentlich »Edler Rat« bedeutet (Æthel-ræd), muss sein Spitzname »Ethelred the Unready« (wie er traditionell heißt) einer der frühesten Wortwitze der englischen Sprache sein, da »Un-read« so viel wie »schlecht beraten« heißt. Eine Annäherung wäre etwa: »Gut-Beraten, der schlecht Beratene«.

Im Jahre 1066 kam eine große Invasion normannischer Wikinger aus Frankreich. In gewisser Weise war dieses Jahrhundert der Beginn des modernen Zeitalters, aber sein Leuchtfeuer wurde auf den Gräbern großer Könige entzündet, zumindest in Wessex. Die Bewohner blieben, sie litten, aber sie hielten durch. Sie arbeiteten, gediehen und entwickelten sich fort – und 1497 sandten sie ein Schiff unter Führung von John Cabot nach Neufundland und gründeten das größte Reich, das die Welt je gesehen hat. Doch alle diese Reiche zerfallen auch wieder, und zurück bleiben die Geschichten: Von Platos Menschen, die in einer Höhle auf Schatten starrten, über Horaz auf der Brücke bis hin zu Sir Francis Drake, der Kegel spielte – und tausend weitere. Es ist mir eine Ehre gewesen, eine davon erzählen zu dürfen.

Conn Iggulden
London, 2016

DANKSAGUNG

Mein Dank geht an Shelagh Broughton, die für dieses Buch eine ganz außerordentliche Forschungsarbeit geleistet hat. Ebenso danke ich Mauraid Moran, die meine Schilderung des Klosterlebens auf ihre Richtigkeit hin überprüft hat. Sollten sich dennoch Fehler eingeschlichen haben, stammen sie allein von mir. Ich möchte auch Clive Room danken, der in weniger bekannten Kirchen viele Fragen stellte und mit oft ganz unglaublichen Informationen zurückkam, die uns beide überraschten.

Schließlich möchte ich meiner Agentin Victoria Hobbs danken, ebenso wie Louise Moore und Jillian Taylor von Michael Joseph. Ich liebe es, Geschichten wie diese zu erzählen, und ich danke Euch allen, dass Ihr es möglich macht.